Philippa Gregory

DIE LÜGENFRAU

Roman

*Aus dem Englischen
von Ulrike Seeberger*

Aufbau Taschenbuch Verlag

Titel der Originalausgabe
Zelda's Cut

ISBN 3-7466-1834-7

1. Auflage 2002
Aufbau Taschenbuch Verlag GmbH, Berlin
© Rütten & Loening, Berlin GmbH 2000
© Philippa Gregory Ltd 2000
Umschlaggestaltung Torsten Lemme
unter Verwendung eines Fotos von Mauritius, Bildagentur
Druck Elsnerdruck GmbH, Berlin
Printed in Germany

www.aufbau-taschenbuch.de

Für Anthony

Kapitel 1

Zwischen ihnen standen Fragen, waren nicht zu klären, blieben ungeklärt. Unschlüssigkeit – ihrer beider Unschlüssigkeit – und die immanente Unauflösbarkeit ihrer Beziehung standen zwischen ihnen wie eine ... Mauer ... wie ein Fels ... wie ein ...

Isobel hörte auf zu tippen und schlug im Thesaurus auf dem Schreibtisch nach.

Wie eine Barriere, eine Bastion, ein Bollwerk, ein Deich, eine Blockade ... Wie ein undurchdringliches Bollwerk, eine unbezwingbare Bastion, wie eine Bastion, wie ein undurchdringlicher Wall ...

Sie zögerte. Ihr Mann streckte den blonden Kopf durch die Tür des Arbeitszimmers.

»Kannst du nicht eine kleine Pause machen und Mittag essen kommen?« fragte er mit weinerlicher Stimme.

Sie schaute auf die Uhr. Es war noch nicht eins, aber Philip in seinem Zustand brauchte regelmäßig kleine Mahlzeiten, sonst hatte er Hunger und bekam schlechte Laune.

»Was hat uns Mrs. M. denn heute hingestellt?« fragte sie, erhob sich vom Schreibtisch und schaute noch einmal auf den Bildschirm, dachte zerstreut über Suppe und Barrieren, Bastionen, undurchdringliche Wälle und Bollwerke nach.

»Schon wieder Suppe und Brötchen«, erwiderte er. »Aber ich habe ihr gesagt, sie soll fürs Abendessen Steaks kaufen.«

»O prima«, antwortete sie, hatte ihm aber gar nicht zugehört.

Die Küche war ein hübscher Raum mit Blümchenvorhängen und viel Holz. Aus dem Fenster über der Spüle konnte man den Berg hinter dem Haus sehen, den Höhenzug des Weald of Kent mit dem ersten frisch leuchtenden Grün des Frühlings. Neben dem Herd stand ein Topf Suppe. Philip schaute Isobel zu, wie sie den Topf auf die Platte setzte und Brötchen aus dem Brotkasten nahm.

»Ich decke schon mal den Tisch«, erbot er sich.

Als Isobel die Suppentassen auftrug, merkte sie, daß er das Käsemesser vergessen hatte und daß kein Salz auf dem Tisch stand. Sie holte alles, ohne ihren Ärger zu zeigen; in Gedanken war sie noch bei ihren Bastionen, Wällen und Bollwerken.

»Es haben zwei Leute angerufen, während du gearbeitet hast«, berichtete Philip. »Jemand von deinem Verlag, ich habe dir den Namen aufgeschrieben. Und Troy.«

»Was wollte der denn?«

»Troy, was für ein alberner Name«, meinte er. »Glaubst du, daß ihn seine Eltern wirklich so getauft haben? Oder heißt er eigentlich Trevor und versucht verzweifelt, diesen Namen loszuwerden?«

»Mir gefällt er«, erwiderte sie. »Er paßt zu ihm.«

»Da ich noch nicht die Ehre hatte, seine Bekanntschaft zu machen, kann ich das leider nicht bestätigen. Aber den Namen finde ich albern.«

»Was hat er denn gewollt?« fragte Isobel.

»Du glaubst doch nicht im Ernst, daß er mir das anvertrauen würde, oder?« fragte Philip. »Ich bin doch nur der Botenjunge, der Telefondienst. Der Portier im Hotel Literatur.«

»*Hôtel des Lettres*«, verbesserte sie ihn und wurde mit einem leisen Lächeln belohnt. Nach einem kurzen Augenblick des Schweigens langte er über den Tisch und drückte ihr die Hand. »Entschuldigung«, sagte er knapp.

»Wehwehchen?«

»Bißchen.«

»Warum legst du dich nicht ein Weilchen hin?«

»Ich habe noch den ganzen Rest meines Lebens Zeit, mich ein Weilchen hinzulegen«, herrschte er sie an. »Das ist eine von den Zukunftsaussichten, auf die ich mich wirklich freuen kann. Meine Behinderung nimmt ständig zu. Ich möchte es nicht unnötig überstürzen!«

Sie neigte den Kopf über ihre Suppe. »Natürlich nicht«, erwiderte sie leise. »Tut mir leid.«

Philip legte den Löffel in die leere Suppentasse und aß sein Brötchen auf. »Ich glaube, ich gehe spazieren«, sagte er. »Vertrete mir ein bißchen die Beine.«

Isobel blickte nach draußen auf den wolkenlosen Himmel. Das Haus stand in einer Mulde am Hang des Weald, und Philip konnte entweder bergauf zur Hügelkuppe laufen oder bergab zum Dorf.

»Du könntest bis zum Pub gehen, und ich komme dich dann später mit dem Auto abholen«, schlug sie vor.

»Du meinst, damit ich mich nicht der Herausforderung des Anstiegs stellen muß?«

Isobel schwieg.

»Das wäre nett«, antwortete er zögernd. »Danke. So in einer Stunde?«

Sie nickte.

Er stand vom Tisch auf und seufzte über die Mühsal jeder Bewegung. Er ging zum Steinguttopf mit dem Haushaltsgeld, in dem sie immer genug Geldscheine aufbewahrte, und nahm sich eine Zehn-Pfund-Note. Sie beobachtete, wie das Geld, das sie verdient hatte, in seiner Hosentasche verschwand.

»Bis später, so um halb drei«, sagte er und verließ das Haus.

Isobel stand auf und räumte die Suppentassen in die Spülmaschine. Einen Augenblick lang betrachtete sie die Reflexion ihres Gesichtes im Fenster über der Spüle. Sie erkannte sich kaum wieder. Die Gesichtszüge waren wie immer, starke Knochen, große graue Augen, doch die Haut um Augen und Mund war von Trauer und Enttäuschung gezeichnet. Einen

Augenblick lang unterbrach sie ihre Arbeit, schaute sich die Fältchen um die Augen und die beiden tiefen Falten zu beiden Seiten des Mundes an. Man könnte sie Lachfalten nennen; aber in den letzten drei Jahren hatte sie in ihrem Leben nicht viel zu lachen gehabt. Sie beugte sich herunter und klappte den Geschirrspüler zu. Als sie sich aufrichtete und wieder in ihr gespiegeltes Gesicht blickte, warf sie ihrer blassen Reflexion ein schmallippiges, entschlossenes Lächeln zu. »Ich muß mich einfach noch mehr anstrengen«, versicherte sie ihrem Spiegelbild. »Ich muß es einfach immer weiter versuchen.«

Am Telefon war Troy immer in seinem Element. Isobel freute sich darauf, einmal mit ihm reden zu können, ohne die stumme Gegenwart Philips zu spüren, der mit finsterer Miene in der Küche herumlungerte oder quälend langsam durch den Garten spazierte.

Beim dritten Klingeln ging Troy ans Telefon.

»Ich bin's, Isobel.« Sie merkte, wie ihre Stimme heller wurde.

»Meine Starautorin!« rief er erfreut. »Danke, daß du zurückrufst. Wie geht es dir?«

»Gut.«

»Und Philip?«

»Auch gut«, antwortete sie fröhlich.

»Du klingst toll. Wie geht es dem Buch?«

»Fertig«, erwiderte sie. »Beinahe, bis auf ein einziges Wort.«

»Ein Wort?«

»Ja.«

Troy spielte kurz mit dem Gedanken, sich nach diesem einen Wort zu erkundigen, dachte sich dann aber, daß eine solche Frage das ureigene Talent einer Autorin berührte und daher die Kompetenzen eines Agenten überschritt.

»Dann komm zum Lunch nach London, und wir feiern«, sagte er im Befehlston. »Ich muß mich mal wieder mit einer schönen Frau sehen lassen.«

Isobel lächelte bei dem Gedanken an Troy Cartwright: schlank, Mitte dreißig, weltmännisch, lebte er mitten im schicken Zentrum Londons und mußte sich ausgerechnet mit ihr sehen lassen. »O komm, sei nicht albern.«

»Bin ich nicht. Ich habe heute auf meiner Autorenliste nach einer Person gesucht, die Schönheit und Verstand in sich vereint, und du hast haushoch gewonnen.«

Sie hörte sich kichern, ein ungewohnter Klang in diesem stillen Haus. »Ich könnte ja das Manuskript abliefern ...«

»O ja, bitte. Ich würde es so gern lesen.«

»Morgen?«

»Prima. Ich lasse in irgendeinem teuren Lokal einen Tisch reservieren.«

Sie zögerte. »Das ist aber wirklich nicht nötig ...«

»Wenn ich schon einmal Isobel Latimer zum Lunch ausführe, dann will ich auch, daß die Welt davon Notiz nimmt.« Seine Stimme schmolz zu einem warmen Streicheln. »Also, zieh dir ganz was Tolles an.«

»Ist gut«, erwiderte sie und gab sich mit größtem Vergnügen seinen Schmeicheleien hin. »Ich bin um eins bei dir im Büro.«

»Ich werde höchstpersönlich den roten Teppich ausklopfen«, versprach er.

Philip war nach dem Spaziergang bester Laune. Er saß im Garten des Pubs und hatte ein Glas Whisky mit Eis vor sich auf dem Tisch stehen. Er winkte Isobel zu, als sie mit dem Volvo vorfuhr, und sah zu, wie sie parkte und aus dem Auto stieg. Er dachte bei sich, daß sie älter wirkte als zweiundfünfzig, wie sie da über den Parkplatz auf ihn zukam. Sie war so schlank wie früher, ihr schimmerndes kastanienrotes Haar war nur ganz leicht zu einem helleren Braun verblichen. Auf den ersten Blick hätte man sie noch für die junge Akademikerin halten können, die ihm einmal bei einer Konferenz über Ethik in der pharmazeutischen Industrie gegenübergesessen hatte. Sie hatte damals ihre Argumente mit einer solchen altklugen Sicherheit und heiteren Gelassenheit vorgebracht, daß er lachen mußte und nur noch mit ihr flirten wollte. Was für ein Gewinn würde eine hochintelligente Frau für einen Mann in seiner Position sein, hatte er damals gedacht. Er würde sich eine solche Frau leisten können. Er würde das Geld verdienen – und zwar mit der Tätigkeit, die sie moralisch fragwürdig fand –, er würde die verwerflichen Gewinne des Kapitalismus nach Hause bringen, und sie konnte dann Philosophie studieren. Sie würde sein großer Luxus sein, eine Frau, die ihm unendlich viel mehr Prestige verleihen und weitaus interessanter sein würde als alle aufgetakelten Blondinen seiner Kollegen zusammen. Sein Einkommen würde ihr einen gehobenen Lebensstil ermöglichen, würde es ihr erlauben, zu lesen und zu denken und zu schreiben. Und im Gegenzug könnte er sich an ihr ergötzen.

Das alles änderte sich schlagartig, als er krank wurde. Heute war ihm klar, daß er ohne ihre unverwüstliche geistige Kraft, ohne ihren entschlossenen Kampf um sein Leben leicht hätte sterben können. Aber als er sie jetzt auf sich zukommen sah, ihre hängenden Schultern und müden Schritte bemerkte, regte sich in ihm keine Dankbarkeit, nicht einmal Zärtlichkeit. Er war verärgert. Ständig war sie müde in letzter Zeit. Sie wirkte immer so deprimiert. Man hätte meinen können, sie sei die Kranke.

»Komm und trink was mit«, rief er ihr zu. »Wir müssen doch nicht gleich weg, oder?«

Sie zögerte. »Ich wollte heute nachmittag noch arbeiten.«

Philip schnalzte tadelnd mit der Zunge. Isobels Problem ist, daß sie zu viel arbeitet, dachte er bei sich. Ihr Agent Troy, ihr Verlag, ihre PR-Leute, alle glaubten sie, ein Anrecht auf ihre Zeit zu haben. Und sie, sie war einfach zu wohlerzogen, um einmal nein zu sagen. Die Leute schubsten sie herum, und sie war so töricht und versuchte es allen recht zu machen.

»Tu doch mal gar nichts«, empfahl er ihr. »Du brauchst mal eine Pause.«

»Na gut«, antwortete sie und dachte bei sich, daß sie das Problem Bastion, Wall, Bollwerk oder Deich auch morgen früh lösen könnte, ehe sie mit dem Zug nach London fuhr.

Er hinkte in den Pub und holte ihr ein Glas Weißwein, und sie saßen zusammen in der Sonne. Isobel legte den Kopf in den Nacken und genoß die Wärme.

»Wie idyllisch es hier ist«, sagte sie. »Ich liebe den Mai.«

»Beste Jahreszeit«, bestätigte er. »Das Feld, das Rigley letztes Jahr hat brachliegen lassen, das steht jetzt voll mit Schlüsselblumen.«

»Haben wir ein Glück, daß wir hier wohnen«, sagte sie. »Ich könnte es nicht ertragen, in London zu leben.«

»Es war eine gute Entscheidung«, erwiderte er. »Wenn ich nur wüßte, wie lange wir noch in diesem Haus wohnen bleiben können.«

Sie blickte verstohlen zu ihm hin, wie er dasaß und seinen Whisky in der Hand hielt. »Na, ein paar Jahre haben wir doch wohl noch.«

»Die Treppe wird irgendwann einmal das erste Problem werden«, meinte er.

»Wir könnten uns einen von diesen Treppenlifts zulegen.«

Philip verzog das Gesicht. »Da würde ich doch lieber mit dem Schlafzimmer ins Erdgeschoß umziehen. Wir könnten dein Arbeitszimmer nehmen, und du könntest oben schreiben. Das wäre doch für dich kein großer Unterschied.«

Sie würde die Aussicht aus dem Arbeitszimmerfenster verlieren, die sie so sehr liebte, und die Bücherregale, die sie für das Zimmer sorgfältig geplant hatte, dachte sie voller Bedauern. »Klar. Das wäre überhaupt kein Problem,« sagte sie dennoch.

»Vorausgesetzt, Mrs. M. ist bereit, weiterhin zu uns zu kommen, vielleicht sogar ein bißchen mehr zu machen. Wir würden dann auch jemand für den Garten brauchen.«

»Das ist alles so furchtbar teuer«, bemerkte Isobel. »All diese Dienstleistungen kosten so viel Geld. Das schlimme ist, daß man auch noch ihre Steuern zahlen muß.«

»Das ist nun mal unser Lebensstil«, erinnerte er sie. »Es ist doch nur sinnvoll, Geld für die kleinen Annehmlichkeiten des Lebens auszugeben.«

»Solange genug Geld ins Haus kommt.«

Er lächelte. »Und warum sollte es nicht? Du hast bisher noch kein Buch geschrieben, das nicht den einen oder anderen Preis bekommen hat. Wir brauchen eigentlich nur jemanden, der die Filmrechte kauft, und dann können wir uns in die Scheune einen Swimmingpool und einen Fitneßraum einbauen lassen.«

Sie zögerte und fragte sich, ob sie ihm wirklich die offensichtlichen Tatsachen ins Gedächtnis rufen sollte: daß ein Film keineswegs wahrscheinlich war und daß Literaturpreise und das Lob der Kritiker keine Garantie für gute Verlagshonorare waren. Sie konnte es sich gerade noch verkneifen. Sie hatte sich geschworen, ihm nie mit Geldsorgen in den Ohren zu liegen. Sie hatte die Aufgabe übernommen, Geld zu verdienen und ihm alle finanziellen Sorgen abzunehmen, wo er doch mit so vielen anderen, viel schlimmeren Ängsten zurechtkommen mußte.

»Die Scheune wäre wirklich ideal für einen Pool«, wiederholte Philip. »Ich habe da neulich was in der Zeitung gelesen. Schwimmen ist der beste Sport für jemanden mit meiner Krankheit. Viel besser als Laufen. Wenn wir den Pool in der Scheune bauen, könnten wir ihn das ganze Jahr hindurch nutzen. Im Winter ist es ja sonst schwierig, genug Bewegung zu bekommen.«

»Ich weiß nicht, ob wir uns das leisten können«, wandte Isobel vorsichtig ein.

Er schüttelte langsam den Kopf. »Wofür sparen wir denn unser Geld?« wollte er wissen. »Du tust gerade so, als würden wir ewig leben. Also, ich für mein Teil bestimmt nicht. Das wissen wir ja wohl. Ich verstehe nicht, wieso wir da so knausern müssen.«

Isobel rang sich ein Lächeln ab und prostete ihm mit ihrem

Weißwein zu. »Du hast recht. Also, auf meine Hollywood-Rechte und auf uns als Millionäre mit Swimmingpool in der Scheune und einer Yacht im Mittelmeer.«

»Ich schau mir vielleicht mal die Preise für Pools an«, meinte er.

»Mach das«, erwiderte sie. »Warum nicht?«

Troys Büro lag in Islington. Es war in einem modernisierten viktorianischen Reihenhaus untergebracht. Im Obergeschoß hatte er seine Wohnung, im Erdgeschoß hatten außer ihm noch zwei andere Literaturagenten ihre Büros. Hinter dem Empfangstresen saß ein wunderhübsches Mädchen, und eine völlig überarbeitete Assistentin mühte sich damit ab, die Verwaltung für alle drei zu organisieren.

Isobel saß inmitten von Manuskripten auf einer Stuhlkante, während Troy sich sein Armani-Jackett überzog und die Seidenkrawatte glattstrich. Sein Anzug war dunkelblau, die Krawatte auch. Zu dieser strengen Farbe wirkten Troys hellbraune Haare und die klare Haut jungenhaft attraktiv.

»Du siehst phantastisch aus«, bemerkte er und tastete seine Jackentasche ab, um sicher zu sein, daß er die Kreditkarten eingesteckt hatte. Das Mobiltelefon trug er in der Hand. Es wäre ihm nicht im Traum eingefallen, es in eine Jackentasche zu stopfen und so den eleganten Sitz seines Jacketts zu ruinieren.

Isobel freute sich über sein Lob. Sie trug ein gerade geschnittenes helles Sommerkleid und hellblaue Pumps. Ihr weiches brünettes Haar hatte sie im Nacken zu einem Knoten geschlungen. Sie wirkte wie die ziemlich elegante Direktorin einer teuren Mädchenschule. Sie war nicht der Typ Frau, zu der ein Mann je gesagt hätte, sie sehe phantastisch aus.

»Zum Anbeißen«, versicherte ihr Troy, und Isobel kicherte.

»Wohl kaum. Wohin gehen wir zum Lunch?«

»›Number Fifty-Two‹ – ein ganz neues Restaurant. Heißer Tip. Ich mußte geradezu um einen Tisch betteln.«

»Das war aber nicht nötig ...«

»O doch. Feiern wir nicht die Geburt eines neuen Buches? Und außerdem habe ich einiges mit dir zu besprechen.«

Isobel folgte Troy die Treppe hinunter auf die Straße und wartete, bis er mit einer selbstbewußten Geste ein Taxi herbeigewinkt hatte. Erst als sie in dem Restaurant Platz genommen hatten – in einem Ambiente mit dunkel getönten Spiegeln, Holzfußböden, Marmortischplatten, erstaunlich unbequemen Stühlen, aber herrlichen Blumen überall –, beugte er sich zu ihr herüber und sagte leise: »Ich glaube, wir haben ein kleines Problem.«

Sie wartete.

»Penshurst Press«, fuhr er fort. »Sie bieten nicht so viel für dein neues Buch wie für das letzte.«

»Wieviel bieten Sie denn?« fragte sie ohne Umschweife.

Der Kellner wollte ihre Bestellung aufnehmen, doch Troy schüttelte den Kopf. »Noch einen Augenblick, bitte.« Er wandte sich wieder Isobel zu. »Viel weniger. 20 000 Pfund.«

Einen Augenblick lang meinte sie, sie hätte sich verhört.

»Entschuldigung? Was hast du gesagt?«

»Ich sagte 20 000 Pfund«, wiederholte er. Er sah, daß sie vor Schreck ganz bleich geworden war. Er goß ihr ein Glas Wasser ein und reichte es ihr. »Tut mir leid. Ich weiß, daß es weniger als die Hälfte von dem ist, was wir erwartet hatten, aber sie legen keinen Penny dazu. Tut mir leid.«

Isobel sagte nichts. Sie war wie benommen. Troy blickte sich unruhig im Restaurant um; er haßte solche Situationen. Der Kellner kam zurück, und Troy bestellte für beide. Schweigend wartete er, bis Isobel einen Schluck Wein getrunken hatte und den Kopf wieder hob.

»Da stecken beinahe zwei Jahre Arbeit drin«, sagte sie. »Zwei Jahre Arbeit für 20 000 Pfund?«

»Ich weiß. Es kämen natürlich noch die Auslandsrechte dazu und vielleicht ein Vertrag mit einem Buchklub und die üblichen Extras ...«

Sie schüttelte den Kopf. »Das ist doch heutzutage auch nicht gerade viel.«

»Nein«, gab er leise zu.

Der Kellner brachte zwei kleine Teller mit Hors d'œuvres. Isobel starrte mit glasigem Blick auf die winzigen Blätterteigpasteten.

»Warum haben sie so wenig geboten?«

Troy verschlang eine Pastete mit einem Happen. »Es war abzusehen. Sie haben für jedes Buch, das du in den letzten zehn Jahren geschrieben hast, ein bißchen weniger gezahlt. Sie schauen sich ihre Bilanzen an und sehen, daß deine Verkaufszahlen rückläufig sind. Tatsache ist doch, Isobel, daß du zwar einen Literaturpreis nach dem anderen einheimst und deine Bücher zweifellos literarisch hervorragend sind, daß sie aber trotzdem nicht viele davon verkaufen. Eigentlich bist du zu gut für den Markt. Sie wollen keine großen Honorare vorschießen, wenn sie sie beim Verkauf nicht wieder hereinbekommen.«

Sie trank noch einen Schluck Wein. »Sollte ich es bei einem anderen Verlag versuchen?«

Er entschloß sich zu schonungsloser Offenheit. »Ich habe mich schon umgehört, sehr diskret, versteht sich. Ich fürchte, die sagen alle ungefähr das gleiche. Niemand kann sich vorstellen, von deinen Romanen mehr zu verkaufen, als Penshurst es schon tut. Niemand würde mehr zahlen.«

»Zwei Jahre Arbeit für 20000 Pfund«, wiederholte sie. Sie nippte an ihrem Wein. Der Kellner schenkte ihr nach, und sie nahm einen großen Schluck.

»Niemand bezweifelt, daß du eine der herausragenden Schriftstellerinnen Englands bist.«

Der Blick, den sie ihm jetzt zuwarf, kam für ihn völlig unerwartet. Er hatte befürchtet, sie würde beleidigt sein, doch sie wirkte nur völlig verängstigt.

»Aber was soll ich denn jetzt machen?« rief sie. »Ich muß so viel verdienen, daß es für uns beide reicht, ich muß für mich und Philip genug Geld heranschaffen. Ich kann jetzt nicht mehr zurück an die Universität, ich kann nicht den ganzen Tag aus dem Haus sein, er braucht mich daheim. Wenn ich mit dem Schreiben nicht mehr genug Geld verdiene, wovon sollen wir denn dann leben?«

Er begriff nicht, was sie damit meinte. »Leben?«

»Das Geld, das ins Haus kommt, verdiene ich allein«, sagte Isobel in scharfem Ton. »Philip hat keinen Penny.«

Troy war wie vor den Kopf geschlagen. »Ich dachte, er kriegt eine Art Pension oder so was.«

Sie schüttelte den Kopf. »Die ist aufgebraucht. Weg. Ich habe sie mir auszahlen lassen, damit ich das Haus bar bezahlen konnte. Ich habe Philip gesagt, er soll sich darüber nicht den Kopf zerbrechen. Ich habe ihm erklärt, wir hätten damit die Hypothek abgezahlt und noch Wertpapiere gekauft. Das stimmt aber nicht. Es hat gerade mal für die Hypothek gereicht. Ich dachte, ich könnte genug für ihn und mich verdienen.«

Sie wandte den Blick ab. »Ich glaubte damals, er hätte nicht mehr lange zu leben, ich müßte nur noch ein paar Jahre für ihn mit aufkommen, ihm eine Zeitlang noch Sicherheit und Bequemlichkeit bieten. Aber jetzt hat sich sein Zustand stabilisiert. Ich weiß nicht, wie es weitergeht. Und da kommst du und sagst mir, daß ich nicht mehr so viel Geld für meine Bücher bekomme, wie ich für ihn brauche.«

»Könntest du nicht wieder mehr Literaturkritiken schreiben?«

»Davon wird man doch nicht reich, oder?« sagte sie bitter. »Was mir bei den Romanen verlorengeht, kann ich damit nicht ausgleichen. Meine Romane gehen also nicht. Für die richtigen Verkaufszahlen muß man wohl Suzie Wade oder Chet Drake heißen. Deren Bücher bewundert kein Mensch, aber alle lesen sie.«

Er nickte.

»Und wieviel kriegen die für diese ... diese Machwerke?«

Er zuckte die Achseln. »Weiß nicht. So um die 200 000 Pfund pro Buch? Vielleicht auch mehr. Und dann kommen noch die Filmrechte und die Rechte für die Fernsehserien dazu. Die scheffeln beide Millionen nur mit ihre Schreiberei.«

»Aber das könnte ich doch auch!« rief sie bitter. »Ich könnte so ein Buch in einem Jahr schreiben! In einem halben Jahr!«

Der Kellner tauchte auf und servierte ihnen den ersten Gang. Troy griff nach der Gabel, aber Isobel aß nichts.

»Das ist schwerer, als man denkt«, mahnte er sanft. »Gerade du müßtest das wissen. Auch diese kommerziellen Romane erfordern Geschick. Die Geschichten sind zwar nicht kompliziert und sicher nicht besonders gut geschrieben, aber diese Leute haben echtes Talent, sie ziehen die Leserschaft in ihren Bann, sie haben die Leser in der Hand.«

Isobel schüttelte den Kopf. »Ich könnte so was auch schreiben!« rief sie. »Jeder Trottel könnte das.«

»Glaube ich nicht. Dazu mußt du die Träume deiner Leserinnen in- und auswendig kennen«, meinte er. »Darauf verstehen sich diese Leute. Es geht nur um Emotionen in ihren Büchern, um das berühmte Kribbeln im Bauch. Nicht um die Dinge, mit denen du dich normalerweise beschäftigst. Du schreibst mit dem Verstand, Isobel!«

»Ich kann das auch!« beharrte sie. »Ich kann dir hier auf der Stelle aus dem Stegreif eine solche Story entwerfen.«

Er lächelte sie an, freute sich über ihren Stimmungsumschwung. »Was für einen Titel würdest du denn so einem Roman geben?«

»*Jünger des Satans*«, erwiderte sie wie aus der Pistole geschossen. »*Sohn des Satans*. Irgendwas mit Teufel, das wollen sie alle, oder nicht? Die glauben doch alle, daß es Satansjünger und solchen Unsinn gibt?«

»Stimmt«, gab er zu.

»Es wäre die Geschichte einer jungen Frau, die Geld verdienen muß, Unsummen, damit sie ihrer Schwester eine Operation bezahlen kann. Irgendwas Kompliziertes. Aber irgendwas, wovon wir alle schon mal gehört haben.« Sie schnipste mit den Fingern. »Knochenmarkverpflanzung. Die Schwester ist so gut wie tot, und nur diese Operation könnte ihr vielleicht noch das Leben retten.«

Er nickte lächelnd.

»Sie sind Zwillingsschwestern«, improvisierte Isobel rasch weiter. Eine Haarsträhne hatte sich aus ihrem ordentlichen Knoten gelöst, ihre Wangen waren gerötet. »Sie sind Zwillingsschwestern, und die jüngere Schwester findet heraus, daß eine Satanssekte genau die erforderliche Summe bezahlen würde, wenn ein Mädchen, das erwiesenermaßen noch Jungfrau ist, alles mit sich machen läßt – eine ganze Nacht lang.«

Der Kellner blieb mit der Weinflasche in der Hand an ihrem Tisch stehen und lauschte unverhohlen.

»Erzähl weiter.« Troy war neugierig geworden.

»Ein Arzt untersucht sie, sie ist wirklich noch Jungfrau, und dann geht sie in ein großes Landhaus, wo die Sekte mit ihr machen kann, was sie will, vierundzwanzig Stunden lang.«

Troy hörte ihr gespannt zu. Die Frau am Nebentisch lehnte sich in ihre Richtung.

»Sie mißbrauchen sie sexuell, sie fesseln sie, sie ritzen ihr die Haut mit silbernen Messern, dann legen sie sie auf einen Altar und lassen sie glauben, man würde ihr im Morgengrauen die Kehle durchschneiden. Süß duftender Rauch umwallt sie, sie flößen ihr ein merkwürdig schmeckendes Getränk ein, ein Mann, ein attraktiver dunkelhaariger Mann kommt langsam auf sie zu, ein silbernes Messer in der Hand ... Sie wacht auf. Es ist heller Tag. Sie kann sich nur noch an die dreizehn Gesichter der Sektenmitglieder erinnern. Aber in der Hand hält sie den Scheck für die Operation ihrer Schwester.«

»Sehr gut«, flüsterte Troy. Die Frau am Nebentisch und der Kellner lauschten nach wie vor gebannt.

»Sie verläßt das Haus. Sie geht zur Bank und will den Scheck einlösen.« Isobel legte eine kleine Pause ein, um die Spannung zu steigern. »Der Scheck ist gefälscht. Weder der

Name noch das Konto existieren. Sie bekommt keinen Pfennig. Die Schwester stirbt in ihren Armen.«

»O Gott!« stöhnte der Kellner auf.

»Sie schwört, sich an allen dreizehn Mitgliedern der Teufelssekte zu rächen.«

»Zu viele, viel zu viele«, flüsterte Troy.

»An allen fünf Mitgliedern der Teufelssekte«, verbesserte sich Isobel rasch. »Sie geht zur Polizei, aber dort glaubt ihr keiner die Geschichte. Sie beschließt, alle Mitglieder der Sekte selbst ausfindig zu machen.«

»Wie bei Jeffrey Archer«, murmelte Troy.

»Es sind zwei Frauen und drei Männer. Sie spürt sie alle auf und richtet sie zugrunde. Gesellschaftlicher Ruin, ein Bankrott, Tod bei einem Autounfall, Häuser werden niedergebrannt. Dann kommt sie zum letzten Mann, zu dem Anführer der Sekte, zu dem Mann, der ihr den ungedeckten Scheck gegeben hat.«

Der Kellner räumte ihre Teller ab; er brauchte einen Vorwand, um sich noch ein wenig an ihrem Tisch aufzuhalten.

»Er hat sich geändert«, sagte Isobel. »Er ist völlig bekehrt, ist inzwischen Anführer einer charismatischen christlichen Sekte.«

»Fernsehen«, flüsterte Troy.

»Er ist ein Fernsehevangelist.« Sie griff seinen Vorschlag sofort auf, entwickelte ihn jedoch weiter. »Er erkennt sie nicht wieder, heißt sie freudig in seiner Schar willkommen. Die Entscheidung liegt bei ihr: Soll sie ihm glauben, daß er sich wirklich verändert hat, und ihm bei der wunderbaren Arbeit helfen, die er mit ...«

»Obdachlosen Kindern«, schlug Troy vor.

»Mit obdachlosen, mißhandelten Kindern tut«, ergänzte Isobel. »Oder soll sie ihren Rachefeldzug bis zum bitteren Ende weiterführen? Hat er vielleicht diese hilflosen Kinder nur in seine Gewalt gebracht, um sie noch mehr zu mißhandeln? Sie tritt seiner Sekte bei, um herauszufinden, wie sie ihn am besten zugrunde richten kann. Doch dann merkt sie, daß sie sich bis über beide Ohren in ihn verliebt hat. Was soll sie nun machen?«

»Was macht sie?« wollte der Kellner wissen. »Oh, Entschuldigung!«

Isobel kehrte langsam wieder in die Realität zurück, steckte die lose Strähne in den Knoten zurück, trank einen Schluck Wasser. »Ach, ich weiß nicht. Mit dem Schluß habe ich immer meine Probleme.«

»Großer Gott.« Troy lehnte sich zurück. »Isobel, das war phantastisch! Das ist eine phantastische Geschichte!«

Sie schaute ihn halb entrüstet, halb erfreut an. »Ich habe dir doch gesagt, ich kann so was«, meinte sie. »Ich hatte die Wahl – und ich habe mich eben entschieden, gute Texte zu schreiben und nicht pfundweise solchen Mist zu produzieren. Ich bin stolz auf meine Arbeit. Ich möchte die bestmögliche Prosa schaffen und nicht dicke Wälzer voller Schwachsinn zusammenschreiben.«

Der Kellner trat einen Schritt vom Tisch zurück, die Frau am Nebentisch warf Troy ein kleines Lächeln zu, flüsterte tonlos das Wort »phantastisch« und schenkte ihre ungeteilte Aufmerksamkeit nun wieder ihrer Mahlzeit.

»Aber wenn man mit einem hervorragenden Stil nun mal keine Rechnungen bezahlen kann?« wollte Troy wissen.

Es folgte eine lange Pause. Troy beobachtete, wie alles Strahlen auf ihrem Gesicht erlosch. Isobel drehte den Stiel ihres Weinglases zwischen den Fingern, ihr Gesicht wirkte plötzlich schwermütig und müde.

»Ich muß auch an Philip denken«, sagte sie. »Es geht nicht nur um mich. Wenn es nach mir ginge, ich könnte das Haus verkaufen und meine Ausgaben einschränken. Ich würde niemals Kompromisse machen.«

Troy nickte, konnte seine wachsende Erregung kaum verbergen. »Das weiß ich doch ...«

»Aber vielleicht wird Philip nie wieder gesund, und er lebt

noch lange. Ich muß für ihn sorgen. Erst gestern hat er davon gesprochen, daß wir das Haus umbauen müssen, falls er eines Tages die Treppe nicht mehr hinaufkommt.«

Der Kellner trug das Hauptgericht auf und stellte Isobel den Teller betont respektvoll hin. Troy wartete, bis er sich widerwillig außer Hörweite begeben hatte.

»Hast du nicht gesagt, es ginge ihm gut.«

Sie lächelte, ein trauriges kleines Lächeln. »Ich sage immer, daß es ihm gutgeht, hast du das noch nie bemerkt? Es hat doch keinen Sinn, dauernd zu klagen, oder? Aber es stimmt nicht. Er ist krank, und er wird nie wieder ganz gesund, vielleicht geht es ihm aber eines Tages noch sehr viel schlechter. Ich muß für ihn sorgen, ich muß an die Zukunft denken. Wenn ich vor ihm sterbe – wer kümmert sich dann um ihn? Wie würde er zurechtkommen, wenn ich ihm nur Schulden hinterließe?«

Troy nickte. »Ein großer, kommerzieller Roman könnte dir – na, ich weiß nicht – eine Viertelmillion Pfund bringen. Mit Auslandsrechten vielleicht eine halbe Million.«

»So viel?«

»Bestimmt 200 000 Pfund.«

»Könnte ich einen solchen Roman schreiben, einen kommerziellen Roman, ohne daß jemand erfährt, daß ich ihn geschrieben habe?«

»Natürlich«, versicherte ihr Troy. »Unter Pseudonym. Viele Schriftsteller machen das.«

Isobel schüttelte den Kopf. »Ich meine kein Pseudonym. Ich meine völlige Geheimhaltung. Niemand darf je erfahren, daß Isobel Latimer irgend etwas geschrieben hat, das nicht von höchster Qualität ist. Ich könnte es nicht ertragen, wenn die Leute dächten, ich schriebe etwas so ...« Sie zögerte und entschied sich dann für ein Wort, das beinahe schon eine Kriegserklärung war: »Etwas so Vulgäres.«

Troy überlegte einen Augenblick. »Wir müßten in der Agentur ein falsches Mandantenkonto einrichten, ein Bankkonto unter einem anderen Namen eröffnen, mit dem Pseudonym.

Ich könnte der Hauptzeichnende sein und das Geld dort für dich abheben.«

Sie nickte. »Und ich müßte die Verträge mit dem falschen Namen unterzeichnen?«

»Ich glaube, das ginge«, antwortete er. »Ich lasse das von meinen Anwälten prüfen, aber ich denke, es müßte funktionieren. Es geht in erster Linie um die Rechte am Manuskript, und es ist ja nicht so, daß du es nicht selbst geschrieben hättest.«

Sie warf ihm ein verschmitztes Lächeln zu. »Ich könnte einen schrecklichen Schocker schreiben.«

»Hättest du dazu Lust?«

»Für zweihunderttausend Pfund würde ich beinahe alles machen.«

»Aber *könntest* du es? Könntest du Tag für Tag daran arbeiten? Die Geschichte ist phantastisch. Aber du müßtest schreiben und schreiben und schreiben. Diese Bücher sind dicke Wälzer, das weißt du, Isobel. Das sind nicht die hundert Seiten, die du sonst produzierst, diese Dinger haben siebenhundert, vielleicht sogar tausend Seiten. Du müßtest schreiben, wie du noch nie geschrieben hast, und es würde mindestens sechs Monate dauern.«

Der Blick, den sie ihm über den Tisch hinweg zuwarf, signalisierte wache Entschlossenheit. Noch nie zuvor hatte er sie so konzentriert und aufgeweckt gesehen. »Ich habe echte Probleme«, sagte sie ohne Umschweife. »Wir haben nur noch das Haus, und alles, was an Geld hereinkommt, sind meine Vorschüsse. Ich habe mit einem ordentlichen Batzen von Penshurst Press gerechnet, und jetzt sagst du mir, daß sie nur 20000 Pfund zahlen wollen. Das Leben ist hart, was? Wenn sie mir kein Geld dafür geben, daß ich gute Bücher schreibe, dann muß ich eben schlechte schreiben.«

»Meinst du, du kannst das ertragen?« fragte er leise.

Isobel warf ihm einen Blick zu, und ihm wurde zum erstenmal in ihrer langen Bekanntschaft klar, was für eine leidenschaftliche Frau sie war. Ihre wenig eleganten Kleider und ihre leicht verblaßte Hübschheit hatten es vor ihm verborgen – diese Frau konnte sehr wohl tiefe Gefühle hegen. Sie hatte ihr Leben einer einzigen Aufgabe gewidmet: ihren Mann zu lieben. »Ich würde alles für ihn tun«, sagte sie schlicht. »Da ist es doch wohl das mindeste, daß ich einmal ein schlechtes Buch schreibe.«

Nach ihrer Rückkehr aus London war Isobel sehr schweigsam. Als Philip sie fragte, ob es ihr gutginge, gab sie vor, ein wenig müde zu sein, täuschte Kopfschmerzen vor.
»Hast du beim Lunch was getrunken?« fragte er tadelnd.
»Nur ein Glas Wein.«
Er zog eine Augenbraue hoch. »Dieser Troy macht dich immer müde«, meinte er. »Warum hast du ihm das Manuskript nicht einfach mit der Post geschickt? Warum mußtest du dich mit ihm treffen?«
»Ich finde ihn amüsant«, erwiderte sie. »Ich mag ihn.«
»Mal was anderes als immer nur ich.«
»Das ist es nicht, Liebling. Ich gebe nur gern das fertige Manuskript persönlich ab. Es ist ein kleiner Kick für mich, sonst nichts.«
»Ich hätte gedacht, du hast schon genug zu tun, ohne dich auch noch als Kurierdienst zu betätigen«, meckerte er.
»Stimmt«, antwortete sie, »Ich fange gleich einen neuen Roman an. Die Idee ist mir beim Mittagessen gekommen.«
»Worum geht es?«
»Irgendwas über persönliche Verantwortung und darüber, ob Menschen sich wirklich ändern können«, antwortete sie vage.
Er warf ihr ein aufmunterndes Lächeln zu. »Das klingt ein bißchen wie *Traum und Taten*«, kommentierte er und führte eines ihrer früheren Bücher an. »Das habe ich immer sehr gemocht. Es hat mir gut gefallen, daß die Heldin sich nicht nur zwischen verschiedenen Männern entscheiden mußte, die sie

heiraten wollten, sondern in Wirklichkeit zwischen verschiedenen Moralsystemen. Das war ein Buch, das einen zum Nachdenken angeregt hat.«

»Ja, so ähnlich wird das hier wohl auch werden«, log sie. »Kommst du ins Bett?«

»Ich mache mir noch einen Drink, dann komme ich.«

Isobel hielt inne. »Oh, komm doch bitte, ehe ich eingeschlafen bin.«

Er lächelte. »Aber natürlich«, erwiderte er ausweichend.

Seit seiner Krankheit begehrte er Isobel beinahe überhaupt nicht mehr. Er weigerte sich kategorisch, dieses Thema mit ihr oder mit seinem Arzt zu besprechen. Wenn sie morgens manchmal versuchte, ihn zu küssen und zärtlich zu werden, schob er sie sanft, aber bestimmt von sich. Es schien, als wäre Sex nur eines von vielen Dingen, die nach und nach aus Isobels Leben verschwunden waren – genau wie ihr gutes Aussehen, ihre Jugend, ihre Lebensfreude und nun auch noch die Fähigkeit, mit ihrem wunderbaren Stil Geld zu verdienen. Sie klagte nicht. Als Philip erkrankt war, hatte sie den Gott ihrer Vorstellung auf Knien angefleht und war einen schmerzlichen Handel mit Ihm eingegangen: Wenn Er Philips Leben verschonte, dann würde sie Ihn nie wieder um etwas bitten.

Als man ihnen schließlich nach Jahren mit unzähligen Tests und Untersuchungen mitteilte, Philip würde allmählich immer schwächer werden, aber in nächster Zukunft nicht an der Krankheit sterben, da dachte sie, Gott hätte ihr Vertrauen mißbraucht. Er hatte sie übervorteilt. Philip würde nicht sterben, doch den Mann, den sie geliebt und geheiratet hatte, gab es trotzdem nicht mehr.

Isobel hatte das Gefühl, daß es nicht in ihrer Macht stand, ihr Versprechen zu widerrufen. Sie gedachte, es zu halten. Sie würde nichts von Philip fordern, und sie würde Gott nicht um himmelhochjauchzendes Glück oder wunderbare neue Chancen bitten. Sie glaubte, ein Leben der Pflichterfüllung vor sich zu haben, in das nur die Freude der Selbstverleugnung ein wenig Licht bringen würde. Isobel hoffte, sie könnte daraus ein Leben von einer ganz eigenen Schönheit machen – ein Leben, in dem ein talentiertes und liebendes Paar all seine Energie und all seine Fähigkeiten darauf verwandte, sich trotz Krankheit und Todesfurcht ein gemeinsames Glück zu schaffen. Sie glaubte, das schreckliche Unglück, das Philip und sie getroffen hatte, könnte sie vielleicht adeln. Und sie könnte ihm durch ihr ständiges, liebevolles und bereitwilliges Opfer zeigen, wie sehr sie ihn liebte.

Statt dessen empfand sie dieses Leben nur als langweilig und quälend. Sie wußte sehr wohl, daß viele Frauen sich so plagen mußten, mit unangenehmen Ehemännern, beschwerlichen Jobs oder schwierigen Kindern. Isobels charmanter, witziger Ehemann hatte sich in einen vom Selbstmitleid verzehrten Kranken verwandelt. Isobels Liebe war von einem erotischen zu einem mütterlichen Gefühl geworden. Nacht für Nacht fühlte sie sich weniger als attraktive Frau, wurde ihr Selbstbild immer mehr zerstört, wenn sie sexuell äußerst taktvoll, aber mit erbarmungsloser Bestimmtheit zurückgewiesen wurde.

Eigentlich sollte es ihr schon nichts mehr ausmachen, meinte sie. Sie war trotzdem fest entschlossen, ihren Teil der Abmachung mit Gott einzuhalten.

»Gut«, sagte sie lächelnd und stellte klar, daß sie nicht die Absicht hegte, durch einen Annäherungsversuch eine Situation heraufzubeschwören, die für beide Seiten peinlich sein würde. »Komm ins Bett, wann immer du willst, Liebling. Ich schlafe wahrscheinlich ohnehin schon längst.«

Sie schlief tatsächlich beinahe sofort ein, wachte aber schon um fünf Uhr im hellen Licht des Sommermorgens auf. Draußen hörte sie die Vögel ihren Morgengesang anstimmen, und sie lauschte dem Gurren der Ringeltauben, die in der Eiche neben dem Haus nisten. Einen Augenblick lag sie neben Philip, freute sich an der Wärme des Bettes und an den

Strahlen der frühen Morgensonne an der Zimmerdecke. Sie drehte sich zu Philip um und betrachtete ihn. Wenn er friedlich schlummerte, wirkte er jünger und glücklicher. Eine blonde Stirnlocke fiel ihm in sein ebenmäßiges Gesicht, die dunklen Wimpern lagen unschuldig wie die eines schlafenden Kindes an der glatten Haut seiner Wangen. Eine tiefe Zärtlichkeit durchströmte Isobel. Sie wollte für ihn sorgen, ihn hegen, als wäre er ihr Kind. Sie wollte genug Geld verdienen, damit er an den Steinguttopf mit dem Haushaltsgeld gehen konnte, wann immer er wollte, sich so viel nehmen konnte, wie er wollte, ohne zu fragen und ohne Dankeschön. Sie wollte großzügig geben, mit vollen Händen, als könnten ihre Liebe und ihr Reichtum ihn für die furchtbare, ungerechte Krankheit entschädigen.

Isobel stahl sich aus der Wärme des Bettes und zog sich den Morgenrock um die Schultern, schlüpfte in ihre vernünftigen warmen Vliespantoffeln. Leise ging sie aus dem Schlafzimmer nach unten in die Küche, machte sich eine Kanne starken Darjeeling-Tee und trug ihre feine Porzellantasse ins Arbeitszimmer.

Mit einem tiefen, beruhigenden Summen meldete sich der Computer. Sie beobachtete, wie der Monitor zu schimmerndem Leben erwachte, und öffnete eine neue Datei. Vor ihr stand die leere Seite auf dem Bildschirm, die kleine Linie des Cursors blinkte, wartete auf Bewegung, auf Leben. Isobel legte die Finger auf die Tasten wie eine Pianistin, die auf den Einsatz des Dirigenten wartet, auf das tiefe Einatmen, den mächtigen Augenblick des Anfangs.

»*Jünger des Satans*«, tippte sie. »Kapitel eins.«

Kapitel 2

Isobel schrieb drei Stunden lang, bis sie hörte, daß sich Philip oben im Schlafzimmer rührte. Sie speicherte die Datei und hielt einen Augenblick inne. Philip kam nur sehr selten ins Zimmer und las Texte, an denen sie gerade arbeitete, aber möglich war es immerhin, denn es war nie die Rede davon gewesen, daß Isobels Arbeiten irgendwie tabu waren. Jetzt wollte sie zum erstenmal nicht, daß er las, was sie geschrieben hatte. Sie hatte das übermächtige Gefühl, daß sie ihn nicht wissen lassen wollte, daß sie eine Art von Text schrieb, den sie beide verachteten. Sie wollte vor ihm verbergen, daß sie jeden Tag viel Zeit damit verbringen würde, in Gedanken alle möglichen erotischen und perversen Situationen durchzuspielen. Philip würde die Szenen, in denen die Heldin des Buches an einen Altar gefesselt war, außerordentlich widerwärtig finden. Ihr gemeinsames Liebesspiel war immer sanft, respektvoll, manchmal sogar durchgeistigt gewesen. Die Vorstellung, daß seine Frau Soft-Pornos schrieb, hätte Philip angewidert. Er sollte nicht erfahren, daß sie sich mit solchen Dingen beschäftigte, und wenn auch nur in Gedanken.

Sie speicherte die Datei und überlegte, welchen Namen sie ihr geben sollte, um sicherzugehen, daß Philip sie nicht lesen würde. Sie lehnte sich vor und tippte: »Bankkorrespondenz«. Philip kümmerte sich überhaupt nicht mehr um Geldangelegenheiten. Seit er bei Paxon Pharmaceuticals vorzeitig in den Ruhestand getreten war, hatte er ihr die Kontrolle über alle Finanzen übertragen. Sie hatten ein gemeinsames Bankkonto, auf das Isobels Tantiemenschecks und Vorauszahlungen flossen, und es war ihre Aufgabe, das nötige Bargeld abzuheben und dafür zu sorgen, daß der Topf mit dem Haushaltsgeld auf dem Küchenbüffett einmal in der Woche mit so vielen Scheinen aufgefüllt wurde, wie er brauchte. Wenn sie ausgingen, zahlte Philip mit seiner Kreditkarte. Er hatte es gerne, wenn die Leute sahen, daß er im Restaurant die Rechnung beglich. Wenn er neue Kleidung oder Zeitschriften, Bücher oder CDs wollte, benutzte er seine Kreditkarte, und dann überwies Isobel Geld, wenn die monatliche Abrechnung kam.

Es schien Isobel völlig fair, daß sie ihn so ganz und gar aushielt. Als er noch gesund gewesen war, hatte er das Haus gekauft, das ihr gefallen hatte, hatte alles bezahlt, was sie aßen und tranken. Jetzt, da sie das Geld verdiente und nicht er, gab es für sie keinen Grund, warum sie nicht genauso alles teilen sollten. Ihr einziges Problem war, daß sie nicht mehr so viel Geld verdiente, wie sie beide brauchten.

Philip war nicht extravagant. Er ging höchst selten ohne sie aus dem Haus, trug lieber alte Kleidung. Die größte Ausgabe in seinem Leben waren gelegentliche Besuche bei exotischen und völlig übertreuerten alternativen Medizinern – möglicherweise wußte doch einer, wie seine Krankheit zu heilen war? Isobel hatte diese Besuche mit der Zeit fürchten gelernt, weil sie einen so hohen Preis forderten – an Geld und Emotionen. Vor einem solchen Besuch war Philip voller Hoffnung, um dann in um so tiefere Verzweiflung zu stürzen.

»Es wäre mir ja egal, daß diese Heilpraktiker so teuer sind, wenn sie irgendwas bewirken würden«, hatte sie zu ihm gesagt, als sie wieder einmal einen Scheck über 800 Pfund für eine Kräutermedizin aus dem Amazonas-Regenwald ausstellte.

»Sie müssen teuer sein«, hatte er mit einem kurzen Aufflackern seiner alten Weltläufigkeit erwidert und den Scheck genommen, den sie ihm hinhielt. »Deswegen setzen wir doch überhaupt nur unser Vertrauen in sie.«

Sie hörte ihn langsam die Treppe herunterkommen. Die Schritte waren schwerfällig und prophezeiten einen schlimmen Tag. Schnell ging Isobel in die Küche, um den Wasserkessel aufzusetzen und Brot in den Toaster zu schieben, damit das Frühstück schon für ihn auf dem Tisch stand.

»Guten Morgen«, rief sie fröhlich, als er in die Küche trat.

»Guten Morgen«, antwortete er leise, setzte sich an den Tisch und wartete, daß sie ihn bediente.

Sie legte den Toast auf einen Teller, stellte Butter und Marmelade direkt vor Philip ihn, dazu die kleine Schachtel mit Zusatzstoffen – eine ganze Sammlung von Vitaminen, Spurenelementen und Ölen. Er begann die Tabletten finster entschlossen zu schlucken, und Isobel empfand den üblichen stechenden zärtlichen Schmerz.

»Schlecht geschlafen?« erkundigte sie sich.

Er verzog das Gesicht. »Nicht besonders.«

Sie schenkte Tee ein und setzte sich mit ihrer Tasse zu ihm.

»Und was machst du heute?« erkundigte sie sich munter.

Philip warf ihr einen Blick zu, der ihr sagte, daß er nicht in der Laune war, sich von ihr durch Nettigkeiten aus seinem Trübsinn herauslocken zu lassen. »Ich mache meine Turnübungen, und dann lese ich die Zeitung, und dann fange ich das Kreuzworträtsel an, und dann esse ich zu Mittag, und dann gehe ich spazieren, und dann trinke ich Tee, und dann ruhe ich mich aus, und dann schaue ich mir die Nachrichten an, und dann esse ich zu Abend, und dann schaue ich fern, und dann gehe ich ins Bett«, leierte er schnell und monoton herunter. »Tolles Programm, was?«

»Wir könnten ins Kino gehen«, schlug sie vor. »Oder ins Theater. Warum rufst du nicht an und fragst, was gerade läuft? War da nicht neulich was, das sich ganz gut anhörte?«

Sein Gesicht hellte sich auf. »Das könnten wir wirklich machen. Wenn wir in eine Nachmittagsvorstellung gehen, könnten wir anschließend noch wo essen.«

Im Geiste schrieb Isobel bereits einen weiteren Nachmittag zum Arbeiten ab. »Wunderbar«, sagte sie. »Könnten wir vielleicht in das italienische Restaurant gehen, wo es so schön war?«

»Italienisch!« rief er aus. »Wir gehen ins ›White Lodge‹, wenn wir noch einen Tisch bekommen.«

Isobel bezwang die kleine Panikattacke, hatte im Geist schon die Rechnung für den Abend verdoppelt. »Wunderbar«, meinte sie begeistert.

Bedrohlich ragte das Haus am Ende der Einfahrt vor Charity auf, während sie nervös darauf zuschritt. Ihre kleinen Absätze klapperten auf dem Steinpflaster, als sie sich dem eindrucksvollen Portal näherte. Ein dicker, verrosteter Klingelzug hing rechts von der massiven Holztür. Charity beugte sich vor und zog vorsichtig daran.

Es klingelte an der Tür. Isobel drückte auf »Speichern«. Mrs. M. schwatzte in der Küche mit Philip, während sie den Tisch abräumte. Es klingelte noch einmal. Offensichtlich würde wohl niemand außer Isobel an die Tür gehen. Sie seufzte und erhob sich.

Draußen stand ein Kurier mit einem großen Karton. »Bitte hier unterschreiben«, sagte er.

Isobel unterzeichnete an der angegebenen Stelle und trug den Karton ins Arbeitszimmer. Der Absender war Troy Cartwright. Isobel holte eine Schere und schnitt das Klebeband durch. Im Karton fand sie ein halbes Dutzend Romane mit scheußlich-grellbunten Schutzumschlägen. Sie hatten Titel wie *Gewalt und Leidenschaft*, *Die Männermörderin*, *Gewitter des Lebens* und *Diamantenfieber*. Isobel packte sie aus und legte sie im Kreis um sich herum, während sie am Boden kniete. Troys Karte lautete:

Leichte Lektüre, damit du ein Gespür für das Genre bekommst. Kann es kaum abwarten, deine Sachen zu lesen. Ich hoffe, du kommst gut voran. Ruf mich an, wenn du moralische Unterstützung brauchst. Du bist einfach Spitze – Troy.

Isobel fuhr zusammen, als sie auf dem Flur Schritte vernahm, und stapelte die Bücher schnell aufeinander. Gerade hatte sie hastig Troys Karte oben auf das oberste Buch gelegt – das Umschlagphoto zeigte eine Frau in inniger Umschlingung mit einer Python –, da streckte Philip den Kopf zur Tür herein.

»Ich habe gedacht, ich hätte die Türklingel gehört.«
»Eine Lieferung. Bücher für mich. Für Besprechungen.«
Er würdigte den Stapel kaum eines Blickes. »Könnten wir früher Mittag essen?«
»Ja«, antwortete sie. »Hast du im Kino angerufen?«
»'n alter Mann ist doch kein D-Zug«, protestierte er. »Mach ich gleich.«
»In Ordnung«, sagte sie und lächelte, bis er die Tür hinter sich geschlossen hatte.

Sobald er gegangen war, nahm Isobel die schrillen Schutzumschläge von den Büchern und stopfte sie in den Papierkorb. Ohne die wilden Bilder wirkten die Bücher völlig respektabel, wenn auch im Vergleich zu Isobels Ansammlung schmaler Bändchen ziemlich übergewichtig. Sie verteilte sie über die Bücherregale und steckte eines – *Die Männermörderin* – in den Schutzumschlag von *Vom Glück, mit der Natur zu leben* und legte es neben den Schreibtisch, damit sie später darin lesen konnte.

Dann wandte sie sich wieder dem Bildschirm zu.

Die Tür ging auf. Auf der Schwelle stand ein Mann. Dunkles Haar umwallte in langen schwarzen Locken seinen Kopf, die schwarzen Augen lagen tief unter schweren Augenbrauen, ein starker Charakterkopf, ein festes Kinn mit einem Grübchen. Charity trat einen winzigen Schritt zurück, verspürte Furcht und fühlte sich doch gleichzeitig seltsam zu ihm hingezogen.

Isobel merkte, daß sie vor Freude über die Entwicklung ihrer Geschichte grinsen mußte.

Er nahm ihr den billigen Regenmantel von den schmalen Schultern.

Isobel zögerte. »Billig« und dann noch »schmal«? Sie zuckte die Achseln. Sie empfand ein hemmungsloses Vergnügen, das sie bisher beim Schreiben noch nie gehabt hatte. »Ist doch egal.« Wenn es unbedingt zweihunderttausend Wörter werden müssen, dann könnte es sogar ein billiger, leichter Regenmantel sein. Niemand würde sich darum scheren ...

Sie warf den Kopf in den Nacken und lachte. Es war, als hätte das große Tabu ihres Lebens plötzlich alle Kraft verloren.

»Wie kommst du voran?« Nach sechswöchigem Schweigen rief Troy wieder an. Er hatte es sorgfältig vermieden, sich vorher zu erkundigen, weil er ernsthafte Zweifel hegte, daß Isobel mit ihrem Projekt zurechtkommen würde.

»Es ist phantastisch«, antwortete sie.

Troy blinzelte. Seit sie miteinander zu tun hatten, hatte sie noch nie eines ihrer Bücher »phantastisch« genannt. »Wirklich?«

»Es ist eine richtige Erholung, völlig anders als meine sonstige Arbeit«, erwiderte sie. Er hörte etwas in ihrer Stimme mitschwingen, das ganz ungewohnt war: Sie klang spielerisch, sorgloser, jünger. »Es ist, als wäre alles egal. Grammatik, Wortwahl, Stil. Nichts zählt, nur die Geschichte, der Fluß der Geschichte. Und das ist kinderleicht.«

»Das ist eben dein Talent«, bemerkte er loyal.

»Nun, ich glaube, das kann ich ganz gut«, sagte sie. »Und ich habe viel darüber nachgedacht, wer ich bin.«

»Wer du bist?«

»Es geht um meine falsche Identität.«

»Ach ja. Also, wer bist du?«

»Ich glaube, ich bin Genevieve de Vere.«

»Großer Gott.«

»Gefällt es dir?«

»Himmlisch. Nur es klingt wie ein Pseudonym. Wenn niemand wissen soll, daß es ein Pseudonym ist, dann brauchen wir einen Namen, der ein bißchen normaler wirkt.«

»Griselda de Vere?«

»Griselda Vere?«

»Oh, na gut. Kommt mir aber ein bißchen prosaisch vor. Ich weiß was: Nennen wir sie Zelda, wie die Frau von Scott Fitzgerald.«

»Phantastisch«, stimmte er zu. »Das ist nicht zu romantisch. Spar dir die Romantik lieber für den Roman.«

»Mache ich. Der ist wirklich romantisch«, schwärmte sie begeistert. »Der Held hat ein Grübchen am Kinn.«

Troy lachte. »Ich wette, er war nicht mal auf der Uni!«

»Ich erwähne seine akademische Laufbahn mit keinem Wort«, erwiderte Isobel würdevoll. »Aber er leistet ganz Außerordentliches im Fach Sex.«

»Was denn zum Beispiel?« fragte Troy fasziniert.

»Das ist das Problem«, sagte sie und senkte ihre Stimme zu einem Flüstern, während sie auf die geschlossene Tür ihres Arbeitszimmers blickte. »Ich bin mir nicht ganz sicher. Ich hätte gerne, daß irgendwas an seinen Genitalien ganz außergewöhnlich ist.«

Troy hatte das Gefühl, mit einer Isobel Latimer zu telefonieren, wie sie niemand zuvor gekannt hatte. Er hielt seine Stimme ganz neutral, weil er diese neue Facette ihrer Persönlichkeit nicht gleich wieder aus dem Blick verlieren wollte. Wer weiß, wie sich das noch entwickeln mochte. »Oh, hat das einen bestimmten Grund?«

»Na ja, ich glaube, das Genre verlangt das. In den Büchern, die du mir geschickt hast, haben die Helden alle – bemerkenswerte Eigenschaften. Im allgemeinen sind sie von der Natur prächtig ausgestattet, aber sie haben auch immer irgendein Extra.«

»Wie wäre es mit ein paar Ringen?« fragte Troy. »So eine

Art Ohrringe. Nur eben ...«, er unterbrach sich, »... eben nicht im Ohr.«

»In den Genitalien?« staunte sie.

»In der Vorhaut, glaube ich.«

Fassungsloses Schweigen.

»Habe ich mal gehört«, fügte Troy hastig hinzu.

»Und wer macht so was? Macht man das selbst?«

»O nein! Dazu geht man in ein Piercing-Studio.«

»Ein Studio?«

»Ein Künstlerstudio ist das nicht. Mehr ein Schönheitssalon.«

»Und warum würde ein Mann so was machen?«

Troy zögerte. Er kannte Isobel nun sechs Jahre, aber ein solches Gespräch hatte er bisher mit ihr noch nie geführt. Er verspürte ein köstliches Unbehagen. »Manche Leute empfinden großes Vergnügen beim Einführen des Rings. Man sagt mir, daß er die sexuelle Empfindung enorm steigert, wenn er – eh – voll aktionsfähig ist.«

Er fürchtete, er hätte sie schockiert, vielleicht sogar beleidigt.

»Kennst du jemanden, der so was hat? Und würde er mir das zeigen?«

Troy konnte ein Kichern nicht unterdrücken. »Ich kenne einen Typen, der sehr stolz drauf ist. Der würde es dir vielleicht zeigen. Aber ...«

»Ich komme morgen in die Stadt«, sagte sie. »Laß uns zusammen Mittag essen. Ich lade ihn zum Lunch ein. Sag ihm, daß Zelda Vere ihn kennenlernen möchte.«

Zelda Vere sah, wie sich herausstellte, genauso aus wie Isobel Latimer und war auch wie sie gekleidet, nur trug sie das Haar offen und hatte die Augen hinter einer dunklen Brille versteckt.

»Hättest du mich erkannt?« erkundigte sie sich hoffnungsvoll bei Troy.

»Sofort«, erwiderte der. »Und alle, die in London was mit Literatur zu tun haben, auch. Du mußt dich gründlicher verändern, wenn wir das wirklich durchziehen wollen.«

»Ich dachte, wenn ich mein Haar offen trage ...«

»Zelda Vere hätte eine gewaltigere Frisur«, behauptete Troy mit Überzeugung. »Ich meine, eine gewaltige toupierte blonde Mähne. Und pfundweise Make-up und klotzigen Schmuck und ein quietschgrünes Kostüm mit riesengroßen Goldknöpfen.«

Isobel zwinkerte. »Ich weiß nicht, ob ich das schaffe«, meinte sie. »So was habe ich überhaupt nicht im Schrank.«

»Wir fangen mit dem Kostüm an«, sagte Troy. »Komm mit.« Er stürmte aus dem Büro und rief seiner Assistentin im Laufen zu: »Sag Freddie fürs Mittagessen ab, Schätzchen, bitte. Sag ihm, wir verschieben das Treffen auf später.« Dann rannte er die Treppe hinunter und winkte ein Taxi herbei.

»Wir gehen die Sache also jetzt ernsthaft an?« fragte er, während er die Tür des Taxis zuschlug. »Das Buch wird fertig? Du willst wirklich Zelda Vere werden?«

»Bist du sicher, daß Zelda Vere eine Viertelmillion verdienen kann?« konterte sie.

Er überlegte einen Augenblick. »Ja. Wenn das Buch so gut ist, wie du behauptest.«

Sie nickte. »Ich bin ganz sicher, daß es so gut ist.«

»Und du bist auch sicher, daß du die Sache durchziehen willst? Es wird uns Unsummen kosten, dich einzukleiden. Und die Unsummen gehen erst mal von *meinem* Konto ab, was noch schlimmer ist. Mein Ruf steht auf dem Spiel, wenn wir anfangen, uns an die Verlage zu wenden. Du willst es also wirklich durchziehen?«

»Ich muß«, sagte sie brüsk. »Ich kann sonst nicht mehr für Philip sorgen.«

Er beugte sich vor. »Zu Harrods bitte«, wies er den Fahrer knapp an.

Isobel berührte ihn am Arm. »Hast du gesagt, *dein* Geld?«

Er strahlte sie an. »Ich versuche es als Risikokapital zu betrachten.«

»Du leihst mir Geld?«

Troy nickte kurz. »Muß ich«, sagte er. »Wir müssen dich durchstylen und aufmöbeln und polieren, und das wird ein ordentliches Sümmchen verschlingen. Du hast es nicht – bis wir das Buch verkauft haben. Also leihe ich es dir.«

Sie zögerte. »Und was ist, wenn niemand den Roman haben will? Oder wenn sie nicht soviel dafür zahlen wollen?«

Er lachte auf. »Dann bin ich genauso enttäuscht wie du.«

Einen Augenblick verschlug es Isobel die Sprache, und er merkte, daß sie mit den Tränen kämpfte.

»Du riskierst dein Geld, um mir zu helfen?« wiederholte sie.

Er nickte.

Zu seiner großen Überraschung berührte sie ganz sanft mit der Fingerspitze seinen Handrücken, eine Geste, die so zart war wie ein Kuß. »Danke«, sagte sie leise. »Das bedeutet mir sehr viel.«

»Warum?«

»Weil mir niemand geholfen hat, seit Philip krank geworden ist. Ich war vollständig allein gelassen. Du gibst mir das Gefühl, wir würden dieses Projekt gemeinsam angehen.«

Troy nickte. »Wir sitzen beide im selben Boot«, versprach er ihr.

Sie machten sich nicht die Mühe, selbst nach den Kleidern zu suchen, die sie brauchten. Troy redete ein paar Worte mit dem Chefverkäufer in der Designer-Etage, und schon führte man sie in einen Raum, der wie ein außerordentlich luxuriös eingerichtetes Wohnzimmer in einem Privathaus wirkte.

»Ein Glas Champagner, Madam? Sir?« fragte eine Verkäuferin.

»Ja, bitte«, erwiderte Troy seelenruhig und nickte Isobel zu, damit sie ihr ehrfürchtiges Staunen in den Griff bekam.

Spiegeltüren gingen auf, und eine weitere Verkäuferin trat ein und schob einen Ständer mit vielen Kleidern und Kostümen vor sich her.

»Wir brauchen auch einen Termin fürs Make-up und den Friseur«, murmelte Troy.

»Selbstverständlich, Sir«, antwortete die Verkäuferin im Flüsterton. »Hier wären zunächst einmal die Kleider.«

Eines nach dem anderen wurden die Kleider von der Stange genommen, aus den Plastikschutzhüllen geschält und wie der Umhang eines Toreros vor Isobels starrem Blick geschwenkt.

»Probier das in Pink an«, riet Troy. »Und das gelbe.«

Isobel schreckte vor den schrillen Farben zurück. »Wie wäre es mit dem grauen?«

»Wird Madam ihr Haar färben lassen?« erkundigte sich die Verkäuferin.

Isobel warf Troy einen Blick zu.

»Hellblond«, bestätigte der.

»Dann wäre das in Pink wirklich wunderbar«, sagte die Verkäuferin. »Es wäre schade, wenn wir nicht auf maximale Wirkung setzen würden. Das Pink und das Gelb wirken wirklich sehr.«

Sie hängte die Kostüme in eine mit einem Vorhang abgetrennte Umkleidekabine. Zögernd trat Isobel ein, und der Vorhang wurde hinter ihr zugezogen. Diskret schob man noch ein Paar hochhackige goldene Sandalen und ein Paar hohe Pantoletten in Pink unter dem Vorhang hindurch. Isobel betrachtete die Schuhe voller Mißtrauen.

Sie zog ihr wollweißes Leinenkleid aus und zuckte kurz zusammen, als sie sich im Spiegel sah. Sie trug einen BH und einen Slip, die vom vielen Waschen in der Maschine vergraut waren. Ihre Hüften waren rund, ihre Oberschenkel ein wenig schlaff, der Bauch leicht wabbelig. Im erbarmungslosen Licht der Umkleidekabine ließ es sich nicht mehr verheimlichen: Sie war eine Frau in mittleren Jahren, die sich nicht besonders gut gepflegt hatte.

Sie zuckte die Achseln und zog die Jacke in Pink über. Sie paßte perfekt. Sofort wirkte ihr Oberkörper blendend gebaut, wohlproportioniert, irgendwie geordnet. Der Rock glitt mühelos über die Hüften, sie zog den Reißverschluß mit Leichtigkeit zu. Das Kostüm wirkte zwar verblüffend schmal, war aber großzügig geschnitten. Der Rocksaum berührte gerade ihre Knie. In den letzten zehn Jahren hatte Isobel kaum einmal ein Kleidungsstück getragen, das kürzer war als halbe Wadenlänge. Sie schlüpfte in die pinkfarbenen Pantoletten. Sofort wirkten ihre Beine länger. Das Pink der Jacke gab ihrem Gesicht Farbe, ließ die Haut leuchten. Sie warf ihr Haar zurück und versuchte sich vorzustellen, wie sie als Blondine aussehen würde.

»Komm raus«, bettelte Troy. »Laß dich anschauen.«

Vorsichtig schob sie den Vorhang zur Seite, trat beinahe schuldbewußt heraus. Troy, das Champagnerglas in der Hand, betrachtete sie mit plötzlicher schmeichelhafter Aufmerksamkeit.

»Großer Gott, Isobel«, sagte er. »Umwerfend.«

Sie errötete, schwankte leicht auf den hohen Absätzen. »Es ist so ganz anders als das, was ich sonst ...«

»Man bleibt ja so leicht an festen Gewohnheiten hängen ...« meinte die Verkäuferin freundlich. »Es ist auch nicht leicht, immer mit der Mode zu gehen. Und besonders, wenn Madam auf dem Land lebt ...«

Die Assistentin hielt ihr ein großes Tablett hin, auf dem Ohrringe und passende Halsketten lagen. Sanft schob man Isobel zum Spiegel, und die Verkäuferin raffte ihren brünetten Haarschopf zusammen und türmte ihn mit zwei geschickt plazierten Haarklemmen auf den Kopf.

»Nur damit Sie sich eine Vorstellung machen können«, flüsterte sie.

Isobel hatte keine durchstochenen Ohrläppchen, doch die Verkäuferinnen legten ihr eine Art Haareifen aus Plexiglas über den Kopf und hängten die Ohrringe auf Ohrhöhe daran.

Sie wählten massive Glasbrocken aus, die wie Diamanten aussahen, und große, bunte Emailblüten. Sie legten ihr die dazu passenden Ketten um den Hals.

»Madam haben einen so schönen langen Hals, daß Sie beinahe alles tragen könnten«, verkündete die Verkäuferin, als wäre sie über diese Entdeckung wirklich höchst erfreut. »Ich bin erstaunt, daß Sie sich die Ohren nicht haben durchstechen lassen.«

»Es ist einfach nicht mein Stil«, erwiderte Isobel unsicher.

»Eigentlich eine Schande, daß Sie diesen wunderhübschen Hals nicht richtig zur Geltung kommen lassen«, meinte die Verkäuferin.

Isobel stellte fest, daß sie vor ihrem eigenen Spiegelbild die Schultern straffte und das Kinn nach oben reckte. Nie zuvor hatte sie über die Länge ihres Halses nachgedacht, aber nun, mit hochgestecktem Haar und dem rosigen Schimmer, den der Stoff des Kostüms ihrer Haut verlieh, fand sie, daß sie da wirklich mit einem ganz besonderen Pluspunkt gesegnet war, den sie öfter in Szene setzen sollte.

»Ich möchte dich auch noch in dem Gelben sehen«, sagte Troy. »Und dann vielleicht noch in einem Cocktailkleid? Für Partys?«

Isobel verschwand wieder hinter dem Vorhang und probierte das gelbe Kostüm an. Sie trug es mit einem glitzernden goldenen Halstuch und wirkte um Jahre verjüngt. Die goldenen Sandalen waren überraschend bequem. Während sie sich umzog, rollten die Verkäuferinnen einen Kleiderständer mit Cocktailkleidern herein, und Isobel wirbelte durch eine rasante Folge von blauem Lamée, rosa Tüll, schwarzem Samt und Mitternachtsblau, um sich schließlich für ein strahlendes Kleid von Lacroix und ein schlichtes marineblaues Diorgewand zu entscheiden, das sie mit einer silbernen Jacke tragen sollte.

»Für maximale Wirkung«, riet ihr die Verkäuferin.

»Und dann noch Strümpfe, Dessous und Schuhe«,

kommandierte Troy. Er trank sein drittes Glas Champagner, und man hatte ihm Sandwiches gebracht, die er essen konnte, während er wartete. »Nur einige wenige schöne Sachen. Zwei von jedem.«

»Probiert Madam auch die Dessous an?« erkundigte sich die Verkäuferin im Flüsterton.

»O ja«, erwiderte Troy.

Sie mußten eine Weile warten, dann kam eine Frau herein, die einen Wagen mit den herrlichsten Dessous vor sich her schob, die Isobel je gesehen hatte. Alles war bestickt oder mit Spitze verziert oder aus schimmernder schmiegsamer Seide: Bodys, BHs, Teddys und Bustiers, French Knickers, Tangas und Slips.

»So was habe ich noch nie gesehen«, japste Isobel.

Sogar Troy betrachtete den Wagen mit einer gewissen Hochachtung. »Was immer Madam am besten gefällt«, sagte er, sich rasch erholend.

Isobel verschwand mit der Verkäuferin hinter dem Vorhang. Schüchtern zog sie ihren BH aus, genierte sich wegen des ausgeleierten Gummis und dem Eindruck schäbigen Alters. Die Verkäuferin gab keinerlei Kommentar ab, sondern flüsterte nur: »Wenn Sie sich bitte vorbeugen würden, Madam.«

Errötend lehnte sich Isobel vor, und die Verkäufern schlang glatte, kühle Seide um sie, schloß blitzschnell die Häkchen, zog dann mit geschickten Fingern die Träger stramm und schob Isobels Busen hin und her, bis der BH ihre Brüste wie zwei vollkommene Hände liebevoll und fest umfing.

»Oh«, hauchte Isobel. »So bequem!«

»Und so vorteilhaft«, betonte die Verkäuferin. Isobel blickte in den Spiegel. Ihre Brüste saßen mehrere Zentimeter höher als sonst, und ihre Taille, ihr ganzer Körper wirkte dadurch länger und schlanker. Im Profil war ihre Taille straffer, die Hüften sahen geschmeidiger aus. Die Verkäuferin lächelte. »Es macht soviel aus«, konstatierte sie mit schlichtem Stolz. »Jetzt schlüpfen Sie noch einmal in die Jacke.«

Die saß ein wenig knapper als zuvor, sah aber sogar noch

besser aus. Isobel zog den Vorhang zurück und ging zu Troy hinaus.

»O ja«, sagte er, als er sie sah. »Überraschend. Es macht wirklich was aus. Wir nehmen ein halbes Dutzend von allem«, wies er die Verkäuferin an.

Die lächelte. »Wir lassen es einpacken.«

Die Verkäuferin hielt der Frau mit den Dessous die Tür auf und sagte: »Die Stylistin für das Make-up wäre soweit.«

»Soll reinkommen«, krähte Troy fröhlich.

Isobel wurde zum Spiegel geleitet und in ein zartrosa Frottiertuch gehüllt. Das Make-up-Mädchen reinigte ihr Gesicht mit einer süßriechenden körnigen Creme und wischte dann alles mit einer duftenden Flüssigkeit ab. »Ihr Gesichtswasser«, flüsterte sie ehrfürchtig. »Und nun ihre Feuchtigkeitscreme. Sie benutzen doch täglich Reinigungsmilch, Gesichtswasser und Feuchtigkeitscreme, Madam?«

»An manchen Tagen schon. Kommt drauf an.« Sie wollte nicht zugeben, daß ihre regelmäßige Schönheitspflege daraus bestand, sich das Gesicht mit Wasser und Seife zu waschen und dann ein bißchen Creme und Lippenstift draufzutun.

Die Make-up-Künstlerin bereitete Isobels Gesicht vor, als grundiere sie eine Leinwand, und legte dann ihre Utensilien zurecht: zunächst fächerte sie die Bürsten und Pinsel auf, die sie brauchen würde, dann breitete sie die Farbpalette aus.

»Wollen wir einen natürlichen Look?« erkundigte sie sich.

»Ja«, erwiderte Isobel.

»Nein«, sagte Troy.

»Maximale Wirkung«, erklärte die Verkäuferin. »Madam möchte ein Aussehen von maximaler Wirkung.«

»Selbstverständlich«, sagte das Mädchen. »Ist es für einen besonderen Anlaß?«

Troy schaute sie grimmig an. »Streng vertraulich«, sagte er bestimmt.

»Ah, natürlich«, erwiderte sie und strich pfirsichfarbene Grundierung auf Isobels Wangenknochen.

Isobel schloß die Augen, als die beiden Naturschwämmchen ihr Gesicht sacht streiften, gab sich ganz dem Gefühl hin, mit winzigen federleichten Berührungen gestreichelt zu werden. Als würde man sehr sanft und sehr zärtlich geküßt. Sie versank in einen Tagtraum. Sie war einigermaßen enttäuscht, als alles fertig war und das Make-up-Mädchen sagte: »Bitte sehr, Madam. Wie gefällt es Ihnen?«

Isobel schlug die Augen auf und starrte die fremde Frau im Spiegel an.

Ihre Augen waren breiter und größer, von einem tiefen, geheimnisvollen Grau. Das Gesicht war schmaler, die Wangenknochen so betont, daß sie nun slawisch und glamourös wirkte und nicht mehr wie eine verblühende und ziemlich gewöhnliche englische Rose. Die Wimpern waren dunkel und üppig, die Augenbrauen elegant geschwungen. Sie sah aus wie ein stilisiertes, leicht überhöhtes Gemälde ihrer selbst.

»Ich bin ... ich bin ...«

Troy erhob sich vom Sofa, stellte sich hinter sie, die Hände ehrfürchtig auf ihre handtuchumhüllten Schultern gestützt, und betrachtete sie im Spiegel, schaute ihr in die reflektierten Augen, nicht in die wirklichen.

»Du bist schön«, sagte er ruhig. »Wir scheffeln hier nicht bloß Geld, wir schaffen eine neue Person. Zelda Vere wird wunderschön.«

»Friseur?« fragte die Verkäuferin. »Färben und ein neuer Schnitt?«

»Nein!« rief Isobel mit plötzlicher Entschlossenheit. Sie wandte sich zu Troy. »Das hier kann ich im Zug auf der Heimfahrt abwischen«, flüsterte sie. »Und die Kleider kann ich verstecken. Aber ich kann unmöglich als Blondine nach Hause kommen. Das wäre furchtbar.«

Er fuhr zusammen, als ihm klar wurde, was sie da gesagt hatte. »Du hast doch nicht etwa vor, das alles hier vor Philip geheimzuhalten?«

Isobel blickte sich um. Die Verkäuferin zog sich diskret

zurück, und die Make-up-Künstlerin war vollauf damit beschäftigt, ihre Pinsel zu sortieren.

»Ich muß«, sagte Isobel. »Wenn er wüßte, daß ich ein derart kommerzielles Buch schreibe, es würde ihm das Herz brechen. Wenn er wüßte, daß ich es für ihn tue, er würde sich in Grund und Boden schämen, einfach nicht damit fertig werden. Er haßt solche Bücher, und er haßt solche Autorinnen. Es muß also ein absolutes Geheimnis bleiben. Vor der Welt und vor ihm. Er würde vor Scham vergehen, wenn er es wüßte. Er ...«

»Er was?« wollte Troy wissen.

»Er denkt, daß meine Bücher sich immer noch gut verkaufen. Ich habe ihm nicht erzählt, daß wir seit Jahren Probleme haben. Jetzt kann ich es ihm nicht mehr sagen. Und von dem neuen Buch erzähle ich ihm nichts.«

Troy pfiff einen Dreiklang durch die Zähne. »Er denkt, du verdienst prima? Er weiß nichts?«

Isobels verzweifelte Augen blickten hinter der gelassenen, wunderschönen Maske hervor. »Ja«, antwortete sie. »Es tut ihm nicht gut, wenn er sich Sorgen macht. Ich konnte das nicht riskieren. Seit er krank wurde, hat er alles mir überlassen. Ich habe einfach alle unsere Sparbücher zu Geld gemacht und ihm gesagt, alles wäre in bester Ordnung. Ich wußte nicht, was ich sonst hätte machen sollen.«

»Also hängt jetzt alles von dieser Sache hier ab?« wollte Troy wissen.

Isobel nickte. »Aber ich kann mein Aussehen nicht auf Dauer verändern«, warnte sie ihn. »Also kann ich keine Blondine werden.«

»Na gut, wenn's sein muß«, sagte Troy und hatte das Gefühl, daß das Risiko bei diesem Glücksspiel mit jeder Minute höher wurde. »Mir macht das nichts, wenn du glaubst, daß du damit durchkommst. Das Bankkonto sollte ja ohnehin geheim bleiben, also ist es mir einerlei. Wenn du denkst, daß du das zu Hause hinkriegst.«

»Aber ich kann mir nicht die Haare färben lassen.«

»Und was ist mit einer Perücke?« Er wandte sich zu der Verkäuferin um. »Perücken«, sagte er bestimmt. »Blonde Perücken.«

»Natürlich, wenn Madam ihren Stil nicht für immer verändern möchte, dann ist das eine ideale Lösung«, erwiderte die Verkäuferin aalglatt. Sie nickte ihrer Assistentin zu, und die ging kurz weg. »Vielleicht nur ein wenig nachschneiden, um der Frisur wieder Fasson zu geben, wäre das eine gute Idee?«

»Gut, ein wenig nachschneiden, das ist in Ordnung«, gestattete Isobel. »Aber ich lasse mir die Haare nicht färben.«

Die Verkäuferin nickte und trat zur Seite, als ein Gestell mit Perücken nebst einer Assistentin zum Anpassen hinter ihr auftauchte.

»Noch ein Glas Champagner, Sir?« fragte sie Troy, der sich wieder auf dem Sofa niederließ. »Ja, bitte«, erwiderte er. Die Friseuse kam herein und begann Isobels Haar mehr Fasson zu geben.

Isobel blickte in den Spiegel, war nun für die Perücke bereit. Zunächst stopften sie Isobels eigenes Haar unter eine fleischfarbene Haube, die so eng ansaß und so unbequem war wie die Badekappen, die sie in der Schule zum Schwimmen aufsetzen mußte. Dann preßten sie ihr eine riesige Haarmähne darüber. Isobel fühlte sich von dieser Prozedur so mitgenommen, daß sie ganz grimmig dreinschaute, als sie in den Spiegel blickte, um die Wirkung zu studieren.

Sie sah eine schmollende Schönheit, eine verzogene, schimmernd elegante, goldene Frau unbestimmten Alters. Die strahlende Helligkeit des Haares unterstrich ihren vollkommenen Teint, ließ die Augen dunkler erscheinen, die Wimpern dramatisch schwarz und dicht. Die aufgebauschte Frisur machte ihr Gesicht schmal und elegant. Sie sah aus, wie all die Frauen auf den Seiten der Klatschzeitschriften, die Frauen, die vorgeben, den Photographen nicht bemerkt zu haben, die gemeinsam über einen Scherz lachen, aber doch niemals die Augen zusammenkneifen, wenn der Blitz aufleuchtet, die immer auf den richtigen Partys sind, bei den Preisverleihungen, die im Winter Ski fahren und im Sommer segeln gehen, die New York kennen und zu den Modeschauen nach Paris fahren, die einander »Darling« nennen und Küßchen verteilen, ohne daß dabei Lippen mit Wangen in Berührung kommen. Frauen, die reiche Männer geheiratet haben und sie nicht wieder loslassen. Frauen, die Wohltätigkeitsbälle veranstalten, neue Duftnoten einführen, Rennpferde besitzen, ihren Namen unter Bestseller-Biografien setzen, die ein Ghostwriter über imaginäre Ereignisse verfaßt hat.

»Bingo«, ließ sich Troy vom Sofa vernehmen. »Aschenputtel.«

»Maximale Wirkung«, sagte die Verkäuferin anerkennend. »Herrlich.«

Troy stand auf. »Wir nehmen alles«, meinte er. »Wir nehmen alles gleich mit.«

»Madam sollte besser zwei Perücken nehmen«, riet die Friseuse. »Wenn die eine zum Waschen und Legen ist, kann sie die andere benutzen.«

»Oh, das stimmt wohl«, meinte Troy.

»Und wir können Ihnen natürlich alles nach Hause liefern«, bot die Verkäuferin an.

Er schüttelte den Kopf. »Unser Wagen wartet draußen.« Er wandte sich Isobel zu. »Willst du alles gleich anlassen? Wir könnten Freddie hierher zum Tee einladen. Es an ihm ausprobieren?«

Die reiche Frau im Spiegel lächelte vollkommen selbstbewußt. »Warum nicht?« fragte sie ihr Spiegelbild.

Freddie schenkte allen dreien auf der Terrasse Tee ein, war entzückt, die Bekanntschaft von Zelda Vere zu machen.

»Eine meiner Autorinnen«, stellte Troy sie vor. »Eine neue Autorin. Sie beendet gerade ein wahnsinnig aufregendes Buch ...«

»Es wird dieses Jahr noch fertig«, versprach Isobel.

»Wann immer du willst«, meinte Troy. »Freddie ist Innenarchitekt und kennt sich aus in der großen Welt.«

Freddie grinste. »Wirklich?«

»Zelda interessiert sich von Berufs wegen für Body-Piercing«, sagte Troy und warf diskrete Blicke auf die Tische in der Nähe. »Ich habe versucht, ihr einen ›Prince Albert‹ zu beschreiben.«

Freddies strahlender Blick traf sich mit Isobels Augen. »Den müssen Sie sich wirklich ansehen«, sagte er.

»Ich hatte gehofft, daß ich das machen könnte«, erwiderte sie und merkte dann, daß ihre Stimme, ihre zögerliche Höflichkeit überhaupt nicht zu dem quietschrosa Kostüm und der wilden blonden Mähne passen wollten. Sie warf das Haar zurück und versuchte es noch einmal. »Ich habe mir versprochen, daß ich mir gleich Ihren ansehen darf.«

Freddie lachte schrill. »Hier?« fragte er.

Die neue wildmähnige Isobel zuckte mit keiner Wimper. »Wenn Sie wollen.«

»Also, Kinder, wirklich«, unterbrach Troy. »Wir gehen für unsere Doktorspielchen wohl besser zu mir in die Wohnung.«

»Aber warum wollen Sie das überhaupt wissen?« erkundigte sich Freddie und goß heißes Wasser in die Teekanne nach.

»Für meinen Roman«, erwiderte Isobel. »Mein Held ist ein finsterer Satansjünger, und ich wollte ihm noch einen ... einen ... besonderen Gag verpassen.«

Freddie wirkte ein wenig beleidigt. »Ein Prince Albert ist kein Gag«, sagte er. »Er ist ein Bekenntnis.«

»Wozu?«

Er zögerte einen Augenblick und entschied sich dann, es ihr zu verraten. »Man kann entweder die Person bleiben, als die man geboren ist: anständig erzogen, gutes Elternhaus, netter Job, passables Einkommen, wohlerzogene Kinder, angenehmes Zuhause – okay?«

Isobel nickte und spürte, wie das Gewicht ihres Haares ihrem Nicken eine besondere Betonung gab.

»Oder man kann sich neu definieren. Irgendwann erreicht man ein gewisses Alter, hat alles gemacht, was sie von einem erwarten. Man hat die Ausbildung, die einem den Job verschafft, der einem die Rente verschafft, und dann schaut man sich um und fragt sich – soll ich wirklich mein Leben lang so leben und arbeiten, nur damit ich, wenn ich alt bin, eine Rente bekomme? So ist es mir gegangen. Ich war Steuerberater, ich habe viele Jahre damit verbracht, für meine Prüfungen zu lernen, meine Partnerschaft in einer Kanzlei zu bekommen und für meine Mandanten zu schuften, und dann bin ich plötzlich eines Morgens aufgewacht und habe gedacht, das langweilt mich alles so sehr, daß ich kaum noch aus dem Bett komme. Es ist mein Leben, und es langweilt mich zu Tode.«

Isobel wartete. Sie hatte das seltsame Gefühl, etwas ungeheuer Wichtiges zu hören. Dieser Mann, den sie zunächst für einen rechten Narren gehalten hatte, hatte ihr etwas zu sagen, das sie sich anhören sollte.

»Nun, ich habe die Leinen gekappt«, sagte Freddie leise. »Ich habe mich geoutet. Ich habe meiner Mutter und meinem Vater gesagt, daß ich schwul bin. Ich habe meinen Job hingeschmissen, bin Innenarchitekt geworden, und ich habe meinen Penis piercen lassen und mit allerlei Schmuck verziert.«

Isobel zwinkerte und spürte, daß die Wimperntusche an ihren Wimpern klebte wie Tränen.

»Das ist meine Art auszudrücken, daß ich nicht in einer Schublade bleiben muß. Ich muß nicht sein, wofür mich andere halten. Ich kann meinen eigenen Weg suchen, ich kann jemand ganz anderer sein. Ich muß nicht die Identität behalten, die meine Eltern für mich ausgesucht haben. Ich muß nicht einmal bei meiner ersten Wahl für die neue Identität bleiben. Ich kann mich befreien.«

Isobel nickte. »Ich weiß, was Sie meinen«, sagte sie. »Obwohl das nicht für alle Menschen gilt. Manche Leute müssen innerhalb ihrer Grenzen bleiben. Manche Leute treffen eine Wahl, gehen vielleicht nicht den einfachsten Weg. Aber sie halten es für das Richtige. Manche Leute wollen vor allem immer das Richtige tun. Sie kennen die Regeln und bleiben innerhalb dieser Regeln. Manche Leute müssen das einfach tun.«

Freddie schüttelte den Kopf. »Niemand muß irgendwas.«

Kapitel 3

Als sie in Troys Wohnung angekommen waren, schenkte er Rosé-Champagner aus. Freddie zog fragend eine Augenbraue hoch: »Ich hab was dabei, wenn du möchtest?«

Troy warf Isobel einen raschen Blick zu; die gab vor, den antiken Spiegel über dem Kaminsims zu betrachten, bewunderte aber in Wirklichkeit den Glanz ihres Haars und den Schimmer ihrer Haut.

»Wenn du uns einen Augenblick entschuldigen würdest«, sagte Troy zu ihr.

Freddie blickte ihn überrascht an. »Möchte Zelda nicht auch …?«

»Nein«, antwortete Troy knapp. »Allergie.«

Freddie war verwundert. »Eine Kokain-Allergie? Wie schrecklich! Sie Ärmste! Wie kommen Sie da bloß klar? Ich würde ja sterben …«

»Wie?« fragte Isobel, die plötzlich begriff, wovon er sprach.

Troy schüttelte warnend den Kopf in Richtung Freddie, aber es war schon zu spät.

»Ihr nehmt Kokain?« Isobel war zutiefst schockiert.

»Er nicht, ich schon«, log Freddie verzweifelt. »Ich versuche immer, Troy zu überreden, daß er es mal probiert, aber er weigert sich stets.«

»Das will ich doch hoffen«, sagte Isobel überzeugt. »Es macht doch schrecklich süchtig, nicht? Und gesund ist es auch nicht?«

Troy warf Isobel einen bedeutsamen Blick zu. »Du überraschst mich wirklich«, sagte er und betonte jedes Wort. »Ich hatte dich immer für eine Frau von großem Raffinement gehalten. Alle behaupten doch, Zelda Vere sei eine Frau von Welt.«

Isobel zuckte innerlich kurz zusammen und zauberte dann den empörten Ausdruck von ihrem Gesicht. »Oh, natürlich«, sagte sie, als sie sich von ihrem Schrecken erholt hatte. »Es ist nur, ich kenne so viele Leute, die furchtbare Probleme mit dem Zeug haben.«

Troy nickte. »Wir bleiben einfach bei Champagner, okay?«

»Klar«, antwortete Freddie freundlich.

Troy schenkte ihnen allen noch ein Glas ein, und die beiden Männer begannen, Isobel mit Anekdoten amüsant zu unterhalten. Die schleuderte ihre rosa Pantoletten von den Füßen und zog die langen Beine unter, fühlte sich jung und wagemutig. Fröhlich lachten sie miteinander, während die Flasche rasch zur Neige ging.

»Also dann«, meinte Troy in eine Gesprächspause hinein. »Zeig mal den Familienschmuck her, Freddie.«

Isobel folgte den beiden Männern ins Gästezimmer. Troy schloß die Tür, und einen Augenblick herrschte eine köstliche, heimliche Intimität. Isobel war vom Champagner beschwipst und erregt von ihrer neuen Schönheit, von den außergewöhnlichen Umständen. Sie lehnte sich gegen die Tür und machte sich mit dem Gedanken vertraut, daß sie sich in einem Schlafzimmer befand, ziemlich betrunken, ganz allein mit zwei attraktiven jungen Männern.

»Ich geniere mich ein bißchen«, gestand Freddie.

»Ach, *bitte* zeigen Sie ihn mir«, bettelte Isobel. »Ich muß ihn wirklich sehen.«

Freddie zog den Reißverschluß seiner Hose auf, ließ sie auf die Knie herunterrutschen. Dann schob er seine schwarzseidenen Boxershorts nach unten, um ihr seinen Penis zu zeigen, der schon sanft anschwoll. »Tut uns leid, ihm da unten und mir«, sagte er charmant. »Es ist wohl die geballte Aufmerksamkeit.«

Sie betrachtete ihn fasziniert. Es war der zweite Penis, den sie in ihrem Leben zu Gesicht bekam. Philip war ihr erster und einziger Liebhaber gewesen, und selbst ihn hatte sie nun drei Jahre nicht mehr nackt oder gar erregt gesehen. »Oh, das ist aber schön«, hauchte sie.

Die Vorhaut seines Penis war von zarten Silberknöpfen umringt, und an der Spitze prangte ein feiner silberner Knopf. Alle drei starrten sie darauf, sprachlos und höchst beeindruckt.

»Könnte das für Sie von Nutzen sein?« erkundigte sich Freddie.

Diese Frage war für Troy zu viel. Er prustete los und lachte schallend. »Das will ich doch meinen, daß das von ungeheurem Nutzen für sie sein könnte.«

Isobel zögerte, versuchte, keine Miene zu verziehen, aber dann erfaßte sie die Welle des Gelächters, bis ihr vor Lachen die Tränen in die Augen traten und die Wimperntusche verschmierten.

Troy komplimentierte Freddie aus dem Haus und wandte sich dann zu Isobel. »Also los, Aschenputtel«, sagte er. »Es wird Zeit, daß wir dich wieder in die alten Lumpen hüllen, damit du deinen Zug nicht verpaßt.«

Sie waren wie Schauspieler in einem Theaterstück, konzentrierten sich auf die Arbeit, die sie zu erledigen hatten. Er half ihr aus der Kostümjacke, hängte sie auf den Bügel, steckte die Schuhspanner in die Pantoletten. Der Kleiderschrank in Troys Gästezimmer sollte ab jetzt für Zelda Veres plastikumhüllte Gewänder reserviert sein. Es gab zwei Ständer für die Perükken. Zeldas teure Kosmetikartikel wurden in einer Schublade der Kommode verstaut. Isobel ließ Troy die Plastikschutzhüllen über Kostümjacke und Rock ziehen, während sie in ihr Leinenkleid schlüpfte. Sie bemerkte zum erstenmal, daß es nicht richtig saß. Es beutelte unter den Armausschnitten, von der Seite konnte man den alten, schlechtsitzenden BH sehen, die Taille war zu lang. Mit dem wadenlangen Rock zu den flachen Schuhen wirkten ihre Beine kurz und dick.

»Ich könnte doch eines von den Kostümen mit nach Hause nehmen«, meinte sie verträumt.

»Kommt nicht in Frage«, bestimmte Troy. »Wenn du deine verschiedenen Persönlichkeiten überlappen läßt, dann sieht dich vielleicht jemand und erkennt die Verbindung. Du mußt dich wie eine Spionin verhalten. Die Trennung muß absolut wasserdicht sein. Zelda wartet hier auf dich – in den Schubladen und im Kleiderschrank. Isobel fährt heute abend brav mit dem Zug nach Hause, und du läßt dir besser was einfallen, wo sie den ganzen Abend gewesen ist, sonst hältst du den Betrug niemals durch.«

»Er weiß schon, daß es etwas später wird«, sagte Isobel zögerlich. »Ich habe ihn von Harrods aus angerufen und ihm gesagt, daß ich mit dem Verleger zu Abend esse. Er wartet nicht auf mich.«

»Paß nur auf, daß deine Geschichte perfekt stimmt«, drängte Troy, legte ihr die Jacke über die Schulter und machte ihr die Haustür auf. »Wo habt ihr zu Abend gegessen? Was habt ihr gegessen? Solche Sachen. Wenn die Geschichte funktionieren soll, dann muß sie von vorne bis hinten überzeugend sein.«

Auf der Schwelle zögerte sie, wollte ihn noch nicht verlassen. »Danke für heute«, sagte sie. »So viel Zeit haben wir noch nie miteinander verbracht, und dabei bist du jetzt schon seit – wie lange? –, seit sechs Jahren mein Agent.«

In einer seltsam höfischen Geste ergriff er ihre Hand und küßte sie. »Es war mir ein Vergnügen«, meinte er. »Wir haben toll eingekauft. Und ich habe es ungeheuer genossen, wie ein Pascha auf dem Sofa zu sitzen und dir zuzuschauen, wie du das Model spielst.«

Der Gedanke, daß er ihren Anblick genossen hatte, ließ sie innehalten. »Du hast mich gerne angeschaut?«

Er machte eine kleine wegwerfende Handbewegung. »Natürlich. Du hast dich von einem Typ Frau in einen anderen verwandelt. Da hätte man aus Stein sein müssen, wenn einen das nicht fasziniert hätte.«

Ihr Gesicht glühte bei dem bloßen Gedanken, daß sie faszinierend gewesen war. »O Troy! Ich habe immer gedacht, daß du ...« Sie zögerte und wollte ihre Worte mit äußerster Sorgfalt wählen. »Ich habe immer gedacht, daß du dich nicht sonderlich für Frauen interessierst.«

Er lachte. »Ich interessiere mich für *Menschen*«, sagte er. »Ich liebe Freddie, weil er schrill und wagemutig und aufregend ist. Und dich mag ich, weil du entschlossen und mutig bist und ganz plötzlich einen völlig neuen Weg eingeschlagen hast, der dich wer weiß wohin führen könnte – und das fasziniert mich.«

»Aber deine Vorliebe?«

Er trat einen Schritt vor und winkte ein Taxi heran. Das Auto stoppte am Bordstein, und Troy hielt ihr die Tür auf. »Ist weder hier noch da. Vergiß bloß nicht, auf dem Heimweg an deinem Alibi zu basteln!«

»Du bist gestern aber sehr spät nach Hause gekommen«, sagte Philip beim Frühstück. »Ich habe dich gar nicht mehr kommen hören.«

»Ich weiß«, erwiderte Isobel. »Der Abend hat sich ziemlich hingezogen.«

»Du hättest ihnen sagen sollen, daß du zum Zug mußt«, meinte er mißbilligend. »Du hast wohl gerade noch den letzten Zug nach Hause erwischt.«

»Ich wollte keinen Aufstand machen.«

»Das solltest du aber«, nörgelte er. »Sie sind ja vielleicht deine Verleger, aber du bist die Autorin. Mit wem verdienen die denn ihr Geld, möchte ich wissen?«

»Sie behandeln mich sehr gut«, antwortete sie. Sie legte ihm Toast hin und schenkte ihm eine Tasse Tee ein. Sie wunderte sich, wie locker ihr die Lügen von den Lippen gingen.

»Ich habe neben James Ware gesessen«, erzählte sie Philip. »Von der *Sunday Times*.«

»Hast du ihm gesagt, was ich von seiner Besprechung deines letzten Buches halte?« wollte Philip wissen.

»Nein«, antwortete Isobel. »Wir haben über Stephen Spender gesprochen.«

»Was wird er dazu schon groß gewußt haben!« meinte Philip ärgerlich. »Du hättest ihm meine Meinung mitteilen sollen. Wenn ich dabeigewesen wäre, ich hätte ihm klipp und klar gesagt, daß er hundertprozentig auf dem Holzweg ist.«

Sie zögerte. »Was hast du heute vor?«

Er schaute um den Zeitungsrand. »Nichts«, antwortete er. »Meine Turnübungen, Kreuzworträtsel, Mittagessen, Spaziergang, Tee. Und was machst du? Schreiben?«

Isobel schaute leicht unzufrieden auf ihren dunkelblauen, wadenlangen Rock. »Ich dachte, ich fahre vielleicht nach Tonbridge und schau mir ein paar Kleider an. Ich finde meine Sachen so langweilig.«

»Wozu?« fragte er. »Du gehst doch kaum aus dem Haus. Wozu brauchst du da schicke Kleider?«

»Ich weiß nicht«, antwortete sie müde. »Ich habe mir nur gestern in London gedacht, daß das weiße Leinenkleid so furchtbar – normal ist.«

Er warf ihr ein bezauberndes Lächeln zu. »Wir sind ja auch furchtbar normale Leute«, sagte er. »Das ist unsere Stärke. Wir brauchen keinen Flitter. Wir haben Substanz.«

»Ich denke, man könnte doch beides haben«, erwiderte sie. »Flitter außen und Substanz innen. Wir müssen nicht durch und durch solide und würdevoll sein und immer flache Schuhe tragen.«

Philip war höchst verwundert, daß ihre Meinung von der seinen abwich. »Natürlich kann man nicht beides haben«, konstatierte er. »Entweder bist du eine triviale Person oder eine tiefsinnige. Entweder beschäftigst du dich mit den Dingen, die wirklich wichtig sind, oder du rennst der Mode hinterher. Wir wissen, wer wir sind. Wie wir nach außen wirken ist nicht wichtig.«

»Ja«, stimmte sie zögerlich zu. »Ja, ich glaube schon.«

»Also verschwende nicht unnötig Zeit und Geld aufs Einkaufen.«

»Nein«, sagte Isobel brav. »Ich mache mich dann jetzt wohl besser an die Arbeit.«

Sie schloß die Tür ihres Arbeitszimmers hinter sich und zog den Stuhl unter dem Schreibtisch vor. Sie schaltete den Computer ein und schaute zu, wie der Bildschirm zu hellem Leben erwachte. Sie überlegte, daß sie nun seit sechs Jahren jeden Morgen um diese Zeit die ewiggleichen Handgriffe machte, wie eine Akkordarbeiterin in der Fabrik. Seltsam, daß es ihr heute zum erstenmal etwas ausmachte.

Es war wohl das Gespräch beim Frühstück gewesen. Philips Gewißheit über ihre Seriosität, über ihre moralischen Wertvorstellungen hätte sie freuen sollen. Daß ihr Mann so hohe Stücke auf sie hält, sollte einer Frau gefallen. Aber weil sie so geschätzt wurde, bekam sie nie etwas Neues zum Anziehen. Weil er ihren Verstand und ihren Ernst bewunderte, erhielt sie nie eine nette kleine Belohnung. Er brachte sie davon ab, sich für Mode zu interessieren. Er brachte sie davon ab, ihr Äußeres in irgendeiner Weise zu verändern. Bei ihrer ersten Begegnung, als sie noch eine gelehrsame Doktorandin war, hatte Isobel flache Schuhe, einen wadenlangen Rock und zurückgebundene Haare getragen, und seither hatte sich daran nicht viel verändert. Isobel überlegte, daß sie inzwischen zweiundfünfzig war und bis gestern nicht gewußt hatte, daß sie einen schönen Hals hatte. Vielleicht war zweiundfünfzig ein bißchen spät, um einen solchen Pluspunkt zu entdecken. Wer würde ihn schon bewundern, außer einer gutausgebildeten Verkäuferin, die ihre Ohrringe anpreisen wollte? Wer würde es bemerken, wenn sie sich Ohrlöcher stechen lassen würde? Wer würde ihr sanft mit dem Finger vom Ohrläppchen zum Schlüsselbein streichen? Würde je jemand ihr Haar hochnehmen und sie in den Nacken küssen, ihre Haut mit den Zähnen streifen?

Isobel klickte den Ordner »Bankkorrespondenz« an und verbannte die Vorstellung von dem Mann, der ihren Hals zärtlich streichelte, aus ihren Gedanken. Sie hatte sich an Philip gebunden und an das Versprechen, das sie sich selbst gegeben hatte: nie zurückschauen, nie darüber nachdenken, wie ihre Ehe hätte verlaufen können, wenn er nicht krank geworden wäre. Sie sollte dankbar sein, daß er überhaupt noch lebte. Das war das allerwichtigste. Einkaufen und Eitelkeit waren in höchstem Maße unerheblich. Sie öffnete Kapitel eins und begann die Datei zu formatieren und auszudrucken.

Isobel trug die ersten zehn Kapitel ihres Buches zum Dorfpostamt und legte sie dort auf die Waage. Sie wogen soviel wie das komplette Manuskript eines ihrer üblichen Bücher. Sie zahlte das Porto für eine Einschreibesendung an Troys Büro und trat dann einen Schritt von der Theke zurück. Normalerweise aß Isobel überhaupt keine Süßigkeiten. Man hatte es ihr als Kind verboten – nur Ostern gab es ein Schokoladenei –, und auch später hatte sie nie Geschmack daran gefunden. Aber sie glaubte, daß sie sich irgendwie für den Versand der ersten Lieferung ihres Zelda-Vere-Romans belohnen sollte. Und sie war sich sicher, daß Zelda Vere Schokolade mochte.

Sie schaute sich die Theke mit den Süßigkeiten an. Es waren einige Dinge dabei, an die sie sich noch aus der Kindheit erinnerte. Dann sah sie die Schachtel mit Paranüssen in Schokolade. Sie lächelte. Natürlich, Zelda würde schokoladenumhüllte Paranüsse essen, wahrscheinlich dazu noch Crème de Menthe schlürfen. »Ich nehme die da«, sagte sie und zeigte mit dem Finger auf die Nüsse.

»Ist es ein Geschenk?« fragte die Frau und langte nach der großen Schachtel.

»Ja«, erwiderte Isobel.

»Da hat die Dame aber Glück«, meinte die Frau.

»Ja«, pflichtete Isobel ihr bei. »Ungeheuer viel Glück.«

Auf dem Nachhauseweg parkte sie am Straßenrand und aß

ein Dutzend Nüsse, eine nach der anderen, ganz genüßlich. Als sie so viele gegessen hatte, daß ihr ein wenig schlecht war und sie sich schuldbewußt schämte, versteckte sie den Rest der Schachtel unter einem Kopftuch auf dem Rücksitz. Sie wollte gerade den Wagen wieder anlassen, als sie sich an Troys Ermahnung erinnerte. Die Trennung zwischen Isobel Latimer und Zelda Vere mußte absolut wasserdicht sein. Sie mußte sich wie eine Spionin verhalten. Widerwillig stieg sie aus dem Wagen und blickte auf das abschüssige Gelände – ein Flickenteppich von Feldern, durch sich schlängelnde Sträßchen voneinander getrennt, hier unten links ein Bauernhaus, ihr eigenes Haus noch in einer Senke verborgen. Mit ausgestrecktem Arm schleuderte sie die Schachtel hoch in die Luft. Sie flog in einem großartigen Bogen in den blauen Himmel hinein, drehte sich dann im Flug und ließ Schokonüsse herunterprasseln, einen Wolkenbruch unerhörten, luxuriösen Reichtums. Isobel klatschte entzückt in die Hände und schaute zu, wie die teuren Pralinen in verschwenderischem Leichtsinn auf Kent niederregneten.

»Zelda Vere in Reinkultur«, flüsterte sie, wischte sich die Schokolade vom Mund, zog den schlabberigen Bund ihres dunkelblauen Rocks hoch, stieg wieder ins Auto und fuhr nach Hause.

»Hast du Whisky mitgebracht?« erkundigte sich Philip. »Er ist fast alle.«

»Hast du das gestern nicht auf die Einkaufsliste von Mrs. M. geschrieben? Sie geht doch morgen einkaufen?«

»Ich mag es nicht, wenn sie mir meinen Whisky kauft«, beschwerte sich Philip.

»Ich verstehe nicht, warum.«

Sie aßen miteinander zu Mittag. Isobel, der von der vielen Schokolade noch immer ein wenig schlecht war, brachte nicht besonders viel herunter. Philip hatte einen grünen Salat vor sich stehen und eine Scheibe Toast, der mit Käse überbacken war.

»Kommt mir irgendwie nicht richtig vor«, maulte er.

Isobel zog die Augenbrauen in die Höhe. Es war ihr klar, daß sie im Augenblick außerordentlich gereizt auf Philip reagierte. Mit den Schokonüssen war auch ein wenig vom Geist der Zelda Vere in ihre Gedanken gelangt.

»Also, ich hatte eigentlich nicht vor, noch einmal ins Dorf zu gehen«, sagte sie knapp. »Ich möchte heute nachmittag arbeiten.«

»Dann muß ich wohl gehen«, meinte er. Er machte eine Pause, wartete darauf, daß sie anbieten würde, ihn mit dem Auto zu fahren, damit er nicht laufen mußte. Isobel schwieg.

»Ich könnte zu Fuß ins Dorf gehen, und du holst mich ab«, schlug er vor. »Das wäre dann mein Spaziergang für den Nachmittag.«

Isobel zögerte nur einen winzigen Augenblick, dann stellte sich wieder das vertraute Schuldgefühl ein, der Gedanke, daß sie sich egoistisch verhielt und Philip nicht gerade nett behandelte. »Natürlich«, stimmte sie zu. »Soll ich dich um halb drei vom Pub abholen?«

Er lächelte zufrieden, weil es wieder einmal nach seinem Kopf gegangen war. »Sagen wir drei Uhr, dann kannst du vorher unterwegs noch schnell in den Laden springen und den Whisky kaufen«, sagte er. »Ich möchte eigentlich lieber nicht die ganze High Street runterlaufen. Ich warte im Pub auf dich.«

»In Ordnung«, sagte Isobel wieder. »Um drei.«

»Ein Problem haben wir allerdings mit diesem Manuskript«, sagte Troy am Telefon.

Isobel spürte, wie die Angst ihr den Boden unter den Füßen wegzog. »Was?« fragte sie rasch.

»Ich glaube, daß du das Genre noch nicht ganz verstehst«, antwortete er.

»Was meinst du damit?« wollte sie wissen. Sie schaute auf den Bildschirm, wo Charity gerade im Begriff war, der Geschäftsfrau gegenüberzutreten, die die Satansjünger verlassen und eine internationale Kosmetikfirma gegründet hatte. Charity gab vor, Model zu sein, das »Gesicht für die Frühjahrsserie«. In wenigen Augenblicken würde sie die Frau fesseln und ihr das Gesicht für immer entstellen. Nie wieder würde es das Opfer wagen, sich in der Öffentlichkeit zu zeigen. Isobel war sich absolut sicher, daß diese Szene total ins Genre paßte.

»Es sind die vielen Semikolons«, sagte Troy, der endlich den Schalk in seiner Stimme durchklingen ließ.

»Was?«

»Kein Mensch benutzt Semikolons in solchen Schinken. Die würden gar nicht wissen, was sie damit anfangen sollen.«

»Was nehmen die denn?«

»Kommas. Nichts als Kommas.«

»Aber doch ab und zu einen Doppelpunkt?«

»Niemals!« krähte Troy fröhlich triumphierend. »Du bist immer noch viel zu gebildet, Isobel. Das verrät dich sofort. Du mußt bitte diese Kapitel neu formatieren, ehe ich sie verschicken kann. Und es dürfen nur Kommas und Punkte drin sein. Sonst nichts.«

Isobel konnte das Lachen in ihrer Stimme hören. »Aber die Geschichte?«

»Perfekt«, antwortete Troy. »Perfekt in jeder Hinsicht. Ein Hit, Isobel. Oder vielmehr sollte ich sagen, Zelda. Wir haben den Jackpot geknackt. Mit dem Ding verdienst du einen Haufen Geld, das verspreche ich dir.«

Sie schloß kurz die Augen und spürte, wie Erleichterung sie durchströmte, ihr die Verspannung in den Schultern löste, ihren angestrengten Augen Linderung verschaffte. »Einen Haufen Geld«, wiederholte sie leise. Sie stellte sich den Swimmingpool vor, den sie in der Scheune bauen würden, damit Philip täglich sein Muskeltraining machen konnte. Den Fitneßraum, den sie noch anbauen würden. Und sie würde sich neue Kleider kaufen – nicht im Stil einer Zelda Vere natürlich, aber ein paar gutgeschnittene, elegante Kleider. Und vielleicht würde sie sich das Haar tönen lassen, dann hätte sie ein wenig mehr – »Wirkung«, flüsterte sie. Sie würde sich Ohrlöcher stechen lassen und Ohrringe tragen, die ihren langen Hals betonten. Und Philip, vom vielen Schwimmen bedeutend fitter, würde ihr Aussehen bewundern.

»Also, du ersetzt alle Semikolons durch Kommas und Punkte. Und mach den Text ein bißchen weniger glatt«, kommandierte Troy. »Deine Bilder sind immer noch viel zu präzise, in Klischees mußt du denken, Schätzchen, vergiß die originellen Bilder. Mehr Klischees und bitte nicht so viele lange Wörter. Und dann schickst du es mir noch einmal, und ich gebe es an alle Verlage raus.«

»An alle Verlage?« fragte sie nach. »Nicht nur an Penshurst?«

»Auf keinen Fall!« erklärte er. »Wir werden uns kaum erwehren können, so werden die sich um dieses Manuskript balgen! Sie werden es alle kaufen wollen. Wir werden es versteigern müssen.«

Philip streckte den Kopf durch die Tür. »Ist es nicht Zeit fürs Mittagessen?« fragte er.

Isobel zuckte zusammen und lehnte sich vor, um ihm die Sicht auf den Bildschirm zu versperren.

Philip sah, daß sie telefonierte. »Wer ist es?«

Sie legte die Hand über die Sprechmuschel und flüsterte: »Troy, ich komme gleich.«

»Kann er nicht noch mal anrufen?«

Isobel nickte. »Nur noch ein Momentchen.«

Philip wartete einen Augenblick, und als sie den Hörer immer noch nicht auflegte, schnalzte er leise und mißbilligend mit der Zunge, deutete auf seine Armbanduhr und machte beim Hinausgehen die Tür mit Nachdruck hinter sich zu.

»Eine Versteigerung?« flüsterte Isobel in den Hörer.

»Ist die Luft rein?«

»Ja, aber ich muß mich beeilen.«

Troy, der weit weg in London saß, sprach mit leiser Stimme, als müsse er ein Geheimnis wahren. »Ich schicke die drei

Kapitel und die Zusammenfassung an alle großen Londoner Verlage. Die lesen es, und dann machen sie ihre Angebote. Wir geben ihnen einen Ausgangspreis vor, und wir nehmen die Angebote telefonisch entgegen. Wir geben ihnen genau einen Tag – mehr nicht. Am Abend bekommt der Verlag mit dem höchsten Gebot den Zuschlag.«

»Aber woher wissen die denn, welchen Preis sie zahlen müssen? Woher wissen sie, was das Buch wert ist?«

»Das ist ja das Tolle! Sie wissen es eben nicht! Denn niemand kennt Zelda Vere, sie können den Preis also nicht an ihren bisherigen Verkaufszahlen ausrichten. Sie ist eine Unbekannte. Sie müssen etwas riskieren. Aber sobald sie wissen, daß alle anderen auch mitbieten, machen sie mit. Mein Job ist es, das Buch in aller Munde zu bringen, die Gerüchteküche anzuheizen.«

Isobel schloß noch einmal die Augen, sah wieder die warmen Fluten des beheizten Swimmingpools und die blitzenden weißen Kacheln vor sich. »Und mein Job ist es, diesen Roman zu schreiben.«

»Und dabei die Semikolons zu vergessen«, riet ihr Troy. »Wie lange brauchst du noch?«

Isobel schaute auf den Bildschirm. Dies war erst Charitys zweites Opfer, sie mußte noch an zwei anderen Rache nehmen und dann den Anführer der Satansjünger kennenlernen und sich in ihn verlieben. »Mindestens zwei Monate«, antwortete sie. »Ich kann es beim besten Willen nicht eher schaffen.«

»Perfekt«, sagte Troy. »Dann bringe ich jetzt mal die Gerüchte in Umlauf.«

Kapitel 4

Rhett drückte sie mit seinen starken Armen an sich, sein mächtiges Glied preßte gegen ihren Oberschenkel, eine überwältigende Erinnerung an die Verzückung der vergangenen Nacht, als sie sich wimmernd vor Ekstase seinen rasenden Stößen hingegeben hatte.

»*Schwöre, daß du mich mehr liebst als je eine andere*«, *forderte Charity.*

»*Ich schwöre es*«, *krächzte er heiser. Sie spürte, wie sein Drängen fordernder wurde. Noch ein winziger Augenblick, und sie würde der Versuchung erliegen ...*

Nein, dahinschmelzen ...

... in seinen Armen dahinschmelzen

Nein, unter ...

... unter seinem Verlangen dahinschmelzen, und all ihre Entschlossenheit würde sich in nichts auflösen.

»*Ich liebe dich mehr, als ich je einen Menschen geliebt habe*«, *beteuerte er.* »*Wenn ich dich verliere, ist mein Leben nichts mehr wert.*«

Auf diese Worte hatte sie gewartet.

»*Ich will deine Frau werden*«, *sagte sie.* »*Liebe mich.*«

»Mhm«, murmelte Isobel kritisch. Sie lehnte sich kurz zurück und tippte dann eine neue Fassung.

Auf diese Worte hatte sie gewartet. Sie riß sich von ihm los, blitzschnell, ehe sie der Verführung seines Körpers erliegen und für immer in die Falle gehen würde.

»Du siehst mich nie wieder«, sagte sie eiskalt. »Den Rest deines Lebens wirst du dich nach mir sehnen, dich nach einer Nacht wie der letzten verzehren, nach meinem Körper lechzen, um mein Lächeln bittere Tränen vergießen. Das soll meine große Rache an dir sein. Du sollst nie wieder glücklich werden.«

Wie gern hätte er sie in seine starken Arme genommen und einen Hagel gieriger Küsse auf sie niederregnen lassen, aber es war zu spät. Charity hatte sich schon aus seiner Umarmung befreit und war fort.

Sie hörte gerade noch den wilden Schmerzenslaut eines Mannes, der sein Leben in Scherben liegen sieht.

Ende, schrieb Isobel in stillem Triumph. *Ende*. Sie zögerte, schaute auf den Bildschirm. Aber welches Ende?

Sie wandte sich zum Bücherregal und zog die dort versteckten Schmöker heraus, blätterte zu den letzten Seiten. Alle hatten ein Happy-End. Isobel hielt inne. Das schaffe ich nicht, dachte sie plötzlich. Ich muß im Genre bleiben, schön und gut, aber das schaffe ich nicht. In meiner Geschichte nimmt eine Frau Rache, hat sich entschieden, was für ein Leben sie führen will. Ich lasse es nicht zu, daß sie im letzten Augenblick dahinschmilzt. Ich will, daß sie frei ist, ich will, daß sie den Mann verläßt und weggeht.

Sie schob ihren Stuhl zurück und löste gedankenverloren ihren Haarknoten auf, fuhr mit den Fingern sanft durch ihr dickes, weiches Haar und faßte es dann wieder ordentlich zusammen. Ich kann den Gedanken nicht ertragen, daß sie einfach unter diesem Mann zusammenbricht, nach allem, was sie durchgemacht hat, sagte sich Isobel. Hier geht es nicht darum, daß jemand einen Mann sucht. Es geht darum, daß eine Frau ihre eigenen Entscheidungen trifft. Es geht um eine

Frau, die den Mumm hat, zu sagen, daß Liebe nicht das Wichtigste ist: das Wichtigste ist Selbständigkeit.

Sie hieb eine Klammer in den neu aufgerollten Haarknoten, zog den Stuhl wieder näher zum Schreibtisch, markierte mit einem einzigen Schwung der Computermaus die zärtliche Versöhnungsszene und löschte sie. Sie verschwand vom Bildschirm und ließ dort nur noch Charity zurück, die den Mann, den sie geliebt hatte, verfluchte, um dann für immer aus seinem Leben zu verschwinden.

Und recht hat sie, sagte sich Isobel mit Genugtuung. Warum sollte eine Frau sich an einen Mann ketten? Sie verharrte einen Augenblick, genoß das Gefühl, eine Arbeit abgeschlossen zu haben. Dann griff sie zum Telefon.

»Ich bin fertig«, verkündete sie Troy. »Ich habe es geschafft.«

»Gut gemacht, Zelda Vere«, flüsterte er. »Hier hat sich auch was Neues ergeben. Du weißt doch, daß die Auktion für nächsten Dienstag angesetzt ist?«

»Natürlich«, sagte sie. »Ich wollte vorher fertig sein, damit du ihnen erzählen kannst, daß das ganze Buch schon vorliegt, sobald sie den Zuschlag haben.«

»Ein Verlag will dich persönlich kennenlernen.«

»Was?«

»Das ist nicht zuviel verlangt. Sie wollen schließlich eine Menge Geld investieren. Aber wir haben da natürlich ein kleines Problem. Glaubst du, du könntest nach London kommen und einen Tag lang Zelda Vere spielen? Sagen wir mal, am Montag?«

»Für wie viele Leute?« Isobel formulierte ganz bedächtig, aber sie verspürte eine ungeheure Erregung und Vorfreude bei dem Gedanken, wieder in Zelda Veres wunderschöne Kleider zu schlüpfen, sich die goldene Mähne überzustülpen und das herrliche Make-up aufzulegen.

»Ich weiß nicht, wie viele kommen wollen. Du mußt dich auf etwa ein halbes Dutzend gefaßt machen. Und du solltest eine Vorgeschichte parat haben. Du mußt dir ausdenken, wer

Zelda ist, woher sie ist. Woher sie die Idee für den Roman hat. Warum kommst du nicht schon am Sonntagabend und übernachtest hier, dann könnten wir die Sache gründlich durchsprechen.«

Isobel überlegte blitzschnell. Wenn sie zu Literaturkonferenzen oder Buchwochen fuhr, übernachtete gewöhnlich Mrs. M. im Haus. Sie brachte dann immer ein Video mit, und sie und Philip machten es sich am Abend gemütlich und schauten irgendeinen trivialen Film an. Philip beschwerte sich anschließend immer tagelang darüber, daß ihre Besuche sein Hirn aufweichten, aber sein Vergnügen an den seichten Thrillern, die Mrs. M. auswählte, war unverkennbar.

»Wenn ich kann, gerne«, sagte Isobel.

»Ich glaube, wir müssen uns wirklich ein bißchen vorbereiten«, meinte Troy. Er klang ziemlich aufgeregt, was sie an ihm gar nicht kannte. »Ich habe mit so was nicht gerechnet. Ich dachte, die reißen uns einfach das Buch aus der Hand, ich hätte nicht gedacht, daß sie dich noch vor der Auktion kennenlernen wollen.«

»Ist schon in Ordnung.« Isobel hörte sich ruhig und aufmunternd reden. Ihr wurde klar, daß sie sich darauf freute, Zelda Vere zu sein. Sie wollte das wunderbare Kostüm anziehen, eine blonde, schöne Frau sein. Sie wollte ihre Füße in den goldenen Riemchensandalen sehen, die teuren Dessous auf der Haut tragen. Sie wollte sogar den festen Druck des Bügel-BHs an den Rippen spüren. Sie wollte diese andere Frau sein, weit weg vom langweiligen Trott und der Verantwortung ihres Alltags.

»Ich komme«, versprach sie. »Wir schaffen es.«

»Ich muß zu einer Autorenlesung«, erzählte sie Philip. »Zuerst im Goldsmiths' College, anschließend Diskussion über den Roman. Irgend jemand hat anscheinend in letzter Minute abgesagt, und da haben sie mich gebeten, einzuspringen.«

»Die hätten gleich dich einladen sollen«, meinte Philip. »Du solltest es dir nicht gefallen lassen, daß die Leute dich als zweite Wahl behandeln. Du solltest nicht diejenige sein, die sie in Reserve haben, Isobel, du solltest erste Wahl sein.«

»Na ja, jetzt haben sie mich ja gefragt. Das einzige ist, ich würde lieber schon am Sonntagabend hinfahren, damit ich mich am Montagmorgen nicht so beeilen muß. Ich hasse den Pendlerzug nach London montags.«

»Bleibst du über Nacht weg?« wollte er wissen.

»Mrs. M. könnte kommen. Ich frage sie.«

»Und dann bringt sie wieder einen von ihren lächerlichen Filmen mit und besteht darauf, ihn hier anzusehen.«

Isobel lächelte. »Denke ich schon. Das macht sie immer.«

»Wann kommst du zurück?«

»Irgendwann nach dem Mittagessen am Montagnachmittag«, antwortete Isobel. »Es ist eine ganztägige Konferenz. Vielleicht bleibe ich noch da und höre mir die anderen Vorträge an, wenn du nichts dagegen hast.«

»Ist mir doch einerlei«, sagte er schroff. »Ich will ja wohl kaum tanzen gehen. Ich kann mein Kreuzworträtsel machen und meine Übungen turnen, ob du hier bist oder nicht. Was verpaßt du hier schon? Ausflüge mit dem Motorrad? Skilanglauf?«

»Nein«, antwortete Isobel leise.

Es herrschte ein kurzes Schweigen. Isobel hielt die Augen auf die Tischplatte gesenkt und sagte sich, daß Philips schlechte Laune genauso ein Symptom seiner Krankheit sei wie seine geschwächten Beine. Sie sollte beides mit gleicher zärtlicher Liebe akzeptieren. Sie hielt ihren Blick gesenkt, bis sie ihm wieder in die Augen schauen und mit echter Zuneigung zulächeln konnte.

Er sah sie nicht an, er studierte eine bunte Werbeschrift. Beim Lesen nickte er zustimmend, schob ihr dann die Broschüre über den Tisch hinweg zu. »Hier, das habe ich mir schicken lassen. Ich dachte, da bekommen wir einen ungefähren Eindruck.«

Es war die Hochglanzbroschüre einer Firma, die Swimmingpools baute. Man sah das verführerische Photo einer wunderbaren Schwimmhalle, Licht glitzerte auf dem blauen Wasser, ein Mädchen im Bikini stand auf dem Sprungbrett.

»Steht da, wieviel so was kostet?« fragte Isobel.

Philip lachte kurz auf. »Ich glaube, wenn du dich nach dem Preis erkundigen mußt, kannst du es dir sowieso nicht leisten. Und der Preis hängt ja von allem möglichen ab, vom Volumen des Beckens und davon, ob man eine elektrische Pumpe und Heizanlage hat oder mit Gas heizt.«

Isobel verspürte die vertraute Panik aufsteigen. »Ich sehe, du hast dich schon bestens informiert«, sagte sie leichthin.

»Ich mache mich einfach gerne kundig«, erwiderte er würdevoll. »Ich habe neulich mal die Scheune ausgemessen. Da würde so ein Becken leicht reinpassen, und eine kleine Sauna noch dazu.«

»Eine Sauna!« rief sie aus. »Du gehst ja wirklich ran.«

»Ich glaube, das wäre sehr gut für mich in meinem Zustand«, erklärte er. »Die Wärme. Und natürlich auch die Bewegung. Ich könnte meine Turnübungen im Wasser machen, ohne Belastung für die Gelenke, und schwimmen würde ich außerdem noch. Dir würde es auch guttun. Du bekommst überhaupt keine Bewegung mehr. Du nimmst immer das Auto. Ich gehe wenigstens einmal am Tag spazieren, aber du fährst ins Dorf. Bald hast du Übergewicht, Isobel, und wirst ganz schlabberig. Frauen neigen dazu. Schließlich sind wir beide nicht mehr die Jüngsten.«

»Ich weiß.« Isobel nickte und schluckte die Antwort herunter, daß sie ins Dorf fuhr, um ihn dort abzuholen, um ihm den Fußweg zurück zu ersparen, daß sie vor seiner Erkrankung jeden Tag zu Fuß gegangen war. Jetzt hatte sie nie die Zeit dazu.

»Na siehst du.«

»Also, wieviel kostet das Ganze? Der Swimmingpool? Ungefähr?«

»Für 50 000 Pfund könnten wir in die Scheune ein ganz anständiges Becken und große Glasschiebetüren einbauen lassen«, sagte er gemessen. »Wir könnten es natürlich auch viel billiger bekommen, aber ich glaube, das hieße am falschen Ende sparen.«

Isobel blinzelte. »Solche Summen haben wir einfach nicht, Liebling.«

»Jetzt nicht, klar. Aber wenn die Angebote für dein neues Buch einlaufen, dann kommt ein schöner Batzen Geld ins Haus.«

Isobel fuhr zusammen, glaubte einen Augenblick lang, Philip wüßte alles über die *Jünger des Satans*. Dann wurde ihr klar, daß er von dem literarischen Roman sprach, den Penshurst Press für ganze 20 000 Pfund eingekauft hatte.

»Ja«, improvisierte sie blitzschnell. »Darauf setze ich große Hoffnung.«

»Hat Troy dir noch nichts gesagt?«

»Bis jetzt nicht.«

»Der Mann ist so langsam, man sollte meinen, er tut dir einen Gefallen.«

»Er ist noch im Gespräch mit dem Verlag.«

»Na, der ißt wohl eher auf deine Kosten irgendwo fein zu Mittag«, grummelte Philip. »Du solltest ihn dir mal vornehmen und ihn daran erinnern, wer hier eigentlich das Geld verdient.«

»Ich weiß«, sagte sie milde. »Nächste Woche rede ich mit ihm.«

»Und ich erkundige mich mal, was wir für eine Baugenehmigung brauchen«, erklärte Philip. »Ich rufe bei der Stadt an. Kann nie schaden, wenn wir uns eine Baugenehmigung verschaffen und ein paar Zeichnungen anfertigen lassen.«

»Vielleicht sollten wir warten, bis ich weiß, wieviel ich verdiene ...«

»Es würde mir was Interessantes zu tun geben«, betonte er.

»Ja, natürlich, ja. Lassen wir ein paar Zeichnungen machen.« Sie zögerte. »Das ist doch nicht so teuer, oder?«

»Großer Gott!« brach es aus ihm hervor. »Du bist vielleicht knickerig in letzter Zeit, Isobel! Wir müssen Geld ausgeben, wenn wir so was vorhaben. Wenn es dir solches Kopfzerbrechen macht, dann bezahle ich die Zeichnungen eben selbst. Okay? Ich mache ein paar Aktien flüssig, ich nehme mein eigenes Geld. Bist du jetzt zufrieden?« Er stapfte zur Hintertür und riß sie weit auf. »Ich gehe spazieren«, rief er gereizt.

»Ich hole dich vom Pub ab«, sagte sie schnell zu der sich schließenden Tür.

»Nicht nötig«, antwortete er ärgerlich. »Ich gehe den Berg rauf. Ich weiß nicht, wie lange ich wegbleibe.«

Isobel ließ ihn gehen. Es hatte keinen Zweck, ihm hinterherzulaufen. Sie trat ans Küchenfenster und betrachtete sein rührendes Hinken, sah zu, wie er mühsam zum Ende des Gartens ging, dann durch das schmiedeeiserne Tor auf den Pfad, der steil den Hang des Weald hinaufführte. Er würde es niemals bis zur Bergkuppe schaffen, das wußte sie. Er würde außer Atem geraten, seine geschwächten Beine würden ihn diese Steigung nicht hinauftragen. Sie beobachtete ihn mit tiefem Mitleid, das schon beinahe leidenschaftlich war. Sie wollte ihm nachgehen, ihn stützen.

Bis zum Tee würde Philip zurück sein, beschwichtigte sie ihr Gewissen. Bereits in einer halben Stunde würde er völlig ermattet sein und sich zum Ausruhen irgendwo hinsetzen, zu stolz, sofort nach Hause zurückzugehen. Solange er sich nicht verkühlte, würde ihm nichts passieren, er würde trotzig den ganzen Nachmittag fortbleiben, damit sie sich recht sorgte, würde auf seiner Unabhängigkeit beharren. Gegen vier würde er nach Hause humpeln, weil er seinen Tee wollte. Er würde es schrecklich finden, wenn sie hinter ihm herginge, wenn sie ihm zeigte, wie leicht sie ihn einholen konnte, selbst wenn sie ihm nur aus Liebe folgte. Er würde es sogar schrecklich finden, wenn er wüßte, daß sie ihm nachgeschaut hatte. Er wollte kein Mitleid, er wollte, daß sie beide sich so verhielten, als sei nichts. Das Beste, was sie für ihn tun konnte, war,

Geld zu verdienen, damit sie die Sachen kaufen konnten, die er sich wünschte, damit sie das Leben weiterleben konnten, für das sie sich einmal entschieden hatten.

Isobel kehrte in ihr Arbeitszimmer zurück. Sie hatte jetzt Zeit, den gesamten Text von *Jünger des Satans* zu formatieren und auszudrucken, damit sie das Manuskript mitnehmen konnte, wenn sie am Sonntag nach London fuhr. Sie hatte das Gefühl, es wäre die liebevollste Geste, die sie Philip entgegenbringen könnte: den Zelda-Vere-Roman zu verkaufen und das Geld zu verdienen, das er jetzt brauchte.

Troy öffnete die Haustür seiner Londoner Wohnung beinahe sofort nach dem Klingeln. »Die Sache wird mir ein bißchen zu aufregend«, sagte er, während er von dem kleinen Flur die mit Teppich ausgelegte Treppe hinaufging. Isobel folgte ihm, die Reisetasche in der Hand. »Ich habe einem der Verlage zugesagt, daß sie dich kennenlernen können, und jetzt wollen alle kommen. Ich habe gesagt, sie können hierherkommen, einzeln, in Abständen von einer Stunde. Eine halbe Stunde flotte Konversation, und dann raus. Ich möchte es so kurz wie möglich halten.«

Isobel lachte nervös auf. »Na ja, das Schlimmste, was uns passieren kann, ist, daß sie kein Angebot für das Buch machen, oder? Wir geben uns ja nicht als Polizisten aus oder so. Wir tun ja nichts Illegales.«

»Nein«, antwortete er ein wenig munterer. »Ich dachte, wir üben heute abend schon mal. Generalprobe.«

»Klar.«

Troy machte die Tür zum Gästezimmer auf, und Isobel trat ein. Die Türen des Kleiderschranks standen offen, die Plastikschutzhüllen waren von den Kleiderbügeln abgenommen. Die Kosmetika lagen auf dem Frisiertisch ausgebreitet, Lidschatten und Lidstrich und Wimperntusche links, Lippenstifte rechts, Puder-Make-up und Rouge in der Mitte. Die Schuhspanner waren aus den Schuhen entfernt, und die

Schuhe standen ordentlich nebeneinander am Fuß des Bettes aufgereiht.

»Du hast ja schon alles vorbereitet!«

»Schien mir irgendwie angemessen – die Garderobe des Stars vorzubereiten.«

Impulsiv wirbelte Isobel herum und küßte ihn. Er hielt sie einen Augenblick zart umarmt, und es überkam sie ein plötzliches und unerwartetes Gefühl der Nähe, so intim war seine Berührung.

»Jetzt zieh diesen furchtbaren Rock aus und schlüpfe in Zeldas herrliche Sachen, und dann fangen wir an«, sagte er betont munter.

Sie zögerte einen Augenblick, wartete, daß er das Zimmer verlassen würde, aber er hatte sich bereits zum Kleiderschrank gewandt und nahm das Kostüm vom Bügel. Er war so sachlich, daß sie das Gefühl hatte, es wäre schon in Ordnung, sich vor ihm auszuziehen.

Isobel stieg in den rosa Kostümrock und zog ihn vorsichtig hoch, machte den Reißverschluß zu und strich den Stoff mit der uralt-koketten Geste auf den Hüften zurecht, die allen Frauen mit eng sitzenden Kleidern wie angeboren scheint.

»Schön«, kommentierte Troy. »Und die Jacke?«

»Dazu brauche ich den neuen BH«, erwiderte Isobel. »Sie sitzt sonst nicht richtig.«

»Oh, natürlich«, sagte er. »Oberste Schublade rechts.«

Isobel zog die Schublade auf. Er hatte alle Dessous ausgepackt, ordentlich zusammengefaltet und auf eine Lage parfümiertes Schrankpapier gebettet. Dort fand sie auch ein neues Seidennachthemd.

»Was ist denn das?« fragte Isobel.

»Ich konnte mir einfach nicht vorstellen, daß Zelda in einem Baumwollschlafanzug ins Bett geht, also habe ich dir was Seidenes gekauft.«

»Danke«, antwortete Isobel. »Du hast dir wirklich viel Mühe gegeben.«

»Hat mir Spaß gemacht, alles ganz gründlich vorzubereiten«, sagte er schlicht.

Isobel zögerte, wollte ihren BH ablegen, genierte sich aber ein bißchen.

»Ich geh uns mal ein Glas Champagner holen«, sagte Troy. »Dann wird es leichter. Zelda trinkt immer Roederer, glaube ich. Ich habe welchen auf Eis.«

Isobel zog sich rasch an, während er weg war. Als er wiederkam, saß sie schon vor dem Spiegel und stülpte sich die Haarkappe auf den Kopf.

»Es wäre sehr viel einfacher, wenn ich meine Haare blond färben würde«, überlegte sie.

Troy stellte das Glas eisgekühlten Champagner auf den Frisiertisch. »Absolut verboten. Ihr würdet euch zu ähnlich werden, und überhaupt finde ich es toll, daß Zeldas Haar hier auf sie wartet, zusammen mit den Kleidern. Ich habe letzte Nacht mal ins Zimmer geschaut, und es war, als wäre sie ein Gespenst, das nur darauf lauert, heraufbeschworen zu werden.«

Isobel nippte an ihrem Glas, dann neigte sie den Kopf und versuchte sich die Perücke aufzusetzen.

»Paß doch auf!« schnauzte er. »Du zerreißt sie ja! Komm, laß mich mal!«

»Die ist so eng!« maulte sie.

»Halt du sie vorne fest, ich ziehe sie hinten runter!«

Isobel packte die Ponyfransen so fest, wie sie es für zulässig hielt, während Troy von hinten zerrte. Langsam dehnte sich das Gewebe und umschloß ihren Kopf. Sie strich sich das Haar aus dem Gesicht und schaute in den Spiegel. Ein Gesicht irgendwo zwischen Isobel und Zelda blickte ihr entgegen, Isobels müde Haut, dunkel umschattete Augen und blasse Lippen, aber Zeldas herrliche bardamenblonde Mähne.

»Leg schnell das Make-up auf«, drängte Troy. »Soll ich es machen? Ich habe genau zugeschaut.«

»O ja, bitte.« Isobel ließ den Kopf in den Nacken sinken,

schloß die Augen und ergab sich der Wonne seiner Berührung. Er reinigte ihre Haut mit der gleichen grobkörnigen, süßlich duftenden Creme, wischte sie trocken, betupfte sie mit Gesichtswasser und Feuchtigkeitscreme und streichelte ihr das Make-up mit winzigen sinnlichen Schwüngen des Schwämmchens aufs Gesicht, streifte wie mit Vogelschwingen über ihre Wangen.

»Mach die Augen noch nicht auf«, flüsterte er, die Lippen ganz nah an ihrem Ohr. »Ich möchte erst ganz fertig sein.«

Sie verharrte völlig reglos, wie er ihr befohlen hatte, hielt die Augen geschlossen. Die zarte Haut ihrer Wangen, ihrer Schläfen spürte den warmen Hauch des Puders, das weiche Streifen des Rouge. Ihre Lider wurden vom sanften Tupfen des Lidschattens lind gestreichelt, mit falschen Wimpern beschwert und dann von der feuchten Linie des Lidstrichs beleckt.

Die Berührung des Lippenpinsels auf dem Mund fühlte sich an wie Hunderte von kleinen, langsamen Küssen.

Dann wurde ihr ein dünnes weiches Papiertuch über das Gesicht gebreitet und überall ganz zart angedrückt.

»*Et voilà!*« sagte Troy mit belegter Stimme. »Zelda ist mitten unter uns.«

Beinahe widerwillig kehrte Isobel aus der Dunkelheit zurück, die mit soviel passiver Sinnlichkeit angefüllt gewesen war, und sie schaute in das strahlende Gesicht Zeldas.

»Du bist wunderschön«, sagte Troy. Sein Gesicht war neben ihrem, blickte ihr über die Schulter in den Spiegel.

»*Sie* ist wunderschön«, korrigierte Isobel.

»Na ja, du bist jetzt sie. Also bist *du* wunderschön«, bestätigte er. »Ich komme mir vor wie ein Zauberer. Ich habe dich gemacht. Ich habe dich wie eine Puppe angemalt, und schon bist du da. Wie Coppelia.«

Die beiden konnten sich an dem Bild, das sie geschaffen hatten, gar nicht sattsehen.

»Auf jetzt«, meinte Troy, »und an die Arbeit. Wir gehen ins Wohnzimmer.«

Isobel langte nach ihrem Glas und stand auf.

»Nein! Nein!« rief Troy. »Bloß keine Hektik! Und Zelda trägt nie ihr Glas. Das macht immer jemand für dich. Du bewegst dich langsam und elegant, als würdest du pro Minute bezahlt.«

Isobel schritt zur Tür.

»Mehr Hüftschwung«, empfahl Troy.

»Das würde doch lächerlich aussehen«, protestierte Isobel und blieb an der Tür stehen.

»Natürlich. Alle reichen Frauen sehen lächerlich aus. Aber wer würde es je wagen, ihnen das zu sagen? Schwing die Hüften. Denk an Marilyn Monroe.«

Isobel wogte durch den Flur in Richtung Wohnzimmer, wiegte sich bewußt in den Hüften. Ihre hochhackigen Schuhen verfingen sich ein wenig im hohen Flor des Teppichs. Sie fühlte sich nicht mehr glamourös, sie fühlte sich ungeschickt. An der Tür drehte sie sich um und blickte in Troys aufmunterndes Lächeln.

»Beinahe«, sagte er. »Guck. Schau mich an.« Er hielt beide Gläser ruhig in den Händen und kam auf sie zu, das Gewicht nach vorne verschoben, die Hüften eingeknickt, jeder Schritt eine kleine Tanzbewegung, während er die Hüften von der einen zur anderen Seite schwenkte. »Die Hüften schwingen zur Seite, die Beine gehen geradeaus«, verkündete er seine neueste Erkenntnis. »Und es ist ein ganz schmaler Pfad, die Füße bewegen sich auf einer Geraden. Versuch's noch mal.«

Isobel stolzierte zum Schlafzimmer zurück.

»Glänzend. Noch einmal, zur Sicherheit?«

Sie ging noch einmal den Flur hinunter, dann zurück, bewegte sich wie ein Model auf dem Laufsteg vor seinen kritischen Augen.

»Perfekt«, konstatierte er. »Jetzt geh rein und setz dich hin.«

Isobels Selbstvertrauen wuchs, sie wogte durchs Wohnzimmer, entschied sich, auf dem Sofa Platz zunehmen, breitete sich ganz darauf aus, die langen Beine vor sich ausgestreckt, diagonal in die Kissen gelehnt. Sie verschränkte die Beine, strich den rosa Rock glatt. Eine der Pantoletten ließ sie ein wenig vom Fuß gleiten, entblößte dabei den Spann ihres Fußes.

»Das ist *sehr* sexy«, murmelte Troy anerkennend. »Ich wußte, du hast es in dir, Isobel. Der Herr stehe uns bei, wenn das alles an die Oberfläche gebrodelt kommt!«

Sie kicherte. »Ich brodele nie!«

Er schlug sich erschrocken die Hand vor den Mund. »Mein Fehler. Ich hätte nicht Isobel sagen dürfen. *Zelda* hätte ich sagen sollen – Zelda, du siehst wunderbar aus. Du bist eine Frau, in der die unterschwellige Sinnlichkeit nur so brodelt. Hier ist dein Champagner.«

»Danke«, sagte Isobel gedehnt. Sie streckte die Hand aus, aber nicht ganz bis zu ihm hin. Sie ließ ihn zu sich kommen und ihr das Glas reichen.

»Gut«, kommentierte er. »Jetzt erzähl mir mal von deinem früheren Leben.«

»Ich bin in Frankreich aufgewachsen«, begann Isobel und erzählte die Geschichte, die sie sich im Zug ausgedacht hatte. »Meine Mutter war Köchin bei einer britischen Familie in Südfrankreich, deren Namen ich nicht preisgeben möchte. Ich bin zu Hause unterrichtet worden, es gibt also keine Unterlagen über meinen Schulbesuch in Frankreich. Mit achtzehn Jahren habe ich begonnen, als Sekretärin im Weinhandel dieser Familie zu arbeiten. Mit vierundzwanzig war ich kurz und unglücklich mit einem Franzosen verheiratet. Nachdem ich meinen Mann verlassen hatte, habe ich eine Reihe von Jobs gehabt, alles Bürojobs und alle nur für kurze Zeit. Ich habe immer schon geschrieben, Tagebuch geführt und Kurzgeschichten verfaßt, aber dies ist der erste Roman, den ich zu Ende geschrieben habe. Ich habe zehn Monate dafür gebraucht. Die Idee basiert auf einem Zeitungsausschnitt, ich weiß nicht mehr, wo ich den herhatte, und auf den Geschichten, die mir die französischen Zofen über seltsame Begebenheiten im benachbarten Château erzählt haben.«

»Hervorragend«, meinte Troy und schenkte beiden Champagner nach. »Und deine Eltern?«

»Sind beide vor zwölf Jahren bei einem Autounfall ums Leben gekommen und haben mich als reiche Erbin zurückgelassen. Mit meinem Erbe habe ich die ganze Welt bereist.«

»Sonst noch Familie?«

»Ich bin Einzelkind. Bücher waren meine einzigen Freunde«, fügte Isobel hinzu. Ein Zwinkern von Troy hatte sie zu diesem Zusatz inspiriert.

»Und wo lebst du jetzt?«

»Ich bin viel gereist. Aber nun kaufe ich mir eine Wohnung an der Themse in London. Ich fühle mich sehr zu Häfen hingezogen, weil ich so gern unterwegs bin.«

»Irgendwelche Liebschaften?«

»Ich bin der Meinung, daß ich meine Intimsphäre schützen muß.«

»Aber deine leidenschaftlichen Liebesszenen, sind die alle nur Phantasie?«

»Ich habe die Tiefe des Verlangens ausgelotet. Ich bin eine leidenschaftliche Frau.«

»Alter?«

»Sechsundvierzig?« versuchte Isobel.

»Sagen wir zweiundvierzig«, empfahl Troy. »Trinkst du, nimmst du Drogen?«

Sie schüttelte den Kopf. »Ich verabscheue Drogen, aber ich trinke Champagner und Mineralwasser. Niemals Kaffee, nur Kräutertee.«

»Schönheitspflege? Schreibgewohnheiten? Lebensgewohnheiten?«

»Reinigungsmilch, Gesichtswasser, Feuchtigkeitscreme«, erwiderte Isobel. »Ich schreibe jeden Tag, und zwar mit einem Füllfederhalter in ganz besondere französische Schulkladden. Nachmittags lese ich, entweder Englisch oder Französisch. Ich bin sehr diszipliniert. Ich reise am liebsten mit dem Zug, damit ich in Ruhe arbeiten und die Landschaft betrachten kann.«

»Einsam?« wollte Troy wissen.

Einen Augenblick hob sie, von seiner Frage überrascht, den Kopf und schaute ihm in die Augen. »O ja«, antwortete sie mit ihrer eigenen Stimme. »O ja.«

Troy riß seinen Blick los, fest entschlossen, den Anklang echter Verzweiflung zu überhören. Isobel schaute ebenfalls zur Seite. Sie hatte nicht vorgehabt, ihm das zu gestehen. Sie hatte auch nicht vorgehabt, es sich selbst je einzugestehen.

»Ich meine, trotz dieser vielen Auslandsreisen hast du keine Freunde?«

Isobel glitt wieder hinter die Maske von Zelda Vere zurück. »Ich lerne Menschen kennen und führe Gespräche mit ihnen, manchmal sogar recht intime Gespräche. Aber dann gehen sie ihrer Wege und ich meiner. Ab jetzt werde ich nur noch für meine Schriftstellerei leben.«

»Glaubst du, daß du eine gute Schriftstellerin bist?«

Zelda Vere beugte sich vor. »Was die Welt heute braucht sind Geschichtenerzähler«, hauchte sie. »Die Leute machen viel zu viel Gewese um sogenannte literarisch wertvolle Romane, die vielleicht von ein –, zweitausend Leuten gelesen werden. Meine Geschichten erreichen Millionen. Die Leute brauchen Geschichten und Magie und Hoffnung in ihrem trübseligen Alltag. Ich habe nun mal zufällig die wunderbare Gabe, eine großartige Geschichtenerzählerin zu sein. Ich weiß vielleicht nicht besonders viel über Semikolons, aber um so mehr über das Leben.«

»Bravo!« rief Troy und applaudierte. »Bravo!«

Sie übten noch ein paar Fragen und Antworten, ehe Troy bestimmte, sie sollten nun etwas essen, ehe sie vom Champagner völlig beschwipst wurden. Er wollte Isobel nicht gestatten, beim Essen die Perücke oder die Kleider anzubehalten. »Und was ist, wenn du was auf den Rock kleckerst?« fragte er. »Ich möchte, daß Zelda morgen pink trägt.«

Isobel ging hoch und zog Zelda Veres Kleider aus, wischte

sich Zelda Veres Make-up aus dem Gesicht. Sie kam in die Wohnküche, in dem verachteten Rock und einem ausgeleierten Pullover, ihr Gesicht war ungeschminkt und glänzte noch ein wenig von der Reinigungsmilch.

»Hallo, Isobel«, grüßte sie Troy aufmunternd. »Hier ist was zu knabbern.« Er schob ihr ein Schälchen mit Oliven und Nüssen hin und schaute unter den Grill, wo zwei in Alufolie eingewickelte Teller brutzelten.

»Kochst du?« fragte Isobel überrascht.

»Ich habe uns was kommen lassen, ich wärme es nur eben auf«, antwortete er. »Hühnerbrust in Pesto mit Roter Bete und Wildreis. Hoffentlich magst du so was.«

»Klingt wunderbar«, sagte Isobel, die an ihr übliches Abendessen zu Hause dachte: schlichte Gerichte wie Hackfleischpastete, gegrillte Forelle, Lammkotelett oder Steak. Philip mochte lieber Hausmannskost und hatte nie besonders viel Hunger. Nach einem Tag am Computer hatte sie auch nicht mehr die Energie, einkaufen zu gehen und zu kochen.

Sie aßen gemütlich jeder auf seiner Seite der Küchentheke, thronten auf hohen Hockern. »Ich habe das Eßzimmer zum Arbeitszimmer umfunktioniert«, erklärte Troy. »Ich esse so selten zu Hause, daß es irgendwie blödsinnig schien, ein Zimmer ständig leer stehen zu lassen.«

»Wo ißt du denn sonst?« fragte Isobel.

»Oh, mit Leuten in Restaurants, ziemlich oft auf Partys«, sagte er vage. »Oder bei Einladungen zum Abendessen, das kennst du ja.«

Isobel nickte, aber sie kannte nichts dergleichen. Sie wurde regelmäßig zu literarischen Partys eingeladen, doch allein ging sie nicht gerne hin, und herumstehen und reden, das war offensichtlich nicht das richtige für Philip in seinem Zustand. Er mochte diese Art von geselligen Anlässen ohnehin nicht. Auf den paar Partys, auf die sie gegangen waren, als Isobels Karriere gerade im Aufwind war und ehe Philip krank wurde, hatten sie sich beide denkbar unwohl gefühlt. Philip betrachtete jeden anderen Schriftsteller als Rivalen seiner Frau und bewertete jede Aufmerksamkeit, die jemand anderem zuteil wurde, als Mißachtung Isobels. Er versuchte sie zu verteidigen, indem er lautstark die Arbeiten aller anderen heruntermachte. Er fühlte sich in einem Raum voller fremder Leute sehr unwohl, und seine Schüchternheit nahm die Form von Schroffheit, beinahe schon Unhöflichkeit an. Gleichermaßen beleidigt war er, wenn ihn Leute fragten, was er beruflich machte, und doch kein wirkliches Interesse an seinen Erfahrungen in der Pharmaindustrie an den Tag legten. Ihre Augen wanderten an ihm vorbei zu Isobel, weil sie erwarteten, daß er ihnen seine Frau vorstellen und sich dann diskret in den Hintergrund zurückziehen würde.

Was ihn an der Sache ganz besonders ärgerte, war die Tatsache, daß Isobel ohne seine Ermunterung niemals zu schreiben begonnen hätte. In der ersten Zeit las sie ihm abends ihre Texte vor, und er schlug ihr hin und wieder Änderungen oder Korrekturen vor. Er grübelte über die Dinge nach, die ihr am Herzen lagen. Er vermochte den Text kritisch zu beurteilen und war sehr selbstdiszipliniert, er brachte ihr beides bei. Er kaufte ihr einen Computer und zeigte ihr, wie man damit umging, half ihr bei der Umgewöhnung von ihrer alten Schreibmaschine. Er ermutigte sie, jeden Tag zu schreiben, ob sie dazu in Stimmung war oder nicht. Es war ihm unerträglich, nun festzustellen, daß sie so etwas wie eine Art Berühmtheit geworden war und er auf den Platz eines Chauffeurs und Handtaschenträgers verwiesen war. Seine plötzliche Erkrankung setzte Isobels gesellschaftlichen Erfolgen und seinem Abstieg auf den zweiten Rang ein jähes Ende. Sie ersparte es ihnen, sich der Herausforderung zu stellen, den Stolz eines Ehemannes zu retten, wenn die Frau plötzlich als interessanter, erfolgreicher und – schlimmer noch – als die bessere Verdienerin gilt.

Philips Krankheit fesselte ihn ans Haus, schützte ihn vor Isobels Ruhm. Und sie fesselte auch Isobel ans Haus.

»Du könntest öfter nach London kommen als bisher«, meinte Troy.

»Es sind die Zugverbindungen«, erklärte Isobel leichthin. »Und ich lasse Philip nicht gern zu oft allein.«

»Ah ja, wie geht es ihm?« Troy entkorkte eine Flasche Weißwein und schenkte ihnen beiden ein.

»Unverändert«, antwortete Isobel. »Wenn es morgen gut läuft, dann verdiene ich vielleicht genug Geld, daß wir uns einen Swimmingpool bauen können. Philip denkt, das wäre für ihn eine große Hilfe. Es gibt da Studien: Wärme und Turnübungen ohne Belastung können anscheinend wirklich viel ausmachen.«

»Was hat er eigentlich genau?« erkundigte sich Troy. »Tut mir leid, ich sollte es wohl wissen, aber ich habe keine Ahnung. Er ist schon krank, seit wir uns kennen. Ich habe nie so offen fragen wollen.«

Er sah, daß die Frage ihr jegliche Energie raubte. Ihr Gesicht wurde ganz grau vor Müdigkeit und Sorgen. »Keiner weiß es genau. Das ist ja das Schlimme. Er hat irgendeine neurologische Störung, die ziemlich selten ist. Niemand kennt die genauen Gründe dafür, es könnte erblich sein, aber es könnte auch ein Virus sein oder eine Allergie. Jedenfalls hat der Teil des Gehirns, der die großen Muskelgruppen in den Armen und Beinen versorgt, eine Art Fehlzündung. Die Signale kommen nicht richtig durch. Also werden die Muskeln ganz schwach und verkümmern. Der große Kampf ist, sich in Bewegung zu halten. Schwimmen wäre ideal, und er macht jeden Tag Übungen und geht spazieren. Er ist sehr tapfer.«

»Und wie sind die Aussichten?«

»Das ist Teil des Problems. Niemand weiß es genau. Manche werden spontan wieder gesünder – etwa ein Drittel der Leute. Ein weiteres Drittel wird sehr krank und bleibt so krank. Und das letzte Drittel wird immer schwächer und schwächer und stirbt. Wir wissen inzwischen, daß er nicht zum schlimmsten Drittel gehört. Er wird nicht dran sterben.

Aber das haben wir die ersten beiden Jahre noch nicht gewußt.« Sie verzog das Gesicht zu einer schmerzlichen Grimasse. »Das war die schlimmste, aber irgendwie auch eine gute Zeit. Wir waren leidenschaftlich zusammen, weil jeder Tag kostbar war. Wir hatten wirklich das Gefühl, in geliehener Zeit zu leben. Aber jetzt ...« Sie stockte. »Wir wissen nicht, wie es mit ihm in den nächsten paar Jahren weitergeht.« Sie gab ihrer Stimme eine fröhliche Note. »Es könnte so bleiben. Oder besser werden. Es könnte schon morgen besser werden. Er stirbt nicht dran. Wahrscheinlich bleibt es auf Dauer so wie heute.«

Troy blickte sie über die Küchentheke hinweg mitleidig an. »Aber das bedeutet, daß du gerade mal fünfzig bist und mit einem Mann verheiratet, der nie wieder mit dir tanzen geht.«

Sie warf ihm ein kleines, trauriges Lächeln zu. »Das Tanzen ist noch das geringste Übel«, sagte sie leise.

Nach einem kurzen Schweigen fand Isobel irgendwo in sich die Kraft zu einem Lächeln. »Es hat keinen Sinn, darüber zu trauern«, sagte sie knapp. »Ich habe mich vor Jahren entschieden. Als er krank wurde, war ich mir sicher, daß er bald sterben würde. Damals habe ich mir geschworen, glücklich zu sein, falls er nur verschont bliebe, falls wir beide verschont blieben. Und ihn glücklich zu machen. Jetzt geht es so viel besser, es hätte wirklich viel schlimmer kommen können.«

»O ja«, pflichtete ihr Troy bei, dachte aber für sich, daß das keineswegs stimmte.

Um halb neun am nächsten Morgen rief Troy nach Isobel. Sie war aber schon eine Stunde wach und hatte auf den ungewohnten Londoner Straßenlärm gelauscht, ihren Kater gepflegt und sich sehnlichst gewünscht, sie könnte einfach in die Küche gehen und sich eine Tasse Tee machen.

Troy öffnete die Tür zum Gästezimmer und setzte ihr eine Tasse mit einer blaßgrünen Flüssigkeit vor, die nach Stroh roch. »Kräutertee«, sagte er. »Damit du in die richtige Stimmung kommst.«

»Ich habe furchtbare Angst«, erwiderte Isobel.

»Du wirst das wunderbar machen. Du warst gestern toll, und das war nur das Training.«

»Und es kommt wirklich niemand, der mich schon kennt? Niemand von Penshurst Press?«

»Penshurst!« Er fegte den Verlag mit einer Armbewegung beiseite. »Die haben nicht die Summen zur Verfügung, um die es hier geht. Die sind ein kleiner Literaturverlag. Wir spielen jetzt in der ersten Liga.«

Isobel nickte und lehnte sich in die Kissen zurück.

»Du bist blaß«, sagte er mit plötzlicher Besorgnis. »Geht's dir gut?«

»Ich habe einen Kater«, gestand sie ihm. Philip wäre schokkiert gewesen.

»Verstehe«, sagte Troy. »Ich hole dir was. Wir haben es gestern vielleicht ein bißchen übertrieben.«

Er verschwand aus ihrem Zimmer und kam mit einem kleinen sprudelnden Getränk wieder. »Da. Und ich habe dir ein heißes Bad eingelassen. Sobald du fertig bist, können wir frühstücken und Zelda fertigmachen. Bis zehn muß sie in voller Schönheit prangen. Die ersten Leute von den Verlagen kommen um halb elf.«

»Ist das nicht furchtbar früh?« fragte Isobel, die mit der Zeit gelernt hatte, daß es für sie unmöglich war, die Leute in ihrem Verlag vor elf Uhr morgens zu erreichen.

Troy grinste. »Die sabbern doch schon vor Gier. Die kommen schon.«

»Hört sich an, als wäre ich so was wie ein Picknick«, bemerkte Isobel.

»Zelda ist eins«, sagte er und ließ sich den Namen auf der Zunge zergehen. »Zelda ist ein Picknick und ein Abendessen und ein Drink, alles in einem. Zelda ist feinste Küche, und alle gieren nach ihr.«

Isobel, parfümiert, mit blonder Mähne, perfektem Make-up und rosa Kostüm und rosa Pantoletten war bereits um Viertel nach zehn auf das Sofa drapiert, und um halb elf erschienen die ersten Leute von einem Verlag. Sie stand nicht auf, sondern hob nur lässig eine Hand, um sie zu begrüßen. Die Frau schüttelte ihr die Hand, der Mann aber war so überwältigt, daß er ihre perfekt manikürten Fingerspitzen küßte, sich dann ihr gegenüber niederließ und sie nur anstarrte.

»Wieviel von all dem beruht auf wirklich Erlebtem?« fragte Susan Jarvis, die Lektorin.

Zelda Vere lächelte. »Es ist natürlich frei erfunden.«

»Aber ich würde doch vermuten, daß sie selbst Erfahrungen mit einem Satanskult gemacht haben?« drängte Susan weiter.

Zeldas Geste deutete an, daß sie sich hinter eine unsichtbare Wand zurückzog. »Der Roman basiert auf meinen Recherchen und meiner Intuition«, sagte sie. »Und natürlich auch auf meinen Erfahrungen.«

»In unserem Land?« deutete Susan an.

»Hier und auch im Ausland.«

»Zeldas Begabung liegt natürlich darin, daß sie großartig erzählen kann«, fuhr Troy dazwischen; er sprach mit Charles, dem Lektoratsassistenten.

»Es ist wirklich eine tolle Geschichte«, stimmte der zu. »Darf ich Ihnen sagen, Miss Vere, daß es eine großartige Geschichte ist. Und was für ein hervorragendes Gesamtangebot – wenn ich das Wort hier benutzen darf – Sie sind? Ich glaube, mit Ihnen können wir noch große Dinge erreichen.«

»Was für Dinge?« fragte Troy aufmunternd.

»Oh, wir würden eine größere Kampagne starten in allen Medien, inklusive Fernsehen. Wir würden eine Werbetour in fünf, vielleicht sechs oder sieben Großstädte organisieren. Wir würden das Buch für die einschlägigen Preise vorschlagen, Auszüge in entsprechenden Zeitschriften veröffentlichen, eine Riesenwerbekampagne aufziehen und große

Anstrengungen unternehmen, insbesondere bei den sonstigen Anbietern.«

»Sonstige Anbieter?« fragte Isobel verwirrt.

»Supermärkte«, erklärte Troy kurz. »Eher als Buchläden.«

»Sie würden mein Buch in Supermärkten verkaufen? Wie Dosentomaten?«

Troys Augen blitzten ihr eine Warnung zu. »Miss Vere, Justin and Freeman Press würden alles tun, um dieses Buch dorthin zu bringen, wo die meisten Exemplare verkauft werden. Das wollen wir doch alle.«

»Natürlich bemühen wir uns auch um die Buchläden«, sagte Charles halbherzig. »Aber die große Stärke dieses Buches, so wie wir es sehen, ist doch, daß es eine sehr breite Leserschaft anspricht.« Er wandte sich wieder Zelda Vere zu. »Sie wissen wirklich, wie die ganz normale Frau denkt. Das hat uns alle bei Justin and Freeman überzeugt. Ich habe meiner Sekretärin und meiner Frau Ihr Manuskript zu lesen gegeben, und ich kann Ihnen sagen: als diese beiden ganz durchschnittlichen Frauen mir sagten, daß sie sich in Ihrer wunderbaren Geschichte wiedergefunden haben, da wußte ich, das wird ein echter Hit.«

»Der Roman ist zugleich ganz alltäglich und sehr ausgefallen«, bestätigte Susan. »Das hat mich begeistert: das Ausgefallene an der Geschichte. Und darüber hinaus ist sie ganz frisch und trifft doch das Genre ganz genau.«

»Und welches Genre ist das?« wollte Troy wissen.

Susan schaute ihn an, als gäbe es daran nicht den geringsten Zweifel. »Romane, in denen es ums Überleben geht«, sagte sie geradeheraus. »Ums Durchstehen schwierigster Lebenssituationen. Es ist doch offenbar Zeldas eigene Geschichte, zu einem Roman verarbeitet und in der dritten Person erzählt – wenn wir da vielleicht auch noch etwas lektorieren müssen –, aber es ist die wahre Geschichte einer Frau, die auf furchtbare Weise mißbraucht wurde, die überlebt und Rache nimmt.«

Isobel spürte, wie ihre Hand den Stiel des Champagnerglases immer fester umklammerte. »Wenn es eine wahre Geschichte wäre, dann müßte Charity wegen Dutzenden von Vergehen angeklagt werden.« Sie unterbrach sich, weil ihr klar wurde, daß ihre Stimme auf Grund der Verärgerung ganz anders klang als Zeldas gedehntes Säuseln. »Tut mir leid. Ich wollte nur sagen – das kann man nicht als wahre Geschichte verkaufen. Unmöglich. Denn Charity kidnappt zwei Kinder, brennt ein Haus nieder, treibt ein Unternehmen in den Bankrott, erpreßt einen Politiker und entstellt eine Frau.«

»Ich gehe davon aus, daß ein gewisses Maß an dichterischer Freiheit in das Buch eingeflossen ist«, sagte Susan knapp. »Das werden wir auch deutlich hervorheben. Aber es steckt ein wahrer Kern darin. Und darüber hinaus eine schreckliche Wahrheit.«

»Ja«, sagte Troy.

»Nein«, sagte Isobel.

Troy ging durchs Zimmer, nahm ihre Hand und küßte sie. Unter der warmen Berührung seiner Lippen spürte sie das warnende Zwicken seiner Finger. »Sie ist eine so vollendete Künstlerin, ihr ist die Wahrheit, die sie erzählt hat, gar nicht bewußt«, sagte er bestimmt. »Sie verschließt sich noch vor der Realität.«

Kapitel 5

Troy und Isobel hatten keine Zeit, sich zu unterhalten, denn schon tauchten die nächsten beiden Verlagsleute auf, dann noch einmal zwei. Den ganzen Morgen über kamen sie anmarschiert, tranken Champagner, priesen den Roman, versprachen atemberaubende Verkaufszahlen, und alle miteinander versuchten sie Isobel das Geständnis zu entlocken, daß der Roman autobiographisch sei. Als Troy hinter dem letzten Besucher die Tür zugemacht hatte, war Isobel bereits in ihr Zimmer gegangen. Die Perücke hing schon auf dem Ständer, das kostbare Kostüm in Pink lag achtlos hingeworfen auf dem ungemachten Bett, und Isobel schrubbte wild mit Papiertüchern an ihrem Gesicht herum.

»Was ist denn mit dir los?« fragte Troy heftig.

Sie drehte sich zu ihm um, die Augen schwarz umringt von feuchter Wimperntusche. »Es ist unmöglich«, erwiderte sie. »Wir haben sie erfunden, diese Zelda Vere, und jetzt sind sie alle darauf angesprungen. Und sind ganz scharf auf die Variante, daß Zelda selbst in einer Satanssekte war und überlebt hat. Das ist doch alles purer Schwachsinn. Ich halte das einfach nicht aus! Nicht mal im Traum könnte ich so tun, als wäre das alles wahr. Und nicht im Traum könnte ich so tun, als wäre die Wahrheit bloß im Augenblick noch zu viel für mich, komm mir also bloß nicht damit. Wir müssen die ganze Sache abblasen.«

Er war drauf und dran, sie rüde anzufahren, konnte sich aber gerade noch beherrschen. »Was kostet der Swimmingpool?«

Sie stockte und wandte sich zu ihm um. »Fünfzigtausend Pfund ... ich weiß nicht.«

»Und er würde Philip in seinem Zustand wirklich guttun?«
»Ja, das glaubt er schon.«
Troy nickte. »Der letzte Lektor, der von Rodman, meinte, sie würden mit ihrem Angebot für die Weltrechte so etwa bei 200000 Pfund anfangen. Anfangen, hörst du? Vielleicht gehen sie bis zu einer halben Million.«
Isobel ließ einen schmierigen Wattebausch auf den Frisiertisch fallen und schaute Troy schweigend an.
»Ich geh uns ein paar Sandwiches holen«, meinte der. »Ich glaube, wir könnten beide was zu essen gebrauchen.«

Isobel erschien in der Küchentür und trug den Landpomeranzenrock mit dem Schlabberbund, dazu eine Baumwollbluse, den Pullover hatte sie sich lose um die Schultern gelegt. Das brünette Haar war wie gewöhnlich zum Knoten zusammengesteckt, das Gesicht war sauber und glänzte ein wenig, keine Spur von Lippenstift. Besser hätte sie es nicht anstellen können, Troy daran zu erinnern, daß er es hier mit einer Akademikerin mittleren Alters zu tun hatte, die vom Land zu Besuch gekommen war und sich bereits wieder nach ihrem Zuhause sehnte.
Er stellte einen Teller mit Sandwiches vor sie hin und schenkte ihr starken Kaffee ein.
»Das ist einfach eine phantastische Menge Geld«, sagte er, nachdem sie etwas gegessen hatte.
Sie nickte.
»Die Arbeit hast du doch schon gemacht. Die wollen nur noch ein paar Änderungen. Das übernehme ich, wenn du nicht willst. Morgen könnte ich gleich das Bankkonto einrichten. Sie wissen alle, daß das Geld auf ein Nummernkonto im Ausland gehen soll. Sie glauben, daß es was mit der Steuer zu tun hat, das geht also in Ordnung. Und dann nimmst du das Geld und kannst wieder schreiben, was du möchtest.«
Isobel schwieg immer noch.

»Den ganzen Rest deines Lebens kannst du damit verbringen, nur noch genau das zu schreiben, was du möchtest. Oder du kannst einmal eine Pause machen«, versuchte er sie zu überreden. »Eine Kreuzfahrt buchen. Mit Philip in die Sonne reisen. Urlaub. Das würde euch beiden guttun. Oder du investierst das Geld und beziehst ein regelmäßiges Einkommen daraus. Oder kaufst alles mögliche, was ihr so braucht. Und wenn sie eine Fernsehserie draus machen – und das ist ziemlich wahrscheinlich –, dann hast du wirklich für den Rest deines Lebens ausgesorgt. Du kannst Philips Aktien und seine Ersparnisse ersetzen. Er wird also nie herausfinden, daß du das Sparschwein geplündert hast. Du kannst eine Versicherung abschließen, so daß du immer weißt, er ist abgesichert, ganz egal, was dir passiert. Du brauchst nie wieder zu arbeiten, wenn du nicht willst.«

»Sie wollen bestimmt eine Fortsetzung«, sagte sie gleichmütig.

Er zuckte die Schultern. »Bisher ist es ein Vertrag über ein einziges Buch. Die können warten, bis sie schwarz werden. Du kannst dich entscheiden, noch mal eins zu schreiben, oder wir könnten eine Ghostwriterin engagieren, und der könnte ich die nötigen Anweisungen geben. Oder sie müssen eben ohne einen zweiten Band auskommen. Das liegt an dir. Du bist der Star.«

Troy sah kurz den Ehrgeiz in ihren Augen aufblitzen, ehe sie den Blick senkte.

»Du bist eine Autorin, die einen ungeheuren Einfluß auf die Literaturszene hat«, fuhr er fort. »Aber damit kannst du niemals das Geld verdienen, das du für deinen Unterhalt brauchst, von Philips Unterhalt einmal ganz zu schweigen. Mit diesem einen Buch hast du die Möglichkeit, diese Ungerechtigkeit auszugleichen, und niemand wird je etwas davon erfahren. So kriegst du endlich das Geld, das du verdienst. Und wenn sie in dem Buch herumstreichen – was kümmert es dich? Du wolltest damit Geld scheffeln, da kann es dir doch egal sein, wie sie es nennen: Fantasy, Horror, Schicksalsroman oder was auch immer, wen interessiert das? Solange es sich gut verkauft?«

Sie fuhr zu ihm herum. »Wenn es ganz einfach ein kommerzieller Roman ist, dann ist es gleichgültig, ob es Schwachsinn ist«, sagte sie wütend. »Dann machen sie einen Schutzumschlag drum, und auf dem steht, daß es Schwachsinn ist. Und so wird es auch gelesen, als unterhaltsamer Schwachsinn. Wenn wir aber behaupten, daß es auf Tatsachen beruht, dann belügen wir die Leute. Wir führen sie in die Irre. Wir produzieren keine Phantasiegebilde mehr, wir lügen. Und das ist unmoralisch.«

Er nickte, überlegte verzweifelt. »Menschen verstellen sich doch immer«, argumentierte er. »Auch in ihrem eigenen Leben. Sie behaupten, sie seien ein bestimmter Typ Mensch, damit sie bleiben können, wo sie wollen. Du sagst, du liebst deinen Mann und bist eine höchst moralische Person, weil du dann schön zu Hause bleiben kannst und nicht wegrennen mußt, wie das jemand täte, der deine Motive nicht hat.« Er hörte, wie sie nach Atem rang, fuhr aber fort. »Viele Menschen leben eine Phantasie. Wenn ein Supermodel behauptet, eigentlich würde sie am liebsten für eine Wohltätigkeitsorganisation arbeiten, wenn die Frau eines Superreichen behauptet, sie hätte ihn nur aus Liebe geheiratet, dann sind das Phantasiegespinste. Die Autobiographien von Sportlern, die »wahren Geschichten« der Primaballerinen: Sie erzählen ihr Leben so, wie sie es gerne hätten, nicht wie es wirklich war. Das wissen wir alle. Das verkaufen wir. Ob nun im Manuskript steht: ›Charity meint, Charity macht ...‹ oder ›ich meine, ich mache‹, das ist doch völlig egal.«

Isobel reagierte blitzschnell. »Mir aber nicht! Ich muß hinter diesem Schwachsinn stehen und so tun, als sei es Wirklichkeit. Ich muß mich hinstellen und so tun, als wäre mir das alles zugestoßen!«

»*Zelda* sagt, es wäre ihr zugestoßen, nicht du! Und du hast doch gerne Zelda gespielt. Jetzt tun wir eben so, als hätte sie eine Schwester gehabt, als sei sie in einer Satanssekte gewesen. Was macht das schon noch aus?«

Sie zögerte. »Ich muß darüber nachdenken«, sagte sie langsam. »Es macht mir sehr wohl was aus. Es gibt einen Unterschied zwischen Phantasie und Lügen.«

»Wie du es auch drehst und wendest, es hat beides mit Phantasie zu tun«, erwiderte er. Er holte tief Luft, zwang sich, die Ruhe zu bewahren. Dieser eine Morgen Arbeit könnte ihm 20 000 Pfund plus zehn Prozent aller zukünftigen Einnahmen Zeldas einbringen. Das Prestige, Zelda Veres Agent zu sein, hatte sich schon auf das Verhalten der Verlage ihm gegenüber ausgewirkt: Über Nacht war er zu einer wichtigen Persönlichkeit in der Verlagsszene geworden.

»Isobel, bitte überleg es dir«, sagte er leise. »Die Auktion ist morgen. Ich kann es mir nicht leisten, die Leute zu enttäuschen. Ich kann nicht eine Auktion veranstalten und dann das Buch vom Markt nehmen. Die Auktion ist bindend. Wenn wir absagen, dann vor neun Uhr früh. Und dann hast du alles verloren: nicht nur die Chance, genug Geld für den Swimmingpool zu verdienen, nein, schlimmer – dein Einkommen für die nächsten Jahre. Dann bist du wieder genau da, wo wir angefangen haben. Du verdienst nicht genug, um von deiner Schriftstellerei zu leben, Penshurst zahlt einfach nicht mehr. Schlimmer noch: du hast gerade vier Monate an einen Roman verschwendet, den du nicht veröffentlichen willst. Ich habe ein kleines Vermögen für Zeldas Klamotten ausgegeben. Und du hast mein Vertrauen in deine Professionalität zerstört.«

Sie warf ihm einen raschen Blick zu, und er sah, wie ihre Unterlippe bebte. »Dich verliere ich auch?« fragte sie.

Troy fuhr unbarmherzig fort. »Ich habe dich, ehe wir zu Harrods fuhren, im Taxi gefragt, ob du dir ganz sicher bist. Ich habe dir gesagt, daß auch mein Ruf als Zeldas Agent auf dem Spiel steht. Ich habe dich finanziert. Ich habe dir erklärt, daß wir zusammen in der Sache stecken. Wenn du jetzt einen Rückzieher machst, dann schadet das nicht nur dir und Philip, es ist auch sehr schlecht für mich.«

Sie schüttelte den Kopf, als wäre ihr alles zuviel. Kurz meldete sich sein Gewissen. So ungefähr mußte Philip es wohl machen: zuerst intellektuelle Argumente und dann Erpressung mit Gefühlen. Das war seine Taktik, um erfolgreich alle Verantwortung auf sie abzuwälzen. Isobel war so rührend verletzlich. Mit ihrem scharfen, geübten Intellekt konnte sie endlose Kämpfe bestreiten, doch den Gedanken, verlassen zu werden, jemandes Zuneigung zu verlieren, den konnte sie einfach nicht ertragen.

Er sah, wie sich ihre Schultern unter der Last beugten, die er ihr eben aufgebürdet hatte. »Tut mir leid«, sagte sie. »Tut mir leid, daß ich so unentschlossen bin. Ich rufe dich heute abend an. Ich denke im Zug noch mal über alles nach. Bis sechs Uhr hast du meine Entscheidung.«

Er nickte. »Ich hoffe, daß du dich für den Sprung ins kalte Wasser entscheidest«, ermunterte er sie. »Für den Swimmingpool, für Zelda, für Philip. Ich hoffe, du entscheidest dich, gutes Geld für gute Arbeit einzustreichen. Ich wäre wirklich sehr enttäuscht, wenn du in diesem Stadium klein beigeben würdest.«

Isobel nickte. Er merkte, daß sie ihm nicht in die Augen schauen konnte. »Ich gehe jetzt wohl besser«, meinte sie.

Eine seltsame Spannung herrschte zwischen ihnen, als Isobel mit ihrer kleinen Reisetasche aus dem Gästezimmer kam. Sie waren wie Liebende, die nach einem für beide Seiten wenig befriedigenden Zusammentreffen Abschied nahmen. In dem engen Flur herrschte eine Atmosphäre voller milder Vorwürfe und Unzufriedenheit. An der Tür folgte Troy einer plötzlichen Eingebung und faßte Isobel um die Taille. Sofort wandte sie ihm das Gesicht zu. Er beugte sich vor und küßte sie. Zu seiner außerordentlichen Überraschung fühlte sich ihr Mund unter seinen Lippen warm und einladend an. Isobel ließ die Tasche fallen, ihre Hände glitt ihm über die Arme zu den Schultern hinauf, und dann beugte eine kühle Hand ihm den Kopf zu ihren Lippen hin. Er küßte sie heftig, leidenschaftlich, sein Ärger löste sich in verdutztes Verlangen auf. Sie erwiderte seinen Kuß, und einen Augenblick lang sah er sie nicht mehr als die müde Frau mittleren Alters, sondern stellte sich mit geschlossenen Augen vor, die goldene, träge, arrogante Schönheit zu berühren, die den ganzen Morgen über dekorativ auf seinem Sofa gesessen und mit ihren hochhackigen rosa Pantoletten gewippt hatte.

Isobel trat einen Schritt zurück. Sie blickten einander ein wenig atemlos an. Sie wollte etwas sagen, doch er öffnete mit schüchterner Unbeholfenheit die Wohnungstür, und sie entschlüpfte ihm.

Isobel trat auf die Straße und winkte ein Taxi herbei. »Waterloo«, sagte sie mit steinerner Miene zum Taxifahrer.

Sie hielt die Hand vor den Mund gepreßt, als wolle sie den Kuß und die Macht dieses Kusses bewahren. Was ihr, einer Frau, die beinahe nur aus Intellekt und allzu oft aus Sorgen bestand, noch nie widerfahren war: sie dachte an nichts, an rein gar nichts. Sie setzte sich zurück und starrte blicklos vor sich hin, während das Taxi wendete und durch den Verkehr des frühen Nachmittags nach Süden fuhr.

»Gut gelaufen?« erkundigte sich Philip, als sie nach Hause kam.

»Prima«, antwortete sie zerstreut. Das Frühstücksgeschirr war nicht gespült, Suppentasse und Brotteller vom Mittagessen standen noch auf dem Tisch neben den Überresten von Philips Morgen: Orangenschalen, ein paar Kugelschreiber, ein Gummiband aus der Post, einige leere Umschläge, aus der Tageszeitung sortierte Reklamebroschüren. Isobel betrachtete den Raum und die Arbeit, die hier auf sie wartete, ohne Verdruß, ohne Verärgerung. Sie sah sich alles mit ruhiger Distanz an, als wäre es die Küche einer fremden Frau. Auf keinen Fall war es die Küche einer Frau, der man heute morgen mehr als eine Viertelmillion Pfund für einen Roman angeboten hatte, die wie eine Schönheitskönigin dekorativ auf einem Sofa gethront hatte, die jemand leidenschaftlich geküßt hatte.

»Tut mir leid wegen der Unordnung«, sagte Philip, der ihrem Blick gefolgt war. »Mrs. M. fragte, ob sie vielleicht ein bißchen früher gehen dürfte, nachdem sie über Nacht hier war. Und da habe ich ja gesagt.«

»Schon in Ordnung«, erwiderte Isobel. »Das haben wir gleich.«

Sie begann den Tisch abzuräumen, sah sich gleichsam zu, wie ihre Hände den Abfall zusammenrafften, beobachtete sich, wie sie die Teller in die Spülmaschine stellte, Spülmittel einfüllte. Noch immer spürte sie auf den Lippen das heiße Brennen von Troys Kuß.

»Ist alles gut gelaufen?« fragte Philip erneut.

»O ja«, antwortete sie. Sie hörte, wie ihre Stimme Lügen formulierte. »Sie waren sehr gescheit, haben einige interessante Fragen gestellt. Und dann gab es ein Büfett zum Lunch. Ich habe mit Norman Villiers geredet. Der war nachmittags dran. Es geht ihm gut, er hat ein paar interessante Bemerkungen zu Larkin gemacht. Und dann bin ich nach Hause gefahren.«

»Du solltest so was öfter mal machen«, meinte Philip großzügig. »Es hat dir jedenfalls gutgetan. Du strahlst ja richtig.«

»Wirklich?« fragte sie mit plötzlich erwachtem Interesse.

»Ja«, sagte er. »Du siehst aus, als würdest du von innen leuchten.«

Isobel fuhr verstohlen mit der Hand zum Mund, bedeckte die Lippen mit den Fingern. »Nun, es hat mir großen Spaß gemacht«, sagte sie mit betont gleichmütiger Stimme. »Möglicherweise kann ich eine ganze Vorlesungsreihe übernehmen. Als Mutterschaftsvertretung. Ich habe mich noch nicht entschieden, aber ich würde es gerne machen.«

»Aber du wolltest doch nichts Regelmäßiges mehr«, protestierte er.

»Es wäre nur eine kurze Vorlesungsreihe. In ein paar Monaten«, sagte sie. »Ich würde einmal in der Woche in die Stadt fahren und über Nacht bleiben und dann am nächsten Nachmittag wieder nach Hause kommen, genau wie heute.«

Er stand auf und streckte sich. »Wie du willst«, meinte er. »Mir soll es recht sein. Es haben ein paar Leute angerufen. Sind auf dem Anrufbeantworter. Ich war draußen in der Scheune, habe sie ausgemessen. Ich habe die Maße des Pools mit Farbe aufgesprüht, damit du sehen kannst, wie groß das Becken wäre. Und ich habe mit den Zeichnungen weitergemacht.«

»Du warst ja wirklich fleißig«, lobte sie ihn, während sie zur Tür ging und sich fragte, ob Troy angerufen hatte.

»Ich habe dir doch gesagt, daß es eine interessante Beschäftigung für mich wäre«, erwiderte er. »Und ich habe auch eine Firma gefunden, die uns auf den Swimmingpool einen Rabatt geben würde, wenn wir ihn innerhalb der nächsten vier Monate bestellen.«

»Trotzdem, 50 000 Pfund...«, wandte sie ein.

»Ich zeige dir die Zahlen, wenn du mit deiner Arbeit fertig bist«, erwiderte er. »Ich denke, du begreifst dann, daß wir damit wirklich was Tolles für unser Geld bekommen. Wir könnten doch einen Kredit aufnehmen und das Haus als Sicherheit angeben.«

Isobel nickte und ging ins Arbeitszimmer, zog die Tür hinter sich zu. Der Anrufbeantworter zeigte zwei Anrufer an. Einer hatte keine Nachricht hinterlassen, der andere lud sie ein, als Jurorin über die Vergabe eines kleineren Literaturpreises mitzuentscheiden. Einen Augenblick lang verspürte sie aberwitzige Enttäuschung, weil keiner der Anrufer Troy war.

Sie stützte den Kopf in die Hände und blickte auf das Telefon, als wollte sie es durch schiere Willenskraft zum Klingeln bringen. Halb war sie sich der Absurdität der Situation bewußt – hier saß sie, eine Frau von über fünfzig, neben dem

Telefon wie eine Dreizehnjährige, die auf den Anruf eines Jünglings wartet. Halb genoß sie mit Wonne, daß sie genau wie eine Dreizehnjährige die Erinnerung an einen Kuß wie einen Schatz bewahrte, daß der Gedanke an seinen Anruf ihr Herz rasen ließ, daß sogar Philip, der kaum je etwas merkte, gesagt hatte, daß sie strahlte.

Es wurde ihr klar, daß sie ja Troy anrufen konnte. Kein Gesetz verbot ihr, selbst die Initiative zu ergreifen. Sie nahm den Hörer ab und wählte die Nummer von Troys Büro. Sie wurde sofort verbunden.

»Isobel.« Angestrengt lauschte sie auf einen Unterton größerer Wärme in seiner Stimme und mußte feststellen, daß sie sich nicht sicher war. Diese Ungewißheit war so aufregend, als hätte er ihr seine Liebe beteuert. »Ich habe so auf deinen Anruf gewartet.«

»Ich bin eben erst nach Hause gekommen«, antwortete sie atemlos. »Und dann mußte ich mich erst noch mit Philip unterhalten.«

»Klar. Also. Was meinst du?«

»Was ich meine?«

Einen Augenblick lang dachte sie, er hätte von dem Kuß gesprochen.

»Zur Auktion, zum Buch, dazu, daß sie es als autobiographischen Roman verkaufen wollen.«

»Ich weiß nicht«, antwortete sie. »Ich kann mich irgendwie noch nicht entscheiden. Was meinst du denn?«

Troy spürte, wie die Anspannung langsam aus seinen Rückenmuskeln wich. Den ganzen Nachmittag über hatte er befürchtet, Isobel würde ihren Prinzipien treu bleiben, ihren Stolz wahren und sich weigern weiterzumachen. Jetzt, als er die Zweifel in ihrer Stimme hörte, wurde ihm ganz warm ums Herz.

»Oh, ich glaube, du würdest es dein Leben lang bereuen, wenn du diese Gelegenheit nicht ergreifen würdest«, antwortete er. »Es geht nur um ein paar kleinere Änderungen und ein bißchen mehr Schauspielerei. Und wir haben ja heute eine Kostprobe bekommen, wie toll du als Zelda bist. Das ist alles, na ja, vielleicht nicht ganz.«

»Ich weiß nicht, ob ich das schaffe«, zweifelte sie.

»Ich würde mir so wünschen, daß du den Mut dazu aufbrächtest«, lockte er. »Das Ganze ist unser beider Idee, und ich bin so stolz auf dich, daß du das Buch einfach so geschrieben und dann Zelda Vere erfunden hast. Ich genieße das Täuschungsmanöver ungeheuer, wahrscheinlich ein schrecklicher Charakterfehler von mir, aber ich genieße es. Ich finde es phantastisch, daß wir Zelda in die Welt gesetzt haben. Ich habe sie gern zu Besuch. Als du heute nachmittag weggegangen warst, da hatte ich so ein Gefühl ...«

Sie wartete. »Was für ein Gefühl?« flüsterte sie.

»Des Verlustes.«

Sie rang nach Luft.

Er spürte, wie sehr sie sich auf seine Worte konzentrierte. »Ich wäre so enttäuscht, wenn wir die Sache fallenlassen müßten«, flüsterte er mit tiefer, verführerischer Stimme. »Bis jetzt hat es so einen Spaß gemacht. Das Einkaufen, das Verkleiden und die ...«

»Die?«

»Die Wärme.«

Ihre Hand war wieder zum Mund geflogen, betastete die Lippen. »Gut«, sagte sie leise. »Ich mach es. Aber du mußt mir versprechen, daß du bei mir bleibst. Allein schaffe ich das nie.«

»Ich werde bei dir sein«, versprach er. »Bei jedem Schritt. Ich werde bei dir sein. Von Anfang bis Ende.«

Troy hörte noch, wie sie »Auf Wiedersehen« murmelte und legte auf. Mit diesem einen Telefongespräch hatte er 20 000 Pfund oder mehr verdient. Aber er kannte sich gut genug, um zu begreifen, daß er sehr viel mehr empfand als nur die Begeisterung des Geschäftsmannes über einen guten Abschluß. Irgend etwas an Zelda Vere und an Isobels Verwandlung berührte ihn im tiefsten Inneren.

»Sie ist sexy«, murmelte er leise vor sich hin, als er an Isobel mit der blonden Perücke und den rosa Pantoletten dachte. »Wer hätte das gedacht? Wer hätte auch nur im Traum vermutet, daß sie so gehen und so sitzen kann?« Er schaute hinüber zu dem stummen Telefon. »Wer hätte geglaubt, daß sie so küssen kann?«

Um Punkt neun Uhr nahm Troy das Angebot des ersten Verlages entgegen. Wie versprochen wurden 200 000 Pfund geboten. Troy notierte die Zahl und hielt seine Stimme ruhig und unpersönlich. Als der zweite Verlag anrief, informierte er die Leute über das bereits abgegebene Gebot, und sie erhöhten auf 250 000 Pfund. Der dritte Verlag stieg sofort wieder aus, doch der vierte erhöhte noch einmal um fünftausend. Den ganzen Tag über gingen Anrufe ein, gegen zwei Uhr waren jedoch nur noch zwei große Verlage im Rennen. Inzwischen lag das höchste Angebot bei 335 000 Pfund.

»Ich mache Ihnen einen Vorschlag«, sagte Susan Jarvis von Justin and Freeman. »Ich biete 350 000, und Sie entscheiden sich gleich. Höher kann ich nicht gehen.«

»Einverstanden«, erwiderte Troy schnell, denn er wußte, auch der andere Verlag würde nicht höher gehen. »Miss Vere hat sich so gut mit Ihnen verstanden, ich weiß, daß sie Ihnen als Verlag den Vorzug gibt.«

»Dann ist es also abgemacht«, sagte Susan. »Würden Sie bitte Miss Vere sagen, daß wir uns sehr freuen. Kann ich sie anrufen?«

»Ich werde sie bitten, bei Ihnen anzurufen«, antwortete Troy. »Sie ist sehr auf die Wahrung ihrer Intimsphäre bedacht, wie Sie sich ja sicher vorstellen können.«

»O ja«, stimmte Susan zu. »Nach allem, was sie durchgemacht hat. Ich verstehe vollkommen.«

»Sie nimmt keine Anrufe entgegen, die nicht überprüft sind, und sie gibt natürlich niemandem ihre Adresse.«

»Wie sollen wir denn dann die Publicity organisieren?« erkundigte sich Susan. »Wir brauchen eine große Werbetour.«

»Mieten Sie ein Hotelzimmer für sie an«, schlug Troy vor. »Sie kann alles vom Hotel aus erledigen. Wenn Sie mit ihr eine Tour planen, dann braucht sie mich an ihrer Seite. Sie hat meine Unterstützung nötig, denn sie ist immer noch sehr verletzlich.«

»Sie ist einfach wunderbar«, meinte Susan Jarvis. »Wieviel von der Geschichte ist eigentlich wahr, wissen Sie das?«

»Ganz bestimmt die Sache mit der Satanssekte und der Sex«, sagte Troy munter. »Und mindestens eine von den Racheepisoden. Ich weiß es, denn ich habe einen diesbezüglichen Zeitungsausschnitt gesehen. Eine andere Person hat deswegen vor Gericht gestanden, es besteht also keine Gefahr, daß die Polizei ihr noch auf die Schliche kommt. Sie ist straflos ausgegangen.«

»Bemerkenswert. Hat das alles durchgemacht und schreibt so gut! Schreibt sie schon an einer Fortsetzung?«

»Wir sprechen im Augenblick darüber«, sagte Troy. »Was meinen Sie, wovon sollte die handeln?«

»Vom Leben in der vornehmen Welt.« Die Lektorin hatte keinerlei Zweifel. »Wir hatten schon jede Menge Romane über die Gefahren des Sex und das Elend der Promiskuität. Wir hatten Berge von Büchern über das einfache Leben. Jetzt wollen die Leser wieder ein bißchen Spaß und Lebensfreude. Sex und Shopping, aber bitte auf höchster Ebene. Elegantes Leben, schnelle Autos. Eine Mischung aus *Schöner Wohnen* und dem *Playboy* früherer Jahre. Und Gesundheit natürlich. Das bleibt weiterhin ein wichtiges Thema.«

»Das wäre genau das richtige für Zelda«, sagte Troy entzückt. »Das perfekte Thema für sie.«

»Das hatte ich mir auch gedacht«, erklärte Susan. »Hier geht's um mehr als nur ein Buch, hier wird ein Star kreiert.«

»Wir haben's geschafft«, flüsterte Troy Isobel am Telefon zu. »Es sind 350 000 Pfund geworden.«

Atemloses Schweigen.

»Wieviel kann ich gleich bekommen?« fragte sie.

»An die 150 000 Pfund«, antwortete er. »Du kannst deinen Swimmingpool gleich heute bestellen.«

Er hörte sie seufzen.

»Du freust dich doch?«

»O ja«, versicherte sie. »Ich … kann es nur einfach noch nicht fassen.«

»Du hast es verdient«, sagte er loyal. »Der Markt gibt es her. Das kannst du ruhig glauben.«

»Ich würde so gerne rausrennen und Philip sagen, daß er seinen Pool kriegt und daß wir unser Glück gemacht haben«, sagte sie. »Es kommt mir so merkwürdig vor, daß ich es ihm nicht erzählen kann. Ich habe das Gefühl, als hätte ich niemanden, mit dem ich feiern kann. Ich muß so tun, als wäre nichts geschehen.«

»Du kannst ihm doch sagen, daß dein literarischer Roman dir einen ordentlichen Batzen Geld gebracht hat«, schlug Troy vor. »Sag ihm, daß du von den Tantiemen für dieses Buch den Pool bezahlen kannst. Darauf könntet ihr eine Flasche Champagner köpfen.«

»Ja, aber nur du und ich wissen, was wirklich geschieht«, wandte sie ein. »Niemand weiß es, außer dir und mir.«

Er hörte das leise Flehen in ihrer Stimme. »Komm zum Lunch in die Stadt«, lud er sie ein. »Komm zu mir in die Wohnung und zieh dich um, und dann kannst du als Zelda Vere ausgehen. Ich lade dich in ein ganz tolles Restaurant ein, und alle können kommen und dir gratulieren.«

Isobel rang um Atem. »Ich weiß nicht, ob ich mich traue!«

»Irgendwann mußt du anfangen«, sagte er. »Und anschließend gehen wir noch ein paar Kleider kaufen. Die wirst du brauchen.«

»Morgen?« flüsterte sie.

»Morgen«, antwortete er.

Kapitel 6

Als Susan Jarvis hörte, daß ihre neue Autorin zum Lunch nach London kommen wollte, um den Abschluß des Vertrages zu feiern, bestand sie darauf, die Einladung zu übernehmen und Zelda bei dieser Gelegenheit auch gleich mit den anderen Mitgliedern des Teams bekannt zu machen, die mit ihrem Buch zu tun haben würden. Troy, der merkte, daß Zelda allmählich teuer wurde, war erleichtert und wälzte nur zu gern die Kosten auf Justin and Freeman Press ab. Sechs Personen würden mit Zelda Vere am Tisch sitzen: der Verleger David Quarles, die beiden Lektoren Susan Jarvis und Charles Franks, die Pressesprecherin, der Werbechef und der Vertriebsleiter. Man reservierte einen Fenstertisch im »Savoy River Room«, und die Pressesprecherin ließ alle Klatschreporter wissen, daß der neueste Geheimtip, die gefragteste und teuerste Autorin des Jahres dort lunchen würde.

Troy legte Zelda Veres Kleider mit liebevoller Sorgfalt zurecht. Diesmal würde sie das gelbe Kostüm tragen, dachte er. Er nahm es aus dem Schutzbezug, hängte den Rock zum Lüften auf einen Kleiderbügel, die Jacke auf einen anderen. Darunter würde Zelda ein elegantes Seidensatinbustier tragen, dessen Spitzenkante man am Ausschnitt der Jacke gerade eben ahnen konnte. Troy breitete die Dessous auf dem Bett aus und spürte, wie ihn das Berühren der Seide erregte. Er stellte die Pantoletten bereit, und legte ein Paar hauchdünne seidenfeine Strumpfhosen dazu. Sie wird Handschuhe tragen müssen, wenn sie die anzieht, überlegte er.

Er stellte auf dem Frisiertisch alles fürs Make-up zurecht: die cremige Grundierung in dem Fläschchen mit dem Goldverschluß, den Puder, das Rouge, den Abdeckstift und dann die juwelenbunten Lidschatten, Wimperntuschen und Lippenstifte. Er betrachtete alles mit schmerzhaft bewußtem Neid. Es war wirklich nicht fair, daß es nur Frauen erlaubt war, sich so vollständig zu verwandeln. Selbst an einem schlimmen Tag konnten sie sich mit etwas Geschick und den richtigen Utensilien um Jahre jünger machen, zehnmal glücklicher aussehen. List und Verstellung galten als Teil ihres Charakters, wurden als ihre Natur akzeptiert, während schon der Versuch eines winzigen Betrugs dieser Art bei einem Mann als moralisch verwerflich erachtet wurde.

Troy setzte sich an den Frisiertisch und schaute über die goldenen Verschlüsse der Fläschchen hinweg auf sein eigenes fein geschnittenes Gesicht. Sein Haar war goldbraun, die Haut sehr glatt und hell, keine Spur von einem Bartschatten, kein dunkler Schimmer auf den Wangen. Einem plötzlichen Impuls folgend, setzte er sich mit Schwung die Perücke auf den Kopf, war ein kleiner Junge, der im Zimmer seiner Mutter Verkleiden spielt. Er hielt die Perücke vorn fest und zerrte sie hinten straff herunter. Dann betrachtete er sich im Spiegel.

Er hatte erwartet, sein Ebenbild lächerlich zu finden, einen tuntig absurden Mann in Frauenkleidern zu sehen. Statt dessen erblickte er seine Zwillingsschwester, seine Doppelgängerin. Eine hübsche Frau schaute zu ihm heraus. Eine Blondine mit einer Löwenmähne, mit einem schmalen, interessanten Gesicht. Das starke Kinn betonte den sinnlichen Mund, die zarte Nase, die großen blauen Augen, die hohen Wangenknochen. Eine wunderschöne Frau, eine Frau, die ihm glich, aber unbestreitbar eine Frau.

»Großer Gott«, flüsterte er. »Ich könnte Zelda Vere sein.«

Das Trugbild Zelda, das er zusammen mit Isobel entworfen hatte, war so sehr Klischee, daß beinahe jeder Zelda hätte darstellen können. Sie bestand fast nur aus ihrer blonden Mähne und ihren markanten Wangenknochen. Einzelheiten wie

Augenfarbe und Gesichtsausdruck verloren sich unter dem gewaltigen Eindruck ihrer Gesamterscheinung.

Nachdenklich nahm er den Lippenpinsel und malte sich die Lippen kirschrot, bestäubte sich das Gesicht mit Puder. Die Frau, die ihm aus dem Spiegel entgegenblickte, hatte nichts Groteskes, wie er es erwartet hatte, sondern strahlte ihn mit selbstbewußtem Lächeln an.

Es klingelte an der Tür. Troy fuhr zusammen, fühlte sich, als hätte man ihm beim Stehlen erwischt. Hastig zerrte er sich die Perücke vom Kopf und wischte sich den Lippenstift vom Mund. Er rubbelte noch mit einem Papiertuch an seinem Gesicht herum, während er die Treppe hinunterrannte. Er öffnete Isobel die Tür.

Sie sah ganz aufgeregt und frisch aus. Das braune Haar hatte sie sich aus dem Gesicht gekämmt und mit zwei Haarspangen festgesteckt, nicht wie sonst zu einem Knoten geschlungen. Sie trug eine marineblaue Hose, eine weiße Bluse und einen marineblauen Blazer. Während der Zugfahrt hatte sie ununterbrochen über diesen Augenblick nachgedacht. Sie hatte sich in ihrer schriftstellerischen Phantasie ausgemalt, wie sie aussehen würde, wie sie sich fühlen würde, wie er aussehen und wie er sich fühlen würde. Sie hatte sogar in Gedanken gehört, was sie vielleicht sagen würden.

Troy erfaßte ihre Erscheinung mit einem einzigen langen Blick. Diesen langen, alles verschlingenden Blick hatte sie nicht vorausgesehen. Als sie ihm in die Augen schaute, traf sie auf etwas Ungeahntes, auf einen Mann, den sie sich nicht vorgestellt hatte.

»Komm doch rein«, sagte er und trat in den Flur zurück.

Isobel folgte ihm ins Haus. Er registrierte einen Hauch Parfüm, den süßen Duft von Chanel Nummer 5. Sie bemerkte das Papiertuch in seiner Hand.

»Du wirst lachen«, sagte er zaghaft. »Ich habe die Perücke aufprobiert, Zeldas Perücke. Und dann habe ich Lippenstift aufgetragen.«

Sie lachte nicht. »Und wie hast du ausgesehen?«

»Wie sie. Ich habe ausgesehen wie ... du, wenn du Zelda bist«, antwortete er. »Es war ganz merkwürdig.«

»Zeigst du's mir?«

Troy öffnete die Tür zum Gästezimmer, Zeldas Zimmer.

»Ich weiß nicht, ob wir Zeit haben ...«

»Ich würde es so gern sehen...«

Troy versuchte, durch ein Lachen über seine Verlegenheit hinwegzutäuschen, aber Isobel blickte ihn mit festem, ernstem Blick an. Er begriff, daß ihre Naivität sie beide davor bewahren würde, daß diese Situation in die Farce abglitt. Isobel würde nicht lachen, weil sie wirklich neugierig war, wie er als Zelda aussehen würde. Sie hatte keine Ahnung von der zwielichtigen Absurdität der Transvestiten, der Transsexuellen, der Tunten. Jeglicher Gedanke an diese Welt lag ihr in ihrer Unschuld fern, sie näherte sich der Erfahrung völlig vorurteilslos. Für sie war alles so unschuldig und rein wie die erste Liebe, noch von keinerlei Wissen befleckt.

Und sie hatte recht. Dies war anders als alles, was sonst jemand je gemacht hatte. Zelda war kein Geschöpf einer verbotenen Lust, einer geheimen Perversion. Sie war ihnen beiden in aller Unschuld und unerwartet über den Weg gelaufen. Sie bewegte sich jenseits der Grenzen zwischen den Geschlechtern. Sie beide hatten sie geschaffen, und beide hatten sie den gleichen Anspruch auf sie. Troy hatte mit Isobel Zeldas Gang geübt, er hatte Zeldas Make-up auf Isobels Gesicht getupft. Jetzt war es eigentlich völlig natürlich, daß Isobel auch wissen wollte, wie Troys Version von Zelda aussah.

Er zögerte einen winzigen Augenblick. »Ich möchte nur eines klarstellen: Es ist sonst nicht meine Art, Frauenkleider zu tragen«, sagte er und zog damit eine Grenze, als meinte er, so auf sicherem Terrain zu bleiben.

»Natürlich nicht«, erwiderte sie schlicht. »Das hier hat doch damit gar nichts zu tun. Hier geht es um Zelda.«

Er drehte sich um und setzte sich die blonde Perücke auf,

wirkte ganz unbeholfen in seiner Verlegenheit. Er schaute in den Spiegel, blickte sich aber nicht in die Augen, zog sich nur die Lippen nach, die ohnehin noch leicht gefärbt waren. Nun stellte er sich Isobels kritischem Blick. Er zuckte die Achseln, versuchte, seine Verlegenheit zu überspielen. »Lächerlich«, murmelte er.

Isobel schüttelte bedächtig den Kopf. »Wunderschön siehst du aus«, sagte sie. »Eine wunderschöne Frau in einem wunderschönen Herrenanzug. Du wirkst wunderbar ...«, sie zögerte, »... zweideutig.«

»Setz du die andere Perücke auf«, forderte er sie auf.

Seite an Seite standen sie vor dem Frisiertisch, wie zwei Mädchen, die auf der Damentoilette den gleichen Spiegel benutzen. Isobel zog sich die Perücke auf den Kopf und wuschelte durch die blonde Mähne. Die Augen unverwandt auf Troys Spiegelbild gerichtet, malte sie sich die Lippen im gleichen Scharlachrot an wie er. Schweigend standen sie da: Zwillingsmädchen, Zwillingsfrauen.

Troy betrachtete sich, beobachtete jede Bewegung im Spiegel, legte Isobel den Arm um die Taille. Isobel blickte auf sie beide, drehte sich in seinen Armen. Der Spiegel zeigte sein wunderschönes Gesicht von vorn, unter einem Wasserfall blonden Haars, daneben ihr völlig versunkenes Profil. Troy beobachtete aus dem Augenwinkel, wie sein blondes Haar nach vorne fiel, als er sich zu ihr herabbeugte, um sie zu küssen. Er schmeckte den Lippenstift warm auf dem Mund, als sie einander zart, dann immer leidenschaftlicher küßten, als sie die Glut ihrer Münder erforschten, die Berührung der Zungen, das leichte Gleiten wachsgefärbter Lippen.

Troy löste die Umarmung, und Isobel trat ein wenig zurück, die grauen Augen dunkel vor Verlangen.

»Ungeheuerlich«, sagte er mit leicht bebender Stimme.

Sie nickte, traute ihrer Stimme nicht.

Schweigend standen sie beide einen Augenblick da.

»Du machst dich jetzt besser fertig«, meinte er und räusperte sich. »Um eins müssen wir im ›Savoy‹ sein.«

Er drehte sich wieder zum Spiegel und nahm die Perücke vom Kopf, stülpte sie vorsichtig über den Ständer, wischte sich das Scharlachrot vom Mund. Er sah, wie Isobel ihn im Spiegel anblickte, sah das nackte Verlangen in ihren Augen.

»Ich mach uns eine schöne Tasse Tee«, meinte er.

Als Troy mit dem Tablett in der Hand wieder ins Schlafzimmer trat, wich er zurück. Isobel war spurlos verschwunden. An ihrer Stelle saß Zelda Vere vor dem Frisiertisch, nackt bis auf das seidige Bustier und ein winziges Seidenhöschen. Ihr Busen war eng in die Spitze geschmiegt, die Hüften zeichneten sich weich unter dem elastischen Seidenstoff ab. Die Arme hatte sie über den Kopf erhoben, toupierte ihre blonde Mähne zu noch größerer Fülle. Die Augen unter den dunklen Lidern, beschwert von falschen Wimpern, Lidschatten, Lidstrich und Wimperntusche, schauten voll stummer Bewunderung aus dem Spiegel auf sich selbst. Ihre Haut, Isobels glatte, bisher stets unbeachtete Haut, schimmerte in dem schattigen Raum wie Marmor. Die langen, nackten Beine hatte sie leicht angebeugt, so daß ihre Füße in einem eleganten Demipoint standen. Diese Ballettpose verbarg das leicht schlaffe Fleisch ihrer Oberschenkel. Sie saß da auf dem Stuhl vor dem Frisiertisch wie ein Pornomodel aus den fünfziger Jahren, nach heutigen Maßstäben äußerst züchtig, und doch glitzernd und glänzend vor Glamour.

Für Troy, der seine ersten halbnackten Frauen auf den Titelseiten der Taschenbücher im Drehgestell des Ladens an der Ecke gesehen hatte, der gierige Blicke auf die Pin-ups auf den Kalendern in den Hinterzimmern der Tankstellen geworfen hatte, war sie ein Echo all seines jugendlichen Verlangens. Sie war für ihn eine Ikone, vergoldet vom nur halb eingestandenen Verlangen eines Jünglings.

Isobel hörte, wie die Teekanne gegen die Tassen klirrte, als

Troy bei ihrem Anblick zu zittern begann. Sie wandte sich zu ihm um und legte mit unerschütterlicher Heiterkeit den Kamm zur Seite. »Komm rein«, forderte sie Troy mit Zeldas seidenweicher Stimme auf. »Ich brauche jetzt unbedingt eine Tasse Tee.«

»Vielleicht möchtest du lieber Champagner?« stammelte Troy und versuchte mit ihrer rasanten Verwandlung Schritt zu halten.

»Vielleicht später« sagte sie.

Er schenkte Tee ein und stellte eine Tasse neben Zeldas rechte Hand auf den Frisiertisch. Sie beugte sich vor, stäubte sich mit dem dicken Zobelpinsel noch eine Spur Rouge auf die Wangen und lehnte sich dann zurück.

»Wie seh ich aus?«

»Wunderschön«, erwiderte Troy.

Sie wandte sich von ihrem Spiegelbild ab und schaute ihn an. »Du willst mich«, konstatierte sie.

Troy räusperte sich. »Ich weiß nicht, was ich will«, antwortete er ehrlich. »Ich kann es dir nicht sagen. Ich weiß nicht einmal, wer du bist. Ich weiß nicht, wer ich bin, was ich will. Ich habe gedacht, wir inszenieren hier einen glänzenden Betrug, damit Isobel Latimer endlich einmal einen anständigen Vertrag bekommt. Aber ich glaube, wir haben etwas völlig anderes ins Rollen gebracht. Etwas Übermächtiges.« Er hielt inne. »Bitte, meine Aufgabe ist zunächst einmal, den Vertrag unter Dach und Fach zu bekommen. Wollen wir uns zuerst darauf konzentrieren und dann später über den Rest reden?«

Sie überlegte einen Augenblick, und dann sah er zu seiner Erleichterung und Enttäuschung, wie der schmollende sinnliche Blick von ihrem Gesicht verschwand. Sie nickte, wie Isobel nach einem Appell an ihre Vernunft genickt hätte.

»Natürlich«, sagte sie knapp. »Recht hast du. Entschuldigung.«

»Isobel?« fragte er zögernd, als gäbe es noch Zweifel.

Sie nickte. »Tut mir leid«, wiederholte sie. »Zelda ist sehr ... äh ... einnehmend, sie hat ein äußerst einnehmendes Wesen.«

»Ich weiß«, bestätigte er. Er trank seinen Tee. »Du kannst ein ganzes Mittagessen lang Zelda sein, und dann gehen wir ihr noch ein paar Kleider kaufen.«

»In Ordnung«, meinte sie. »Und anschließend kommen wir hierher zurück und unterhalten uns?«

»In Ordnung«, stimmte er zu.

Zelda Vere saß beim Mittagessen zwischen dem Verleger David Quarles und ihrer Lektorin Susan Jarvis, und beide ließen ihr reichlich Champagner und Versprechungen zukommen. Sie nahm beides huldvoll lächelnd entgegen. Troy beobachtete mit beinahe absurder Sorge, wie Zelda drei Gläser Champagner trank und sich ein viertes einschenken ließ. Als nach dem Essen Kaffee serviert wurde, erschien ein Photograph und hielt fest, wie Zelda Susan Jarvis gebannt lauschte, wie sie fröhlich über einen Scherz lachte. Jedermann im Restaurant hatte inzwischen begriffen, daß hier eine Berühmtheit speiste, und alle bemühten sich sehr, nicht in ihre Richtung zu blicken, schafften es aber trotzdem, sie neugierig zu mustern und über die Natur dieser Veranstaltung zu spekulieren.

Als man den Kaffee ausgeschenkt hatte, erläuterte die PR-Frau Zelda die Pläne für die Werbereise, die sie im Januar machen sollte.

Zelda schaute auf die erste Seite und warf Troy einen panischen Blick zu.

»Unter allen Umständen müssen wir Zeldas Intimsphäre schützen«, sagte der rasch, nachdem er versuchte hatte, das Programm zu lesen.

»Natürlich.« Alle nickten.

»Fernsehen, Vormittagsprogramm«, deutete Zelda leise an.

»Ja«, erwiderte die PR-Frau. »Das war ein besonderer Glücksfall. Übernächste Woche bringen sie eine Sondersendung über Leute, die ganz erstaunliches Glück gehabt haben.

Ich hatte gehofft, der Sender würde sich auf eine Story so in der Art von der Tellerwäscherin zur Millionärin stürzen. Wie Ihnen Ihr Talent diesen unglaublichen Vorschuß eingebracht hat.«

»Es ist nur ...«, stammelte Zelda.

Troy, der auf der anderen Seite des Tisches saß, blickte sie nur fragend an.

»So ... öffentlich«, sagte sie. Sie sah Troy wütend an, konnte ihm aber unmöglich über diese Entfernung hinweg zu verstehen geben, daß Philip sich das Vormittagsprogramm immer anschaute, während Mrs. M. den Frühstückstisch abräumte.

Troy begriff sofort. »Niemand aus deiner Kindheit würde dich heute noch wiedererkennen«, sagte er rasch. »Es geht in Ordnung, Zelda, das verspreche ich dir.«

»Und es ist eine tolle Chance«, fügte die PR-Frau hinzu. Sie war noch jung und ein wenig verwirrt, weil Zelda auf die Gelegenheit zu einem Fernsehauftritt nicht begeistert reagierte. »Ich hätte gedacht, Sie freuen sich.«

»Ich freue mich ja auch«, besänftige Zelda sie. »Ich hätte nur nicht erwartet, daß es so bald losgeht.«

»Den Vertrag haben wir unter Dach und Fach«, sagte David Quarles. »Der Schutzumschlag ist in Arbeit, in einem Monat können wir Ihnen Entwürfe zeigen. Wir hoffen, daß das Buch im Winter erscheinen kann. Es hat keinen Sinn, Zeit oder gute PR-Möglichkeiten zu verschwenden.«

Zelda blickte Troy an. Der nickte entschlossen. Sie heftete sich das Kirschlächeln auf das bemalte Gesicht. »Natürlich«, sagte sie.

Sie hatten eine Limousine bestellt, die sie vom ›Savoy‹ nach Hause bringen sollte. Zelda stieg ein und arrangierte ihre langen Beine elegant. Troy ging zur anderen Seite. »Harrods«, sagte er zum Fahrer. »Und warten Sie dort bitte.«

Er drückte auf einen Knopf, und die Trennscheibe zum Fahrer surrte nach oben.

»Mach dir keine Sorgen«, sagte er.

Isobels verschreckter Gesichtsausdruck schimmerte durch Zeldas selbstbewußte Maske hindurch. »Es ist wegen Philip«, erklärte sie. »Er verpaßt keine einzige Morgensendung.«

»Er wird dich nie im Leben erkennen«, versicherte ihr Troy. »Ehrlich. Niemand wird dich erkennen. Und du hast doch kein Wort zu ihm gesagt, stimmt's? Kein Wort?«

»Nein«, erwiderte sie.

»Zeldas Sachen sind alle in meiner Wohnung, also könnte er nicht einmal die Kleider wiedererkennen. Du hast ja gar keine Ahnung, wie ungenau Männer hinschauen. Wirklich. Er läßt den Fernseher im Hintergrund laufen, wirft ab und zu mal einen Blick zum Bildschirm und sieht eine Frau, die aussieht wie alle anderen. Zelda ist ein Look. Sie ist ein Genre. Er wird sie nicht von all den anderen unterscheiden können. Die sehen doch alle gleich aus.«

»Aber ich bin an dem Tag nicht zu Hause.«

»Kannst du ihm nicht was vorlügen? Literaturkonferenz oder so?«

»Ich habe ihm gesagt, daß ich vielleicht eine Vorlesungsreihe im Goldsmiths' College übernehme«, gestand sie ein. »Ich habe den Boden schon ein wenig vorbereitet.«

»Sehr vernünftig«, lobte Troy. »Jetzt sagst du ihm, daß du die Vorlesungen hältst und daß sie an verschiedenen Wochentagen stattfinden. Wir erfahren es immer rechtzeitig, wenn die vom Verlag so was planen. Schau mal, die Sendung ist erst in vierzehn Tagen. Am Tag davor kommst du und übernachtest bei mir, und ich helfe dir mit dem Make-up. Und ins Fernsehstudio komme ich auch mit. Ich bin auf Schritt und Tritt bei dir. Zusammen schaffen wir das schon.«

Sie nickte, hatte aber offensichtlich immer noch Zweifel.

»Ich will dir mal was zeigen«, sagte Troy. Er zog einen Umschlag aus der Tasche und breitete das umfangreiche Dokument auf seinem dunkelblau betuchten Knie aus. »Das ist dein Vertrag. Kannst du lesen, was hier steht? Hier steht

£ 350000. Weißt du, wie viele Isobel-Latimer-Romane du schreiben müßtest, um so viel zu verdienen?«

Isobel schüttelte den Kopf. »So hatte ich die Sache noch nicht gesehen.«

»Siebzehn. Weißt du, wie viele Jahre du daran arbeiten müßtest?«

»Vierunddreißig Jahre«, sagte sie präzise. »Und länger, wenn mir mal nichts einfällt.«

»Es ist soviel, wie du in deinem ganzen Leben verdienen würdest«, erklärte Troy. »Für ein einziges Buch. Und jetzt mußt du nur noch wunderschöne Kleider tragen und dich im Fernsehen zeigen und höflich mit irgendeinem Idioten reden, der höchstens halb so gescheit ist wie du, und alles für ein Vormittagspublikum, das kaum hinsieht.«

»Wenn Philip mich erkennt ...«, begann sie leise.

»Wenn er dich erkennt, wird er sich eben damit abfinden müssen«, sagte Troy brutal. »Er wollte doch einen Swimmingpool, oder? Er wollte das schöne Haus, oder nicht? Er hat es doch dir überlassen, das Geld dafür zu verdienen, oder nicht?«

»Er kann kein Geld verdienen«, sagte sie empört. »Du weißt, wie krank er ist. Das ist wirklich unfair.«

»Aber er gibt Geld aus«, gab Troy zu bedenken und traf mitten ins Schwarze. »Und jetzt wollte er etwas, das du niemals bezahlen könntest, es sei denn, du schreibst genau diese Art von Roman. Also hast du es gemacht. Und du hast sogar gelogen, um ihm das schmerzliche Wissen zu ersparen. Wenn er es je herausfindet, dann sollte er gefälligst vor dir auf die Knie fallen und dir die Füße küssen.«

Er fürchtete, zu weit gegangen zu sein. Sie wandte den blonden Kopf ab und schaute aus dem Fenster auf den langsam fließenden Verkehr.

»Du verstehst das nicht«, antwortete sie leise.

Troy hätte die Bemerkung übergehen können. Er hätte zugeben können, daß er die Situation nicht verstand. Aber sein schlechteres Ich verführte ihn, Isobel in ihren Zweifeln zu bestärken. »Ich denke, ich verstehe das nur zu gut«, sagte er nüchtern. »Und eines weiß ich: Im allerschlimmsten Fall, wenn er dich als Zelda erkennt, wird er Zeldas Geld genauso nehmen, wie er Isobels Geld genommen hat, und er wird sich schon eine Ausrede einfallen lassen, um sich darüber den Kopf nicht zerbrechen zu müssen. Denn er hat überhaupt nichts dagegen, dir alle Verantwortung aufzuhalsen. Es ist ihm egal, was du dafür tun mußt, solange er nur kriegt, was er will.«

Das Auto fuhr bei Harrods vor. Isobel vergaß zu warten, bis der Fahrer ihr die Tür aufhielt, kletterte mit uneleganter Geschwindigkeit aus dem Wagen. Auch Troy sprang heraus, setzte ihr mit Riesenschritten nach und erwischte sie gerade noch, ehe sie sich einen Weg durch die Türen in das Kaufhaus bahnen konnte. Er berührte sie am Arm.

»Immer mit der Ruhe«, sagte er. »Wir haben ein bißchen was getrunken. Das hier ist für uns beide eine große Sache. Gehen wir erst mal eine Tasse Tee trinken und schauen uns dann ein paar Kleider für Zelda an.«

»Du hast das doch nicht ernst gemeint, was du über Philip gesagt hast?« fragte sie.

Troy zuckte die Achseln. Wörter lassen sich nicht ungesagt machen, ihre Wirkung bleibt, auch wenn man sie zurücknimmt. »Natürlich nicht«, erwiderte er. »Wer kennt ihn schließlich besser als du? Ich habe mich nur um dich gesorgt.«

Sie nickte. Er hielt ihr die Tür auf und trat einen Schritt zurück, während sie mit Zeldas Gang an ihm vorüberschwebte.

Kapitel 7

Diesmal kannten sie Zeldas Geschmack schon genau. Sie wählten die Kleider selbst aus, strichen in großen Bögen durch die Abteilung mit den Designermoden, wählten aus und verwarfen wieder. Sie waren sich einig, daß Zelda kein weiteres Kostüm brauchte, sondern ein paar Kleider bekommen sollte, eines mit passendem Mantel für kühle Tage auf der Werbetour, dazu ein zweites Abendkleid. Isobel wünschte sich besonders einen seidenen Pyjama mit Morgenmantel. »Um mich darin herumzulümmeln«, sagte sie.

Troy gab keinen Kommentar dazu ab, doch es war beiden klar, daß Zelda sich ausschließlich in seiner Wohnung und mit ihm darin herumlümmeln würde.

Sie fanden ein wunderbar geschnittenes schlichtes Etuikleid, das Isobel gekauft hätte. Troy schüttelte den Kopf. »Zu geschmackvoll«, meinte er. »So etwas würde Isobel Latimer tragen. Zelda hat eher einen Bardamengeschmack.«

»Sie braucht einen Wintermantel«, überlegte Isobel.

»Einen Pelzmantel«, entschied Troy.

»Ganz bestimmt nicht!« Isobel war schockiert. »Niemand trägt heute mehr Pelz!«

»Es hat lange niemand mehr Pelz getragen«, korrigierte Troy. »Aber das war einmal in den sterbenslangweiligen, politisch korrekten Achtzigern. Heute tragen die Leute wieder Pelz. Reiche Frauen tragen Pelz.«

Isobel wollte zu diskutieren anfangen. »Laß uns einfach mal gucken«, überredete Troy sie. »Schauen wir mal, ob uns was gefällt.«

Sie verließen das Kaufhaus und spazierten in das erste Pelzgeschäft, das sie sahen. Der Raum duftete nur so nach Pelzen. Es war das unwiderstehliche Aroma des Reichtums. Die Mäntel waren mit feinen, leichten Ketten an den Stangen gesichert, als seien sie zu kostbar, als daß man sie ohne Genehmigung auch nur betrachten dürfte. Die Verkäuferinnen liefen mit einem Schlüsselbund an der Taille herum wie Beschließerinnen aus dem achtzehnten Jahrhundert. An einem Schreibtisch neben der Tür saß ein Mann, der niemanden bediente, sondern nur huldvoll nickte und lächelte, als sie eintraten, als hieße er sie in seinem exklusiven Privatklub willkommen.

Eine Verkäuferin segelte, dicht von einer Assistentin gefolgt, auf sie zu. Troy deutete auf einen Pelzmantel, dann auf einen anderen. In einem ehrfürchtigen Ritual schlossen die Frauen die Mäntel von der Kette, ließen sie von den Bügeln gleiten und legten sie Isobel um die Schultern. Sie drapierten ihr dunklen Nerz und blassen Ozelot um, sie kontrastierten ihr blondes Haar mit dem dunklen, samtigen Schimmer eines Seals. Dann brachten sie einen zweifarbigen Mantel, wunderbar aus weichen, kurzhaarigen Fellen genäht, einen Mantel von unverhohlener Kostbarkeit.

»Der ist es«, seufzte Troy.

Es war ein blaß honigfarbener Nerz, abgesetzt mit einem breiten Schalkragen aus dunklem Nerz, den man zu einer Art warmer Kapuze hochstellen konnte. Isobel blickte auf das Spiegelbild ihres blonden Haars, das sich wie ein Wasserfall über den dunklen Kragen und den honigblonden Pelz ergoß.

»Wieviel kostet der?« fragte sie.

Die Verkäuferin warf Troy einen Blick zu, ehe sie antwortete. Troy neigte den Kopf zu ihr hin. Isobel hörte ein Flüstern. Es klang sehr nach 40 000 Pfund.

»Macht nichts«, sagte Troy großspurig. »Arbeitskapital. Wir nehmen ihn.« Er reichte der Assistentin seine goldene Kreditkarte, und sie machten sich auf den Weg zurück zu Harrods, während der Mantel noch eingepackt wurde.

»Womit bezahlst du das?« erkundigte sich Isobel ängstlich.

»Kreditkarte«, sagte Troy großzügig. »Ich gebe dir einen Vorschuß auf deinen Verdienst.«

»Vorschuß von wem?« erkundigte sich Isobel. »Wer zahlt das? Der Verlag?«

»Meine Bank«, erwiderte Troy und verzog leicht das Gesicht. »Was soll man machen? Du brauchst was zum Anziehen.«

»Aber keinen Mantel für vierzigtausend Pfund«, sagte Isobel, während sie zu Harrods zurückspazierten und den Lift zur Abteilung mit den Designermoden nahmen.

»O ja, den brauchst du«, erwiderte Troy. »Komm schon.«

Sie betraten den Raum, als gehörte er ihnen. Eine der Verkäuferinnen erkannte sie wieder und kam lächelnd auf sie zu.

»Wir benötigen noch ein paar Kleider«, sagte Troy großspurig. »Cocktailkleider für den Winter und irgendein dazu passendes Teil, eine Jacke oder Stola oder so.«

Sie einigten sich auf ein Etuikleid in strahlendem Blau mit einer passenden kurzen Jacke, ein weiß-goldenes Cocktailkleid mit Mantel und ein mit Perlen besticktes blaues Abendkleid. Dann kauften sie in der Schuhabteilung die Schuhe dazu und erstanden in der Dessousabteilung einige neue Garnituren.

»Herrliche Sachen«, meinte Troy und betrachtete die feine Stickerei auf den Dessous. »Fühlt sich an wie Seide, nein, noch besser als Seide, es fühlt sich an wie Wasser. Großer Gott, wenn ich eine Frau wäre, ich würde mein ganzes Geld bloß für Dessous ausgeben. Herrlich!«

Isobel beugte sich vor, um mit ihm zusammen die Wäsche zu betrachten. Ihr blondes Haar streifte seine Wange.

»Was wäre besser«, fragte sie ganz leise. »Es an jemand zu sehen oder es selbst zu tragen?«

Er verstummte. Sie hatte so genau ins Schwarze getroffen, daß er keine Antwort hervorbrachte. Ohne ein weiteres Wort wandte sich Isobel ab, machte sich wieder auf den Weg zur Kleiderabteilung. Troy folgte ihr.

»Willst du mehr?« fragte er.

Bei dem Blick, den sie ihm zuwarf, schoß ihm sexuelles Verlangen wie ein Blitz durch den Körper, als stünde er unter Strom.

»Was ist?« wollte er wissen.

»Das blaue Kleid mit der Jacke hatten sie auch in einer großen Größe«, antwortete sie.

»Und?«

Sie blickte ihm ohne jede Scham in die Augen. Er erkannte Zeldas Gier nach sinnlicher Erfahrung, gemischt mit Isobels praktischer Entschlossenheit. Es war eine überwältigende Kombination beider Frauen.

»Ich will, daß wir es für dich kaufen«, sagte sie.

Er stand reglos da, die Tragetaschen in seiner Hand bildeten ein Hindernis, um das sich andere Kunden herummanövrieren mußten. Er bemerkte sie nicht einmal.

»Du willst ein Kleid für mich kaufen?«

»Ich will, daß wir genau zueinander passen«, sagte sie. »Wie heute morgen. Das hat dir doch gefallen, nicht?«

Der wirbelnde Nebel in seinem Hirn kam sicher vom vielen Champagner, aber wohl auch von dem schwindelerregenden Gefühl, daß Isobel Latimer, die langweilige Landpomeranze, die ehrenwerte Akademikerin mittleren Alters zu Geheimnissen vorgedrungen war, die ihm selbst verborgen gewesen waren.

»Ja«, flüsterte er. »Das hat mir gefallen.«

»Also, warum dann nicht?« forderte sie. »Warum nicht, Troy? Keine halben Sachen! Sonst machen wir doch alles, oder? Wir lügen die Verlage an und meinen Mann, und bald trete ich im Fernsehen und im Radio auf und in den Zeitungen und lüge und lüge die gesamte Nation an. Warum sollten wir dann nicht wenigstens hier ehrlich sein? Warum sollten wir einander was vormachen? Warum sollten wir nicht zugeben, was wir fühlen? Uns anziehen, wie wir wollen? Herausfinden, wer wir sind, wenn wir nicht in der Haut von Troy Cartwright und Isobel Latimer stecken? Wir haben etwas ins Rollen gebracht, nicht? Wir hatten es nicht vor, es war nicht unsere Absicht, aber es ist passiert. Wir sind frei. Auf einmal haben wir die Wahl. Ich jedenfalls will diese Gelegenheit nutzen.«

Troy schloß kurz die Augen, als wolle er vor ihr verbergen, was ihm durch den Kopf schoß. »In Ordnung«, stimmte er zu. »Wir kaufen es.«

»Und alles, was dazu gehört«, ergänzte sie mit wilder Gier. »Die Wäsche, die Strümpfe, die Schuhe, alles. Wir sind doch bald reich, oder nicht? Wir können es uns doch leisten?«

Auf der Rückfahrt zu Troys Wohnung sagten sie kein Wort. Der Fahrer der Limousine trug ihnen die Einkaufstaschen ins Haus und verabschiedete sich im Flur. Troy gab ihm ein Trinkgeld und schloß die Tür. Nun waren sie ganz allein in dem stillen Gebäude.

»Ich sollte noch kurz ins Büro gehen und nachsehen, ob Nachrichten für mich da sind«, sagte Troy.

»Tu's nicht«, erwiderte sie schlicht.

Er blickte sie an, sagte aber nichts. Er ergriff die Tragetaschen und folgte ihr die Treppe hinauf, den Flur entlang ins Gästezimmer. Sie warf ihre Einkäufe mit Schwung aufs Bett und zog sein blaues Kleid hervor. »Komm schon«, lockte sie sanft. »Probier's an, Troy.«

Er hielt es am ausgestreckten Arm vor sich, als hätte er noch nie ein Kleid gesehen. Er befingerte das leichte Gewebe, sah die fein gearbeiteten Nähte.

»Es wird nicht passen«, meinte er. »Ich habe keinen Busen. Selbst wenn es über meine Schultern geht.«

»Zieh den Anzug aus«, flüsterte sie. »Wir machen das schon passend. Wir können es ein bißchen auswattieren oder so. Komm schon, probier es an.«

Er schlüpfte aus dem Jackett und zog das Hemd aus der Hose. Er war sich bewußt, daß sie ihn anstarrte, seine Nacktheit betrachtete. Er hebelte sich die Schuhe von den Füßen, rollte die Socken herunter und stieg aus der Hose.

»Nur weiter«, sagte sie leise. »Du hast mich doch auch schon so gut wie nackt gesehen.«

Er zog die seidenen Boxershorts herunter und stand nackt vor ihr. Isobel stieß einen kleinen Seufzer aus, einen Hauch von einem Seufzer.

»Hier«, sagte sie einsilbig und zog die in Seidenpapier eingeschlagenen Dessous und ein Paar Strümpfe aus der eleganten Tragetasche.

Troy glättete die Strümpfe an seinen Beinen, genoß die seltsame Festigkeit des elastischen Stumpfbundes an den Schenkeln. Dann schlüpfte er in die French Knickers, spürte, wie die Seide sacht um seinen Penis strich, wie der schmale Saum seinen Schritt liebkoste.

»Ich möchte erst die Perücke aufsetzen, ehe ich das Kleid anziehe«, sagte er. »Ich würde mir sonst idiotisch vorkommen, im Kleid ohne das passende Gesicht und Haar.«

Isobel brachte die Perücke vom Ständer und hielt sie ihm, während er sie überstreifte. »Laß mich dein Make-up machen«, bettelte sie. »Du hast meines auch gemacht.«

Troy setzte sich, halbnackt, wie er war, auf den Schemel vor dem Frisiertisch. Isobel stand hinter ihm und tätschelte sein Gesicht leicht mit den Fingern, säuberte die Haut mit duftender Reinigungsmilch, tupfte sie mit Gesichtswasser ab, strich Feuchtigkeitscreme darüber. Dann spürte er das sinnliche Streicheln der Grundierung, die Linie des Lidstrichs, die flaumweichen Tupfer des Lidschattens, den schmetterlingszarten Kuß der Wimperntuschbürste.

»Mach die Augen noch nicht auf«, hauchte Isobel. Als sie sich über ihn lehnte, kitzelte ihr blondes Haar seine nackten Schultern, vermengte sich mit seiner blonden Mähne. Er spürte, wie sich ihre Oberschenkel und ihr Bauch gegen seinen nackten Rücken preßten. Er fühlte, wie ihn ihre Berührung erregte, aber er hielt die Augen geschlossen, sein Gesicht wirkte heiter und gelassen.

Der Lippenpinsel berührte seinen Mund mit tausend kleinen

Küssen, winzigen aufreizenden Knabberbewegungen voll sexueller Verlockung. Das sanfte Streicheln der großen Puderquaste über seine Wangen danach war eine wahre Erlösung.

»Laß die Augen noch zu und steh auf«, befahl ihm Isobel.

Troy erhob sich. Er stieg auf ihr Geheiß in das Kleid, spürte, wie sie es ihm über die Schultern hob, wie sie den Reißverschluß zuzog, spürte die Seide auf der nackten Haut.

Er streckte die Arme nach hinten, und Isobel streifte ihm die kurze Jacke über.

»Einen kleinen Augenblick noch, warte auf mich«, drängte sie.

Mit geschlossenen Augen stand er da, hörte ihre Kleider zu Boden gleiten, hörte das Rascheln des Seidenpapiers, als sie das neue Kleid aus der Tragetasche nahm. Wenige Augenblicke später sagte sie: »Dreh dich um«, und er wußte, daß sie nun beide Seite an Seite vor dem Spiegel standen. Dann befahl sie: »Augen auf!«

Vor sich sah er zwei wunderschöne Frauen in identischen blauen Kleidern. Es wirkte wie eine Illusion, ein Zaubertrick mit zwei Spiegeln, die Reflexion einer Frau, die verdoppelt wurde. Doch dann fielen ihm auch Unterschiede auf. Isobels Gesicht unter der blonden Perücke war runder als seines, ihre Augen waren grau, seine blau. Sein Etuikleid fiel ihm gerade von den Schultern, während ihres sich eng an die Brüste schmiegte. Und doch überwältigte ihn die Illusion, zwei Frauen zu sehen, Seite an Seite, einander so ähnlich wie Zwillinge.

Isobel wandte sich zu ihm. »Wir sind beide Zelda«, flüsterte sie. »Wir haben zwei Zeldas gemacht.«

Diesmal küßte er sie nicht. Er schaute von ihrem wunderschönen, geschminkten Gesicht zur Spiegelung seines eigenen, dann wieder zurück.

»Wir sind beide Zelda«, wiederholte er und sah, wie sich seine roten Lippen beim Sprechen bewegten. Sofort überkam ihn ein außerordentliches Verlangen – nach dem Geschöpf im Spiegel, nach beiden Geschöpfen im Spiegel. Er wollte sie beide besitzen, er wollte beide sein, und er wollte von ihnen besessen werden. Er wollte Troy Cartwright verlieren, Troy Cartwright mitsamt seiner Arbeit, seinen Sorgen und seinem Alltagsgesicht. Er wollte Zelda sein, er wollte Zeldas Geliebter sein. Er wollte, daß sie ihn liebte.

Lange standen die schönen Doppelgängerinnen vor dem Spiegel und betrachteten ihr Ebenbild. Vier schweigsame Zeldas waren in den Augenblick ihrer eigenen Schöpfung versunken, versunken in das Verlangen, Zelda zu sein; versunken in das Verlangen, Zelda zu besitzen. Dann trat Isobel vor und streckte die Hand nach jenem anderen wunderschönen Bild aus. Sanft berührte sie Troys geschminkte Lippen mit ihrem kirschroten Mund. Er nahm ihre Hand und hielt sie fest.

»Ich möchte dich lieben«, flüsterte sie.

Er schüttelte den Kopf. »Dazu ist es noch zu früh.«

Sie schloß die Augen, die träumerischen, dunkel umrandeten Augen. »Ich sehne mich so sehr danach.«

»Noch nicht. Nicht jetzt, wo wir gerade erst angefangen haben. Und nicht jetzt, wo du in ein paar Stunden wieder nach Hause mußt.«

Sie riß die Augen auf, schaute ihn an, als sei sie völlig verwirrt. Sie hatte den entgeisterten Blick der aufgewachten Schlafwandlerin. »O Gott, das hatte ich ganz vergessen«, flüsterte sie. »Ich war so sehr Zelda. Ich hatte völlig vergessen, daß ich weg muß.«

»Es ist ein anderes Leben. Ein anderes Leben, das hier immer auf dich wartet. Ich bewahre es für dich auf.«

»Bist du schwul?« fragte sie. »Willst du mich deswegen nicht lieben? Warum wolltest du das Kleid? Wärst du lieber eine Frau?«

Er wich vor ihrer brutalen Direktheit zurück, und plötzlich schämte er sich. »Ich kann so nicht darüber reden. Ich kann nicht in – in solchen Kategorien darüber sprechen. So einfach ist es nicht, man ist nicht entweder das eine oder das andere.«

Sie wußte, daß sie das Falsche gesagt hatte, und errötete

über ihre Ungeschicklichkeit. »Es tut mir leid«, sagte sie rasch. »Ich weiß. Du hast ja recht. Es ist keine Krankheit. Es ist eine Erfahrung. Es ist Zelda. Wir haben sie heraufbeschworen, und jetzt sind wir beide von ihr besessen.«

Er hob die Hand und strich durch die seidige Fülle von Zeldas Haar in seinem Nacken. »Genau das habe ich mir immer gewünscht«, bekannte er. »So von etwas besessen zu sein, daß ich mich ganz darin verliere.«

Isobel in ihrem blauen Hosenanzug fuhr im Zug nach Hause, starrte mit leerem Blick aus dem Fenster, vor dem die vertraute Schäbigkeit Südlondons und seiner Vororte vorbeizog. Vor der Kulisse der schmalen Gärten, der Industriegebiete und Parkplätze sah sie Troys verzauberten Gesichtsausdruck, als er sein dichtes blondes Haar berührte und davon sprach, besessen zu sein.

Es war, als hätten sie einen Pakt geschlossen, hätten sich einem finsteren Zauber verschrieben, der sie in größere Seinstiefen tragen würde. Anstatt schockiert zu sein oder sich vor dem zu fürchten, was sie da taten, spürte sie nur ein wildes, ungezügeltes Verlangen, war begierig darauf, sich noch tiefer hineinzustürzen, noch weiterzugehen. Der Leichtsinn hatte sie gepackt, es kümmerte sie nicht im geringsten, was sie beide da miteinander taten, wie man es nennen oder wie es anderen vorkommen könnte. In der intimen Umgebung von Troys Wohnung, hinter der fest verschlossenen Tür des Gästezimmers hatte sich Isobel so frei gefühlt wie nie zuvor in ihrem Leben.

Beinahe zu spät erkannte sie, daß sie bereits an ihrem Bahnhof angekommen war, so schnell war die Zeit verflogen. Sie ging zum Auto und fuhr über die kleinen Sträßchen nach Hause.

Im Flur und in der Küche brannte Licht. Sie parkte den Wagen und ging in die Küche. Der Fernseher lief, Philip sah sich beim Essen eine Sendung an. Als sie eintrat, stand er auf und schaltete den Apparat ab.

»Ich habe dir was zu essen aufgehoben. Ich wußte ja nicht,

wie spät es werden würde«, meinte er. »Ist dein Lunch gut gelaufen?«

»Ja«, antwortete Isobel. »Und ich habe wunderbare Neuigkeiten. Sie zahlen 60 000 Pfund für den neuen Roman. Ist das nicht hervorragend?«

»Na wirklich, prima«, bestätigte er. »Besser als je zuvor. Die gute alte Penshurst Press. Ich hatte schon befürchtet, sie würden knickerig werden. Ein paar der Kritiken zu deinem letzten Buch haben mir einigermaßen Sorgen gemacht.«

»Ja, es ist wirklich toll«, stimmte sie zu. »Sie waren sehr großzügig.«

Sie holte sich Messer und Gabel und ein Wasserglas und schaute zu, wie er ihr ein Stück Hühnerpastete abschnitt.

»Heißt das, wir können mit dem Swimmingpool anfangen?« fragte er eifrig.

Sie lächelte. Er schien ihr so weit weg. »Warum nicht?«

»Ich sage denen gleich morgen Bescheid«, antwortete er. »Ich freue mich so, Isobel. Es wurde aber auch höchste Zeit, daß Troy mal was für seine zehn Prozent tut.«

»Er ist sehr gut«, verteidigte ihn Isobel. »Ich halte ihn für sehr gut.«

»Er ist ein Schmarotzer«, sagte Philip knapp. »Selbst hat er kein Talent, keine Initiative. Er lebt von dir. Er verdient sein Geld, indem er deine Bücher verkauft, und ich finde nicht, daß er das besonders geschickt anstellt.«

»Jetzt laß es aber gut sein!« rief Isobel und war plötzlich sehr verärgert. »Er ist ein wunderbarer Agent. Gerade hat er für mich 60 000 Pfund für einen Roman herausgeholt, für den ich nicht einmal die Hälfte erwartet hätte. Er ist brillant! Warum um Himmels willen mußt du immer so viel kritisieren und nörgeln? Ich habe einen guten Roman geschrieben, und er hat dafür einen hervorragenden Preis ausgehandelt. Er ist ein wunderbarer Agent.«

Philip warf ihr einen unfreundlichen Blick zu und schwieg. Isobel nahm die Gabel und aß weiter. Sie hatte das Gefühl, sehr laut und sehr ungeschickt gewesen zu sein. Sie empfand es als widerwärtig, ausgerechnet jetzt mit großer Gier zu essen, während er doch unbestreitbar verletzt war.

Die Stille zog sich hin. Isobel warf Philip einen schrägen Blick zu, um zu sehen, ob er auf eine seiner Schmollperioden zusteuerte. Wenn er wütend war, konnte er tagelang völlig verstummen. Isobel mochte toben oder weinen oder argumentieren, er zeigte nicht die geringste Reaktion. Immer mußte sie sich als erste entschuldigen. Immer mußte sie sich zutiefst zerknirscht zeigen und wortreich dafür um Verzeihung bitten, daß sie ihn beleidigt hatte. Heute jedoch schaute sie ihn zum erstenmal in ihrer langen Ehe nicht an, fürchtete zum erstenmal seine Verärgerung nicht. Sie wünschte nur, er könnte seine schlechte Laune einmal für sich behalten. Sie wußte, daß er das nicht tun würde. Vielleicht sollte sie sich besser gleich entschuldigen und die Sache hinter sich bringen, dachte sie verärgert.

Doch Philip schmollte gar nicht. Er blickte nachdenklich vor sich hin. »Ich sage dir, worum es mir geht«, erklärte er milde. »Ich traue ihm einfach nicht, diesem Troy. Ich kann dir nicht sagen, warum. Es ist nur ein Gefühl. Ich glaube nicht, daß deine Interessen ihm wirklich am Herzen liegen. Du bist für ihn doch nur eine von vielen, nichts Besonderes.«

Sie trug ihren Teller zum Mülleimer und kratzte ihn sauber. »Ich bin sehr wohl etwas Besonderes für ihn«, sagte sie mit ausdrucksloser Stimme. »Wirklich.«

Nun hätte er die Sache auf sich beruhen lassen können. »Ihm ist aber nichts Ernst, oder?«

Sie zögerte, war sich nicht sicher, was er damit meinte.

»Er ist ein junger Mann, der noch nie leiden mußte«, sagte Philip in scharfem Ton. »Wenn ihm im Leben etwas schiefgegangen ist, dann hatte er das immer sich selbst zuzuschreiben, seinen eigenen Irrtümern. Aber echte Not, echte Gefahr, so etwas hat er nie kennengelernt. Er ist nicht wie jemand aus der Generation unserer Eltern, er ist nicht im Krieg aufgewachsen, wurde nicht von einer Generation großgezogen, die noch den ersten Weltkrieg erleben mußte. Er ist nicht einmal wie wir, die wir in den fünfziger Jahren aufgewachsen sind. Wir haben damals noch gelernt, wie hart das Leben sein kann. Er ist ein Kind der sechziger, siebziger Jahre – ihm ist alles in den Schoß gefallen. Er ist in einer Welt groß geworden, in der sich die Leute vorgemacht haben, alles sei nur ein Kinderspiel.«

»Wie kannst du so etwas sagen? Du kennst ihn ja nicht einmal«, widersprach Isobel.

»Ich kenne Typen wie ihn«, erwiderte Philip. »Die denken, daß nichts wichtiger ist als sie selbst, ihr Vergnügen, ihr Ehrgeiz oder ihre Karriere.« Liebevoll blickte er zu ihr herüber. »Die sind nicht wie wir«, fuhr er fort. »Nicht wie du. Wir sind ernsthafte Leute, wir wissen, daß es auf die ernsten Dinge ankommt.«

Isobel plagte das schlechte Gewissen. »Es muß doch nicht alles oder nichts sein«, erwiderte sie vage. »Man kann doch das Leben voll ausleben? Man kann doch ernsthafte Gedanken hegen und trotzdem das Leben genießen, Spaß haben?«

Philip schüttelte den Kopf. »Nein«, meinte er schlicht. »Jeder muß sich einmal entscheiden, ob er nur sich selbst nutzen oder ob er anderen Nutzen bringen will. Junge Leute wie dein Troy – die sind nur auf ihren Genuß aus. Leute wie du und ich sind ganz anders. Du regst die Leute zum Denken an, du ermutigst sie, ihre Gehirne zu benutzen, du schenkst ihnen die ernsthaften Freuden des Intellekts. Ich habe vor meiner Krankheit auch Dinge getan, auf die es wirklich ankam. Ich habe Vorlesungen gehalten und wissenschaftliche Aufsätze geschrieben, die sich mit wichtigen Fragen der Ethik und mit Umweltproblemen beschäftigten. Ich habe mein Bestes gegeben, um meinen Job gut zu machen, ihn seriös zu betreiben. Leute wie dieser Troy werden niemals richtig erwachsen, sie wollen gar nicht ernsthaft sein und nachdenken. Die wollen nur ihren Spaß. Ich mag mir gar nicht ausmalen, wie die Welt aussehen wird, die sie ihren Kindern hinterlassen.«

Kapitel 8

Im Laufe der nächsten Tage stellte Isobel fest, daß sie sich die Tricks einer Ehebrecherin aneignete. Den Roman hatte sie bereits unter einem falschen Dateinamen im Computer abgelegt, und jetzt stellte sie einen Terminkalender voller erfundener Eintragungen zusammen, falls Philip einmal einen Blick hineinwerfen sollte, um herauszufinden, wo sie sich gerade aufhielt. Sie lernte, nach dem Briefträger Ausschau zu halten, um die Post als erste in die Hand zu bekommen und sicher zu sein, daß keine dicken Pakete mit Korrekturfahnen des falschen Verlags ankamen, die Philip auf Zelda Veres Spur gebracht hätten. Sie machte sich Philips täglichen Trott zunutze, der ihr einmal so langweilig und vorhersehbar erschienen war, ihr aber jetzt gefahrlose Zeiten bescherte, in denen sie Troy anrufen konnte. Philips Nachmittagsspaziergang, die halbe Stunde Turnübungen, die nächtlichen Fernsehstunden, sein spätes Aufstehen: all das schenkte ihr ungestörte Zeit. Anstatt wie früher mit liebevoller Aufmerksamkeit beobachtete sie ihren Mann nun mit hinterlistiger Sorge, um ja sicher zu sein, daß er das Haus rechtzeitig verließ und nicht bereits zurückkam, wenn sie noch mit Troy am Telefon flüsterte.

Isobel bemerkte all diese Veränderungen mit tiefem Schmerz, stellte aber fest, daß sie nichts dagegen tun konnte. Als sie den Roman anfing, war sie überzeugt gewesen, als treu ergebene Ehefrau ein Opfer zu bringen, nichts sonst. Sie hatte *Jünger des Satans* einzig und allein geschrieben, um für Philip sorgen zu können. Andere Konsequenzen hatte sie nicht vorausgeahnt. Selbst der erste Einkaufsbummel mit Troy hatte ihr nur leichte Unzufriedenheit eingeflößt. Doch irgendwie hatte sie sich weit von Philip entfernt. Sie hatte einen entscheidenden Schritt getan, und plötzlich erschien ihr Philip nicht mehr als der begehrenswerte Mann ihrer Mädchenzeit und der Mentor und Liebhaber ihres Erwachsenenlebens. Jetzt sah sie ihn als alten, kranken Mann, dessen Gesellschaft eine Last war. Sie fühlte sich nicht mehr im Innersten mit ihm verbunden, sondern durch ihn gefesselt.

Wann diese Veränderung eingetreten war, sie hätte es nicht sagen können. Troys Kuß war nur ein Anzeichen gewesen, nicht die Ursache. Sie hätte ihn nicht so geküßt, wenn sie nicht bereits die vertraute Einsamkeit des Ehebettes hinter sich gelassen hätte, wenn nicht heißes Verlangen an die Stelle dieser Verlassenheit getreten wäre. Es war nicht wichtig, ob Troy sie je wieder küssen würde. In Isobel war etwas aufgeflackert, so unausweichlich wie das erste Aufflammen eines Streichholzes.

Manchmal dachte sie leicht verzweifelt, sexuelle Untreue würde jetzt eigentlich gar nicht mehr ins Gewicht fallen, denn den schlimmsten Verrat in ihrer Ehe hatte sie bereits begangen. Kaum hatte sie ihre Gedanken noch bei ihrem Mann oder beim Alltag ihres Ehelebens. Im Geiste war sie beinahe ständig anderswo. Sie schaute Philip wie aus weiter Ferne an, nahm ihn als jemanden wahr, dem sie nicht weh tun durfte, den sie liebevoll und fürsorglich behandeln mußte. Sie betrachtete ihn nicht mehr als den Mann, für den sie sich aus Leidenschaft entschieden hatte und bei dem sie aus Liebe geblieben war. Der lange Abstieg ihrer Ehe war nun vollendet: Immer noch tat sie alles, was sie einst aus Liebe getan hatte, aber jetzt geschah es nur noch aus Pflichtbewußtsein und Mitleid, und sie versuchte es ganz entschieden zu verhindern, daß Philip der Unterschied auffiel. Es war ihr klar, daß sie ihn nicht mehr liebte, wahrscheinlich schon seit Jahren nicht mehr; sie begriff, daß sie nur aus Höflichkeit und Mitgefühl weiter mit ihm zusammenlebte. Und sie fand, daß auch er sie unmöglich noch lieben konnte, wenn er ihre Arbeit, ihre

Fürsorge und vor allem ihr Geld annehmen konnte und nicht merkte, daß die Liebe verschwunden war.

Isobel bedauerte diese Entwicklung nicht. Auch das gehörte zu der seltsamen Kühle, die sich in ihre Ehe eingeschlichen hatte. Sie empfand eigentlich kaum noch etwas für Philip, war lediglich entschlossen, so weiterzumachen wie immer, und ihn nie erfahren zu lassen, daß sie emotional längst abwesend war. Die schützende Fürsorge, im Laufe seiner Krankheit entstanden, war das einzige, was noch übrig war. Nur allein aus diesem Gefühl heraus plante sie ihr Benehmen ihm gegenüber so sorgfältig wie die zynischste und geübteste aller Ehebrecherinnen. Niemals durfte Philip herausfinden, daß in ihr alle Leidenschaft für ihn erloschen war, denn das würde ihn sehr traurig und noch kränker machen. Was auch geschah, niemals würde sie zulassen, daß es ihre Fürsorge für Philip schmälerte. Sie wollte weder die Freiheit noch eine Trennung noch ein eigenes Leben. Sie hatte einen Pakt mit Gott geschlossen, hatte versprochen, nie wieder um etwas zu bitten, falls Philip nur am Leben bliebe. Damals hatte sie einen Schlußstrich unter all ihre Begierden und Sehnsüchte gezogen und war überzeugt gewesen, es würde für immer sein.

Doch die Erinnerung an jenen heißen Kuß, an den Anblick Troys, wie er verwundert seine blonde Haarmähne berührte, wie er ihr sanft den Arm um die Taille legte, all das stand ihr noch vor Augen wie ein Ereignis von einem anderen Stern, einem Stern weit außerhalb ihres Universums.

Zuerst hatte Isobel sich bemüht, überhaupt nicht daran zu denken. Sie machte sich eifrig an die Arbeit, kümmerte sich um den Haushalt, beantwortete Leserbriefe, Post von ausländischen Verlagen und zahllose Bitten um Auskunft, Autogramme und Abdruckgenehmigungen. Doch seit sie Troy im strahlend blauen Kleid gesehen hatte, seit sie Troy als Zelda vor sich erblickt hatte, war alles andere verblaßt und unwichtig geworden. Stets hatte sie Troy vor Augen. Ihm galt ihr erster Gedanke am Morgen und ihr letzter Gedanke, ehe sie abends einschlief, um von ihm zu träumen.

Ein paarmal rief Troy sie an, um die Termine ihrer PR-Tour zu besprechen und vom Fortschritt der Vertragsverhandlungen zu berichten. Es ging um eine so große Summe, daß er den Vertrag von einem Anwalt überprüfen ließ, und es war auch einiges an Papierkrieg zu erledigen, ehe das Bankkonto eröffnet werden konnte. Sie hatten sich für ein Konto in der Schweiz entschieden, und es sollte ein Nummernkonto sein, ohne Erwähnung irgendeines Namens. Nur Troy würde die Nummer und die näheren Angaben zum Konto kennen, der Schriftverkehr würde an seine Adresse gehen. Isobel, die wußte, daß Philip morgens gerne den Postboten begrüßte und die Umschläge durchschaute, hatte darauf bestanden, daß nicht einmal der Bank ihr richtiger Name und ihre Adresse bekannt sein sollten.

Es waren auch noch andere Dinge zu besprechen. Der Verlag hatte einen Entwurf für den Buchumschlag geschickt, den Isobel sich ansehen sollte. Er ging ebenfalls an Troys Adresse. Der fotokopierte ihn und schickte ihn an Isobel weiter. Der Entwurf zeigte eine Frau mit Puppengesicht, deren praller Busen aus einer spitzenbesetzten Bluse quoll. Hinter ihr waren ein Mann mit einem Kapuzenumhang, ein umgedrehtes Kreuz und eine Burgruine zu sehen. Isobel schaute kurz auf den Entwurf und steckte ihn sofort angewidert in den Umschlag zurück. Sie rief Troy an.

»Das ist ja furchtbar«, klagte sie.

»Ja, toll, nicht?«

»Nein, ich meine, der Entwurf ist so schrill wie die schlimmsten Frauenzeitschriften: ein grauenvolles Bild von Charity. Sie sieht aus wie ein Bauerntrampel. Und was hat sie um Himmels willen an?«

Es war kurz still, während Troy den Umschlagentwurf aus der Akte hervorzog. »So eine Art Bauernbluse.«

»Warum sollte sie so was anziehen?«

»Sie ist Französin, aber ganz die Unschuld vom Lande.«

Isobel holte tief Luft. »Französin?«

»Ich habe dir doch gesagt, daß ich ihnen erlaubt habe, ein paar kleine Änderungen vorzunehmen. Ich hatte eigentlich nicht erwartet, daß wir uns da noch einmischen müßten.«

»Und warum haben die eine Französin aus ihr gemacht?«

»Damit es besser zu deiner Biographie paßt«, sagte Troy schlicht. »Und die Geschichte wird jetzt auch ganz in der Ichform erzählt. Sie wird als deine Geschichte vermarktet, als Romanfassung deines Lebens. Charity ist ein englisches Mädchen und wächst mit ihrer Schwester in Frankreich auf.«

»Irgend jemand kommt uns bestimmt auf die Schliche«, meinte Isobel ängstlich. »Die müssen doch nur im Paßamt nachfragen oder die Geburtenregister durchforsten.«

»Wir behaupten doch nirgendwo, daß es wahr ist«, erklärte Troy. »Das ist ja gerade der Spaß. Wenn dich jemand direkt darauf anspricht, dann sagst du einfach, das Ganze beruht auf deinen Erfahrungen und deinen Nachforschungen in Frankreich. Mehr nicht, Isobel, das verspreche ich dir. Der Verlag übernimmt den Rest. Sie schreiben die Pressemitteilungen und die Werbetexte.«

»Warum können sie nicht einfach das Buch in die Läden stellen?« wollte Isobel wissen. »Warum muß es für alles diesen Werbekram geben?«

»Weil es Tausende von Büchern gibt«, erwiderte er. »Deswegen verkaufst du ja so wenige von deinen eigenen. Da draußen warten Tausende und aber Tausende von Büchern, Isobel. Du mußt dich abheben, damit die Leute sich an dich erinnern.«

Am anderen Ende der Leitung herrschte Schweigen.

»Sie sieht einfach lächerlich aus«, beharrte sie stur.

»Das ist ein total auf Verkauf getrimmter kommerzieller Buchumschlag«, sagte Troy knapp. »Ich verspreche dir, Isobel, die denken sich was dabei. Das ist ein Umschlag, den die

Vertreter und die Einkäufer in den Supermärkten abgesegnet haben.«

»Ihr zeigt die Umschlagentwürfe den Leuten in den Supermärkten?« fragte Isobel ungläubig. »Denen, die normalerweise Dosenbohnen ordern?«

»Ja«, antwortete er. »Was die betrifft, ist ein Buch nur ein weiterer Artikel, den sie zu verkaufen haben, genau wie Dosenbohnen.«

»Ich schreibe jetzt seit zwanzig Jahren«, sagte Isobel. »Und noch nie hat ein Einkäufer von einem Supermarkt meine Bücher beurteilt.«

Troy seufzte. »Du hast bisher *Literatur* geschrieben. Niemand wollte deine Sachen in Supermärkten anbieten. Dein Verlag wollte deine Bücher in kleinen, gutgeführten Buchhandlungen verkaufen, deren Kunden Intellektuelle sind, die wissen, was sie wollen. Zelda Vere dagegen ist eine kommerzielle Schriftstellerin. Diese Buchläden werden sie nicht einmal in ihr Sortiment aufnehmen. Das stört uns nicht. Wir wollen in die Supermärkte und in die Kaufhäuser. Uns sind die intellektuellen und von der Kritik in den höchsten Tönen gepriesenen Buchläden herzlich egal.«

Isobel war still. Er fürchtete, sie beleidigt zu haben.

»Bitte, Isobel, vertraue mir. Die Sache läuft genau nach Plan«, sagte er sanft. »Umschlag und alles. Darf ich ihnen mitteilen, daß du mit dem Umschlag einverstanden bist?«

»Würde es denn überhaupt etwas ausmachen, wenn ich nein sagte?«

»Natürlich«, log er. »Wir wollen doch alle, daß du zufrieden bist. Aber es würde mir wirklich leid tun, wenn sich wegen einer so unwichtigen Sache der Auslieferungstermin verschieben würde. Damit würde sich natürlich auch die Zahlung deines Honorars verzögern, weißt du.«

»Na gut, meinetwegen«, meinte sie mürrisch.

»Ich kann ihnen also sagen, daß du einverstanden bist?«

»Ja.«

»Willst du immer noch am Sonntagabend vor der Fernsehsendung am Montag in die Stadt kommen?« fragte er.

»Ja«, antwortete sie widerwillig.

»Und du weißt auch noch, daß wir gleich anschließend ein Interview mit dem *Express* haben?«

»Ja«, schmollte Isobel.

»Ich bin dabei«, versprach er. »Sie wollten einen PR-Menschen mitschicken, aber ich habe gesagt, das übernehme ich. Daß du nur mich dabei haben wolltest.«

»Ja.«

»Es liegt mir sehr daran«, sagte er betont verführerisch und mit leiser Stimme, so daß sie sich am Schreibtisch vorlehnte und das Telefon ans Ohr preßte, um ihn zu hören. »Ich freue mich wirklich ganz, ganz sehr auf dich. Ich freue mich darauf, Zelda in der großen weiten Welt zu sehen.«

»Ja«, antwortete sie. Es war das gleiche Wort, aber ihre Stimme klang ganz anders.

»Bis Sonntag abend dann«, flüsterte er. »Tschüs.«

Philip fuhr sie zum Bahnhof. »Freust du dich drauf?« fragte er.

»Ja«, antwortete sie. »Und auch auf das Unterrichten im nächsten Semester.«

»Ich hätte gedacht, du bleibst lieber zu Hause und schreibst«, meinte er.

Ein Schulkind drückte auf den Knopf an der Ampel und rannte bei Gelb auf die Straße.

»Paß auf!« schrie Isobel.

»Ich bin doch nicht blind!« antwortete er ärgerlich. »Und auch noch nicht vollständig verblödet!«

»Entschuldigung.« Es herrschte ein kurzes, beleidigtes Schweigen. »Ich möchte schon gerne mit dem Schreiben vorankommen, aber ich habe so lange nicht unterrichtet, und ich dachte, das ist eine gute Gelegenheit. Jetzt, da die Dozentin Mutterschaftsurlaub hat, fand ich es richtig nett, daß sie mich als Vertretung wollten. Eine Vorlesung jetzt und im nächsten Semester eine ganze Vorlesungsreihe.«

»Da wirst du jeden Tag in die Stadt und zurück fahren müssen«, grummelte er.

Isobel zögerte und bereitete dann den Boden für die Lügen, die in den nächsten Wochen folgen würden. »Ich könnte ja immer nach Hause kommen, wenn du mich brauchst. Ich überlege allerdings, ob ich mich nicht im ›Frobisher Hotel‹ oder einem ähnlichen Haus einmieten sollte, statt jeden Tag hin- und herzufahren.«

»Ich könnte mitkommen«, sagte er schon fröhlicher. »Eine Woche in London in einem netten Hotel. Das ließe sich aushalten.«

Isobel merkte, wie ihr das Herz vor Schreck stehenblieb. »Das wäre wirklich schön«, erwiderte sie ruhig. »Aber ich wäre den ganzen Tag weg. Meinst du nicht, es würde dir langweilig?«

»Ich könnte mich ja ein bißchen umsehen«, meinte er. »Ins Museum gehen oder so.«

»Ja«, antwortete sie. »Aber doch nicht jeden Tag? Und wolltest du nicht mit unserem Swimmingpool vorankommen?«

Er bog in den Parkplatz am Bahnhof ein. »Ich dachte, dir wäre es lieber, wenn ich warte, bis das Geld von Penshurst Press da ist«, erwiderte er. »Ich wollte nicht drängeln.«

»O nein, wir kommen schon hin«, beruhigte sie ihn. »Warum fängst du nicht einfach an? Wir wissen ja jetzt, daß das Geld kommt, da könntest du doch loslegen. Der Vertrag mit Penshurst ist unterschrieben. Da gibt es kein Problem. Das Geld müßte jeden Tag eintreffen. Dann hättest du was zu tun, während ich weg bin. Und der Pool wäre rechtzeitig für den Frühling fertig.«

Philip biß an, freute sich über ihre Zustimmung. »Wunderbar«, sagte er mit seltener Dankbarkeit. »Das würde ich wirklich gern machen. Ich würde den Pool für dich ganz toll planen, gutes Design, gut durchdacht. Das wird ein echter Bonus für uns, falls wir das Haus je verkaufen müssen. Der Mann von der Pool-Firma war sich ganz sicher, daß man den Wert eines Hauses durch einen Pool enorm steigern kann. So etwas wollen alle haben. Und ein überdachter Pool ist natürlich noch besser.«

Sie beugte sich zu ihm und küßte ihn auf die Wange, atmete seinen vertrauten, liebgewordenen Duft ein, das Limonenaroma seines Rasierwassers, den Geruch des frisch gewaschenen Baumwollhemdes, des Shampoos, das er nun schon dreißig Ehejahre lang benutzte.

»Ich wünschte, ich müßte nicht weg«, sagte sie mit plötzlichem Weh. »Ich wünschte, ich hätte nicht zugesagt.«

»Dann sag doch ab«, antwortete er beherzt. »Warum denn nicht? Es ist ja nicht so, daß sie Unsummen dafür zahlen, oder?«

Sie versuchte ihn fröhlich anzulächeln. »O nein, ich kann sie jetzt unmöglich hängenlassen. Nicht jetzt, wo ich es schon versprochen habe.«

Sie machte die Wagentür auf, stieg aus und griff nach der Reisetasche. »Ich ruf dich an«, versprach sie mit leiser Stimme. »Wenn ich im ›Frobisher‹ angekommen bin.«

»Aber nicht zu spät«, erwiderte er. »Ich wollte heute mal früh ins Bett gehen, es sei denn Mrs. M. bringt wieder einen ihrer gräßlichen Filme mit.«

Isobel lächelte. »Das macht sie bestimmt«, versicherte sie. »Ich rufe so gegen zehn an. Auf Wiedersehen, Liebling.«

Sie hätte ihm gern hinterhergeschaut, sie wollte sehen, wie das vertraute Profil vorbeihuschte und verschwand. Doch es hätte ihn nur verärgert, weil er vermutet hätte, sie hege Zweifel, daß er noch mit dem Wagen zurechtkam. Also ging sie gleich in den kleinen Bahnhof, kaufte eine Rückfahrkarte nach London und trat auf den kalten Bahnsteig, von wo die Gleise nach Süden zur See und nach Norden in Richtung London führten. Hier wollte sie auf den Zug warten, der sie zu Zelda Vere, zu Troy und zu einem völlig anderen Leben brachte.

Troy war in überschwenglicher Laune. Er hatte bereits eine Flasche Champagner aufgemacht und begrüßte sie mit dem Glas in der Hand. Er küßte sie auf die Wange, berührte dabei ihre Haut nicht mit den Lippen. Isobel zuckte bei dieser theatralischen Geste zusammen.

»Freddie ist hier«, sagte er fröhlich. »Aber er geht gerade, *nicht wahr*, Freddie?«

Freddie erschien auf dem kleinen Flur hinter Troy und lächelte Isobel zu. »Angenehm«, sagte er höflich.

Isobel wurde klar, daß sie beim letzten Zusammentreffen Zelda Vere gewesen war, daß er sie also gar nicht kannte.

»Angenehm«, sagte sie verlegen. »Ich bin Isobel Latimer.«

»Freddie muß jetzt gehen«, verkündete Troy. Es war offensichtlich ein altvertrauter Witz.

»Ich hatte eigentlich gedacht, daß ich mit euch beiden noch zu Abend esse«, sagte Freddie lächelnd.

»Wir wollen dich aber nicht mitnehmen«, protestierte Troy. »Oder, Isobel?«

Sie zögerte, wußte nicht, was sie antworten sollte.

»Ach bitte, sagen Sie doch, daß ich mitdarf«, bettelte Freddie. »Ich kann wirklich sehr unterhaltsam sein.«

»Das bezweifle ich nicht«, erwiderte Isobel steif. »Es ist nur …« Sie schaute auf ihren Rock, auf die weiße Baumwollbluse. »Ich habe überhaupt nichts zum Anziehen dabei, wirklich. Ich bin nur für die Vorlesung morgen früh in der Stadt.«

»Also, raus jetzt«, kommandierte Troy. »Isobel und ich werden uns einen ruhigen Abend zu Hause machen, du verpaßt rein gar nichts. Geh und feiere mit jemand anderem weiter.«

Er warf Freddie seine hellbraune Wildlederjacke zu, und der schlängelte sich an Isobel vorbei zur Haustür. »Es war mir ein Vergnügen, Sie kennenzulernen«, sagte er artig. »Ich bewundere Ihre Arbeiten so sehr.«

»Danke«, erwiderte Isobel kühl. Nach all den Jahren merkte sie sofort, ob jemand ihre Romane wirklich gelesen hatte oder nur so tat. Freddie war eindeutig ein Leser von Kritiken und Wiederkäuer fremder Meinungen.

»Und danke für deine – äh – großzügige Gastfreundschaft«, sagte Freddie mit einem Lachen in der Stimme zu Troy. »Es war wirklich sehr nett. Danke für die Einladung.«

Troy kicherte und schob ihn vor sich her zu Tür. Isobel fühlte sich an aufgedrehte Schulkinder gegen Ende einer Geburtstagsfeier erinnert. Sie nahm ihre Reisetasche und ging die Treppe hinauf in Troys Wohnung, damit sie den Abschied nicht mit ansehen mußte. Sie hatte das Gefühl, Freddie würde sich nur noch schlechter benehmen, wenn man ihm Aufmerksamkeit schenkte.

Sie ging ins Gästezimmer und schloß die Tür hinter sich. Sofort befand sie sich in einer anderen Welt. Sie atmete den Duft des Zimmers tief ein. Es roch ganz leicht und sehr elegant nach Zelda: nach ihrem Parfüm und dem Duft ihrer Kosmetikartikel. Troy hatte bereits die Schutzhüllen von den Kleidern gestreift, und sie hingen da in Reih und Glied auf gepolsterten Kleiderbügeln am Schrank wie die abgeworfene Haut einer juwelenbunten Schlange.

Sie hörte, wie die Haustür zufiel und Troy die Treppe hinaufkam, leise ein Liedchen summend. Die Melodie verstummte, als er merkte, daß sie nicht mehr im Wohnzimmer war. Sie hörte ihn draußen auf dem Treppenabsatz zögern, dann das leise Klopfen an der Tür.

Sie machte auf und trat zur Seite, um ihn einzulassen. Aber er wartete auf der Türschwelle.

»Möchtest du auswärts essen oder zu Hause?« erkundigte er sich.

Irgend etwas am Ton seiner Stimme vermittelte ihr seine Verlegenheit. »Was immer du magst«, antwortete sie kühl. »Wir müssen morgen ziemlich früh raus, nicht?«

»Wir sollen um acht da sein«, erwiderte er. »Sie schicken um

Viertel nach sieben einen Wagen. Um die Ecke ist ein kleiner Italiener, da ist es ganz nett.«

Sie warf einen Blick auf den Schrank. »Soll ich mich umziehen?«

Er schaute auf ihre Reisetasche. Isobel war sich schmerzlich bewußt, daß jedes Wort und jede Handlung nun mit einer Vielzahl von Bedeutungen befrachtet war. Sie hatte nicht fragen wollen, ob sie sich zum Abendessen umziehen sollte, sondern ob sie sich umziehen und eine völlig andere Frau werden sollte. Einen Augenblick lang sehnte sie sich nach der ruhigen Gewißheit ihres Zuhauses und der tröstenden Gegenwart Philips, der sie so gut kannte und von ihr nichts mehr erwartete als hervorragende Pflegedienste.

»Oh, es ist kein elegantes Restaurant«, sagte Troy. »Du brauchst dich nicht umzuziehen. Wir gehen so, wie wir sind. Sollen wir vorher noch ein Glas Champagner trinken? Ich rufe an und frage, ob sie einen Tisch für uns haben.«

Plötzlich war Isobel so furchtbar enttäuscht, daß sie meinte, losheulen zu müssen. Sie schluckte und merkte, wie ihr Tränen in die Augen traten. Lange hatte sie sich darauf gefreut, eine Nacht bei Troy zu verbringen, hatte versucht, keine Vermutungen darüber anzustellen, was sie tun und wie sie zusammenpassen würden. Aber selbst in den sorgfältigsten Vorbehalten ihrer Phantasie war sie doch stets davon ausgegangen, daß es eine Art Geheimnis geben würde. Und jetzt war gar nichts. Eine Frau mittleren Alters, die mit einem jungen Mann, einem Kollegen, zum Abendessen ausging. Unterhaltung über geschäftliche Dinge, über gemeinsame Bekannte. Die aufregendste Aussicht des Abends: Zabaglione. Die größte Versuchung: ein Kognak nach dem Essen.

»Ich möchte keinen Champagner«, sagte sie bockig. »Nicht, wenn wir gleich gehen.«

»Gut«, erwiderte Troy betont ungerührt. »Möchtest du auspacken? Dich frisch machen? Nein? Dann gehen wir gleich.«

Kapitel 9

Sie machten sich mit eiligen Schritten auf den Weg zum Restaurant. In einigen Fenstern blitzten bereits die Lichter der Weihnachtsbäume. Isobel ging mit gesenktem Kopf, haßte den Geruch der Straßen, den Gestank der Auspuffgase, den dichten Nebel. Sie überlegte, sie könnte jetzt zu Hause sein, könnte sich zusammen mit Philip im Fernsehen eine Sendung über Reisen in den Tropen anschauen.

»Da wären wir«, sagte Troy, gnadenlos zur Fröhlichkeit entschlossen, und hielt ihr die Tür auf.

Drinnen war es hell und laut. Die Tischtücher waren rotweiß kariert. Chiantiflaschen hingen in Bündeln von der Decke und dienten als riesige Tischlampen; ungerahmte Poster von Amalfi und Capri waren mit Heftzwecken an den terracottafarbenen Wänden befestigt. Isobel schaute sich entgeistert um, während Troy ihr den Mantel abnahm und an den Kleiderständer neben der Tür hängte. Das Restaurant sah haargenau so aus wie der Schauplatz ihres allerersten Rendezvous. Sie erinnerte sich noch jetzt an ihre wonnigliche Begeisterung über die Wärme und die strahlenden Farben, an ihre Teenager-Aufregung, als der Kellner ihnen die leere Chiantiflasche als Souvenir mitgab. Sie hatte sie mit nach Hause genommen und sich in einem Elektrogeschäft eine Fassung gekauft, die genau auf den Hals einer Weinflasche paßte, hatte sich aus ihrer Chiantiflasche eine ganz besondere Nachttischlampe gebastelt und sie jahrelang sorgfältig aufbewahrt.

»Ist es nicht herrlich?« fragte Troy. »Eine herrliche Persiflage, findest du nicht? Ein Tribut an diese grausigen Bistros.«

Isobel preßte die Lippen zusammen, sagte aber nichts. Bei

sich dachte sie, wenn man selbst einmal in einem solchen Restaurant gegessen und sich ernsthaft daran erfreut hatte, wirkte wahrscheinlich der Witz nicht, wenn der Stil dreißig Jahre später parodiert wurde.

Troy ließ sich auf einen Stuhl fallen. »Ist das nicht rasend komisch?« fragte er.

»Zum Totlachen«, erwiderte Isobel kühl und setzte sich ihm gegenüber hin.

Ein Kellner brachte ihnen riesengroße laminierte Speisekarten. Isobel hob ihre Karte wie einen Schutzschild auf und versteckte sich dahinter, während Troy Mineralwasser und Wein für sie beide bestellte. Sie tauchte wieder auf, um Spaghetti und einen Salat zu ordern.

»Was ist denn los?« Troy gab endlich klein bei.

Isobel zögerte. »Nichts eigentlich. Ich hatte nur erwartet, daß alles ganz anders sein würde.«

Der Kellner kam und schenkte ihnen ein.

»Nach dem letzten Mal«, fügte Isobel hinzu.

Troy kostete den Wein, schaute nachdenklich, trank noch einen Schluck.

»Ich nahm an, zwischen uns sei etwas ganz Außergewöhnliches geschehen«, beharrte Isobel. »Ich habe, seit ich nach Hause gefahren bin, an nichts anderes gedacht. Und jetzt scheinen wir wieder ganz am Anfang zu stehen. Nein, eigentlich noch vor dem Anfang«, sagte sie spitz.

Troy seufzte. »Ja, schon gut. Der Gedanke, daß du kommst, hat mich sehr nervös gemacht«, gestand er. »Wegen letztem Mal. Ich habe mit Freddie zu Mittag gegessen, um mich abzulenken. Vielleicht nicht gerade die beste Idee. Das Ganze hat sich ein bißchen zu lange hingezogen und mich ein wenig zu sehr abgelenkt. Als du gekommen bist, war ich ein bißchen ... ein bißchen high. Tut mir leid. Und ich möchte jetzt eigentlich keine komplizierten und schwierigen Sachen anfangen, besonders, wo du morgen beim Fernsehen bist. Ich glaube, im Augenblick sollten wir uns auf die Arbeit konzentrieren.

Wir sollten alles andere hintanstellen und zusehen, daß Zeldas Werbefeldzug richtig in die Gänge kommt. Es wird einen sorgfältig geplanten Vorlauf von zwei Monaten vor der Veröffentlichung geben, da muß Zelda einfach überall sein. Wir müssen uns auf sie konzentrieren, mehr als auf alles andere.«

»Aber was ist mit mir?« fragte Isobel.

Der Kellner, der ihnen gerade den Salat brachte, hörte den dringlichen Ton in Isobels Stimme und blickte unwillkürlich auf Troy, um zu sehen, wie dieser attraktive junge Mann reagieren würde. Troy schaute betreten.

»Was ist mit dir?«

»Ich stecke in einer Sackgasse«, sagte Isobel viel leiser. »Ich hocke auf dem Land mit einem Ehemann, der ein guter Mann ist, aber ... so krank. Zelda war für mich eine Hoffnung auf ein ganz anderes Leben. Ich dachte, ich würde nun dieses Leben führen.«

»Tust du doch.«

»Ich dachte, wir würden beide dieses neue Leben anfangen. Ich dachte, alles würde für uns beide ganz anders werden, wenn wir uns nur darauf einließen. So, als träte man durch einen Spiegel in eine Welt, in der nichts so ist, wie es scheint.«

»Du hast doch Zelda«, erinnerte er sie.

Sie blickte ihn geradewegs an, mit dem Selbstbewußtsein ihres Alters. »Ich dachte, ich hätte auch dich.«

Troy war erleichtert, als der Kellner die Spaghetti brachte. Das Essen bot ihm eine Zuflucht vor Isobels aufrichtiger Intensität. Isobel wartete mit ernster Miene, während ihr der Kellner ein Salatdressing anbot, dann schwarzen Pfeffer und noch ein Glas Wasser. Als er endlich fort war, sagte sie zu Troy: »Ich hatte auf eine andere Welt gehofft, zusätzlich zu der, in der ich lebe. Auf mehr.«

»Zusätzlich zu der, in der du lebst?« erkundigte er sich vorsichtig.

»Ich kann ihn nicht verlassen«, erklärte sie schlicht. »Ich kann unmöglich von zu Hause weggehen. Ich bin für immer und ewig an Philip gebunden. Bis daß der Tod uns scheidet. Aber nun, da ich Zelda gewesen bin, nur ein wenig, so wenig, da ist es mir, als hätte ich eine Vision von etwas anderem erblickt, von mehr. Und ich habe das Gefühl, ohne das nicht mehr leben zu können.«

Er nickte. »Wie Freddie damals gesagt hat, als wir bei Harrods Tee getrunken haben. Das Leben voll ausleben.«

»Genau. Du weißt doch, ich strebe immer nach Perfektion. Darauf bin ich getrimmt worden: in der Schule, auf der Universität, bei der Arbeit, in der Ehe. Auf den gewissenhaften, entschlossenen Versuch, immer das Richtige zu tun, immer mein Bestes zu geben, beständig Höchstleistungen zu vollbringen.« Sie blickte sich ungeduldig im Restaurant um. »Nicht andere nachzuahmen, nicht abzuschreiben, nicht zu kopieren. Immer zu versuchen, etwas Neues zu schaffen, aufrichtig und streng mit mir selbst.«

Troy nickte. »Und das machst du ja auch. Das sagen alle Kritiker immer wieder. Einen Roman von Isobel Latimer kann man meilenweit erkennen, weil sie den moralischen Aspekt so ernst nimmt. Denn das tust du.«

»Das weiß ich doch!« rief Isobel ungeduldig aus. »Ich will nur sagen, daß es mir nicht reicht, immer so zu leben und immer so zu arbeiten!«

Troy schaute schockiert. »Das Streben nach Perfektion reicht dir nicht?«

Sie schüttelte den Kopf. »Ich will auch noch etwas anderes. Etwas eher …«, sie zögerte, »eher Emotionales.«

»Was zum Beispiel?« flüsterte er und fürchtete ihre Antwort.

Sie sagte nichts. Ihr dunkler, fester Blick sprach Bände.

Sie schwiegen. Troy zerpflückte mit nervösen Fingern sein Brot. Isobel betrachtete seine Hände, dachte bei sich, was für eine Verschwendung von Brot das war. Niemand aus ihrer Generation hätte je mit Essen gespielt.

»Ich wollte nicht mehr immer ich sein müssen«, sagte sie

schließlich. »Das bedeutet mir Zelda. Die Chance, nicht mehr ich sein zu müssen. Pflichtbewußt und nur noch halb lebendig.«

In dieser Nacht schlief Isobel in ihrem eigenen Baumwollnachthemd und wachte schweißgebadet und in die Laken verheddert auf. Troys Zentralheizung lief die ganze Nacht hindurch, das Licht der organgegelben Straßenlaternen drang durch die Gardinen und schuf ein ständiges, unbehagliches Dämmerlicht. Isobel lag in dem unnatürlichen Lichtschein und sehnte sich von ganzem Herzen nach ihrem eigenen Bett und dem halb geöffnetem Fenster, durch das die kühle Nachtluft von Kent ins Zimmer drang.

Sie hörte, wie Troys Radiowecker sich um Viertel vor sechs einschaltete. Um sechs Uhr klopfte er an die Tür.

»Herein!« rief Isobel, richtete sich im Bett auf und zog instinktiv die Bettdecke bis unters Kinn.

Er brachte ihr eine Tasse Tee und stellte sie auf dem Nachttischchen ab. »Wie geht es unserem Star?« erkundigte er sich freundlich.

Sie musterten einander. Sie lernten bereits, die Launen des anderen zu lesen. Troy war aufgeregt, nervös. Isobel hatte Bedenken, ein mulmiges Gefühl.

»Sie haben jemanden zum Frisieren und fürs Make-up im Studio, aber ich habe gedacht, du fühlst dich wahrscheinlich besser, wenn du dich schon hier zurechtmachst. Deswegen habe ich dich so früh geweckt. Dann haben wir genug Zeit«, sprudelte es aus Troy hervor. »Ich laß dir dein Bad ein, und dann solltest du frühstücken. Ich habe Müsli gekauft, aber du könntest auch einfach nur Toast und ein Ei haben.«

»Nur Toast«, erwiderte Isobel.

»Keine Sorge, es klappt schon alles«, versicherte ihr Troy. »Ich laß dir jetzt das Badewasser ein.«

»Was soll ich anziehen?« fragte Isobel, als er schon beinahe an der Tür war.

»Das rosa Kostüm, genau richtig fürs Frühstücksfernsehen«, entschied er. »Nimm dein Bad, und dann kommst du frühstücken, und ich helfe dir beim Make-up, und du ziehst dich an. Mir ist da noch was eingefallen. Wenn du willst, rufe ich bei dir zu Hause an, während du auf Sendung bist, dann können wir sicher sein, daß Philip nicht aufmerksam zuschaut. So verwischen wir ein bißchen unsere Spuren. Wenn ich anrufe und nach dir frage, dann weiß er, daß du nicht mit mir zusammen bist.«

Isobel zögerte. »Na, wenn du meinst.«

»Ich *muß* es ja nicht machen.«

»Nein, ich finde, es ist eine gute Idee. Es scheint mir nur so ...«

Troy wartete.

»So klinisch. Wenn wir planen, ihn zu hintergehen.«

»Wir tun das ja nicht aus niederen Beweggründen«, wies Troy sie zurecht. »Wir haben uns nur eine Aufgabe gestellt, nämlich dich vollkommen abzuschirmen.«

Sie nickte. »Es kommt mir trotzdem so vor, als mißbrauchte ich sein Vertrauen«, sagte sie leise. »Wenn ich mit dir ausmache, ihn zu belügen.«

»Es ist doch für seinen Swimmingpool«, stellte er fest. »Für seinen Unterhalt. Er profitiert davon, oder nicht? Du schämst dich doch nicht seinetwegen für Zelda, oder?«

»O nein!«

»Dann halten wir es vor ihm geheim, zu seinem eigenen Vorteil, nicht zu deinem. Und ganz bestimmt nicht zu meinem. Wir tun es für ihn, nicht für uns.«

Isobel nickte und streckte die Hand nach der Teetasse aus.

»Badewanne in fünf Minuten«, sagte Troy und warf ihr ein schnelles aufmunterndes Lächeln zu.

Als er das Zimmer verlassen hatte, ließ sie die schützende Bettdecke sinken und stand auf. Sie ging zum Fenster. Es war noch zu dunkel, als daß man hätte sehen können, wie der Tag werden würde. Die natriumgelben Lampen überdeckten jegliche Morgendämmerung. Isobel zog die Gardinen zu, krank vor Nervosität, schlüpfte in ihren wollenen Morgenmantel und ging artig ins Badezimmer.

Nach dem Frühstück hatte sich ihre Laune gebessert. Troy trug bereits ein dunkles Seidenhemd mit passender Krawatte und die Hose seines dunklen Anzugs. Er versuchte sie in den freundlichsten Tönen aufzumuntern. Als sie in ihr Zimmer zurückkam, war das Bett bereits gemacht, die Kleider lagen auf der Tagesdecke ausgebreitet: die seidene Unterwäsche, das pinkfarbene Kostüm mit dem enganliegenden Jäckchen, die seidenglatte pfirsichfarbene Strumpfhose, die rosa Pantoletten. Mit absichtsvoll extravaganter Achtlosigkeit hatte Troy noch den neuen Pelzmantel aufs Bett geworfen.

»Perücke und Make-up als allererstes«, bestimmte Troy.

Isobel saß auf dem Schemel am Frisiertisch und nahm die Mähne vom Ständer. Sie hielt sie vorn fest, während Troy ihr hinten die Perücke über den Kopf zerrte. »Au«, beschwerte sie sich.

»Wer schön sein will ...«, ermahnte sie Troy. »Und jetzt mach die Augen zu.«

Isobel schloß die Augen und spürte das sanfte Tupfen der Feuchtigkeitscreme auf dem Gesicht, Troys Fingerspitzen, die zart über ihre Wangen, ihre Lider, ihre Stirn flatterten. Sie spürte, wie der übliche gedankenverlorene, leicht mürrische Gesichtsausdruck der Isobel Latimer unter seinen Berührungen dahinschmolz, wie sich die strahlende Leere Zeldas in ihr ausbreitete.

»Himmlisch«, murmelte sie.

»Psst«, flüsterte Troy. »Das ist Magie.«

Mit kleinen Tupfern des Schwämmchens bedeckte er ihr Gesicht mit Grundierung. Isobel spürte, wie die Creme aufgetragen wurde, als würde man eine neue und bessere Variante ihrer selbst schaffen, merkte, wie die Falten auf ihrer Stirn unter der süß duftenden glatten Schicht verschwanden.

Dann verspürte sie die zarten, liebevollen Tupfer des Lidschattens, den sanften Druck des Eyeliners und das Streicheln der Wimperntuschbürste.

»Beinahe fertig«, versprach Troy.

Die mit pfirsichzartem Puder befrachtete Puderquaste strich ihr über das Gesicht, drang in jede Falte, jede Pore vor, dann streichelte ihr der Rougepinsel mit seinem Korallenstaub über die Wangen. Schließlich umrahmte noch ein Konturenstift ihre Lippen, zeichnete ihr Lächeln, wie man auf eine leere Leinwand ein Gesicht zeichnet. Dann tupfte Troy ihr mit dem Pinselchen winzige Farbküsse auf die Lippen. Wieder das Streichen des Pinsels, ein Papiertuch zum Abtupfen, noch einmal Farbe aufgetragen, und dann: »Perfekt«, hauchte Troy.

Sie öffnete als Zelda die Augen und sah sich im Spiegel. Als Zelda genoß sie ihre eigene Schönheit, sah, wie sich die karmesinroten Lippen zu einem leisen Lächeln völliger Zufriedenheit verzogen. Als Zelda stand sie vom Schemel auf und gönnte Troy kaum einen Blick. Sie ging zum Bett und setzte sich auf die äußerste Kante, so daß ihre Oberschenkel straff und wunderschön aussahen, und sie streifte sich langsam die Strümpfe über, während er sie anstarrte, als wäre sie ein Bild auf einer Filmleinwand und gar keine richtige Frau. Als Zelda zog sie sich den Rock über die Hüften, drehte sich dann zu ihm um, ließ sich von ihm die Kostümjacke über die Schultern streifen. Als Zelda schloß sie die großen Goldknöpfe der Jacke und lehnte sich zum Spiegel vor, um die goldenen Ohrklips festzuklemmen, hielt einen Augenblick inne und betrachtete die Gesamtwirkung.

»Fertig«, sagte sie schlicht.

»Du bist wunderbar«, staunte er und starrte sie an. »Du bist eine wunderbare, ganz wunderbare ...« Er kam ins Stocken, suchte nach dem richtigen Wort. »Ein wunderbares Wesen.«

Isobel Latimer hätte darüber gekichert, Zelda hingegen warf ihm nur unter dunklen Wimpern hervor einen Blick zu, als hätte er etwas gesagt, was ihr ohnehin zustand. »Ich weiß.«

Draußen wartete schon der Wagen, als sie die Treppe herunterkamen. Zelda trippelte in hochhackigen Pantoletten mit zierlichen Schritten über die kalten Pflastersteine. Der Fahrer hielt ihr die Tür auf, und sie glitt an ihm vorüber ins Auto, als sei er nicht viel mehr als ein Laternenmast. Sie saß auf der Seite des Wagens, die dem Bürgersteig am nächsten war, und es kam ihr überhaupt nicht in den Sinn, weiterzurutschen. Troy mußte hinten ums Auto herumlaufen und auf der anderen Seite einsteigen. Zelda verbarg ihre Nase in dem weichen Mantelkragen. Sie sah aus wie eine Frau mit einem exotischen Vollschleier aus Fell; Troy konnte die karmesinroten Lippen überhaupt nicht sehen, nur die grauen Augen, die ihn im Dunkel des Wagens anfunkelten.

Während der Fahrt redeten sie kein Wort. Der Fahrer hielt kurz an der Sicherheitsschranke des Fernsehstudios und fuhr dann vor den Glastüren des Empfangsgebäudes vor. Die dort wartende Redaktionsassistentin kam höflich auf sie zu. In ihrem Gesicht spiegelte sich das überraschte Staunen über den bodenlangen hellen Nerz, die rosa Pantoletten und Zeldas im Pelz verborgenes Gesicht.

»Bitte hier entlang, Mademoiselle Vere«, flüsterte die junge Frau und ging durch die Doppeltür vor ihnen her und dann einen Flur entlang.

»Würde Mademoiselle Vere gern in ihre Garderobe gehen oder gleich in den Vorraum des Studios?« fragte die junge Frau Troy und warf einen Blick zurück auf Zelda, die gemessenen Schrittes hinter ihnen den Flur entlangspazierte und ohne große Neugier die Pressephotos früherer Filmstars an den Wänden betrachtete.

»In ihre Garderobe«, entschied Troy. »Sie braucht dort einen Darjeeling-Tee und Mineralwasser.«

»Natürlich, selbstverständlich«, antwortete die junge Frau. »Der Regisseur würde gerne noch kurz mit ihr sprechen. Sie haben ja die Liste mit den Fragen wohl schon gesehen?«

Troy nickte.

Die Assistentin bog mit einer kurzen untertänigen Geste, die beinahe schon ein Knicks war, um eine Ecke und hielt Zelda die Tür auf. »Ihre Garderobe, Mademoiselle Vere«, flüsterte sie.

»*Merci*«, antwortete Zelda, rauschte an ihr vorüber und setzte sich auf den Stuhl vor dem hell beleuchteten Spiegel.

Die Tür schloß sich hinter ihnen.

»›*Merci*‹ war ein brillante Idee«, lobte Troy.

Sie drehte sich rasch zu ihm um, aber er hob mahnend den Zeigefinger. »Sei Zelda«, drängte er. »Fall nicht aus der Rolle, bis du wieder zu Hause bist. Du kannst dir hier keine Übergänge leisten.«

Sie holte tief Luft, nickte und lehnte sich im Stuhl zurück. »Ich fühle mich ziemlich unwohl«, murmelte sie in Zeldas gedehnten Tönen. Sie streckte ihre Hand aus, und er sah, wie ihre Finger zitterten. »Ich bin nämlich eigentlich eine sehr zurückhaltende Person.«

»Tee«, empfahl er. »Ich mache dir einen.«

Hinter dem Schminktisch des Stars gab es einen kleinen Kühlschrank, auf dem ein Wasserkocher, eine Teekanne, loser Darjeeling und Teetassen standen. Troy verschwand im angrenzenden Duschraum, füllte den Wasserkocher und schaltete ihn an. Er schaute in den Kühlschrank.

»Milch«, stellte er fest. »Und – holla!«

»Was?«

»Eine kleine Flasche Champagner. Sehr gute Idee.«

»Ich hätte lieber einen Tee.«

»Beides«, bestimmte er. »Das stärkt das Selbstbewußtsein. Und noch was ...«

Zelda hob eine perfekt gepflegte Augenbraue. Troy ging leise zur Tür und schob den Riegel vor. Er klappte seine Brieftasche auf und holte ein Briefchen mit weißem Pulver heraus. Zelda schaute ihm zu, wie er eine Zeitschrift von dem niedrigen Tisch nahm und ein wenig von dem weißen Pulver darauf schüttete. Er hackte mit der Kante seiner Kreditkarte darin herum und fegte es dann zu zwei ordentlichen kleinen Schneeverwehungen zusammen.

»Kokain«, sagte Zelda mit verwunderter Stimme. Sie erkannte das Ritual der Vorbereitung, wenn sie auch die Droge nicht erkannt hatte. Sie hatte bisher nur im Film gesehen, wie Leute Kokain nahmen. Jetzt sah sie es zum erstenmal im wirklichen Leben.

»Hervorragend für das Selbstbewußtsein«, versicherte ihr Troy. »Du hast es bestimmt schon mal probiert?«

Zelda schüttelte den Kopf, aber hinter dem wunderschönen Gesicht leuchtete Isobels hellwache Neugier. »Noch nie. Nein. Noch nie. Philip und ich haben Hasch geraucht, als wir jünger waren, aber das ist schon lange ... das hier habe ich noch nie gesehen.«

»Es geht so.« Troy rollte einen Zwanzig-Pfund-Schein zusammen. Er steckte die kleine Rolle in ein Nasenloch und hielt sich das andere mit dem Finger zu. Dann schniefte er leicht und ließ das Röhrchen an der weißen Kokainlinie entlanggleiten. Er tippte daran und leckte den Finger ab, tupfte den unsichtbaren Staubrest auf und reichte das Röhrchen Zelda.

»Ich glaube nicht ...«

»Zelda schon«, sagte er mit Entschiedenheit. »Es wird dir helfen.«

Ohne weiteren Protest nahm sie ihm die eingerollte Banknote aus der Hand und beugte sich über die Zeitschrift. Mit leidenschaftslosem Interesse registrierte sie, daß es ihr seltsames Vergnügen bereitete, den weißen Staub verschwinden zu sehen, der keinen Bezug zu dem leichten Schwindelgefühl zu haben schien, das sie kurz danach überkam.

»Vergiß nicht, es auch zu schmecken«, erinnerte sie Troy.

Benommen leckte Isobel den Finger ab und tupfte den Rest des Pulvers auf, rieb es in ihr Zahnfleisch. Sofort fühlte sich ihre Zunge riesig und geschwollen an.

»Gesichtskontrolle«, warnte Troy sie, schaute mit zurückgeworfenem Kopf in den Spiegel, um die Unterseite seines Nasenlochs zu inspizieren. Er strahlte sie an, frisch belebt. »Perfekt.«

Als der Wasserkocher sich abschaltete, wandte Troy sich um und bereitete mit eleganten Bewegungen den Tee.

»Wie sollte ich mich jetzt eigentlich fühlen?« erkundigte sich Isobel.

»Erhoben, selbstbewußt, ein wenig high«, meinte Troy, schenkte Tee und Milch ein und rührte um. »Ich habe dir ja nur gerade genug gegeben, um dich aufzuheitern.«

Er reichte ihr die Tasse und riegelte die Tür wieder auf. Beinahe sofort klopfte es. Troy warf Isobel ein schnelles Verschwörerlächeln zu. »Also denn man los, Mädchen!« ermunterte er sie und machte die Tür auf.

Es war der Produzent. »Ich wollte Sie nur eben schnell willkommen heißen«, sagte er. »Wir haben gerade einen Durchlauf gemacht und sind soweit. Das Publikum wird gerade eingelassen. Fünfzehn Minuten vor Ihrem Auftritt holt Sie jemand hier ab. Sie gehen im Studio fünf Stufen hinunter und setzen sich zu Raine und Stephen auf das Sofa. Sie werden schon sehen, wo.« Er trat vor und schaltete das Fernsehgerät ein, das über dem Frisiertisch hing. Man sah das Studio, junge Männer und Frauen schoben Kameras hin und her, überprüften Einstellungen und versteckten Kabel.

»Da sind die Stufen«, sagte der Produzent und zeigte auf eine flache Treppe. »Und Sie sitzen hier. Auf dem Kissen da.«

»Sicher«, antwortete Zelda. Ihre Zunge fühlte sich merkwürdig dick an. Sie konnte nur hoffen, daß sie klar und deutlich artikulierte.

»Wenn Sie in etwa zehn Minuten kurz in die Maske kommen und die Frisur überprüfen lassen, das wäre toll.« Er unterbrach sich und schaute sie an. »Obwohl, eigentlich sind Sie schon perfekt, so wie Sie sind. Vielleicht fragen Sie nur, ob die noch etwas mehr Puder auflegen wollen. Die Scheinwerfer, wissen Sie?«

Zelda lächelte. »Vielen Dank.«

»Haben Sie alles, was Sie brauchen?«

»O ja«, erwiderte Troy fröhlich. »Wir haben alles, was wir brauchen.«

Der Produzent schaute Zelda an, sie hatte den Handrücken vor die Nase gelegt und schniefte leise. »Es geht Ihnen doch gut, Mademoiselle Vere?«

Sie warf ihm ein strahlendes, selbstbewußtes Lächeln zu. »Es geht mir sehr, sehr gut.«

Man geleitete sie in die Maske. Dort erklärte man sie für wunderschön und meinte, sie benötige nur eine Spur mehr Farbe. Sie stäubten ihr Puder auf die Stirn und Rouge auf die Wangen. Die Friseuse kam herein und fuhr ein paarmal kurz mit der Bürste über die dicke goldene Wolke von Zeldas Haar. Anschließend schälten sie Zelda aus dem Frisierumhang, bürsteten sanft das Kostüm ab, bewunderten den Schnitt und die feinen Nähte und den Glanz der großen Goldknöpfe. Ein dünnes Mädchen, kaum mehr als ein Kind, schaute mit dunklen Augen durch die Tür und sagte: »Mademoiselle Vere, bitte.«

»Viel Glück«, flüsterte Troy.

Einen Augenblick kam sie ins Stolpern. »Kommst du nicht mit?«

»Ich bin beim Produzenten im Regieraum. Du kannst mich nicht sehen, aber ich bin da. Und ich achte auf jede Kleinigkeit. Ich bin für dich da. Komm, lächle mal, damit ich weiß, daß du glücklich bist.«

Sie warf ihm ein dünnlippiges, nervöses Lächeln zu. »Zelda!« flehte er sie an. »Zelda, du hast alles, was eine Frau sich nur erträumen kann!«

Da breitete sich das Lächeln über ihr ganzes Gesicht aus, und sie folgte dem Mädchen aus dem Raum.

Troy, der ein dringendes Bedürfnis verspürte, trat schnell in die Toilette, verriegelte die Tür der Kabine und machte sich auf dem Spülkasten eine kurze Linie Kokain zurecht.

Als er im Regieraum ankam, wurde Zelda bereits vorgestellt. Sie paßte zum Thema des Morgens: Leute, die ungewöhnliches Glück gehabt hatten oder gerade eine steile Karriere machten. Man hatte bereits jemanden interviewt, der ein Rennpferd vor dem Pferdemetzger gerettet hatte, das dann einen Außenseitersieg auf dem Rennplatz von York geschafft hatte. Und man hatte mit einem Mann gesprochen, der einen Lottoschein mit einem Riesengewinn auf der Straße gefunden hatte. Sie hatten mit einer Mutter geredet, die ein Wunderheilmittel gegen das Asthma ihres Kindes entdeckt hatte. Und nun sei man gespannt darauf, teilte die zarthäutige Moderatorin der Kamera mit, eine Frau kennenzulernen, deren Talent ihrem Leben eine märchenhafte Wendung gegeben hatte: »Zelda Vere.«

»Vorsicht!« rief Troy ängstlich aus, als Zelda eintrat und oben an der Treppe, wie man es ihr gesagt hatte, ein wenig zögerte, sich umblickte, als könne sie ihre Freude kaum fassen, sich zu so früher Stunde in einem kleinen Fernsehstudio vor einem Publikum aus leicht verwunderten Rentnern zu befinden. Dann schritt sie mit einem entzückten Lächeln leichtfüßig die Stufen zum Sofa hinunter und setzte sich auf das richtige Kissen.

»Bingo!« sagte Troy oben auf der Galerie und spürte, wie die Droge und Zeldas Auftritt ihn euphorisch stimmten. »Gut, nicht?«

Er hielt die Augen auf den Fernsehschirm geheftet, nahm den Telefonhörer ab, wählte Isobel Latimers Nummer zu Hause und fragte, wie versprochen, nach ihr. Philip, der verärgert war, weil man ihn beim Frühstück gestört hatte, war so wenig entgegenkommend wie immer. Troy lächelte, entschuldigte sich und legte auf.

»Nun, Zelda«, sagte Raine und lehnte sich vor. »Sie haben in zweierlei Hinsicht Glück gehabt, einmal, weil Sie einen ganz wunderbaren Roman geschrieben haben, den ein Verlag Ihnen für wieviel abgekauft hat? Einen größeren Vorschuß, als er je für einen ersten Roman bezahlt wurde?«

»Nun ja, für 350 000 Pfund«, antwortete Zelda bescheiden. Aus dem Publikum ertönte ein spontanes »Ahhh!«

»Ja. Über eine Viertelmillion Pfund«, bestätigte Raine und lächelte in die Kamera. »Aber das ist nur ein Teil der Geschichte, denn der Roman handelt ja von der schrecklichen Erfahrung eines sehr jungen Mädchens mit einem Satanskult ... und das junge Mädchen waren Sie, nicht wahr?«

Zelda, die vor Nervosität, Champagner und Kokain ganz high war, schaute sie gerade an. »Ich muß da sehr diskret sein«, hauchte sie. »Das werden Sie sicher verstehen.«

Stephen lehnte sich vor. »Natürlich verstehen wir das. Aber Raine hat doch recht, wenn sie vermutet, daß Sie wirklich Schreckliches durchgemacht haben?«

Zelda senkte die Augen. »Furchtbar«, flüsterte sie.

»Können Sie uns davon erzählen?«

Sie blickte auf, und sogar die alten Damen in der letzten Reihe sahen, welche Wirkung ihre großen grauen Augen auf Stephen hatten. »Man hat mich gekidnappt«, sagte sie ganz leise. »Und gefangengehalten. Und ich habe mir geschworen, wenn ich je wieder freikäme, sollten die Kidnapper genauso leiden wie ich.« Sie legte eine kurze Pause ein und zog dann hinter dem Rücken den so sehr verachteten Umschlag ihres Buches hervor. »*Das* ist meine Geschichte«, sagte sie schlicht.

Der Produzent stürmte auf Troy zu. »Das kann sie doch nicht machen!« rief er. »Sie kann doch nicht einfach auftauchen und ganz offen Werbung für ihr Buch machen! Das darf sie einfach nicht!«

»Tut mir furchtbar leid«, entschuldigte sich Troy. »Das müssen ihr die Leute vom Verlag eingeredet haben. Ist mir furchtbar peinlich. Sie konnte wohl nicht wissen, daß man das hier nicht darf. Als Französin.«

Der Produzent warf ihm einen scharfen Blick zu. »Französin?« fragte er skeptisch.

»In England geboren, in Frankreich aufgewachsen«, korrigierte Troy. »Tut mir wirklich leid.«

Die beiden Männer wandten ihre Aufmerksamkeit wieder dem Bildschirm zu. Stephen und Raine hatten eine schwierige Aufgabe zu bewältigen. Sie mußten das Buch irgendwie von Zeldas Knie verschwinden lassen, es aus dem Bild bringen, und gleichzeitig sollten sie Zelda entlocken, daß man sie sexuell mißbraucht hatte und daß ihr Buch erotische Szenen in allen graphischen Einzelheiten schilderte. Aber es war auch Frühstücksfernsehen, und im Publikum saßen Rentner. Man durfte alles nur andeuten.

»Und aus diesem schmerzlichen Erlebnis haben Sie ein Buch gemacht, das sehr ... äh ... gewagt ist«, sagte Stephen, zwinkerte in die Kamera und hatte Mühe, sein lüsternes Grinsen zu unterdrücken.

Zelda warf ihm einen eiskalten Blick zu. »Gewagt würde ich das nicht nennen.«

Im Regieraum krampften sich Troys Finger um die Stuhllehne. »O nein«, sagte er mit leiser Stimme. Er hatte Isobel Latimers schlimmsten Lehrerinnenton wiedererkannt.

»Nun, Sie können doch nicht leugnen, daß das Buch sehr sexy ist«, mischte sich Raine ein.

Zelda, die eben gereizt auffahren wollte, erinnerte sich gerade rechtzeitig noch daran, wer sie war. »Ich würde es als zutiefst erotisch bezeichnen«, hauchte sie. »Ich würde sagen, es gehört in die Kategorie intimer Lektüre für Frauen, die das Leben und die Liebe kennen ... Sie nicht auch?«

»Manchen Leuten ist es sicher ein bißchen zu offen«, meinte Raine ziemlich unfreundlich.

Zelda lehnte sich auf dem Sofa zurück und lächelte sie an. »Oh, Sie sollten keine Angst vor Ihrem eigenen Verlangen haben«, riet sie ihr voller Wärme. »So viele Menschen fürchten sich vor ihren innigsten Wünschen. Wir müssen lernen, uns auf sie einzulassen, auf sie zuzugehen, sie bewußt zu suchen. Und ein bißchen zu hoffen, an das Konzept glaube ich einfach nicht.«

Kapitel 10

»Wie war ich?« fragte Isobel eifrig. »Ich meine, wie war ich wirklich?«

»Du warst phantastisch«, versicherte ihr Troy. Er legte den Arm auf die Rückenlehne der Limousine und umfaßte ihren Nacken sanft mit der Hand. »Zelda, Zelda, die Welt ist einfach noch nicht reif für jemanden wie dich. Ziehst einfach am hellichten Tag im Frühstücksfernsehen deinen Buchumschlag raus. Oben im Regieraum kriegten sie beinahe Herzinfarkte. Und dann hast du Stephen und Raine ins Gesicht gesagt, daß es hier um Soft-Porno für Frauen geht und daß sie keine Angst vor ihrer Begierde haben dürfen. Es war eine wahre Wonne. Die wußten nicht, wie ihnen geschah. Ich wußte nicht, wie mir geschah. Es war himmlisch.«

»Ich nehme mal an, ich verstehe die Sitten bei dieser Art von Veranstaltung noch nicht ganz«, überlegte Isobel und zog unter Zeldas kühnen, perfekten Ponyfransen die Stirne kraus.

»Nein! Bitte! Nein! Denk nicht mal drüber nach!« drängte Troy. »Zelda, Liebling, komm zurück. Im Augenblick möchte ich keine Isobel. Denk nicht über Sitten und solche Dinge nach. Die Leute haben dich angebetet, das Publikum lag dir zu Füßen, die Kids im Regieraum haben dich einstimmig zur Heiligen aller Schwulen erklärt. Schmälere das jetzt bloß nicht, indem du dir den Kopf zerbrichst, ob du die Sitten des Frühstücksfernsehens verstehst oder nicht. *Die* sollen *dich* verstehen.«

Einen Augenblick lang blickte sie ihn nachdenklich an.

»Ich kann das gerne später auch noch mit Isobel Latimer besprechen«, bot er an. »Wir können es als soziales Problem oder so diskutieren. Als irgendwas, das sie kennt und worüber sie gerne nachdenkt. Zelda will sich einfach nur amüsieren. Und jetzt gehen wir mit einer Journalistin zum Mittagessen. Zelda muß also wieder ganz sie selbst sein, wunderschön und makellos.«

»Seh ich noch gut aus?«

»Phantastisch. Möchtest du noch ein bißchen Schnee?«

Sie warf einen Blick auf den Hinterkopf des Fahrers. »Geht denn das?«

»Klar.« Troy betätigte die Sprechanlage. »Könnten Sie bitte den Sichtschutz hochfahren?«

»Sehr wohl, Sir«, antwortete die körperlose Stimme. »Wir sind in ungefähr zwanzig Minuten im Hotel.«

Lautlos hob sich die dunkle Glasscheibe, und dann waren Troy und Zelda allein in der abgeschirmten Intimität der Limousine. Troy nahm eine Zeitschrift und bereitete darauf zwei kurze Linien Kokain vor, rollte eine Banknote zusammen und bot sie zuerst Zelda an. Sie beugte sich darüber und inhalierte, dann warf sie den Kopf in den Nacken und schloß die Augen. Troy bewunderte die klare glatte Linie ihres Halses. Er schnupfte seine Linie Kokain, tupfte den Rest mit dem Finger auf und leckte ihn ab.

»Ich hab so was noch nie gemacht«, sagte Isobel verwundert.

»Zelda Vere hatte noch nie was mit Drogen zu tun?« fragte Troy.

Sie schlug benommen die grauen Augen auf. »Oh, Zelda schon«, sagte sie in bestimmtem Ton. »Eine Zeitlang hatte sie es aufgegeben, aber jetzt macht sie es wieder, wenn sie in Stimmung ist. Auf dem Rücksitz einer Limousine, wenn sie mit einem attraktiven Mann unterwegs zu einem Interview mit einer Journalistin ist und gerade im Fernsehen war. Dauernd eigentlich.«

Troy lächelte sie an und lehnte sich vor. Zelda umschwebte ein ganz eigener Duft, eine Mischung aus ihrem Parfüm, dem Duft ihres Make-ups, ihres Haarsprays und dem warmen, üppigen Geruch des Pelzmantels. Zelda rückte ein wenig näher. Troy genoß die aufreizend wenigen Zentimeter Abstand zwischen ihnen.

»Ich wage es nicht, dich zu küssen«, sagte er. »Ich will dir nicht das Make-up verschmieren.«

»Das könnte ich erneuern«, flüsterte sie. »Oder du.«

»Ich fände es wirklich schlimm, wenn ich es dir verschmieren würde«, flüsterte er, und ihre Gesichter waren so nah, daß sein Atem beim Sprechen ihre feinen, blonden Ponyfransen tanzen ließ.

»Ich fände es wunderbar, wenn du mir das Make-up verschmieren würdest«, antwortete sie.

Da meldete sich der Fahrer über die Sprechanlage. »Entschuldigung, Sir, wir nähern uns dem Hoteleingang.«

»Gewiß, danke«, sagte Troy, lehnte sich im Sitz zurück und rückte seine Krawatte wieder gerade.

Die Wagentür wurde aufgerissen, der uniformierte Portier des Hotels verneigte sich, als er Zelda sah. Sie rekelte sich aus dem Auto wie eine Striptease-Tänzerin aus der Torte. Troy, der an der anderen Seite ausstieg, stellte fest, daß er sie bewunderte wie einen schönen Gegenstand. Sie war elegant und schnittig wie das Auto, teuer wie der Mantel. Und dann trat er vor, reichte ihr seinen Arm und geleitete sie ins Hotel.

Sie trafen sich dort mit der Journalistin Jane Brewster zum Mittagessen. Zelda gab ihren Pelzmantel an der Garderobe ab und stöckelte in den rosa Pantoletten und dem pinkfarbenen Kostüm in den Speiseraum. Geschäftsleute mit kantigem Kinn starrten sie an, als sei sie der Teewagen mit den Desserts. Italienische Kellner strahlten sie an wie einen vom Himmel herabgestiegenen Engel. Jane Brewster, eine Frau im zerknitterten dunkelblauen Kostüm und mit resolut scharfen Gesichtszügen, stand auf und schüttelte ihr knapp die Hand, als hätte sie in ihrem Leben nie auch nur eine Minute lang Neid auf reichere, unendlich viel schönere Frauen empfunden.

Zelda glitt auf die samtbezogene Bank und blickte sich sittsam um. Troy hielt den Stuhl, auf den sich das breite Hinterteil der Journalistin herabsenkte, und setzte sich dann ebenfalls.

»Ein Glas Champagner?« murmelte er der Journalistin zu.

Sie fixierte ihn mit starrem Blick. »Ich trinke am Tag nie etwas«, sagte sie. »Verdirbt mir die Konzentration.«

»Oh, Zelda auch nicht«, erwiderte Troy aalglatt. »Eine Flasche Mineralwasser, bitte.«

»Haben Sie etwas dagegen?« fragte die Journalistin, zog einen kleinen Kassettenrecorder hervor und legte ihn auf den Tisch. »Hilft meinem Gedächtnis auf die Sprünge. Vergessen Sie einfach, daß er da ist.«

Zelda schleuderte einen kurzen Schreckensblick in Richtung Troy und nickte dann der Journalistin lächelnd zu. »Natürlich.«

Der Kellner brachte das Mineralwasser. Jane Brewster wartete, bis das Essen bestellt war, und lehnte sich dann zu Zelda vor. »Wie alt waren Sie, als diese Ereignisse stattfanden?«

Zelda wich zurück. »Der Roman ist völlig fiktiv«, erinnerte sie sanft.

»Ihr Verlag macht aber ziemlich klare Andeutungen, daß das Buch auf eigenen Erfahrungen beruht.«

»Nicht unmittelbar auf meinen«, beteuerte Zelda. »Auf einem Ereignis, einer Reihe von Ereignissen. Manche sind mir widerfahren, über andere habe ich irgendwo gelesen, manche sind Leuten zugestoßen, die ich kenne. Wie in allen Romanen sind hier disparate Elemente miteinander verknüpft.«

»Hast du desperat gesagt?« erkundigte sich Troy.

»Disparat«, korrigierte ihn Zelda.

»Das Wort kenne ich gar nicht«, betonte Troy.

»Oh …«, erwiderte Zelda. Sie nahm den Hinweis auf und kicherte. »Habe ich aus einem Kreuzworträtsel.«

»Sie sind eine Frau, die keine höhere Bildung genossen hat«, meinte die Journalistin, die diesen Wortwechsel mit wachen Knopfaugen verfolgt hatte.

»Ja«, antwortete Zelda. »Und ich bedaure das sehr. Aber jetzt lese ich, pausenlos.«

»Was lesen Sie denn gerade? Was liegt auf Ihrem Nachttisch?«

Zelda schwebte plötzlich das Bild ihres Schlafzimmers in Kent vor Augen, mit den Leinenkissen, dem Nachttisch und den Büchern, die sie zum Vergnügen las: Simon Schamas *Kultur im goldenen Zeitalter der Niederlande* oder Lisa Jardines *Der Glanz der Renaissance*.

»Barbara Cartland«, sagte sie rasch. »Und Dick Francis.«

»Und welches seiner Bücher?«

»Das mit den Pferden.«

Der Kellner brachte die Vorspeisen, und Troy ergriff mit einiger Erleichterung über die Unterbrechung die Gabel.

»Und was ist mit Ihrem Privatleben?« fragte Jane. »Gibt es einen Mann in Ihrem Leben?«

Zelda senkte den Blick auf die Blinis mit saurer Sahne und Kaviar. »Ich treffe mich mit jemandem«, sagte sie sehr leise. »Aber wir müssen sehr diskret sein. Er ist ziemlich bekannt.«

»Ein Filmstar?«

»Internationale Finanzwelt, einer der wenigen Namen, die jeder kennt. Devisenhandel«, murmelte Troy und hoffte, das würde sie hinreichend lange verwirren.

»Ist es eine ernste Sache?« fragte die Journalistin im vertraulichen Ton einer Busenfreundin. »Glauben Sie, Sie werden heiraten?«

»Ich habe so viele Narben«, gestand Zelda. »Nicht nur am Körper, die hat er schon gesehen.« Sie lächelte gewinnend. »Er hat mich drauf geküßt, damit sie heilen. Das war so lieb. Doch ich habe auch seelische Narben. Manche Verletzungen gehen eben sehr tief. Ich könnte niemanden heiraten, solange meine Ängste mich noch so verfolgen.«

Troy stellte fest, daß er Zelda mit unverhohlener Anbetung anstarrte und daß der Kellner, der die Teller abtragen wollte, regelrecht um Jane Brewsters nackte Neugier herumservieren mußte.

»Sind das die Narben, die Ihre schrecklichen Erfahrungen hinterlassen haben?« fragte sie.

»O ja.« Zelda senkte den blonden Kopf beinahe auf die Schulter der anderen Frau und flüsterte ihr etwas ins Ohr. Jane nickte, nickte wieder, verzog das Gesicht in purem Schrecken und nickte noch einmal. Troy lehnte sich in seinem Stuhl zurück und winkte lächelnd den Weinkellner heran. »Ich denke, wir hätten jetzt gern eine Flasche Roederer«, sagte er. »Ich glaube, das könnten wir jetzt vertragen.«

Jane Bewster verließ das Hotel erst gegen vier Uhr, leicht beschwipst und mit rotem Kopf. Während sie auf der Damentoilette war, ergriff Troy eine Vorsichtsmaßnahme: Er nahm ihren Kassettenrecorder, löschte das Band mit Höchstgeschwindigkeit und legte dann das Gerät wieder auf den Tisch.

Zelda schaute ihn zweifelnd an. »Was sollte denn das? Sie weiß doch noch, was ich gesagt habe. So betrunken ist sie nicht. Sie wird sich an das meiste auch so erinnern.«

»Aber wir können dementieren«, erwiderte er fröhlich. »Wenn uns nicht gefällt, was sie berichtet, können wir alles abstreiten, und sie hat kein Beweismaterial. Gut, was?«

Zelda schaute ihn bewundernd an. »Wirklich skrupellos.«

Troy grinste. »Ja, nicht wahr? Ich gehe jetzt deinen Mantel holen. Sie soll dich damit sehen.«

Als Jane aus der Damentoilette zurückgestapft kam, bezahlte Troy gerade die Rechnung, und Zelda wartete im Foyer des Hotels, in ihren honigfarbenen Nerz eingehüllt.

»Können wir Sie irgendwohin mitnehmen?« fragte Zelda. »Wir haben den Wagen draußen.«

»Nein, nein«, erwiderte Jane. »Ich gehe zu Fuß. Es war mir ein Vergnügen, Sie kennenzulernen.«

Zelda bedachte sie mit einem strahlenden Lächeln.

»Der Photograph sollte eigentlich jeden Augenblick kommen, er war für drei bestellt«, sagte Jane und blickte sich ärgerlich um.

Ein kleiner Mann rappelte sich von einem der riesigen Polstersofas auf.

»Ah, da ist er ja. George, das sind Mademoiselle Vere und ihr Agent. Ich lasse euch jetzt allein weitermachen.« Sie wandte sich zu Troy. »Natürlich hätten wir die Photos lieber in ihrem Heim aufgenommen. Wir könnten trotzdem noch zu ihr nach Hause kommen, morgen zum Beispiel. Unsere Leser erwarten eigentlich Bilder der Autorin in ihrer eigenen Umgebung. Für einen größeren Artikel dieser Art haben wir gern eine etwas intimere Atmosphäre.«

Troy zuckte zur Entschuldigung die Achseln. »Im Augenblick ist ihr Zuhause in Rom«, erwiderte er. »Mademoiselle Vere wohnt in England bei Freunden, und aus Sicherheitsgründen darf in deren Haus nicht photographiert werden.«

Janes Gesicht hellte sich auf. Troy lehnte sich vor, und Zelda bekam nur ein paar geflüsterte Worte mit. Sie war ganz sicher, daß eines davon »Sandringham« gewesen war.

»O wirklich?« fragte Jane und blickte Zelda mit neu erwachtem Interesse an. »Und dürfen wir in näherer Zukunft mit einem gemeinsamen Erscheinen in der Öffentlichkeit rechnen?«

»Im nächsten Frühjahr«, antwortete Troy. »Aber Sie werden es als erste erfahren, das verspreche ich Ihnen, Jane. Das ist das mindeste, was wir Ihnen für Ihre augenblickliche Diskretion und Ihr Verständnis schulden.«

Jane umklammerte zum Abschied Zeldas Hand. Die warf ihr ein Lächeln zu, das, wie sie hoffte, eine Bekanntschaft mit dem Königshaus und den Mut der Überlebenskünstlerin miteinander verband. Jane verließ das Hotel durch die Schwingtür.

Der Photograph trat näher. »Ich dachte, vielleicht auf dem Sofa neben der Blumenschale«, schlug er vor. »Und dann ein paar ganz ungezwungene Aufnahmen, vielleicht im Restaurant?«

»Ich halte dir den Mantel«, sagte Troy rasch.

»Soll ich den nicht anbehalten?«

Er schüttelte den Kopf. »Tierschützer! Anti-Pelz-Liga! Wir wollen ja nicht, daß sich die Leute so aufregen, daß sie ganz vergessen, dein Buch zu kaufen. Sie sollen kein anderes Thema mit deinem Namen verbinden.«

Zelda reichte ihm den Mantel und setzte sich auf den Sessel. George rückte sie in Positur, berührte ihre Wange und drehte ihren Kopf hin und her, wuselte um sie herum und gab kleine aufmunternde Geräusche von sich. »Schön, ja, so ist es schön.« Zelda verlor jegliche Befangenheit und rekelte sich verführerisch lächelnd.

»Vielleicht ein Champagnerglas in der Hand?« murmelte der Photograph Troy zu. »Und ein paar Tragetaschen mit den Namen der Kaufhäuser? Sie schreibt doch über Sex und Shopping, nicht?«

»Keineswegs«, sagte Troy beleidigt. »Sie ist eine Überlebenskünstlerin, die Menschen inspirieren will. Champagner, sicher, aber keine Tragetaschen.«

»Blumen?«

Troy schnipste einem vorbeieilenden Kellner zu, und sofort tauchte rechts von Zelda ein kleiner Tisch mit einer Schale duftender Lilien auf, und auf einem silbernen Tablett wurde ihr ein Glas Champagner gereicht.

»Augenblick, das hätte ich gerne«, rief der Photograph. »Könnten Sie sich bitte noch ein bißchen weiter vorbeugen, junger Mann? Und schauen Sie nicht mich an, sondern sie. Und ein bißchen dienstbeflissener, bitte.«

Der Kellner beugte sich noch ein wenig tiefer, hielt ihr den Champagner hin. Sie nahm ihm das Glas ab, ließ eine rosa Pantolette vom Fuß baumeln.

»Wunderbar«, lobte der Photograph.

Sie gingen noch einmal ins Restaurant, und er machte dort ein paar Aufnahmen. Draußen, wo die Limousine wartete, entstanden einige Photos von Zelda im Fond des Autos und beim Aussteigen. Der Portier wurde gebeten, ihr die Tür aufzuhalten, und der Fahrer sollte ihr die Hand reichen. Sie nutzten den Wagen mit allen Möglichkeiten, die ihnen überhaupt nur einfielen.

Endlich erklärte der Photograph: »So, ich bin fertig. Vielen Dank.«

»Ich danke Ihnen«, antwortete Troy.

Zelda nickte, ihre Wangen schmerzten vom vielen Lächeln. Troy legte ihr den Mantel um, sie verschwand im Wagen, und der Fahrer schloß die Tür hinter ihr.

»Puh!« schnaufte Troy, als er auf der anderen Seite eingestiegen war. »Das war ja ganz schön anstrengend. Aber das werden gute Photos, das weiß ich. Und ein tolles Interview. Sie hat ungeheuer viel Einfluß. Und du warst phantastisch. Wirklich phantastisch.«

Zelda lehnte sich auf dem Polstersitz zurück und schloß die Augen. »Ich bin völlig fertig«, sagte sie. »Absurd, wie müde einen das macht.«

Er nahm ihre Hand und küßte die perfekten falschen Fingernägel. »Armes Schätzchen. Und du hast noch den weiten Weg nach Hause vor dir. Mußt du wirklich fahren?«

Sie zögerte einen Augenblick. »Es scheint mir alles in so weiter Ferne«, erwiderte sie nachdenklich. »Weißt du, ich kann es kaum glauben, wie weit weg das alles ist. Doch ja, ich muß nach Hause. Ich muß herausfinden, wie ich so was wie das hier schaffe und danach einfach nach Hause gehen kann. Es ist ja nur ein Teil meines Jobs, Zelda zu sein. Der andere Teil ist, Isobel Latimer zu sein. Mein Leben besteht nun daraus, daß ich lernen muß, die beiden unter einen Hut zu bekommen.«

Sie fuhren zu Troys Wohnung zurück, damit sie sich umziehen konnte. Er bot ihr seine Hilfe nicht an; sie wünschte auch nicht, daß er ihr bei der Verwandlung vom Schmetterling in die langweilige Raupe zuschaute. Sie hängte das Kostüm auf den Bügel und stellte die rosa Pantoletten neben das Bett. Es war ihr klar, daß Troy später die Sachen so wegräumen würde, wie er es für richtig befand. Sie wußte, er würde es am Abend machen, um sich von Zelda zu verabschieden, so wie sie jetzt von Zelda Abschied nahm.

Isobel saß vor dem Frisiertisch und verteilte Reinigungsmilch auf dem Gesicht. Der perfekte Teint ließ sich mit einem Papiertuch abwischen, und darunter erschien wieder ihr eigenes Gesicht – glänzend und fleckig. Ohne Wimperntusche und Lidstrich wirkten ihre Augen klein und unauffällig. Isobel zog ihrem Spiegelbild eine Grimasse, stäubte ein wenig Puder auf, trug ein bißchen Lippenstift auf. Sie zog ihren braunen Rock, die cremefarbene Bluse und die Jacke an und drehte sich dann, um sich vor dem Spiegel zu begutachten. Es blickte ihr das vollkommen normale Abbild einer Durchschnittsfrau von Anfang fünfzig entgegen. Sie sah aus wie all die anderen Frauen, die um vier Uhr nachmittags in zuverlässigen Autos vor den Schulen auf ihre Kinder warteten, die samstags bei Sainsbury einkauften, ihre hoch mit vollwertigen Lebensmitteln aufgetürmten Einkaufswagen vor sich herschoben. Sie wirkte ein wenig müde, ein wenig gelangweilt, ein wenig pflichtbewußt. Bei einer Abendesseneinladung würde niemand sehnlichst hoffen, neben ihr sitzen zu dürfen, bei Komiteesitzungen würde man ihr gerne die Aufgabe der Schriftführerin überlassen.

Plötzlich trat Isobel zum Spiegel, raffte ihr Haar zusammen und türmte es auf den Kopf. Ihr strahlendes Lächeln verwandelte sofort die gesamte Erscheinung. »Ah, ja«, meinte sie. »Aber jetzt steckt mehr in mir als nur diese Frau. Ich bin immer noch Isobel Latimer. Doch ich bin nicht mehr *nur* Isobel Latimer.«

Im Zug pulte sie sich die falschen Fingernägel von den Händen und saß dann traumverloren da, während der Zug durch die dunkle Landschaft sauste. Hell erleuchtete Fenster stachen wie Nadeln Löcher in die Nacht, die Bahnhöfe waren kleine Inseln des Lärms und der glänzenden Lichter in der winterlichen Trübsal. Isobel betrachtete in der dunklen Fensterscheibe ihr Spiegelbild. Sie stellte fest, daß sie in ihrem eigenen Anblick versank, in ihren dunklen gespiegelten Augen, im bebenden blassen Oval ihres Gesichtes. Dann sah sie die Lagerhäuser in den Außenbezirken ihres Wohnortes, stand auf und knöpfte sich den Mantel zu.

Draußen wartete Philip im Auto.

»Sieben Minuten Verspätung«, sagte er anstelle jeder anderen Begrüßung. »Ich bin froh, daß ich nicht auf dem Bahnsteig auf dich warten mußte.«

»Tut mir leid«, erwiderte sie. »Hast du gefroren?«

»Ich hätte frieren können.«

Er ließ den Wagen an, und sie reihten sich in die Schlange von Autos, die vom Bahnhofsparkplatz herunterfahren wollten.

»Gute Vorlesung?« erkundigte er sich.

»O ja«, antwortete sie. »Hat viel Spaß gemacht. Gescheite Studenten, interessante Fragen.«

»Es haben ein paar Leute angerufen«, berichtete er. »Ich habe alles aufgeschrieben. Nichts Wichtiges. Troy war auch dabei.«

Sie nickte.

»Der Trottel hatte anscheinend keine Ahnung, wo du warst. Ich habe ihn gefragt: ›Sie ist doch eine von Ihren Autorinnen. Sollten Sie da nicht wissen, was sie macht?‹«

»Was hat er denn darauf geantwortet?«

»Er meinte, er hätte gedacht, daß du morgens immer zu Hause bist und schreibst. Ich habe ihm erklärt, daß du in London bist und eine Vorlesung hältst. Aber man sollte doch wirklich meinen, daß er sich auf dem laufenden hält.«

»Wenn es nicht um Verlage geht, dann hat es eigentlich nichts mit ihm zu tun«, meinte sie ruhig.

Philip nickte und konzentrierte sich auf die Straße. »Mrs. M. hat eine Kasserolle in den Ofen gestellt. Ich habe ihr früher freigegeben. Es war nichts mehr für sie zu tun.«

»Hat sie das Badezimmer saubergemacht?« fragte Isobel.

»Weiß ich nicht. Ich war mit dem Swimmingpool-Mann draußen in der Scheune. Wir haben uns lange über Heizsysteme unterhalten. Ich überlege wirklich, ob wir nicht Sonnenenergie verwenden sollten. Wir könnten die Kollektoren aufs Scheunendach montieren, da würden sie gar nicht auffallen, und dann hätten wir kostenlos heißes Wasser bis zum Abwinken. Das ist viel wirtschaftlicher, wenn die Technik auch noch ziemlich neu ist.«

»Ja«, antwortete Isobel. Ihr Tag als Zelda schien schon in weiter Ferne. Der Morgen mit Troy, das Fernsehstudio, das Kokain, das rosa Kostüm, das triumphale Interview mit der Journalistin, all das war weit, weit weg.

»Er ist ein sehr netter junger Mann, ein Verkäufer, klar, mit dem üblichen Kleingedruckten im Vertrag, aber er kennt sich wirklich aus in seinem Metier. Es ist schön, mal wieder jemanden mit ein bißchen Schwung kennenzulernen. Wir haben uns auch ein paar Oberflächen angeschaut, die er schon bei Pools benutzt hat: Kacheln und dann eine Art Granulat, das war billiger, sah aber auch noch ganz ordentlich aus. Ich glaube, wir sollten uns aber für Kacheln entscheiden. Es lohnt sich kaum, auf den Pfennig zu schauen, es ist ja eine einmalige Angelegenheit.«

»Ja«, sagte Isobel.

»Er hat mich auch beinahe überzeugt, daß wir hinten eine Sauna einbauen sollten. Wir haben da Platz für eines der kleineren Modelle, und das wäre wirklich wunderbar entspannend. Was meinst du? Hättest du Lust auf eine Sauna?«

»Was kostet so was?« fragte Isobel.

»Hängt von der Größe und von der Verarbeitung ab. Von allem möglichen. Ich denke, wir könnten eine ganz ordentliche Sauna für um die fünftausend Pfund kriegen.«

Isobel zwinkerte. »Kommt mir furchtbar teuer vor, noch zusätzlich zum Pool.«

»Ich weiß nicht«, sagte Philip. »Nicht, wenn man sich überlegt, was man für das Geld alles bekommt.«

»Aber wir wollten doch bisher nie eine Sauna.«

»Wir hatten ja auch bisher noch nie einen Pool«, meinte er logisch. »Natürlich will man ohne Pool keine Sauna. Aber wenn man mal einen hat, dann ist doch eine Sauna eine offensichtliche Ergänzung. Und wenn man die hat, kann man die überschüssige Wärme für ein Jacuzzi am Pool nutzen. Das ist praktisch auch schon Standard.«

Isobel merkte, wie eine intensive Müdigkeit über sie kam. Sie vermutete, daß es das Tief nach dem Hochgefühl der Drogen, der Aufregung und der Aufmerksamkeit war. Die Landschaft schien ihr während dieser Fahrt unerträglich dunkel und bedrohlich. Die Schweinwerfer des Autos drangen kaum in die winterliche Dunkelheit vor. Sie vermochten gerade einmal die Hecken und den Straßenrand zu erhellen, dahinter lag nur schwärzeste Nacht. Ein Kaninchen kam auf die Straße gehoppelt und blieb ein bißchen hocken.

»Paß auf!« schrie Isobel.

Philip bremste nicht, wich nicht aus.

Isobel schloß die Augen und zuckte ein wenig zusammen, als der Wagen das Tier mit einem leisen, dumpfen Aufprall traf.

»Das ist doch nur Ungeziefer«, sagte Philip. Isobel versuchte nicht daran zu denken, daß das Tier vielleicht nicht tot, sondern nur verletzt war, daß seine Hinterläufe auf dem kalten Asphalt zuckten.

»Natürliche Auslese«, meinte Philip. »Kaninchen müssen eben einfach lernen, dem Verkehr aus dem Weg zu gehen.«

»Ich habe eigentlich nie gedacht, daß Autos an der natürlichen Auslese beteiligt sind«, antwortete Isobel verärgert. »Sind eher unnatürlich, würde ich sagen.«

»Jetzt sind sie aber Teil der Umwelt, oder etwa nicht?«

»Ich werde immer sehr mißtrauisch, wenn mir ein Mann kategorisch erklärt, irgend etwas sei unvermeidlich, eine Naturgewalt, Teil der neuen Umwelt«, erwiderte Isobel spitz. »Dann weiß ich ganz genau, daß gerade wieder einmal etwas besonders Unangenehmes eingeführt wurde, mit dem ich mich angeblich abzufinden habe.«

Gegen seinen Willen mußte Philip lachen. »*Touché*. Aber trotzdem sind Kaninchen eine echte Landplage. Und die meisten sind inzwischen gegen Myxomatose immun. Es wird also immer mehr von ihnen geben. Rigby hat mir gesagt, daß er die Pferde nicht mehr auf die Weide lassen kann, weil die Kaninchenlöcher dieses Jahr so furchtbar sind.«

Isobel nickte, war zu müde zum Diskutieren, lehnte den Kopf zurück und schloß die Augen. An der Neigung des Wagens merkte sie, daß sie zum Tor hereingefahren waren, dann knirschte der Kies der Einfahrt unter den Reifen.

Sie stieg aus dem Wagen und ging durch die Hintertür gleich in die Küche. Es war nicht aufgeräumt, überall lagen die Überreste von Philips Tag herum. Auf dem Tisch stand ein Teller mit Orangenschalen, in der Spüle waren ein paar Kaffeebecher. Auf zwei Stühlen lagen Zeitungen, die Post vom Morgen wartete auf dem Küchenbüffett. Die Pläne für den Swimmingpool waren überall auf dem Küchentisch ausgebreitet. Auf dem Boden gleich beim Herd zeigte ein klebriger Fleck, daß jemand etwas verschüttet und nicht aufgewischt hatte. Isobel verspürte eine ungeheure Müdigkeit, als wären diese paar Kleinigkeiten ein riesiger Berg Putzarbeit, den sie abarbeiten mußte. Sie machte sich seufzend ans Werk.

Philip trat hinter ihr ein und schaute zu, wie sie die Spülmaschine einräumte, die Zeitungen und die Post einsammelte. Er griff ein, als sie gerade die Pläne für den Swimmingpool zusammenfalten wollte. »Die habe ich liegenlassen, damit du sie dir anschauen kannst«, protestierte er. »Wir müssen in den nächsten Tagen entscheiden, welche Oberfläche wir haben wollen.«

Sie zögerte.

»Hier sind die technischen Daten«, sagte er. »Und hier die Skizze, wie das alles im fertigen Zustand aussehen könnte. Und hier die technischen Zeichnungen.«

»Können wir uns das nicht nach dem Essen anschauen?« fragte Isobel.

Sie ging zum Herd. Mrs. M.s Kasserolle trocknete bereits aus, die Soße war nur noch ein trauriger Matsch, das Gemüse zu Mus verkocht.

»Na gut«, meinte Philip ärgerlich. »Obwohl ich wirklich gedacht hätte, daß es dich interessiert.« Er faltete die Pläne zusammen und legte sie auf die Kommode. Er deckte den Tisch mit zwei Tellern und Messern und Gabeln, holte Gläser und eine offene Flasche Rotwein. Isobel löffelte die Kasserolle auf die Teller und setzte sich ihm gegenüber hin. Sie stand noch einmal auf, um Salz und Pfeffer zu holen, dann Brot, dann Wassergläser und Wasser.

Als Isobel nach dem Essen abräumte, breitete Philip die Pläne wieder aus.

»Jetzt«, meinte er.

Plötzlich schoß ihr der Gedanke durch den Kopf, daß er sich wie ein quengeliges Kind benahm, dem man seinen Willen lassen muß. Sie betrachtete ihn mit einer Mischung aus Liebe und Ungeduld.

»Na gut«, seufzte sie. »Du wirst ja ohnehin keine Ruhe geben, ehe ich mir die Dinger nicht angesehen habe. Also, dann zeig mal.«

Sofort wurde er ganz lebhaft, erklärte ihr alle Einzelheiten des Designs, beschrieb, wie das System funktionierte. Als er bei der dritten oder vierten Seite der Vorteile von Solarenergie gegenüber elektrischer oder Ölheizung angelangt war, setzte sich Isobel auf dem Stuhl zurück.

»Du hast dich ja ganz schön in die Materie vertieft«, lobte sie ihn. »Aber ich kann so viel im Augenblick nicht mehr aufnehmen. Ich möchte mir meine Post ansehen und dann ein langes Bad nehmen und früh ins Bett gehen.«

»Aber wir müssen uns doch entscheiden«, beharrte er. »Ich habe gesagt, daß ich Murray zurückrufe und ihm mitteile, welches System wir haben wollen. Ich habe ihm versprochen, morgen oder übermorgen mit ihm zu telefonieren.«

»Dann entscheiden wir uns eben morgen«, sagte sie.

»Du willst doch morgen bestimmt schreiben«, entgegnete er. »Das weißt du ganz genau. Und ich will mit dem Pool vorankommen.«

»Dann entscheide eben du«, beschloß sie. »Es ist dein Projekt. Du hast dich damit beschäftigt. Du hast es von Anfang an in die Hand genommen. Dann soll es auch dein Projekt bleiben. Du triffst die Entscheidungen, damit kann ich leben.«

Philip war entzückt. »Na ja, offensichtlich interessiert mich die Sache wirklich mehr als dich.«

»Der Pool wird mir sicher gefallen, wenn er fertig ist«, versprach sie ihm. »Zeichnungen sagen mir einfach nichts, das weißt du doch. Mein Gehirn funktioniert ganz anders.«

»Planen hat mir immer viel Spaß gemacht«, meinte er. »Ich konnte den Pool schon vor mir sehen, als wir gerade angefangen hatten, uns darüber zu unterhalten. Murray meint, er hätte noch nie einen Kunden mit derart klaren Vorstellungen gehabt. Er meinte, die meisten Leute sagen einfach, sie hätten gerne einen Swimmingpool, manche machen einen Termin mit ihm aus, und dann haben sie nicht mal Platz für ein Planschbecken! Ich habe geantwortet: ›Nein, ich habe die ganze Scheune ausgemessen, ehe ich überhaupt zum ersten Mal angerufen habe.‹«

»Ich bin mir sicher, daß du sehr klare Vorstellungen hattest«, meinte Isobel. Sie spürte, wie sich hinter den Augen Kopfschmerzen anbahnten. »Deswegen vertraue ich auch darauf, daß du die richtigen Entscheidungen fällst.«

Philip faltete die Pläne zusammen und verstaute sie in einer Mappe mit der Aufschrift »Swimmingpool«. »Dann überlaß nur alles mir«, sagte er vergnügt. »Ich kümmere mich um alles.«

Am nächsten Morgen war Philip vor ihr auf. Er brachte ihr eine Tasse Tee ans Bett.

»Wieviel Uhr ist es, um Himmels willen?« fragte Isobel, rappelte sich auf und schaute aus dem Fenster auf die unwirtliche winterliche Dunkelheit.

»Sieben«, antwortete er munter.

»Geht's dir gut?« fragte Isobel und nahm die ihr angebotene Tasse. Philip schlief immer lange, eine Folge seiner Krankheit. Seit Jahren war er nicht mehr vor ihr aufgestanden.

»Spitzenmäßig geht's mir«, erwiderte er munter. »Murray hat gestern abend noch angerufen und gemeint, er könnte ganz früh schon auf dem Weg zu einer anderen Baustelle hier vorbeischauen. Da wollte ich fertig sein, wenn er kommt. Ich bin jetzt so weit, daß ich die Entscheidung über die Sauna treffen kann, und ich kann noch einen Rabatt für uns herausschlagen, wenn ich den Auftrag vor Monatsende erteile.«

»Oh«, meinte Isobel.

»Ich mache ihm eine Tasse Tee, wenn er kommt«, sagte Philip. »Er trinkt morgens immer gerne eine Tasse Tee. Meistens rennt er nämlich ohne Frühstück aus dem Haus.«

Isobel nickte.

»Zieh dich an und komm runter, dann kannst du ihn kennenlernen«, forderte Philip sie auf. »Du solltest ihn kennenlernen, denn wenn die Arbeiten losgehen, ist er bestimmt öfter hier.«

Als Isobel in die Küche kam, saß Murray, der Swimmingpool-Mann, am Küchentisch bei einer Tasse Tee und einem Teller mit Buttertoast. Als sie eintrat, stand er auf und warf ihr ein kleines, spitzbübisches Lächeln zu. »Murray Blake«, sagte Philip. »Meine Frau, die Schriftstellerin.«

»Mrs. Latimer«, begrüßte Murray sie und streckte ihr die Hand hin. »Es ist mir ein Vergnügen, Sie endlich kennenzulernen.«

»Angenehm«, sagte Isobel steif. Es war lächerlich, doch einen Augenblick lang bedauerte sie, nur eine alte Strickjacke mit aufgerollten Bündchen und einen ziemlich schäbigen

Rock zu tragen. Murray hatte ein warmes Flanellhemd, eine Lederweste, dunkelbraune Cordhosen und große, ungeheuer große Stiefel an. Sein Händedruck war sanft, die braunen Augen lächelten zu ihr herunter. Er warf seine dunklen Locken zurück, als sei er schüchtern.

»Bitte setzen Sie sich doch«, meinte Isobel höflich.

»Möchtest du Toast?« erkundigte sich Philip. »Murray konnte nicht widerstehen.«

»Ich mache mir später selber welchen«, antwortete Isobel. Sie stellte fest, daß ihr nicht danach war, mit dem Swimmingpool-Mann zu frühstücken.

»Oh, ich bin gleich weg, ich sitze nicht mehr lange im Weg rum«, sagte Murray, er hatte die Abfuhr sofort begriffen.

»Oh! Ich habe nur gemeint ...« Isobel unterbrach sich. Es gab nichts, womit sie die Peinlichkeit ihrer ersten Weigerung hätte entschärfen können. »Ich wollte mir erst noch etwas ansehen«, erklärte sie. »Frühstückt nur, ich gehe und arbeite ein bißchen.«

Sie verließ das Zimmer und hörte, wie Philip zufrieden meinte: »Gut, dann können wir ja weitermachen«, während er die Pläne auf dem Küchentisch ausbreitete.

Kapitel 11

Am Mittwoch fuhr Isobel ins Dorf hinunter und kaufte eine Zeitung. Sie schaute erst hinein, als sie an der Ausweichstelle oben auf der Hügelkuppe geparkt hatte, wo sie seinerzeit schon die Schokoladennüsse verspeist hatte.

Oben auf der Titelseite, noch über der Schlagzeile, war eine Reihe kleiner Bilder und einzeiliger Zitate aus den Artikeln zu sehen. Eines zeigte eine Limousine und eine wunderschöne Blondine, die sich zum Aussteigen vorbeugte. Die Bildunterschrift: »Vom Horror zum Hyperstar: Wer ist die wahre Zelda Vere?« Isobel blätterte zu den Mittelseiten, den Frauenseiten. Quer über die ganze Fläche waren drei Photos von Zelda angeordnet. Auf dem einen stieg sie aus der Limousine, auf dem anderen saß sie im Restaurant, auf dem dritten reichte ihr der Kellner Champagner. Isobel musterte alle drei mit einer Art fasziniertem Erschrecken. Das Limousinenbild war gut, der Photograph hatte einen günstigen Blickwinkel gewählt, sie lächelte zu ihm auf, und der Ausschnitt der Kostümjacke brachte ihren Busen vorteilhaft zur Geltung. Das Bild im Restaurant war nicht ganz so schmeichelhaft. Es war von vorne aufgenommen, und Isobel bemerkte die feinen Fältchen um die Augen und die müde Haut am Hals. Das letzte Bild mit dem Champagnerkellner war überaus stilisiert, es hätte jedermann sein können. Die Botschaft war eindeutig »reiche, verzogene Schönheit«, und der Hauch Dominanz mit dem tief gebeugten Kellner verstärkte diesen Eindruck noch.

Isobel nickte feierlich und schaute sich nun den Text an. Jane Brewster hatte tatsächlich ein ausgezeichnetes Gedächtnis. Sie erzählte Zeldas Geschichte von der Geburt bis zur Gegenwart mit allen Schnörkeln, die sich Isobel und Troy während des Mittagessens ausgedacht hatten. Sie deutete zart die Bekanntschaft mit einem Mitglied der königlichen Familie und ein privates Gemach für die Schriftstellerin in Sandringham an. Sie machte klar, daß der Roman eine Autobiographie mit einigem zusätzlichen Material war. Sie spielte erregend auf eine Mißhandlung durch Satansjünger an – aber so sanft, daß die Leserschaft dieser Familienzeitschrift daran unmöglich Anstoß nehmen konnte.

Der überwältigende Gesamteindruck war, daß der Artikel es einzig und allein auf Vermarktung anlegte. Alles, selbst die wildesten Horrorgeschichten aus Isobels Phantasie, würde schon bald in gebundener Form auf dem Markt erscheinen. Alles offen ausgebreitet, alles erklärbar, alles keimfrei, alles zu haben. Die Leser konnten das Buch kaufen, das Interview lesen, die Bilder anschauen. Die Bildunterschriften nannten sogar das Hotel, so daß die begeisterte Leserin im gleichen Restaurant wie Zelda dinieren, einen Wagen bei der gleichen Firma mieten, Kleider im gleichen Kaufhaus erwerben konnte. Alles stand zum Verkauf, war mit einem Preisetikett versehen.

Isobel las den Artikel, verglich die Erfindungen der Journalistin mit ihren eigenen und war zufrieden, daß nichts dabei war, das sie nicht akzeptieren konnte. Einige Übertreibungen gefielen ihr sogar ziemlich gut; sie lernte sie auswendig. Dann las sie den Artikel noch einmal durch, dachte ein wenig sorgfältiger darüber nach, was sie eigentlich hier taten. Sie hatten sich verschworen, wem? – ein paar hunderttausend Menschen? – einen Haufen Lügen aufzutischen. Irgendwie schien es nicht wichtig. Es ging hier nicht um Wirklichkeit, es ging um Werbung. Das Restaurant war längst nicht so schön gewesen, wie es auf dem Bild aussah. Der Kellner hatte sich beim Servieren des Champagners erst so tief verbeugt, nachdem der Photograph ihn dazu aufgefordert hatte. Niemand sah frühmorgens nach dem Aufstehen so aus wie Zelda. Dazu mußte man die Kosmetika kaufen, die Kleider kaufen und sich stundenlang vorbereiten und ankleiden. Nichts an dieser Welt war echt. Was machte es da, wenn eine Geschichte, die man auf diese Welt aufgesetzt hatte, auch nicht stimmte?

Isobel überlegte einen Augenblick, was geschehen wäre, wenn sie die wirkliche Geschichte ihres Lebens erzählt hätte, wenn sie von der langen, treuen Liebe zu ihrem Mann gesprochen hätte, von seinem Kampf gegen die Krankheit, von seiner schlechten Laune, von ihrem allmählichen Abstieg zur Kinderschwester, in die Mutterrolle. Vom Verzicht auf ihre eigenen Begierden, vom Schwinden der Hoffnung auf seine Gesundung. Derlei Geschichten wollten die Leute nicht lesen. Sie wollten von Glamour, von Glück, von wundersamen Veränderungen und Schicksalswendungen lesen. So war die Welt: Sie interessierte sich nicht für Jahre stiller Schufterei, für durchdachte, sorgfältige Arbeit. Sie interessierte sich nicht für den Kampf gegen alle Wahrscheinlichkeit, gegen schier endlose Probleme. Sie wollte schnelle Lösungen und dramatische Wendungen, sie wollte kurze Geschichten mit überraschendem Ausgang. Sie wollte Ergebnisse in Höchstgeschwindigkeit.

Isobel stieg aus dem Wagen, knüllte die Zeitung zusammen und stopfte sie in einen Papierkorb. Zelda war nun wirklich auf der Szene erschienen, sie war im Frühstücksfernsehen aufgetreten und auf der Frauenseite einer überregionalen Zeitung aufgetaucht. Jetzt war sie für Millionen von Menschen Wirklichkeit. Vielleicht würden die Leute Zweifel an Einzelheiten ihrer Geschichte hegen, vielleicht würden sie Zelda nicht mögen oder sie für eine Lügnerin halten. Aber niemand würde ihre Existenz in Frage stellen. Sie war eine wirkliche Person.

Mittags rief Troy an.
»Hast du's gesehen?«
»Ja.«

»Und was meinst du?«

»Ich finde, sie sieht sehr gut aus. Und die Geschichte ist auch gut.«

»Der Verlag ist begeistert. Es läuft alles bestens.«

»Jetzt ist sie Wirklichkeit, nicht wahr?«

Troy stutzte. »Wie meinst du das?«

»Sie ist jetzt nicht mehr unsere Privatangelegenheit. Sie ist jetzt nicht einmal mehr ein Experiment, ein Experiment mit Identität oder ein literarisches Experiment. Jetzt ist sie Wirklichkeit.«

Troy zögerte. »Tut es dir leid?«

Isobel schüttelte den Kopf. »Nein. Es ist ungeheuer furchterregend und riskant und aufregend. Als wäre man eine Spionin oder so. Aber als ich sie in der Zeitung gesehen habe, erschien sie mir so wirklich und gleichzeitig so völlig anders als ich. Sie ist eine andere Person.«

»Aber du bist doch immer noch einverstanden mit der Werbetour Anfang des Jahres?« fragte Troy. »Sie schieben dauernd neue Termine ein. Jeder im ganzen Land will sie kennenlernen.«

Isobel bebte vor Erregung. »Mir soll's recht sein, wenn es bei dir geht.«

»Das möchte ich um nichts in der Welt verpassen«, versicherte ihr Troy. »So viel Spaß habe ich seit Jahren nicht mehr gehabt.«

Mittags war Philip mit den Plänen für den Swimmingpool beschäftigt. Murray wollte am Nachmittag noch einmal vorbeikommen, und Philip hatte in einer technischen Zeichnung einen Fehler entdeckt.

»Da fragt man sich, wie kompetent die sind«, sagte er verärgert zu Isobel. »Angeblich ist es der führende Betrieb für Swimmingpools, und dann passieren ihnen solche Schnitzer.«

Er zeigte ihr einen Plan für Rohrleitungen.

»Ich sehe das Problem nicht«, meinte sie.

»Da!« Er deutete ungeduldig mit dem Stiel seines Suppenlöffels auf das fehlerhafte Rohr. »Ist doch wohl sonnenklar, daß hier das Rückflußrohr am falschen Platz sitzt.«

»Oh«, antwortete Isobel. »Das besprichst du wohl besser mit Murray.« Sie stellte bei sich fest, daß es der Mann bereits geschafft hatte, daß sie ihn beide beim Vornamen nannten.

»Das mache ich ganz bestimmt.« Er schaute zu ihr auf. »Tut mir leid. Interessiert dich rein gar nicht, stimmt's?«

Sie lächelte. »Ich habe einfach keine Ahnung davon, das ist alles.«

»Was hast du heute gemacht?«

»Geschrieben.«

»Wie kommst du voran?«

»Gut.« Isobel besprach ihre Arbeit oft mit Philip. Seine Kommentare waren hilfreich, aber mehr noch, es lieferte ihnen Gesprächsstoff. In diesem Fall hatte sie wirklich nichts zu sagen. Nachdem sie die Zeitung gelesen und mit Troy telefoniert hatte, hatte sie in ihrem Arbeitszimmer gesessen und lange aus dem Fenster gestarrt, während der Computer ihr freundlich brummend Gesellschaft leistete. Der neue Isobel-Latimer-Roman *Die Entscheidung* hatte keinerlei Fortschritte gemacht. Das moralische Universum, in dem sich die Figuren der Isobel Latimer bewegten, in dem sie zwischen Liebe oder Begierde und Pflicht hin und her gerissen wurden, war für Isobel nun nur noch schwer vorstellbar. Aus irgendeinem Grund war ihre sorgfältig bedachte Moral völlig bedeutungslos geworden. Isobel konnte sich einfach nicht mehr auf diesen tiefen Ernst konzentrieren, während Zelda die beiden Mittelseiten einer überregionalen Zeitung zierte und Journalisten im ganzen Land bei der PR-Frau anriefen, um einen Termin auf der PR-Tour der Zelda Vere zu ergattern.

»Wann meinst du, bist du fertig damit?« erkundigte sich Philip.

»Oh, ein paar Jahre wird es sicher dauern.«

»Und wann zahlen sie?«

Sie schaute ihn überrascht an. Es sah ihm gar nicht ähnlich, sich nach Geld zu erkundigen. »Warum?«

»Wegen des Swimmingpools. Wir müssen eine Anzahlung machen, wenn wir ihn in Auftrag geben. Ein Drittel vom Preis.«

»Wieviel ist das?« fragte Isobel mit einem mulmigen Gefühl.

»Na ja, kommt drauf an. Ich sage es dir doch immer wieder. Wir haben so viele Möglichkeiten, und die kosten alle Geld. Im Prinzip, denke ich, waren wir uns einig, daß wir etwas Schönes und Dauerhaftes bauen wollen. Es hat keinen Sinn, was zusammenzupfuschen, das wir alle fünf Jahre erneuern müssen.«

»Nein.«

»Und es hat auch keinen Sinn, irgendein Extra nicht einzubauen, das wir wirklich gerne hätten, und uns dann in einem Jahr schwarz zu ärgern, weil wir es nicht haben.«

»Nein, das wohl nicht. Was zum Beispiel? Was wäre das für ein Extra?«

»Zum Beispiel die Sauna. Es hat keinen Sinn, die Sauna nicht gleichzeitig einzubauen, dann werden alle Rohre gleich mitverlegt. Es wäre echte Geldverschwendung, wenn wir später alles noch einmal machen müßten.«

»Das stimmt wohl«, sagte Isobel ohne allzu große Begeisterung.

»Dadurch wird es natürlich jetzt teurer«, gab Philip fair zu. »Aber ich glaube, wir würden am falschen Ende sparen, wenn wir es jetzt nicht ordentlich machen, wo wir einmal dabei sind.«

Isobel zögerte. »Ich bekomme das Geld vom letzten Buch Ende des Monats. Aber ich wollte den neuen Roman eigentlich den Verlagen erst anbieten, wenn er fertig ist. Diese 60 000 Pfund sollten zwei Jahre reichen.«

»Dann können wir ja jetzt mal an unsere Ersparnisse gehen«, meinte Philip fröhlich. »Ein bißchen Kapital flüssigmachen. Murray hat gesagt, er kann uns einen Kredit besorgen und das Haus als Sicherheit angeben. Er kennt da jemanden, da reicht ein Telefongespräch.«

»Aber wir wollten doch kein Vermögen dafür ausgeben«, wandte Isobel vorsichtig ein. »Wenn der Pool genausoviel kosten würde wie zwei Kreuzfahrten in die Karibik, dann könnten wir genausogut in die Karibik fahren.«

»Also das wäre ja wirklich nur extravaganter Luxus«, protestierte Philip. »Zwei Tickets in die Karibik, und was bleibt dir davon? Zwei angenehme Wochen, wenn du Glück hast. Sonst nichts. Wenn es vorbei ist, ist es vorbei. Aber ein anständig geplanter Pool, das ist ein echter Pluspunkt. Der wertet das ganze Haus auf. So was lohnt sich wirklich.«

Isobel beobachtete Murray und Philip vom Fenster ihres Arbeitszimmers aus. Auf dem Schreibtisch harrte der Computer, die schwarze Linie des Cursors blinkte sanft, als wartete er darauf, daß sie endlich aus ihren Tagträumen erwachte und sich an die Arbeit begab, die sie so gut miteinander machten. Isobel, das Kinn in die Hände geschmiegt, beobachtete, wie Philip mit großen Schritten neben Murray herging. Wenn er glücklich war wie jetzt, voller Enthusiasmus, gestikulierend, beredt, dann war sein Hinken viel weniger ausgeprägt. Sie stellte sich vor, wie sein Blut mit mehr Energie durch die Adern gepumpt wurde, wie seine geschwächten Muskeln plötzlich viel geschmeidiger wurden und in Aktion traten. Philip trug keine Kopfbedeckung und hatte eine dicke, warme Jacke, Jeans und feste Schuhe an. Neben Murrays massiver Gestalt wirkte er zart, wie ein Schauspieler, der den Part eines Gentleman vom Lande spielt. Murray sah aus wie ein Handwerker, ein Zimmermann, ein Maurer. An der Gürtelschlaufe seiner Hose hing ein Maßband, und Schlamm haftete an den dicken Sohlen seiner großen Stiefel.

Aus irgendeinem Grund gingen sie außen um die Scheune herum, blickten zum Dach hinauf und schritten Entfernungen ab. Philip gestikulierte, als wolle er die Wände beschwören, sich weiter zurückzubewegen. Er machte ein paar Schritte und trieb einen Markierungspfahl in den Boden. Sorgfältig studierten die beiden die ausgebreiteten Pläne. Murray sagte etwas, das Isobel durch die Glasscheibe nicht hören konnte, und beide Männer lachten.

Es war ungeheuer rührend, Philip mit einem anderen Mann zu sehen. Seine Trägheit, seine schlechte Laune waren von ihm abgefallen. Vielleicht hatte Murray den normalen Alltags-Philip überhaupt noch nie zu Gesicht bekommen. Der Mann, den er bei seinen Swimmingpool-Besuchen antraf, war dieser energiegeladene, enthusiastische Mensch, der sich für Design begeisterte und ungeheure Offenheit ausstrahlte. Inzwischen schritt Philip den Umfang der Scheune noch einmal ab, während Murray auf einem trockenen Fleck stand und ihm zusah. Als Philip zurückkam, breiteten sie die Pläne noch einmal aus und überprüften irgend etwas.

Philip ging zum Haus voraus. Isobel hörte, wie die beiden durch die Hintertür in die Küche kamen und Philip eine Bemerkung über das eisige Wetter machte und Murray eine Tasse Tee anbot. Sogar seine Stimme war verändert. Mit Isobel und Mrs. M. sprach er ganz leise, beinahe kindisch. Mit Murray voller Autorität und laut. Wenn er sonst lachte, dann war es nie das tiefe Lachen wirklichen Vergnügens, das Lachen eines Mannes, der sich am Leben freut. Isobel, die immer noch untätig in ihrem Arbeitszimmer saß, lächelte froh, weil ihr Mann mit einem anderen von Herzen lachte.

Sie begann zu tippen. Langsam tauchten die Wörter hinter dem Cursor auf. Der Anfang eines Romans war für Isobel beinahe so schwierig wie das Ende. Der erste Absatz war ungeheuer wichtig. Isobel wußte genau, daß einige Kritiker gar nicht mehr als das lesen würden. Doch außerdem war es die ideale Gelegenheit, den Ton des gesamten Romans festzulegen. Hier konnte man sehen, wie das restliche Buch werden würde. Isobel schrieb einen Satz, löschte ihn dann ohne jedes Bedauern wieder. So war es eben mit dem Schreiben. Wenn sie Pech hatte, würde es noch Tage so weitergehen. Wenn es gutging, würde sie einen von sechs Sätzen stehenlassen.

Sie hörte, wie die Küchentür zufiel und kurz darauf Murrays Auto wegfuhr. Dann öffnete und schloß sich die Tür wieder, und von ihrem Aussichtspunkt aus sah Isobel, daß Philip wieder zur Scheune ging. Er hatte vergessen, seine Jacke überzuziehen. Sie wollte ans Fenster klopfen und ihm nachrufen, er solle sich warm einpacken, aber etwas an seinem Schritt, an der straffen Haltung seiner Schultern hinderte sie.

Er ging mit elastischen Schritten zur Scheune, das Hinken war beinahe verschwunden, so eilig hatte er es. Er riß die große Doppeltür weit auf, ging aber nicht hinein. Dann trat er einen Schritt zurück, stand mit weit ausgebreiteten Armen vor der offenen Tür. Er machte einen Schritt nach vorn, als tanze er, den Kopf in die Luft gereckt, die Arme ausgestreckt. Isobel konnte sein Gesicht nicht sehen, aber sie wußte, daß er lächelte. Er war überglücklich. Aus weiter Entfernung beobachtete sie eine seltsame Pantomime: wie er in die Scheune trat, dann ganz reglos dastand, die Arme gerade an den Seiten herunterhängen ließ, als wäre er ein Schwimmer, der am Beckenrand steht und vor dem sich die lange blaue Bahn erstreckt.

Langsam hoben sich seine Arme zur herrlichen klassischen Pose des Kopfsprungs. Er beugte die Knie, beide waren gleich stark, und dann machte er einen kleinen Luftsprung, einen kleinen, sehnsuchtsvollen Luftsprung, der Isobel ohne jeden Zweifel mitteilte, daß sie diesem Mann, wenn ihr überhaupt noch etwas an ihm lag, seinen Swimmingpool kaufen mußte.

Während ihre Augen noch auf ihm ruhten, nahm sie den Hörer ab und rief Troy an.

»Wann kommt das Geld?«

»Du kannst es wohl gar nicht abwarten?« meinte er. »Hast wohl Geschmack am Champagner gefunden?«

»Ganz sicher nicht«, erwiderte sie. »Das überlasse ich Zelda. Nein, ich brauche es hier zu Hause. Ich müßte das

Geld ziemlich bald haben. Ich möchte mit dem Pool anfangen.«

»Der Rechtsanwalt prüft gerade den Vertrag. Ich kann ihm ein bißchen Beine machen, damit wir dir die Papiere innerhalb der nächsten Woche zuschicken können. Du unterschreibst sie und sendest sie zurück, und dann sollten sie noch vor Ende des Monats zahlen.«

»Wie hoch ist die erste Anzahlung? Bei Unterzeichnung des Vertrags?« fragte Isobel.

Troy lachte. »Du weißt es ganz genau, Isobel. Du willst es nur noch einmal hören.«

Sie lächelte. »Sag's mir.«

»Okay, es sind 150000 Pfund bei Unterschrift und dann noch einmal 100000 bei Veröffentlichung des Hardcovers. Du, oder vielmehr Zelda, ihr werdet innerhalb der nächsten zwölf Monate 250000 Pfund einstreichen.«

»Ich hätte es gern noch vor Weihnachten«, sagte sie. »Wenn das geht.«

»Ganz sicher«, antwortete er. »Ich werde es sie wissen lassen. Sie überweisen es auf das Schweizer Bankkonto. Wenn du Geld brauchst, sagst du mir Bescheid, und ich hebe es ab. Es kommt dann in die Agentur. Alle, die hier arbeiten, und auch Philip werden denken, daß es deine üblichen Tantiemen sind. Solange keiner zu genau hinsieht und merkt, daß es wesentlich mehr als früher ist und daß ich es wesentlich öfter auszahle.«

Isobel nickte. »Prima«, meinte sie. Sie schaute auf Philip draußen vor dem Fenster, der die Scheunentore sorgfältig wieder zuschob, als verschließe er etwas sehr Kostbares. »Prima.«

Kapitel 12

Nach dem üblichen ruhigen Weihnachtsfest und Silvester zu Hause hatte Philip nichts dagegen, daß Isobel eine Woche zum Unterrichten nach London fuhr. Am Sonntagabend erschien Mrs. M. mit ihrem Koffer und einer Tragetasche voller Videokassetten. Ihr Mann wartete ihm Auto und würde Isobel zum Bahnhof fahren.

»Es sollte genug zu Essen in der Tiefkühltruhe sein, aber wenn er was Besonderes möchte, dann ist Geld im Topf«, erklärte Isobel auf der Türschwelle noch einmal. »Beim geringsten Anzeichen von Unwohlsein telefonieren Sie bitte sofort mit dem Arzt, ganz gleich, was Philip sagt. Ich rufe jeden Abend etwa um sechs Uhr an, und dann können Sie mir Bericht erstatten, wie es ihm geht.«

»Keine Sorge«, erwiderte Mrs. M. beruhigend. »Ich weiß ja, wie er ist. Ich passe schon auf ihn auf.«

»Und achten Sie darauf, daß er jeden Tag seinen Spaziergang macht«, sagte Isobel.

»Jetzt, wo er sich so für den Pool einsetzt, ist er ohnehin die ganze Zeit draußen«, meinte Mrs. M. »Und mißt und schaut die Scheune von allen Seiten an. Er ist ja kaum noch im Haus.«

Philip kam die Treppe herunter. »Hallo, Mrs. M. Gehst du, Schatz? Hast du auch alles?«

»Ja«, antwortete Isobel. Mrs. M. verschwand in der Küche, und Isobel trat zu Philip. Er breitete die Arme aus, und sie spürte seine vertraute Berührung, den Kuß, den er ihr aufs Haar drückte.

»Paß gut auf dich auf«, sagte sie zärtlich.

»Natürlich. Du auch. Und viel Spaß. Das ist eine schöne Abwechslung für dich.«

»Ich rufe an«, versprach sie. »Jeden Abend um sechs.«

»Oder ich ruf dich an«, meinte er. »Aber ich habe die Nummer nicht.«

»Ich habe sie jetzt gerade nicht zur Hand«, erwiderte Isobel rasch. »Ich sag sie dir heute abend.«

Sie trat einen Schritt zurück und gab ihm einen Kuß auf den Mund. Er schmeckte noch immer so, wie sie ihn ihr ganzes Leben lang geliebt hatte, der einzige Liebhaber, den sie je gehabt hatte. Plötzlich durchfuhr sie beinahe schmerzhafte Reue. »Ich wünschte, ich könnte hierbleiben.«

»Ach, komm, mach schon, daß du wegkommst«, sagte er und gab ihr einen kleinen Schubs. »Wenn du einmal da bist, genießt du es bestimmt. Gehst du heute abend mit jemand essen?«

»Ja, mit Carolyn«, log sie und nannte eine Kollegin, die er nicht leiden konnte.

»Mhm, ja, viele Grüße von mir, und sag ihr, daß ihr letztes Buch erstaunliche Ähnlichkeit mit einem von deinen hatte.«

Isobel lud ohne weitere Diskussion ihr Gepäck in den Kofferraum und stieg ins Auto. Philip blieb in der offenen Haustür stehen und winkte ihr nach, während Mr. M. die Einfahrt hinunter und auf die Straße fuhr.

Am Sonntagabend aßen Isobel und Troy auf dem Zimmer in ihrem Hotel. Troy erklärte ihr kurz, wie sie die Regionalpresse behandeln sollte und was man dort von ihr erwarten würde.

»Aber«, rief Isobel, die von einem Meer von Zeitungsausschnitten umgeben war, »es muß doch jedem klar sein, daß diese Geschichte nicht wahr ist. Die können das doch nicht ernstlich glauben.«

»Natürlich glauben sie es nicht«, antwortete Troy. »Es geht ja nicht darum, dir zu glauben oder das zu glauben, was sie über dich schreiben. Deswegen wählen wir ja deine Interviewpartner auch so sorgfältig aus. Jeder weiß, daß die Geschichte erfunden ist. Wir gehen den Journalisten aus dem Weg, deren Spezialität es wäre, die ganze Sache als Lüge zu entlarven. Wir benutzen nur die Leute, die Lügen mögen.«

»Warum sollte irgend jemand Lügen mögen?« fragte sich Isobel.

»Manche, weil sie faul sind: Es ist viel leichter, eine Lüge zu übernehmen, als die Wahrheit herauszufinden und die Lüge zu korrigieren. Manche, weil sie gerissen sind: Mit Lügen lassen sich mehr Zeitungen und Zeitschriften verkaufen als mit der langweiligen Wahrheit. Manche, weil sie wirklich blöd sind und sich allen Ernstes eingeredet haben, daß es solche Schänder und Überlebende wirklich gibt, daß solche Sachen beinahe jeden Tag geschehen und daß Leute tatsächlich über all das hinwegkommen können, über sich selbst hinauswachsen und Designer-Klamotten kaufen und ein paar Wochen später frisch und von allem unberührt dastehen.«

Isobel schüttelte den Kopf. »Ich komme mir vor, als wäre ich auf einem anderen Planeten.«

»Du siehst nicht genug fern«, erklärte ihr Troy. »Sonst wüßtest du, daß es auf allen Kanälen, sogar auf den ernsthaften, den öffentlich-rechtlichen, ungeheuer viel Übertreibung und Unsinn gibt. Alles: von Außerirdischen bis zur Seelenwanderung. An zwei, drei Abenden in der Woche stellen geschickte Produzenten mit ihren Kamerateams echte Notfälle nach: Leute, die in den Fluß springen, um ertrinkende Hunde zu retten, Leute, die glauben, daß ihre verstorbenen Kinder ihnen Warnungen zukommen lassen, bloß nicht mit dem Bus Nummer 22 zu fahren. Die Polizei gibt Filmmaterial frei, das Diebe zeigt, die in Supermärkten Dosenbohnen klauen, und bittet die Bevölkerung um Mithilfe bei der Verhaftung, als würde das irgend jemanden interessieren. Leute gehen zu einer Operation auf Leben und Tod ins Krankenhaus und lassen ein Kamerateam mit in den OP. Nicht einmal der eigene

Tod ist mehr aufregend genug, wenn er nicht im Fernsehen übertragen wird. Alle wollen ein bißchen Dramatik in ihrem Leben haben. Alle wollen, daß ihnen ihre eigenen Erfahrungen vergrößert, gelackt und toll ausgeleuchtet präsentiert werden. Niemand will mehr nur noch ganz normal sein.«

»Na ja, das ist Zelda ganz sicher nicht«, stimmte Isobel zu und zeigte auf eine Zeitschrift, auf deren Titelbild Zelda mit Straßkrone auf einem roten Samtthron abgebildet war: in Wirklichkeit ein Sessel, über den man den Stoff drapiert hatte. Über ihrem hochtoupierten Haar prangte der Titel: »Eine neue Prinzessin der Herzen?«

»Ich glaube, mit der Königshaus-Nummer sind wir ein bißchen zu weit gegangen«, überlegte Troy. »Wir wollen die Leute ja nicht so aufputschen, daß sich der Buckingham-Palast zu einem Dementi bemüßigt fühlt. Und wenn sie einmal anfangen, Zelda zu belagern, um zu sehen, ob sie wirklich nach Sandringham fährt, dann finden sie ja sehr bald heraus, daß sie das nicht macht.«

Isobel zuckte die Achseln. »Ist doch nur eine kostenlose Zeitung für die Supermärkte.«

»Wir gehen es trotzdem ein bißchen langsamer an«, meinte Troy. »Noch besser, wir leugnen es, ehe es jemand anders tut. Dann kann uns niemand eine Lüge vorwerfen, und trotzdem halten wir das Interesse wach. Du kannst es morgen in Newcastle dementieren, das wird dann ein netter kleiner Brocken für die Provinz. Dann glauben sie, daß sie mitten im Geschehen sind.« Er stand auf. »Und jetzt gehe ich besser. Wir haben morgen einen harten Tag vor uns. Wir fahren mit dem Frühzug nach Newcastle, und da hast du den ganzen Tag mit der Lokalpresse zu tun. Hast du deinen Zeitplan?«

»Ja«, antwortete Isobel. »Möchtest du nicht noch auf einen Kaffee bleiben?«

Er schüttelte den Kopf. »Ich muß noch mal ins Büro. Ein paar Anrufe machen. Ein paar Sachen klären, ehe wir wegfahren.«

Er bemerkte, daß sie nicht vom Sofa aufstand, um ihn zur Tür zu begleiten, sondern in die Kissen zurückgelehnt blieb, bewußt verführerisch. Leicht irritiert begriff er, daß sie ohne die blonde Mähne und das dramatische Augen-Make-up für ihn nur Isobel Latimer war: eine intelligente, interessante Schriftstellerin mittleren Alters. Keine Frau, die er sich auch nur einen Augenblick lang als Sexpartnerin vorstellen konnte. Keine Frau, die in irgend jemandem viel Verlangen wecken würde, dachte er.

Ein wenig davon mußte sich in seinem Gesicht gespiegelt haben, denn Isobel erhob sich abrupt vom Sofa und ging betreten zur Tür, als hätte sie das Gefühl, unhöflich gewesen zu sein. Troy folgte ihr. Er dachte, er sollte sich vielleicht dafür entschuldigen, daß er ihre diskrete Einladung nicht angenommen hatte. Es lag ihm ja am Herzen, Isobel bei Laune zu halten. Denn wenn sie nicht glücklich war, was für eine Laune würde Zelda morgen haben? Sie blieb mit der Hand auf der Türklinke vor ihm stehen.

»Bist du ganz sicher?« fragte sie.

Troy faßte einen Entschluß. Isobel Latimer verdiente lockere 350 000 Pfund für ihre Schreiberei und für ihre Rolle in dieser Komödie. Bei einer solchen Summe konnte sie auch die Verantwortung für ihre Gefühle übernehmen und ein bißchen Enttäuschung aushalten. Und mit ein wenig sexueller Ablehnung leben.

»Ganz sicher«, antwortete er bestimmt. »Morgen abend essen wir zusammen, und jeden Abend auf der Tournee auch. Aber heute muß ich packen. Wir fahren früh los. King's Cross um halb acht.«

Sie nickte und machte einen Schritt zur Seite. Troy hatte das Gefühl, freigelassen zu werden, noch einmal davongekommen zu sein.

»Wenn du packst ...«, sagte sie leise.

Troy trat hinaus auf den stillen, teppichgedämpften Flur, damit sie ihn nicht zurückhalten konnte. »Ja?«

»Bring dein Zelda-Kleid und die Schuhe mit.«

Troy fuhr herum. »Was?«

Isobel lächelte über seinen Schock, und er wußte, daß sie ihn erwischt hatte, daß sie begriffen hatte, wie sie ihn packen konnte. »Bring dein Zelda-Kleid und die Schuhe mit«, wiederholte sie. »Dann können wir uns abends verkleiden.«

Er schluckte bei dem Gedanken und schaute sie an, wie sie da so kühl und gefaßt in der Tür stand, die Frau, von der er noch vor wenigen Sekunden gedacht hatte, sie sei zu alt und nicht begehrenswert. Und jetzt war sie in einem einzigen Augenblick bis ins Herz seiner Geheimnisse vorgedrungen.

»Was sollen wir denn in Newcastle, Manchester, Liverpool und Birmingham sonst machen?« fragte sie. »Da kennt uns keiner. Wir sind niemandem Rechenschaft schuldig. Wir können uns verkleiden, wenn wir wollen. Zelda und ihre Schwester Isobel könnten zusammen zum Abendessen gehen.«

Troy spürte, wie sein Herz ein wenig schneller schlug bei dem Gedanken, in den wunderbaren Kleidern auszugehen, die Nachtluft auf der glatten Wange zu spüren, den abendlichen Nieselregen auf seiner blonden Mähne, das Klappern seiner hochhackigen Schuhe auf dem Gehsteig zu hören.

»Warum nicht?« fragte Isobel.

Sie trafen sich am Bahnsteig auf Gleis 4. Troy hatte die Fahrkarten erster Klasse besorgt und Plätze reserviert. Sie reisten schweigend. Troy hatte eine Auswahl an Zeitungen und Zeitschriften mitgebracht, falls Isobel lesen wollte, aber sie schaute nur die ganze Zeit aus dem Fenster.

»Worüber denkst du nach?« fragte Troy kurz hinter York.

»Über das Problem des freien Willens in einer gottlosen Gesellschaft« antwortete sie schlicht. »Ich glaube, das hat bisher noch niemand zur zentralen Frage eines Romans gemacht. Wir sind immer davon ausgegangen, daß Humanismus und ein postfreudianisches Schuldgefühl unsere neuen Kontrollmechanismen sind. Aber ich frage mich, ob nicht irgend etwas in der menschlichen Natur den freien Willen zu einem absoluten Tabu macht. Zu etwas, das wir nicht wirklich antasten können.«

»Oh«, erwiderte Troy respektvoll. »Dann will ich dich nicht weiter stören.«

Sie warf ihm ein liebes, geistesabwesendes Lächeln zu. »Es ist für meinen Roman«, meinte sie. »Der neue Roman von Isobel Latimer handelt nur vom freien Willen.«

Am Bahnhof von Newcastle winkte Troy ein Taxi heran, das sie zum besten Hotel der Innenstadt fuhr. Sie hatte eine frühe Verabredung zum Mittagessen mit einer Journalistin. Troy blickte Isobel kritisch an, ehe das Taxi unter dem Vordach des Hotels vorfuhr.

»Fahren Sie bitte noch einmal um den Block«, wies er den Taxifahrer an.

Isobel schaute ihn verwundert an.

»Zuviel Nachdenken über den freien Willen, im ganzen zuviel Isobel Latimer«, erklärte er. Er knipste ihre Handtasche auf, zog einen kleinen Schminkspiegel heraus und hielt ihn ihr vor. »Streiche dein Haar ein bißchen zurück, bausche es ein bißchen auf.«

Gehorsam machte sie, was er ihr aufgetragen hatte.

»Und jetzt glättest du noch die Haut unter den Augen, das Make-up ist in den Fältchen verschmiert. Und zwick dir mal in die Wangen. Hast du Augentropfen?«

Er wühlte in ihrer Tasche herum wie ein guter Theatergarderobier. Es war nicht so, als schnüffelte er in ihren Sachen herum. Sie hatten beide das Gefühl, daß Zeldas Sachen ihnen ohnehin gemeinsam gehörten. Zeldas Image war ihr gemeinsames Eigentum. Er zog ein Fläschchen mit Augentropfen hervor.

»Ich kann das nicht«, sagte Isobel. »Ich kriege sie nie an die richtige Stelle.«

»Lehn den Kopf zurück«, wies er sie an und drückte ihr einen Tropfen in jeden Augenwinkel. »Jetzt kurz blinzeln. Laß mal sehen. Gut.«

Er schaute sie ganz genau an. »Können Sie einen Moment anhalten?« fragte er den Taxifahrer. Er holte den Lippenpinsel hervor und malte ihre Lippen zur üblichen kirschroten Vollkommenheit. Unter der sanften Berührung des Pinsels schloß Isobel wohlig die Augen und gab sich ganz der Sinnlichkeit der kleinen tupfenden Küsse hin. Das konzentrierte Stirnrunzeln verschwand von ihrem Gesicht, und sie sah wieder heiter und ganz zufrieden aus.

»Das ist schon besser«, meinte Troy sanft. »Zelda. Zelda Vere.«

»Ja«, erwiderte sie leise. »Das bin ich jetzt.«

Troy setzte sich zurück. »›Hotel Majestic‹«, sagte er mit einem Lächeln. »Die Dame ist jetzt so weit.«

Vom Mittagessen ging es gleich zum Lokalsender, wo Zelda davon berichtete, wie es war, ungeachtet des Schrecklichen, das sie durchlebt hatte, einen Roman zu schreiben, und wo sie mit verschiedenen Anrufern sprach, die alle unverhohlen neugierig nach der hohen Summe fragten, die sie als Vorschuß für das Buch bekommen hatte, oder herauszukriegen versuchten, ob sie irgendeinen tollen Trick angewandt hatte, mit dem der Anrufer vielleicht auch auf ähnliche Weise einen Verlag überlisten könnte. Es war eine widerliche Mischung aus Hoffnung, Gier und Neid. Zelda fertigte sie alle mit spielerischer Leichtigkeit ab. Troy überlegte, daß niemand so gut mit einem lokalen Radiopublikum umgehen konnte wie eine humanistische Philosophin. Sie hatte von Anfang an etwa zehn Minuten Vorsprung vor allen Fragern, sie begriff genau, aus welcher Richtung sie kamen, noch ehe sie überhaupt beim Thema waren.

Vom Sender fuhren sie in ein Fernsehstudio, wo Zelda während der abendlichen Lokalnachrichten an einer Live-Diskussion über Zensur teilnehmen sollte.

Das Studio war winzig, eine einzige Frau kümmerte sich um Make-up und Frisuren. Sie warf nur einen Blick auf Zeldas makelloses Make-up und trat einen Schritt zurück. »Noch ein bißchen Puder?« war alles, was sie wissen wollte.

»Nein«, erwiderte Troy. »Madam macht das selbst.«

Er hatte Angst gehabt, die Diskussion würde zu tiefsinnig werden, aber es war nur hohles und vorhersehbares Gewäsch über die explosionsartige Zunahme der Pornographie in den Medien und über den Schutz sehr kleiner Kinder. Die Diskussionsleiterin war erst zehn Minuten vor der Sendung über ihre Gäste informiert worden und hatte nur eine vage Vorstellung darüber, wer Zelda war und worum es in der Diskussion gehen sollte. Es gelang Zelda, während des fünfzehnminütigen Programms den Titel ihres Buches fünfmal zu erwähnen, und ihre Wangen waren im Triumph gerötet, als sie das Studio verließ.

»Phantastisch«, lobte Troy, der sie mit dem hellen Nerz an der Tür erwartete. »Absolut phantastisch.«

Das Taxi, das sie zum Hotel zurückbringen sollte, wartete bereits. Troy hielt ihr die Wagentür auf, als ein elegant angezogener junger Mann aus dem Gebäude trat und fragte: »Miss Vere?«

Sie wandten sich beide zu ihm um und sagten: »Ja?«

»Das war sehr eindrucksvoll«, bemerkte der junge Mann an Troy vorbei zu Zelda. »Wären Sie vielleicht interessiert, in einer Sendung aufzutreten, die ich für diese Woche plane? Es ist ein Diskussionsprogramm am späten Abend. Wir greifen in dieser Serie ernste Zeitfragen auf und untersuchen sie etwas eingehender.« Ein leicht verächtliches Lächeln deutete an, was er von der Diskussion in der gerade gelaufenen Sendung hielt. »Sie würden die Gelegenheit bekommen, ihre Gedanken etwas weiter auszuführen. Ich dachte, nach dem, was Sie heute gesagt haben, könnten Sie ein paar interessante Kommentare abgeben.«

»Miss Vere stellt auf dieser Reise ihr Buch vor«, warf Troy ein. »Sie ist eigentlich nicht hier, um an Diskussionen teilzunehmen.«

»Wir könnten das Buch erwähnen«, beharrte der Mann, der Troy immer noch nicht ansah. »Ich hatte gedacht, einer der Punkte, die wir besprechen können, wäre die Überschneidung von Fiktion und Wirklichkeit. Das ganze Problem der Autobiographie und des Ich-Erzählers im Roman.«

Er redete nicht mit Troy. Er redete an ihm vorbei mit Zelda, die halb schon Isobels nachdenkliches Stirnrunzeln hatte, während sie über diese Worte nachgrübelte. Troy wurde unruhig.

»Zelda«, sagte er leise.

Das rief sie in ihre falsche Identität zurück. Sie strahlte den Mann an. »Wann wäre das?« fragte sie.

»Mittwoch abend?« antwortete der junge Mann. »Es ist eine Live-Sendung. Allerdings ein Regionalprogramm. Wir sind in den Studios in Manchester.«

»Das ist kein Problem«, meinte Zelda, »Wir sind am Mittwoch in Manchester.«

»Wirklich?« strahlte er. »Das ist ja super. Könnten Sie um halb elf im Studio sein?«

»Also, also eigentlich ...«, versuchte Troy.

Zelda nickte. »Das geht«, sagte sie mit fester Stimme. »Kommst du, Troy?« Sie rauschte an ihm vorbei und stieg ins Taxi. Troy schloß die Tür hinter ihr und wandte sich noch einmal zu dem jungen Mann um.

»Keine Sorge«, meinte der und zwinkerte ihm mit Verschwörermiene zu. »Das ist kinderleicht. Wir nennen es hochintellektuell, aber nur, weil alle endlos lange salbadern. Wenn sie überhaupt einen Satz zusammenbringt, ist es ein Kinderspiel für sie. Und wenn sie nicht mehr weiterkann, dann ist immer jemand bei ihr, der ihr hilft. Eine Frau von der Universität Manchester, die ein bißchen was über Bücher weiß, über die ganze philosophische Problematik. Eine mit ein bißchen Hirn. Sie wissen, was ich meine?«

»O ja«, erwiderte Troy bitter und ging zur anderen Seite des Taxis. »Ich weiß genau, was Sie meinen.«

Sie aßen in einem Restaurant. Zelda zog alle Blicke auf sich, als sie in ihrem dunkelblauen Cocktailkleid und auf ihren hohen, sehr hohen Absätzen hereinstöckelte. Als Aperitif trank sie Champagner, zum Essen Wasser. Troy, der sich langsam von der Anspannung des Tages erholte, stellte fest, daß er den Löwenanteil der Flasche Rotwein trank, die er für sie beide bestellt hatte.

Zelda lehnte ein Dessert ab, orderte aber einen kleinen schwarzen Kaffee. Sie nippte einmal daran und stellte dann die Tasse zur Seite.

»Nicht gut?« fragte Troy.

»Ich trinke immer nur kolumbianischen Kaffee«, näselte sie.

Troy grinste sie an und tippte, daß Isobel Latimer wahrscheinlich zu Hause nur Pulverkaffee trank.

»Ich lasse ihn zurückgehen«, bot er an.

Sie schüttelte den Kopf. »O nein, keine Umstände. Wir trinken statt dessen eine Flasche Champagner.«

Troy schaute auf die Uhr. Es war zehn. »Solltest du nicht früh ins Bett?« fragte er.

Zelda warf ihm über den Tisch hinweg einen Blick zu, der ihm vor Verlangen den Atem verschlug. »Ja, das sollte ich«, erwiderte sie. »Wir wollen uns vom Zimmerkellner eine Flasche Champagner bringen lassen.«

Troy folgte ihr aus dem Restaurant, bemerkte die Blicke der Männer, die hinter Zelda herstarrten. Als er die Hotelhalle erreichte, hatte sie bereits den Knopf für den Lift gedrückt und schaute sich mit leicht verwunderter Miene um. Zelda strahlte pure Lebensfreude aus. Troy warf ihr einen leicht grimmigen Blick zu und ließ ihr dann den Vortritt in den Lift.

Zeldas Suite war die beste im ganzen Hotel. Sie wies Troy mit einer Handbewegung zu einem mit Brokat bezogenen Sessel und streckte sich selbst auf dem Sofa aus wie eine blonde Perserkatze. Troy telefonierte nach dem Zimmerkellner. Zelda kickte die Schuhe von den Füßen und reckte genüßlich die Füße in den Seidenstrümpfen. »War jedenfalls kein schlechter Tag«, sagte sie.

»Nicht schlecht«, bestätigte Troy aus seinem unbequemen Sessel hervor. Eine Weile warteten sie still. Dann klopfte es an der Tür, und Troy öffnete dem Zimmerkellner, der einen Eiskübel, Champagner und zwei Gläser brachte. Troy entkorkte die Flasche und schenkte ihnen beiden ein. Zelda nahm ihre Füße vom Sofakissen. »Warum kommst du nicht und setzt dich ein bißchen zu mir?« säuselte sie mit seidiger Stimme.

Kapitel 13

Troy setzte sich neben sie auf das Sofa. Zelda trank einen Schluck Champagner und wandte sich ihm dann zu.

»Hast du Zeldas Kleid in deiner Größe mitgebracht?« erkundigte sie sich.

»Ja«, antwortete Troy leise.

»Warum ziehst du es dann nicht an?«

Der Alkohol hatte Troys Kopf benebelt. »Ich weiß nicht.« Er zögerte.

Sie lächelte ihn an. »Wir können noch warten«, sagte sie fair. »Wir können ewig warten. Oder wir können die ganze Sache aufgeben. Es macht nichts. Es ist ja nur der Preis von – was? – einem Kleid und einem Paar Schuhen. Wir können die ganze Sache einfach lassen. Unausgesprochen. Ungeschehen.«

Sofort protestierte Troy. »Nein, ich *will* es ja ...«

Sie lächelte zuversichtlich. »Ich weiß. Aber du wagst den Anfang nicht. Das verstehe ich. Für mich war es leichter, mich zu verändern, denn ich habe am Anfang ja gedacht, ich verkleide mich nur für dieses Buch, für das Geld. Erst jetzt begreife ich, daß ich mich verändert habe. Ich mußte mich ändern. Ich wollte eine andere Person sein«, berichtete sie sich. »Auch eine andere Person. Ich brauchte ein anderes Leben. Ich konnte es einfach nicht mehr aushalten, immer nur Isobel Latimer zu sein.« Sie unterbrach sich einen Augenblick. »Ich glaube, das verstehst du nicht.«

»Und warum nicht?«

»Ich bezweifle, daß du das verstehst, daß man sein Leben betrachten und so verzweifelt sein kann«, sagte sie leise. »Man kann sein Leben ansehen und sich sagen: Mein Gott, ich bin zweiundfünfzig, über die Hälfte meines Lebens liegt hinter mir, und ich habe nichts als das hier, ich habe nur das getan, und ich war einmal so voller *Hoffnung*.«

»Du hast ein paar wunderbare Bücher geschrieben«, warf Troy ein.

Sie lachte kurz böse auf. »Ich weiß. Aber das reicht nicht, Troy. Ich wollte leben, nicht nur übers Leben schreiben.«

»Ich verstehe nicht, was Zelda daran ändern könnte«, sagte Troy langsam.

Sie lächelte. »Nein. Merkwürdig, nicht? Von außen gesehen würde man denken, Zelda ist nur ein außerordentliches, völlig exzentrisches Verhaltensmuster oder eine Perversion oder die Entschuldigung für eine Affäre. Aber drinnen fühlt es sich ganz anders an, nicht? Wir haben ein Gespenst heraufbeschworen, wir haben eine dritte Person erfunden, und wenn ich Zelda bin, dann bin ich nicht mehr Isobel Latimer mit ihren enttäuschten Hoffnungen und ihrem immer enger werdenden Horizont. Wenn ich Zelda bin, bin ich eine andere Frau, vor der ein anderes Leben liegt. Und ich nehme an, wenn du Zelda bist, passiert mit dir etwas ganz Ähnliches.«

Troy räusperte sich. »So ungefähr«, sagte er heiser.

Sie blickte ihn gedankenverloren an. »Fang einfach an, Troy. Gestatte dir einfach den Anfang.«

Er stand auf, ein wenig beschwipst, leicht taumelnd. Sein Zimmer grenzte an ihres, die Verbindungstür hatten sie bereits aufgeschlossen. Er ging in sein Zimmer, und sie hörte, wie er den Kleiderschrank aufmachte, hörte das leise, fast unvernehmliche Rascheln der Seide.

»Soll ich kommen und dir helfen?« fragte sie.

»Nein.« Er flüsterte, als bereite er ein ganz großes Geheimnis vor. »Ich möchte das allein machen.«

»Möchtest du das Make-up benutzen? Die Perücke ist auch hier bei mir.«

»Ja. Aber nicht gucken. Ich bin noch nicht fertig.«

»Ich gehe in mein Schlafzimmer«, schlug sie vor. »Es ist alles im Bad. Nimm dir, was du brauchst.«

Troy hörte, wie sie den Eiskübel und das Glas ergriff und in ihr Schlafzimmer trug. Dann kam er vorsichtig durch die Verbindungstür und ging ins Bad. Ihre Lidschatten und Puder und Rougetöpfe hatte sie dort mit der Sorgfalt der echten Künstlerin aufgereiht. Er zog sich die blonde Perücke über, ehe er sein Spiegelbild ertragen konnte. Dann schraubte er das Fläschchen mit der Grundierung auf und schnupperte den süßen, feinen Duft. Er trug die Creme mit einem Schwämmchen auf, ließ die Lider frei. Er legte nur ein wenig Wimperntusche auf, nur eine schimmernde Spur Lippenstift. Sofort sah er nicht mehr aus wie ein Mann, der eine Frau spielt, sondern eher so, wie er sich fühlte: wie ein seltsames, beinahe geschlechtsloses Wesen irgendwo auf der Hälfte zwischen Mann und Frau. Er fühlte sich von den üblichen Beschränkungen befreit, leidenschaftlich lebendig.

Troy öffnete die Tür und ging ins Schlafzimmer. Zelda rekelte sich bereits auf dem Bett, ihr dunkelblaues Kleid genau wie seines, das Haar zerzaust und wunderbar blond wie seines, ihre Strümpfe so seidig, ihre Unterwäsche so teuer wie seine. Die beiden wunderschönen Gesichter blickten einander an. Zelda ließ sich in die Kissen zurückfallen.

»Komm her«, flüsterte sie.

Er ging mit leichten Schritten elegant über den Teppich, der sich zwischen ihnen erstreckte. Er bewegte sich so graziös wie eine wunderschöne Frau, die weiß, daß alle Augen im Raum auf sie gerichtet sind. Er schritt zum Bett, zog dann aufreizend den Rock ein wenig höher, damit er sich mit einem Bein daraufknien konnte und ihr näher war.

Sie streckte nicht die Hand nach ihm aus und zog ihn zu sich heran. Sie lehnte sich zurück, wartete darauf, daß er den ersten Schritt tat. Ein leises Lächeln spielte um Troys Lippen, und er las die Antwort im Glitzern ihrer Augen; er beugte seinen blonden Kopf zu ihr herab und küßte sie auf den Mund.

Ihre Lippen unter seinen waren warm und schmeckten nach Champagner und Lippenstift. Es fühlte sich anders an als sonst, ein mit Lippenstift bemalter Mund berührte den anderen. Die Lippen waren weicher, ein wenig glatt. Troy wich nicht zurück, sondern drängte voran, wollte, daß dieser Kuß immer und immer weiterging, tiefer, intensiver wurde. Unter dem Druck seiner Lippen und seines Körpers sank Zelda entspannt in die Kissen, ließ den Kopf nach hinten fallen, und ihre Lippen öffneten sich verlangend. Wieder drängte Troy voran, von der Begierde getrieben, tiefer und immer tiefer in sie vorzudringen. Zeldas Arme schlangen sich um seine Schultern, und ihre Hände berührten verwundert das seidige Rückenteil seines Kleides und die glatte Linie des Reißverschlusses.

Troy schob den Rock noch ein wenig höher, preßte seinen Oberschenkel zwischen ihre Schenkel. Als er spürte, wie der Seidenstrumpf an seinem Bein sich an ihren Strümpfen rieb, entfuhr ihm ein kleines lustvolles Stöhnen. Zelda schloß die Augen und ließ ihre Hände hinabgleiten, dorthin, wo das Kleid um seine Taille zusammengerafft war, legte ihm die Hände auf das Hinterteil und genoß den Widerspruch der harten Muskeln und der seidigen Unterwäsche.

»Oh«, hauchte sie voller Verlangen. »Oh, Troy.«

Er wich ein wenig zurück, als sie seinen Namen aussprach, und sie öffnete die Augen. Er runzelte die Stirn. »Nein«, sagte er langsam. »Nenn mich nicht so. Ich bin Zelda.«

»Ja, das bist du«, flüsterte sie. »Du bist Zelda. Und ich auch.«

Sanft zog er sie an sich, so daß sie nun auf dem Bett saß, schob den Reißverschluß ihres Kleides auf. Sie hob die Arme, damit er ihr das Kleid abstreifen konnte, lehnte sich dann in ihrem wunderschönen blaßblauen BH und den hellen Strümpfen zurück. Troy schälte ihr behutsam die Strümpfe von den Beinen, bewunderte ihre seidige leichte Glätte und ließ sie auf den Boden fallen. Dann legte er die Hände auf den

Bund ihres Slips. Sie zögerte einen Augenblick, stellte ihm mit den Augen eine stumme Frage.

»Ich bin ganz sicher«, antwortete er. »Bitte.«

Sie hob die Hüften und ließ sich den Slip abstreifen. Sie hakte ihren BH auf und lehnte sich in seine Liebkosung zurück. Nun lag sie nackt unter ihm, und er zog sich ein wenig zurück, um seinen eigenen Slip abzustreifen, ließ aber das Kleid und die Strümpfe an. Als er sich wieder über sie neigte, schmiegte Zelda ihre Wange an sein warmes, männlich duftendes Gesicht, und als sie die Augen halb aufschlug, sah sie seine blonde Mähne und sein herrliches Make-up. Sie starrte ihn an, während sich ihr sein Körper näherte. Sie spürte seine Erektion gegen ihren weichen Bauch pressen. Sein wunderschönes dunkelblaues Kleid hatte sich über die langen, schlanken Schenkel nach oben geschoben, die Strümpfe schenkten seinen Beinen seidigen Glanz. Seine Arme hielten sie fest umschlossen, wie ein Mann eine Frau hält, aber seine Lippenstiftlippen küßten sie mit aufreizender weiblicher Zartheit. Zeldas Augen schlossen sich mit flatternden Lidern, sie breitete die Arme um die lange, kraftvolle Magerkeit seines Rückens, zerknitterte sein Seidenkleid, als er in sie eindrang.

Zelda rekelte sich und öffnete die Augen. Auf dem Kissen neben ihr lag ihre Doppelgängerin, ihr Spiegelbild. Während sie noch schaute, öffnete das Spiegelbild die Augen und lächelte sie an.

»Geht's dir gut?« fragte Isobels praktische, besorgte Stimme.

Troy nickte. »Ja.«

Die beiden blickten einander einen Augenblick lang an. »Ich glaube, ich gehe jetzt in mein Zimmer«, sagte Troy. »Ich möchte mich umziehen und waschen und schlafen. Wir haben morgen viel zu tun.«

Isobel nickte. »Gute Nacht«, erwiderte sie höflich.

»Gute Nacht«, antwortete er.

Sie trafen sich am Morgen ohne Verlegenheit im Speisesaal zum Frühstück, waren wieder die Personen des hellen Tages. Troy trug einen förmlichen, gut geschnittenen Anzug und Zelda ihr gelbes Kostüm. Am Morgen war ein Interview mit einer Regionalzeitschrift vorgesehen, dann ein Mittagessen mit den führenden Buchhändlern von Newcastle. Später sollte sie die Runde durch so viele Buchläden machen, wie sie irgend konnte, und dort Exemplare mit ihrem Namenszug versehen, die man im Schaufenster unter der Überschrift »Von der Autorin signiert« auslegen würde.

»Signier so viele, wie du nur irgend kannst«, drängte Troy sie im ersten Laden mit leiser Stimme.

»Warum?«

»Weil sie die schon mal nicht mehr zurückgehen lassen können. Die gelten als beschädigt.«

Isobel war schockiert. »Die sind von der Autorin signiert. Und das gilt als beschädigt?«

»Beim Großhändler schon«, antwortete Troy. »Die Schutzfolie ist ab, oder nicht? Und es hat jemand reingekritzelt.«

»Aber es ist doch die Unterschrift der Autorin!« rief Isobel. Jemand blickte zu ihnen hinüber, wie sie mitten im Laden am Auslagetisch zusammenstanden. »Wie würden die denn einen signierten Shakespeare bewerten? Als verdreckt?«

»Wahrscheinlich«, erwiderte Troy fröhlich. »Jedenfalls, was kümmert es dich? Du signierst sie, dann müssen die sie hier verkaufen. Und jedesmal, wenn du deine Unterschrift schreibst, hast du ein Pfund und neunundsechzig Pence verdient.«

»Trotzdem müssen es ziemlich viele sein, ehe 350000 Pfund zusammen sind«, meinte Isobel.

»Dann fang endlich an«, sagte er brutal.

Nach den Buchläden tranken sie Tee mit einer Journalistin von einer Frauenseite, die ein Porträt von Zelda schreiben wollte. Sie stellte haargenau die gleichen Fragen, wie alle anderen auch, und Isobel hörte sich zu, wie sie genau die gleichen Antworten gab. Einen Augenblick lang konnte sie sich nicht mehr erinnern, ob sie nun eine bestimmte kleine Anekdote dieser Journalistin oder einer anderen an einem vorherigen Tag erzählt hatte. Als sie den glasigen Blick der Journalistin bemerkte, kam sie zu dem Schluß, daß es wahrscheinlich sowieso egal war, und erzählte die Geschichte einfach.

Die Frau ging um sechs Uhr, als ihr Photograph auftauchte. Zelda stand und schritt und drehte sich und lächelte für ihn. Sie hielt die Vorderseite des Buches, wie er ihr aufgetragen hatte, in die Kamera, als wolle sie einer bewundernden Welt die außerordentliche Tatsache demonstrieren, daß eine Frau, die so blond und so hübsch war wie sie, tatsächlich ein dickes, gebundenes Buch geschrieben hatte. Dann hielt sie das Buch aufgeschlagen in der Hand, als lese sie völlig fasziniert ihre eigenen Worte. Die Photographen in der Provinz wählten ausnahmslos immer diese Posen aus, etwas anderes fiel ihnen für eine Autorin auf Werbetour nicht ein. Zelda hatte gelernt, zu gehorchen und dabei zu lächeln.

»Phantastisch«, sagte der Photograph begeistert. »Einfach phantastisch.«

Als er weg war, ließ sich Zelda auf einen Stuhl fallen und winkte einen Kellner herbei. »Ein Glas Champagner, bitte.« Sie nickte Troy zu. »Für dich auch eins?«

»Ja«, antwortete er. »Und dann ein ruhiges Abendessen, was meinst du?«

Sie wartete, bis der Kellner ihr das Glas gebracht und auch vor Troy eins hingestellt hatte. Sie prostete ihm wortlos zu. Troy erwiderte die Geste, beobachtete sie aufmerksam. Langsam lernte er sie kennen, und ihr verträumter Blick war ihm Warnung genug.

»Ich dachte, wir könnten heute mal was anderes machen«, sagte Zelda. »Wir haben doch den Wagen hier.«

»Was zum Beispiel?«

»Ich dachte, Zelda und ihre Freundin Isobel könnten heute

abend zusammen essen gehen«, meinte sie. »Wir könnten den Wagen nehmen und uns was Nettes suchen. Und wenn das Wetter mitspielt, könnten wir zu Fuß nach Hause laufen, wenn es nicht zu weit ist.«

Er schwieg einen Augenblick. »Du würdest als Isobel Latimer mit mir ausgehen?«

Sie nickte. »Und du als Zelda«, flüsterte sie. »Warum denn nicht, Troy? Nach gestern nacht. Möchtest du nicht ein bißchen weitergehen?«

Er schloß beim Gedanken daran kurz die Augen. Er wußte, er wollte es, sogar sehr, sehr gerne. »Das könnten wir niemals durchziehen«, sagte er. »Nicht vor anderen Leuten. Nicht am hellichten Tag.«

»Es ist kein hellichter Tag«, erwiderte sie. »Es ist Abend. Und in dieser Stadt kennt uns kein Mensch. Wir könnten es durchziehen. Du bist wunderschön als Zelda. Das weißt du.«

Er zögerte immer noch, wollte überredet werden.

Ihre Stimme war verführerisch wie Seide. »Nun, warum gehen wir nicht nach oben und machen sie fertig?« fragte sie. »Probieren es mal aus. Wenn du dich als Zelda wohlfühlst, können wir essen gehen. Wenn nicht, dann lassen wir den Zimmerkellner kommen und bleiben im Hotel. Ganz wie du willst.«

Er stand auf und nahm ihr Glas. »Isobel, du bist eine Frau voller unerwarteter Überraschungen«, sagte er aus tiefster Seele. »Ich wünschte, ich wäre dir begegnet, als ich zwanzig war.«

Zu seiner großen Verwunderung errötete sie, und ihre Augen füllten sich plötzlich mit Tränen. »Oh, das wünschte ich auch«, erwiderte sie.

Es herrschte ein kurzes Schweigen zwischen ihnen, dann brach Isobel den Zauber, schenkte ihm ein kleines Lächeln und stand auf. Troy ging durch die Hotelhalle und drückte auf den Knopf für den Aufzug. Als sie sich zu ihm gesellte, war sie wieder völlig gefaßt. Der kurze, verräterische Augenblick hatte keine Spuren hinterlassen. Die Türen des Aufzugs schlossen sich hinter ihnen, schützten ihre Privatheit.

Troy überlegte, ob er sie fragen sollte, warum ihr die Tränen in die Augen geschossen waren, hielt sich aber zurück. Er wollte nicht Isobel Latimers Intensität. Er wollte Zelda Veres Genußsucht.

Die Türen des Aufzugs öffneten sich, und die beiden gingen schweigend in ihre Suite. Troy blickte seiner Begleiterin ins Gesicht, um sich zu vergewissern, ob es Isobels Stirnrunzeln oder Zeldas wunderschöne Leere trug. Als sie die Zimmertür erreichten, war es Zeldas flirtende Geste, mit der sie in Troys Tasche nach dem Schlüssel suchte, ihn ins Schloß steckte und aufsperrte. Und Zelda lag in seinen Armen, als sich die Tür wieder hinter ihnen geschlossen hatte.

Diesmal ließ sich Troy bei der Verwandlung helfen. Er streifte den Geschäftsanzug, die prosaischen schwarzen Socken und Schuhe ab, tauschte sie aus gegen Zeldas bestickte Seidenwäsche, die hauchdünnen Strümpfe und dann das blaue Cocktailkleid. Isobel zog ihm den Reißverschluß zu, und eine Welle intensiven, beinahe unerträglichen Verlangens spülte über sie hinweg.

Er hatte die Perücke schon aufgesetzt und sich mit sanften Strichen Grundierung auf das glattrasierte Gesicht aufgetragen. Isobel malte ihm Augen-Make-up und Lippen.

Während sie an ihm arbeitete, saß er auf dem Stuhl vor dem Frisiertisch, gehorsam, reglos, passiv, mit geschlossenen Augen.

»Wie sehe ich aus?« erkundigte er sich, als sie sein Gesicht mit Puder bestäubte.

»Wunderschön«, sagte sie präzise. »Warte noch einen Augenblick.«

Er spürte das Gewicht des Pelzmantels auf den Schultern. Er genoß den warmen, seidigen Pelz, der seinen Nacken liebkoste, ihn an den Ohren und Wangenknochen kitzelte, als Isobel den Kragen hochstellte.

»Jetzt schau in den Spiegel«, sagte sie leise.

Er schlug die Augen auf und sah Zelda, genauso wie sie morgen in den Zeitungen erscheinen würde, wie sie schon während der gesamten Tour in Zeitschriften und Fernsehprogrammen zu sehen gewesen war. Das typische Zeldabild: das blonde, dichte Haar, die großen, glänzenden Augen, die grell geschminkten Lippen, alles war da. Troys Version war eine Spur härter. Das Kinn war ausgeprägter, die Brauen schärfer gezeichnet. Aber wenn er lächelte, war es Zeldas glamouröses, herzloses Lächeln.

»Du bist Zelda«, sagte Isobel schlicht.

Er hörte das Verlangen in ihrer Stimme und warf ihr einen kurzen Blick zu. »Möchtest du essen gehen?« fragte er.

»Und du?«

Er betrachtete sein makelloses Spiegelbild. »Wir könnten es schaffen, oder nicht?«

Sie nickte. »Niemand würde etwas ahnen. Wirklich nicht.«

»Es ist so seltsam«, sagte er.

»Weil Zelda ein Genre ist, genau wie ihr Buch«, bemerkte Isobel. »Wenn man sie anschaut, sieht man ihr Haar, die Kleider, das Make-up. Ihre Gesichtszüge nimmt man kaum wahr. Hunderte von Frauen sehen so aus. Zelda verkörpert diesen Typ so genau, daß beinahe jede Frau, vom Zimmermädchen bis zu mir, sich die Perücke aufsetzen, die Kleider anziehen und das Make-up aufpinseln könnte und wie sie aussähe.«

»Wir könnten auswärts essen gehen«, sinnierte Troy.

Sie nickte. »Ja.«

»Was ziehst du an?«

Sie lächelte. »Ich möchte ihre Kleider tragen, aber sie sehen an mir ohnehin ganz anders aus. Warte einen Augenblick im Salon, ich komme gleich.«

Isobel zog sich rasch um, es war ihr beinahe egal, was sie anhatte. Sie wischte sich Zeldas grelles Make-up vom Gesicht, benutzte nur etwas Puder und einen hellen Lippenstift. Sie setzte die strahlend blonde Perücke ab, band sich ihr eigenes brünettes Haar zu einem bescheidenen Pferdeschwanz zusammen. Sie entschied sich für ein schwarzes Cocktailkleid mit einer paillettenbesetzten Jacke. Über dem Glitzern der Jacke wirkte ihre Haut müde und blaß. Sie trug noch ein wenig Grundierung unter den Augen und ein bißchen Rouge auf den Wangen auf. Neben Zeldas schrillem Glamour würde sie ohnehin aussehen wie eine leicht verblühte englische Rose, ein kleines Mauerblümchen.

»Ich bin langweilig«, sagte sie, als sie ins Zimmer trat. Zelda rekelte sich wie immer auf dem Sofa. Ihre schönen langen Beine waren ausgestreckt, ein hochhackiger Schuh baumelte von einem Spann. Sie stand auf, als sie Isobel sah, kam zu ihr herüber, schloß sie in die Arme und küßte sie so zart, daß ihrer beider Lippenstift nicht verschmiert wurde.

»Du siehst süß aus«, sagte die Schönheit zu ihrer nicht ganz so außergewöhnlichen Freundin. »Ich habe den Wagen schon bestellt. Wir können gehen.«

Isobel zögerte. »Ich muß noch bei Philip anrufen. Geh schon mal vor.«

»Ich warte auf dich«, sagte Zelda. »Ich traue mich nicht alleine nach unten. Ich warte nebenan.«

Isobel schüttelte den Kopf. »Du kannst ruhig hier bleiben. Wir sagen nie was Privates.«

Während sie die Nummer wählte, überlegte Troy, wieviel diese kleine Tatsache über ihre Ehe aussagte: Sie sagten nie etwas Privates. Warum dann überhaupt heiraten? dachte er.

»Hallo, Liebling, ich bin's«, grüßte Isobel.

Philip hatte in seinem Sessel gedöst. Mrs. M. war in der Küche und deckte den Abendbrottisch.

»O ja«, antwortete er. »Wie geht es dir?«

»Gut. Und dir?«

»Ich fühle mich prächtig«, erwiderte er sofort. Isobel lauschte genau, ob sie Anstrengung in seiner Stimme hören konnte. Er klang gut.

»Du hörst dich müde an«, sagte sie voll Hoffnung.

»Na ja, ich war den ganzen Tag unterwegs«, erklärte er. Sie konnte die Freude aus seiner Stimme heraushören. »Murray ist vorbeigekommen und hat mich auf eine kleine Tour mitgenommen. Er wollte, daß ich mir ein paar andere Swimmingpools ansehe, die er gebaut hat. Ich habe nette Leute kennengelernt, die Pools im Garten haben, und dabei konnte ich mir die Kacheln anschauen, die mir für unseren Pool vorschweben. Ich bin ganz von blau abgekommen, das ist ein Klischee, der blaue Swimmingpool. Im Augenblick denke ich an eine Art irisierendes Grün.«

»Irisierendes Grün?«

»Wie Marmor, mit einem kleinen Goldtupfen drin.«

»Liebe Güte«, staunte Isobel.

»Murray war prima. Hat mich im ›Blue Boar‹ zum Mittagessen eingeladen«, erzählte Philip weiter. »Wir haben dann am Nachmittag noch ein paar Pools besichtigt. Wir haben dabei nur einen überdachten angeschaut, weißt du. Es würde mich überraschen, wenn es überhaupt im ganzen Land mehr als ein halbes Dutzend überdachte Pools gäbe. Und sicher keinen, der so groß ist, wie der, den wir planen.«

»Wirklich? Würde unserer denn so groß werden?«

»Genau das ist ja der Fehler. Die Leute bauen die Pools immer zu klein, und dann kann man sie natürlich nicht mehr vergrößern. Da spart man wirklich am falschen Ende.«

»Wir brauchen aber doch nur Platz für zwei Leute«, meinte sie.

Er lachte. »Es geht doch nicht um den Platz zum Schwimmen. Es geht um die ästhetische Wirkung«, erklärte er. »Murray hat mir das alles genau erklärt. Man will ja nun wirklich nicht das Gefühl haben, daß man nach einem halben Dutzend Zügen schon gegen die gegenüberliegende Beckenwand knallt. Dann schwimmt man nicht richtig kräftig. Und das führt dazu, daß man nicht den optimalen Nutzen hat. Man hat nicht so viel Spaß an der Sache, und das macht es, auf Dauer gesehen, weniger wert.«

»Aha.«

»Jedenfalls überlege ich im Augenblick, ob wir nicht einen kleinen überdachten Gang von der Scheune zum Haus bauen sollen. Wir wollen ja nicht ganz durchgewärmt aus dem Kraftraum oder dem Pool kommen und dann im Regen zum Haus zurückstapfen müssen.«

Isobel sagte kein Wort.

»Murray macht also einen Kostenvoranschlag, und wir können noch einen zusätzlichen Bauantrag stellen. Ich hätte gerne etwas, das ein bißchen solide aussieht, im gleichen Stil wie das Haus.«

»Aha«, erwiderte sie.

»Ich kann es kaum abwarten, bis du wieder zu Hause bist und ich dir die Pläne zeigen kann«, sagte er. »Samstag mit dem Mittagszug, stimmt's?«

»Ja. Aber ich rufe dich morgen noch mal an, wie üblich.«

»Gut«, antwortete er glücklich. »Bis da habe ich vielleicht sogar schon Skizzen von dem überdachten Gang.«

»Das wäre schön«, meinte sie. »Gute Nacht, Schatz.«

Isobel legte den Hörer auf. Troy sah ihr ernstes, müdes Gesicht, als sie sich zur Tür umwandte. Dann fiel ihr Blick auf ihn in seinem Zelda-Kleid, auf sein herrliches Haar und sein wunderschönes Gesicht über dem hellen Pelz, der ihm von den Schultern bis zu den Füßen reichte. Sofort änderte sich ihr Gesichtsausdruck. Sie verwandelte sich wieder in die entrückte Geliebte der vergangenen Nacht.

»Bist du soweit?« fragte er und meinte in Wirklichkeit: »Kannst du all diese Verantwortung und die Sorgen abschütteln und mit mir kommen und glücklich sein?«

Und sie warf ihm ein strahlendes Lächeln zu, hängte sich in seinem seidigen, weichen Ellbogen ein. »O ja«, antwortete sie.

Kapitel 14

Im Restaurant schwärmten die Kellner um Zelda herum wie immer. Niemand hatte den geringsten Zweifel, niemand schaute genauer hin. Die Täuschung war vollkommen, und im Laufe des Abends wurde Troy als Zelda immer selbstsicherer, fühlte sich immer wohler in seiner neuen Persönlichkeit. Zelda bestellte Lasagne und einen grünen Salat. Isobel aß die üblichen Spaghetti Bolognese und schaute zu, wie Zelda den Raum im Auge behalten und doch dem Gespräch ihre volle Aufmerksamkeit schenken konnte. Sie tranken Weißwein und Mineralwasser. Zelda bat um ein großes Glas und trank beide Getränke als Schorle. Isobel warf ihr über den Rand ihres Glases hinweg einen skeptischen Blick zu, und Zelda schenkte ihr ein sexy zwinkerndes Lächeln.

Sie lachten viel, zwei Frauen, die gerne zusammen sind und immer viel miteinander lachen. Sie verführten einander zu Desserts und dann noch zu einem Kognak zum Kaffee. Schließlich bezahlten sie und gaben ein viel zu hohes Trinkgeld. Der Restaurantchef höchstpersönlich hielt Zelda den Pelz hin und ließ ihn ihr auf die Schultern gleiten. Dann half er, als eine Art indirekter Ehrung, auch Isobel in den Webpelz. Die beiden Frauen verließen das Restaurant Arm in Arm, im Wagen hielten sie einander an der Hand. Als sie durch die Hotelhalle schritten, verdrehten die Männer die Hälse, um Zeldas wiegenden Gang sehen zu können. Sie war ohne Zweifel eine wunderschöne Frau, nach der sich jeder umschaute. Sie ging mit hocherhobenem Kopf, jede Bewegung spiegelte ihre selbstsichere Schönheit, sie wiegte die schmalen Hüften, wandte den Kopf langsam von einer Seite zur anderen und blickte sich um, mit einem wenig femininen Blick, als gehörte ihr das Ganze. Sie schaute den Männern, die sie anstarrten, unerschrocken ins Gesicht, wie das nur sehr schöne Frauen wagen. Sie war keine bescheidene Frau, keine Dame. Sie war eine stolze Schöne, und sie sah so aus, als könnte sie jeder Mann besitzen – wenn er nur den Mut aufbrachte, sie zu fragen.

Im Aufzug lehnte sie sich an die Wand und griff sich mit der Hand an den Kopf. »Mir ist ganz schwindelig!« sagte sie.

»Am Alkohol kann es nicht liegen«, meinte Isobel. »Wir haben nur eine Flasche Wein getrunken und das Glas Champagner, ehe wir aus dem Haus gegangen sind.«

»Und einen Kognak«, erinnerte Zelda sie.

»Trotzdem ...«

»Das ist es nicht«, sagte Zelda. »Es ist die Aufmerksamkeit. Es ist die Art, wie die Männer einen ansehen, als hätten sie das Recht dazu, als wäre man ein Gegenstand, den sie inspizieren.«

Isobel nickte. »Findest du das erniedrigend?«

Zelda lachte, gluckernd und sexy. »Ich finde es himmlisch«, antwortete sie. »Ich würde kürzere und immer kürzere Röcke tragen, nur um diese Blicke auf mir zu spüren. Es ist, als könnte man die ganze Welt regieren. Es ist, als würde jeder Mann auf der Welt alles für einen tun, nur für ein einziges Lächeln.«

Isobel trat aus dem Aufzug. »Wenn du das dein Leben lang hättest, dann wüßtest du, daß es nicht ganz so funktioniert«, erwiderte sie. »Sie starren, aber sie machen dich nicht zur Präsidentin von Amerika, nur weil du schöne Beine hast. Und manchmal gucken sie, als wärst du ihr Eigentum, als hätten sie das Recht, so zu starren, als wärst du ein Stück Fleisch, keine Rose. Ein Problem des Feminismus: Frauen als Lustobjekte.«

»Aber ich *liebe* diese Blicke!« protestierte Zelda. »Ich liebe diese alles verzehrenden, fordernden, überheblichen Blicke.

Genau, wie du sagst. Als hätten sie ein Recht auf dich und bräuchten dich nicht einmal zu fragen.«

Isobel lachte und schloß die Tür auf. »Du willst wirklich als Wesen zweiter Klasse betrachtet werden? Als Sexobjekt?« Sie traten ins Zimmer, und Isobel riß Zelda in ihre Arme. »So?« flüsterte sie in die blonde Mähne. »Willst du, daß ich dich nehme, ohne dich vorher zu fragen? Als hätte ich ein Recht auf dich?«

Zeldas lange Wimpern flatterten und senkten sich. »Ja«, hauchte sie. »Ja.«

Sie verbrachten die Nacht in Isobels Bett, ihre Körper eng verschlungen, näherten sich, zogen sich wieder zurück. Zweimal wachten sie auf und liebten sich in verträumter Begierde. Isobel schlief nackt, sie wollte Troy mit jedem Zentimeter ihrer Haut spüren. Troy schlief in Zeldas herrlichem Nachthemd. Sie fühlten sich erregt, ungestüm und wunderschön. Die getönten Spiegel des großen Kleiderschranks reflektierten zwei sapphische Schönheiten in inniger Umarmung, manchmal ergoß sich ein Wasserfall blonder Haare von Zeldas zurückgeworfenem Kopf über die Kissen, manchmal fächerte sich Isobels brünettes Haar auf.

Aber am Morgen mußte Troy feststellen, daß er die künstlichen Wimpern von einem Auge verloren hatte, daß sein Stoppelbart wieder gewachsen war und seine Kopfhaut unter der heißen Perücke juckte und er sich in der zerknitterten Seide verschwitzt und lächerlich fühlte. Er stand auf, verspürte nichts als Verzweiflung und Ekel. Er ließ das Negligé auf dem Badezimmerfußboden liegen, während er sich brühheiß duschte.

Isobel, die wußte, daß alles wieder anders geworden war, wartete, bis er im Badezimmer fertig war, und nahm dann ein Bad. In einem von Zeldas Kostümen ging sie alleine zum Frühstück nach unten. Troy stieß erst zu ihr, als der Wagen bereits vorgefahren war und sie sich in einen weiteren vollgestopften Tag stürzten, nach Manchester fuhren und dann dort bei zwei Radiosendern zu Gast waren und die neue Filiale einer überregionalen Buchhandelskette eröffneten. Troy trug seinen feierlichsten dunklen Geschäftsanzug, ein weißes Hemd und einen dunklen Schlips und sprach den ganzen Morgen über kaum ein Wort mit Zelda.

Isobel fühlte sich keineswegs verlegen oder zurückgewiesen, sie war vielmehr erleichtert, daß sie die Vergnügungen der Nacht so vollständig von der Arbeit des Tages trennen konnten. Den ganzen Tag über unternahm sie keinerlei Versuch, die Vertrautheit zwischen ihnen wiederherzustellen. Jeder Beobachter hätte gemeint, sie hätten eine höchst professionelle, vielleicht sogar ein wenig unterkühlte Beziehung. Kurz vor dem letzten Interview des Tages sagte Troy, er würde sie später im Hotel sehen und blieb nicht einmal da, um mit anzuhören, was sie sagte. Auch ohne seine wachsame Gegenwart stellte Isobel fest, daß sie genau die gleichen Antworten gab, sogar noch oberflächlicher als sonst. Ungeduldig wartete sie auf den Wagen, der sie ins Hotel zurückbringen sollte, wo er mit zwei Gläsern Champagner in der Bar ihrer harrte.

Sie hatten kaum Zeit für ein eiliges Abendessen, und Isobel konnte sich nur schnell duschen und umziehen, denn sie wurden im Fernsehstudio erwartet.

»Ich muß erst noch bei Philip anrufen«, sagte sie. »Ich darf keinen Abend auslassen.«

»Bist du sicher, daß dich das nicht aus dem Tritt bringt?« fragte Troy nervös. »Es ist eine Live-Sendung, vergiß das nicht.«

»Es geht ganz schnell«, erwiderte sie. »Ich rufe ihn jeden Abend an, und wenn wir heute nach Hause kommen, ist es schon zu spät.«

»Okay. Ich warte unten im Auto«, meinte Troy. »Bring den Zimmerschlüssel mit.«

Sie warf ihm ein schnelles Lächeln zu. Sie mochte es, wenn er sie an solche Sachen erinnerte, es war, als spielte man Häuslichkeit. Keiner von ihnen hatte mit einem Wort die vergangene Nacht erwähnt, es war ein zu tiefes Geheimnis, als daß man darüber hätte sprechen können. Isobel hatte ihr gesamtes Leben damit verbracht, über Dinge nachzudenken, sie sich bewußt zu machen, sie in Worte zu fassen. Jetzt wollte sie, so paradox es klang, eine Erfahrung machen, für die es keine Worte gab. Sie vermochte nicht zu beschreiben, was zwischen ihr und Troy vor sich ging. Sie hatte keinen Namen, keine Definition für diese Beziehung. Es ging nur um sie drei: Isobel und Troy ... und Zelda.

Nach dreimaligem Klingeln meldete sich Philip. Das bedeutete, daß er neben dem Telefon saß, vor dem Kamin im Wohnzimmer.

»Ich bin's«, sagte sie.

»Ah. Heute ist es aber spät geworden. Wie geht's dir?«

»Gut. Und dir?«

»Wunderbar«, erwiderte er gereizt. »Warum auch nicht?«

Diesen Worten entnahm Isobel sofort, daß er Schmerzen hatte.

»Die gleichen alten Schmerzen?« Was sie beide fürchteten, war Veränderung, Verschlechterung.

»Nicht schlimmer als sonst auch«, sagte er muffelig.

»Ich könnte ja nach Hause kommen«, schlug sie verwegen vor.

»Nicht nötig, es sei denn, du willst es unbedingt«, erwiderte er knapp. »Was macht der Unterricht?«

»Toll, wirklich lohnend«, antwortete sie. »Ich genieße es sehr.«

»Warst du heute abend aus?«

»Ich war im Theater«, log sie. »Mit Carla.«

»Ich hoffe, sie hat ihre Eintrittskarte selbst bezahlt«, sagte er mürrisch. »Das letzte Mal, als du mit ihr essen warst, hatte sie ihre Geldbörse vergessen.«

Isobel lachte. »Natürlich hat sie bezahlt.«

»Nun, ich mag es nicht, wenn dich die Leute übers Ohr hauen«, beharrte er stur. »Wenn du Erfolg hast, nehmen die Leute an, daß du im Geld schwimmst, und dann wollen sie alle ihren Anteil davon haben. Du mußt aufpassen, daß sie dich nicht ausnutzen.«

»Ich war schon mit Carla befreundet, als wir alle noch von unseren Stipendien gelebt haben«, antwortete sie freundlich. »Wir haben damals unsere letzte Packung Toast geteilt.«

»Das ist lange her.«

Sie seufzte. »Ja, ich weiß.«

»Murray war heute hier«, sagte er schon fröhlicher. »Er wollte seinen Lunch im Auto essen. Ich habe ihn gebeten, ins Haus zu kommen und sich zu mir zu setzen.«

»Wie schön für dich. Und was machen die Pläne für den Pool?«

»Wir sind endlich fertig«, antwortete er. Isobel konnte hören, wie seine Begeisterung ihn mit neuem Leben erfüllte. »Murray hat sie heute nachmittag zum Planungsamt gebracht. Jetzt müssen wir auf die Baugenehmigung warten. Aber inzwischen können wir uns schon einmal auf die Einzelheiten stürzen. Die Stilfragen, jetzt wo die großen Dinge skizziert sind.«

»Die Stilfragen?«

»Die Kacheln für die Umrandung, die Innenauskleidung, die Position für das Sprungbrett, die Form und Verarbeitung des Jacuzzis, die Innenverkleidung der Sauna. Solche Sachen.«

»Oh«, erwiderte sie. »Klingt alles sehr ... elegant.« Sie meinte eigentlich teuer, aber sie wollte seiner Begeisterung keinen Dämpfer verpassen.

»Es ist auch elegant«, bestätigte er glücklich. »Ich habe Murray gesagt, er solle erst einmal von der Annahme ausgehen, daß wir alles nur vom Feinsten wollen. Es ist viel leichter, sich erst einmal das Beste anzusehen, was man für Geld kaufen kann, und dann von dort Abstriche zu machen, als zuerst in der Billigabteilung rumzusuchen und dann festzustellen, daß man das einfach nicht ertragen kann.«

»Aber es ist doch nur ein kleiner Swimmingpool für dich und mich«, erinnerte sie ihn. »Nicht Hollywood.«

Er lachte, ein kleines dünnes Lachen wegen seiner Schmerzen, aber sie freute sich, daß er überhaupt lachte. »So klein nun auch wieder nicht«, meinte er fröhlich. »Wart's nur ab.«

Sie schluckte. »Murray hat doch bestimmt inzwischen auch einen detaillierten Finanzplan gemacht, wenn ihr schon so weit seid, daß ihr den Bauantrag gestellt habt.«

»Er hat alles unter Kontrolle«, antwortete Philip heiter. »Wir setzen uns hin und gehen miteinander die Zahlen durch, wenn du wieder zu Hause bist. Ich glaube, du wirst zufrieden sein.«

»Über was für eine Größenordnung reden wir denn?«

»Ich zeige es dir, wenn du wieder hier bist«, versprach er. »Wir bekommen wirklich was Tolles für unser Geld. Du bist bestimmt beeindruckt.«

»Ganz sicher«, sagte sie mit schwacher Stimme. »Also, Schatz, ich muß jetzt gehen. Ich rufe dich morgen um die gleiche Zeit wieder an.«

»In Ordnung«, meinte er. »Ich bin zu Hause. Ich treibe mich nicht in London rum und tue, als würde ich arbeiten.«

Isobel versuchte zu lachen. »Ich arbeite sehr hart. Bis morgen.«

Für das spätabendliche Diskussionsprogramm gab es weder Make-up-Mädchen noch Friseuse. Auch keine Garderobe. Die vier Teilnehmer versammelten sich in drangvoller Enge im Vorzimmer des Sendestudios, wo ihnen eine junge Dame Wein, Wasser, Tee oder Kaffee anbot und der Produzent ab und zu den Kopf zur Tür hereinsteckte und nachfragte: »Alles okay? Es geht gleich los.«

Die Gäste waren die angekündigte Universitätsdozentin, Dr. Mariel Ford, die als intellektuelles Schwergewicht die Diskussion am Laufen halten sollte; Zelda Vere, die – wie Isobel rasch schloß – wohl als Gegnerin der Zensur und Befürworterin einer kommerziellen Marketingstrategie eingeladen war; ein angespannt aussehender Mann, der sicherlich eine äußerst rechtslastige Position zum Thema Zensur einnehmen würde – wie wohl auch zu jedem anderen Thema; und ein Künstler, der ein Stipendium im nächstgelegenen Kunstzentrum hatte und für die künstlerische Freiheit eintreten würde.

»Das wird furchtbar«, murmelte Isobel Troy zu, als er ihr ein Glas Wein einschenkte.

»Ich habe dich gewarnt«, erwiderte er. »Jetzt ist es zu spät. Jetzt kannst du nicht mehr weg.«

Sie nickte und setzte sich aufs Sofa, streckte ihre langen Beine aus. Der blaue Rock rutschte ihr weit über die Knie hoch, und die strenge Universitätsdozentin warf ihr einen angewiderten Blick zu, während Ronald Smart, der Rechte und Befürworter der Zensur sexuell zu offenherziger Darstellungen auf allen Kanälen, kaum die Augen von ihr wenden konnte.

»Wir sind soweit«, verkündete der Produzent ein wenig außer Atem. »Sie können Ihre Getränke mitnehmen, auf dem Tisch steht auch Wasser bereit.«

Sie erhoben sich alle und gingen ins Studio. Es war ein dunkler, hallender, scheunenartiger Raum. In der Mitte war –, künstlich auf gemütlich getrimmt – das aufgebaut, was sich ein Designer unter der Bibliothek eines feinen Herrenclubs vorstellte und was wohl förderlich für eine intellektuelle Diskussion sein sollte. Die Wände waren mit künstlichen Büchern dekoriert. Isobel sah sie sich genauer an und stellte mit Entsetzen fest, daß man die Rücken echter Bücher abgetrennt und an die Wand geklebt hatte, um den Effekt einer Bibliothek voller gebundener Bücher zu erzielen.

»Mein Gott, wie barbarisch!« rief sie aus.

Troy, der ihr mit dem Weinglas in der Hand folgte, sagte: »Zelda!«

»Ja?«

»Ich hätte nicht gedacht, daß *dir* das etwas ausmacht!«

Sie fuhr ein wenig zurück. »Ja. Natürlich nicht. Natürlich. Entschuldigung.«

»Nicht vergessen«, flüsterte er ihr zu, reichte ihr das Glas und trat in die Finsternis des Studios zurück.

Die anderen Gäste nahmen auf den Ledersofas Platz und versuchten, entspannt und gleichzeitig gebildet zu wirken. Zelda, die nur daran dachte, wie sie aussah, und die keineswegs darauf aus war, irgendwie gescheit zu scheinen, lehnte sich zurück, um ihre Beine höchst vorteilhaft zur Geltung zu bringen, und hörte dem Aufnahmeleiter zu, der die Regeln der Diskussion erklärte: Sie durften nicht von ihrem Platz aufstehen, sie sollten der Reihe nach sprechen, durften einander unterbrechen, sogar laut werden, aber sie durften nicht von ihrem Platz aufspringen. In den Werbepausen würde man ihnen alkoholische Getränke servieren; es würde innerhalb der Stunde drei Unterbrechungen geben. Sie durften, ja sollten, provokante Thesen äußern und vor allem *lebhaft* diskutieren.

»Ganz lebendig!« ermunterte er die vier verzweifelt, die er da sitzen sah, während der Moderator ins Studio gejoggt kam, sich die Krawatte zurechtrückte und sich noch einmal durchs Haar fuhr. »Ich weiß, das wird eine Supersendung.«

Der Moderator ließ sich auf seinen Stuhl am Kopfende des Tisches fallen. »Tut mir leid, daß ich so spät dran bin«, sagte er. »Aber Sie wissen ja, wie es ist ...«

Isobel faßte eine augenblickliche Abneigung gegen ihn. Sie hatte das dringende Bedürfnis, zu diesem jungen Mann zu sagen: »Nein. Ich habe keine Ahnung, was Sie damit meinen. Was soll ich wissen? Und was genau ist bitte ›es‹?« Sie unterdrückte ganz bewußt Isobel Latimers pikierte Pedanterie, bemühte sich, den Mann anzulächeln und schob sich ein weiteres Kissen in den Rücken.

»Noch fünf«, rief der Studioleiter. »Fünf, vier ...« Er hielt drei Finger in die Luft, dann zwei, dann einen. Das rote Licht auf der Kamera leuchtete auf, und der Moderator strahlte in die Linse.

»Guten Abend«, sagte er mit warmer Stimme. »Und herzlich willkommen zu ›Hirn-Aerobic‹, unserem Diskussionsprogramm am späten Abend, für Leute, deren Verstand noch wach ist. Ich bin Justin Wade, Ihr Gastgeber. Heute haben wir hier Dr. Mariel Ford von der Universität Manchester, eine Expertin in Moralfragen, Zelda Vere, deren aufreizender Bestseller die Gattung des Schicksalsromans zu neuen Höhen – oder sollte ich sagen Tiefen? – geführt hat, Ronald Smart von der Gruppe ›Medien-Monitor‹, der gerne strikter kontrollieren würde, was gefährdete Personengruppen sehen oder lesen dürfen – und das würde unser aller Freiheit gewaltig einschränken, Leute –, und den Künstler Matt Fryer, dessen Arbeiten im Newbridge Arts Centre vielen von uns bekannt sind. Ronald, wenn ich mit Ihnen anfangen darf, was für Dinge möchten Sie denn nicht auf unseren Bildschirmen sehen?«

Der Mann lehnte sich vor. »Ich glaube, ich muß das nicht ausführlich darlegen«, sagte er. »Wir kennen ja sicherlich alle die Flut von Dreck, die über dieses Land hinweggeschwappt ist, und jetzt, im digitalen Zeitalter, im Videozeitalter, läßt sie sich gar nicht mehr aufhalten, es sei denn, wir errichten ganz strikte gesetzliche Barrikaden.«

»Geht es Ihnen in erster Linie um Gewalt oder um Sex?« fragte der Moderator.

»Oh, um Sex«, antwortete der Mann. »Der größte Prozentsatz des anstößigen Materials ist sexueller Natur.«

»Und Sie finden nicht, daß Gewaltszenen anstößig sind oder jugendgefährdend?« erkundigte sich Isobel mit einer hochgezogenen Augenbraue.

»Lassen Sie mich einmal erklären, was ich mit *jugendgefährdend* meine«, formulierte Ronald langsam, als redete er mit einem begriffsstutzigen Kind. »Unter jugendgefährdend verstehen wir Material, das normales, anständiges Benehmen außer Kraft setzt. Gewalt ist dagegen Bestandteil eines normalen, anständigen Verhaltens. Sie läßt sich durch ganz gewöhnliche Maßnahmen im Rahmen des ganz gewöhnlichen Lebens regulieren. Aber ein obsessives Interesse für sexuelles

Material ist jugendgefährdend. Den Leuten, ganz besonders jungen Leuten, geht dabei ihr Urteilsvermögen verloren.«

Isobel warf ihm einen höflich verwunderten Blick zu und wartete darauf, daß der Moderator in diesem Punkt nachhaken würde. Der wandte sich aber statt dessen der Akademikerin zu. »Würden Sie diese Meinung teilen, Dr. Ford?«

»Ich weiß nicht, ob man vom logischen Standpunkt aus das unterschiedliche Material nach der Wirkung klassifizieren kann«, antwortete Dr. Ford vorsichtig. »Aber ich verstehe, was Mr. Smart sagen will.«

»Also, ich nicht«, warf Isobel scharf dazwischen. Sie ärgerte sich, daß man sie übergangen hatte. »Mir scheint das ganze eine Tautologie zu sein. Erst definiert er Normalität, und diese Definition wird von niemandem hinterfragt. Dann definiert er, was er unter jugendgefährdend versteht, und auch das wird nicht in Frage gestellt, und dann läßt er Annahmen darüber verlauten, was für Auswirkungen diese sogenannte Gefährdung auf die Menschen, insbesondere junge Menschen hat. Das ist allein seine eigene, durch nichts erhärtete Meinung. Ich könnte genausogut behaupten, daß man vom Mondschein Fieber bekommt und man deswegen Jugendliche nicht bei Vollmond aus dem Haus lassen sollte.«

Troy auf der Galerie sah, daß Zelda völlig aus Isobels Bewußtsein verschwunden war. Es war Isobel Latimer körperlich unmöglich, ein schlampiges Argument stehenzulassen, ganz gleich, was für Kleider sie trug und welche Rolle sie spielte. Sie konnte es einfach nicht. Troy lehnte sich zurück und schloß entsetzt die Augen.

»Es gibt eindeutige Beweise ...«, setzte Ronald Smart heftig an.

»Nein, die gibt es nicht«, erwiderte Isobel prompt. »Soweit ich weiß, existiert zu dem Thema nur eine größere Studie, und die berichtet, daß Kinder von Gewalt im Fernsehen weitaus mehr beeinflußt werden als von allem anderen. Und ein großer Teil dieser Gewalt spielt sich in Sendungen ab, die ohnehin als für Kinder geeignet gelten, in Zeichentrickfilmen oder leichter Unterhaltung.«

Der Produzent auf der Galerie fluchte laut und warf Troy einen wütenden Blick zu. »Was zum Teufel hat die vor?« knirschte er zwischen den Zähnen hervor. »Die soll doch bloß die doofe Blondine mimen. Wovon spricht die überhaupt?«

Troy schüttelte den Kopf. Er allein wußte, daß Isobel die Persönlichkeit von Zelda verlassen hatte. Er allein wußte, daß sich Isobels Verstand, der in vielen Jahren akademischer Ausbildung geschärft war, nun am Thema festgebissen hatte. Daß sie ein herrliches Kostüm und eine blonde Perücke trug, würde nicht reichen, um Isobel zum Schweigen zu bringen. Sie hatte alles vergessen, sah nur, wie idiotisch das gegnerische Argument war, und konnte der Versuchung nicht widerstehen, dieses Argument zu zerschmettern. Zelda war völlig verschwunden. Jetzt gewann Isobel die Oberhand. Jetzt regierte ihr scharfer Verstand, ihre scharfe Stimme. Troy schlug die Hände vors Gesicht und zermarterte sich das Hirn, wie er Zelda zurückrufen könnte. »Sagen Sie dem Moderator, er soll sie nach ihrer Arbeit fragen«, schlug er vor. »Sie soll über ihren Roman reden. Sie muß wieder zu sich kommen.«

Der Produzent murmelte aufgeregt in ein kleines Mikrophon, das direkt mit dem Knopf im Ohr des Moderators verbunden war. Sofort wandte sich Justin unten in dem hellerleuchteten Studio an Zelda.

»Aber was ist mit Ihrem eigenen Buch?« fragte er. »Darin gibt es ja sehr eindeutige Szenen von Sex und Gewalt. Ja sogar sehr detailliert ausgemalter Gewalt gegen Frauen.«

»Aber doch nicht so!« brüllte Troy in der schalldichten Galerie. »Keine solchen Fragen! Nichts, das sie zum Denken bringt! Er soll sich nach ihren Kleidern erkundigen, danach, wie es ist, einen Bestseller zu schreiben, oder so. Nicht nach Moral!«

Isobel lehnte sich noch weiter vor, ihr ganzer Körper war angespannt, Welten entfernt von der lässigen Eleganz Zeldas.

Unter der blonden Perücke tauchte ihr konzentriertes Stirnrunzeln auf.

»Was Sie hier unterstellen, ist die Unfähigkeit der Leserschaft, zwischen Tatsachen und Fiktion zu unterscheiden«, sagte sie. »Diese traditionelle Kritik an der Fiktion reicht bis zum Anfang der Gattung Roman zurück. Schon 1690 argumentierten die Kritiker, daß man Romane verbieten sollte, zumindest für Kinder und Bedienstete, weil man der Meinung war, ungebildete Menschen seien unfähig, zwischen Wirklichkeit und Erfundenem zu unterscheiden. Tatsächlich sind natürlich die Leute durchaus in der Lage, diese Unterscheidung zu machen. Die Fähigkeit, sich Dinge auszudenken und aus erfundenen Situationen zu lernen, ist zudem eines der wichtigsten Lernwerkzeuge, die uns als Gattung Mensch zur Verfügung stehen. Wahrscheinlich hatte jegliche Art von menschlicher Gesellschaft Geschichtenerzähler, die ihre Texte mündlich überlieferten und ausschmückten. Es ist kompletter Unsinn, auch nur anzudeuten, daß das irgend jemanden schädigen oder gefährden könnte.«

Dr. Ford, die überrascht feststellte, daß in dem Power-Kostüm und unter der blonden Mähne ein Intellekt steckte, der sich mit dem ihren messen konnte, konzentrierte sich auf Isobel als würdige Gegenspielerin. »Sie wollen ja doch wohl keinen Vergleich anstellen zwischen den großen Archetypen des präliteratischen Erzählens und Romanen wie Ihrem, die ganz klar nach einer Standardformel aufgebaut und rein kommerziell sind und die weder historisch erzählen noch irgendeine Lektion erteilen, sondern nur so erfolgreich wie möglich auf einem ungebildeten Markt vertrieben werden sollen«, sagte sie rundheraus.

Zelda hätte entsetzt aufgeschrien, sich vielleicht sogar angesichts solch unfreundlicher Worte mit dem Taschentuch die Augenwinkel getupft. Isobel zuckte nicht einmal mit der Wimper.

»Was für ein lächerliches Konzept«, gab sie zurück. »Natürlich spricht mein Roman die dunkelsten Archetypen an. Es geht doch um die älteste Geschichte, die je erzählt wurde: um den Kampf zwischen Gut und Böse und um das Konzept der Rache. Und natürlich wird sie in einem Medium erzählt, das seiner Zeit angemessen ist. Würden Sie wirklich nur Material akzeptieren, das um ein Lagerfeuer gesungen wird? Was ist dann mit den griechischen Tragödien? Mit der *Orestie*?«

»*Orestie*?« jaulte der Produzent. »Wovon redet die blöde Kuh überhaupt?« Er fuhr herum und preßte den Sprechknopf. »Pause ankündigen!« sagte er schroff. »Videotext laufen lassen«, wies er seinen Assistenten an. Dann zerrte er Troy vom Stuhl hoch und zischte: »Und Sie machen, daß Sie sofort da runterkommen. Sie haben genau zwanzig Minuten. Werbung plus ein Filmchen über die Arbeiten dieses dämlichen Künstlers. Sie gehen mit ihr vor die Tür und bringen Sie wieder zu Verstand. Ich habe sie engagiert, damit sie auf dem Sofa sitzt und schön aussieht und ein, zwei aufreizende Bemerkungen über Sex macht. Die ist für den Sex zuständig. Intellekt habe ich von der Uni angeheuert. Streitlust von der konservativen Partei. Kunst vom Kunstzentrum. Aber sie habe ich für Sex und als Deko engagiert. Sagen Sie ihr, sie soll die Klappe halten und schmollen. Ich will kein Wort mehr hören, die soll hübsch dekorativ rumsitzen und das Maul halten, verdammt!«

Er schleuderte Troy beinahe von der Galerie die Treppe ins Studio hinunter. Das kleine rote Lämpchen an der Kamera war aus. Troy ging die halbe Stufe hinauf in die Kulisse und streckte Zelda auffordernd eine Hand hin. Sie hatte gar nicht gemerkt, daß die Kamera nicht mehr lief, und diskutierte noch mit der Akademikerin.

»Zelda!«

Sie wandte sich um, als sie seine Stimme hörte, und blickte in seine Richtung, schirmte ihre Augen mit der Hand gegen die gleißenden Scheinwerfer ab und runzelte unmütig über die Unterbrechung die Stirn, pure Isobel Latimer.

»Oh? Was ist denn?« fragte sie.

»Komm«, erwiderte er schroff.

Sie stand auf, und er legte ihr den Mantel um die Schultern und zog sie nach draußen auf den Gang und in Windeseile vor das Studiogebäude.

»Was machst du?«

»Du gehst jetzt ins Hotel zurück.«

»Warum?«

»Weil jeder, der dich so sieht und so reden hört, sofort weiß, daß du Isobel Latimer bist. Begreifst du denn nicht, daß du sofort erkannt wirst? Du warst die ganze Sendung hindurch überhaupt nicht Zelda!«

»Doch!« protestierte sie.

Troy schubste sie in das wartende Auto und knallte die Tür hinter ihr zu. »Ins Hotel«, bellte er. »Und warten Sie.«

Im Auto zischte er ihr ins Ohr: »Wegen dir fliegt noch die ganze Sache auf, du verdirbst alles. Warum hast du angefangen so zu reden? Warum mußtest du anfangen zu denken und zu reden und Isobel zu sein?«

»Ich wollte es wirklich nicht«, entschuldigte sie sich, unsanft in die Wirklichkeit zurückgekehrt. »Aber die haben solchen Schwachsinn erzählt. Da konnte ich einfach nicht dasitzen und zuhören. Ich konnte nicht meinerseits auch völligen Unsinn antworten, Troy, tut mir leid. Laß mich zurückgehen, ich versuch's noch mal.«

»Ums *Versuchen* geht's hier nicht«, drang er in sie. »Kannst du mir versprechen, hoch und heilig, daß du es tust? Was sie auch sagen, du sitzt einfach nur da und lächelst und bist ruhig?«

Sie überlegte einen Augenblick. »Das ist wirklich schwer. Das ist, als würdest du mich bitten, nichts zu sehen. Ich kann doch nicht anders, ich sehe was, oder?«

Er nickte. »Das habe ich mir gedacht. Du würdest wieder zu diskutieren anfangen. Stimmt's?«

»Wenn die nichts zu mir sagen, kann ich den Mund halten«,

bot sie ihm an. »Aber wenn sie mich nach meiner Meinung fragen, dann fällt es mir wirklich schwer, nicht zu denken. Und dann denke ich darüber nach, daß ich nicht denken darf, und das ist natürlich …«

»Halt die Klappe!« herrschte Troy sie an. »Du tust es schon wieder. Es ist aussichtslos. Wir müssen irgendwie da raus, sagen, daß dir schlecht geworden ist oder so.«

»Nein«, Isobel zupfte ihn am Ärmel. »Das können wir nicht machen. Dadurch wird alles nur noch schlimmer. Ich gehe zurück. Ich versuche mein möglichstes.«

Troy schüttelte den Kopf. »Würde ich als Zelda durchgehen?«

Isobel verschlug es einen Augenblick lang die Sprache. »In deinem Kleid? Mit den Haaren und dem Make-up?«

»Würde es klappen?«

»Ja«, erwiderte sie. »Du hast doch gesehen, wie die Kellner in dem Restaurant in Newcastle neulich reagiert haben. Ja. Du würdest das schaffen.«

»Und ich sehe dir als Zelda ähnlich genug?«

Sie nickte. »Du hast uns doch im Spiegel gesehen, wir waren wie Zwillinge.«

»Okay«, sagte Troy entschlossen. »Wir tun folgendes. Wir fahren ins Hotel zurück, und du gehst nach oben ins Bett. Du machst niemandem die Tür auf und gehst nicht ans Telefon, okay?«

Sie nickte mit weitaufgerissenen grauen Augen.

»Ich verkleide mich als Zelda«, fuhr er fort. »Ich ziehe mich um und bin Zelda. Das ist die einzige Lösung. Wir müssen die Werbekampagne am Laufen halten. Niemand darf irgendwelche Fragen stellen, wer sie ist und warum sie so gescheit ist. Es geht einfach nicht, daß irgend jemand einen Bericht bringt, daß sie während ihrer Werbetour nach einer Diskussionssendung am späten Abend zusammengeklappt ist, und dann vielleicht noch einen Filmausschnitt zeigt. Wir können es uns nicht leisten, daß jemand durch die Kleider und die Frisur hindurch dich sieht.«

Isobel schnappte nach Luft. »Und du schaffst es?«

»Zehnmal besser als du«, gab er brutal zurück. »Mir quillt das Hirn nicht aus allen Poren. Ich habe keine klugen Gedanken, die ich unbedingt äußern muß.«

Sie packte ihn bei den Händen. »Danke«, sagte sie mit Nachdruck. »Ich kann das wirklich nicht. Tut mir leid. Ich kann mich einfach nicht bremsen. Ich hätte uns nie in diese Lage bringen dürfen.«

»Noch sind wir nicht über den Berg«, erwiderte er grimmig.

Der Wagen fuhr vor dem Hotel vor. »Warten Sie bitte«, wies Troy den Fahrer an. »Gleich hier. Lassen Sie sich nicht wegschicken. Miss Vere ist in zehn Minuten wieder da, sie fährt allein ins Studio zurück. Ich möchte nicht, daß sie weit zum Wagen zu laufen hat.«

»Selbstverständlich, Sir«, erwiderte der Fahrer. »Ich bleibe hier.«

Troy packte Zelda und führte sie hinauf ins Zimmer. Er schlug die Tür hinter sich zu.

»Hilf mir«, bat er, während er die Hose aufmachte und die Schuhe von den Füßen schleuderte. »Ich habe genau zehn Minuten, um Zelda zu werden.«

Kapitel 15

In rasender Eile machten sie sich an die Verwandlung, zwei professionelle Schauspieler, die Erfahrung im schnellen Umziehen hatten. Troy tupfte sich hastig mit dem Schwämmchen die Grundierungscreme aufs Gesicht und zwängte den Kopf unter die Perücke, während Isobel Zeldas Kleider auf dem Bett bereitlegte. Sie kam ins Badezimmer, um sein Augen-Make-up zu malen, drückte ihm mit ruhiger Hand die falschen Wimpern auf die Lider, zog den dünnen Lidstrich. Sie umrandete die Lippen mit dem Konturenstift und trug den Lippenstift auf. Troy schaute sich im Spiegel an. Er war bereits ein anderes Wesen. Noch hatte er seinen höchst konservativ geschnittenen, feierlich dunklen Armani-Anzug an, aber darüber strahlte ein leuchtendes Gesicht mit einer zerzausten blonden Mähne. Er sah aus wie eine Frau, die sich als Mann verkleidet, hatte den frechen, jungenhaften Charme einer Frau in Männerkleidung. Aber gleichzeitig wirkte er auch wie ein Mann mit dem Porzellangesicht einer Frau. Er sah perverser aus als je in Zeldas Kleidern. Voller Verwunderung starrte er diese neue Version seiner Person an.

»Wir haben jetzt keine Zeit«, unterbrach ihn Isobel, die bemerkt hatte, wie verzaubert er sein Spiegelbild anblickte. »Wir machen es morgen abend noch einmal. Aber jetzt mußt du gehen.«

»Natürlich!« Troy wurde sich der Dringlichkeit des Augenblicks wieder bewußt und ging rasch ins Schlafzimmer.

Er legte den Anzug ab und streifte sich Zeldas Unterwäsche über, zog mit äußerster Vorsicht die seidenzarten Strümpfe an. Er hielt still, während Isobel ihm den BH auf dem breiten Rücken zuhakte und die Silikonpolster in den Körbchen zurechtschob. Dann zog er sich das dunkelblaue Cocktailkleid über den Kopf und schlüpfte in die Schuhe, während Isobel den Reißverschluß zumachte.

Er warf noch einen prüfenden Blick in den Spiegel. Isobel holte den Nerz vom Sofa, wo sie ihn hatte fallen lassen.

»Alles okay?« fragte er, und seine Stimme klang nervös und gepreßt.

»Perfekt«, versicherte sie ihm. »Du warst auch gestern abend perfekt, erinnerst du dich nicht an den Restaurantchef? Der hat einen Mordswirbel um dich gemacht. Heute abend wird du genauso perfekt sein. Und jetzt geh.«

Sie hielt ihm den Nerzmantel hin wie eine Zofe, die einer stolzen Schönen aus bester Gesellschaft dient. Das war sein Stichwort. Er hob das Kinn und warf dem Spiegel ein Lächeln zu, das Zelda pur war. Ein Lächeln, das gleichzeitig arrogant und spöttisch, einladend und ablehnend war. Dann wandte er sich von seinem makellosen Ebenbild ab, schlüpfte in den Mantel und ging zur Tür.

»Geh nicht ans Telefon«, befahl Zelda herrisch.

»Nein, Zelda«, erwiderte Isobel artig.

Zeldas blaue Augen blitzten. »Und bleib wach für mich« fügte sie mit heiserer Stimme hinzu. »Ich brauche dich noch, wenn ich zurückkomme.«

Isobels graue Augen hielten ihrem Blick stand. »Ich werde im Bett auf dich warten. Nackt. Ich brauche dich auch.«

Zelda wirbelte herum, öffnete die Tür und war verschwunden.

Der Fahrer brachte sie bis zur Eingangstür des Studios, wo eine nervöse Assistentin schon wartete. »Das ist aber haarscharfes Timing«, meinte sie.

Zelda ging mit großen Schritten durch die stillen Korridore ins Studio.

»Hier bitte«, sagte das Mädchen. »Sie müssen leider gleich auf die Bühne. Es steht ein Glas Wasser für Sie auf dem Tisch. Die Werbepause geht jeden Augenblick zu Ende.«

Zelda nickte und ließ den Pelzmantel von den Schultern gleiten, während sie die beiden kleinen Stufen zur Kulisse hinaufging. Die Assistentin fing ihn auf und verschwand hastig aus dem Bild, während die Hand des Produzenten die Sekunden bis zum Anfang der Sendung rückwärts zählte und der Moderator sich mit seinem routinierten Lächeln wieder Kamera Eins zuwandte.

»Zelda Vere, vor diesem interessanten kleinen Film haben Sie von Ihrem Roman ziemlich vollmundig behauptet, er stehe in einer uralten Erzähltradition?«

Zelda wandte ihm ihren wunderschönen Kopf zu, so daß Kamera Eins ihr klassisches Profil voll erwischte. »Oh, ich bin nur eine Geschichtenerzählerin«, sagte sie freundlich. »Die Leute wollen Geschichten. Das wollen wir doch alle, nicht? Etwas, das uns aus dem langweiligen Alltag reißt?«

»Aber Ihre Geschichte beschreibt ja ein Leben, das alles andere als langweilig ist. Und Sie erzählen es, als wäre es Wirklichkeit, nehmen also die Leser mit in ein paar ziemlich unangenehme Szenen: sexuelle Übergriffe, Vergewaltigungen, satanische Bräuche, und das schon in den ersten paar Kapiteln.«

Zelda wandte sich wieder der Kamera zu, und ihre Augen flehten um Mitgefühl. »Die Erfahrung, auf der mein Buch basiert, war wirklich furchtbar, und ich habe nur wie durch ein Wunder überlebt«, hauchte sie. »Es wäre gegenüber mir selbst und gegenüber den Leuten, die ein solches Trauma durchlebt haben, nicht ehrlich gewesen, wenn ich so getan hätte, als wäre es nicht furchtbar gewesen. Furchtbar und, ja, auf einer anderen Ebene, auch zutiefst erotisch.«

»Aber genau das finde ich ja so schlimm!« unterbrach sie Ronald Smart. »Sie haben gerade zugegeben, daß Sie es absichtlich machen. Daß Sie etwas nehmen, was wohl kaum leichte Lektüre ist, und es dann absichtlich attraktiv machen. Das finde ich einfach widerwärtig!«

Zelda lenkte den Blick ihrer blauen Augen auf ihn. »Ich mache es nicht attraktiv«, sagte sie tonlos. »Es ist einfach attraktiv. Die Trennlinie zwischen Lust und Schmerz ist haarfein. Die zwischen Furcht und Verlangen auch. Ich habe eine traumatische Erfahrung überlebt, und ich habe diese Trennlinie immer und immer wieder überschritten. Aber ich kann nicht leugnen ...«, ein kurzes, übermächtiges Schweigen, »... daß solche Erfahrungen im innersten Kern *gleichzeitig* lustvoll und ... wirklich grauenhaft sind.«

Ronald Smart errötete plötzlich tief. »Aber wohl kaum das Richtige für einen Frauenroman«, würgte er halb erstickt hervor.

Zelda warf ihm ihr verführerischstes Lächeln zu. »Sie würden sich wundern, was Sie alles in Frauenromanen finden«, flötete sie süß. »Und ich glaube, Sie würden sich noch mehr wundern, was Sie alles in Frauenphantasien finden.«

Dr. Mariel Ford, die sich noch von der vorangegangenen Diskussion ihre Wunden leckte, lehnte sich vor. »Sie geben also selbst zu, daß Ihr Roman haarscharf an der Grenze der Pornographie ist.«

Zelda antwortete mit einem koketten Achselzucken. »Ach, ich weiß nicht«, sagte sie achtlos. »Ich habe noch nie Pornographie gelesen. Ich hatte es noch nie nötig, mir die Phantasien anderer zu Hilfe zu nehmen. Ich habe selbst genügend Bilder im Kopf. Sie nicht?«

Dr. Ford blickte etwas verdattert drein, als wäre es Jahre her, daß jemand sie nach ihren erotischen Phantasien gefragt hatte. »Ich erhebe nicht den Anspruch, Expertin auf dem Gebiet der Pornographie zu sein«, erwiderte sie knapp.

Justin, der merkte, wie ihm der Abend aus den Händen glitt, nickte zu Matt Fryer, dem Künstler, hin und fragte: »Nun, Matt, was denken Sie?«

Matt schreckte aus der verträumten Betrachtung von Zeldas langen, sehnigen Beinen auf, die unter den seidenglatten Strümpfen aufreizend haarig zu sein schienen. »Ich denke, wir Künstler sind verpflichtet, Verantwortung zu übernehmen. In meinen eigenen Arbeiten versuche ich Dinge zu schaffen, die den Menschen ein Gefühl für Schönheit geben. Aber man muß sich wohl selbst dann klarmachen, daß das, was eine Person als schön empfindet, einer anderen durchaus obszön erscheinen mag.«

»Genau!« Zelda wandte sich begeistert zu ihm hin, eine Künstlerin, die einen Kollegen grüßt. »Man kann nur Verantwortung für die eigene Sichtweise übernehmen, nicht dafür, wie andere Menschen eine Sache sehen oder lesen.«

Der Aufnahmeleiter signalisierte Justin, er solle zum Ende kommen. Der fuhr sich durchs Haar, um anzudeuten, wie ungeheuer locker er war, und lächelte in die Kamera. »Und damit müssen wir es für heute bewenden lassen. Sie sahen ›Hirn-Aerobic‹ mit Justin Wade und Gästen. Bis zur nächsten Woche. Dann werden wir über Zigaretten sprechen: Ausdruck persönlicher Freiheit oder gesellschaftliche Bedrohung? Gute Nacht.«

Einige Augenblicke saßen sie noch wie reglose Wachsfiguren da, während die Kamera auf die Totale zurückfuhr. Dann ging das rote Licht aus, das Aufnahmeschild hinten im Studio blinkte und erlosch ebenfalls. Müde lobte sie der Aufnahmeleiter: »Vielen Dank alle miteinander, das war hervorragend.«

Zelda stand auf und suchte ihren Mantel. »Sie waren großartig«, sagte Justin Wade. »Besonders in der zweiten Hälfte, das hatte wirklich Biß, das hat provoziert.«

»Danke«, erwiderte Zelda völlig desinteressiert.

Die Assistentin hielt ihr den Mantel hin, erwartete, daß Zelda ihn nehmen würde. Die drehte ihr aber den Rücken zu, so daß dem Mädchen keine Wahl blieb, als ihr in den Nerz zu helfen. »Danke«, sagte Zelda und streichelte den Pelz. Das Mädchen nickte schmollend und verschwand. Zelda lächelte.

Justin Wade verabschiedete sich von seinen anderen Gästen und kam dann schnell zu Zelda zurück, die auf dem Weg zur Tür war. »Miss Vere?«

»Ja?« Sie zögerte.

»Möchten Sie noch etwas trinken? Darf ich Ihnen vielleicht ein Glas Champagner anbieten? Es gibt ganz in der Nähe einen sehr netten kleinen Club.«

Zelda dachte an Isobel, die nackt im Bett auf sie wartete. Sie lächelte. »Das wäre nett«, antwortete sie.

Troy, der sein Make-up in der Abgeschiedenheit einer Kabine in der Damentoilette der Bar nachbesserte, verspürte ein köstliches Gefühl der Treulosigkeit, genoß verbotene Früchte. Isobel wartete sicher zunehmend besorgt auf ihn. Und Justin glaubte, eine glanzvolle und erfolgreiche Frau abgeschleppt zu haben. Bei all diesen verworrenen Treulosigkeiten und Betrügereien hatte Troy das Gefühl, endlich sich selbst wirklich treu zu sein.

Er zog den Lippenstift nach, plusterte seine blonde Mähne auf. Dann betätigte er die Spülung, trat aus der Kabine, wusch sich die Hände und tauchte wieder im Restaurant auf. Justin Wade hatte eine Flasche Champagner bestellt und schenkte gerade das zweite Glas voll, als Troy zum Tisch zurückkehrte.

»Zelda!« sagte er und erhob sich zum Gruß leicht von seinem Stuhl. Zelda lächelte wie ein Frau, der alle Verehrung zusteht, strich sich den Rock über den Schenkeln glatt, setzte sich hin und schlug die Beine übereinander.

»Sie sind eine Naturbegabung, was das Fernsehen angeht«, versicherte ihr Justin. »Hat Ihnen das schon mal jemand gesagt?«

»In London ist eine Produktionsfirma an mich herangetreten«, antwortete sie bescheiden. »Vor der Werbetour. Ich habe versprochen, ich würde es mir überlegen.«

»Was wollen sie?« erkundigte er sich.

»Eine Talk-Show über die Schwierigkeiten des Lebens und des Durchstehens schwieriger Siuationen, mit wahren Geschichten, mit Leuten, die über persönliche Probleme sprechen«, erwiderte Zelda.

Er schüttelte sofort den Kopf. »Vor diesen windigen

Firmen müssen Sie wirklich auf der Hut sein. Manche sind ja kaum mehr als ein Typ mit einem Telefon. Sie brauchen einen echten Berater.«

»Oh, das weiß ich«, beteuerte Zelda.

»Haben Sie einen Agenten?«

»Einen Literaturagenten«, provozierte ihn Zelda. »Troy Cartwright. Sie haben ihn vorhin kennengelernt. Er mußte ins Hotel zurück und ein paar Anrufe erledigen. Er macht meine Buchverträge, ich weiß nicht, ob er mich auch über Fernsehauftritte beraten könnte.«

Justin Wade schüttelte entschieden den Kopf. »Auf keinen Fall, das ist eine völlig andere Welt«, versicherte er ihr. »Und ein hartes Geschäft. Da brauchen Sie einen Berater, der in der Fernsehbranche völlig zu Hause ist, der sich auskennt und alles schon mal gemacht hat, von A bis Z. Ihr Literaturagent kennt sich vielleicht mit Verlagen aus, aber was Film und Fernsehen betrifft, davon hat der keine Ahnung.«

Zelda heftete ihre blauen Augen auf sein Gesicht und nickte vertrauensvoll.

»Ich will Ihnen mal sagen, was ich an Ihrer Stelle machen würde«, fuhr er nachdenklich fort. »Ich würde meine eigene Produktionsfirma gründen und selbst mit der Idee für die Talk-Show an die Sender herantreten. Warum das Heft aus der Hand geben? Warum sich irgendwo anstellen lassen?«

»Aber ich wüßte doch überhaupt nicht, wie ich das anfangen sollte«, protestierte Zelda. »Ich habe ja keinen blassen Schimmer.«

Er wischte den Einwand mit einer Handbewegung vom Tisch. »Kein Problem«, sagt er. »Sie könnten ja Rat einholen. Aber – bitte entschuldigen Sie, wenn ich einen Augenblick lang von Ihnen rede, als wären Sie eine Kiste Äpfel – Sie sind ein ungeheuer marktfähiges Produkt. Ich könnte Ihnen auf Anhieb ein halbes Dutzend Auftritte vermitteln.«

Hinter Zeldas gespannter, bewundernder Fassade verstand Troy zum erstenmal, wie schwer es Isobel fallen mußte, nicht aus der Rolle zu fallen. Justin Wade schaute sie vielleicht mit anbetenden Augen an, aber er behandelte sie wie eine Vollidiotin. Troy mußte sich Mühe geben, seine Verärgerung zu unterdrücken und heitere Miene zum bösen Spiel zu machen.

»Ich weiß nicht, ob ich gerne eine Kiste Äpfel bin«, flirtete Zelda. »Sie reden von mir, als wäre ich ein Gegenstand.«

Justin legte seine Hand auf die ihre, die auf dem Tisch lag. »Eine Kiste Kaviar«, verbesserte er sich. »Was auch immer. Aber in gewisser Weise sind Sie, was den Markt betrifft, wirklich ein Gegenstand: ein köstliches, neues, unerwartetes Produkt, genau das, was im Augenblick alle haben wollen. Ein sehr marktfähiges Produkt.«

»Keine Person«, bestätigte Zelda.

»Sie sind Ihr eigener Vermögenswert«, meinte Justin. »Sie müssen sich verkaufen. Sie könnten wirklich eine tolle Karriere im Fernsehen machen.«

»Ich weiß nicht, ob ich das könnte ...«

»Vertrauen Sie mir. Sie sind ein Naturtalent. Sie waren heute abend wunderbar.«

»Ich würde das natürlich liebend gerne tun. Aber wo soll ich anfangen?«

»Das kann ich Ihnen sagen. Was Sie brauchen, ist ein erstklassiger Fernsehproduzent. Jemand, der sich wirklich auskennt, jemand, dem Ihre Interessen am Herzen liegen.«

Troy hatte das Gefühl, ihn auf kinderleichte Weise gleich schachmatt setzen zu können. »Oh, aber wie soll ich denn den finden?«

»Ach, das kann doch jeder. Meine Güte – sogar ich!«

Sie taten beide mächtig überrascht über diese Wendung des Gesprächs. »Oh, aber wie wollen Sie das denn machen?« fragte Zelda. »Wo Sie doch mit Ihrer eigenen Karriere schon so viel zu tun haben?«

Justin zuckte die Achseln. »Sendungen wie ›Hirn-Aerobic‹, die mache ich doch im Schlaf.«

Troy war zartfühlend genug, ihm nicht beizupflichten.

»Ich suche schon lange die Möglichkeit, auch mal eine Sendung zu produzieren. Das Können und die Kontakte habe ich. Ich habe nur noch auf ein interessantes Projekt gewartet. Ich kann mich für nichts ganz engagieren, wenn es mich nicht fasziniert. Wirklich fasziniert.« Er legte eine kleine Pause ein. »Und Sie faszinieren mich total«, fuhr er dann leiser fort. »Ich möchte derjenige sein, der Sie in die Position hebt, die Ihnen zusteht. Sie könnten es weit bringen ...«

Zeldas Finger bebten unter seiner Berührung. »Ich weiß nicht recht«, sagte sie hilflos. »Und wie würden wir das machen?«

»Nun, wir würden eine Produktionsfirma in unser beider Namen gründen, als Partner. Wir bräuchten ein Büro in London und müßten ein paar Leute einstellen, nur ganz wenige, eine Assistentin und eine Telefonistin, sagen wir mal. Und dann würden wir ein, zwei Vorschläge für Programme erarbeiten und damit bei den Sendern die Runde machen. Und wenn die ja sagen, fangen wir mit der Produktion an, stellen mehr Leute ein, machen die Programme. Wir verkaufen ihnen die Sendungen und streichen den Profit ein. Und zwar einen ziemlich ordentlichen Profit.«

»Und was würde es kosten, so eine Firma zu gründen?« erkundigte sich Zelda vorsichtig.

Justin überlegte einen Augenblick. »So aus dem Stand würde ich sagen – na ja – etwa 200 000 Pfund. Das klingt vielleicht erst einmal viel, aber wir zahlen uns natürlich ein Gehalt, und Mieten würden ja auch anfallen.« Er zögerte. »Das ist eben mein Problem. Mein Geld liegt im Augenblick fest, in einem Haus, das ich gerade gekauft habe. Ich könnte das Haus als meinen Anteil einbringen, wenn Sie den gleichen Betrag in bar zuschießen würden.«

Zelda blickte nachdenklich.

»Wenn Sie solche Summen zur Verfügung haben«, fügte er hinzu. »Entschuldigen Sie die Frage. Ich dachte, nach dem Vertragsabschluß könnte das im Augenblick möglich sein ...«

»Ja, stimmt«, antwortete sie mit leisem Stolz. »Ich denke, es ist allgemein bekannt, wie hoch mein Vorschuß war. Also, ich würde dann hunderttausend beisteuern?«

»Zwei«, korrigierte er. »Mein Haus wäre unsere Sicherheit, wenn wir Anleihen aufnehmen. Es ist ungefähr zweihunderttausend Pfund wert, und damit wären wir quitt.«

Troy überlegte wütend, daß sie damit wahrscheinlich alles andere als quitt wären, weil einerseits die Immobilie sicher noch schwer mit Hypotheken belastet war und andererseits 200000 Pfund in hartem Bargeld eingezahlt wurden. Aber Zeldas wunderschönes Gesicht spiegelte eifrige Begeisterung.

»Und dann wären wir Partner?«

Justin drückte ihr leicht die Hand. »Ich hatte gehofft, mehr als das«, säuselte er. »Es ist ein hartes Geschäft da draußen, da brauchen Sie einen guten Freund. Die zerreißen neue Talente nur so in der Luft. Aber ich habe Ihr Buch gelesen. Ich weiß, Sie haben schreckliche Zeiten hinter sich. Ich möchte Sie für alles entschädigen, ich möchte Sie schützen.«

Zelda nickte. »Das ist sehr nett«, flüsterte sie.

»Gleich als ich Sie zum erstenmal im Studio auf dem Monitor gesehen habe, wollte ich wissen, wer Sie sind«, drängte Justin. »Ich bin gleich hinter Ihnen hergerannt, um Sie noch zu erwischen. So etwas habe ich noch nie gemacht.«

Zelda lächelte und senkte den Blick.

»Noch ein Glas Champagner?« bot er an. »Trinken wir auf unsere Abmachung?«

»Nein, ich muß wirklich gehen«, erwiderte sie. »Ich muß morgen arbeiten.«

»Aber wir sind uns einig?« fragte er mit geübter Lässigkeit.

Sie lächelte. »O ja. Ich finde das wirklich spannend.«

»Geben Sie mir Ihre Telefonnummer, und dann lasse ich einen Vertrag aufsetzen. Ende der Woche ist er unterschriftsreif.«

»Nein, geben Sie mir besser Ihre Nummer«, meinte Zelda. »Ich bin noch bis Freitag unterwegs, und ich weiß meine

Handy-Nummer nie. Wir wollen doch noch einmal reden, ehe ich nach Hause zurückkomme?«

»Gleich morgen«, murmelte er, und hatte seine Stimme routiniert noch ein wenig abgesenkt. »Und übermorgen. Ich bringe Ihnen den Vertrag, wo immer Sie am Freitag sind. Wo ist das?«

»Birmingham«, log Zelda.

»Also nach Birmingham«, strahlte er. »Oh! Und wie sollen wir uns nennen? Vere und Wade?«

»Oder Wade und Vere?« schlug sie vor.

Er küßte ihr die Hand. »Sie kommen an erster Stelle«, versicherte er ihr. »Jetzt und immerdar. Wir sind Vere und Wade.«

Zelda schloß die Tür zu ihrer Suite auf. Isobel lag keineswegs nackt und in erwartungsvoller Erregung im Doppelbett. Sie saß in einem schäbigen wattierten Morgenmantel im Wohnzimmer auf dem Sofa. Als die Tür aufging, sprang sie auf.

»Wo bist du bloß gewesen. Ich war außer mir vor Sorge!«

Troys spitzbübisches Lächeln blitzte hinter Zeldas Gesicht hervor.

»Die Sendung ist schon seit über zwei Stunden zu Ende!«

»Ich weiß. Justin Wade hat mich noch in einen Club eingeladen.«

Isobel wich entsetzt zurück. »Du warst aus? So?«

Troy nickte. »Warum nicht?« fragte er mit Zeldas grausamer, heller Stimme, ging ins Badezimmer und machte die Tür hinter sich zu.

Isobel blieb stehen, wo sie war, allein mitten im Zimmer in ihrem Morgenmantel. Der Gedanke, daß Zelda ohne sie ausging, daß Zelda eine separate Persönlichkeit und ein eigenständiges Leben bekam, machte sie benommen. Zelda war aus gewesen, hatte mit jemandem geredet, vielleicht sogar geflirtet. Andere Leute hatten sie zusammen gesehen. Zelda hatte Worte gesagt, die Isobel weder selbst ausgesprochen noch gehört hatte.

Es war, als sei ein Kind erwachsen geworden und hätte das Elternhaus verlassen – nur viel schlimmer, so sehr viel schlimmer. Es war, als hätte eine Freundin einen Vertrauensbruch begangen. Es war, als sei sie selbst im Tiefschlaf in die Nacht hinausgegangen, hätte sich dort völlig seltsam benommen und wäre dann nach Hause zurückgekehrt und hätte der Tatsache ins Auge sehen müssen, daß ihr das eigene Leben nicht mehr gehörte.

Reglos stand Isobel da und lauschte, wie Troy im Badezimmer Zeldas Haut abstreifte. Er ging umher, wusch sich ihr Make-up vom Gesicht, ließ die Dusche laufen, drehte den Hahn zu, und dann öffnete sich die Tür, und er kam frisch und sauber im weißen Hotelbademantel ins Zimmer zurück und sah Jahre jünger aus, fraglos männlich, sauber und sexy und jung. Neben ihm fühlte sich Isobel alt und unsicher, müde und verbraucht.

»Ich mag es nicht, wenn du ohne mich als Zelda ausgehst«, sagte sie zögerlich.

Er machte die Minibar auf und schaute sich mit Vergnügen die vielen kleinen Flaschen an. »Was zu trinken? Nein?« Er wählte einen Kognak aus und kippte ihn in ein Glas. Er ließ sich ihr gegenüber in den Sessel fallen, prostete ihr zu und nippte an seinem Glas.

»Oh, warum denn nicht? Was kann das schon schaden?«

»Es ist riskant«, sagte sie schwach.

»Die ganze Angelegenheit ist riskant«, erwiderte er. »Hast du dir die Sendung angeschaut?«

»Ja«, gab sie unwillig zu. »Du warst wunderbar. Sie war wunderbar.«

»Hättest du auch nur einen Augenblick geahnt, daß ich es war?«

Sie schüttelte den Kopf.

»Habe ich mir gedacht«, meinte er. »Ich habe sie im Club nur weiter ausprobiert. Ich wollte sehen, wie sie mit einem völlig fremden Menschen klarkommt. Es war gut. Nichts passiert.«

»Aber was wollte er?« fragte sie, ganz besorgte Mutter, deren Tochter auf Abwege zu geraten droht. »Warum hat er dich noch eingeladen?«

Zelda warf Isobel einen wissenden Blick zu. Isobel packte sich an die Schläfen, spürte den Puls pochen. »Du willst doch nicht behaupten, er hat sich an sie rangemacht?«

»Er wollte mit Zelda Geld verdienen«, sagte Troy entrüstet und ließ seine provokante Pose abrupt fallen. »Der Typ hat Nerven. Dieser popelige kleine Provinzheini hat doch tatsächlich geglaubt, er kann Zelda Vere eine knappe Viertelmillion Pfund abschwatzen, damit er sich eine Produktionsfirma gründen kann, und sie hätte dann die ganze Arbeit am Hals.«

»Niemals!« Kurzfristig war Isobel vom Thema abgelenkt.

»Doch. Wir würden uns Vere und Wade nennen, meint er.«

»Das würde ich nie im Leben mitmachen.«

»Ich auch nicht. Und Zelda ganz bestimmt nicht. Die würde ihn auf Toast fressen.« Troy kicherte. »Er möchte die furchtbaren Erfahrungen, die sie hatte, an ihr wiedergutmachen. Er kann unmöglich mehr als den Schutzumschlag des Buches gelesen haben. Denn sonst hätte er gewußt, daß sie längst selbst Rache genommen hat. Ich jedenfalls würde lieber keine Geschäfte mit Zelda Vere machen, wenn ich vorhätte, sie übers Ohr zu hauen.«

»Aber das ist ja schrecklich«, sagte Isobel. »Der hat wohl überhaupt keine Prinzipien.«

Troy lächelte ihr über den Rand seines Glases hinweg zu. »Schätzchen, die ganze Welt hat keine Prinzipien. Wenn du soviel Geld hast wie Zelda Vere und öffentlich, ja, *öffentlich*, darüber sprichst, wenn du so reich bist wie Zelda Vere und immer und immer wieder diesen Reichtum zum Thema machst, dann kommen eben alle möglichen Würmer aus dem Gebälk gekrochen ... und wollen es dir möglichst schnell wieder abnehmen. Alle, alle wollen ihr Stück vom Kuchen.«

Sie schüttelte den Kopf. »Ich habe immer gedacht, Zelda lebt in einer Welt, wo es nur reiche und schöne Menschen gibt«, erwiderte sie. »Ich hätte nie geglaubt, daß andere sie ausnehmen wollen.«

Er lächelte. »Sie ist doch ein Talent, oder nicht? Du begreifst ja gar nicht, wie selten so was ist. Auf jeden Menschen, der eine originelle Idee hat, kommt etwa ein halbes Dutzend Leute, die davon profitieren wollen. Der Trick ist, daß du diese Person erst einmal finden mußt. Und dann zäunst du sie ordentlich ein, damit allen klar ist, daß sie dein Eigentum ist, und du läßt sie arbeiten. Arbeiten und arbeiten und arbeiten, und du suchst nur neue Methoden, wie du noch mehr von ihr profitieren kannst.«

»Aber bei Isobel Latimer war das doch nicht so«, wandte Isobel ein.

Troy schüttelte den Kopf. »Falsche Art Talent. Mit Isobel Latimer habe ich nie besonders viel Geld verdient, du ja auch nicht. Aber seit bekannt ist, daß ich Zelda Veres Agent bin, weißt du, wie sich mein Geschäft entwickelt hat?«

Sie schüttelte den Kopf.

»Es hat sich verdoppelt«, sagte er. »Einladungen zu Partys? Dreimal so viele. Einladungen zum Abendessen? Doppelt so viele. Einladungen zum Mittagessen? Ich kann gar nicht so oft Mittag essen, wie mich Leute ausführen wollen, weil sie glauben, daß ich einen Riecher für Talente habe und vielleicht ein wenig von meinen Gewinnen auch in ihre Richtung streue. Es geht nicht nur um die Tantiemen, weißt du. Es ist viel, viel mehr.«

Sie schüttelte den Kopf, schaute ihn besorgt an. »Du redest, als würdest du sie auffressen, als würdet ihr sie unter euch verteilen und auffressen.«

Troy warf ihr ein Wolfslächeln zu. »Das machen wir doch beide, oder nicht? Sie ist die Gans, die das goldene Ei gelegt hat. Der Trick ist, wir müssen sie ausnehmen, ohne sie zu zerstören. Wir wollen uns holen, was wir kriegen können, während die Sache noch so gut läuft, ohne dabei das zu gefährden, was noch kommen könnte.«

»Aber zwischen uns ist doch mehr, oder? Es ist doch mehr als nur das Ausschlachten eines Talents?«

Ihre besorgte Stimme erinnerte ihn daran, daß er sie bei Laune halten mußte, die kommerzielle Realität vor ihr verbergen mußte, die sie manchmal andeutungsweise zu sehen bekam. Er stellte sein Glas ab, ging durchs Zimmer auf sie zu und hauchte ihr einen zarten Kuß auf die Wange, wie er seine Mutter küssen würde. »Natürlich. Zwischen uns geht es um mehr als nur um ein Stück vom großen Kuchen. Aber jetzt mußt du mich entschuldigen, ich muß ins Bett. Wir haben morgen einen schweren Tag, und du mußt besonders gut aussehen. Wir fahren um zehn nach neun mit dem Zug nach Liverpool. Taxi um halb neun.«

Isobel wollte ihn festhalten, aber er wand sich aus ihren Armen und machte sich auf den Weg in sein Schlafzimmer.

»Troy!« rief sie hinter ihm her. Er zögerte, die Hand auf der Klinke.

»Ich dachte, wir könnten ...« Sie brachte den Satz nicht zu Ende, wußte nicht, wie sie es formulieren sollte.

Er gab vor, nicht zu begreifen, was sie meinte. »Erzähl's mir morgen.« Er lächelte sie an. »Heute abend bin ich völlig fertig. Erzähl mir morgen, was du dir gedacht hast.«

Kapitel 16

Isobel, als Zelda gekleidet, schwieg während der gesamten Zugfahrt nach Liverpool, schwieg auch noch, als sie im Hotel eincheckten.

»Ich würde mir gerne das Museum und die Galerie ansehen«, sagte sie in der Hotelhalle.

Troy musterte sie mit hartem Blick. »Ich hätte nicht gedacht, daß dich so was groß interessiert«, bemerkte er spitz. »Das ist nur ein Haufen alter Kram.«

Einen Augenblick lang dachte er, sie würde zu diskutieren anfangen, aber dann nickte sie nur, als hätte sie keine Energie mehr, ihre eigene Persönlichkeit durchzusetzen, nahm schweigend den Schlüssel und folgte dem Gepäckträger aufs Zimmer. Sie überprüfte ihr Make-up und ihre Frisur und war vor Ablauf einer halben Stunden schon wieder unten. Das erste Interview des Tages führte sie mit einer Frau von der Lokalzeitung, die einen ausführlichen Bericht über Zeldas Wandlung vom Opfer zur Bestsellerautorin schreiben wollte. Troy lehnte sich zurück und schaute zu, wie Zelda die üblichen Fragen beantwortete und die altvertrauten Anekdoten erzählte. Als die Frau gegangen war, warf er Isobel sein charmantestes Lächeln zu.

»Mittagessen?«

Sie schüttelte den Kopf, die Geste war kaum mit Zeldas träger Anmut vereinbar. »Ich möchte Philip anrufen.«

»Zelda hat keinen Philip.«

Sie blickte ihn wütend an, was gar nicht zu ihrem glatten Gesicht passen wollte. »Aber ich«, erwiderte sie stur.

Er zögerte einen Augenblick. »Soll ich dir das Mittagessen

aufs Zimmer bringen lassen?« fragte er. »Du könntest dich ein paar Stunden ausruhen. Vielleicht kurz ins Museum rübergehen, wenn du Lust hast?«

»Gerne«, schmollte sie.

»Dann geh nur«, meinte er freundlich. »Paß auf, daß dich niemand sieht. Ich kann mich bis zum nächsten Interview hier allein vergnügen. Um drei beim Radiosender, vergiß das nicht. Wagen hier um Viertel vor.«

Isobel stand auf und zögerte dann. »Und du rufst nicht bei diesem Mann an, während ich weg bin?« fragte sie und fürchtete, Ansprüche an ihn zu stellen, fürchtete aber noch mehr, was er wohl als nächstes tun würde.

Troy stand auf und küßte sie zart auf die Wange. »Nein«, sagte er leise. »Versprochen. Gestern abend, das war eine einmalige Angelegenheit. Ich bin nur Zelda geworden, weil es sein mußte, und dann bin ich ein bißchen übermütig geworden und habe die Dinge auf die Spitze getrieben. Wir reden heute abend beim Essen darüber. Geh du nur und ruhe dich aus und mach dir keine Sorgen. Zelda spaziert nicht ohne dich los. Ich habe heute morgen als Troy Cartwright bei Justin Wade angerufen und ihm gesagt, er soll sich verpissen.«

Isobel nickte und ging auf ihr Zimmer. Sie fühlte sich erleichtert und getröstet, als sie ihre Telefonnummer zu Hause wählte, um wieder mit den sicheren Dingen ihres Lebens Kontakt aufzunehmen.

Es dauerte lange, ehe Philip ans Telefon kam, und er war völlig außer Atem.

»Murray und ich waren draußen in der Scheune«, erklärte er. »Haben die Beleuchtung ausgewählt. Er baut ein paar Scheinwerfer auf und hat Muster von den verschiedenen Wandverkleidungen; und dann kann man sehen, wie das Licht einfallen wird. Er sagt, es ist eine der wichtigsten Entscheidungen.«

»O gut«, meinte Isobel. Zu Hause schien ihr unendlich weit weg. Sie sehnte sich verzweifelt danach, daß Philip einen vertrauten Ton anschlug, sie irgendwie an ihre Ehe und ihre lange, treue Liebe erinnern würde, damit sie wieder wußte, daß sie alles nur für ihn tat.

»Wir haben uns für Halogen-Deckenfluter entschieden, mit einigen Spots, die direkt ins Wasser leuchten. Das gibt wunderbare Lichtreflexe an der Decke. Wir haben nur mit ein paar Eimern Wasser und den Scheinwerfern rumgespielt, und die Wirkung ist toll.«

»Gut«, murmelte Isobel noch einmal.

»Ich habe auch noch mal über Farben nachgedacht«, fuhr Philip fort. »Ich wollte ja den Scheuneneffekt mit den braunen Balken und weiß getünchten Wänden beibehalten, aber jetzt glaube ich, daß wir uns für ein blasses Blau entscheiden sollten, weil es die Spiegelungen am besten zur Geltung bringt.«

»Wirklich?«

»Wir könnten die Balken verkleiden oder die Decke abhängen, damit wir eine glatte Oberfläche bekommen. Murray meint, wir müssen uns das Wasser wie einen Projektor vorstellen und die Decke als Leinwand. Das Abhängen lohnt sich vielleicht wirklich, wenn man den Effekt bedenkt.«

»Ist das nicht ziemlich teuer?«

Philip lachte. »Nein, es ist sogar ausgesprochen billig, verglichen mit dem, was es kosten würde, Dachfenster einzubauen«, erwiderte er. »Ich war ganz entsetzt, als ich die Preise gesehen habe. Murray hat Broschüren zur Ansicht mitgebracht, und sogar er findet die ein bißchen übertrieben. Wir hatten uns nämlich überlegt, ob wir nicht das Dach der Scheune ganz abnehmen und durch große, elektrisch gesteuerte Fenster ersetzen sollten. Wenn das Wetter schön ist, kann man sie aufschieben. Wir würden auch die Südwand der Scheune ganz durch Glasfenster ersetzen. Dann wäre der Pool im Sommer praktisch im Freien. Murray sagt, es ist ein tolles Erlebnis, wenn man so das ganze Gebäude öffnet. Berauschend. Und nachts kann man unter Sternen schwimmen.«

»Aber du meinst, es kostet zu viel?« fragte Isobel nach.

»Ich denke schon«, erwiderte Philip vorsichtig. »Doch das mußt du entscheiden, wenn du am Wochenende nach Hause kommst. Ich will nichts überstürzen. Du entscheidest, Schatz. Ich habe schließlich nicht vergessen, wer bei uns das Geld nach Hause bringt.«

»O nein«, fuhr Isobel rasch dazwischen. »Das ist dein Projekt, und du hast dich so eingehend damit beschäftigt. Ich lasse mich da ganz von dir leiten.«

»Wir reden drüber«, sagte er fair. »Ich möchte wirklich das Allerbeste für dich. Du verdienst es, du arbeitest so hart.«

Fast wäre sie in Tränen ausgebrochen über seine Großzügigkeit. Dabei wußte er doch gar nicht, worin ihre Arbeit bestand und daß sie täglich tiefer in einen komplizierten Betrug hineinglitt.

»Ich wünschte, ich wäre zu Hause«, sagte sie aus tiefster Seele.

»Warum kommst du dann nicht einfach?« fragte er vernünftig. »Du kannst doch früher aufhören. Sag ihnen, du bist krank oder so was.«

Isobel fuhr sich übers Gesicht und merkte, daß Zeldas glatte Grundierung tränenfeucht war. »Nein, das geht nicht. Ich halte durch. Ich hatte nur so schreckliches Heimweh, als du über den Pool und so geredet hast.«

»Na ja, es ist ja wirklich spannend«, stimmte er ihr zu. »Und Murray ist ein talentierter Kerl. Er hätte Architekt werden sollen, er hat eine unglaubliche Vorstellungskraft. Er kann Dinge beschreiben, daß du sie direkt vor Augen siehst. Wie das Dach des Pools zur Seite gleitet und den Himmel öffnet, das erzählt er einfach phantastisch. Du wirst ihn mögen, er jongliert mit Worten, genau wie du.«

Isobel nickte. »Ich freue mich darauf, mir die Pläne anzusehen«, sagte sie. »Sorgt Mrs. M. ordentlich für dich?«

»Heute hat sie auf der Leiter gestanden und das Maßband an die Balken gehalten«, krähte er fröhlich wie ein kleiner

Junge. »Sie mußte so lachen, weil ich die Leiter festhalten sollte und das nicht geschafft habe.«

Isobel versuchte zu lächeln. »Klingt, als hättet ihr Spaß gehabt.«

»Und dann sind wir alle zum Mittagessen in den Pub gefahren«, berichtete er. »Es war viel zu schön, um zu Hause zu bleiben.«

»Ihr habt Mrs. M. zum Mittagessen eingeladen?«

»Murray hat darauf bestanden. Er sagte, sie hätte zum erstenmal im Leben einen Morgen ordentlich gearbeitet.«

»Oh«, Isobel versuchte sich vorzustellen, wie Philip mit dem Swimmingpool-Mann und der Haushälterin essen ging. »Vermißt du mich? Bist du einsam?«

»O nein!« Seine Aufrichtigkeit war unverkennbar. »Dazu habe ich viel zu viel zu tun, Schatz. Aber natürlich freue ich mich drauf, daß du wiederkommst.«

»Natürlich«, erwiderte Isobel leise.

»Oh, Schatz, ich muß aufhängen. Mrs. M. und Murray brauchen mich wieder draußen. Rufst du heute abend noch einmal an?«

»Nein«, antwortete Isobel verzweifelt. »Das war's für heute. Ich kenne jetzt die Neuigkeiten. Morgen wieder.«

»In Ordnung«, sagte er. »Tut mir leid, daß ich jetzt weg muß.«

»Macht nichts«, beruhigte sie ihn. »Tschüs, Schatz.«

»Tschüs.«

Am Abend hatte sich Isobels düstere Laune noch nicht aufgehellt. Sie wollte nicht im Hotelrestaurant essen, auch nicht zum Essen ausgehen. Statt dessen aßen sie auf dem Zimmer. Isobel wartete im Bad, bis der Kellner das große Tablett gebracht und den Tisch gedeckt hatte. Dann erschien sie im Frotteebademantel ohne Zeldas Haar und Make-up, einfach als sie selbst, trotzig unbemalt, ungeschminkt und unverjüngt.

Troy, der sich die ersten Abendnachrichten im Fernsehen anschaute, schaltete den Apparat aus und stand auf, als sie eintrat, nahm die Müdigkeit auf ihrem Gesicht und die Traurigkeit in ihren Augen wahr.

Sie aßen schweigend. Troy schenkte Isobel den größten Teil der Flasche Wein ein.

»Was ist los?« fragte er und freute sich nicht gerade auf das Gespräch, das nun folgen mußte.

»Es ist wegen Philip«, erwiderte sie zu seiner großen Überraschung.

Troy, der mit Vorwürfen gerechnet hatte, weil er als Zelda ausgegangen war, verbarg sein Erstaunen.

»Ich dachte, dieses neue Projekt mit dem Swimmingpool wäre nur eine Eintagsfliege«, erklärte sie. »Aber er betreibt es immer eifriger. Jetzt redet er schon von Fenstern im Dach und an der Südseite der Scheune, die sich selbsttätig öffnen. Ich weiß nicht, ob wir uns das leisten können.«

Troy nickte. »Wieviel?«

»Er hat noch nichts gesagt. Aber im Grunde ist es dann ja ein völlig neues Gebäude, wenn die Scheune ein neues Dach und neue Seitenwände bekommt, oder? Und dann muß noch für den Pool ausgeschachtet werden, und wir brauchen all diese Anlagen. Filter, Pumpen und Heizungen.«

Troy nickte. »Klingt teuer.«

»Wird es wohl auch.«

»Wir haben das Schweizer Konto mit deinen 150 000 Pfund eröffnet, und dann kommen noch mal 100 000 bei Veröffentlichung des Hardcovers, wohl noch diesen Monat. Davon kannst du abheben, was du brauchst. Aber danach gibt es bis in einem Jahr, wenn das Taschenbuch herauskommt, erst mal nichts mehr«, erinnerte er sie. »Doch das macht in diesem Jahr allein eine Viertelmillion, und im nächsten Jahr kommen dann auch noch mal knapp 100 000 Pfund. Genug für ein, zwei Swimmingpools.«

Isobels angespannter Gesichtsausdruck heiterte sich ein

wenig auf. »Ja. Ich bin albern. Ich habe ein Vermögen verdient, nicht? Genug für alles, was wir uns je leisten wollen.« Sie warf Troy einen Blick zu. »Ich bin sehr dankbar, ich wollte nicht meckern.«

Einem Impuls folgend, stand er vom Eßtisch auf und streckte ihr die Hand entgegen. Er zog sie neben sich aufs Sofa. Isobel wurde bei seiner Zärtlichkeit warm ums Herz, sie saß in seinen Arm geschmiegt und lehnte den Kopf vertraut an seine Schulter.

»Wie kommt er nur immer auf diese grandiosen Ideen?« fragte Troy. »Er muß sich doch denken können, daß du dir nicht einmal die Hälfte von all dem leisten kannst? Es sei denn ... oh, Isobel, du hast ihm doch nicht von Zelda und ihren Vorschüssen erzählt?«

»Nein!« rief sie aus. »Nein! Wirklich nicht! Er glaubt nicht, daß große Summen ins Haus stehen. Ich habe ihm gesagt, daß ich für meinen letzten Roman einen guten Preis bekommen habe, um zu erklären, warum wir über genug Geld für einen kleinen Swimmingpool verfügen. Er hat ihn sich so gewünscht. Und ich dachte, das würde ihm eine interessante Beschäftigung geben und wäre gut für seine Gesundheit ...«

»Er glaubt also, daß du so an die, na sagen wir 50000 Pfund verdient hast?«

Isobel nickte. »Er weiß, daß ich an einem neuen Isobel-Latimer-Roman schreibe. Wenn er davon ausgeht, daß ich auch dafür wieder einen guten Vertrag bekomme, dann würden wir dieses Jahr zwischen 60000 und 70000 Pfund verdienen.«

»Minus Steuern«, erinnerte sie Troy. »Und Provision.«

Sie nickte.

»Was denkt er also, wovon du den Pool und all diese Schiebefenster und Dachfenster bezahlen sollst?«

Sie entspannte sich in seinem Arm. »Das ist es ja«, meinte sie. »Er denkt überhaupt nicht. Seit er immer kränker wurde, hat er einfach damit aufgehört. Ich habe ihm alles abgenommen. Das passiert doch immer wieder mal: Männer, die nicht wissen, wie man kocht, die nicht einmal wissen, wo die Geschirrtücher aufbewahrt werden, weil das nicht zu ihren Aufgaben gehört. Frauen, die keinen Scheck ausstellen können. Na ja, so ist es nun bei uns auch. Wir haben es nie so geplant, ich habe es nicht beabsichtigt. Es hat sich einfach ergeben, daß ich die Kontrolle über unsere Finanzen übernommen habe, und jetzt erkundigt er sich nicht einmal mehr danach. Ich gebe ihm Taschengeld, und ich bezahle die Rechnungen, wenn sie kommen. Er verschwendet keinen Gedanken an Geld.«

Troy nickte. Insgeheim fand er die Vorstellung von einer Ehe widerwärtig, in der ein Mann sich in kindliche Abhängigkeit zurückentwickelte. »Aber er muß doch wissen, daß du dir das alles als Isobel Latimer unmöglich leisten kannst.«

Sie schaute schuldbewußt. »Ich habe ihm nie erzählt, daß die Tantiemen für die Isobel-Latimer-Romane weniger geworden sind«, gestand sie. »Ich wollte ihn nicht beunruhigen. Er glaubt immer noch, daß wir gut verdienen. Er glaubt, daß die Verkaufszahlen noch so wie in den siebziger Jahren sind. Es ist ihm nicht klar, daß wir immer vom letzten Buch leben. Er denkt, die anderen Bücher bringen auch noch Geld. Er meint, sämtliche Vorschüsse wären abgearbeitet, und ich verdiene an allen Titeln. Er glaubt, daß wir wirklich wohlhabend sind.«

»Na ja, dank Zelda, seid ihr das ja auch«, erinnerte sie Troy. »Und offensichtlich wird er keine unbequemen Fragen stellen, wie gut du verdienst. Du mußt nur, wenn du am Wochenende nach Hause kommst, darauf bestehen, daß nicht all dein Geld für etwas ausgegeben wird, das ihr euch eigentlich nicht leisten könnt. Mindestens ein Drittel solltest du für die Steuer zurücklegen.«

Sie nickte.

»Einfach fest bleiben«, riet ihr Troy.

Isobel zögerte. »Es ist so schwer«, flüsterte sie. »Er tut mir so leid. Wenn du ihn gekannt hättest, als er gesund war, dann würdest du mich verstehen. Er hatte soviel Energie und war so gescheit, er war ...« Sie brach ab.

Troy betrachtete ihr müdes Gesicht. Sie sah aus wie eine Frau, die keinen Funken Energie mehr hatte. Sie könnte kaum elender aussehen, wenn ihr Mann sie jeden Abend nach dem Essen prügelte. Er betrachtete sie einen Augenblick, und sie hielt seinem Blick stand, ihre ehrlichen grauen Augen schauten in seine dunkelblauen.

»Einfach festbleiben«, wiederholte er.

Isobel schüttelte den Kopf. »Ich bringe es nicht fertig, ihm einen Wunsch abzuschlagen. Das bricht mir das Herz. Er hat sich vom witzigsten, charmantesten und ... erotischsten Mann, den ich kannte, zu einem alten, müden, ziemlich mürrischen Kranken gewandelt. Ich könnte heulen, wenn ich ihn nur sehe. Ich darf jetzt nichts tun, was sein Leben noch leerer machen würde.« Sie hielt inne. »Er ist ein enttäuschter Mann.«

Troy dachte, das klänge wie ein Buchtitel: *Der enttäuschte Mann*. »Ich weiß, was du tun könntest«, schlug er vor. »Du könntest wie Zelda denken. Wie würde sie mit der Sache umgehen? Wenn Zelda mit ihm verheiratet wäre, was würde sie machen? Wenn du nach Hause kommst, dann hast du eine ganze Woche als Zelda hinter dir. Handle so wie sie. Zelda könnte jemandem kaltlächelnd sagen, daß genug nun wirklich genug ist. Zelda könnte jemandem etwas verweigern, selbst wenn sie ihn liebte. Ich kann mir gut vorstellen, daß *sie* ihm erklären würde, ihre Liebe allein sei genug, mehr als genug für jeden Mann. Da bräuchte er nicht auch noch einen Swimmingpool.«

Bei diesem Gedanken wurde ihr schon heiterer zumute. »Das würde sie wirklich sagen, nicht?«

Er lächelte. »Ich kann mir nicht vorstellen, daß Zelda sich abrackern würde, um etwas zu kaufen, das sie gar nicht besonders gern haben will. Sie würde ihrem Mann ziemlich unmißverständlich klarmachen, daß sie das Geld verdient und er es immer nur ausgibt und daß damit irgendwann einmal Schluß sein muß.«

»Aber sie ist ja auch keine besonders nette Frau, oder?« wandte Isobel ein. »Wir haben sie als Person entworfen, die sich an allen rächt, die ihr übel mitgespielt haben. Wir haben ihr keine besonders hohe Moral mitgegeben. Sie ist eigentlich unfähig, diese Art Entscheidung zu fällen. Sie ist eine Romanfigur, keine Person mit einem Gewissen, die in einer komplexen Welt lebt.«

Troy lächelte. »Es ist nicht unbedingt ein Vorteil, eine gute, anständige Frau zu sein, denke ich mal. Ich habe mir immer überlegt, wie toll es wäre, jemand zu sein, der ohne diese moralische Verantwortung leben darf.«

Einen kleinen Augenblick lang glaubte er, zu weit gegangen zu sein. Sie würde den Vorschlag, alle moralischen Skrupel beiseite zu schieben, von sich weisen. Aber dann wandte sie sich in seinen Armen zu ihm hin und schaute ihn an, ihr Gesicht war seinem ganz nah. Troy wurde klar, daß nun Zeldas Gesicht nicht mehr schützend zwischen ihnen stand. Keine Schicht aus Grundierung und Puder mehr, keine Maske aus Augen-Make-up und Abdeckstift. Nichts als Isobels sauber gewaschenes Gesicht und seines, so nah, als könnten sie sich küssen.

Sie küßten sich nicht. Sie starrten einander an, als müßten sie jede Pore, jedes Fältchen im Gesicht des anderen kennenlernen. Er sah die Haut unter ihren Augen, die zu beinahe sepiabraunen Schatten verdunkelt war. Sie die leicht nach unten gezogenen Fältchen um seinen Mund, die ihm in der Zukunft, vielleicht in fünf oder zehn Jahren, einen mürrischen Zug verleihen würden. Er sah die Müdigkeit in ihrem Gesicht, die leicht schlaffe Haut am Kinn und um die Augen. Er sah den Strahlenkranz in den Augenwinkeln, wo ihr Lächeln die Haut in kleine Fältchen gelegt hatte, und es wurde ihm klar, daß sie in letzter Zeit selten breit und strahlend gelächelt hatte. Irgendwann früher einmal hatte Lebensfreude ihr Gesicht so gezeichnet, aber jetzt waren die Fältchen nur wie Spuren auf einer wenig befahrenen Straße.

»Du bist müde«, sagte er, und in seiner Stimme schwang so viel Zärtlichkeit mit, als spräche er zu einer geliebten Freundin, die von einer langen, schweren Reise zurückgekommen war und sich immer noch nicht ausruhen durfte.

Sie rang nach Worten, dann schüttelte sie den Kopf. »Ich bin unglücklich. Das ist was anderes.«

Er wartete.

»Das Gefühl ist das gleiche«, erklärte sie langsam. »Müdigkeit und Unglücklichsein fühlt sich gleich an. Ich habe oft das Gefühl, müde zu sein, und natürlich arbeite ich ja auch sehr hart. Und treibe mich selbst immer mehr an. Aber das Gefühl, daß ich schon fix und fertig bin, ehe ich überhaupt angefangen habe, daß ich immer zuviel zu tun habe und gar nicht alles schaffen kann – das ist nicht wirklich Müdigkeit. Ich weiß es, denn ich fühle mich schon morgens beim Aufwachen so. Sogar wenn ich die ganze Nacht schlafe, von zehn Uhr nachts bis zehn Uhr morgens, dann wache ich völlig erschöpft auf. Ich bin nicht übermüdet, ich bin völlig ausgelaugt. Und zwar nicht durch Anstrengung, sondern vom bloßen Gedanken an eine Anstrengung. Ich will nicht, daß der Tag losgeht. Ich will den Rest meines Lebens nur noch schlafen. Wenn ich einschlafen und nie mehr aufwachen könnte – ich würde es tun.«

Troy zog sie ein bißchen fester an sich, als könnte er so diese schreckliche, enthüllende Beichte zum Verstummen bringen. Aber Isobel schwieg nicht. Sie wollte es ihm erklären, sie wollte ihre trostlose Beichte ablegen.

»Das einzige, was mir wirklich Spaß gemacht hat, war das Schreiben«, fuhr sie leise fort. »Als Philip krank war und wir glaubten, er müsse sterben, da war es allein das Schreiben, was mich von meiner Angst und meinem Kummer ablenken konnte. Und dann, als sich herausstellte, er ist für immer krank, da war es das einzig Lebendige im Haus. Mit der Zeit sind meine Texte aus irgendeinem Grund hohl und leer geworden. Ich kann es mir nicht erklären. Mir schien auf einmal, als hätte ich mein Leben lang immer nur die gleichen Bücher über die gleichen Leute geschrieben. Über Leute wie mich, die in Häusern wie meinem lebten, etwa in meinem Alter waren und immer und immer wieder die gleichen Entscheidungen treffen mußten: offen aussprechen oder verschweigen? Vertrauen oder zweifeln? Treue halten oder weggehen? Und weil sie sich in *meinen* Romanen tummeln und nicht bei einem von diesen jungen Autoren, die nur sich selbst und sonst nichts für wichtig halten, die meinen, daß die einzigen Geschichten, die es zu erzählen lohnt, von egoistischem Verlangen und dem Streben nach Selbstverwirklichung handeln, weil sie also *meine* Gestalten sind, entscheiden sie sich immer für Diskretion, für Vertrauen und für Treue.« Sie seufzte. »Mein Gott, sind die langweilig.«

Er hätte sie unterbrochen, aber er hatte nichts dazu zu sagen.

»Erinnerst du dich, wie ich meine erste schlechte Kritik bekam, für den zweitletzten Roman?«

Troy nickte.

»Dieser junge Mann, Peter Friday, hat *Der Richter und das Urteil* in der Luft zerrissen. Einerseits war ich verletzt und beleidigt, klar. Aber andererseits mußte ich ihm recht geben. Er sagte, mein Buch sei moralinsaures Nachkriegsgerede, Fiktion der fünfziger Jahre. Er schrieb, die Zeiten seien vorbei, in denen sich noch irgend jemand für lange komplizierte innere Monologe über Moralfragen interessierte. Er meinte, heute wollten die Leute Ironie und Action und dramatische Entwicklungen. Moderne Fabeln, sagte er, und keine Betrachtungen darüber, wie viele Engel auf einer Nadelspitze tanzen können. Er meinte, ich sei schließlich Romanschriftstellerin und nicht Theologin.«

»Und ein paar Monate später ist er bei der Zeitung rausgeflogen«, ergänzte Troy.

Isobel lächelte. »Ja, aber so ganz unrecht hatte er nicht. Er hat offen erklärt, daß ihn die Art Bücher, die ich schreibe, langweilen: minutiöse Einzelheiten aus dem Familienleben und winzigste Beziehungsprobleme. Als ich die Kritik gelesen habe, hat ein Teil von mir hurra gerufen, da war endlich einer, der die Courage hatte, das zu sagen! Endlich einer, der zugab, daß ihn all das langweilte, wo es mich doch schon jahrelang angeödet hatte.«

Troy streichelte ihr Haar.

»Und dann noch was«, fuhr sie fort, löste sich plötzlich aus seiner Umarmung und wurde ganz lebhaft. »Außerdem hatte ich so lange über Leute geschrieben, die wohldurchdachte moralische Entscheidungen fällen und immer das Richtige tun, daß ich mich schließlich selbst in die Ecke geboxt hatte. Als Philip krank wurde, schien mir, als wären all meine Romane nur Verhaltenstraining für mich gewesen. Es ist mir gar nicht in den Kopf gekommen, irgend etwas anderes zu tun als für ihn zu sorgen, meine Pläne und meinen Ehrgeiz und all unsere gemeinsamen Hoffnungen hintan zu stellen. Er hat seine Behinderung. Und ich habe ihn am Hals. Ich bin wie eine gute Mutter, die so engagiert und aufopfernd ist, daß sie keine andere Wahl mehr hat, andere Möglichkeiten gar nicht mehr sieht. Sie tut einfach immer automatisch das Richtige. Sie muß. So wie ich immer das Richtige tue, tun muß, selbst wenn ich krank vor Erschöpfung und Langeweile und Trauer über mein Leben bin.«

Er wartete.

»Und dann kam Zelda«, sagte sie schlicht. Sie schaute zu ihm auf, und obwohl ihr Gesicht voller Fältchen und ganz müde war, fiel ihm auf, daß ihre Augen, in denen Tränen standen, von einem wunderbaren, leuchtenden Grau waren. Tiefes, leidenschaftliches Mitleid erfüllte ihn. Wie konnte diese Frau, die so talentiert und so wunderschön war, so müde sein, daß sie den Rest ihres Lebens nur noch schlafen wollte, so treu, daß sie keinen Ausweg aus einer Situation sah, die doch irgendwo noch eine kleine Ausweichmöglichkeit, ein wenig Freiheit für sie enthalten mußte?

»Isobel, du bist so schön«, entfuhr es ihm.

Sie blickte nicht überrascht. Sie schaute ihm geradewegs in sein junges Gesicht. Behutsam küßte er die traurige, dunkle Haut unter ihren Augen. Zart küßte er ihre bleichen Lippen. Sie schloß die Augen und gab sich ganz seinen zärtlichen, freundlichen Küssen hin, die sich auf ihrem Gesicht wie ein gnädiger, milder Regen anfühlten. Sie spürte, wie er ihr mit zarter Hand den Bademantel von der Schulter streifte, spürte die Berührung seiner Finger und Lippen an ihrem Nacken, an der weichen Haut ihrer Brüste, an der leicht erschlafften Haut ihres Bauches. Schweigend glitten sie miteinander zu Boden. Isobel waren Troys Berührungen seltsam vertraut und doch gleichzeitig völlig fremd. Noch nie waren sie beide nackt gewesen. Noch nie zuvor sie selbst. In den beiden endlosen Liebesnächten zuvor war er Zelda gewesen, und sie war von ihren eigenen Phantasien davongetragen worden. Heute war sie eine müde, sorgenbeladene Frau mittleren Alters und er war ein Mann, den tiefes, leidenschaftliches Mitgefühl bewegte. Er wollte sie verändern, er wollte sehen, wie ihr trauriges, niedergeschlagenes Gesicht von ein wenig Freude erhellt wurde, er wollte sehen, wie ihre nach unten gebogenen Mundwinkel sich zu einem Lächeln nach oben zogen, wollte die tiefen Falten ausradieren, die den Mund einrahmten.

Als sie um Mitternacht vom Teppich neben dem Sofa in Isobels Bett umzogen, wurde er für seine Bemühungen belohnt. Im Halbschlaf hob sie die Bettdecke hoch, schauderte bei der Berührung der kalten Laken ein wenig, schaute zu ihm herüber, und ihr schläfriges Lächeln war glücklicher als alles, was Zeldas aufgemalte Schönheit ihm je hätte bieten können.

Isobel wachte früh auf, war sich bewußt, daß Troy noch neben ihr lag. Vorsichtig drehte sie den Kopf auf dem Kissen und schaute in sein schlafendes Gesicht. Er hatte einen blonden Stoppelbart, der Schlaf hatte ihm die Falten geglättet. Er sah jung und rührend aus. Sie wollte ihn wachküssen, wollte seinen warmen, schmalen Körper berühren, aber sie blieb auf ihrer Seite des Bettes liegen, weil sie dachte, eine gute Geliebte müsse seinen wohlverdienten Schlummer behüten.

Sie fühlte sich nach der Liebe ein wenig klebrig und müde, aber wohlig entspannt wie noch nie. Früher hatte Zeldas Gegenwart immer jede wirkliche Intimität zwischen Troy und Isobel verhindert, war aber auch ihre einzige Kontaktmöglichkeit gewesen. Jetzt war Isobel mit Troy allein und spürte ihr Verlangen nach ihm. Zum erstenmal wußte sie, daß er sich ohne Maske und ohne Mittelsperson für sie entschieden hatte. Troy wollte sie, das glaubte sie. Jetzt waren sie wirklich Liebende. Sie lächelte und berührte sanft seine Wange, immer noch darauf bedacht, ihn nicht zu wecken. Das ist also mein Geliebter, dachte sie. Der Anfang eines Liebesaffäre. Wer weiß, wohin das alles führen würde? Von ihrer treusorgenden Hingabe an Philip konnte sie nichts lösen, nichts konnte sie von diesen Pflichten entbinden. Aber Troy wußte das, er wußte alles und hatte sich trotzdem entschlossen, sie zu lieben, hatte sich dennoch entschlossen, sie zu umarmen, sie ins Bett zu tragen.

Troy regte sich neben ihr und schlug die Augen auf. Schockiert begegnete er Isobels festem, strahlendem Blick, fragte sich entsetzt, wie lange sie wohl schon wach war und ihm ins Gesicht starrte. Eine ungeheure Verlegenheit überkam ihn – und die Gewißheit, daß diese Beziehung wesentlich intimer und schwieriger geworden war.

»Schon hellwach?« fragte er freundlich. »Du siehst toll aus. Ich mach dir eine Tasse Tee, während du duschst. Wir haben heute wieder einen harten Tag vor uns.«

Ohne sie zu berühren schlüpfte er aus dem Bett, floh vor ihrer überraschten Miene. Als er den Wasserkocher füllte und anschaltete, schaute er zum Bett zurück. Zu seiner Erleichterung stand sie auch auf und verbarg ihre unvollkommene Nacktheit unter dem wattierten Morgenrock. Er warf ihr eine Kußhand zu. »Neuer Tag, neues Geld«, sagte er fröhlich. »Ich geh zu mir rüber duschen.«

Nach einem Interview beim Lokalsender fuhren sie mit dem Zug nach Birmingham und checkten im Hotel ein. Troy behandelte Isobel sanft, war um ihr Wohlergehen besorgt.

Unter dem Helm von Zeldas Mähne und hinter der Maske ihres Make-ups spürte Isobel, daß sie geliebt wurde, daß man sie akzeptierte, verstand, anerkannte, sogar in der Verkleidung, sogar in der Täuschung.

In Birmingham aßen sie im Hotelrestaurant, und Troy begleitete Isobel nach dem Abendessen auf ihr Zimmer. Erst als er in der offenen Tür stehenblieb, begriff sie, daß er in sein Zimmer gehen wollte.

»Schläfst du nicht hier?« fragte sie kühn.

Er schüttelte den Kopf. Er wußte nicht, wie er mit dieser Frage umgehen sollte, obwohl er sie vorausgeahnt hatte. »Es tut mir so leid, Liebes«, sagte er sanft, einer plötzlichen Eingebung folgend. »Ich habe heute abend so schreckliche Kopfschmerzen. Ich bekomme manchmal Migräne, weißt du.«

Sofort spiegelte sich auf ihrem Gesicht zärtliche Fürsorge. »Oh, hättest du doch was gesagt! Ich hätte dich niemals zum Abendessen überredet.«

»Ich wollte doch bei dir sein«, protestierte er.

»Nein, nein«, ermahnte sie ihn. »Jetzt aber ab ins Bett. Hast du was zum Einnehmen?«

»Ja. Das geht schon in Ordnung.«

»Soll ich dir eine Tasse Tee machen? Möchtest du eine Tasse Tee, wenn du im Bett bist?«

Troy verspürte die köstliche Versuchung, den eingebildeten Kranken zu mimen. »Ich möchte dir keine Mühe machen.«

Sie strahlte. »Kein Problem. Du gehst ins Bett, und ich komme in fünf Minuten und bringe dir eine Tasse Tee.«

Troy ließ sich ein wenig zusammensinken. »Das wäre wunderbar.«

Er ging in sein Zimmer, zog sich schnell aus und schlüpfte in den Schlafanzug. Kaum war er leichtfüßig ins Bett gesprungen, da öffnete sich auch schon die Tür, und Isobel kam mit einer Tasse Tee in der Hand herein.

»Da«, sagte sie zärtlich, stellte die Tasse auf das Nachtschränkchen und beugte sich über ihn, um ihm die Stirn zu streicheln. »Hast du alles, was du brauchst?«

»Alles«, antwortete er süß. »Außer einem Gutenachtkuß.«

Er hatte erwartet, daß sie ihren Mund auf den seinen pressen und ihn mit ihrer Berührung erregen würde. Jetzt, im eigenen Bett, hatte er wieder die Zügel in der Hand und hätte sich über einen leidenschaftlichen Schritt ihrerseits gefreut, hätte sogar darauf reagiert. Aber zu seiner Überraschung lehnte sie sich nur über ihn und küßte ihn zärtlich auf die Stirn, wie eine Mutter ihr krankes Kind küßt. »Gute Nacht«, flüsterte sie. »Gute Nacht, Liebling. Schlaf gut, morgen früh geht es dir bestimmt wieder besser.«

Und damit war sie fort, zog leise die Tür hinter sich zu.

Troy trank seinen Tee in kleinen Schlucken und lehnte sich in die Kissen zurück. Während er langsam eindämmerte, begriff er, warum Isobels Ehe ihrem Mann so viel Freude machte und Isobel nur Trauer und Erschöpfung brachte.

Nach dieser Nacht wollte Troy Isobel nicht mehr allein zu Philip nach Hause gehen lassen. Er hatte düstere Vorahnungen über ihre Rückkehr in ein Haus, das nur noch von Philip, Mrs. M. und dem Dauergast, Murray, dem Swimmingpool-Mann regiert wurde. Als sie am Samstagmorgen im Hotelzimmer ihren Koffer packte, schaute er zu und paßte auf, daß sie nichts mitnahm, was zu Zelda gehörte.

»Du mußt denken wie eine Spionin«, erinnerte er sie, schnappte sich einen bestickten Schlüpfer und verstaute ihn in seinem Koffer. »Es darf nicht die geringste Verbindung zwischen dem einen und dem anderen Leben geben.«

»Den hätte ich auch für mich gekauft haben können«, beschwerte sich Isobel, die das Dessous mit Bedauern verschwinden sah.

»Hättest du, hast du aber nicht«, beharrte Troy. »Der gehört Zelda, und du weißt das ganz genau. Jeder, der dich kennt, würde merken, daß du dir andere Sachen kaufst, daß du mehr Geld für dich ausgibst. Hinweise dieser Art darfst du nicht geben, Isobel, du mußt zwei völlig verschiedene Leben führen.«

Sie nickte und händigte ihm eine Flasche mit Aroma-Badeöl aus.

»Würdest du dir so was nicht kaufen?« fragte er. Die große Flasche hatte nur ein bißchen über fünf Pfund gekostet, und er wußte, wie sehr sie den Duft des milchigweißen Badewassers liebte.

»Nein«, sagte Isobel knapp. »So was würde ich für mich selbst nie kaufen.«

»Und was benutzt du zu Hause?« wollte er wissen.

Sie schaute weg, als schämte sie sich ein wenig. »Philip nimmt Epsom-Salze wegen seiner Krankheit«, erklärte sie. »Ich kaufe mir nie was eigenes. Ich benutze die auch.«

Troy zögerte, war versucht, ihr das Badeöl zu geben, sie dazu zu drängen, sich ein bißchen mehr zu verwöhnen. Aber er hielt sich zurück. Die Täuschung war wichtiger als alles andere. »Noch was zu packen?« fragte er kühl.

»Das war's«, antwortete sie.

Sie blieben ganz geschäftsmäßig, als sie auscheckten. Isobel, die als Zelda angekommen war, verließ das Hotel rasch, durchquerte in ihren langweiligen Isobel-Kleidern die Hotelhalle. Niemand bemerkte die Frau mittleren Alters in dem gedeckten Kostüm. Isobel Latimer bemerkte nie jemand. Nur wenn sie in Zeldas herrlichen Kleidern steckte, drehten alle die Köpfe nach ihr um. Nur wenn sie Zeldas melodramatische Persönlichkeit spielte, zog sie die Aufmerksamkeit aller auf sich.

Als sie zusammen im Zug nach London saßen, dachte Troy wieder an Isobels Heimkehr und fragte sich, was dort wohl auf sie warten würde. Er sorgte sich wegen des Pool-Mannes.

»Ich wette, für den springt dabei ein Profit von um die fünfzig Prozent heraus«, sagte er mißtrauisch. »Ich wette, das ist ein aalglatter Geschäftemacher. Unterschreibe nichts, ehe es nicht ein Rechtsanwalt überprüft hat, Isobel, hörst du?«

Sie fuhren erster Klasse und hatten ein Abteil allein für sich. Isobel, deren brünettes Haar ordentlich im Nacken zusammengefaßt war und die ein schlichtes dunkelblaues Kostüm trug, betrachtete die Landschaft, die draußen vor dem Fenster vorüberzog.

»Nein«, antwortete sie vage. »Ich mag Züge, du auch? Ich finde sie ganz furchtbar schick.«

»Ja«, erwiderte Troy. »Aber wir haben gerade von eurem Swimmingpool-Mann gesprochen.«

Isobels graue Augen blitzten ihn an. »Nein«, sagte sie. »*Du* hast vom Swimmingpool-Mann gesprochen, und *ich* habe das Thema gewechselt.«

»Ich mache mir Sorgen«, erklärte Troy.

»Ich bin sicher, der Mann ist vollkommen harmlos.«

»Wenn er Philip einen überdachten Pool mit einem Schiebedach und Schiebewänden, ein Jacuzzi, eine Sauna und einen überdachten Gang zum Haus angedreht hat, dann ist er alles andere als harmlos. Dann ist er ein gerissener Geschäftemacher. Und ich mache meinen Job und versuche, meine Mandantin zu schützen.«

Sie nickte. »Ich weiß. Aber es geht doch nicht nur um Geld und Verträge.«

»Das ist aber das Wichtigste.«

Isobel schüttelte den Kopf. »Für mich nicht. Das wichtigste für mich ist, daß Philip etwas gefunden hat, das ihm wirklich Spaß macht, ein Hobby, das ihn so lebendig hat werden lassen, wie er es seit Jahren nicht gewesen ist. Und das ist mir viel wert. Du ahnst ja nicht einmal, wie viel.«

Troy übte sich in Geduld. »Das will ich ja gar nicht leugnen. Und das ist ja auch wunderbar. Also freue ich mich. Ich sage doch nur: Kann er sich nicht ein Hobby zulegen, mit dem er nicht gleich einen großen Batzen deines Zelda-Vere-Geldes auf den Kopf haut? Kann er sich nicht was aussuchen, das ihr euch locker leisten könnt?«

»Er ist nicht habgierig«, sagte sie mit fester Stimme. »Er hat nur einfach keine Vorstellung, wieviel ich verdiene und wie unmöglich teuer der Pool ist. Das ist meine Schuld. Ich habe ihm nicht erzählt, daß wir Finanzprobleme hatten. Ich habe einfach versucht, allein damit fertig zu werden.«

Troy nickte. »Dann mußt du eben auch hiermit allein fertig werden«, sagte er. »Du kannst nicht zulassen, daß er sich beim Geldausgeben einmischt, wenn ihm die Informationen fehlen. Wenn er, wie du sagst, nicht habgierig ist, sondern nur schlecht informiert, dann mußt du ihn aufklären. Sag ihm, was man heute für einen Isobel-Latimer-Roman bekommt, addiere meinetwegen noch 30 000 im Jahr dazu. Aber erkläre ihm, wie euer Etat aussieht.«

»Ich kann ihn doch jetzt nicht enttäuschen«, entschied sie. »Er darf sich keine Sorgen machen.«

Troy legte über den Tisch hinweg seine Hand auf ihre. »Das verstehe ich«, sagte er freundlich. »Aber erinnere dich daran, wie du dich gefühlt hast, als ich dir erzählt habe, daß sie nur 20.000 Pfund für deinen Roman zahlen, als du wußtest, das würde nicht zum Leben reichen. Du willst doch nicht wieder da landen, immer in Angst vor Schulden und für all die Arbeit nichts vorzuweisen haben als einen riesigen Swimmingpool mit Schiebedach.«

Isobel lächelte. »Ich weiß ja, daß du recht hast.«

Er merkte, daß es ihr gefiel, wenn er Verantwortung für sie übernahm. Allerdings nur beschränkt, indem er ihr riet, was sie tun sollte; wenn es dann an die schwierigere Aufgabe ging, den Rat auch in die Tat umzusetzen, würde sie wieder allein dastehen.

»Einfach eisern bleiben«, sagte er.

»Ich will es versuchen«, versprach sie.

Kapitel 17

Mrs. M.s Ehemann holte Isobel im Auto der Latimers vom Bahnhof ab.

»War das Wetter schön hier?« fragte Isobel, als sie die Hauptstraße verlassen hatten und langsam über das schmale Landsträßchen fuhren. Er ließ an einer Ausweichstelle einen Traktor vorbei, ehe er antwortete.

»Sehr angenehm«, sagte er. »Ziemlich mild für Anfang Februar. Beinahe schon wie Frühling. In London haben Sie wahrscheinlich nichts davon mitbekommen.«

»Nein«, erwiderte Isobel. »Überall Zentralheizung, und es ist so heiß ...«

»Daher kommen die vielen Erkältungen«, meinte er mürrisch. »Und die Hirnhautentzündung. Wer hat denn je etwas von Hirnhautentzündung gehört, ehe sie überall Zentralheizung eingebaut haben?«

Isobel nickte und schaute sich die vertraute Landschaft an. »Und Philip geht es gut?« fragte sie.

»O ja«, erwiderte Mrs. M.s Mann. »Zumindest hat meine Frau nie was anderes erwähnt. Und sie hätte bestimmt was gesagt. Hat nur seinen Pool im Kopf, meint sie. Das haben Sie wahrscheinlich schon gehört.«

»Ja«, antwortete Isobel.

Er drosselte das Tempo und bog in die Einfahrt ein. Ein weißer Lieferwagen stand auf Isobels Parkplatz. »Das ist wohl der Swimmingpool-Mann«, meinte Mr. M. und parkte daneben. »Sieht ganz so aus, als wäre er beinahe jeden Tag hier.«

Isobel stieg aus und freute sich, daß Philip zur Begrüßung an die Haustür gekommen war.

»Hallo«, rief er ihr zu.

»Hallo«, antwortete Isobel, sah sein helles Haar und das geliebte Gesicht, sein schüchternes, warmes Lächeln. Er erschien ihr, verglichen mit den Ausschweifungen der vergangenen Woche, so wohltuend normal. Sie war froh, wieder zu Hause, froh, wieder bei ihm zu sein. Einen Augenblick lang stiegen ihr bei seinem Anblick Tränen in die Augen, und sie hatte das Bedürfnis, ihm mit einem Aufschrei um den Hals zu fallen und seine Umarmung zu spüren, zu hören, daß sie nie wieder in die böse Welt hinaus müßte, nie wieder Zelda sein müßte, nie wieder in der Nacht die Arme nach Troy ausstrecken oder mit dem komplizierten Leben da draußen kämpfen müßte, das sie und Troy sich diese Woche aufgebaut hatten.

»O Philip«, sagte sie voller Verlangen und bewegte sich auf ihn zu.

Hinter ihm erschien eine Gestalt in der Tür. Murray nickte ihr knapp zu, als freute er sich wirklich, sie zu sehen. »Willkommen zu Hause«, sagte er.

»Danke«, erwiderte Isobel kühl.

»Murray bleibt zum Mittagessen, wir wollten gerade anfangen«, sagte Philip erfreut. »Hast Glück gehabt, daß du den Zug noch bekommen hast. Bist gerade rechtzeitig da.«

Isobel nickte und trat ins Haus. Es schien ihr seltsam, daß diese beiden Männer sie in dem Haus willkommen hießen, das noch bis vor einer Woche zweifelsfrei ihres gewesen war, in dem sie die seltenen Besucher zu begrüßen pflegte. Aber nun lagen im Flur Murrays und Philips Mäntel achtlos über die Stühle geworfen, und Murrays großer blau-weißer Regenschirm mit dem Logo »Atlantis Pools« steckte im Schirmständer. Isobel bemerkte, wie winzig der Riesenschirm ihren Schirmständer aussehen ließ. Dann ging sie in die Küche.

Es gab nicht wie sonst Suppe, Brot und Käse zum Mittagessen. Jetzt kochte Mrs. M. für zwei Männer und hatte ihren üblichen Speiseplan verändert. Es waren zwei Gedecke aufgelegt, und als Isobel eintrat, deckte Mrs. M. gerade noch für sie.

»Hallo«, sagte Isobel.

Mrs. M. schaute auf und lächelte. »Hallo, Mrs. Latimer. Hatten Sie eine gute Woche?«

»Ja, danke«, antwortete Isobel. »War hier alles in Ordnung?«

Mrs. M. warf ihr ein Lächeln zu, das die natürliche Verschwörung zwischen den Frauen andeuten sollte. »Na ja, wir hatten so allerlei zu tun«, sagte sie leise, so daß die beiden Männer, die gerade eintraten, nichts hörten. »Wir waren fleißig wie die Bienen. Und zufrieden. Und bei guter Gesundheit.«

»Gut«, meinte Isobel abweisend, weil ihr dieser Verschwörerton mißfiel. »Ist Post für mich da?«

»Liegt alles auf Ihrem Schreibtisch, Mrs. Latimer.«

Isobel nickte und wollte schon ins Arbeitszimmer gehen, als Mrs. M. in vertrautem Ton zu den Männern sprach: »Philip, Murray, Mittagessen in fünf Minuten, verschwindet ja nicht wieder.«

Isobel blieb auf der Schwelle stehen. Seit sieben Jahren arbeitete Mrs. M. für sie und hatte sie immer Mr. und Mrs. Latimer genannt, war für sie stets Mrs. M. gewesen.

Isobel ging in ihr Arbeitszimmer. Ein furchterregender Stapel Briefe lag neben der Tastatur ihres Computers. Auf dem Bildschirm war etwas, das Isobel nicht kannte, ein neues Programm, das sie noch nie benutzt hatte. Es zeigte den Grundriß eines Gartens mit einer großen Scheune und einem Haus in der Mitte. Isobel erkannte erst nach einer Weile, daß es eine maßstabsgetreue Zeichnung ihres Hauses und der Scheune war, die Philip für den Swimmingpool umbauen lassen wollte. Es war eines von Murrays Programmen, der damit potentiellen Käufern ihren Pool vorführen wollte. Während Isobel noch schaute, veränderte sich der Bildschirm und zeigte einen Blick aus der Vogelperspektive. Nun konnte sie den überdachten Gang vom Haus zur Scheune sehen, aus dem eine Art gläserner Kreuzgang geworden war. Dann sah man die Gebäude von Norden, Süden, Osten und Westen. Isobel saß da und schaute zu, wie sich das Bild änderte, stellte fest, daß die Scheune sehr elegant an den Stil des Hauses angepaßt war, daß sie sogar vergrößert war, beinahe so groß wie das Haus.

»Das ist ja lächerlich«, murmelte Isobel leise vor sich hin.

Die Tür ging auf, und Philip und Murray standen zusammen auf der Schwelle, schauten verschmitzt und waren offenbar sehr zufrieden mit sich.

»Wie findest du es?« fragte Philip. »Murray hat mir gezeigt, wie man das Programm auf deinem Computer installiert. Sollen wir es dir erklären?«

»Ich muß vor dem Mittagessen noch schnell meine Post durchsehen«, sagte Isobel kühl. »Könnt ihr es mir hinterher zeigen?«

Sie wollte Murray damit eine Abfuhr erteilen, aber der warf ihr nur ein unerwartetes Lächeln zu, als sei eine Ablehnung irgendwie viel spannender als eine Zustimmung. Isobel wandte den Blick von seinem strahlenden Gesicht und schaute auf ihre Briefe.

»Wenn Sie es nicht mehr auf dem Bildschirm haben wollen, drücken Sie einfach auf QUITT«, erläuterte Murray. »Wir haben es auf Diskette, wir verlieren nichts, wenn sie den Bildschirm frei haben möchten.«

»Danke«, sagte Isobel eisig. Die beiden Männer zogen sich zurück, wie unartige Buben, die von der Erzieherin des Zimmers verwiesen wurden. Isobel schaute weiter ihre Post durch. Ihre Aufmerksamkeit galt noch halb dem Bildschirm, auf dem inzwischen eine maßstabsgerechte Zeichnung und Aufrisse des Gebäudes erschienen waren. Die braunen Umschläge mit den Rechnungen waren noch nicht geöffnet, das hatte Philip ihr überlassen. Aber alle persönliche Post, alle handgeschriebenen und interessant aussehenden Umschläge mit getippten Adressen hatte er aufgemacht, wie immer. Wenn sie ihn darauf ansprach, antwortete er stets, er wolle damit nur vermeiden, daß etwas Dringendes nicht rechtzeitig erledigt würde. Das stimmte nur zum Teil. Selbst hatte Philip nämlich nur wenige Freunde und keine Familie, erhielt kaum je Briefe und neidete ihr den großen Stoß Post, der jeden Morgen für sie auf der Matte lag.

Bisher hatte Isobel nie etwas an dieser Angewohnheit auszusetzen gehabt. Aber nun hatte sie etwas zu verbergen. Sie hielt einen Augenblick inne und schaute auf die aufgerissenen Umschläge. Sie würde Philip nur schwer davon abhalten können, weiter ihre Post zu öffnen. Erst jetzt wurde ihr klar, daß sie es nie gemocht hatte. Es bedeutete, daß alle erfreulichen Briefe zuerst er las, ehe sie sie zu Gesicht bekam. Und er erzählte ihr dann brühwarm jede aufregende Neuigkeit, auch wenn der Brief nur an sie adressiert war. Mit großem Erstaunen wurde sich Isobel klar darüber, daß Philip schon jahrelang ihre persönliche Post öffnete und daß ihr dies jahrelang überhaupt nicht recht gewesen war, daß sie aber nie den Mut aufgebracht hatte, ihn um die Wahrung ihrer Intimsphäre zu bitten.

Sie schaute die geöffneten Umschläge durch und sah sich ein paar Einladungen an: eine Buchpremiere bei einem kleinen Verlag, eine Bitte, bei einem literarischen Lunch eine Rede zu halten. Es war auch ein Brief von Troys Büro dabei: eine Auswahl von Kritiken zu einem ihrer Romane, der eben in Amerika erschienen war. Isobel überflog sie. Sie waren durchweg lauwarm. In Amerika hielt man Isobels Arbeit für unnötig kompliziert. Die Kritiker beklagten sich einmütig darüber, daß ihre Geschichten die Probleme normaler Leser nicht ansprachen, sondern eine längst vergangene Welt beschrieben. Isobel nickte. Der amerikanische Verlag, der seit beinahe zwanzig Jahren ihre Bücher herausbrachte, hatte gezögert, eher er das letzte Buch kaufte, und auch die Tantiemen gesenkt. Höchstwahrscheinlich würde man dort nichts mehr von ihr veröffentlichen, nie wieder. Englische Romane hatten auf dem amerikanischen Markt ohnehin hart zu kämpfen. Englische Romane über die Skrupel englischer Mittelstandsbürger mittleren Alters waren beinahe unverkäuflich.

Philip steckte den Kopf durch die Tür. »Das Mittagessen ist fertig.«

Isobel nickte und stand auf.

»Ich habe die Kritiken aus den amerikanischen Zeitungen gesehen«, meinte Philip, als er sich hinsetzte. Murray saß ihm gegenüber, wo normalerweise Isobels Platz war. Die ließ sich an der anderen Tischseite nieder und fühlte sich ausgeschlossen. »Da sieht man wieder einmal, daß Amerika langsam verblödet. Die verstehen einfach nicht, was sie lesen.«

Mrs. M. brachte eine große Pastete mit einer verzierten goldbraunen Kruste.

»Was ist denn das?« wollte Murray begeistert wissen.

»Da hat doch neulich jemand erwähnt, daß er Steak-und-Kidney-Pastete mag«, antwortete Mrs. M. »Hat gestern pausenlos mit dem Zaunpfahl gewinkt.«

Murray zwinkerte ihr zu. »Ich vermute, eine Heirat mit mir würden Sie nicht in Erwägung ziehen?«

»Da vermuten Sie richtig«, erwiderte sie keck. Sie ging zum Herd zurück und kam mit einer Schüssel Erbsen und dann – noch überraschender – mit einer Schüssel knuspriger goldbrauner Pommes frites zurück.

Isobel schaute Philip in stummem Erstaunen an.

»Wir haben so ein tolles Gerät gekauft«, erklärte der. »Eine Fritteuse. Macht Pommes frites wie im besten Imbiß. Murray hat uns drauf gebracht.«

»Und Ihnen einen Rabatt verschafft«, erinnerte ihn Murray und reichte Isobel die Pastete. Sie schnitt sich eine kleine Portion ab und gab ihm den Teller zurück.

»Ja! Du hättest ihn hören sollen!« kicherte Philip. »Wenn man ihm glaubt, dann sind Fritteusen absolute Ladenhüter. Wer ißt schon noch frittiertes Essen, jetzt, wo wir alle so gesundheitsbewußt leben? Und wer macht schon gerne eine Fritteuse sauber? Als er fertig war, hat uns der Mann praktisch angefleht, ihm das Ding abzunehmen.«

»Na ja, Frittiertes ist ja auch nicht gerade gesund, oder?« fragte Isobel und versuchte ihrer Stimme Leichtigkeit zu verleihen.

Murray wandte ihr sein strahlendes Lächeln zu. »Mein Großvater hat sein Leben lang jeden Tag zum Abendessen Fisch und Pommes gegessen und ist mit hundert gestorben«, meinte er. »Wir haben das Glückwunschtelegramm der Königin zum Beweis! Ich mache mir nichts aus all diesen Warnungen. Wenn man denen Glauben schenkt, stirbt man genauso früh oder spät, es scheint einem nur, als wären es zweihundert Jahre gewesen.« Er lachte herzhaft über seinen eigenen Witz und tat sich Pommes frites und Erbsen auf.

»Versuch doch mal« ermunterte Philip Isobel. »Die werden dir schmecken.«

Isobel nahm sich Pommes frites auf den Teller und reichte die Schüssel an Philip weiter. Jetzt wurde ihr klar, wonach es in der Küche roch. Nach dem Öl in der Fritteuse. Ein unangenehmer Geruch, ganz anders als der heiße Duft aus einem Fish-and-Chips-Shop mit dem Hauch Essigaroma. Hier kam ihr der Geruch schon abgestanden vor. Isobel stellte sich vor, wie der Gestank in die karierten Küchengardinen kroch. Sie probierte eine Fritte.

»Was habe ich gesagt?« fragte Philip triumphierend.

»Furchtbar gut«, bestätigte sie. »Köstlich.«

Die beiden Männer strahlten sie an.

»Aber schreckliche Kalorienbomben«, fuhr sie fort.

»Darüber brauchen Sie sich doch keine Sorgen zu machen«, sagte Murray fröhlich. »Eine schöne Frau wie Sie.«

»Ich habe eher an meine Arterien als an meine Figur gedacht«, erwiderte Isobel kühl.

Er grinste sie an. »Die Leute reden einen Haufen Unsinn über Gesundheit«, konstatierte er. »Was war das doch gleich? Man darf kein gekochtes Ei mehr essen, wegen der Salmonellen. Das nächste wird sein, daß man kein Steak mehr essen soll. Ich sage immer zu Philip, er soll sich nicht drum scheren.

Das meiste gibt's nur im Kopf. Wenn man sich nicht drum kümmert, dann passiert auch nichts.«

Isobel warf Philip einen erschrockenen Blick zu. Anstatt sich in seine beleidigte Verteidigungsstellung einzuigeln, wie sonst immer, wenn man im Gespräch auch nur im entferntesten seine Gesundheit ansprach, nickte und lächelte er nun.

»Ich habe auch schon zu Philip gesagt, die Ärzte wissen sehr viel weniger, als sie behaupten«, redete Murray vergnügt weiter. »Wer raucht denn am meisten, he? Die Ärzte. Wer säuft am meisten? Die Ärzte und die Journalisten. Die Männer, die uns erzählen, daß wir nicht trinken sollen, und die Männer, die Berichte darüber schreiben! Da kommt einem der Verdacht, daß bloß mehr für die übrigbleiben soll.«

Isobel lächelte dünn, aber Philip lachte entzückt.

Mrs. M., die das Geschirr in die Spülmaschine geräumt und die Arbeitsflächen saubergewischt hatte, schaute zu ihnen herüber. »Der redet Ihnen eine Kind in den Bauch, wenn es sein muß.«

Murray blickte zu ihr hin und zwinkerte ihr zu. »Wenn man die Leute zum Lachen bringen kann, hat man halb gewonnen«, sagte er. »So geht das, wenn man Verkaufen spielt. Ist alles nur ein Spiel, Mellie.«

Isobel registrierte die Tatsache, daß Mrs. M. einen Vornamen haben mußte, der sich zu ›Mellie‹ verkürzen ließ. Amelia? Emily? Sie meinte, sich an Emily erinnern zu können.

»Murray könnte den Eskimos Kühlschränke verkaufen«, erklärte Philip Isobel. »Das verspreche ich dir. Überall, wo ich diese Woche mit ihm war, haben mir die Leute erzählt, daß sie eigentlich einen kleinen Pool für die Kinder geplant hatten, und jetzt sitzen sie da mit Hektolitern Wasser in einem riesigen Becken, mit Schwimmlehrern und Sprungbrettern und Gegenstromanlagen und dem ganzen Zeug.«

»Die Leute planen immer zu klein«, erklärte Murray. »Ich erweitere nur ein wenig ihren Horizont.«

»Unseren auch?« fragte Isobel scharf. »Während sie uns nebenbei noch Fritteusen andrehen?«

Er zögerte keine Sekunde. »Oh, das will ich doch hoffen«, sagte er lächelnd. »Philip hatte eine Superidee für einen Pool, als ich dazugekommen bin. Meine Aufgabe war es nur, mit ihm zusammen die Details auszuarbeiten, die technischen Einzelheiten und das Design. Und der zweite Teil meiner Aufgabe ist es, dafür zu sorgen, daß Sie was Anständiges für Ihr Geld bekommen. Ein großer Pool ist nur geringfügig teurer als ein kleiner, warum soll man sich da nicht das Beste holen, was man sich leisten kann? Wohin Sie auch gehen, Sie werden niemanden finden, der Ihnen sagt, er wünschte, er hätte sich einen kleineren Pool gebaut. Viele Leute sagen allerdings, sie wären froh, hätten sie sich einen größeren gebaut – sie haben sich einfach nicht vorstellen können, wie viel sie ihn benutzen würden. Niemand hat bisher gesagt, er hätte lieber ein Planschbecken.«

»Das stimmt wirklich«, unterstützte ihn Philip. »Die Leute haben mir alle erzählt, daß Murray sie zu einem größeren Pool überredet hat. Keiner hat gesagt, daß er diese Entscheidung bereut.«

»Nun, zu den Leuten, die sich dagegen entschieden haben, gehen Sie ja vermutlich auch nicht«, bemerkte Isobel.

Murrays ruhige Selbstsicherheit war durch nichts zu erschüttern. »Nein. Warum auch? Ich habe viel Zeit und Mühe darauf verwandt, für diese Leute genau das Richtige zu planen, den perfekten Pool für ihren Etat und ihr Ambiente, und sie entscheiden sich, mit meinen Plänen zum nächstbesten Typen zu gehen, der es ihnen billiger macht – warum sollte ich zu denen zurückgehen? Ich gehe nie zurück. Ich mache den besten Plan, und wenn er ihnen nicht gefällt, dann können sie mir gestohlen bleiben.«

»Erzählen Sie ihr doch mal von den Leuten, die sich gegen den überdachten Swimmingpool entschieden haben«, ermunterte ihn Philip. Er lächelte Isobel an. »Das wird dir gefallen.«

»Es war eine Familie aus der Nähe von Chetham«, begann Murray bereitwillig. Das Klingeln des Telefons unterbrach seine Geschichte.

»Entschuldigung«, sagte Isobel erleichtert und stand auf.

»Ach, laß das doch den Anrufbeantworter machen«, drängte Philip.

»Nein, ich muß rangehen, es könnte einer von meinen Studenten sein.«

»Mellie kann doch rangehen«, sagte Philip.

»Es ist wahrscheinlich sowieso für Mellie«, ergänzte Murray. »Wieder der Milchmann.«

Isobel schloß die Tür ihres Arbeitszimmers vor dem lauten Gelächter und nahm den Hörer ab. »Hallo?«

»Isobel?« Es war Troys Stimme.

»Oh«, sagte sie. Sie spürte, wie leidenschaftliches Verlangen sie durchflutete.

»Ich wollte nur kurz anrufen. Ich packe Zeldas herrliche Sachen aus und schicke ein paar in die Reinigung. Es ist ein scheußliches Gefühl. Wie in einem Haus, wenn jemand gestorben ist. Ich mußte einfach mit dir reden.«

»Ich freue mich so.«

Sie schwiegen einen Augenblick und hörten einander atmen, als wäre die Verbindung selbst schon genug, als wären gar keine Worte nötig.

»Alles in Ordnung?« fragte Troy schließlich. »Hast du den Kostenvoranschlag für den Pool gesehen?«

»Noch nicht«, antwortete sie. »Der Swimmingpool-Mann ist zum Mittagessen hier. Er erzählt Swimmingpool-Anekdoten.«

Sie lächelte über Troys verächtliches Lachen. »Na, das werden ja echte Knüller sein.«

»Ja.«

»Hat er verlauten lassen, wie hoch der Kostenvoranschlag für das Ganze grob geschätzt ist?«

»Noch nicht«, erwiderte Isobel. »Aber er ist unerbittlich charmant.«

»Unerbittlich?« wollte Troy bestätigt haben. »Klingt nach etwa vierzigtausend.«

»Mehr«, meinte Isobel. »Ich kann kaum mit Worten beschreiben, wie charmant er ist.«

»Sag nein«, erinnerte sie Troy. »Vergiß nicht, daß du nein sagen mußt.«

»Mache ich«, versprach Isobel. »Aber Philip ist wie neugeboren. Er ist ein völlig anderer Mensch. Wir müssen irgendwas bauen. Selbst wenn es viel kleiner wird.«

Es herrschte Schweigen, während Troy darüber nachdachte. »Ich nehme an, schlimmstenfalls könntest du immer noch einen zweiten Zelda-Vere-Roman schreiben, eine Fortsetzung.«

»Meinst du, die wollen eine haben?«

»Wenn das Buch auf die Bestsellerliste kommt«, erwiderte er knapp, »dann wollen sie ganz bestimmt bald eine Fortsetzung.«

»Glaubst du, es könnte ein Bestseller werden?« fragte Isobel. Sie spürte, wie sie das erregte. »Weißt du, ich habe noch nie ein Buch gehabt, das es weiter als auf Platz fünfzig geschafft hat.«

»Der Verkauf in den Buchläden ist gut genug«, meinte er. »Ich habe die Zahlen hier. Wenn sie die Bücher vorne so schnell verkaufen, wie wir sie hinten anliefern, dann hast du durchaus eine Chance.«

»Das würde ich mir so sehr wünschen«, hauchte Isobel.

Troy schwieg. »Wenn du das so sagst, dann denke ich irgendwie nicht an Bestsellerlisten«, flüsterte er.

Isobel stockte einen Augenblick der Atem. »Woran denkst du denn?« provozierte sie ihn.

»Ich denke an dich und mich und Zelda in der ersten Nacht, in der ersten Nacht in Newcastle.«

Isobel atmete langsam aus. »Es war ... außergewöhnlich. Ich habe nie so etwas gefühlt ... ich war nie ... Es ist wie eine andere Welt. Ein anderes Universum als das alles hier.«

Sie verstummten wieder.

»Ich gehe jetzt besser«, sagte Isobel schließlich widerwillig.

»Unterschreibe nichts, ohne es vorher von einem Anwalt überprüfen zu lassen. Schick es mir per Kurier, und ich lasse unseren Anwalt einen Blick darauf werfen.«

»In Ordnung«, sagte sie.

»Versprich es mir«, drängte Troy. »Versprich mir, daß du nichts unterschreibst oder auch nur eine mündliche Vereinbarung triffst, ehe du weißt, was im Kleingedruckten steht.«

»Versprochen«, sagte sie gehorsam. Sie hatte das wunderbare Gefühl, daß jemand sie mit Macht und Leidenschaft beschützte.

»In Ordnung«, meinte er zögerlich. »Auf Wiedersehen.«

»Auf Wiedersehen«, flüsterte sie. »Auf Wiedersehen.« Das Telefon klickte, als er am anderen Ende der Leitung auflegte.

»Mein Liebling«, murmelte sie in das Rauschen.

Philip schaute zur Tür herein. »Ich dachte, du wolltest vielleicht keinen Nachtisch«, verkündete er. »Mrs. M. hat uns Arme Ritter gemacht.«

Aus der Küche erschallte Lachen, die Armen Ritter waren offensichtlich ein Privatwitz.

»Nein«, antwortete Isobel. Sie stand schnell auf, als könnte ihre Sitzhaltung verraten, daß sie mit einem Liebhaber telefoniert hatte. »Aber ich hätte gerne eine Tasse Kaffee.«

Sie kam in die Küche und hatte das Gefühl, eine Fremde im eigenen Haus zu sein. Die warme Küche roch süß nach Zucker und Muskat. Murray saß bequem in den Stuhl zurückgelehnt. Er hatte gerade eine große Schüssel Nachtisch aufgegessen, und auf seinem Gesicht lag das zufriedene Strahlen gestillter Freßgier. Philip, der sich neben ihn setzte, zeigte das gleiche rosige Wohlbehagen. Auch Mrs. M., die den Tisch abräumte, hatte sich verändert. Sie hatte nun etwas von einem flirtenden jungen Mädchen. Es machte ihr Spaß, für diese beiden Männer zu kochen, die übertriebenen Komplimente und Hänseleien gefielen ihr. Das Haus, einst so ruhig und maßvoll, war nun wesentlich lustiger und lauter geworden. Es war nicht mehr das Haus, in dem eine überarbeitete Frau und ihr kranker Ehemann lebten. Es war ein Haus, das vom robusten Lachen zweier fröhlicher Männer erfüllt war.

Und Isobel gefiel diese Veränderung überhaupt nicht.

Kapitel 18

Als die Männer mit dem Mittagessen fertig waren, wozu auch Kaffee und allen Ernstes Kognak gehörten, und das länger zu dauern schien, als jedes Mittagessen, das Isobel je an diesem Tisch eingenommen hatte, bestanden sie darauf, sie nach draußen zur Scheune mitzunehmen, wo die Umrisse des Swimmingpools schon auf dem Boden aufgezeichnet waren. Dann wollten sie mit ihr die Kostenvoranschläge durchsprechen. Isobel hatte das leise Gefühl, daß sie diesen Plan miteinander ausgeheckt hatten und daß die beiden Männer glaubten, um ihre Zustimmung zu erlangen, müsse man am besten zunächst ihre Phantasie für sich einnehmen und sie erst dann mit den schwindelerregenden Kosten konfrontieren. Sie hatte nichts dagegen, daß Murray sich so verhielt, da er eindeutig ein wild entschlossener und erfolgreicher Verkäufer war. Aber von Philip, der sich mit diesem Mann verschworen hatte, um sie zu überreden, fühlte sie sich verraten. Philip hatte ihr immer geradeheraus gesagt, was er wollte; wenn er sich Bargeld aus dem Topf mit dem Haushaltsgeld nahm, war das nie heimlich geschehen. Sie hatte das Gefühl, daß dieser raffinierte Schmeichelkurs ihnen beiden die Würde nahm.

Sie legte sich eine warme Jacke um. Die beiden Männer warteten an der Hintertür auf sie. Der Blick, den sie Murray zuwarf, war alles andere als freundlich.

»Beschreiben Sie es ihr«, bat Philip Murray, »wie Sie es mir beschrieben haben.«

Murray öffnete die Tür und machte mit übertriebener Höflichkeit einen Schritt zurück, um Isobel den Vortritt zu lassen. »Stellen Sie sich folgendes vor«, begann er. »Sie treten nicht in den kalten Garten, wo es vielleicht regnet und matschig ist, vielleicht sogar schneit. Sie treten in ein Glashaus.«

»Einen Wintergarten«, soufflierte ihm Philip, der Isobels Geschmack, was Wörter betraf, besser kannte.

»Er hat auf beiden Seiten gotische Spitzbogenfenster und an den Wänden Platz für Bilder, Plakate oder kleine Regale für schönes Porzellan zum Beispiel«, fuhr Murray beredsam fort. Isobel zog skeptisch eine Augenbraue in die Höhe, sagte aber nichts. Sie begannen über den Hof zur Scheune zu gehen.

»Jetzt«, fuhr Murray fort, »verbreitert sich der Gang des Glashauses, keine Tür, sondern er öffnet sich einfach über einen einladenden Torbogen auf den herrlichen Pool. Von hier aus können Sie die Lichter im blauen Wasser glitzern sehen. Das Gewölbe und die Spiegelungen des Wassers an der Decke.«

Zusammen mit Philip öffnete er die große Doppeltür der Scheune. Isobel entging nicht, wie problemlos Philip mit der schweren Tür zurechtkam.

»Vor Ihnen liegt der Pool, ein unregelmäßiges, an den Ecken abgerundetes Rechteck«, sagte Murray mit verführerisch leiser Stimme. »Rechts eine Sauna im traditionellen Stil. Sie können das warme Holz und die ätherischen Öle auf dem Saunaofen schon riechen. Wunderbar. Gleich daneben das Dampfbad, besonders bei allen Krankheiten der oberen Atemwege und bei Asthma sehr nützlich, mit einer höheren Temperatur und sauberem Wasserdampf. *Und* den bekommen Sie praktisch kostenlos, weil er die Hitze der Sauna mitnutzt. Das ist nur eines von den kleinen Extras, die dieser Plan bietet.«

Er legte eine Pause ein, gab Isobel Gelegenheit, Entzücken und Dankbarkeit zu äußern. Sie schwieg beharrlich.

»Daneben, im nächsten Torbogen – und vergessen Sie nicht, diese Bögen orientieren sich im Design genau am Glashaus, es paßt also alles vom Stil her zusammen – liegt ihr persönlicher

Umkleideraum. Daneben Philips Umkleideraum. Dann ein Umkleideraum für ihre weiblichen Gäste und der für die Herren, die zu Besuch sind.«

Isobel wandte sich Philip zu. »Wir haben doch kaum je Besuch.«

Murray lachte. »Sie werden sich wundern, wie viele Freunde sie auf einmal haben, wenn sie einen herrlichen Swimmingpool besitzen«, meinte er. »Für manche meiner Kunden hat sich das Leben völlig verändert. Aber Mellie wird doch sicher hier schwimmen wollen, oder nicht? Das ist schon mal eine. Und bestimmt werden Sie auch bald andere einladen. Und ich sage immer zu Philip, es ist billiger, wenn Sie das alles jetzt gleich einbauen lassen, als wenn Sie in einem Jahr kommen und sagen, Sie bräuchten noch einen Umkleideraum.«

Isobel preßte die Lippen fest zusammen, um nicht mit einem Gegenargument herauszuplatzen, und nickte. Murray warf einen raschen Blick auf ihr versteinertes Gesicht und wies mit einer Handbewegung auf die Rückwand der Scheune.

»Da hinten ist ein Brunnen. Philip hat den Entwurf eines griechischen Brunnens gefunden, der hat mir einfach den Atem verschlagen. Genau das richtige für Leute wie Sie und für dieses Projekt. Genial. Das heiße Wasser strömt wie aus einer heißen Quelle in das Jacuzzi.«

Er hielt die Hand hoch. »Ich weiß, ich weiß genau, was Sie jetzt sagen wollen. Sie denken bestimmt an all die Photos von Jacuzzis in diesen gräßlichen Häusern voller zweitrangiger Filmsternchen. So wird es nicht werden. Das Jacuzzi ist nur die untere Schale des Brunnens, ein schlichtes, geschmackvolles Design. Es ist klein, es passen nur sechs Leute hinein. Es ist leise, die Pumpe geht nur an, wenn Sie sie selbst anschalten. Und wichtiger als alles andere« – hier unterbrach sich Murray wirkungsvoll und legte Philip sanft die Hand auf die Schulter –, »es hat *erwiesenermaßen* heilende Wirkung bei allen möglichen Krankheitsbildern.« Er nickte Isobel zu, ein vertrauter Blick, der seine Sorge um die Gesundheit ihres Gatten andeutete.

»So. Der Pool des Jacuzzi, oder nennen wir es die heiße Quelle, fließt in den Swimmingpool über. Das hier ist das tiefe Ende. Damit wird am tiefen Ende warmes Wasser hinzugefügt und die Pool-Temperatur hochgehalten, was ich Ihnen wirklich empfehlen möchte, weil Sie dann sicher viel öfter Lust zum Schwimmen haben, und darum geht es ja schließlich. Linker Hand ist hier eine kleine, etwas erhöhte Zone mit eigener Klimaanlage, die ich als Kraftraum empfehlen würde. Man bekommt jetzt wunderbare Geräte, die beinahe unmerklich den ganzen Körper trainieren.« Er nickte Philip zu.

»Da könnten Sie ein bißchen abspecken«, sagte er augenzwinkernd. Philip lachte.

Murray wies auf die Südwand hin. »Und diese Wand ist ganz durchsichtig, denn sie besteht nur noch aus drei großflächigen Fenstern. Sie wird Ihnen einen herrlichen Blick über den Berg und das Tal hinunter bescheren. Sie können sich beim Schwimmen den Sonnenuntergang ansehen. Ich denke, das wäre wirklich ein herrlicher Pluspunkt. Und das Beste ist: Sie sind nicht eingesperrt. Die Fenster lassen sich elektrisch öffnen. An einem heißen Sommertag drücken Sie einfach auf einen Knopf, die Fenster gleiten zur Seite, und sie haben einen Pool im Freien. Genauso öffnet sich das Dach auf Knopfdruck. Phantastisch. Nie wird es stickig. Sie bekommen nie den typischen Schwimmbadgeruch. Sie setzen sich den Elementen aus, wenn Sie wollen, und sind auf Knopfdruck wieder geborgen im Warmen.«

Er strahlte Isobel an.

»Ich kann es mir vorstellen«, erwiderte sie.

Er nickte. »Ich habe es gewußt. Ich wußte, Sie würden es begreifen. Sie ganz besonders. Weil Sie Künstlerin sind. Ich rede mir den Mund fusselig, wenn ich anderen Leuten diese Dinge erklären will, und ich verschwende damit nur meine Zeit, weil diese Leute sich nichts vorstellen können. Aber eine Schriftstellerin wie Sie, die kann sich Dinge bildlich vorstellen. Sie können träumen. Ich muß jetzt dafür sorgen, daß der Traum, den Sie und Philip von einem wirklich wunderschönen, aber auch praktischen Extra für Ihr Zuhause hegen, so Wirklichkeit wird, wie Sie es verdient haben.« Er schaute sich die herrlichen Balken der alten Scheune an, als könnte er es gar nicht abwarten, sie zu zerstören. »Das wird alles vollständig verändert«, versprach er.

»Was kostet das?« erkundigte sich Isobel.

Sie hatte geglaubt, ihre Direktheit würde Murray aus dem Tritt bringen, aber er strahlte, als käme er nun zum besten Teil des gesamten Projektes. »Sie haben Glück«, antwortete er. »Sie haben solches Glück mit diesem Gebäude. Ach was, was sage ich denn? Sie hatten ja die kühne Vision, hier Ihren Pool zu schaffen. Das Gebäude ist ideal, und Sie haben es bereits kostenlos. Es gehört Ihnen, steht da und wird im Augenblick nicht genutzt. Also haben wir schon mal keine Baukosten. Wir zahlen nur für den Umbau, für die nötigen Pool-Geräte, für das Ausheben und Auskleiden des Pools selbst und für die Dekoration.« Er lächelte zu Isobel herunter. »Ich habe die Zahlen im Haus. Sollen wir reingehen?«

Isobel merkte, daß sie schon wieder von diesem Fremden in ihr eigenes Haus gebeten wurde, während sie seiner Einladung Folge leistete und brav zum Haus zurückkehrte. Sie hatte das Gefühl, Philip und er hätten sich hinter ihrem Rücken einen schnellen Blick zugeworfen, aber sie tat, als merkte sie es nicht, war sich sicher, daß sie zu empfindlich reagierte. Im Haus zog sie die Jacke aus und hängte sie an den Haken. Philip ging ins Wohnzimmer voraus und nahm seinen üblichen Platz beim Kamin ein. Isobel setzte sich auf das Sofa, und dann kam auch Murray dazu und ließ sich Philip gegenüber nieder. Er klappte seinen Aktenkoffer auf und zog einen großen Ordner heraus.

»Nun denn«, sagte er freundlich. »Jetzt wollen wir das ganze mal in ungefähre Richtzahlen unterteilen. Der Bau des

Glasgangs wäre etwa 20 000 Pfund. Wir könnten es auch viel billiger machen, aber er bekommt eine Dreifachverglasung und ein Ziegeldach. Umbau der Scheune: Einreißen der Südwand, Anbau, Dachdecken, elektrische Fenster, elektrische Dachfenster: insgesamt 25 000 Pfund für den Rohbau. Der Pool selbst ist relativ günstig, mit Sauna und Dampfbad und Jacuzzi etwa 30 000 Pfund. Innendekor, Lichter und Oberflächen, Malerarbeiten und so weiter, wollen wir mal großzügig sein, etwa 7 000 Pfund insgesamt. Gibt alles in allem – als Richtzahl, wohlgemerkt – 82 000 Pfund.«

Isobel blinzelte ungläubig und schaute zu Philip. Der nickte. Die absurden Zahlen kamen für ihn nicht unerwartet, sie waren ihm vertraut.

Murray lächelte sie an. »Vergessen Sie nicht, Sie bekommen Spitzenqualität«, meinte er. »Wenn es ein bißchen weniger luxuriös sein darf, dann können wir viel Geld sparen. Lassen Sie sich von den Zahlen nicht erschrecken.«

»Ich bin nicht nur erschreckt, ich bin entsetzt«, sagte Isobel beherzt. »Ich dachte, wir würden über ungefähr den halben Preis reden, und selbst das wäre zu teuer.«

»Sie dürfen nicht vergessen, was Sie dafür bekommen«, erinnerte Murray. »Sie werfen das Geld ja nicht zum Fenster hinaus. Der Pool ist ein Pluspunkt, der den Wert des Hauses dauerhaft erhöht. Wenn Sie das Haus verkaufen, kommt die Investition mit Zinsen zurück. Fragen Sie die Leute. Jeder hätte gern ein Haus mit Pool, und einen Pool dieser Qualität, einen überdachten Pool? Ich würde mich sehr wundern, wenn der den Wert Ihres Hauses nicht um bis zu 120 oder 150 T erhöhen würde.«

»T?« fragte Isobel kühl, als verstünde sie nicht.

»Tausend«, erwiderte er. Er wußte genau, daß sie begriffen hatte.

»Wir könnten doch einen Kredit aufnehmen«, sagte Philip. »Für die Baukosten. Jeder würde uns für so einen Umbau Geld leihen. Unser Kapital brauchten wir gar nicht anzutasten.«

»Kapital!« entfuhr es Isobel, dann konnte sie sich gerade noch beherrschen. »Wir waren doch immer ganz besonders stolz darauf, daß wir keine Schulden hatten. Wir haben nicht einmal eine Hypothek auf dem Haus!«

»Nicht?« fragte Murray interessiert.

Isobel errötete. Sie hatte nicht vorgehabt, Murray noch weiter in ihr Leben eindringen zu lassen. »Nein«, antwortete sie knapp.

»Die haben wir mit meiner Versicherung abgezahlt«, erklärte Philip. »Ich habe das Haus gekauft, als ich wegen der Krankheit in Rente ging. Mit meinen Ersparnissen und Aktien und so weiter und von Isobels Tantiemen zahlen wir nur die laufenden Kosten.«

»Na, dann sind Sie doch fein raus«, strahlte Murray. »Sie können das ganze Haus als Sicherheit für die Hypothek nehmen. Hervorragend.« Fröhlich blickte er in die Runde, als sei der Vertrag bereits abgeschlossen.

»Und wir haben ein sehr ordentliches Einkommen«, erinnerte Philip sie. »Das letzte Buch ist verkauft, und du schreibst schon am nächsten. Das reicht locker für vier Jahre. Und meine Rente und Ersparnisse sind unsere Sicherheit.«

»Du hast doch die amerikanischen Kritiken gesehen«, wandte Isobel ein, die dieses Argument nur sehr ungern in Murrays Anwesenheit vorbrachte. »Die Verkaufszahlen im Ausland sind nicht besonders gut.«

Philip lächelte. »Wir kommen schon klar«, meinte er. »Und wir würden ja nicht mehr als – sagen wir mal – 60 000 Pfund aufnehmen? Das schaffen wir doch.«

»Sie könnten eine Hypothek mit Lebensversicherung aufnehmen und nur Zinsen zurückzahlen«, schlug er vor.

Isobel schaute weg. »Also, Moment mal, bitte«, sagte sie höflich. »Ich bin davon ausgegangen, daß wir einen kleinen Swimmingpool in eine bereits bestehende Scheune einbauen würden. Das würde also – was hatten Sie doch als Preis für den Pool genannt? – etwa 30 000 Pfund kosten? Das ist in

Ordnung. Das können wir aufbringen, und zwar ohne jegliche Hypothek oder Anleihe. Das würde ich sogar *gerne* machen. Der Glasgang und die Schiebefenster und der ganze andere Kram, das ist mir einfach zuviel. Wir können es uns nicht leisten, und wir brauchen es auch nicht.« Sie blickte auffordernd zu Philip herüber, versuchte ihn an die Werte zu erinnern, die sie beide einmal gehabt hatten, an das einfache Leben, das sie miteinander geführt hatten.

»Wir sind einfache Leute«, erinnerte sie ihn. »Wir leben schlicht. Wir interessieren uns nicht für protzigen Luxus und Prahlerei. Wir sind keine Materialisten.«

Einen schrecklichen schuldbewußten Augenblick lang hatte sie den goldenen Nerzmantel und Zeldas luxuriöse Garderobe vor Augen. Natürlich stimmte das alles nun nicht mehr. Sie war eben keine schlichte Frau mit schlichtem Geschmack mehr. Allein Zeldas Pelzmantel hatte soviel gekostet wie der ganze Swimmingpool. Warum sollte sie sich Ferien vom einfachen Leben gönnen, den höchsten Luxus genießen, die Sinnlichkeit voll auskosten und Philip seine kleinen Vergnügungen verwehren?

»Den einfachen Pool nehmen wir auf jeden Fall, aber viel mehr können wir uns nicht leisten«, improvisierte sie. »Vielleicht noch die Sauna.«

»Wenn Sie die nehmen, dann können Sie auch das Dampfbad haben« erinnerte sie Murray. »Es wäre am falschen Ende gespart, wenn Sie das nicht machen.«

»Und der Kraftraum kostet auch kaum was«, sagte Philip. »Ein etwas erhöhter Bereich mit Teppichboden. Die Geräte können wir ja nach und nach kaufen, wie wir sie brauchen.«

»Also schön eins nach dem anderen«, sagte Murray fröhlich. Isobel hatte erwartet, daß ihre Ablehnung ihn irritieren würde, aber er schien so begeistert, als wäre dies nur ein neues Projekt, das er mit ungeheurer Energie in Angriff nahm. »Also, wir fangen mal mit dem absolut Notwendigen an und rechnen den Preis noch einmal neu aus.«

Er zog einen Block und einen Taschenrechner hervor und blickte Isobel mit dem eifrigen Gesichtsausdruck des Musterschülers an.

»Pool, Grundmodell«, sagte er. »Keine ungewöhnlichen Formen, die uns Probleme mit den Kacheln machen. Gekachelt, nehme ich doch an?«

»Gibt es eine billigere Möglichkeit?« fragte Isobel.

»Innenhaut aus Plastik, aber das ist nicht besonders angenehm«, erwiderte er. »Und glitschiger.« Er nickte zu Philip herüber. »Wir wollen ja nicht, daß er stürzt.«

»In Ordnung«, gestand Isobel ein.

»Sauna und Dampfbad.«

»Ja«, sagte sie.

»Umkleideräume?«

Isobel zögerte.

»Wenn ich da einen Vorschlag machen dürfte?«

Sie wartete.

»Ohne den Glasgang brauchen Sie da drüben Kabinen zum Umkleiden. Sie wollen doch nicht im Badezeug über den Hof rennen.«

Isobel zögerte.

»Es sei denn, Sie sehen die Sache anders«, schlug er vor. »Sie sparen das Geld für die Umkleideräume, wenn Sie den Glasgang bauen. Dann können Sie sich im Haus umziehen und gemütlich im Warmen zum Pool spazieren.«

»Das wäre viel besser«, meinte Philip bestimmt.

Isobel zögerte.

»Und es würde den Wert der Immobilie auch weit mehr steigern«, empfahl Murray. »Wenn Sie sozusagen ein angebautes Poolhaus hätten.«

»In Ordnung«, meinte Isobel widerwillig.

»Sollen wir das Jacuz – äh, die heiße Quelle behalten?« fragte Murray. »Das Wasser für den Pool müssen Sie ohnehin heizen, und das wäre ein schönes Extra. Sonst wäre der Pool ein wenig schmucklos.«

»Schmucklos?« wiederholte Isobel.

»Grundform rechteckig«, Murray blickte besorgt. »Das braucht ein bißchen was Besonderes? Einen persönlichen Touch.«

»Den griechischen Brunnen solltest du dir ansehen, ehe du nein sagst«, nörgelte Philip. »Ich hatte mich so darauf gefreut.«

Murray lächelte ihn freundlich an. »Sie haben ja auch ein Auge für so etwas.«

»Könnten wir die Zahlen bis hierher addieren?« fragte Isobel. »Wir können uns das später immer noch einmal überlegen.«

Murray nickte und schrieb die Zahl auf. »Also, jetzt streichen wir das Schiebedach und die Schiebefenster«, bestimmte er. »Das wäre wunderschön gewesen, aber Sie können sie ja auch später noch einbauen. Wir hängen die Decke ab und benutzen die Querbalken als Verzierung, wenn Sie wollen, und fügen ein paar doppeltverglaste Fenster in die Südwand ein, damit Sie die herrliche Aussicht nicht verlieren. Vielleicht Sitzplätze am Fenster, einen kleinen Sitzbereich?«

Isobel nickte und überlegte, daß die Kürzung der Pläne sich als erstaunlich unproblematisch erwies. Sie war nervös gewesen bei dem Gedanken, Murray anzugreifen, aber er schien fest entschlossen, daß sie nur bekommen sollten, was sie wirklich wollten und was sie sich leisten konnten. Sie hatte ihn wohl völlig falsch eingeschätzt.

»Ein paar Tausender sollten wir noch reservieren für die Dekoration und Licht und sonstiges«, meinte er. »Aber das wäre es im Grunde. Ein verschlanktes Projekt, aber elegant, sparsam und gut. Einen kleinen Augenblick, ich rechne nur rasch aus.«

Sie saßen schweigend da, während er die Zahlen in seinen Taschenrechner tippte. Isobel blickte zu Philip hinüber, und der reckte in Siegergeste den Daumen nach oben, sein Gesicht war glücklich und voller Hoffnung.

»Wieviel kostet es jetzt?« fragte Philip eifrig.

»Nur 58000 Pfund!« verkündete Murray freudig. »Und dafür bekommen Sie Ihren Glasgang, den Pool, das Jacuzzi, das Dampfbad, die Sauna und den Kraftraum in der umgebauten Scheune. Wunderbar!«

»Das machen wir!« rief Philip. »Das ist wunderbar!« Er wandte sich Isobel zu. »Nicht wahr, Schatz?«

»Ja«, erwiderte Isobel schwach. Sie wußte, daß sie ihm nichts abschlagen konnte, wenn er so freudig und erwartungsvoll strahlte. »Aber ich muß den Vertrag erst noch prüfen lassen.«

Murray schrieb in Windeseile auf dünnes Papier.

»Das freut mich«, antwortete Philip. »Ich wußte, die Pläne würden dir gefallen. Die Fenster können wir später immer noch umbauen lassen.«

»Ja«, meinte Isobel.

»Ich schwimme auch bestimmt jeden Tag«, versprach Philip. »Denk dir, was für ein Luxus, einfach durch den Gang zu rennen und in den Pool zu springen. Jeden Tag vor dem Frühstück gehe ich schwimmen.«

»Ja«, sagte Isobel, schon beinahe überzeugt. »Ich auch.« Sie überlegte, daß das Schwimmen für sie ein gutes Training sein würde. Es würde ihre Muskeln stärken, sie schlanker machen. Sie dachte, Troy würde es sicher zu schätzen wissen, wenn ihr Körper ein wenig straffer, ein wenig muskulöser wäre. Beim Gedanken an Troys Hand auf ihrem wundersamerweise flachen Bauch durchrieselte sie ein wonniger Schauer. Entschlossen verbannte sie all diese Gedanken aus ihrem Kopf.

»Das hätten wir also«, sagte Murray fröhlich. »Unterschreiben Sie bitte hier, Philip.« Er reichte das Auftragsformular zu Philip herüber und rief dann plötzlich: »Oh, da fällt mir noch was ein!« Er beugte sich über seinen Aktenkoffer und zog Isobels neuestes Buch heraus. »Würden Sie mir bitte ein Autogramm geben?« fragte er. »Ich weiß, es ist eine unverschämte Bitte. Aber ich fühle mich so geehrt, Sie zu kennen, daß ich gleich losgerannt bin und es gekauft habe. Würden Sie mir den Gefallen tun und das Buch für mich signieren?«

Isobel war durch diese Frage abgelenkt und konnte Philip nicht mehr daran hindern, das Formular zu unterschreiben. »Einen Augenblick, Philip«, sagte sie hastig.

»Keine besondere Widmung«, redete Murray dazwischen. »Einfach nur Ihren Namen. Ich würde mich so freuen.«

»Natürlich«, erwiderte Isobel.

Murray reichte ihr das Buch und einen Füller, und Isobel schrieb ihren Namen auf die Titelseite, wie sie das schon so oft gemacht hatte. Rasch ersetzte Murray das Buch durch das Klemmbrett mit dem Auftragsformular. »Und dann bitte noch hier«, sagte er. »Das erstemal, daß ich das Autogramm einer Autorin auf einem meiner Aufträge habe.«

Isobel unterschrieb, während er noch sprach. Sie war völlig in die Ecke gedrängt von Philips Begeisterung, von ihrer Neigung, sich anderen zu fügen, und von Murrays Bitte um ein Autogramm, die sich irgendwie zu einem Auftrag für einen Swimmingpool ausgeweitet hatte.

»Bingo«, sagte Murray, als sie den Schlußpunkt hinter das letzte ›R‹ ihres Namens setzte.

Kapitel 19

Isobel hörte das Telefon in Troys Büro klingeln und stellte sich vor, wie die Assistentin zu tippen aufhörte, um den Anruf entgegenzunehmen. Sie nannte ihren Namen und wurde sofort, schneller als früher, durchgestellt. Troy flüsterte vertraulich: »Liebling?«

»Oh.«

Einen Augenblick schwiegen sie, lauschten dem Atem des anderen, waren sich der Gegenwart des anderen bewußt.

»Du fehlst mir«, sagte Troy. »Zelda fehlt mir.«

»Mir auch«, erwiderte Isobel leidenschaftlich.

»Ich hoffe immer noch, die PR-Abteilung besteht darauf, daß sie an einem Literaturfestival auf den Äußeren Hebriden teilnimmt, damit wir einmal ganz lange zusammen wegfahren können. Ich habe mich sogar erkundigt, ob sie was für Zelda zu tun haben, aber im Augenblick steht nichts an.«

»Ich könnte trotzdem kommen.«

Troy seufzte. »Ja. O ja. Besser als gar nichts. Komm trotzdem.«

»Nächsten Montag?«

»Okay. Kannst du über Nacht bleiben?«

»Ich richte es so ein«, versprach Isobel. »Soll ich nachmittags kommen?«

»Komm zum Mittagessen.«

Sie verstummten wieder. »Ich sehne mich so nach dir, Zelda«, sagte Troy.

Isobel hörte sich in Zeldas hingerissener Flüsterstimme mit ›ja‹ antworten. Sie räusperte sich und sprach wieder mit ihrer eigenen, nüchternen Stimme weiter. »Hoffentlich bist du mir nicht böse. Ich glaube, ich habe was Dummes gemacht. Aber jetzt ist es einmal passiert.«

»Der Swimmingpool?«

»Ja.«

»Du hast doch nicht etwa unterschrieben? Isobel, bitte sag nicht, daß du unterschrieben hast?«

Isobel schloß die Augen und verzog das Gesicht, fürchtete Troys Zorn. »Bitte sei nicht böse.«

»Warum nur?« wollte er wissen. »Wir hatten doch drüber gesprochen. Wir waren uns doch einig, daß du dich beraten lassen und nichts überstürzen solltest.«

»Philip hat es sich so sehr gewünscht«, sagte sie schwach.

Troy stieß einen undefinierbaren Laut aus und sagte nichts weiter. Isobel hatte das absurde Gefühl, sie würde jeden Augenblick zu weinen anfangen.

»Bitte, sei mir nicht böse«, bettelte sie und hörte, wie jämmerlich ihre Stimme klang.

»Ich bin dir nicht böse«, sagte er verärgert. »Es macht mich nur wütend, wenn ich sehe, wie er dein Geld ausgibt. Ich weiß, wie hart du dafür gearbeitet hast. Und er wirft alles innerhalb von ein paar Tagen zum Fenster raus.«

»Ich weiß«, antwortete sie. »Aber ...«

»Ich meine, er selbst tut ja keinen Handschlag dafür. Für ihn ist das alles wie gewonnen, so zerronnen. Aber dieses Geld sollte euch von der ständigen Existenzangst befreien. Es sollte deine Altersversorgung sein, Isobel. Es sollte dir ein wenig Luxus, ein wenig Freizeit verschaffen. Du solltest dir dafür ein bißchen Badeöl kaufen können, verdammt noch mal!«

»Was?« Sein plötzlicher Gedankensprung verwirrte sie.

»Dir selbst kaufst du nie das Aroma-Badeöl, das Zelda so gern hat. Wieviel von deinem Geld gibst du eigentlich für dich aus?«

»Troy ...«, flehte sie ihn an.

»Ich meine, großer Gott ...«, Troy unterbrach sich. Er

schwieg kurz, und dann sagte er mit ganz neuer, kühler Stimme: »Tut mir leid. Ich habe vergessen, ich bin ja nur der Agent. Mein Job ist, das Geld für dich zu verdienen, nicht, dir zu sagen, wie du es ausgeben sollst. Mein Job ist, für dich den bestmöglichen Preis bei den Verlagen auszuhandeln, wenn du ein Buch verkaufst. Nicht im Laden, wenn du selbst einkaufst.«

»Troy ...«, wiederholte sie.

Doch er war nicht aufzuhalten. »Jetzt würde ich doch gerne wissen, nur interessehalber, aus rein *akademischem* Interesse, was wird dich dieser Pool kosten? Ich wüßte wirklich gerne, was man heutzutage so für einen Pool hinblättern muß? Wir hatten uns ja geeinigt, daß du dir dreißigtausend leisten kannst, nicht? Von wieviel reden wir jetzt? Dreißig? Fünfunddreißig?«

Isobel schwieg.

»Doch nicht etwa vierzig?«

Isobel merkte, daß sie sich nervös das Telefonkabel um den Finger wickelte. »Troy ...«

»Was ist?« herrschte er sie an.

»Bitte sei nicht wütend ...«

»Ich habe keinen Grund, wütend zu sein«, erwiderte er. »Es ist ja nicht mein Geld, du bist nicht meine Frau. Du kannst deinen Vorschuß ausgeben, wie du willst. Es wird erst dann zum Problem für mich, wenn du immer größere Vorschüsse forderst. Dann ist es meine Aufgabe, die für dich auszuhandeln. Aber rein interessehalber, wieviel kostet der Pool?«

»58 000 Pfund«, flüsterte sie.

Am anderen Ende der Leitung herrschte eisiges Schweigen. Sie fürchtete schon, er hätte aufgelegt.

»Hast du irgendwas unterschrieben?«

»Ich habe das Auftragsformular unterschrieben.«

»Einen festen Auftrag? Ist der bindend?«

»Ja, ich denke schon.«

»Hast du eine Anzahlung gemacht?«

»Ich habe einen Scheck ausgestellt«, sagte sie mit sehr leiser Stimme. »Ich habe einen Scheck als Anzahlung ausgestellt. Für ein Drittel der Gesamtsumme. Ich habe einen Scheck über 20000 Pfund ausgestellt.«

In der Stille hörten sie beide Isobel schlucken.

»Und *hast* du überhaupt genug Geld auf dem Konto, um diesen Scheck zu decken?« fragte Troy eisig.

»Nein«, antwortete sie leise.

Sie hörte, wie er einen Aktenschrank aufzog. »Und nun möchtest du, daß ich die Summe vom Konto Zelda Vere überweise?«

»Ja, bitte«, erwiderte sie demütig.

»Wieviel?«

»Ich brauche Deckung. Vielleicht zwanzigtausend?«

»Zwanzigtausend«, wiederholte Troy kalt und schrieb die Zahl auf.

»Eigentlich«, sagte Isobel, »lieber dreißigtausend, wenn es geht, damit ich was auf dem Konto habe.«

»Dreißigtausend«, bestätigte er mit eisiger Geduld. »Die Überweisung dauert fünf Tage.«

»Das geht in Ordnung«, antwortete sie.

»Und wann sind die beiden anderen Teilzahlungen fällig?«

»Die eine nach der Hälfte der Baumaßnahmen, die zweite nach Fertigstellung«, sagte sie traurig.

»Laß es mich bitte wissen, damit ich die Überweisungen tätigen kann«, bat Troy mit brutaler Höflichkeit. »Und dann müssen wir noch ein letztes Mal Geld überweisen, damit du die Steuern bezahlen kannst, die fällig werden, wenn du in einem Jahr eine so große Summe abhebst. Das wird dich noch mal zusätzlich zwanzigtausend kosten.«

»Ja«, erwiderte Isobel kleinlaut. »Es tut mir leid, Troy.«

»Es ist dein Geld«, erwiderte er wenig hilfreich. »Und dein Leben. Du kannst damit tun, was du willst.«

»Ich will aber, daß du nicht wütend auf mich bist«, sagte sie mit einem plötzlichen Aufflackern ihrer Courage. »Ich finde es unfair, daß du wütend auf mich bist. Du weißt nicht, wie es hier ist. Ich bin nach Hause gekommen, da war Murray schon hier, und es war alles völlig ... und du warst so weit weg, und es ist, als wäre all das nie geschehen. Es ist ohnehin nicht mir geschehen. Das andere Leben ist nur Zeldas Leben, nicht meines. Und dann habe ich mir überlegt, daß ich die Woche mit Zelda hatte, und Philip ist immer nur hier. Er kommt nicht mal für einen Tag woanders hin, er erlebt nicht ... was wir erlebt haben. Ich hatte das Gefühl, es wäre nicht fair, ihm etwas zu verweigern, wo ich doch so viel gehabt habe. Und es geht ihm viel besser, Murrays Gesellschaft tut ihm gut, und all die Pläne haben ihn ganz lebendig und aufgeregt gemacht ...«

Troy schwieg. Isobels Erklärung verlief im Sand.

»Soll ich jetzt Montag lieber nicht kommen?« fragte Isobel traurig.

»Doch«, erwiderte Troy. »Es tut mir leid. Ich habe nicht das Recht, dir meine Meinung aufzuzwingen. Natürlich kommst du am Montag. Das hat schließlich mit Zelda nichts zu tun, das ist eine Angelegenheit zwischen dir und Philip. Ich wollte nur, daß es dir bessergeht, daß du dir über Geld nicht mehr den Kopf zerbrechen mußt. Ich bin enttäuscht, daß Zelda nicht all deine Probleme gelöst hat. Und ich wünschte mir ...«

»Was?« flüsterte Isobel. »Was?«

»Ich wünschte mir, daß wir es wären, die planen, wie wir das Geld zusammen ausgeben«, sagte Troy mit genauso leiser Stimme. »Ich wünschte, Zelda und ich würden gemeinsam planen. Ich bin wahrscheinlich nur eifersüchtig.«

Das kam so unerwartet, daß Isobel die Augen schließen mußte und leicht taumelte.

»Ich weiß, daß das nicht möglich ist«, fügte er hinzu.

»Das ist es nicht«, sagte sie bestimmt. »Wirklich nicht.« Obwohl ihr das Herz bis zum Halse schlug und jede Faser ihres Körpers vor Verlangen bebte.

»Ich weiß«, hauchte Troy. »Ich denke an dich, wie du in diesem Haus mit dem kranken Mann eingesperrt bist, und dann denke ich an Zelda in Newcastle ...«

Sie hätte ihr Leben und ihren Mann gegen solche Kritik verteidigt, hätte er sie nicht an ihre gemeinsame Zeit auf Reisen erinnert. Sofort stellte sich ungebeten der Gedanke an Troy als Zelda ein: halb Mann, halb Frau, über ihr im Bett, mit dem zerzausten, strahlend blonden Haar, wie er sie leidenschaftlich mit glatten roten Lippen küßte. Diese Vision war ungeheuer lebendig. Plötzlich fand sich Isobel wieder in seiner Umarmung, spürte den Druck seines muskulösen Schenkels in den seidigen Strümpfen, der zwischen ihre Beine drängte.

»O Gott«, hauchte sie.

»Bis Montag«, erwiderte Troy. »Ich überweise dir jetzt das Geld. Ruf mich an, wenn du mich brauchst.«

»Ja, ja.«

»Und bitte, *bitte* versprich Philip nicht noch mehr Geld für irgendwas. Er hat jetzt genug, okay?«

»Ja«, erwiderte Isobel gehorsam.

»Versprochen? Die 58000 Pfund sind ausreichend. Du brauchst ihm aus Schuldgefühlen oder aus Mitleid nicht noch mehr zu geben, oder weil er noch einen gerissenen Verkäufer auftreibt, der ihn davon überzeugt, daß er irgendwas braucht.«

»Nein, nein.«

»Versprochen?«

»Versprochen!«

»Bis Montag«, sagte Troy gepreßt und hängte auf.

»Montag«, hauchte Isobel ins Rauschen.

Isobel saß den ganzen restlichen Nachmittag im Arbeitszimmer und starrte auf den Bildschirm, der störrisch leer blieb. Sie wollte eigentlich an dem neuen Isobel-Latimer-Buch *Die Entscheidung* arbeiten, in dem es um freien Willen gehen sollte. Aber sie stellte fest, daß sie weder über freien Willen noch über Entscheidungen viel zu sagen hatte.

Sie stützte das Kinn in die Hände und blickte auf den Bildschirm. »Ich habe das Gefühl, ich bin verführt worden«, flüsterte sie. »Vom Intellekt zur hirnlosen Sinnlichkeit.«

Der Cursor blinkte einladend. Isobel schrieb nichts, starrte vor sich hin, dachte an nichts. »Zuerst war ich Zelda«, hauchte sie. »Zuerst habe ich mich nur verkleidet wie eine Schauspielerin. Und jetzt finde ich nicht mehr zu meinem alten Selbst zurück.«

Schweigend saß sie da, während die Uhr den Nachmittag wegtickte. Als sie um vier Uhr aus ihrer Träumerei wieder auftauchte, machte Philip gerade eine Kanne Tee, und Murrays Auto fuhr weg.

»Murray wollte dich nicht stören und hat sich deswegen nicht verabschiedet«, erklärte Philip. »Er ist wirklich sehr rücksichtsvoll.«

»Sehr«, sagte Isobel trocken. »Ich hätte gedacht, er ist längst weg, jetzt wo er den Scheck in der Tasche hat.«

»Den hat er Mellie mitgegeben, und die hat ihn auf dem Nachhauseweg zur Bank gebracht«, antwortete Philip. »Das Nötigste hat er gleich von hier aus übers Handy bestellt. Das war ganz praktisch. Wir konnten die Einzelheiten noch mal durchgehen.«

Isobel nickte. Sie holte Teetassen aus dem Schrank. Sofort trat Philip beiseite und überließ ihr das Teekochen.

»Schokoladenkeks?« fragte sie.

»Höchstens einen«, erwiderte er. »Murray sagt, ich muß abnehmen, ehe der Pool fertig ist. Ein echter Bade-Adonis werden, meint er.« Er kicherte.

Isobel lächelte, legte Schokoladenkekse auf einen Teller und stellte zwei Tassen Tee auf den Küchentisch.

»Es tut mir leid, daß wir nicht all deine Vorstellungen verwirklichen können«, sagte sie.

Philip lächelte ihr nett zu. »Das war doch nur ein Traum. Du kannst dir gar nicht vorstellen, wie wunderbar diese Kataloge sind. Du siehst etwas und dann noch was, und dann denkst du dir – oh, das hätte ich gern und das auch noch und das und das – und dann kommt am Schluß eine halbe Million oder so raus.«

»Es ist ja immer noch sehr teuer«, erinnerte ihn Isobel. Es wurde ihr klar, daß sie auf eine Reaktion von ihm wartete. Zum erstenmal in ihrem gemeinsamen Leben wollte sie so etwas wie Dank hören, Anerkennung dafür, daß sie ihm ein unglaublich teures Geschenk gemacht hatte.

Er schüttelte den Kopf. »Das ist gar nichts, verglichen mit einigen anderen Pools, die Murray gebaut hat.«

»Murray muß sich in sehr wohlhabenden Kreisen bewegen«, meinte Isobel säuerlich. »Es überrascht mich, daß er sich für unser bescheidenes kleines Projekt so viel Zeit nimmt.«

»Er ist ein echter Enthusiast«, erklärte Philip. »Wenn er sich in ein Projekt hineinkniet, dann ist es ihm egal, wieviel er damit verdient. Er muß es einfach zu Ende bringen, und er muß es so gut wie irgend möglich machen. Er ist Perfektionist. Das erinnert mich an die Zeit, als ich noch jünger war. Ich hatte genausoviel Energie. Er hat mir neulich was erzählt: Wenn er morgens zu früh aufwacht, dann liegt er im Bett und plant im Kopf Swimmingpools – darin kann ich mich wiedererkennen, vor zehn Jahren habe ich auch nur für meine Arbeit gelebt. Erinnerst du dich?«

»Wie lange werden die Arbeiten dauern, hat er da was gesagt?« fragte Isobel.

»Vier oder fünf Wochen, wenn alles glattgeht.« Philip lächelte. »Aber er hat auch gesagt, daß nie alles glattgeht. Er ist ein großer Realist, unser Murray.«

Isobel nickte. Aus irgendeinem Grund war sie völlig erschöpft. »Ich hoffe nur, das Ganze ist es wert«, sagte sie. »Würden wir nicht dastehen wie ein paar rechte Trottel, wenn wir schließlich nach all dem Getue und dem vielen Geld merken, daß wir gar nicht gerne schwimmen? Wir wohnen ja schließlich schon zehn Jahre hier und haben das Bedürfnis bisher noch nie verspürt.«

»Also, mir wird's nicht so gehen«, versicherte ihr Philip. »Murray meint, er kann das sehen. Es gibt zwei Arten von Kunden. Die einen wollen nur Pools, weil die Nachbarn auch einen haben oder weil sie ihr Haus aufwerten wollen. Die anderen stürzen sich mit Wonne ins neue Schwimmleben. Er hat gesagt, er kann die beiden Gruppen auf den ersten Blick unterscheiden. Er meint, er hätte sofort gewußt, daß mir das Schwimmen zur zweiten Natur werden würde, er wüßte so was einfach.«

»Na toll«, meinte Isobel. »Das nenne ich Intuition!«

Sie schwiegen einen Augenblick.

»Ich bin furchtbar müde«, sagte Isobel, der ihr eigener Sarkasmus zugesetzt hatte. »Ich glaube, ich nehme jetzt ein Bad. Und dann nur ein leichtes Abendessen, ja?«

Philip schaute ein wenig unbehaglich drein. »Geh nur in die Wanne«, empfahl er ihr. »Möchtest du früh ins Bett?«

»Ja«, antwortete Isobel erschöpft. »Ich bin hundemüde. Warum?«

»Als du weg warst, haben wir uns nämlich angewöhnt, daß Murray nach der Arbeit noch mal hier vorbeikommt. Manchmal gehen wir ins Dorf und trinken im Pub ein Bier. Manchmal essen wir auch da.«

»Oh«, erwiderte Isobel ziemlich verdutzt. »Hat Mrs. M. kein Abendessen für euch gemacht?«

»Manchmal, manchmal habe ich es ausgelassen«, gab Philip zu. »Ich habe ihr dann gesagt, sie soll es mit nach Hause nehmen und selbst essen.«

Isobel nickte und überlegte, daß sie Mrs. M. nicht nur einen ziemlich anständigen Stundenlohn bezahlte, sondern nun offensichtlich auch Mr. und Mrs. M. mit ernährte und zusätzlich für Philips Mahlzeiten im Restaurant aufkam.

»Ehe es umkommt«, meinte Philip.

Isobel nickte.

»Im Pub gibt es wirklich gutes Steak mit Pommes frites«, erzählte Philip. »Ich weiß eigentlich nicht, warum wir da nie hingegangen sind.«

Isobel erinnerte ihn nicht daran, daß er abends niemals mehr in den Pub ging, weil sie sich schon seit Jahren einig waren, daß er abends zu müde zum Weggehen war.

»Wenn du also früh ins Bett gehen möchtest, dann mach das nur«, ermutigte sie Philip. »Ich komme bald nach. Es wird nicht spät.«

»In Ordnung«, erwiderte Isobel. »Bis dann.«

Sie hörte, wie Murrays Wagen vorfuhr, während sie im Bad war. Kurz darauf schlug die Haustür zu, und der Wagen fuhr weiter. Philip mußte im Flur gewartet haben, schon im Mantel, ausgehbereit wie ein kleines Kind, das sich auf einen besonderen Ausflug freut.

Isobel ließ sich in die Wanne zurücksinken und dachte darüber nach, daß ihr Mann nun einen ständigen Begleiter hatte. Sie verspürte nur einen immer mehr zunehmenden Abstand. Philip hatte Zuneigung zu einem Mann gefaßt, von dem sie erwartet hätte, daß er ihn verachten würde. Murray war schon in Ordnung, dachte sie, nur war er so außerordentlich normal. In der Bar jedes Dreisterne-Hotels konnte man ein gutes Dutzend Murrays antreffen. Sie waren alle im mittleren Management, Chefverkäufer. Sie wohnten am Stadtrand, waren verheiratet, hatten zwei Kinder. Sie fuhren Firmenwagen, ziemlich schnittig und zu schnell. Sie hatten stets eine Unmenge von Anekdoten und lustigen Geschichten auf Lager. Sie schauten fern, gingen gelegentlich ins Kino, selten ins Theater. Murray war eine Spur interessanter als der Rest, weil er wenigstens die Initiative und Energie aufgebracht hatte, seine eigene Firma zu gründen und sich auf seine Fähigkeiten und seinen Witz zu verlassen. Aber abgesehen davon, gab es Hunderte, ja Tausende von Männern wie Murray. Isobel konnte nicht verstehen, warum Philip sich ausgerechnet zu diesem Mann hingezogen fühlte. Gewiß, er hatte ein charmantes, hübsches Lächeln und ein attraktives, offenes Gesicht. Er ging wie ein Junge und lachte wie ein Mann, dessen

Leben voller Freude war. Aber warum Philip ausgerechnet zu ihm eine solche Zuneigung gefaßt hatte, daß er jeden Tag den größten Teil seiner Zeit mit ihm verbrachte, war ihr ein Rätsel.

Isobel stieg aus der Wanne und wickelte sich in ein Badetuch. Vielleicht brauchte Philip männliche Gesellschaft, überlegte sie. Vielleicht sehnte er sich in diesem ausschließlich weiblichen Haushalt – mit Mrs. M. als Haushälterin und Isobel als Brotverdienerin – nach einem Verbündeten. Auf jeden Fall verhielt er sich mit Murray ganz anders, war lautstarker, wirkte robuster. Das Mittagessen mit Murray war für Isobel eine außergewöhnliche Erfahrung gewesen. Mrs. M. hatte geflirtet und eindeutig zur Tischgesellschaft gehört, Murray war fröhlich und äußerst gesellig gewesen, Philip hatte sich bestens unterhalten und war glücklich. Isobel schüttelte den Kopf. Es war kein bißchen wie sonst gewesen.

Sie folgte einem Impuls, tappte ins Schlafzimmer und wählte Troys Nummer. Sie wollte seine Stimme hören. Sie fühlte sich plötzlich schrecklich einsam und verlassen. Philip war ohne sie ausgegangen, hatte sie nicht einmal gebeten mitzukommen. Ihre Entscheidung, früh zu Abend zu essen und dann gleich ins Bett zu gehen, hatte nicht wie üblich den Verlauf des Abends bestimmt. Im Gegenteil: sie hatte Philip dadurch mehr Freiheit eingeräumt. Und er hatte sich entschieden, den Abend ohne sie zu verbringen.

Sie hörte das Telefon am anderen Ende klingeln. Troy kam an den Apparat. Im Hintergrund herrschte ein solcher Lärm, daß sie zunächst glaubte, er hätte den Fernseher auf absurder Lautstärke laufen. Er mußte brüllen: »Hallo?«

»Ich bin's«, sagte Isobel.

»Oh, Isobel. Hi!«

»Kannst du das leiser stellen?«

»Ich gehe an einen anderen Apparat«, antwortete er. Sie hörte das Klicken des Telefons, und dann meldete er sich wieder. Lärm und Musik waren nur noch von ferne zu hören.

»Schon besser«, meinte er.

»Was ist denn bei dir los?« Sie registrierte den Inquisitionston in ihrer Stimme. Es klang, als hätte sie das Recht, zu erfahren, was er machte, und als wäre sie entrüstet darüber.

»Nichts«, antwortete er, als wolle er sich verteidigen. »Ein paar Freunde sind da.«

Isobel wollte sich erkundigen: Wer? Welche Freunde? Sie wollte fragen, was sie gerade machten. Tanzten sie? Oder warum war sonst die Musik so laut? War es eine Party?

»Wie schön«, sagte sie jedoch nur. Ihre Stimme klang nicht sorglos und fröhlich, wie sie es vorgehabt hatte, sondern gepreßt und schrecklich betreten.

»Ist ganz nett«, schloß er das Thema ab. »Und du? Was machst du?«

»Ich habe gerade gebadet und wollte früh ins Bett gehen.«

»Gute Idee«, meinte er herzlich. »Alles in Ordnung?«

Sie zögerte. Sie wollte ihm erzählen, wie seltsam es ihr vorkam, allein zu Hause zu sein, wie sehr es sie störte, daß Philip bei der Haustür auf Murray gewartet hatte und daß die beiden miteinander fortgefahren waren.

»Philip ist mit Murray in den Pub gegangen«, sagte sie trübselig.

»Da hast du ein bißchen Ruhe und Frieden«, erwiderte Troy, als freute er sich für sie.

»Ja«, antwortete sie matt.

Troy wartete, daß sie etwas sagen oder das Gespräch beenden würde.

»Ich wollte nur deine Stimme hören.«

»Soll ich dir was vorsingen?« schlug Troy vor. »Oder ein Gedicht aufsagen?«

Sie begriff, daß er mit seinen Freunden glücklich war, vielleicht war er sogar ein wenig beschwipst. Sie konnte ihn jetzt nicht dazu bringen, zärtlich oder mitfühlend mit ihr zu sprechen.

»Nein«, erwiderte sie und versuchte, ihre Stimme genauso sorglos und fröhlich klingen zu lassen. »Ich brauche ein Schlaflied, keinen Rock and Roll.«

»Das ist Judy Garland«, korrigierte er sie umgehend.

»Natürlich«, meinte sie. »Dann sag ich mal gute Nacht. Und noch viel Spaß bei der Party.«

Sie hatte erwartet, er würde ihr widersprechen und sagen, es sei keine Party, nur ein paar Freunde seien da, die zuviel Krach machten. Aber er sagte nichts.

»Gute Nacht, Schatz«, krähte er fröhlich und legte auf.

Einen Augenblick lang saß Isobel mit dem Telefon in der Hand da, legte dann vorsichtig den Hörer auf.

Ihr war kalt, und sie fühlte sich unangenehm feucht. Also rubbelte sie sich mit dem Handtuch ab und zog einen warmen Schlafanzug an. Sie ging ins Bett und suchte in dem Stapel auf dem Nachttisch nach einem Buch, das sie am besten von dieser lähmenden Depression ablenken würde. Ihr wurde klar, daß sie sich ausgeschlossen fühlte – ein Kind, das für keine Mannschaft ausgewählt wird und auf dem Spielplatz nicht mitspielen darf. Sie dachte an Philip und Murray beim kameradschaftlichen Gespräch im Pub, an Troy, der mit seiner Clique Champagner trank und lachte. Und sie, sie lag ganz allein im Ehebett und suchte ein Buch, das sie in den Schlaf lullen würde, um halb zehn.

Sie zog die Bettdecke unters Kinn und kuschelte sich hinein. Das schlimmste war, daß sie sich ungerecht behandelt fühlte. Sie war die Brotverdienerin, also hatte sie das Gefühl, Philip müßte eigentlich bei ihr zu Hause bleiben oder, wenn er schon ausgehen wollte, dann mit ihr. Sie war Troys Geliebte, was hatte er da mit Freunden Partys zu feiern, wenn sie alleine hier lag? Sie hatte es genossen, Zelda, der Star, zu sein. Wie kam es dann, daß Partys stattfanden, bei denen nicht sie im Mittelpunkt stand? Wie konnte es sein, daß sich Philip blendend amüsierte, daß sich Troy blendend amüsierte, während sie allein im Bett lag, sich bereits zurückgezogen hatte wie eine traurige alte Jungfer, die nichts zu tun hatte, als ihr Buch zu lesen und so zu tun, als sei ihr das auch lieber so?

Kapitel 20

Am nächsten Morgen war Isobel schon wieder fröhlicher. Sie wachte vor Philip auf und betrachtete sein attraktives Gesicht, ehe sie aufstand. Als er die Augen aufschlug, lächelte er sie an und sagte vergnügt: »Guten Morgen, Liebling.«

»Hast du gut geschlafen?« erkundigte sie sich.

Er gluckste vor Lachen. »Hervorragend. Sie haben Murray und mich ins Darts-Team aufgenommen. Kannst du dir das vorstellen? Murray spielt ziemlich gut, aber ich habe sie alle verblüfft, als ich mitten ins Schwarze getroffen habe.«

»Oh«, sagte Isobel. »Ich wußte nicht einmal, daß du Darts spielen kannst.«

»Als junger Mann habe ich viel gespielt. Jetzt schon Jahre nicht mehr. Aber mein Volltreffer hat das Spiel entschieden, und unser Team hat gewonnen. Bill Bryce war wirklich ...«

»Wer?«

»Bill Bryce, der Gastwirt, er war wirklich begeistert. Es war ein Revanchespiel, weißt du. Er hat uns allen einen ausgegeben, und dann sind Murray und ich noch ins Restaurant gegangen und haben zu Abend gegessen.«

»Ich hätte nicht gedacht, daß ihr Hunger hattet«, bemerkte Isobel. »Nach dem Riesen-Mittagessen.«

»Mir hätte ja was Kleines gereicht, aber Murray hatte einen Bärenhunger«, erklärte Philip. »Er rennt so viel rum, er verbrennt alles. Ich habe nur ein Steak und Salat gegessen. Ich bin wild entschlossen, ein bißchen abzunehmen.«

»Weil Murray meint, du mußt ein Bade-Adonis werden«, ergänzte Isobel.

Philip lächelte ohne Verlegenheit. »Ja.«

»Was willst du dann zum Frühstück? Eine halbe Grapefruit?«

Philip stand auf und rekelte sich. »Nein, Toast, wie immer. So geläutert bin ich nun auch wieder nicht. Murray ißt Porridge.«

»Heißt das, wir müssen auch Porridge essen?«

Er schaute sie an, die Schärfe in ihrer Stimme hatte ihn aufhorchen lassen. »Nein, natürlich nicht. Ich habe nur gesagt, daß er welches ißt. Porridge ist sehr gesund. Er sagt, es ist eine sehr sättigende Mahlzeit.«

Isobel nickte, zog sich den Morgenmantel über und ging nach unten.

Sie frühstückten in kameradschaftlichem Schweigen, lasen die Sonntagszeitung. Philip fing immer mit dem Wirtschaftsteil an, Isobel mit der Literaturseite.

»Irgendwas Interessantes?« erkundigte sich Philip hinter der Zeitung hervor.

»Ein neuer Roman von Paul Kerry, wird ziemlich verrissen«, antwortete Isobel. »Sie sagen, er ist zu seicht. Er schreibt jetzt einen Roman pro Jahr.«

»Die reinste Fließbandproduktion«, tadelte Philip. »Warum nimmt er sich nicht mehr Zeit und arbeitet sorgfältiger, so wie du?«

Isobel sagte nichts, wußte nur zu genau, warum nicht. Paul Kerry mußte, wie sie alle, regelmäßig neue Bücher veröffentlichen, mußte die Gratwanderung machen zwischen den Bedürfnissen des unerbittlichen Marktes und dem Verlangen, etwas zu schaffen, das ihn als Künstler befriedigte.

»Vielleicht braucht er das Geld«, vermutete sie.

»Wir brauchen alle Geld«, verkündete Philip großspurig. »Aber man darf deswegen doch seine künstlerische Integrität nicht aufgeben. Da muß man Prioritäten setzen.«

»Spricht der Mann mit dem Pool für 58 000 Pfund«, sagte Isobel und lächelte, um ihren Worten die Schärfe zu nehmen.

»Spricht der Mann, der hart gearbeitet und sein Haus mit seiner Berufsunfähigkeitsrente bezahlt hat«, erwiderte Philip.

»So daß alles, was danach noch hereinkommt, nur noch die Marmelade auf dem Butterbrot ist.«

Ein paar Monate zuvor wäre Isobel ruhig geblieben. Jetzt antwortete sie: »Ganz schön viel Marmelade. Für 58000 Pfund Marmelade.«

Philip lächelte. »Wir haben eben Glück«, sagte er, und damit war die Diskussion für ihn beendet.

Er verschwand wieder hinter seiner Zeitung. Irgend etwas an der Art, wie er das Gespräch abrupt abgebrochen hatte, gab ihr die Kraft zum Reden: »Ich bleibe morgen über Nacht weg, wenn du nichts dagegen hast.«

»Natürlich«, erwiderte er. »Wieder das College?«

»Ja, ich mag den Spätzug nicht.«

»Kommst du Dienstag wieder?«

»Zum Mittagessen.«

»Du brauchst dich nicht zu beeilen«, meinte er freundlich. »Nimm dir Zeit, wir laufen dir schon nicht weg.«

»Ich weiß«, antwortete sie. »Aber Dienstag zum Mittagessen bin ich wieder da.«

Er nickte und verstummte wieder. Isobel stand auf und machte noch Kaffee.

»Sollen wir später ein bißchen spazierengehen?« fragte sie. »Es ist ein herrlicher Tag.«

»In Ordnung«, stimmte er zu. »Wir könnten am Fluß entlang und dann zum Mittagessen in den Pub gehen, wenn du magst.«

»Ist dir das nicht zu weit?«

»Nein«, sagte Philip selbstbewußt. »Ich habe den Spaziergang neulich mit Murray gemacht. Es war toll.«

Am Montagmorgen wurde Isobel in ihrem Arbeitszimmer durch ein leises Klopfen an der Tür in der Arbeit unterbrochen. Mrs. M. steckte den Kopf ins Zimmer. »Tut mir leid, wenn ich störe«, sagte sie. »Aber ich dachte, Sie wollen vielleicht abrechnen.«

Isobel, die immer noch kein Wort geschrieben hatte, wandte sich vom leeren Bildschirm zu ihr um. »Haushaltsgeld?« fragte sie.

»Ich habe alle Quittungen«, antwortete Mrs. M. und zog einen ganzen Packen Zettel hervor. »Für die ganze Woche.«

Isobel war ein wenig überrascht. Normalerweise kam das Geld für die Lebensmittel aus dem Topf auf dem Küchenschrank, in den sie einmal in der Woche Geldscheine stopfte, zwischen 100 und 150 Pfund. Diesmal hatte Isobel 200 Pfund in knisternden neuen Scheinen dagelassen, ehe sie wegfuhr.

»Ich dachte, es wäre genug Geld im Topf«, meinte sie.

»Nein, ich habe mein eigenes Geld genommen, um Philip keine Umstände zu machen«, erwiderte Mrs. M.

»Oh«, sagte Isobel. »Also?«

»Es sind 110 Pfund extra für Lebensmittel und 300 Pfund für meine Stunden«, berichtete Mrs. M.

Isobel zwinkerte verblüfft.

»Ich habe Montag bis Freitag zwölf Stunden am Tag gearbeitet«, erklärte Mrs. M. »Außer wenn Philip mich früher nach Hause geschickt hat.«

»Und dann?«

»Habe ich zu Hause noch für Sie gebügelt«, erwiderte Mrs. M. aalglatt.

Isobel zog eine Schublade auf und nahm ihr Scheckbuch heraus. »Dann schulde ich Ihnen also 410 Pfund«, sagte sie und versuchte, den Ärger aus ihrer Stimme zu halten. »Und dann noch einmal 100 Pfund für das Haushaltsgeld. Das sollte doch eigentlich bis zum Ende der Woche reichen?«

Mrs. M. zögerte. »Nun ja, Philip nimmt sich das Geld für den Pub auch aus dem Topf. Wenn er mit Murray ausgeht.«

»Hundert Pfund für den Pub?« fragte Isobel nach.

»Sie wissen doch, wie sie sind.«

Isobel sagte kein Wort. Es schien nur zu klar, daß sie eben nicht wußte, wie sie sind.

»Und sie essen auch oft auswärts.«

»Wenn Sie gekocht haben?«

»Ach, das macht mir nichts«, erwiderte Mrs. M. »Ich freue mich, wenn er sich ein bißchen amüsiert.«

»Es scheint mir ein wenig extravagant«, meinte Isobel milde. »Wenn Sie Essen kochen und er dann ins Restaurant geht. Vielleicht könnten Sie jeden Tag vorher besprechen, ob er zu Hause ißt oder nicht.«

Mrs. M. lächelte höflich, antwortete aber nicht. Isobel wurde klar, daß sie Philip und Mrs. M. zu nichts zwingen konnte und daß es allen Beteiligten sehr gut in den Kram paßte, daß Mrs. M. für sie Mittagessen und für Philip Abendessen kochte und dann mit nach Hause nahm, was nicht gebraucht wurde.

»Nun, bald wird wieder alles wie immer«, sagte Isobel und riß den Scheck aus dem Scheckbuch. »Wenn der Pool fertig ist.«

»Fahren Sie diese Woche weg?« fragte Mrs. M., die den Scheck nahm und in die Schürzentasche stopfte.

»Nur heute nacht«, erwiderte Isobel. »Sie könnten also Philip fragen, ob er heute hier zu Abend essen möchte. Morgen mittag bin ich wieder hier.«

»Alles klar«, antwortete Mrs. M. fröhlich. »Ich kann heute abend für die beiden Würstchen im Schlafrock machen. Murray mag Würstchen im Schlafrock schrecklich gern.«

Isobel zog die Augenbrauen hoch, sagte aber nichts. Mrs. M. ging aus dem Zimmer und schloß leise die Tür hinter sich. Isobel wandte sich wieder dem Computerbildschirm zu und stellte fest, daß ihr immer noch nichts einfiel. Aber jetzt war es anders als vorher. Vorhin hatte ihr die Inspiration gefehlt, nun war sie völlig abgelenkt. Verärgert dachte sie darüber nach, daß Mrs. M. ein Abendessen zubereitete und es dann mit nach Hause nahm, daß Philip ganze Hände voll Scheine aus dem Topf mit dem Haushaltsgeld nahm, daß Murray Dauergast war und daß sie, Isobel, Mrs. M. dafür bezahlte, daß sie Murrays Lieblingsessen kochte.

Sie war erleichtert, als sie endlich am späten Vormittag im Zug nach London saß und sah, wie die vertrauten Felder allmählich den kleinen Reihenhäusern mit winzigen Gärten wichen. Isobel schaute gern in die Gärten und die Fenster der Häuser an der Bahnstrecke, stellte sich vor, was für ein Leben die Leute dort führten. Manche Gärten waren mit Kinderspielsachen vollgestopft, mit Klettergerüsten, Schaukeln, Wippen, sogar riesigen Schwimmbecken, die noch leer und kalt dastanden, bis der Sommer wieder einzog. Andere gehörten begeisterten Gärtnern und waren sehr schön angelegt, wieder andere waren total vernachlässigt. Als sie im Bahnhof Waterloo ankam, hatte sie das Chaos in ihrem eigenen Haus und in ihrem Leben ganz und gar vergessen. Leichten Herzens wartete sie auf ein Taxi. Und dann, während sich der Wagen langsam durch den Londoner Verkehr quälte, hatte sie das Gefühl, in Troys Gefilde vorzustoßen: Der emsige Lärm der Stadt glich seinem geschäftigen Leben, die exotischen Kleider und Farben auf den Straßen, das war seine überschäumende Energie, die Eleganz und Kultiviertheit, das war seine, ganz allein seine.

Troy öffnete sehr rasch die Tür und ließ ihr den Vortritt ins Haus. Sie berührten einander nicht, sprachen kein Wort, schauten einander nur an, als sei dieses Wiedersehen nach der Trennung von wenigen Tagen etwas, das erfahren, ja sogar erlitten werden mußte. Sie blickten einander fest und nachdenklich ins Gesicht. Isobel dachte, nie in ihrem Leben hätte sie jemand mit einem solch unbeirrbaren und suchenden Blick angestarrt. Unter diesem Blick wurde ihr nicht unbehaglich zumute, für sie war er eher wie ein Scheinwerfer, der ihr wahres Selbst beleuchtete und sie als echten Star aufzeigte.

Troy lächelte. »Hallo«, sagte er und breitete die Arme aus.

Isobel glitt in seine Umarmung und spürte, wie er sie fester an sich preßte. Zum erstenmal war ihr die Umarmung des Geliebten vertrauter und angenehmer als die des Ehemannes. Ihre Loyalität hatte sich verschoben. Und es war keine moralische oder intellektuelle Entscheidung gewesen, nicht einmal eine bewußte. Isobel spürte, wie Troys Arme sich fester um sie schlossen, spürte, wie seine Hände nach unten wanderten, ihr Gesäß umfingen und ihre Hüften näher an ihn drängten. Gleichzeitig spürte sie, wie ihr Verlangen aufwallte, spürte, daß sie zu dem Mann nach Hause gekommen war, den sie mehr als alle anderen liebte.

Troy hielt sie fest an sich gedrückt, schaukelte sie von einem Fuß auf den anderen. Isobel schloß die Augen und gab sich ihm ganz hin, ließ mit sich geschehen, was er wollte. Er packte das Fleisch ihres Hinterteils mit vollen Händen, knetete, lockerte seinen Griff wieder. Isobel merkte, wie ihre Muskeln sich entspannten, wie ihr Kopf an seine Schulter sank. Gierig sog sie den sauberen Duft seiner Haut und das Aroma seines teuren Aftershaves ein. Sein Geruch benebelte sie, ihr wurde schwindelig vor Verlangen, sie lehnte sich gegen ihn, ließ seine fordernden Hände ihr Gewicht aufnehmen, legte ihm die Arme um den Hals, so daß sie sich ganz um ihn schlingen konnte.

Sie lehnten sich gegen die Wand des schmalen Flurs und sackten dann auf die Stufen der Treppe. Troy lag unter ihr, seine Hände drangen nun forschend unter ihren Rock vor, streichelten sie leidenschaftlich fordernd. Isobel entfuhr ein leises verlangendes Stöhnen. Sie stützte sich ein wenig ab, damit sie seinen Hosenreißverschluß öffnen, ihn mit ihrer Hand umfangen konnte. Sie schrak zurück. Ihre hastigen Finger hatten Seide gespürt, bestickte Seide. Hinter Troys offenem Hosenschlitz sah sie das blasse Eisblau von Zeldas French Knickers.

»Lutsch mich«, befahl Troy.

Isobel erstarrte, war völlig unfähig, sich auf ihn zuzubewegen. »Du trägst ihre Unterwäsche«, sagte sie.

Er riß die blauen Augen auf und lächelte. »Ja«, antwortete er schlicht.

Isobel setzte sich so weit zurück, daß sie ihm ins Gesicht

sehen konnte. »Warum?« wollte sie wissen. »Nur weil ich heute herkomme, oder trägst du ihre Sachen immer? Trägst du ihre Sachen auch, wenn ich nicht da bin?«

Er bemerkte sofort die Angst in ihrer Stimme. Er legte seine Hand auf die ihre und geleitete sie wieder zurück zu dem Widerspruch der Seide und seiner harten Männlichkeit. »Für dich«, flüsterte er verführerisch. »Nur für dich. Komm schon, Isobel, tu's für mich ...«

Isobels Hand fühlte die Seide und darunter seine Härte. Schaudernd wich sie zurück.

»Was ist denn los?«

Sie zuckte kurz die Achseln und stand dann von der teppichbespannten Treppe auf, zerrte ihren Rock nach unten. Sie merkte, daß sie errötete, war peinlich verlegen. Unbewußt rieb sie ihre Handfläche am Rock.

»Nichts«, antwortete sie knapp.

»War es, was ich gesagt habe?«

»Nein, natürlich nicht.«

Troy rappelte sich auf, stopfte die blaue Seide zurück in die Hose und zog den Reißverschluß wieder zu. »Das war's dann also?« fragte er mit scharfer Stimme.

Isobel schaute von ihm zur Haustür, dann wieder zurück.

»Troy ...«

»Ja?«

»Ach, nichts«, erwiderte sie schwach.

Da ihr die Worte fehlten, gewann er wieder an Selbstvertrauen. Er fuhr mit dem Finger unter den Bund seiner Hose, überprüfte, wie glatt sie saß, und genoß das weiche Gefühl der blauen Seide, die darunter verborgen war.

»Ist bestimmt alles in Ordnung?« fragte er, und in seiner Stimme schwang keinerlei Besorgnis mit.

Isobel fand nicht den Mut, die Wahrheit zu sagen. »Es ist nichts.«

Troy nickte und stieg vor ihr die Treppe hinauf in seine Wohnung.

»Kaffee?« fragte er höflich.

»Ja, bitte.«

Sie gingen miteinander in die Küche, und Troy machte sich mit dem Kaffee zu schaffen. Er schenkte ihnen beiden eine Henkeltasse voll. Isobel saß auf einem Hocker bei der Arbeitsfläche, Troy lehnte sich gegen die Spüle. Er wirkte sehr entspannt.

»Wir haben noch ein bißchen was zu tun, wenn du nichts dagegen hast«, sagte er sachlich.

»Arbeit?«

»Wir müssen das Konto Zelda Vere miteinander durchgehen.«

Isobel zwang sich, so geschäftsmäßig zu sein wie er. »O ja.«

Troy zog einen Stapel Papiere hervor, der auf der Arbeitsfläche gelegen hatte.

»Erinnerst du dich noch an die Vereinbarungen im Vertrag? Du sollst 350 000 Pfund in drei Raten bekommen. Die erste Rate bei Vertragsunterzeichnung, die zweite bei Erscheinen des Hardcovers, dir dritte bei Erscheinen des Taschenbuchs, ja?«

»Ja.«

»Die beiden ersten Raten hast du also schon, und nächstes Jahr, wenn sie *Jünger des Satans* als Taschenbuch herausbringen, ist das die letzte Zahlung aus diesem Vertrag.«

»Ja.«

»Also. Wir haben unser Agentenhonorar und die Kosten abgezogen und die Kosten für die Kleider abgebucht. Mit dem Rest haben wir das Konto Zelda Vere eröffnet. Es sind noch 177 250 Pfund drauf.«

Isobel zwinkerte. »Ich wußte nicht, daß wir so viel für die Kleider ausgegeben haben.«

Er warf ihr ein Lächeln zu. »Liebling, allein der Mantel hat 40 000 Pfund gekostet.«

Sie nickte und versuchte, nicht entsetzt auszusehen. »Und der ganze Rest?«

»Zelda sein ist eine teure Sache. Aber einträglich. Schau nicht so ängstlich. Am Schluß rechnet es sich.«

Isobel lachte, weil er sie ängstlich genannt hatte, und versuchte die kalte Furcht zu ignorieren, die in ihr hochstieg.

»Du hast gerade 30000 Pfund für den Pool überwiesen bekommen, und vor Jahresende bekommst du noch einmal 40000 Pfund. Du mußt auch etwa 20000 Pfund für die Steuer abheben. Sobald das Geld auf deinem Konto auftaucht, mußt du Steuern dafür zahlen.«

Isobel nickte. »Die Steuern vergesse ich immer.«

»Ich nicht«, versicherte ihr Troy. »Damit hast du immer noch beinahe 90000 Pfund auf dem Konto Zelda Vere in der Schweiz, und dazu kommen noch einmal 100000 Pfund, wenn nächstes Jahr das Taschenbuch erscheint.«

»Immer noch ziemlich viel«, sagte Isobel tapfer.

»Aber nicht so viel, wie wir gedacht hatten«, meinte Troy und schaute sie an. »Nicht so viel, wie du gedacht hattest, nicht?«

Isobel schüttelte stumm den Kopf.

»Mhm. Dann hätte ich ein paar Vorschläge für dich.«

Isobel wartete.

»Zunächst einmal fangen wir an, das Buch als TV-Serie zu vermarkten. Das Hauptinteresse wird kommen, wenn das Taschenbuch erscheint, aber ich dachte, wir könnten schon mal anfangen. Ich kann einen Agenten in den Vereinigten Staaten damit zu allen Hollywood-Produzenten schicken und sehen, ob da jemand Interesse hat.«

Isobel nickte.

»Wir sollten Zelda als Drehbuchautorin für dieses Projekt vorschlagen«, sagte er.

»Aber ich weiß doch gar nicht, wie man ein Drehbuch schreibt ...«, wandte Isobel ein.

Troy schüttelte den Kopf. »Kinderleicht.«

»Nein, Augenblick mal«, Isobel sprach mit der Autorität, die sie immer dann hatte, wenn es um ihre Arbeit ging. »Ich weiß *wirklich* nicht, wie man ein Drehbuch schreibt, und ich schaue nicht genug fern. Es ist keine neue Romanform. Das könnte ich lernen. Es ist eine völlig andere Kunstform.«

»Es ist keine Kunst, es ist ein Handwerk«, erwiderte er schlicht. »Und du könntest das in einem halben Tag lernen. Aber du brauchst es sowieso nicht zu können. Wir handeln einen Vertrag für dich als Drehbuchautorin aus. Und dann heuern wir entweder einen Ghostwriter an, oder sie geben dir den Laufpaß, wenn sie den ersten Entwurf gesehen haben. In jedem Fall bekommen wir zweimal soviel Geld für die Sache. Hier geht es um Geld, Isobel, nicht um Kunst.«

Sie nickte. »Das vergesse ich immer.«

»Ich nicht.«

Er schenkte noch einmal Kaffee nach. »Also. Ich habe mit dem Verlag über eine Fortsetzung gesprochen. Sie wollen natürlich ein weiteres Buch, machen sich Gedanken, was Zelda als nächstes bringen könnte. Keine Autobiographien mehr, wir bieten ihnen einen richtigen Roman. Sie möchten etwas ganz Neues.«

Isobel wartete.

»Wir müssen total clever vorgehen. Dem Markt immer um einen Sprung voraus sein. Das Timing von Zelda Vere mit dem Schicksalsroman haben wir genau richtig hinbekommen, aber wir müssen es noch einmal hinkriegen. Im nächsten Jahr erscheint ein halbes Dutzend ähnlicher Romane, und da muß Zelda einen Schritt voraus sein. Sie muß einen Vorsprung vor der Menge haben, nicht im Hauptfeld mitkämpfen. Sie muß Spitzenreiterin sein.«

»Okay, Spitzenreiterin, aber in welche Richtung soll es gehen?« wollte Isobel wissen.

»Spiritualität«, sagte Troy triumphierend.

»Zelda wird spirituell?« fragte Isobel ungläubig.

Er nickte. »Die ersten sechs Kapitel handeln von Reichtum und Erfolg im Leben unserer Heldin, und dann hat sie ein schreckliches Erlebnis, das sie beinahe das Leben kostet, eine

Todeserfahrung. Sie sieht ein gleißend helles Licht und trifft ihren Guru. Er muß gut aussehen, muß irgendein Eingeborener sein, aber aus einer Gegend, die in ist, ich sehe da Afrika, vielleicht auch Südamerika, das checken wir noch ab. Jedenfalls muß es ein Urlaubsparadies sein, denn er erzählt ihr von seinem früheren Leben, und da brauchen wir viel Landschaft.«

Isobel nickte. »Sie verliebt sich in ihn und wird dabei sehr spirituell ...«

»... und auch sehr erotisch«, ergänzte Troy. »Sex mit einem Untoten, toll.«

»Und dann muß sie ihn ziehen lassen. Er muß in die spirituelle Welt zurück, und sie muß ihre Liebe loslassen, damit sie zu dem Mann finden kann, den sie in der wirklichen Welt immer geliebt hat, den sie aber übersehen hat, weil er arm war. Doch er hat sie immer unerschütterlich geliebt, und jetzt weiß sie ihn zu schätzen.«

Troy schloß die Augen. »Das ist phantastisch«, sagte er. »Das funktioniert. Und der Typ, den sie immer schon geliebt hat, wer ist das? Er muß mehr sein als nur arm.«

»Er ist der Enkel ihres Gurus«, erklärte Isobel. »Und nackt sieht er ihm sehr ähnlich. Nur hat sie das nie zuvor bemerken können, weil sie früher nie ein Liebespaar waren. Als Enkel des Mentors hat er sich auch immer zu ihr hingezogen gefühlt. Er ist so was wie eine Reinkarnation.«

Troy strahlte sie an. »Du schreibst mir eine Zusammenfassung dieser Geschichte und die ersten paar Kapitel, und ich verschaffe dir einen Vertrag für eine weitere Viertelmillion«, sagte er. »Philip kriegt seinen Pool, und du bist *trotzdem noch* eine reiche Frau.«

Kapitel 21

Troy führte Isobel zum Lunch in ein schickes Café-Restaurant und zeigte ihr all die Fernsehstars und Produzenten, die kamen und gingen und sich mit viel Lärm und Aufregung und Küßchen auf die Wange begrüßten. Isobel kannte beinahe niemanden. Die tägliche Arbeit und die Routine ihrer Abende zu Hause ließen ihr kaum Zeit zum Fernsehen, und da sie keinen Fernseher im Wohnzimmer oder Schlafzimmer hatte, bekam sie auch kaum je nebenbei etwas von den Sendungen mit. Der Fernseher in der Küche leistete Philip und Mrs. M. den Tag über Gesellschaft, und die beiden hätten sicherlich viele der Prominenten erkannt, die ankamen, lärmend Essen bestellten und speziell zubereitete Gerichte forderten. Isobel wäre ja gerne beeindruckt gewesen, aber sie brachte kaum mehr als ein Lächeln und ein Nicken zuwege, während Troy ihr die lange Liste von Namen aufzählte, die sie alle nicht kannte.

Ein paar Leute kamen zu ihnen an den Tisch, und Troy stellte sie Isobel vor. Ein Mann lehnte sich zu ihm hinunter und flüsterte ihm etwas ins Ohr, das ihn zum Lachen brachte. Dann ging er wieder.

»Wer war das denn?« wollte Isobel wissen.

»Ein Freund von mir.«

»Hat seine Mutter ihm nie gesagt, daß man im Beisein Dritter nicht flüstert?«

Troy lächelte sie an. »Weißt du, ich wette, sie hat das getan, und er war so ungezogen, daß er einfach nicht hingehört hat.«

Isobel nickte und wandte sich wieder ihrem Nachtisch zu. »Troy«, fragte sie vorsichtig, »du scheinst einen Haufen Männerbekanntschaften zu haben.«

Sofort erhellte sich sein Gesicht vor Vergnügen. »Ja, das habe ich.«

»Ich habe mich gefragt ...« Sie zögerte und sagte dann ganz unumwunden: »Ich habe mich gefragt, ob einige von denen nicht nur Freunde, sondern auch Liebhaber sind.«

»Tatsächlich?«

»Du brauchst es mir nicht zu sagen.«

»Das weiß ich.«

»Aber ich wüßte es gerne. Ich würde dich gern besser kennen.«

Er mußte sich gegen die Versuchung wappnen, ihr unverzüglich eine Lüge aufzutischen. Er glaubte, er könnte ihr vielleicht vertrauen. »Das ist ja nicht nur mein Geheimnis«, antwortete er langsam. »Wenn ich dir erzähle, daß jemand mein Liebhaber ist, dann verrate ich doch auch sein Geheimnis, nicht? Und das ist nicht unbedingt fair. Er möchte vielleicht nicht, daß bekannt wird, daß wir uns treffen. Er hat sich vielleicht noch gar nicht geoutet.«

Sie nickte.

»Ich erzähle dir also nichts von Einzelpersonen. Aber es stimmt, daß ich manchmal Liebhaber habe.«

»Aber du würdest dich nicht als homosexuell bezeichnen?«

Isobels Stimme war wenig lauter als ein Flüstern, aber trotzdem blickte sich Troy furchtsam um, als fürchte er, es könnte sie jemand hören. »Ich bezeichne mich als gar nichts«, zischte er.

Sie wich vor diesem plötzlichen Auflodern seines Temperaments ein wenig zurück und wartete schweigend. Troy bestellte Kaffee für sie beide und schaute zu ihr herüber. Seine Gegenwart machte sie nervös, sie war ängstlich bedacht, ihn nicht zu beleidigen oder zu verärgern. Paradoxerweise stellte Troy fest, daß er sie verachtete, wenn sie ihn rücksichtsvoll behandelte. Früher war er immer der Agent gewesen und sie die talentierte Frau. Es war seine Aufgabe gewesen, sie bei Laune zu halten, und nicht umgekehrt. Als Zelda war sie zu Berühmtheit aufgestiegen und arrogant geworden, und er hatte kaum mehr getan, als sie zu unterstützen und zu ermutigen. Nun erniedrigte sie sich durch das Verlangen, ihm zu gefallen. Troy interessierte sich nicht für unterwürfige Frauen.

»Hab dich doch nicht so«, herrschte er sie an. »Du hast einen wunden Punkt berührt. Aber es ist egal.«

Sie hob ihre Augen. »Ich wollte etwas über deine Vorlieben erfahren«, sagte sie nüchtern.

»Warum? Die kennst du doch. Wir haben doch sicherlich genug Experimente gemacht und meine Vorlieben ausgelotet.«

Isobels graue Augen schimmerten wie poliertes Zinn. Er hatte plötzlich das Gefühl, daß er es keineswegs mit einer unterwürfigen Frau zu tun hatte, sondern im Gegenteil mit einer Frau, die eine verborgene Kraft besaß.

»Ich muß es wissen, denn ich möchte, daß du mich allen anderen vorziehst«, sagte sie.

Troy erkannte das Grundmuster ihrer Beziehung wieder. Immer wenn er Isobel für selbstverständlich nahm und drauf und dran war, sich von ihr zurückzuziehen, stürzte sie sich und ihn in neue Tiefen der Intimität. Sie schwemmte ihn mit der Intensität und der Dringlichkeit ihres Verlangens mit hinweg, zog ihn tiefer mit sich hinunter.

»Ich ziehe dich allen anderen vor«, antwortete er. »Wir essen doch zusammen zu Mittag, oder nicht? Und heute abend? Wir sind den ganzen Tag zusammen, oder etwa nicht?«

»Ich möchte auch morgen mit dir zusammensein«, erwiderte sie. »Und übermorgen. Und den Tag danach.«

Einen Augenblick lang konnte er nur zu ihr hinstarren.

»Ich will dich«, sagte sie.

Er antwortete nicht.

Sie wartete auf seine Antwort.

Nach dem Mittagessen gingen sie zu Harvey Nichols, um Kleider für Isobel zu kaufen. Laut Troy bewies das Sparsamkeit. »Isobel Latimer würde bei Harvey Nichols einkaufen, Zelda ist Harrods pur«, meinte er.

»Endlich bekomme ich Kleider, die uns beiden gefallen«, freute sich Isobel.

»Du darfst nicht über die Stränge schlagen«, warnte sie Troy, »aber ein schickeres Kostüm als das da kannst du dir leisten.«

Sie kauften ein dunkles Wollkostüm von Betty Jackson. Troy ließ sie nicht einmal in die Nähe der strahlenden Farben von Lacroix. »Die sind Zelda, nicht Isobel«, meinte er. Dann kauften sie noch ein dunkelrotes Jackenkleid von Nicole Farhi.

»Toller Schnitt, schlichte Eleganz«, kommentierte Troy zufrieden. »Isobel Latimer in Reinkultur.«

Sie gingen in die Dessous-Abteilung, und Troy wartete vergnügt auf der Chaiselongue, während Isobel einige sehr diskrete, aber wunderbar sinnlich-seidige Teile anprobierte.

»Nichts, was zu teuer oder zu elegant wäre«, erinnerte Troy. »Jedenfalls nicht, wenn du es mit nach Hause nehmen willst.«

»Philip sieht mich nie in Unterwäsche«, erwiderte Isobel, während sie die Quittung für die Kreditkarte unterschrieb.

»Nicht? Wo ziehst du dich denn aus?«

»Im Bad.«

»Und was hast du im Bett an?«

Isobel warf ihm einen Blick zu, der ihn auf Abstand hielt. »Schlafanzug.«

Troy prustete vor Lachen. Isobel nahm die elegante Tragetasche entgegen. »So ist nun mal das Eheleben«, sagte sie.

»Klingt eher wie Ehetod«, witzelte Troy brutal.

Sie blieb stehen und drehte sich zu ihm um. »Hast du was Besseres zu bieten?«

»Nein«, erwiderte er rasch.

»Genau«, entgegnete sie.

Sie trat vor ihm auf die Rolltreppe, stocksteif vor Wut. Troy legte ihr sanft eine Hand in den Nacken und spürte, wie sie sich unter seiner Berührung entspannte. Er lehnte sich vor und schmiegte den Kopf an ihre Wange. »Zeit für Zuhause und für die Liebe«, murmelte er leise.

Sie verbrachten den Nachmittag miteinander im Bett, in Troys Schlafzimmer. Sie mieden beide das Gästezimmer, das den Schrank mit Zeldas Kleidern und ihre zwei Haarmähnen enthielt, die gespenstisch auf dem obersten Regalbrett lauerten. Zu ihrem Entzücken entdeckte Isobel, daß Troy ein großes Wasserbett mit schwarzer Bettwäsche hatte.

»Ich weiß, es ist ein schreckliches Klischee«, gab er zu. »Aber ich finde es toll.«

Isobel lehnte sich zerzaust und befriedigt in die Kissen zurück und lächelte ihn an. »Es ist wunderbar«, sagte sie. »Du bist der glamouröseste Mann, der mir je begegnet ist.«

Er strahlte über dieses Lob. »Tee?«

»Ja, bitte«, antwortete sie.

Er machte eine Kanne Darjeeling und brachte ihn ihr zum Bett – tiefschwarz mit dünnen Zitronenscheiben in zarten Porzellantassen.

»Himmlisch«, seufzte sie.

Abends wollte Troy ins Theater gehen. Einer seiner Autoren sollte in einem Stück auftreten, und er hatte versprochen, ihn sich anzusehen. Isobel trug ihr neues rotes Kleid und rollte sich das Haar im Nacken ein. Ehe sie das Haus verließen, rief sie noch bei Philip an. Aber er war nicht zu Hause. Mrs. M. kam an den Apparat.

»Ich wollte gerade gehen«, sagte sie. »Da haben Sie Glück, daß Sie mich noch erwischt haben.«

»Wo ist Philip?« erkundigte sich Isobel.

»Seit Mittag weg«, antwortete sie fröhlich. »Murray ist zum Essen gekommen, und dann sind sie in seinem Wagen weggefahren und seither nicht gesehen worden.«

»Hat er gesagt, wohin sie wollten?«

»Nein, nur daß ich kein Abendessen machen soll.«

»Seltsam. Sie wollten sich wohl Swimmingpools ansehen, was meinen Sie?«

Mrs. M. kicherte. »Wenn die Katze aus dem Haus ist ...«

Isobel konnte gerade noch eine heftige Entgegnung unterdrücken. »Würden Sie ihm bitte einen Zettel hinlegen?« fragte sie mit ausgesuchter Höflichkeit. »Ich hätte angerufen und ginge jetzt ins Theater. Ich rufe wieder an, wenn ich zurück bin.«

»... rufen wieder an, wenn Sie zurück sind«, wiederholte Mrs. M. »Alles klar.«

Isobel legte auf.

»Probleme?« erkundigte sich Troy.

»Nein. Philip und Murray waren den ganzen Tag weg und sind noch nicht wieder da. Ich rufe später noch mal an.«

Neugier erhellte Troys Gesicht. »Die zwei verbringen viel Zeit miteinander, was?« bemerkte er.

Isobel blickte ihn an, und ihre Augen verengten sich ein wenig. »Ja«, antwortete sie kühl. »Warum nicht?«

»War nur 'ne Frage«, grinste Troy, der wußte, daß sie seine Gedanken gelesen hatte und nicht billigte. »Nur 'ne Frage, gnä' Frau.«

Isobel rief noch einmal von einer öffentlichen Telefonzelle im Foyer des Theaters an, dann von einem Restaurant aus, wohin sie mit Troys Autor zum Essen gegangen waren. Dann setzten sie den erschöpften, aber überglücklichen Mann in ein Taxi und gingen zu Fuß nach Hause. Isobel rief noch einmal von Troys Wohnung aus an. Diesmal kam Philip an den Apparat.

»Geht's dir gut?« fragte sie, plötzlich sehr ängstlich. Er nuschelte ein wenig, und sie glaubte, er hätte vielleicht zu viele Schmerztabletten genommen.

»Bin leicht angeschlagen«, sagte er und konnte kaum ein Lachen unterdrücken. »Nicht böse sein, Isobel. Murray und ich sind in den Pub gegangen und dann noch zum Abendessen.«

Isobel hörte im Hintergrund gedämpfte Laute zur Bestätigung.

»Ist er immer noch da?« fragte sie.

»Bleibt über Nacht«, erklärte Philip. »Viel zu besoffen, um noch nach Hause zu fahren.«

Wieder hörte man Rufen von irgendwo in Isobels Haus.

»Ich weiß gar nicht, ob das Gästebett bezogen ist«, sagte Isobel unfreundlich.

»Mrs. M. hat es gemacht, ehe sie gegangen ist. Feine Frau.«

»O gut«, meinte Isobel. »Bist du ganz sicher, daß es dir gutgeht?«

»Besser denn je«, versicherte ihr Philip. »Absolut bestens. Verflixt wunderbar.«

»Verflixt besoffen!« rief es von hinten.

Isobel holte tief Luft, verkniff sich jeglichen Kommentar. »Ich gehe jetzt ins Bett«, sagte sie. »Bis morgen, später Vormittag.«

»Ja, okay«, stimmte Philip leutselig zu. »Guter Plan. Wir genehmigen uns jetzt noch einen kleinen Schlummertrunk, unterhalten uns ein bißchen über dies und das, und dann gehen wir auch in die Falle.«

Er legte auf, ohne ihr eine gute Nacht zu wünschen. Isobel wartete einen Augenblick, lauschte dem Schweigen in Kent und legte dann vorsichtig den Hörer auf. Sie drehte sich um. Troy stand in der Tür und hatte schamlos zugehört. Er hatte eine dunkle Augenbraue hochgezogen, sein Gesicht strahlte.

»Halt den Mund«, sagte Isobel nüchtern. »Es ist nicht, was du denkst.«

Troy trat einen Schritt vor, so daß sie seine Hände sehen konnte. Er trug eine eisgekühlte Flasche Roederer und zwei Champagnerkelche. »Ich wollte fragen, ob du spielen kommst?« fragte er einladend.

Sofort vergaß Isobel Philip und Murray und ihr Zuhause, vergaß sie so völlig, als wäre es ein anderes Leben, längst vergangen, weit weg. »Spielen?«

»Ich dachte, wir könnten einen Schluck trinken«, sagte

Troy. Er entkorkte den Champagner mit leisem Knall, dann prickelten die Bläschen in den hohen Gläsern. »Ich habe gedacht, wir fragen auch Zelda, ob sie mitspielen will.«

Isobel lief ein Schauer über den Rücken. Es war makaber, wie er den Namen aussprach, als sei Zelda eine Art Gespenst, das sie durch ein zeremonielles Glas Champagner und durch das Ritual des Gesichtbemalens beschwören konnten. Sie wußte auch, daß sie mit Troy so weit gegangen war, wie sie konnte. Heute hatten sie die Grenze erreicht, als sie ihn herausforderte, sie zu lieben, und er ihr ausgewichen war. Wenn sie ihn heute nacht lieben wollte, wenn sie ihn faszinieren und bezaubern wollte, dann mußte sie mehr sein als Isobel Latimer, schöner, sinnlicher sein, ihm gewagter erscheinen. Isobel Latimer könnte Troy niemals verführen und an sich binden. Isobel und Zelda zusammen – vielleicht. Isobel nahm ihm ein Glas ab, prostete ihm stumm zu und trank.

Sie spürte die Wirkung sofort, fühlte sich beschwingt und schön. Troy zog seine Brieftasche heraus. Er faltete ein kleines Briefchen auf.

»Koks?« fragte er einladend.

»Ja«, erwiderte Isobel, »wenn du meinst ...«

Er schaute sie fragend an.

»Wenn du sicher bist, daß das Zeug nicht schlecht ist.«

»Was? Rattengift? Scheuerpulver? Also, dann nehme ich zuerst was, und wenn ich nicht mit Schaum vor dem Mund zusammenklappe, dann kannst du auch was probieren. Aber nur, wenn du magst.«

Isobel lächelte. Sie schaute ihm zu, wie er das Pulver auf einem Buchdeckel mit seiner Kreditkarte feinhackte, dann eine Zwanzig-Pfund-Note aufrollte und eine Linie einsog. Schließlich tupfte er mit dem Finger noch den Rest auf und rieb ihn sich ins Zahnfleisch. »Hm«, kommentierte er anerkennend.

Er reichte ihr den zusammengerollten Geldschein. »Möchtest du auch was?«

Isobel wollte schmecken, was er schmeckte, fühlen, was sein Körper wußte. Isobel wollte den innersten Troy kennenlernen, sie hätte alles genommen, was er ihr anbot, alles ausprobiert, was er empfahl. Sie nahm den Schein und schniefte eine Linie Kokain, tupfte dann mit dem Finger das Pulver auf.

Sie wartete auf die Wirkung.

»Gut?« fragte er.

Sie schüttelte den Kopf. »Ich weiß nicht. Ich will mich nur hinlegen und kichern.«

Er lächelte. »Dann leg dich hin und kichere.«

Isobel, die sich wunderbar jung und albern vorkam, legte sich auf Troys herrlichen Teppich und kicherte. Troys Gesicht erschien in ihrem Blickfeld, und er legte sich neben sie auf den Rücken. Da lagen sie und blickten zur Decke.

»Erzähl mir eine Geschichte«, bat Troy. »Mach schon, erzähl mir irgendwas. Erzähl mir, wie du ein junges Mädchen warst, warum du Philip geheiratet hast und so.«

»Und dann gehen wir zu Zelda ins Zimmer«, sagte Isobel.

»Wir machen alles«, versprach Troy. »Wir haben Zeit für alles.«

»Ich habe Philip geheiratet, weil ich in ihn verliebt war«, begann Isobel. »So einfach ist das. Er hat für eine der großen Ölfirmen gearbeitet, als Chef der PR-Abteilung, und ich war jung und habe mich an der Uni mit Wissenschaftsethik beschäftigt. Wir haben uns bei einer Diskussionsrunde kennengelernt. Ich fand ihn wunderbar.« Sie machte eine Pause und seufzte. »Er war blond und groß und sehr fit und«, sie kicherte, »er war schrecklich reich. Ich war an der Uni, ich hatte nur ein Forschungsstipendium, also so gut wie gar nichts, und alle meine Freunde hatten auch nichts. Und da kam dieser tolle Mann und führte mich in phantastische Restaurants aus und fuhr einen Sportwagen – und redete mit mir, als wäre ihm meine Meinung wirklich wichtig. Er hielt mich für supergescheit, fragte dauernd, was ich über alle möglichen Dinge dachte, und hörte mir zu, als wäre ich ein Genie. Ich war sehr geschmeichelt. Alle Männer, die ich bis dahin kennengelernt hatte, waren etwa auf meinem Niveau, niemand hatte mich je für mehr als bloß kompetent gehalten. Wir haben uns verliebt und dann geheiratet.«

»Habt ihr vorher miteinander geschlafen?«

»O ja«, antwortete Isobel. »Er war mein erster Liebhaber, es war schrecklich romantisch. Wir haben geheiratet, ich habe weitergearbeitet und er auch. Er hat uns ein schönes Haus in der Stadt gekauft, und wir hatten einen netten Freundeskreis. Wir haben ganz furchtbar aufwendige Abendessen für unsere Freunde gegeben, vier Gänge, alles selbst gekocht. Und wir sind auch zu Freunden gegangen, die sehr gut kochten. Wir haben ziemlich viel getrunken, meistens Wein. Philip ist ein richtiger Weinkenner geworden.«

»Und?« wollte Troy wissen.

Isobel seufzte. »Ich hatte schon immer gedacht, ich könnte schreiben, aber ich hatte nie viel Selbstvertrauen. Philip war wunderbar. Er hat mir einen Computer gekauft und mir beigebracht, wie man ihn benutzt. Er hat ihn für mich aufgebaut und darauf bestanden, daß ich jeden Abend eine Stunde damit arbeitete. Ich habe Kurzgeschichten geschrieben. Er hat sie immer gelesen, während ich das Abendessen machte. Eines Abends hat er mir erzählt, daß er eine an eine Frauenzeitschrift geschickt hatte, und die hatten sie angenommen.«

»Toller Augenblick?« fragte Troy.

»Atemberaubend«, bestätigte sie. »Ich dachte, es wäre der Anfang einer brillanten Karriere.«

»War's doch auch, oder nicht?«

»So ähnlich«, meinte sie. »Ich habe noch ein paar Geschichten geschrieben, danach einen richtigen langen Roman. Dann wurde ich schwanger. Ich war so aufgeregt und glücklich. Philip wollte, daß ich sofort mit der Arbeit aufhörte, aber ich wollte weitermachen, bis ich etwa im fünften Monat war. Wir hatten immer genug Geld, das war es nicht. Aber ich habe gerade meine Doktorarbeit für die Veröffentlichung umgeschrieben, und das wollte ich fertig haben, ehe das Baby kam.«

Isobel schwieg. »Ich habe das Kind verloren«, sagte sie dann. »Es lag nicht daran, daß ich gearbeitet habe, es war einfach so. Aber ich bin nie wieder schwanger geworden. Wir haben alles versucht, sogar einen Spezialisten konsultiert. Wir hofften, daß es schon noch was werden würde, aber dann starb Philips Mutter, und wir haben es aufgegeben. Ich habe zu unterrichten angefangen, habe eine Dozentenstelle an der Uni bekommen. Ich war jung und fit, und Philip war zwar älter als ich, aber kerngesund. Wir dachten, es würde dann schon früher oder später klappen. Hat es aber nicht.«

Ihr Gesicht hellte sich auf. »Dann wurde mein erster Roman veröffentlicht. Das war wunderbar. Ich habe gleich mit der Arbeit am zweiten Buch angefangen. Philip hat mich stets ungeheuer ermutigt und mir geholfen. Abends hat er immer meine Texte gelesen und Grammatik und Rechtschreibung korrigiert. Er hat die Manuskripte mit ins Büro genommen und von seiner Sekretärin neu tippen lassen. Und mit dem zweiten Roman *Zeit der Einzelgänger* habe ich den Stephens Prize gewonnen.«

»Ich erinnere mich, daß ich das Buch gelesen habe«, sagte Troy. Daß er es als achtzehnjähriger Student im ersten Semester gelesen hatte, behielt er für sich. Isobel war damals Anfang dreißig gewesen. »Es war das Buch des Jahres, nicht? Alle haben davon geredet.«

»Ja«, erwiderte sie. »Es war ganz außergewöhnlich. Plötzlich wollten alle mit mir sprechen, Tag und Nacht riefen Journalisten an und fragten mich aus. Man interviewte mich in Büchersendungen und so. Es war toll. Philip riet mir, das Unterrichten aufzugeben und mich nur noch auf das Schreiben zu konzentrieren, und das habe ich dann gemacht. Damit hat alles angefangen. Ein paar Monate lang wurde ich überall eingeladen – zu Partys und auf Literaturfestivals. Über Nacht war ich ein Star.«

Sie seufzte. »Und dann mitten im Trubel, als für mich alles so gut lief, wurde Philip krank. Zuerst sah es wie eine Erkältung aus. Er mußte ein paar Tage das Bett hüten, und wir dachten, es wäre nichts weiter. Dann wurde sein Fieber immer höher, und er hatte einen kleinen epileptischen Anfall. Ich bin zu Tode erschrocken und habe einen Krankenwagen angerufen. Im Krankenhaus machte man zunächst das Fieber dafür verantwortlich, hat aber stationär weitere Untersuchungen durchgeführt. Aus den Blutwerten schloß man, es sei eine Art Virusinfektion, die man nicht behandeln konnte, die einfach allein heilen mußte.«

Sie seufzte wieder. »Na ja, sie ist nie richtig geheilt. Er ist wieder arbeiten gegangen, aber er war immer so müde, daß er sich kaum durch die Tage schleppen konnte. Nachmittags schlief er oft ein, und seine Sekretärin versuchte das zu vertuschen. Dann ist er einmal bei der Arbeit zusammengebrochen und mußte wieder ins Krankenhaus. Wieder das gleiche. Ein erneutes Aufflackern des Virus. Jetzt war wahrscheinlich das Immunsystem in Mitleidenschaft gezogen. Mit der Zeit würde es vielleicht wieder besser werden. Er würde sich erholen, unter Umständen aber auch nicht. Niemand wußte was. Das war das Schlimmste. Die besten Spezialisten im Land, und alle waren ratlos.«

»Und?« fragte Troy weiter.

»Er hat seinen Job aufgegeben und bekam von der Firma eine sehr gute Abfindung. Wir haben beschlossen, aufs Land zu ziehen, in die Nähe des Ortes, wo er aufgewachsen ist. Das Haus war ein bißchen heruntergekommen, ein Bauernhaus, wir haben es billig kaufen können und selbst renoviert. Ich habe viel tapeziert und gemalert, und wenn es Philip gutging, hat er mir geholfen. Aber er war immer müde.

Ein neuer Spezialist meinte, seine Krankheit könnte womöglich die Folge einer Allergie sein. Aber es wurde schlimmer, behinderte ihn. Es ließ sich nichts dagegen machen. Philip fand sich allmählich damit ab, daß er nicht wieder gesund werden und zur Arbeit zurückkehren würde. Meine Erfolge haben ihm viel Freude gemacht, es lief ja weiterhin gut für mich.« Isobel legte eine Pause ein. »Manchmal habe ich überlegt, ob in unserem Haus wohl nur ein einziger erfolgreicher Mensch Platz hat. Mein Stern ging auf und Philips Stern unter. Es war beinahe, als wäre ihm gar nichts anderes übriggeblieben, als krank zu werden.«

Sie schüttelte den Kopf. »Ich weiß, es ist albern. Er ist wirklich krank. Wir hatten einfach Pech.« Sie holte tief Luft. »Jedenfalls wurde meine Karriere unser Lebensinhalt. Wir haben keine Kinder, keine Familie, nicht einmal viele Freunde. Das einzige, was wir gemeinsam haben, ein Hobby, wenn du so willst, das sind die Isobel-Latimer-Bücher. Wir diskutieren darüber, wir schauen uns zusammen die Entwürfe für die Schutzumschläge und die Klappentexte an, den Zeitplan des Verlages, die Kritiken. Das ist unser Hauptinteresse. Unser einziges Interesse. Deswegen könnte ich es auch niemals fertigbringen, Philip zu sagen, daß die Tantiemen sinken, daß die Verlage meine Bücher nicht mehr wollen. Es wäre, als würde er noch einmal krank. Die Bücher sind alles, womit wir uns jetzt noch beschäftigen, wo wir sonst nichts mehr miteinander zu tun haben.«

»Aber nun gibt es ja den Pool«, schlug Troy vor. »Und Murray.«

Isobel schüttelte den Kopf. »Das ist nur vorübergehend«, sagte sie. »Murray geht, wenn der Pool fertig ist. Und dann, das wette ich mit dir, schwimmt Philip höchstens einmal in der Woche. In drei Monaten ist die Scheune wieder leer, niemand sieht die Lichtreflexe des Wassers an der Decke. Das Geld ist schlicht vergeudet«, seufzte sie. »Buchstäblich aus dem Fenster geworfen. Wenn ich ihm jetzt sagen muß, daß die Bücher nicht mehr soviel Erfolg haben, dann haben wir gar nichts mehr, was uns Freude bringt. Gar nichts.«

»Außer daß du jetzt Zelda hast«, meinte Troy.

Isobel wandte bei diesen Worten den Kopf zu ihm und

schaute ihm in die Augen. Sie schmiegte ihre Wange in die herrlich üppige farbige Pracht des Teppichs. »Ja«, erwiderte sie leise. »Ich dachte, nichts würde sich je wieder ändern, unser Leben sei festgefahren. Ich glaubte, Philip würde allmählich immer kränker werden und ich immer müder und trauriger. Aber, wie du sagst, jetzt gibt es Zelda. Wenn ich Zelda in meinem Leben behalten kann, dann bin ich nie wieder so schrecklich unglücklich.«

Kapitel 22

In Troys Gästezimmer, das sie als Zeldas Zimmer bezeichneten, schimmerte nur das Licht der orangen Straßenlaternen durch die zugezogenen Gardinen. Sie hatten Kerzen aus dem Wohnzimmer mitgebracht, weil sie das gleißende Deckenlicht nicht einschalten wollten. Seite an Seite kleideten sie sich schweigend um, nur das Rascheln von Dessous und das feine Knistern der Seidenstrümpfe zeigte ihnen an, wie weit sie waren. Wie freundliche Schwestern zogen sie einander die Reißverschlüsse zu, saßen dann nebeneinander mit ihren blonden Mähnen vor dem Frisierspiegel und malten sich an.

Mit höflich gemurmeltem »bitte« und »danke« und »nein, du zuerst« teilten sie Grundierung, Lidstrich, Lippenstift, Wimperntusche und Rouge miteinander. Als sie fertig waren, standen sie vom Frisiertisch auf, an dem die Verwandlung stattgefunden hatte, und gingen ins Wohnzimmer zurück. Dort saßen sie einander gegenüber und schauten einander lange mit tiefem Verlangen an.

Troy hatte die Beine übereinandergeschlagen und spürte die Seide an seinen Schenkeln, genoß die elegante Linie des Schuhs, der an seinem schmalen Rist baumelte. Unter dem Gewicht der goldenen Perücke fühlte sich sein Kopf riesengroß an, die Lider waren schwer vom Lidschatten und den falschen Wimpern. Wenn er Isobel ansah, die ihn ihrerseits musterte, so war es, als blickte er in einen leicht verzerrenden Spiegel. Sie war eine kleinere, zierlichere Version von ihm. Das Haar war identisch, das Make-up ganz gleich. Doch er wußte, daß er unter dem blauen Kleid ihre festen, runden

Brüste finden würde, ihren weichen Bauch, die leicht schlaffen, verführerischen Schenkel.

»Champagner?« fragte er.

»Ich hole ihn.« Isobel stand auf und ging durch das Zimmer, war sich seines dunkelblauen Blicks bewußt wie einer Liebkosung. Sie entkorkte die Flasche in der Küche und brachte frische Gläser mit.

»Roederer«, verkündete sie, als sie ins Zimmer trat. »Natürlich trinken wir nie etwas anderes.«

Troy hielt ihr mit eleganter Geste sein Glas hin. Isobel schenkte ein, nahm dann ihr eigenes Glas und setzt sich wieder. Sie schlug die Beine übereinander. Troy sah, wie sich ihre Schenkel unter dem blauen Kleid im Schatten verloren, lehnte sich ein wenig auf dem Sofa zurück und genoß den Anblick. Nicht mehr lange, das wußte er, und er würde sie ausziehen, und sie ihn. Nicht mehr lange, und er würde das ungeheuer intensive Vergnügen haben, eine Frau zu sein und doch keine Frau und eine Frau zu lieben.

»Sehr gut«, bemerkte er bedächtig.

Isobels graue Augen musterten ihn prüfend, registrierten das wunderschöne Gesicht und den elegant hingegossenen Körper. »Zelda?«

»Ja?«

»Sollen wir einmal miteinander wegfahren? Urlaub machen?«

Troy überlegte einen Augenblick, verwarf dann alle Einwände, die mit seiner Arbeit zu tun hatten, weigerte sich, an die Verabredungen zu denken, die in seinem Terminkalender im Büro standen. »Möchtest du das?«

»Ich habe das Gefühl, wir haben nur das Hier und Jetzt«, sagte Isobel. »So wird es nie wieder. Ich möchte es voll auskosten. Solange es noch so wichtig ist, so leidenschaftlich.«

»Weil du meinst, daß es nicht von Dauer sein kann?«

Sie lächelte Zeldas wunderschönes, träges, sinnliches Lächeln. »Wie denn?« fragte sie schlicht. »Es ist der helle Wahnsinn.«

»Aber etwas davon muß doch bleiben«, erinnerte sie Troy, »wenn du ein neues Buch schreiben sollst.«

Sie nickte. »Aber das hier, das zwischen uns beiden?«

»Ah, das.«

Sie schwiegen einen Augenblick.

»Komm her«, lockte Isobel.

Troy zog eine Augenbraue hoch, machte Zeldas arroganteste Miene. »Ich?«

»Komm her, oder ich hol dich«, flüsterte Isobel, und in ihrer Stimme schwang Versprechen oder Drohung mit, Troy konnte sich nicht entscheiden. Er stand vom Sofa auf und setzte sich neben Isobel, lehnte sich zurück, das Kinn hochgereckt, den Hals entblößt.

Isobel bewegte sich nicht auf ihn zu, sie blieb sitzen und schaute ihn nur an. »Du bist so schön«, hauchte sie. »Du bist so eine schöne Frau.«

Troy schloß die Augen und spürte dann, wie Isobel aufstand. »Laß die Augen zu«, murmelte sie.

Er fühlte, wie sie sich bewegte, hörte das Rascheln ihres zu Boden fallenden Kleides.

»Jetzt«, sagte sie.

Er schlug die Augen auf. Sie trug Zeldas wunderschön bestickten hellblauen BH, und aus der hellen Spitze quollen ihre üppigen Brüste hervor. Sie trug dunkelblaue Strümpfe. Sonst nichts. Troy starrte fasziniert auf das dunkle Haar, wo sich die Wölbung ihres Bauches und ihre runden Schenkel trafen, auf die weiße Fülle ihrer Brüste, auf die goldene Haarmähne über dem geschminkten Gesicht. Schamlos kam sie auf ihn zu, beugte den Kopf zu ihm herunter, küßte ihn. Ihre warmen, geschminkten Lippen berührten sich, preßten sich aufeinander, leckten, bissen ein wenig. Troy hörte sich vor Wonne stöhnen. Dann spürte er, wie ihre Hände sein Kleid hochstreiften. Er hob sich leicht, und sie schob ihm das Kleid bis zur Taille hinauf. Seine Strümpfe kamen zum Vorschein, die passenden Dessous: Zeldas hellblaue French Knickers, die er heimlich den ganzen Tag unter der Anzughose getragen hatte. Seine Erektion preßte gegen die Seide. Ohne ihre grauen Augen von ihm zu lassen, griff Zelda nach unten, streifte seinen Schlüpfer zur Seite und nahm ihn, rittlings auf ihm sitzend, seine unbestrittene Herrin.

Am Morgen räumten sie miteinander die Wohnung auf wie zwei tüchtige Hausfrauen. Troy sammelte die Kleider auf und hängte sie weg, Isobel räumte Gläser und Flaschen zusammen und beseitigte die Spuren des Kokains, brachte die Küche in Ordnung. Als alles fertig war, gönnten sie sich noch eine schnelle Tasse Kaffee in der Küche.

»Ich muß ins Büro«, sagte er nach einem Blick auf die Küchenuhr.

»Und ich nach Hause«, erwiderte sie.

»Ich rufe dir ein Taxi.« Er erhob sich, schlüpfte ins Jackett und ging auf den Flur. Isobel holte ihre Reisetasche und die Tragetasche mit den Einkäufen aus dem Schlafzimmer.

Draußen war es bitterkalt und grau. Troy stand frierend an der Straße und wartete auf ein freies Taxi. Isobel, die in ihren Wintermantel eingemummelt war, stellte sich dazu.

»Geh du rein, ich kann selbst ein Taxi heranwinken.«

»Bist du sicher?«

»Natürlich. Wozu sollst du dir hier eine Lungenentzündung holen.«

Er zögerte. »Wenn es dir wirklich nichts ausmacht?«

Sie drehte sich zu ihm um und gab ihm einen sehr bestimmten, nüchternen Kuß auf die Lippen. »Mach schon, daß du reinkommst!«

»Ich rufe dich unter der Woche an«, sagte er. »Und du schreibst mir ein Exposé für den neuen Zelda-Roman. Ich mache mich ans Werk, sobald ich es habe.«

Sie nickte. »Spätestens in drei Tagen hast du es.«

Troy rannte die Treppe zur Haustür hinauf und winkte ihr. »Tschüs.«

Isobel winkte zurück. Er schloß die Tür auf und verschwand im Haus.

Kurz darauf kam ein Taxi, und Isobel stieg ein. »Waterloo Station, bitte«, sagte sie und lehnte sich zurück, während die kalte Stadt an ihr vorüberzog. Sie spürte nichts. Das Zusammensein mit Troy war so intensiv und so rätselhaft, daß Isobel hinterher immer in einem Zustand völliger geistiger Leere war, so entspannt, wie sie nur sein konnte. Aber die Ankunft in seiner Wohnung hatte sie nicht vergessen. Sie wußte, daß sie Troy in Zeldas Unterwäsche erwischt hatte. Es war eine Warnung, aber sie schob sie beiseite. Im Hinterkopf schwelte auch die Erinnerung, daß sie ihn herausgefordert hatte, sie zu lieben, und er ihr ausgewichen war. Troy bat sie nicht, ihren Mann zu verlassen. Troy machte Isobel nicht den Hof. Er wollte nicht einmal mit ihr in Urlaub fahren, sie hatten keine Pläne gemacht.

Troy wollte Zelda, und Isobel war nur die Türhüterin für Zelda. Aber als Zelda durchlebte sie mit Troy die höchsten sinnlichen Wonnen, die sie je empfunden hatte. Isobel war hin und her gerissen, fühlte sich einerseits verraten, andererseits zutiefst befriedigt. Sie starrte aus dem Fenster des Taxis und begriff nicht, was mit ihrem Leben geschah. Sie stieg mit köstlich leerem Kopf in Waterloo in den Zug. Während der Fahrt hatte sie den Blick starr auf die neblige Landschaft gerichtet und sah nichts.

Murray holte sie vom Bahnhof ab. Nicht, wie erwartet, Mr. M., nicht Philip, was erfreulich gewesen wäre, sondern Murray.

»Philip hat es gestern abend ein bißchen übertrieben«, erklärte er. »Hier, lassen Sie mich das tragen.«

»Danke, das schaffe ich allein«, erwiderte sie und hielt ihre Tasche fest, zog sie sogar vor ihm weg.

Sie gingen zusammen zum Auto, Isobels Auto, und Murray öffnete ihr die Beifahrertür. Isobel zögerte einen Augenblick und überlegte, daß sie ihr eigenes Auto lieber selber fahren würde, hielt es aber für unnötig unhöflich, darauf zu bestehen.

»Ist er krank?« erkundigte sie sich mit anklagender Stimme. »Hat er sich überanstrengt?«

»Nur ein bißchen. Er hat beim Frühstück ganz schlapp ausgesehen, und da habe ich ihn einfach wieder ins Bett geschickt.« Er schloß die Tür hinter ihr und ging zur Fahrertür.

»Hat er Schmerzen?« fragte Isobel, sobald Murray im Auto saß.

»O nein. Ich hätte den Arzt gerufen, wenn es ihm wirklich schlechtgegangen wäre. Und Mellie ist ja bei ihm.«

Murray ließ den Wagen an. Er fuhr besser als Philip, mit einem lässigen Selbstbewußtsein, das Isobel ärgerte. Er hatte nur eine Hand am Lenkrad, die andere ruhte auf dem Schalthebel. Seine braunen Augen eilten ständig geschickt von der Straße zum Rückspiegel hin und her.

»Er darf nicht so viel machen«, meinte Isobel vorwurfsvoll. »Er kann einfach nicht jeden Abend ausgehen, wie er das in letzter Zeit wohl getan hat. Und er legt sich auch nachmittags nicht mehr hin, oder?«

»Er hat am Pool Interesse gefunden«, meinte Murray friedfertig. »Er hat sich mit Schwung in dieses Projekt gestürzt. Er hat selbst entschieden, mehr zu tun als sonst. Ich hätte gedacht, das freut Sie?«

»Natürlich freut es mich«, schnauzte Isobel. »Aber nicht, wenn Sie ihn dazu ermuntern, bis spät in der Nacht auszugehen und sich zuviel zuzumuten. Wenn Sie jemanden brauchen, der mit Ihnen Darts spielt und die Nacht durchzecht, dann sollten Sie sich einen anderen Freund suchen. Philip schafft das einfach nicht.«

Murray nickte, bremste vor einer Kreuzung, beschleunigte wieder, schätzte den Verkehrsfluß genau ein. »Es geht ihm in den letzten Tagen besser als seit langem«, bemerkte er. »Er hat mir selbst gesagt, wie gut er sich fühlt.«

»Vor langer Zeit waren Sie noch gar nicht hier«, fuhr sie ihn an, haarscharf am Rande der Unhöflichkeit. »Sie sind also wohl kaum in der Lage, das einzuschätzen. Ich dagegen habe ihn beobachtet und gepflegt, und zwar von Anfang an, und ich kenne die Anzeichen. Er hat sich überanstrengt, sich übernommen. Wenn ich zu Hause gewesen wäre, ich hätte es nicht zugelassen.«

Murray sagte nichts und schaute auf die Straße.

»Man hätte mich informieren müssen«, sagte Isobel.

»Ich habe Sie ja angerufen«, erwiderte Murray leise. Er bremste an einer Kreuzung und ließ einen anderen Wagen vor, ehe er wieder beschleunigte und in die Straße fuhr, die zu ihrem Haus führte.

»Was?«

»Ich habe Sie angerufen. Heute morgen im Hotel. Um Ihnen zu sagen, daß es ihm nicht gutgeht, und um mit Ihnen zu besprechen, was zu tun ist. Mellie hat gemeint, Sie würden es sofort wissen wollen, also habe ich angerufen.«

»Oh«, erwiderte Isobel.

Murray schenkte ihr ein leises, beinahe zärtliches Lächeln. »Man hat mir gesagt, Sie seien nicht da, nicht als Gast eingetragen. Auch letzte Woche nicht, als Sie angeblich dort übernachtet haben, während Sie unterrichteten.«

»Das muß ein Irrtum sein«, antwortete Isobel rasch.

Mit leichter Hand schaltete Murray den Blinker ein und bog in die Einfahrt zu Isobels Haus ein. Er wandte ihr die braunen Augen zu, sein Lächeln war eine Spur verschmitzt. »Oh, da bin ich ganz sicher«, meinte er. »Solche großen Hotels können furchtbar chaotisch sein, nicht?«

»Ja«, erwiderte Isobel. »Die hätten genauer nachsehen sollen.«

Murray nickte. Er hielt an, zog die Handbremse und stellte den Motor ab. Er wandte Isobel noch einmal sein hinreißendes Lächeln zu. Er wartete auf ihre Frage.

»Haben Sie es Philip erzählt?« erkundigte sie sich ganz beiläufig. »Daß Sie mich nicht erreichen konnten?«

Murray machte die Wagentür auf. »O nein«, meinte er. »Warum auch? Ich wußte ja, daß Sie bald nach Hause kommen würden. Ich wollte ihn doch nicht beunruhigen, wo es ihm nicht gutging. Ich habe selbst getan, was ich für das Beste hielt. Ich habe nicht beim Arzt angerufen, sondern Philip einfach wieder ins Bett geschickt. Ich habe nichts zu ihm gesagt. Zu Mellie übrigens auch nicht. Ich habe es für mich behalten. Ich behalte das einfach für mich. Auch in Zukunft.«

»Da ist denen im Hotel wirklich ein blöder Fehler unterlaufen«, beharrte Isobel. Sie bemerkte die leichte Schärfe in ihrer Stimme. Sie zerrte die Reisetasche aus dem Wagen. Murray kam lässig zur Beifahrertür.

»Lassen Sie mich das machen«, sagte er. »Ich kann es nicht mit ansehen, wenn sich eine Dame so abplagen muß.«

Diesmal ließ sie ihn. »Vielen Dank«, sagte sie.

Philip war schon aufgestanden, wirkte noch ein wenig bleich, aber eindeutig nicht richtig krank.

»Murray hat mir erzählt, daß du dich noch einmal hinlegen mußtest«, sagte Isobel, küßte ihn und trat einen Schritt zurück, um ihn genauer zu mustern.

»Nur ein kleiner Kater«, meinte Philip. »Ich habe ein paar Kopfschmerztabletten genommen, noch eine halbe Stunde geschlafen, und jetzt geht es mir wieder blendend.«

»Trotzdem solltest du dich heute nachmittag ein bißchen hinlegen«, empfahl Isobel.

»Mach kein Theater.«

»Ich mache kein Theater. Ich bin nur vernünftig.«

Die Tür zum Wohnzimmer fiel zu, Murray ließ sie taktvoll allein. Sie hörten, wie er in der Küche Mrs. M. um Kaffee für alle drei bat.

»Murray nimmt mich heute nachmittag mit zur Arbeit. Er hat Probleme mit einem Kunden, der besondere Kacheln haben möchte. Er hat mich gebeten, ihm beim Aussuchen zu helfen.«

»Murray soll seine Kacheln selbst aussuchen!« rief Isobel ungeduldig. »Wieso braucht er dich dazu?«

»Er sagt, ich habe ein gutes Auge für so was«, erklärte Philip stolz. »Ich habe ein Gedächtnis für Farben. Er sagt, das gibt es nicht oft. Er zum Beispiel hat so was nicht.«

»Ich meine, du solltest dich ausruhen.«

»Ich habe mich doch schon heute morgen eine halbe Stunde ausgeruht. Das genügt.«

»Es geht dir aber nicht gut!« rief sie verzweifelt.

Er schaute sie ganz nüchtern an. »Es geht mir besser als je«, sagte er. »Versuch bloß nicht, mich wieder kränker zu machen.«

»Ich? Dich wieder kränker machen? Was soll denn das heißen?«

Philip wollte gerade antworten, als Murray mit dem Tablett und drei Tassen Kaffee zur Tür hereinkam. »Der wird Ihnen schmecken«, sagte er zu Isobel. »Er heißt Monsooned Malabar. Ich habe eine Fernsehsendung darüber gesehen. Sie lassen die Bohnen draußen liegen, bis der Monsunregen über ihnen niedergegangen ist. Toll, nicht?«

»Ich möchte keinen Kaffee«, sagte Isobel schnippisch und ging.

Den ganzen Morgen sah Isobel Post durch und beantwortete Briefe. Zu Mittag holte sie sich aus der Küche ein Sandwich, um es am Schreibtisch zu essen.

»Ißt du nicht mit uns?« erkundigte sich Philip freundlich. Er benutzte Mrs. M. und Murray als Schutzschild. Er wußte, vor ihnen würde Isobel keinen Streit anfangen. Er nutzte ihre Gegenwart aus, um sich selbst als vernünftig und Isobel als übellaunig hinzustellen.

Isobel durchschaute ihn und warf ihm einen eisigen Blick zu. »Dazu habe ich zu viel zu tun«, antwortete sie kühl.

Die Küche war warm und duftete nach gutem Essen. Während sich Isobel zwei Scheiben Brot abschnitt und mit einer dünnen Scheibe Schinken belegte, holte Mrs. M. eine Kasserolle aus dem Ofen. Als sie den Deckel abhob, duftete es nach Zwiebeln und Bratensoße.

»Das gute alte Stew«, sagte Murray. »An einem kalten Tag gibt es nichts Besseres.«

Philip deckte den Tisch, Murray saß einfach nur untätig da. Isobel kleckste sich ein bißchen Senf auf den Teller.

»Könnten Sie mir eine Tasse Kaffee bringen, wenn Sie hier fertig sind?« fragte sie Mrs. M. Sie bemerkte den eisigen Ton in ihrer Stimme, konnte aber nichts dagegen tun.

»Möchten Sie nicht auch Stew essen?« fragte Mrs. M. »Es ist genug da.«

Isobel wurde ganz blaß vor Wut bei dem Gedanken, daß sie gesagt bekam, in ihrem eigenen Haus sei genug Essen für sie da, das sie schließlich mit ihrem Geld bezahlt hatte.

»Ich esse mittags nie viel«, erwiderte sie. »Das wissen Sie ganz genau.«

»Sollten Sie aber«, meinte Murray fröhlich. »Ich sage immer, ein gutes Mittagessen gibt Kraft für den ganzen Nachmittag.« Er lächelte sie an. »Aber ich muß natürlich nicht geistig arbeiten wie Sie.«

»Ich hebe Ihnen was fürs Abendessen auf«, meinte Mrs. M. »Das können Sie sich warm machen.«

Isobel ging mit ihrem einsamen Teller mit dem jämmerlichen Sandwich ins Arbeitszimmer zurück.

Sie aß das Sandwich und schaute auf den leeren Bildschirm. Oben stand immer noch nur die Überschrift *Die Entscheidung*, dann *1. Kapitel*. Darunter blinkte der Cursor, als wolle er Isobel auffordern, endlich loszulegen. Isobel betrachtete ihn nicht als Feind und nicht als Freund, eher als ein Werkzeug. Sie hatte das Gefühl, alles, was über das Problem des freien Willens und die Moral des Individuums zu sagen war, bereits gesagt zu haben. Seit Zelda und Troy waren all ihre Ansichten ins Wanken geraten. Menschliches Verhalten und Moral interessierten sie nicht mehr so wie früher. Auch die

Disziplin, die man für ein anständiges, tugendhaftes Leben brauchte, interessierte sie nicht mehr. Jetzt ging es ihr nur noch um die heimliche, obsessive Leidenschaft. Um die geheimen Mechanismen der Besessenheit, der Lust, des Verlangens.

Isobel öffnete ein neues Dokument und machte sich an das Exposé für das neue Zelda-Vere-Buch.

Kapitel 23

Der Geist der Liebe

Die Geschichte einer Frau, die als Managerin in einem Unternehmen der ...

»Hm«, überlegte Isobel. »Kosmetik? Öl? Nein, Parfüm.«

... Parfümbranche tätig ist. Ihr bester Freund in ihrem glanzvollen Pariser Leben ist ihr Stellvertreter ...

»Nein, keine untergeordnete Position.«

... ist ihr größter Rivale, ein Mann, der einen unnachahmlichen Instinkt für Parfüm hat. Er war ihr Freund in Kindertagen, das Adoptivkind von Freunden ihrer Eltern, sie wuchsen wie Bruder und Schwester auf.

Isobel, die selbst ein Einzelkind war, genoß einen Moment das starke erotische Gefühl, das sie beim Gedanken an den Inzest zwischen Geschwistern überkam. Einen Liebhaber zu haben, der einem so nahe stand wie ein Bruder – welch erotisches Tabu und welch ungeheurer Trost! So ein Liebhaber kannte einen besser als alle anderen. Er wußte, was einen traurig machte oder zum Lachen brachte. Nie müßte man Gedankensprünge erläutern, nie Orte und Personen der Vergangenheit beschreiben. Man hätte gemeinsame Erinnerungen. Und wenn er einem ähnlich sah, dann käme noch eine köstliche Spur Narzismus dazu.

Sie sehen sich sogar ein wenig ähnlich.
Sie hat Liebhaber und Freunde, aber niemand kommt ihr je nah. Man nennt sie Le cœur glacé.

Einen Augenblick überlegte Isobel, ob das sprachlich korrekt war. Wie war das französische Wort für eisig? Vielleicht doch *gelé*? Sie zuckte die Achseln, sie würde es später nachschlagen. Aus Erfahrung wußte sie, daß man bei einem Zelda-Vere-Roman keine Pause machen durfte, ehe nicht die ganze Geschichte zu Papier gebracht war. Hinterher hatte man immer noch Zeit, sich den Kopf über Rechtschreibung und Grammatik zu zerbrechen. Bei Zelda Vere mußte sie den Teil ihres Hirns anzapfen, der Geschichten erzählen wollte, und alles andere ausblenden. Es war das genaue Gegenteil von einem Isobel-Latimer-Buch, das nur von seiner wohlüberlegten Philosophie lebte, von den perfekt zurechtgefeilten Sätzen.

Francine hat sich einen brandneuen, schnellen Sportwagen in den Kopf gesetzt. Alle Freunde finden das ungeheuer spannend und drängen sie, das Auto zu kaufen, mit Ausnahme von ...

Isobel überlegte. »Pierre?« murmelte sie. »Ein bißchen zu platt. Jean-Pierre? Claude? – zu weibisch. Guy? Jacques? Nein, Jean-Pierre.«

... Jean-Pierre, der sie wütend macht, weil er meint, sie sei nicht in der Lage, einen so hochgezüchteten Wagen zu steuern.
Immer noch in Rage, unternimmt sie eine Probefahrt und fährt schnell, immer schneller, irrsinnig schnell. Die vorbeirasenden Pappeln verschwimmen zu einem grünen Band, als sie durch eine typische französische Allee jagt, bis sie in einer Kurve die Kontrolle über den Wagen verliert – und einen Unfall hat.
Francine sieht sich in gleißendes weißes Licht treten. Sie weiß nicht, wo sie ist, was sie macht. Aus dem strahlenden Licht

kommt ihr ein hochaufgeschossener, wunderschöner Mann entgegen, er ist nackt bis auf ...

Isobel zuckte die Achseln, auch das konnte sie später nachschlagen und einfügen.

... nackt bis auf einen Lendenschurz. Sein langes dunkles Haar ist mit Federn geschmückt. Sein Gesicht ist dunkel, stolz und adlergleich. »Francine«, sagt er mit sonorer Stimme.
Er wird Francines Guru. Während ihr Körper in einem Krankenhaus an alle möglichen Maschinen angeschlossen ist, geht er zusammen mit Francine durch ihr Leben, zeigt ihr an jedem Scheideweg, daß sie sich immer gegen die Liebe gewehrt hat. Wir sehen sie in ihrer frühen Kindheit und in der Schule, in den Lavendelfeldern der Provence, wir lesen vom sexuellen Mißbrauch, den sie erlitt und genoß, den ein älterer Junge ...

»Ein älteres *Mädchen*«, korrigierte sich Isobel rasch. »Ist viel sexier.«

... ein älteres Mädchen, das sie anbetete, mit ihr trieb. Wir betrachten ihre Jugend und ihre Freundschaft zu Jean-Pierre, die sie nie zur Liebe heranreifen ließ. Jetzt, dem Tode nah, begreift sie, wie sehr sie ihn verletzt hat, daß sie ihn immer wieder zurückgestoßen hat, daß sogar seine Entscheidung, ihr in die Parfümbranche zu folgen, nur seine Reaktion auf ihren Ehrgeiz und die Familieninteressen ist.

»Lavendel ist großartig«, murmelte Isobel. »Vielleicht könnten Troy und ich hinfahren. O Gott, Lavendelfelder im Juni! Nur für meine Recherchen.«

Nachdem der Guru ihr seine Lehren vermittelt hat, versteht Francine alles. Sie weiß aber auch, daß sie sich leidenschaftlich in ihn verliebt hat. Die Liebe, die er in ihr freigesetzt hat, hat sich ganz auf ihn gerichtet. In der Geisterwelt kommen sie zusammen, lieben sich heiß, ein einziges Mal. Es ist eine einzige, schicksalhafte, leidenschaftliche Erfahrung für Francine, dann wacht sie langsam auf und findet sich in ihrem Krankenhausbett wieder.

Benommen vor Enttäuschung weint sie, als sie feststellt, daß sie lebt, aber ohne ihren geliebten Guru. Da merkt sie, daß Lavendelduft das Krankenzimmer durchströmt.

»Schön«, murmelte Isobel.

Es ist Jean-Pierre, der ihr einen Riesenstrauß Lavendel von den Feldern ihrer Heimat gebracht hat, in der Hoffnung, die einzige Frau, die er je geliebt hat, damit wieder zum Leben zu erwecken. Als Francine ihn anblickt, wird ihr zum erstenmal klar, daß sie ihn immer geliebt hat, aber auch, daß sich nun seine rätselhafte Herkunft erklärt. Er ist der Urenkel ihres Gurus, und sein ungewöhnlich geformtes Muttermal ...

»Unbedingt Muttermal vorher erwähnen«, notierte sich Isobel.

... ist das genaue Abbild der Tätowierung seines Vorfahren. Endlich wird ihr klar, daß sie nur ihn liebt und nur mit ihm wahres Glück finden wird. Ende.

Isobel lehnte sich zurück und strahlte den Bildschirm an. Eine Geschichte nur um des Erzählens willen und nicht zur Erläuterung eines moralischen Standpunktes zu schreiben, das war einfach ein köstliches Vergnügen. Es war wie Urlaub.

Sie schaute auf die Uhr. Troy würde bestimmt noch am Schreibtisch sitzen. Sie wählte seine Nummer und wurde beinahe sofort durchgestellt.

»Isobel?«

»O Troy?«

»Alles in Ordnung?«

»Ich habe gerade das Exposé für den neuen Zelda-Vere-Roman fertig.«

»Isobel, du legst bei den Zelda-Geschichten ein solches Tempo vor, daß ich mich frage, warum wir das nicht schon vor Jahren angefangen haben.«

Sie kicherte. »Und es macht Spaß! Ich werde den Roman in der Provence und in Paris ansiedeln.«

»Genial. Wann kann ich das Exposé sehen?«

»Ich muß es noch einmal durchkorrigieren. Soll ich es dir morgen per E-mail schicken?«

»Ja. Ich kann es kaum abwarten. Ist es wie geplant?«

Isobel zögerte. »Na ja, es ist irgendwie noch was dazugekommen.«

»Das hatte ich mir schon gedacht. Was denn?« Wahrscheinlich lächelte er.

Isobel zögerte. Ihr geübter kritischer Verstand konnte der Versuchung nicht widerstehen, eine Geschichte so lange zu zerpflücken, bis sie den Kern herausgearbeitet hatte. »Ich denke, es geht um eine Frau, die immer so getan hat, als hätte sie keine Begierden, und dann muß sie bis an den Abgrund des Todes treten, ehe sie begreift, daß ihre Begierden sie treiben. Daß sie nur wieder zum Leben zurückfinden kann, wenn sie diese Begierden kennt und ihnen ins Auge blickt.«

Sie hörte einen leisen Seufzer am anderen Ende der Leitung. »Ja«, antwortete Troy schlicht. »Man muß seinen Begierden ins Auge blicken, sonst ist man nur einer von den vielen lebenden Toten.«

»Von denen, die im Koma liegen«, verbesserte ihn Isobel. »Man atmet und ißt, aber in Wirklichkeit ist man gar nicht richtig da.«

Nach einem kurzen Schweigen erkundigte sich Troy: »Zu Hause alles in Ordnung?«

»Sie sind zusammen weggefahren«, berichtete Isobel. »Philip hilft ihm Kacheln aussuchen. Anscheinend hat Philip ein gutes Auge für Farben.«

»Wirklich?«

»Mir ist das noch gar nicht aufgefallen, aber Murray hält ihn wohl für eine große Hilfe.« Sie machte eine kleine Pause. »Sie haben zu Mittag Rinder-Stew gegessen. Mrs. M. hat gekocht.«

Troy hatte keine Ahnung, wie er darauf reagieren sollte. »Oh.«

»Sie kommen wohl erst spät nach Hause«, fuhr sie fort. »Vom Kacheln-Aussuchen.«

»Oh«, meinte Troy wieder.

»Ich esse allein«, meinte Isobel mit leicht verzweifelter Stimme. »Ich wärme mir was von dem Stew auf.«

»Isobel«, wandte Troy vorsichtig ein. »Wenn sich Murray zwischen dich und Philip drängt, dann solltest du vielleicht einmal mit Philip darüber reden. Als ich gesagt habe, sie verbrächten sehr viel Zeit miteinander, habe ich nur das gemeint, sonst nichts. Wenn dich das stört, dann mußt du es ihm sagen.«

»Das kann ich doch schlecht tun, oder?« antwortete Isobel. »Nicht, wenn man bedenkt, was wir machen.«

»Das weiß Philip aber doch nicht ...«

»Murray weiß, daß ich nicht im Hotel übernachtet habe. Er hat da heute morgen angerufen.«

Sie hörte, wie er tief Luft holte. Nach einem kleinen Schweigen meinte er: »Hat er das?« Er sprach langsam, um Zeit zu gewinnen. »Und was hat er zu dir gesagt?«

»Daß er Philip damit nicht belästigt hat. Ich habe dann gemeint, die müßten mich im Gästebuch übersehen haben.«

»Hat er dir geglaubt?«

»Ich denke schon«, sagte sie unsicher, insgeheim vom Gegenteil überzeugt. »Aber jetzt habe ich das Gefühl, daß ich ihn schlecht rauswerfen oder mich auch nur über ihn beschweren kann. Jetzt hat er mich in der Hand.«

Troy schwieg und überlegte blitzschnell. »Du kannst dich doch sicher einmal unter vier Augen mit Philip unterhalten und ihm sagen, daß du Murray nicht als Dauergast im Haus haben willst. Bitte ihn einfach, sich woanders mit ihm zu treffen.«

»Ich könnte es ja versuchen«, meinte Isobel ohne viel Begeisterung.

»Oder laß es einfach laufen, laß sie doch zusammen Kacheln aussuchen. Das schadet schließlich nichts, oder? Und du hast mehr Freiheit.«

Isobel reagierte nicht auf den warmen Unterton in seiner Stimme. »Es ist abends so still hier«, sagte sie scheinbar völlig ohne Zusammenhang. »Wenn ich allein bin. Und wenn ich nicht arbeite, ist gar nichts zu tun.«

»Dann arbeite einfach«, ermunterte sie Troy. »Und schick mir das Exposé. Kannst du mir vielleicht auch drei Kapitel schreiben? Wenn ich ein Exposé und drei Probekapitel mitbringe, unterschreiben die einen Vertrag.«

»Ja«, versprach Isobel. »Das kann ich in den nächsten Tagen tun.«

Um neun Uhr kam Philip nach Hause. Isobel saß gerade mit einem Glas Sherry in der Küche und schaute sich die Nachrichten an. Sie schaltete den Fernseher ab, als er eintrat.

»Hallo.«

»Möchtest du noch was essen?« fragte sie. »Ich könnte dir eine Suppe machen, und es ist noch Brot da.«

»Wir haben auswärts gegessen«, erwiderte Philip. »Murray kennt ein wunderbares indisches Restaurant in der Nähe der Kachelgroßhandlung. Wir haben Kacheln angeschaut, bis uns beinahe schwindelig war. Schließlich habe ich eine wunderbare pflaumenblaue Kachel mit einem leichten Bronzeschimmer ausgewählt. Murray meint, das ist perfekt für diese Kunden. Ich habe auch das Zubehör für den Pool ausgesucht.«

»Zubehör?«

»Na ja, Griffe und Handläufe und solche Sachen. Es wird ein toller Pool. Es ist einer der größten Aufträge, die er je gehabt hat. Die Gewinnspanne ist ungeheuerlich. Weißt du, daß er dabei an die dreißigtausend Pfund verdient?«

»Großer Gott«, antwortete Isobel. »Wieviel Profit er wohl bei uns macht?«

Philip überhörte den scharfen Unterton in ihrer Stimme. »Viel weniger«, erwiderte er lächelnd. »Erstens einmal suche ich unsere Kacheln aus. Weißt du, was er mir heute bezahlt hat? Er hat mir fünfzig Pfund gegeben, für Designberatung! Seit zehn Jahren habe ich keinen Pfennig mehr verdient! Ich habe mich gefühlt wie in alten Zeiten.«

Isobel mußte lächeln. »Gut. Aber gib nicht alles auf einmal aus.«

Philip lachte. »Zu spät. Ich habe davon das Abendessen bezahlt. Aber es war ein tolles Gefühl, wieder einmal etwas Nützliches zu tun und damit ein Taschengeld zu verdienen. Murray hat gemeint, er braucht mich vielleicht bald wieder einmal. Das würde mir Spaß machen. Ich kann mir das richtig vorstellen. Die meisten Leute können sich keine Farbnuancen merken. Ich schon. Das ist eine Begabung. Ich wußte nicht, daß ich sie habe.«

»Ich auch nicht«, sagte Isobel. »Ich wußte nicht einmal, daß du dich so für Innenarchitektur interessierst.«

»Ich glaube, Häuser fände ich nicht so faszinierend, aber vielleicht mache ich das ja auch mal«, meinte Philip nachdenklich. »Irgendwas an den Swimmingpools reizt mich wirklich. Ein Loch im Boden oder eine leere Scheune, und man macht was ganz Besonderes draus – eine echte Verwandlung.«

Isobel schwieg und sagte dann: »Über Murray würde ich mich gern einmal mit dir unterhalten. Er scheint ja in letzter Zeit allgegenwärtig zu sein.«

»Allgegenwärtig?« wiederholte Philip, als verstünde er nicht.

»Er wohnt beinahe schon hier«, fuhr Isobel fort. »Mrs. M. kennt all seine Lieblingsgerichte, er ist vom Frühstück bis zum Abendessen hier, scheint mir.«

»Es war ja auch viel zu planen«, verteidigte sich Philip. »Du warst nicht da, das kannst du also nicht wissen. Detaillierte Pläne kosten ungeheuer viel Zeit. Natürlich ist er dann zum Essen geblieben. Was hätte ich denn deiner Meinung nach machen sollen? Ihn draußen warten lassen, bis ich mit Essen fertig war?«

»Nein, natürlich nicht«, antwortete sie. »Jetzt, wo die Pläne fertig sind, kommt er doch nur noch, um die Bauarbeiten zu überwachen, nicht? Er muß nicht unbedingt jeden Tag hier aufkreuzen, oder? Er muß ja wohl auch viel Zeit bei den Leuten mit dem neuen Auftrag verbringen?«

Philip zögerte. »Ich denke schon«, meinte er widerwillig. »Aber das ist gleich in der Nähe, Valley Farm, weißt du. Ich habe ihm gesagt, er kann jederzeit auf einen Sprung hier vorbeikommen.«

»Jederzeit?« wiederholte Isobel.

»Es ist gut, wenn er unseren Pool im Auge behält«, sagte Philip. »Du weißt doch, wie Bauleute sind.«

»Ja, aber ...«

»Und wenn er möchte, daß ich ihm bei der Auswahl der Farben für einen anderen Pool helfe, dann tue ich das wirklich sehr gern.«

»Das kann er doch sicher selber«, wandte Isobel ein.

»Und außerdem habe ich ihn gern um mich«, schloß Philip. »Wenn du schreibst oder irgendwo unterrichtest, dann leistet er mir Gesellschaft. Ich gehe gern mit ihm in den Pub. Wir haben hier viel zu zurückgezogen gelebt, uns zu sehr eingeigelt. Wir sollten etwas mehr vor die Tür gehen.«

Er schaute sie so kritisch an wie noch nie. »Du arbeitest immer nur, Isobel. Du solltest dir einen Freundeskreis zulegen. Mal zum Kaffee weggehen, zum Einkaufen. Zum Mittagessen mit den Mädels. Wir leben jetzt zehn Jahre hier, und du kennst kaum jemanden, außer Mr. und Mrs. M. Es ist nicht gut für dich, daß du so isoliert lebst.«

»Ich lebe nicht isoliert«, protestierte Isobel. »Ich habe Freunde in London, ich habe Freunde bei der Arbeit.«

»Das sind aber doch keine richtigen Freunde, oder?« beharrte Philip. »Sie kommen nie hierher, und du lädst sie auch nie zum Mittagessen ein.«

»Wir leben auf dem Land«, sagte Isobel gereizt. »Das ist ja hier wohl kaum der Literaturclub von Chelsea. Mit wem soll ich denn hier zum Mittagessen gehen?«

»Oh, ich weiß nicht«, antwortete Philip vage. »Mit Frauen deines Alters. Es muß doch hier einen Frauenkreis geben oder die Landfrauenvereinigung oder sonst einen Club, dem du beitreten könntest.«

Isobel überlegte, daß diese unglaublich krasse Sichtweise eigentlich nur von Murray stammen konnte. »Wie du sehr gut weißt, bin ich gern allein, wenn ich arbeite«, formulierte sie mit sorgfältiger Zurückhaltung. »Du weißt doch: Schreiben ist ein einsames Geschäft. Man kann da keine dauernden Unterbrechungen gebrauchen. Und ich kann mir kaum etwas vorstellen, was mir mehr zuwider wäre als ein Wochen im voraus verabredetes Mittagessen mit Spießbürgerfrauen mittleren Alters.«

»Genau«, stimmte ihr Philip zu. »Du bist gern allein. Und ich habe gern in bißchen Gesellschaft. Das ist es ja.«

Kapitel 24

Isobel schrieb den ganzen Morgen an *Der Geist der Liebe* weiter, obwohl sie das herzhafte Männergelächter aus der Küche irritierte. Kurz nach dem Frühstück war Murray mit einem Koffer voller Musterkacheln aufgetaucht. Er und Philip waren angeblich dabei, die letzten Entscheidungen über die Farben des Pools zu treffen. Isobel hörte Mrs. M.s hellere Stimme, die gelegentlich schimpfte und lachte, während sie die Küche saubermachte und das Mittagessen vorbereitete. Es klang alles sehr entspannt und gesellig. Isobel machte sich wütend klar, daß sie Mrs. M. zehn Pfund in der Stunde dafür bezahlte, daß sie mit Murray flirtete.

Um die Mittagszeit tauchte Isobel aus dem Arbeitszimmer auf und merkte, daß sofort Schweigen herrschte, sobald sie die Küche betrat, und daß Philip aussah wie ein Schuljunge, den man bei einem Streich erwischt hatte.

»Was gibt's zum Mittagessen?« fragte sie freundlich.

»Schweinebraten«, erwiderte Mrs. M. »Aber ich könnte Ihnen auch ein Sandwich oder einen Salat machen, Mrs. Latimer.«

»Schweinebraten klingt toll«, sagte Isobel bestimmt. »Ich decke den Tisch.«

Murray und Philip machten sich eilig daran, die Musterkacheln und die Farbpaletten aus dem Weg zu räumen. Murray faltete einen Plan zusammen.

»Ist das unser Pool?« erkundigte sich Isobel.

»Nein«, antwortete er. »Das ist ein anderer, an dem ich gerade arbeite. Ich habe Philip wegen des Designs um Rat gefragt. Er hat so ein gutes Auge für Details.«

»Ach ja?«

»Wir haben gedacht, wir fahren heute nachmittag mal hin und gucken uns das an«, erklärte Philip. »Ich muß immer erst das Gebäude sehen, ehe ich mir Veränderungen vorstellen kann.«

»Ich wäre heute Nachmittag gerne spazierengegangen«, sagte Isobel trocken. »Ich war schon ewig nicht mehr im Dorf. Ich dachte, wir könnten zusammen zum Pub laufen. Mrs. M. könnte uns ja mit dem Auto abholen, wenn du nicht zurücklaufen möchtest.«

»Prima«, stimmte Philip rasch zu. Er warf Murray einen schnellen Blick zu. »Ich komme dann ein andermal mit.«

»Geht in Ordnung«, meinte Murray. »Ich beneide Sie beide, daß Sie heute nachmittag gemütlich zum Pub spazieren können. An so einem herrlichen Tag.«

»Du fährst dann heute nachmittag wohl ohne mich nach Fleet«, erkundigte sich Philip. Isobel dachte bei sich, daß er wie ein kleiner Bruder klang, der Angst hatte, man würde ihn nicht mitnehmen.

Murray schüttelte den Kopf. »Nein, ich fahre zur Valley Farm und zeige denen die Kacheln, die du ausgesucht hast.«

Isobel beobachtete ihn. Es sah ganz so aus, als wolle er den Koffer mit den Musterkacheln nehmen und gehen.

»Sag denen, daß sich das ganze Farbschema um die Patina ihrer kupfernen Brunnenumrandung herum entwickelt«, erklärte Philip ihm. »Mach ihnen klar, daß das mein Ausgangspunkt ist.«

»In Ordnung«, meinte Murray. »Oh! Bitte decken Sie nicht für mich mit, Mrs. Latimer. Ich gehe jetzt und laß Sie beide mal in Frieden.«

»Aber es ist doch Ihr Lieblings-...«, protestierte Mrs. M. und konnte sich gerade noch beherrschen.

Murray grinste sie an. »Ein andermal. Mrs. Latimer möchte mich ja nicht den ganzen Tag hier rumhängen haben.« Er lächelte Isobel offen an, charmant, selbstsicher. »Tut mir leid«, sagte er aufrichtig. »Sie haben so ein glückliches Zuhause, ich komme immer so gern hierher.«

»Ach, bitte gehen Sie noch nicht«, hörte sich Isobel gegen ihren Willen aus purer Höflichkeit sagen. »Sie brauchen doch nicht wegzurennen. Philip und ich gehen nach dem Mittagessen spazieren. Wir können doch vorher hier alle zusammen essen.«

»Wenn es Ihnen bestimmt nichts ausmacht?«

Isobel schüttelte den Kopf und legte ein Messer und eine Gabel an Murrays Platz, der früher einmal ihr Platz gewesen war. Mrs. M. brachte den Braten und reichte Murray wie selbstverständlich das Tranchiermesser. Der stand auf und begann saubere Scheiben abzuschneiden.

»Wunderbar«, meinte Philip höchst zufrieden.

Isobel mußte zugeben, daß es Philip sehr viel besserging. Mit raschen Schritten lief er neben ihr ins Dorf, sonst war er immer viel langsamer gewesen. Sie gingen in die gemütliche Bar des Pubs, und Philip bestellte die Getränke. Er steckte die Hand in die Hosentasche und fuhr zusammen. »Ich habe kein Geld dabei«, sagte er zu Isobel. »Übernimmst du das?«

Isobel errötete vor Verlegenheit. »Ich habe auch nichts mitgenommen«, erwiderte sie. »Die Hose hat keine Taschen, und ich habe meine Handtasche nicht dabei.«

Der Wirt lächelte Philip freundlich an. »Soll ich es wieder anschreiben?« fragte er.

Philip lachte. »Sie wollen sicher bald Zinsen von mir«, meinte er. »Ich komme heute abend auf einen Sprung vorbei und bezahle meine Schulden.«

Der Wirt nickte. »Das macht zusammen zweiundsechzig Pfund.«

Isobel lächelte und glaubte, das sei ein Witz, doch Philip nickte. »Ja.«

Sie nahmen ihre Getränke und setzten sich an einen Fenstertisch mit Blick auf die Dorfstraße.

»Du schuldest ihm zweiundsechzig Pfund?« Isobel war verblüfft.

»Mir ist letzte Woche das Bargeld ausgegangen«, erklärte Philip. »Murray und ich waren zum Abendessen hier, und im Topf war nichts mehr. Ich habe es anschreiben lassen.«

»Aber das geht doch nicht.« Isobel war ein wenig schokkiert. »Wir kennen den Wirt doch kaum.«

»Ich schon«, korrigierte sie Philip. »Seit ich dieses Darts-Match gewonnen habe, bin ich hier so eine Art Lokalheld.«

»Also wirklich, ich will im Pub nicht in der Kreide stehen«, meinte Isobel. »Mrs. M. kann auf dem Nachhauseweg einen Scheck vorbeibringen.«

»Ich komme heute abend her und zahle bar, wie ich gesagt habe«, wiederholte Philip. »Das wäre mir lieber.«

»Ich kann doch einen Scheck schreiben, dann brauchst du abends nicht noch einmal aus dem Haus zu gehen«, erwiderte Isobel. »Du fährst doch nicht mehr gerne im Dunkeln.«

»Murray kann mich ja bringen«, sagte er leichthin. »Und außerdem möchte ich nicht, daß du meine Rechnungen mit deinem Scheck bezahlst, Isobel. Das sieht doch seltsam aus. Ich schaffe heute abend das Geld her.«

Isobel zögerte. »Ich finde nicht, daß das seltsam aussieht.«

»Doch«, antwortete er trocken. »Laß mich meine Rechnungen selbst begleichen, Isobel.«

Sie nickte und räusperte sich. »Es macht übrigens ganz den Eindruck, als würden wir in letzter Zeit das Haushaltsgeld ziemlich rasch ausgeben«, bemerkte sie mit sorgfältig neutraler Stimme.

»Tatsächlich?« fragte Philip. »Und ich dachte, du hättest nur nicht genug dagelassen, ehe du letzte Woche weggefahren bist.«

»Ich habe zweihundert Pfund in den Topf getan, mehr als genug«, erwiderte Isobel.

»Ach, das Leben ist so teuer geworden«, sagte Philip vage. »Und ich bin ja manchmal abends zum Essen ausgegangen.«

»Bezahlt Murray eigentlich nie was?« fragte sie.

Er lief sofort rot an und schaute grimmig auf den Tisch. »Also wirklich, Isobel, was für eine Frage!«

Sie nahm ihren Angriff sofort zurück. »Tut mir leid, ich wollte nicht unverschämt sein. Ich habe mich nur gefragt ...«

»Ich habe dir doch erzählt, daß er mich neulich für meine Arbeit bezahlt hat!«

»Ja, das hast du, fünfzig Pfund. Und dann hast du ihn gleich zum Abendessen eingeladen.«

»Das war meine Entscheidung«, erwiderte er steif.

»Ich weiß, ich weiß.«

»Du kannst ihn nicht leiden, stimmt's?«

»Er ist nicht mein Typ«, sagte Isobel vorsichtig. »Ich bin sicher, daß er seinen Job wirklich gut macht, daß er toll Geschichten erzählen kann und überhaupt. Aber er ist niemand, den ich mir als Gesellschaft aussuchen würde. Und er ist keiner, von dem ich gedacht hätte, daß du gern mit ihm zusammen wärst.«

»Oh«, meinte Philip leichthin, trank sein Glas leer, stand auf und ging in Richtung Bar. »Der ist schon in Ordnung. Trinkst du noch was?«

Philip ging mit Isobel zu Fuß nach Hause, sie brauchten Mrs. M. nicht anzurufen.

»Dir geht es wirklich besser«, bemerkte Isobel.

»Viel besser«, bestätigte ihr Philip. »Warte nur, bis wir den Pool haben und ich jeden Tag schwimme.«

»Wann beginnen sie mit der Arbeit?«

»Anfang nächster Woche«, sagte Philip. »Ende März können wir vielleicht schon schwimmen. Stell dir das vor!«

»Eigentlich noch kein Wetter zum Schwimmen«, meinte Isobel.

»Da merken wir dann gleich, wie gut es ist, einen überdachten Pool zu haben«, erwiderte Philip. »Den können wir doppelt soviel nutzen wie einen Pool im Freien. Murray möchte, daß ich das seinen neuen Kunden drüben in Fleet erkläre. Sie überlegen noch hin und her, ob sie einen überdachten Pool oder einen im Freien haben wollen. Ich werde ihnen sagen, daß sie verrückt sein müssen. Da gibt es keinen Vergleich.«

»Arbeitest du jetzt als Verkäufer für ihn?« wollte Isobel wissen. Sie öffnete das kleine Gartentor und ging ihm in den Garten voraus.

»Ich hätte nichts dagegen«, erwiderte Philip. Er war trotz des Anstiegs kaum außer Atem. »Er baut sich ein tolles Geschäft auf. Ich würde gern als Verkäufer für ihn arbeiten. Das Produkt ist erstklassig. Erst neulich hat er zu mir gesagt, daß es ein Riesenvergnügen ist, den Leuten etwas zu verkaufen, was ihr Leben wirklich verschönert, was sie wirklich wollen. Es ist nicht, als wollte man Eskimos Kühlschränke andrehen.«

»Wenn man dich so reden hört, könnte man denken, daß er ein echter Menschenfreund ist«, bemerkte Isobel. Sie machte die Hintertür auf und setzte sich auf eine Bank, um sich die Stiefel auszuziehen. Philip setzte sich neben sie.

»Nein, dazu ist er viel zu gerissen«, erwiderte er. »Der verschenkt nichts. Ganz bestimmt nicht! Er berechnet die Kosten bis zum letzten Mosaiksteinchen, und er weiß auf den Pfennig genau, wie hoch sein Gewinn ist. Aber er ist immer fair. Ich habe die Zahlen gesehen. Sehr fair.«

»Gut«, Isobel unterdrückte einen Seufzer. »Ich glaube, ich arbeite jetzt ein bißchen.«

»*Die Entscheidung?*«

»Ja.«

»Wie kommst du voran?«

»Gut«, log sie.

»Was meint Troy?«

»Er meint, wir kriegen es gut unter«, antwortete sie. »Wir können es schon in einem frühen Stadium verkaufen. Es ist genau das, was sie möchten.«

»Wunderbar«, meinte Philip zufrieden. Er legte Isobel den Arm um die Schulter und drückte sie sanft. »Kluges Mädchen.

Dann geh mal an die Arbeit. Wir haben jetzt immerhin einen Pool zu heizen, weißt du.« Er zögerte ein wenig. »Es geht doch zügig voran, oder?«

Sofort hatte Isobel Troys Warnung in den Ohren: Sie mußte sich wie eine Spionin verhalten, nichts von dem einen Leben durfte in das andere hinübersickern. Sie lächelte Philip strahlend zu. »Natürlich. Warum denn nicht?«

Er zögerte. Er hatte keine Übung darin, ihr etwas vom Gesicht abzulesen. In den vergangenen Jahren war es immer sie gewesen: Sie hatte sorgfältig seine Miene, seine Bewegungen, die Haltung seiner Schultern studiert; sie war liebevoll auf all seine Stimmungsschwankungen eingegangen. Er hatte ihre nie registriert.

»Ich habe mich nur gefragt, ob alles gut vorangeht. Von dem neuen Buch hast du noch nicht viel erzählt. Von deiner Arbeit in London auch nicht.«

Isobel zuckte die Achseln. »Da gibt's nicht viel zu erzählen«, sagte sie leichthin. »Und wir hatten ja hauptsächlich über den Pool zu reden, nicht?«

Philip zögerte. »Ja, stimmt schon.«

Sie lächelte. »Das denke ich auch.«

Um vier Uhr brachte Philip Isobel eine Tasse Tee. »Ich gehe mit Murray in den Pub, wenn sie aufmachen«, erklärte er ihr. »Und bezahle meine Schulden. Ich dachte, ich bringe für uns was zu essen mit, wenn du magst?«

Ein indisches Gericht aus dem Restaurant im Dorf war für Isobel und Philip ein seltener Genuß. Denn Philip fuhr nachts nicht mehr gerne Auto, weil seine Augen schlechter geworden waren, und Isobel konnte sich kaum mal aufraffen, ins Dorf zu fahren, dort in einer ungemütlichen Ecke des Restaurants auf ihr Essen zu warten und uralte Zeitschriften durchzublättern.

»Oh, das wäre wunderbar!« rief sie.

»Huhn Biryani für dich?« fragte er.

»Ja bitte. Ißt Murray auch mit uns?«

»Ich glaube, er hat zu tun. Aber ich kann ihn ja fragen, wenn du möchtest?«

»O nein, heute nur wir beide«, bat Isobel und war überrascht, als Philip sie aufs Haar küßte und sagte: »Ja, nur wir beide.«

Gegen halb sechs hörte Isobel Murrays Wagen vorfahren, und Philip rief vom Flur hoch: »Um sieben bin ich wieder da.«

Einen Moment dachte sie, es sei übertrieben unhöflich gewesen, Murray nicht zum Essen einzuladen. Schließlich fuhr er Philip zum Pub, wartete mit ihm auf das Essen und lieferte ihn wieder zu Hause ab. Dann tat sie den Gedanken mit einem Achselzucken ab. Murray hatte oft genug in ihrem Haus gegessen, und wenn Philip einmal mit ihr allein sein wollte, dann wollte sie sich auf diese Zweisamkeit freuen. Sie arbeitete bis halb sieben. Um sechs Uhr klingelte das Telefon. Auf dem Display war Troys Nummer. Isobel setzte sich zurück, krampfte die Hände zusammen, damit sie den Hörer nicht abnahm. Sie wollte die Grenzmauern zwischen dem Leben von Zelda und dem von Isobel Latimer flicken, die am Montag schweren Schaden erlitten hatten, als sie Isobel und doch Troys Geliebte gewesen war, als sie ihm gesagt hatte, wie sehr sie ihn begehrte, und er nicht geantwortet hatte, als sie ihn berührt hatte und Zeldas seidene Unterwäsche unter ihrer Hand gespürt hatte.

»Isobel, bist du zu Hause?« fragte Troy mit nüchterner Stimme auf dem Anrufbeantworter. So fiel es Isobel leichter, der Versuchung zu widerstehen, mit ihm zu sprechen.

»Ich wollte nur wissen, ob alles in Ordnung ist. Ich gehe jetzt aus dem Büro, du kannst mich bis halb acht noch zu Hause erreichen, dann bin ich den Abend über weg und komme erst spät wieder. Ich wollte nur wissen, wie du mit dem neuen Buch vorankommst.«

Der Anrufbeantworter piepste schrill, nachdem Troy aufgelegt hatte. Isobel konnte sich nicht erklären, warum sie sein nüchterner Geschäftston so ärgerte. Er konnte natürlich nicht wissen, ob nicht etwa Philip diese Nachricht abhörte. Es war also fürsorglich, daß er keine sinnlichen Untertöne mitschwingen ließ. Trotzdem hatte Isobel das Gefühl, er hätte ihr damit keinen Respekt gezollt, sondern sie abschätzig behandelt.

Sie löschte die Nachricht. Sie würde nicht zurückrufen. Heute wollte sie mit Philip zusammensein, mit klarem Kopf und reinem Gewissen. Sie war verheiratet, sie wollte wieder eine glücklich verheiratete Frau sein.

Kurz vor sieben hatte sie den Tisch gedeckt und die Teller warm gestellt. Sie machte eine Flasche kräftigen südamerikanischen Rotwein auf und schenkte sich ein Glas ein. Sie räumte gerade die Küche auf, als sie hörte, wie draußen Murrays Wagen vorfuhr, Philip »Gute Nacht« rief und die Tür zuschlug. Er kam in die Küche, mit ihm der aromatische Duft des Currygerichts.

»Ich packe es aus. Ich weiß, das machst du nicht gern«, sagte Philip.

Isobel lächelte. »Stimmt.« Sie setzte sich an den Tisch und wartete, daß er ihr den Teller brachte. »Toller Service in diesem Restaurant«, meinte sie lächelnd.

»Man tut, was man kann«, erwiderte er.

Sie aßen in entspannter Zweisamkeit. »Wunderbar«, sagte Philip plötzlich. »Ich kann mich nicht erinnern, wann wir das letzte Mal ein Curry gegessen haben. Möchtest du meines mal probieren?«

»Ist es sehr scharf?«

»Furchtbar!«

»Dann lieber nicht.«

»Ein Curry war nicht richtig gut, wenn du hinterher deine Mandeln noch spürst.«

»Mir fehlt dein Training«, sagte Isobel. Philip war, ehe sie ihn kennenlernte, einige Jahre für seine Firma in Indien gewesen. Sie stand auf und räumte die Teller weg. »Eis?«

»Nur ein bißchen.«

»Versuchst du immer noch abzunehmen?«

»Es geht mir so viel besser damit. Ich habe bisher nur ein Pfund abgenommen. Aber Murray meint, das ist, weil ich Muskeln zulege. Ich glaube wirklich, daß ich wieder viel fitter werde.«

Isobel brachte zwei Schüsseln mit Eiskrem zum Tisch. »Das wäre ja wunderbar«, sagte sie. »Willst du zu Mr. Hammond gehen und fragen, was er davon hält?«

»Ich habe ja sowieso im Mai einen Termin. Ich dachte, ich warte bis dahin. Murray meint auch, ich sollte lieber sehen, wie ich vorankomme. Und nicht einen Haufen Tests über mich ergehen lassen und mir falsche Hoffnungen machen.«

Isobel zögerte. Sie hielt Murrays Rat für wirklich vernünftig. Er erkannte Philips echte Fortschritte an und vermied es, ihn in den Teufelskreis der Hypochondrie zurückzuwerfen. Trotzdem stimmte sie Murray nur sehr ungern zu. »Ich glaube, da hat er recht.«

»Er ist ja nicht dumm«, sagte Philip. »Er hat jede Menge gesunden Menschenverstand.«

Er aß sein Eis auf und räumte die Schüsseln vom Tisch. »Soll ich uns einen Filterkaffee machen? Murrays guter Monsooned Malabar ist noch hier.«

»Gerne, danke.«

Philip löffelte Kaffee in den Filter und schaltete die Maschine an. »Und wie wäre es mit einem kleinen Kognak?«

»Da kriege ich einen Schwips«, protestierte Isobel.

»Warum nicht? Wir müssen doch morgen früh nirgends hin. Oder hast du einen Termin oder eine Besprechung in London?«

»Nein ...«

Er schenkte zwei Gläser Kognak ein und stellte eines vor sie hin. »Komm, heute gönnen wir uns mal was. Paßt blendend zum Monsooned Malabar.«

Sie kicherte. »Manchmal ist er wirklich komisch.«

Philip strahlte und schenkte Kaffee ein. »Stimmt. Er ist eine rührende Mischung aus Wissen und Ignoranz. Er ist blitzgescheit und sehr wach, und wenn er etwas einmal gelernt hat, dann bleibt es hängen. Der Monsooned Malabar, das ist typisch. Das hat er wohl in einer Fernsehsendung gesehen, und jetzt trinkt er nichts anderes mehr.«

»Er erinnert mich an meine Studenten«, meinte Isobel. »Sehr gescheit und sehr eifrig.«

»Und furchterregend ungebildet«, ergänzte Philip. »Ja, ich denke, er ist wirklich wie sie. Manchmal ist er wie ein kleiner Junge.« Er schaute sie an, wollte ihre Gefühle nicht verletzen. »Er ist wie der Sohn, den ich nie hatte.«

Kapitel 25

Isobel schlüpfte neben Philip ins Bett und stellte erstaunt fest, daß er weder schlief noch vorgab zu schlafen, wie sonst immer. »Du riechst gut«, murmelte er vertraulich. »Neues Parfüm?«

Es war der Duft der Reinigungsmilch, der Isobel nicht hatte widerstehen können, nachdem sie und Troy sie für Zelda gekauft hatten. Es war für sie ein zutiefst erotischer Duft, sie hatte ihn auf ihrer und auf Troys Haut gerochen.

»Hm«, antwortete sie.

Philips vertrauter, geliebter Körper rückte zu ihr herüber. Seine Hand zog sie noch näher, und sie legte ihm den Kopf auf die Schulter. Er küßte sie zart aufs Gesicht. Isobel fühlte sich so unbeholfen wie mit Troy nie, ganz gleich wie bizarr ihre Erscheinung oder ihr Benehmen gewesen war. Sie spürte, wie sie im Halbdunkel des Schlafzimmers heftig errötete. Philip strich ihr das Haar aus dem Gesicht und küßte sie auf den Hals und das Ohrläppchen. Isobel versuchte zu reagieren, strich ihm mit der Hand über Schulter und Nacken. Philip seufzte und küßte sie auf den Mund. Isobel erwiderte seine Küsse, schüchterne Küsse, ganz anders als Troys wilde, fordernde Bisse, geschmeidig gemacht von Zeldas scharlachrotem Lippenstift. Isobel verbannte den Gedanken an Troy aus ihrem Kopf, aus ihrem Ehebett, versuchte sich auf die zarte Berührung ihres Mannes zu konzentrieren, des Mannes, den sie aus Liebe geheiratet hatte und bei dem sie freiwillig all die Jahre geblieben war.

Philip nestelte an ihrer Schlafanzugjacke, streichelte ihren Bauch, ließ dann die Hände zu ihren Brüsten gleiten. Isobel lag ganz ruhig da und ließ sich berühren, wartete auf die leidenschaftliche Reaktion, die er sonst in ihr weckte. Aber es geschah nicht viel. Isobel fragte sich, ob Philip auch so empfand und ob deswegen dieses Vorspiel so lange dauerte. Wartete er vielleicht, bis er in Stimmung kam, wartete er darauf, daß ihn die Leidenschaft packte?

Er zerrte an ihrer Schlafanzugjacke. »Ich glaube, das hier sollten wir mal entfernen«, sagte er. Isobel hörte an seiner Stimme, daß er erregt war, daß nur sie allein vor Verlegenheit starr war.

Bereitwillig streifte sie die Jacke ab und zog ihre Schlafanzughose aus. Philip tat es ihr nach, so daß sie nun nackt miteinander im Bett lagen. Isobel schoß der Gedanke durch den Kopf, daß sie auf jeden Fall die Betten abziehen und die Wäsche waschen mußte, damit Mrs. M. nicht merkte, daß sie sich geliebt hatten. Dann fiel ihr ein, wie lächerlich das war – es gab keinen Grund, warum Mrs. M. das nicht wissen sollte. Schließlich waren sie Mann und Frau und sollten also auch Liebende sein. Philips Krankheit hatte ihr früher sehr intensives und erfreuliches Liebesleben gestört. Eigentlich sollte sie sich freuen, daß es wieder anders wurde, anstatt sich Sorgen über die Laken zu machen.

»Wie in alten Zeiten«, freute sich Philip.

Isobel rutschte näher und spürte das sinnliche Vergnügen seiner warmen, nackten Haut auf ihrem Körper. Das Kitzeln seiner feinen Härchen an ihrer Haut hatte sie schon immer erregt.

»Ja, genau«, stimmte sie zu, wie um sich selbst zu überzeugen.

Philip rollte sich auf sie und drang sanft in sie ein. Überrascht stellte Isobel fest, wie kraftvoll hart sein Glied war. Freundschaftlich und genüßlich bewegten sie sich im Einklang. Isobel schloß die Augen, versuchte an nichts zu denken als an die Wonne, seine Haut an der ihren zu spüren, an die Geborgenheit und Wärme seiner Umarmung.

Sie merkte, wie sie immer weiter entschwebte. Ihr Körper reagierte automatisch auf seine Berührung. Philip war viele Jahre lang ihr Liebhaber gewesen, er kannte alle Zärtlichkeiten, die ihr Lust bereiteten. In Gedanken war sie weit weg, fühlte sich distanziert, kühl und fern. Sorgfältig vermied sie alle Gedanken an Troy oder Zelda – die erotischen wie die angewiderten. Sie dachte an gar nichts, während sich ihr Ehemann in ihr bewegte, ihren Hals und ihre Brüste mit zögerlichen Küssen bedeckte.

»Schön?« flüsterte er.

»Sehr schön«, versicherte sie ihm.

Sie spürte sein Drängen, aber sie empfand nichts als das Verlangen, ihm Freude zu bereiten, und den kaum formulierten Wunsch, es möge bald alles vorbei sein. Sie bäumte sich auf und stöhnte in gespielter Wollust ein paarmal leise auf. Das reichte offenbar, um ihn davon zu überzeugen, daß sie ihren Höhepunkt erreicht hatte und nichts mehr von ihm erwartete, denn plötzlich zuckte er mit gieriger Heftigkeit, seufzte tief und sackte schwer auf ihr zusammen.

Isobel wartete ein wenig und bewegte sich dann vorsichtig. Sofort hob sich Philip mit einer Entschuldigung von ihr weg und gab sie frei.

»Ich muß ins Bad«, sagte sie, nahm ihren Schlafanzug und ging. Sie spülte sich auf dem Bidet mit kühlem Wasser alle Klebrigkeit ab. Sie stand auf, um sich auch das Gesicht zu waschen, und schaute ihr Spiegelbild an.

Ihr Gesicht verriet nichts. Sie blickte in die toten Augen und dachte bei sich, daß sie genauso leer waren wie die erste Seite ihres neuen Romans. Es gab einfach nichts mehr zu sagen, nichts mehr zu denken. Gar nichts, weder in ihrem Roman noch in ihrem Herzen. Sie zog den Schlafanzug wieder an und ging ins Schlafzimmer zurück. Philip lag noch immer nackt in den Kissen. Er sah rosig und zufrieden aus.

»Das war ja wohl der endgültige Beweis«, grinste er. »Es geht mir viel besser. Oh, Isobel, ist das nicht wunderbar?«

Sie versuchte seine Freude zu teilen. »Ja«, meinte sie und schlüpfte neben ihm ins Bett. »Es ist wunderbar. Ich freue mich so darüber.«

»Du warst so geduldig«, fuhr er fort und zog sie an sich. »So rücksichtsvoll. Es war für dich bestimmt nicht einfach, wenn ich immer so schlechte Laune hatte. Und wie lange ist es her, daß wir uns geliebt haben? Monate, was?«

»Ich zähle nicht«, erwiderte Isobel. »Das hat mir nie etwas ausgemacht. Wichtig ist nur, daß es dir jetzt wieder gutgeht.«

»Mir geht's phantastisch«, sagte er. »Kaum zu glauben.«

Sie lagen eine Weile schweigend da. »Soll ich das Licht ausmachen?« fragte Isobel.

Philip nickte. Sie langte nach oben und knipste die Nachttischlampe aus, kuschelte sich genüßlich an seine Schulter, in seine enge Umarmung. »Das ist das schönste«, sagte sie, »die Nähe.«

Sie spürte, wie er sie aufs Haar küßte. »Du warst ein Engel«, flüsterte er. »Stell dir vor, wie glücklich wir wieder sein werden, wenn ich erst ganz gesund bin.«

»Glaubst du wirklich daran?«

»Wir könnten reisen. Das wollten wir doch immer, nicht?«

Isobel dachte plötzlich an all das Zelda-Vere-Geld, das ihnen ein neues, aufregendes gemeinsames Leben finanzieren könnte. Sie hatte es immer als Notgroschen betrachtet, für alle Fälle, falls Philip noch kränker würde und man ein Pflegeheim bezahlten müßte. Aber wenn er wieder gesund würde, könnten sie sich damit ein neues Leben aufbauen, dann würden sich ihnen ganz andere Aussichten bieten.

»O ja«, antwortete sie. »Ich möchte reisen. Ich würde so gerne einmal Japan sehen.«

»Japan? Ich liebe den Fernen Osten. Es hat mir immer sehr leid getan, daß wir nie zusammen dort waren.«

»Wirklich?«

»Ja. Aber jetzt können wir das ja nachholen. Und ich könnte wieder arbeiten, anständig Geld verdienen.«

»Ich glaube nicht, daß sie dich wieder nehmen«, meinte sie vorsichtig. »In deinem Alter, Liebling.«

»Ich würde doch nicht wieder in meinen alten Job gehen.« Er wies den Gedanken gleich von der Hand. »Ich würde mich selbständig machen, freiberuflich arbeiten. Ich würde pro Auftrag mein Honorar verdienen, und das könnten wir danach gleich zusammen ausgeben. Was meinst du?«

»Wunderbar«, murmelte Isobel schläfrig.

Philip stützte sich auf einen Ellenbogen und küßte sie auf den Mund. »Gute Nacht, Schatz«, sagte er zärtlich.

Isobel hörte seine Atemzüge tiefer werden, während er einschlief. Sie lag noch wach und überlegte, was für eine Zukunft wohl vor ihr läge. Zelda könnte der Weg in die Freiheit sein, ihr und Philip ein neues gemeinsames Glück ermöglichen. Nachdem sie Zelda gewesen war, konnte auch Isobel eine andere Frau werden. Mit Zeldas Vermögen waren Isobel und Philip in der Lage, beinahe alles zu machen.

Am nächsten Morgen wachte Philip lächelnd auf. Isobel lächelte zaghaft und hoffnungsvoll zurück. »Bleib du ruhig liegen«, sagte er zärtlich. »Ich bringe dir das Frühstück ans Bett.«

»In einer halben Stunde kommt Mrs. M.«, gab Isobel zu bedenken.

»Das ist mir doch egal«, erwiderte er. »Die kann denken, was sie will. Ich bringe dir Frühstück ans Bett, und dann lasse ich dir ein schönes heißes Bad ein. Würde dir das gefallen?«

»Himmlisch«, seufzte Isobel und fand sich mit dem Gedanken an einen untätigen Morgen ab, während der Termin für *Geist der Liebe* unaufhörlich näher rückte und Troy auf ihren Rückruf wartete.

»Schlaf ruhig noch ein bißchen«, empfahl ihr Philip und zog seinen Morgenmantel über. Isobel lehnte sich in die Kissen und lächelte ihn an. Sobald er aus dem Zimmer war, schaute sie sich den Nachttisch an. Dort lagen ein paar neue Bücher, für die sie Besprechungen schreiben sollte, außerdem noch Notizen für einen Vortrag, der zu halten war. Sie konnte also die Stunde, in der sich Philip mit dem Frühstückstablett abmühen würde, sinnvoll nutzen. Sie wußte, eigentlich hätte sie ihm dankbar sein sollen, aber sie war die harte Arbeit so sehr gewöhnt, daß eine Unterbrechung für sie kein echtes Vergnügen war.

Sie hörte die Schritte auf der Treppe gerade noch rechtzeitig und konnte den Roman beiseite legen und Philip anlächeln, als er ins Zimmer trat.

»Tut mir leid, daß es so lange gedauert hat. Murray hat Mrs. M. gebracht, und ich habe ihm eine Tasse Kaffee gemacht.« Philip klappte das kleine Frühstückstischchen auf und stellte es ihr über die Knie. Isobel lächelte, um Begeisterung über eine Kanne Tee samt Tasse, ein weichgekochtes Ei und kalten Toast zum Ausdruck zu bringen.

»Wieso hat denn Murray Mrs. M. gebracht?«

»Ihr Wagen ist nicht angesprungen, da hat sie ihn angerufen.«

Isobel zögerte verwundert. »Warum hat sie nicht bei uns angerufen?«

»Ich nehme an, sie wollte uns nicht lästig fallen. Sie weiß doch, wie hart du in letzter Zeit gearbeitet hast.«

»Und statt dessen fällt sie Murray lästig?«

»Na ja, wenn er ohnehin hierher wollte, dann mußte er praktisch an ihrem Haus vorbei. Warum denn nicht?«

»Ich möchte nicht, daß wir ihn ausnutzen«, erwiderte Isobel. Sie merkte, daß das zwar stimmte, daß aber noch wesentlich kompliziertere Mechanismen mitspielten, die sie nicht verstand.

»Er ist ein netter Kerl«, meinte Philip. »Es macht ihm nichts aus. Und er mag Mellie.«

»Ist er noch hier?«

»Ja. Ich gehe gleich zu ihm runter. Er hat die Baugenehmigung. Wir können nächsten Montag anfangen. Wir wollen nur schnell durchgehen, wo die Heizkörper und Steckdosen hin sollen.«

»Wunderbar«, meinte Isobel.

»Soll ich dich jetzt alleinlassen?«

»Geh nur«, sagte Isobel und lächelte. »Ich weiß, du kannst es kaum abwarten, zu entscheiden, wo die Heizkörper angebracht werden sollen.«

»Ich will, daß für dich alles hundertprozentig ist«, erwiderte er. »Daß es perfekt wird. Ich weiß, wie schwer du es in den letzten Jahren hattest. Ich habe mich so schlecht gefühlt, es war bestimmt nicht angenehm mit mir. Es tut mir leid, Schatz, mehr, als ich sagen kann. Jetzt geht es mir wieder so viel besser, daß ich begreife, wie furchtbar es gewesen sein muß. Manchmal konnte ich über meine eigene Verzweiflung nicht hinaussehen. Aber jetzt bin ich über den Berg. Jetzt wird alles anders.«

Sein Optimismus wirkte ansteckend. Isobel blickte zu ihm auf: »O Philip!«

»Versprochen«, beteuerte er. »Es wird alles wieder wie vor meiner Krankheit. Wir werden wieder glücklich sein, richtig glücklich. Wie früher.« Er berührte ihre Wange, und instinktiv ergriff Isobel seine Hand und küßte sie. Er lächelte sie an. »Iß du nur gemütlich dein Frühstück«, meinte er und verließ leise das Zimmer.

Isobel rührte das Essen nicht an. Statt dessen lehnte sie sich in die Kissen zurück und starrte mit leerem Blick an die Decke. »So fängt es an«, murmelte sie leise vor sich hin. Wenn dies ein Roman wäre, dachte sie, müßte die Heldin jetzt eine Entscheidung treffen, eine entscheidende Weiche stellen. In Isobels Romanen wählte sie stets den Weg des Guten, den moralischen Weg, den Weg der Pflicht und fand darin Freude und Erfüllung. »Das wäre wunderbar«, flüsterte Isobel, während sie das Tablett von den Knien nahm. »Zu Philip zurückzukehren und festzustellen, daß es das Wunderbarste ist, was mir passieren konnte. Das Richtige tun und merken, daß es auch das Beste für mich ist.«

Isobel rief bei Troy an, während Murray und Philip immer und immer wieder den kleinen Abstand zwischen Haus und Scheune abschritten. Sie konnte die beiden vom Fenster aus sehen, den schlanken jungen Mann und den älteren, der genauso aktiv, genauso schwungvoll, genauso fit wirkte.

»Ich bin's« sagte sie zu Troy. »Tut mir leid, daß ich dich gestern verpaßt habe.«

»Geht's dir gut?« erkundigte er sich, horchte auf, weil ihre Stimme so kühl klang.

»Prima.«

»Zu Hause alles in Ordnung? Läuft der Pool schon langsam voll?«

»Sie haben noch gar nicht zu bauen angefangen«, erwiderte sie. Philip schaute zu ihrem Fenster hoch und warf ihr ein strahlendes Lächeln zu. Isobel winkte zurück.

»Was macht die Arbeit?«

»Ich schaffe in den nächsten paar Tagen jeden Tag ein Kapitel. Du mußt ihnen aber sagen, daß es nur eine Rohfassung ist ...«

»Die erste Rohfassung von dir ist besser als vieles, was sie von den meisten anderen nach dem zwanzigsten Anlauf bekommen«, behauptete Troy. »Von Zelda werden sie in der ersten Rohfassung nicht viel erwarten. Die denken wahrscheinlich ohnehin, daß ich alles noch einmal umschreibe.«

»Das kannst du dann ja machen«, sagte Isobel scharf.

»Ich doch nicht«, erwiderte er. »Ich bin die zehn Prozent Politur, nicht die neunzig Prozent harte Arbeit bei diesem Unternehmen. Du hast die Ideen, du schreibst, Isobel, und ich kümmere mich um die Verträge.«

»Wo warst du gestern abend?«

»Im Theater und dann in einem Club.«

»In was für einem Club?«

»In einem sehr ungezogenen Club«, provozierte er sie.

»Oh«, meinte Isobel.

»Und du?«

»Wir haben uns ein Curry geholt«, antwortete Isobel, der bewußt war, wie langweilig das klang. »Es war sehr gut. Das ist für uns was ganz Besonderes, denn wir müssen es extra aus dem Dorf besorgen.«

»Du redest gerade, als müßtet ihr es aus einem Dorf in Madras holen.«

Isobel kicherte. »Nicht ganz.«

»Und ist der Pool-Mann auch zum Abendessen geblieben?«

»Nein. Wir haben allein gegessen. Wir haben den Abend allein miteinander verbracht.«

Troy sagte nichts. Mit dem aufmerksamen Instinkt des Liebhabers spürte er, daß sich etwas verändert hatte, wußte nur noch nicht, was.

»Und war es wunderbar?« fragte er. »Endlich wieder allein zu sein mit der exotischen Köstlichkeit eines Huhns nach Kaschmir-Art aus dem Dorf?«

»Eigentlich Biryani. Mhm, ja es war wunderbar.«

»Das freut mich sehr«, meinte er. »Und hat er dich um einen Anbau an den Pool gebeten, damit er seine Smaragdsammlung unterbringen kann, oder war es nur reine Gattenliebe ohne jeglichen Hintergedanken?«

»Schlicht Liebe, würde ich sagen«, erwiderte Isobel freundlich, die die Schärfe in Troys Stimme hörte und völlig korrekt als Eifersucht identifizierte.

»Wie schön«, sagte er. »Wie überaus ehelich. Wie typisch Isobel Latimer. Wie typisch *Country Life*.«

»Schließlich ist er mein Mann«, erklärte Isobel.

»Und ich bin nur dein Agent«, stimmte Troy zu. »Ich bekomme nur ein Stück ab, nicht? Nicht den ganzen Kuchen. So war die Abmachung.«

Es herrschte Stille.

»Ich habe bei dir angerufen«, sagte sie ruhig. »Und deine Wohnung war voller Leute, die tranken und tanzten und feierten. Gestern hast du hier auf dem Weg zum Theater angerufen und verkündet, daß du wahrscheinlich die Nacht nicht zu Hause verbringen wirst. Ich habe nur mit meinem Mann zu Abend gegessen und in unserem Ehebett mit ihm geschlafen, wie ich das in den letzten dreißig Jahren jede Nacht getan habe. Was hast du damit für Probleme?«

»Gar keine«, erwiderte Troy knapp. »Absolut keine. Hab Nachsicht mit mir. Ich habe einen Kater und daher schlechte Laune. Ich nehme jetzt ein paar Alka Seltzer und rufe dich noch einmal an, wenn ich mit meiner Leber wieder im reinen bin. Tut mir leid, Isobel. Bis morgen.«

»Schon in Ordnung«, antwortete sie. Draußen vor dem Fenster schritt Philip zum wer weiß wievielten Mal den Abstand zwischen dem Haus und der Scheune ab, drehte sich dann zu ihr um und reckte den Daumen nach oben. Isobel winkte und lächelte ihn an. Im Sonnenschein des Frühlings sah er aus wie ein Junge, so voller Leben. »Bis später, Troy. Macht nichts.«

Kapitel 26

Murray blieb zum Mittagessen. Isobel fühlte sich heute in ihrem heiteren Einvernehmen mit Philip durch Murrays Anwesenheit am Tisch nicht gestört, wenn auch Mrs. M. ungeheuer viel Aufhebens um die Steak-and-Kidney-Pastete machte, die sie gebacken hatte. Murray erkundigte sich bei Isobel nach ihrer Arbeit. Aus seinen Fragen wurde klar, daß er das Buch, das sie für ihn signiert hatte, nicht nur gelesen, sondern sich auch Gedanken darüber gemacht hatte. Seine Fragen zeigten, daß er ein intelligenter, wenn auch nicht sehr gebildeter Mann war. Die Lehrerin in Isobel begeisterte sich immer für Menschen, die sich eigenständig um Wissen und Erkenntnis bemühten.

Mrs. M. räumte ab und kochte Kaffee. Dann machte sie sich anderswo im Haus zu schaffen. Murray hatte versprochen, sie nach Hause zu fahren, und wartete, bis sie fertig war.

»Murray hat mir einen ziemlich interessanten Vorschlag gemacht«, meinte Philip. »Ich habe mich noch nicht entschieden. Ich wollte es erst mit dir besprechen.«

»Und was wäre das?« fragte Isobel. »Eine Wasserrutsche für unseren Pool?«

Murray grinste. »Seltsam, ich hatte gerade gedacht, das wäre genau das richtige für Sie.«

»Er hat mir einen Job angeboten«, erklärte Philip. »Ich kann gar nicht sagen, wie geschmeichelt ich mich fühle.«

Isobel schaute vom einen Mann zum anderen. »Einen Job?«

»Es wäre mir nicht im Traum eingefallen, wenn es ihm nicht so viel besser ginge«, fügte Murray rasch hinzu. »Wenn Sie meinen, es wäre zu viel für ihn, dann vergessen wir es.«

»Nein, das denke ich nicht«, erwiderte Isobel. »Was für ein Job ist es denn?«

»Ich stecke bis zum Hals in Arbeit«, vertraute Murray ihr an. »Das ist eine tolle Sache, aber ich bin das Opfer meines Erfolges. Ich müßte mich eigentlich zweiteilen. Was ich anbiete – Kundendienst, individuelle Planung, Betreuung nach Fertigstellung – das ist alles sehr arbeitsintensiv. Aber das ist ja gerade das Besondere an meinem Betrieb. Ich kann nicht mehr als zwei, drei Pools gleichzeitig betreuen, und jede Woche habe ich Anfragen für fünf, sechs Projekte, manchmal sogar sieben oder acht. Letzte Woche hatte ich zehn Anrufe.«

»Aber Philip hat doch keine Ahnung von Pools«, gab Isobel zu bedenken.

»Mehr, als du meinst«, sagte Philip. »Unseren habe ich von A bis Z geplant, vergiß das nicht.«

Murray schüttelte den Kopf. »Philip hat Stil«, meinte er. »Wenn er den Leuten erzählt, daß Dunkelblau die richtige Farbe für sie ist, dann glauben sie ihm. Die Kunden in Fleet hat er vollkommen überzeugt. *Er* hat ihnen den Pool verkauft, ich war nur der Fahrer. Philip hat die ganze Arbeit gemacht. Er hat Klasse, das kann jeder sehen. Ich bin ein Self-Made-Mann, und manchmal merkt man das eben. Ich habe mir schon ein paar Ecken und Kanten abgestoßen, aber ab und an muß ich in so ein grandioses Herrenhaus und fühle mich dort überhaupt nicht wohl. Ich passe da nicht hin, ich weiß nicht, was ich da sagen soll.« Er schaute Philip mit unverhohlener Zuneigung an. »Nicht so Philip. Der hat echte Klasse.«

Isobel war von diesem Geständnis seltsam angerührt. »Das ist doch heutzutage sicherlich nicht mehr wichtig«, meinte sie, obwohl sie vom Gegenteil überzeugt war. Aber sie wollte Murray versichern, daß es ihr nicht wichtig war.

Er warf ihr sein jungenhaftes Lächeln zu. »Aber sicher, Isobel«, sagte er. »Sie sind doch eine Frau von Welt. Sie wissen, wovon ich rede. Philip kann mir Türen öffnen, nur weil er eine bestimmte Art hat, die Treppe hinaufzugehen.«

Philip zuckte verächtlich die Achseln. »Na, also ...«

»Und dann der ganze Papierkram, der auf dem laufenden gehalten werden muß. Das ist für mich ein Alptraum. Ich muß mich für die Mehrwertsteuer anmelden, das sind die reinsten Bluthunde. Ich bin ein selbständiger Kaufmann und muß tadellose Bücher führen. Und es ist alles vertraulich. Die Leute erzählen einem viel, wenn man mit ihnen bespricht, was sie für einen Pool möchten. Und wenn ich in den – sagen wir mal, den höheren – Einkommensklassen arbeite, dann bekomme ich natürlich noch mehr vertrauliche Informationen. Kürzlich hatte ich einen Kostenvoranschlag zu machen, und da mußte ich eine Sicherheitsüberprüfung über mich ergehen lassen, ehe ich überhaupt aufs Grundstück durfte. Ich kann nicht irgendwen einstellen. Ich möchte jemanden, dem ich vertrauen kann. Einen ehrlichen Menschen, der gründlich arbeitet und dessen Fähigkeiten außer Zweifel stehen.«

Isobel zögerte und schaute zu Philip. »Ich weiß nicht«, meinte sie. Dann sah sie sein Gesicht. Es strahlte vor Begeisterung und Energie. »Na, was meinst du?«

»Die Arbeit macht mir Spaß«, antwortete er aufrichtig. »Das ganze Geschäft gefällt mir. Das bißchen Ingenieurarbeit ist bei meiner Berufserfahrung ein wahres Vergnügen. Ich habe viel mit Menschen zu tun, und das war schon immer meine Stärke. Und ich komme herum. Ich denke, es wäre ideal für mich. Ich freue mich so, daß Murray auf den Gedanken gekommen ist. Aber ich wollte nicht ja oder nein sagen, ehe ich mit dir darüber geredet habe.«

»Ich bin hier nicht der Boss«, meinte Isobel und war sorgsam darauf bedacht, was für einen Eindruck sie auf Murray machte. »Du mußt tun, was du willst, Philip.«

»Er wäre ein Narr, wenn er nichts auf Ihre Meinung geben würde«, warf Murray schnell dazwischen. »Ich hätte auch gerne Ihren Rat, und ich bin nur ein Leser. Sie sind eine Frau, die weiß, worauf es ankommt, Isobel. Wir wären beide verrückt, wenn wir Sie nicht um Ihre Meinung fragten.«

Isobel erkannte den warmen Säuselwind der Schmeichelei. »Also wirklich! Meine Einwände würden sich auf Philips Gesundheit beziehen. Es geht ihm viel besser, aber ich habe Angst, er könnte einen Rückfall erleiden.«

»Das glaube ich nicht«, meinte Philip. »Es geht mir ganz bestimmt besser. Ich habe nicht das Gefühl, daß es nur eine vorübergehende Besserung ist, daß ich nur ein bißchen positiver gestimmt bin. Zuerst habe ich gedacht, es wäre alles nur im Kopf. Mein Leben war interessanter, also war ich wacher. Aber es ist mehr. Ich merke, daß ich kräftiger werde. Ich laufe besser, und mein Durchhaltevermögen bei den Übungen hat sich enorm erhöht. Das läßt sich messen. Und es gibt ja auch noch andere Anzeichen …« Er warf Isobel ein kleines Lächeln zu, das sie daran erinnern sollte, daß sie sich erst in der Nacht zuvor zum erstenmal seit Monaten wieder geliebt hatten. Sie wandte sich ab, aber er konnte den Anflug ihres Lächelns sehen.

»Und das Essen«, fügte Murray hinzu, dem nichts entging. »Dein Appetit läßt wirklich nichts zu wünschen übrig.«

»Und das Trinken«, ergänzte Philip.

»Vielleicht sollten wir den Arzt fragen, was er dazu meint«, schlug Isobel vor. »Oder die Entscheidung bis Mai vertagen. Da hast du ohnehin einen Termin.«

Philip schüttelte den Kopf. »Ich möchte gleich anfangen«, sagte er schlicht. »Wenn, dann möchte ich gleich loslegen.«

»Im Mai habe ich immer am meisten zu tun«, bemerkte Murray. »Da fällt den Leuten ein, daß sie keinen Pool haben, wo sie doch immer einen wollten, und daß er wieder nicht bis zum Sommer fertig wird, wenn sie ihn nicht gleich in Auftrag geben. Ich kann im Mai mehr Geld verdienen als im ganzen restlichen Jahr. Aber nur, wenn ich vorbereitet bin. Ich muß alle Anfragen bearbeiten können. Im Frühsommer brauche ich einfach jemanden. Wenn nicht Philip, dann jemand anderen. Aber am liebsten Philip.«

Isobel schaute von einem zum anderen. »Was soll ich da sagen? Es ist sonnenklar, daß ihr beide es gern machen wollt und daß es offensichtlich eine gute Idee ist. Wie soll es denn geschäftlich ablaufen?«

Murray machte eine kleine Pause. »Das liegt eigentlich ganz an dir, Philip. Ich könnte mir alles vorstellen, von einem Stundenhonorar bis – na ja – zu einer Gewinnbeteiligung.«

»Ich möchte nicht stundenweise bezahlt werden«, meinte Philip.

»Oh?« wunderte sich Murray. »Na ja, wie du willst. Was würdest du denn bevorzugen? An eine gleichberechtigte Partnerschaft hast du doch wahrscheinlich nicht gedacht? Halbe-halbe?«

»Warum nicht?« fragte Philip. »Warum nicht?«

»Du könntest nicht so viel arbeiten wie Murray«, warnte ihn Isobel. »Du wärst kein gleichberechtigter Partner.«

»Und ich habe mich nicht getraut, dich danach zu fragen!« rief Murray. »Ich hätte nie gedacht, daß dich das interessieren könnte, Philip. Ich dachte, du willst nur so eine Art bezahltes Hobby. Ich hatte nur gehofft, du würdest deine Fähigkeiten da einbringen, wo ich sie unbedingt brauche. Es wäre mir nie in den Sinn gekommen, dir eine Partnerschaft anzubieten.«

»O doch«, meinte Philip. »Wennschon, dennschon. Ich würde viel lieber für meine eigene Firma arbeiten als für jemand anderen. Auch für dich nicht, Murray. Das habe ich dir doch neulich erzählt, und ich habe es erst kürzlich auch zu Isobel gesagt. Ideal wäre für mich eine Firma, die ich selbst führen kann.«

»Aber das wäre ja phantastisch!« rief Murray. »Wir setzen einen Partnerschaftsvertrag auf, und du kannst dich mit fünfzig Prozent beteiligen.«

»Ich finde es nicht gut, wenn du dich zu sehr festlegst«, wandte Isobel ein.

Murray schüttelte den Kopf. »Philip kann ja als stiller Teilhaber einsteigen und nur so viel arbeiten, wie er wirklich will«, meinte er. »Wenn es ihm zuviel wird, kann er sich Urlaub nehmen. Wenn Sie beide Ferien machen wollen, nimmst du einfach deinen Anteil vom Jahresgewinn und ihr fahrt weg. Da gibt es mit mir keine Probleme.«

»Das ist ja toll«, sagte Philip enthusiastisch. »Aber wir müssen alles ordentlich vertraglich festlegen. Wir lassen das Geschäft schätzen, lassen die Bücher prüfen, und dann kaufe ich die Hälfte.«

Murray nickte. »Und wir lassen einen Partnerschaftsvertrag aufsetzen, der dir erlaubt, minimale Stundenzahlen oder gar nicht zu arbeiten. Das müssen Sie beide entscheiden. Ich möchte nicht, daß du dich überanstrengst, Philip. Die Gesundheit geht vor.«

»Das ist genau das, was ich mir immer gewünscht habe«, erklärte Philip. »Wie ich neulich schon gesagt habe, möchte ich gerne freiberuflich arbeiten, meine eigene Firma haben.«

»Na, das wär's doch!« sagte Murray und streckte ihm über den Tisch hinweg die Hand entgegen. »Nicht mehr Kunde, sondern Partner! Willkommen in der goldenen Welt der Swimmingpools!«

Zur Feier des Tages tranken sie eine Flasche Champagner. Das kühle Prickeln auf der Zunge erinnerte Isobel an Zelda und Troy. Aber sie verbannte alle Gedanken an die beiden aus ihrem Kopf. Sie wollte nicht, daß ihr ihr übermächtiges, gespenstisches zweites Leben durch die Gedanken geisterte, während ihr Mann sie anlächelte und das Glas erhob: »Auf unsere Wiedergeburt, Isobel!«

Sie prostete ihm zu: »Auf uns.«

Allein in ihrem Arbeitszimmer, dachte sie gründlich darüber nach, während sie auf den Bildschirm starrte, auf dem eigentlich der Anfang der ersten drei Kapitel des neuen Zelda-Vere-Romans stehen sollte. Wenn Philip genug für ihren Lebensunterhalt verdiente, bräuchte sie diesen neuen Roman gar nicht zu schreiben. Sie bräuchte nie wieder Zelda Vere zu sein.

Zelda Vere würde aus dem öffentlichen Bewußtsein verschwinden, genauso schnell wie viele andere literarische Sternchen, die einen Roman schrieben, mit dem sie ungeheuer erfolgreich waren, und die dann mit dem nächsten Roman genauso spektakulär untergingen und völlig von der Bildfläche verschwanden. Isobel konnte Zelda sehr leicht spurlos verschwinden lassen.

Zumindest theoretisch. Aber in der Praxis?

Isobel überlegte, daß ihr eigenes Leben sich ziemlich abrupt von der Landschaft und Themenwahl eines Latimer-Romanes zu einer reinen Zelda-Vere-Story entwickelt hatte. In Isobel Latimers Romanen ging es immer um Entscheidungen: um den Kampf gegen Äußerlichkeiten, gegen falsche Ziele und flüchtige Begierden, um echte, moralisch motivierte, kluge Entscheidungen. In einem Zelda-Roman konzentrierte sich alles auf Äußerlichkeiten, auf Begierden und deren Befriedigung. Und so gehörten natürlich zu Zeldas Geschichten folgerichtig auch Enttäuschung, Perversion und Korruption. Zum erstenmal begriff Isobel, daß sie in ihrem eigenen Leben die Wahl zwischen diesen beiden Dingen hatte. Sie könnte sich entscheiden, eine Latimer-Figur zu sein: eine Frau, die sich vom Glamour und von sexuellen Vergnügungen abwandte und sich für Pflichterfüllung und ein moralisch einwandfreies Leben entschied. Oder sie konnte eine Zelda-Vere-Figur werden, für die das wichtigste war, daß sie ihre eigenen Begierden erkundete und deren Befriedigung suchte. Isobel begriff auch zum erstenmal, daß ein Roman von Zelda Vere nur die andere Seite eines Isobel-Latimer-Romans war. Die Schattenseite.

Es wurde ihr klar, daß es unter und hinter ihrem Leben und auch in ihren Texten schon immer die versteckte, ja unbewußte Schattenseite gegeben hatte. In einem Latimer-Roman ging es darum, all die Dinge, die ein Vere-Roman begeistert betonte, zu verwerfen, ja sogar zu leugnen, daß sie große Anziehungskraft hatten. Vielleicht sie zu fliehen, sie zu meiden, nachdem man entsetzt festgestellt hatte, wie sehr sie einen fasziniert. Isobel selbst hatte sich mit ihrer neu entdeckten Fähigkeit, beide Romanarten zu schreiben, zwei völlig unterschiedliche Leben zu führen, zwei völlig unterschiedliche Frauen zu sein, an den Rand einer Entscheidung manövriert. Was für ein Buch sollte sie schreiben? Was für eine Autorin sollte sie sein? Was für ein Leben sollte sie führen? Was für eine Frau sollte sie sein?

Am Montagmorgen wachte Isobel auf, weil unter ihrem Schlafzimmerfenster ein Mann hustete und keuchte. Dann begann ein Radio zu plärren, und zwei Männer schrien einander etwas zu. Philip zog die Vorhänge zur Seite und rief erfreut: »Prima! Die sind aber früh da!« Er flitzte die Treppe hinunter, um die Arbeiter zu begrüßen.

Der Krach ging den ganzen Tag so weiter. Zuerst mußten die Fundamente für den Gang zwischen dem Haus und dem Pool ausgehoben werden. In der Scheune grub der Bagger für den Pool. Die Rufe der Arbeiter und das knirschende Geräusch der Schaufeln, die sich in den Boden und dann in den Sandstein fraßen, waren zu viel für Isobel, die in ihrem Arbeitszimmer versuchte, Kapitel drei des neuen Zelda-Vere-Romans fertigzubekommen. Mittags beklagte sie sich bei Philip, daß sie bei dem Krach einfach nicht denken könne.

»Man kann kein Omelette machen ...«, meinte er wenig mitfühlend.

Murray, der bei ihnen aß, blickte von seinem Huhn mit Tomatensoße auf. »Wie bitte?«

»Bekanntes Sprichwort«, sagte Philip knapp.

»Kenne ich nicht«, erwiderte Murray.

»Es ist so laut hier«, erklärte Isobel. »Und der Lärm hört überhaupt nicht auf.«

»Also eins nach dem anderen«, beharrte Murray. »Was heißt: ›Man kann kein Omelette machen ...‹?«

Isobel lächelte. »Das ist eine Redensart, die man Napoleon

Bonaparte zuschreibt. Er soll gesagt haben, daß man kein Omelette machen kann, ohne dabei Eier zu zerschlagen. Das heißt, alle guten Dinge haben auch ihre Schattenseiten.«

Murray nickte. »Kapiert. Und Napoleon Bonaparte? Wer war das?«

Isobel war kurze Zeit sprachlos. »Das wissen Sie nicht?«

Murray zog eine Grimasse. »Ist das ein Kapitalverbrechen? Ich weiß so ziemlich gar nichts, was?«

»O nein«, antwortete Isobel rasch. »Wieso sollten Sie das wissen?«

»Ein Kognak wurde nach ihm benannt«, sagte Philip tröstend. »Das weißt du bestimmt.«

»Wer war er also?«

»Ein französischer Staatsmann«, sagte Isobel vage. Jetzt, da eine genaue Auskunft gefordert war, merkte sie, daß sie selbst nicht ganz sattelfest war. »Er kam während der Französischen Revolution an die Macht, Ende des achtzehnten, Anfang des neunzehnten Jahrhunderts, und machte aus Frankreich ein Kaiserreich und sich zum Kaiser. Er wollte ganz Europa erobern, wurde aber im Osten von den Russen und in der Seeschlacht von Trafalgar von den Engländern geschlagen, von Admiral Nelson.«

»Von dem hab ich schon mal gehört!« rief Murray aus, erfreut, daß er irgend etwas wiedererkannte.

»Er wurde gefangengesetzt, konnte fliehen und brachte die Franzosen wieder auf seine Seite. Die letzte Schlacht war bei Waterloo, und die englischen Truppen wurden von General Wellington angeführt. Napoleon starb in Gefangenschaft. Er ist in Frankreich ein großer Held.«

Murray nickte. »Danke. Ich weiß gern alles genau.«

Isobel verspürte eine beinahe mütterliche Zärtlichkeit. Sie lächelte ihn an und wurde mit einem jungenhaften Grinsen belohnt.

»Sie halten mich bestimmt für einen schrecklichen Idioten«, sagte er.

»Solche Sachen kann man immer prima im Internet nachschauen. Oder in jedem guten Lexikon. Wenn Sie so etwas herausfinden wollen.«

Murray nickte. »Ja, aber das Problem ist, daß ich nicht weiß, was ich alles nicht weiß, wenn Sie verstehen, was ich meine. Ich kannte den Namen dieses Kognaks, und ich hatte von den Schlachten von Waterloo und Trafalgar gehört und von Nelson auch. Aber ich wußte nicht, daß es in diesen Schlachten gegen die Franzosen ging, gegen Bonaparte. Also wäre ich gar nicht auf den Gedanken gekommen, den irgendwo nachzuschlagen.«

Isobel überlegte kurz. »Sie könnten ja ein Buch über allgemeine Geschichte lesen, da würden Ihnen schon ein paar Ideen kommen.«

Murray nickte. »Zum Beispiel?«

»Ich könnte Ihnen Bücher leihen«, bot Isobel an.

Philip schaute sie überrascht an. Normalerweise weigerte sich Isobel, irgend jemandem ihre Bücher zu leihen.

Murray strahlte. »Gerne«, antwortete er. »Vielleicht machen Sie doch noch einen gebildeten Menschen aus mir.«

Mrs. M. kam und räumte ab. »Ich bin soweit, wenn Sie fertig sind«, sagte sie. Murray nickte und wollte aufstehen.

»Was den Krach angeht«, sagte er zu Philip. »Isobel kann in ihrem Arbeitszimmer nicht denken, wenn die Jungs draußen vor dem Fenster lärmen. Und wenn sie den Durchbruch zum Haus machen, dann wird es auch noch verflixt staubig. Vielleicht sollten wir das Arbeitszimmer für ein paar Tage in einem der Gästezimmer im ersten Stock unterbringen?«

»Da ist auch Krach«, wandte Isobel ein.

Murray runzelte die Stirn. »Und wenn Sie Ihr Büro in mein Haus verlegen? Da ist es schön ruhig, da stört Sie niemand. Ich bin ohnehin beinahe den ganzen Tag hier oder drüben in Fleet.«

Isobel zögerte. »Ich möchte Ihnen keine Umstände machen …«

»Es wäre mir eine Ehre«, sagte er leichthin. »Da steht ein schöner Schreibtisch mit Stuhl. Sie könnten meinen Computer benutzen und alle Bücher, die Sie brauchen, fahren wir Ihnen hin. Wäre Ihnen das recht?«

Isobel zögerte. Draußen kippte gerade ein Lastwagen mit großem Getöse den Schotter für die Fundamente aus. Murray lachte und tippte Isobel mit überraschend vertrauter Geste auf die Nasenspitze.

»Vergessen Sie mal Ihre Würde«, sagte er freundlich. »Und lassen Sie sich helfen.«

Isobel wich ein wenig vor seiner Berührung zurück, wußte aber, daß er sie mit seinem Charme um den Finger gewickelt hatte. »Na gut«, sagte sie und lächelte zu ihm auf. »Danke.«

Kapitel 27

Isobel hatte sich in der ihr ungewohnten Umgebung von Murrays Büro häuslich eingerichtet. Jetzt saß sie gemütlich auf seinem gepolsterten Bürostuhl vor seinem Computer an seinem schweren Holzschreibtisch und stellte fest, daß sie unmöglich mit der Arbeit anfangen konnte, ehe sie ihre brennende Neugier gestillt hatte. Es war ihr völlig klar, daß sie seine Gastfreundschaft mißbrauchte, aber sie öffnete einen der Aktenschränke. Er war voller Mappen, auf denen Kundennamen standen. Die Mappen enthielten Vorschläge für Pools. Isobel schaute sich einen genauer an. Leute namens Birtley hatten einen Swimmingpool in Auftrag gegeben. Murray hatte angemerkt, daß er termingerecht fertig geworden war. Die Sache hatte insgesamt 25 000 Pfund gekostet. Murray hatte am Rand seine Gewinnspanne von achtzehn Prozent angemerkt. Er hatte dabei 4 500 Pfund verdient. Isobel zog die Augenbrauen in die Höhe und nahm eine andere Mappe heraus. Wieder die Anmerkung über die termingerechte Fertigstellung, wieder eine Notiz über die Gewinnspanne. Diesmal war es ein überdachter Pool, eine teurere Angelegenheit. Murray hatte mit etwas über neun Wochen Arbeit 10 200 Pfund verdient. Isobel machte den Aktenschrank zu. Murrays Prahlereien über sein Geschäft entsprachen offensichtlich der Wahrheit. Es lief hervorragend.

Sie ging aus dem Büro in die Küche. Das Haus war eine kleine Doppelhaushälfte in einer neuen Siedlung. Murray hatte Philip erzählt, er hätte sich entschieden, nicht viel für große Büroräume zu investieren, um die Betriebskosten gering zu halten. Die Küche war hell und modern, mit leichten

Plastikmöbeln ausgestattet. Der Herd glänzte und sah völlig unbenutzt aus. Sie schaute kurz in die Speisekammer – auf die leeren Regale des typischen Junggesellen. Im Kühlschrank waren Milch, Brot, Käse und eine alte Schachtel Eier.

Die Wohnzimmereinrichtung stammte offensichtlich aus dem Schaufenster eines Möbelladens. Ein Sofa mit passenden Sesseln, ein Couchtisch mit den Büchern, die Isobel ihm geliehen hatte, ein Kamin in Marmorimitat, dazu das Imitat eines Kaminfeuers. Vorhänge passend zu den Sesseln, eine Leselampe, ein großer Fernseher mit einem Ding, das Isobel nicht kannte: einer Playstation für Videospiele.

Diese karge Häuslichkeit erregte Isobels Neugier noch mehr. Ein wenig zögerte sie am Fuß der Treppe. Dann schlüpfte sie aus den Schuhen, weil sie fürchtete, ihre Absätze würden Abdrücke im Teppich hinterlassen, und stahl sich die Treppe hinauf.

Das Badezimmer verriet eine sinnliche Seite Murrays. Neben einer besonders tiefen Badewanne stand eine Duschkabine mit Glastüren, ringsum viele verschiedene Duschgels und Körperöle. In einer Schale auf dem Fensterbrett lagen verschiedene duftende Seifen, das Fenster hatte eine Jalousie aus Holz. Zu beiden Seiten der Badewanne lagen große Naturschwämme, und in einer eleganten Glasflasche befand sich dunkelviolettes Badeöl. Ein Rasierspiegel an einem Teleskoparm ließ sich schwenken, so daß man ihn am Waschbecken und in der Badewanne benutzen konnte. In einem quer über die Wanne gelegten Tablett waren ein Bimsstein und ein Luffahschwamm. Im Trockenschrank lagen große, dicke Handtücher und ein weiterer Frotteebademantel. Es war das sorgfältig geplante und eingerichtete Badezimmer eines Mannes, der gute Gerüche, opulente Vollbäder und die wohlige Wonne dicker Frotteetücher liebte.

Isobel war sich bewußt, daß es sehr ungehörig war, aber sie öffnete die Tür des Medizinschränkchens, das neben der Dusche an der Wand hing. Mittel gegen Erkältung, Aspirin, eine

Creme gegen Muskelverspannungen nach dem Sport. Ein auf Rezept hergestelltes Medikament gegen Ohrinfektionen und ein offenes Päckchen Kondome. Isobel musterte sie, berührte aber nichts. Daneben lag ein noch ungeöffnetes Päckchen »Spaß-Kondome« – in verschiedenen Geschmacksrichtungen und Farben. Sie fragte sich, was für ein Typ Frau wohl Vergnügen an Sex mit »Spaß-Kondomen« hatte. Zum erstenmal überlegte sie, wie Murray wohl im Bett wäre. Er würde einen tollen Körper haben, dachte sie, breite Schultern, flacher Bauch. Sein Lächeln war selbstbewußt, leicht schurkisch, er könnte der Typ Mann sein, der eine Frau im Bett zum Lachen bringt, der spielerisch wäre, vielleicht sogar Experimente lieben würde oder fordernd wäre. Isobel linste auf das Paket Kondome: Es war die große Größe.

Leise schlich sie auf Strümpfen ins Schlafzimmer. Er hatte sein Bett nicht gemacht, die Bettdecke war in einladender Schlampigkeit zurückgeschlagen. Das abgelegte Hemd vom Vortag lag noch in der Ecke. Isobel öffnete den Kleiderschrank und schaute sich Murrays drei feierlich dunkle Anzüge und ein Sortiment Hemden an. An einer Stange hing ein halbes Dutzend recht ansprechender Seidenkrawatten. In der Schublade darunter waren Socken und Unterwäsche. Isobel registrierte, daß Murray Boxershorts und Socken bester Qualität trug.

Verträumt schloß sie die Schranktür und schaute noch einmal zu seinem Bett. Im Kissen war eine Delle, wo sein Kopf gelegen hatte. Ihr Roman lag aufgeschlagen mit den Seiten nach unten auf einem kleinen Nachtschränkchen neben dem Bett. Isobel zog die unterste Schublade auf und sah das schrillbunte Titelblatt eines Männermagazins: eine großbusige Frau lehnte sich vor, in ihren weißen Dessous sah sie wie eine Braut aus. Isobel betrachtete das Bild eine Weile und dachte an Zelda, die beim Aussteigen aus der Limousine ihre Brüste auch dem starren Auge der Kamera preisgegeben hatte, dachte an die Männerblicke, denen sich jede Frau aussetzt und die eine solche Freude und eine solche Bedrohung sein können. Sie schloß die Schublade und stand neben Murrays Bett.

Beinahe automatisch streckte sie die Hand nach der Bettdecke aus und hob sie hoch. Ein Hauch von Murrays Aftershave wehte zu ihr herüber. Isobel wandte den Kopf, als hörte sie jemanden ihren Namen rufen. Das Haus war völlig still. Ohne groß zu überlegen, zog Isobel die Bettdecke zurecht, raffte den Rock hoch und schlüpfte ins weiche Bett. Sie meinte, auf der Matratze noch eine Spur von Murrays Körperwärme zu fühlen. Sie legte den Kopf genau an die Stelle, wo sein Kopf das Kissen eingedellt hatte. Sie zog die Bettdecke bis unters Kinn und lag eine Weile wie verzaubert da, sog den leisen Duft seines Körpers ein, das erotische Aroma gesunder Männerhaut: die Essenz der Begierde. Dann schlief sie ein.

Isobel wachte auf und glaubte, die Haustür gehört zu haben. Sie schrak hoch. Sie sprang aus dem Bett, kaum daß sie die Augen aufgeschlagen hatte. Aber es war zu spät. Er war schon da. Das Geräusch war nicht die Haustür, sondern die Tür zum Schlafzimmer gewesen. Murray stand auf der Schwelle seines Schlafzimmers und betrachtete sie, wie sie aus seinem Bett sprang, das Haar zerzaust, den Rock noch halb in der Wärme seiner Bettdecke gefangen.

Auf seinem Gesicht spiegelte sich fassungsloses Staunen.
»Isobel?«
»Ich ...«, stammelte sie, aber sie hatte nichts zu sagen. Verzweifelt zupfte sie die Bettdecke zurecht, als machte sie nur sein Bett.

Er warf ihr einen langen, wortlosen Blick zu, wandte sich dann um und ging schnell die Treppe hinunter. Isobel stöhnte leise vor Entsetzen und Verlegenheit. Sie hörte, wie er in die Küche ging und Wasser aufsetzte. Langsam zog sie das Bett zurecht, als würde dadurch ihr Eindringen weniger furchtbar, als würde ihre Verfehlung abgemildert, wenn sie sein Schlafzimmer ordentlicher hinterließ, als sie es vorgefunden hatte.

Sie stellte sich vor seinen Spiegel und steckte sich das Haar fest. Es hatten sich einige Strähnen aus dem Knoten gelöst, während sie schlief. Sie strich sich den Rock glatt. Der Rollkragenpullover war in Ordnung, trotzdem war sie nicht mehr sie selbst. Sie wirkte nicht mehr ruhig und kühl, beherrscht und ein wenig unelegant, sondern erhitzt und aufgelöst. Sie sah sich nach ihren Schuhen um. Da fiel ihr ein, daß sie die unten abgestellt hatte. Murray mußte sie am Fuß der Treppe gesehen haben, als er zur Haustür hereinkam. Er mußte sie gesehen haben, die Stille im Haus bemerkt haben und zu dem Schluß gekommen sein, daß sie oben war. Er war die Treppe hinaufgegangen, hatte ins Badezimmer und ins Gästezimmer geschaut, dann die Schlafzimmertür geöffnet und sie dort gefunden. Er hatte sie in den verletzlichen Augenblicken des Tiefschlafs beobachtet und dann im plötzlichen Aufschrecken und in der Panik des Erwachens.

»O Gott!« flüsterte Isobel entsetzt.

Ihr fehlte der Mut, nach unten zu gehen und eine schlichte Entschuldigung auszusprechen. Sie wußte, je länger sie hier oben blieb, desto schlimmer wurde ihr Eindringen. Und es würde noch tausendmal schlimmer sein, wenn er noch einmal die Treppe hinaufkäme, um sie zu fragen, wann sie endlich unten wäre. Das könnte sie nicht ertragen. Isobel verbarg das Gesicht kurz in den Händen. Dann raffte sie all ihren Mut zusammen, richtete sich auf, schob sich eine widerspenstige Strähne aus dem Gesicht und lief auf Strümpfen die Treppe hinunter.

Ihre Schuhe waren nicht mehr da, wo sie sie hingestellt hatte. Isobel registrierte das nur als einen weiteren Posten auf der langen Liste von Katastrophen und betrat auf Strümpfen die Küche. Murray schenkte gerade zwei Henkelbecher Tee ein.

»Zucker?« fragte er höflich.

»Ja«, erwiderte Isobel. »Einen Löffel bitte.«

Er rührte ihr Zucker in den Tee und reichte ihr die Tasse. »Ich bin nur eben mal vorbeigekommen, um zu sehen, ob Sie auch alles haben, was sie brauchen«, sagte er im Konversationston. »Manchmal springt die Sicherung raus. Sie müssen also unbedingt immer alles speichern. Es wäre furchtbar, wenn sie was verlieren würden.«

»Ja«, antwortete Isobel. Sie überlegte, daß er vielleicht schon einen Blick in sein Büro geworfen und dort gesehen hatte, daß der Bildschirm völlig leer war.

»Ich muß heute nachmittag nach Fleet, die wollen ihre Pläne noch einmal ändern. Philip hat gemeint, er möchte mitkommen«, fuhr Murray fort.

»Gut«, erwiderte sie. Sie versteckte ihr Gesicht in der großen Henkeltasse.

»Keks?« fragte er. Er reichte ihr eine Packung mit Dinkelkeksen.

»Danke.«

Sie schwiegen einen Augenblick. Isobel zögerte, versuchte Worte zu finden, mit denen sie ihn fragen konnte, was er mit ihren Schuhen gemacht hatte. Gerade als sie eine beiläufige Frage formulieren wollte, trank Murray seine Tasse leer, wusch sie aus und stellte sie umgekehrt auf das Ablaufbrett. »Ich hole nur eben die Pläne aus dem Büro«, sagte er, als gäbe es nichts mehr zu besprechen.

Er ging an ihr vorbei, und Isobel hörte, wie er den Aktenschrank aufzog. Einen furchtbaren Augenblick lang fragte sie sich, ob er entdecken würde, daß sie nicht nur in seinem Haus herumgeschlichen war, sondern auch in seinen Akten herumgeschnüffelt hatte. Steif vor Verlegenheit saß sie auf dem Küchenschemel. Sie konnte sich nicht mehr erinnern, ob sie den Aktenschrank richtig zugemacht hatte. Sie hörte, wie er ihn schloß. Sie rannte auf den Flur, als er gerade mit einem Ordner in der Hand aus dem Büro kam.

»Und mit der Arbeit kommen Sie gut voran?« fragte er fröhlich.

»Ja«, antwortete Isobel. Er wußte doch genau, daß sie den ganzen Morgen in seinem Bett geschlafen hatte.

»Prima«, erwiderte er jovial. Er ging rasch zur Haustür, ein Mann, auf den seine Geschäfte warteten.

»Murray«, sagte Isobel hastig, als er die Tür öffnete. Er hielt auf der Schwelle inne und wandte sich zu ihr um, sein Gesicht leuchtete vor Interesse, die dunklen Augen strahlten.

»Was ist?« fragte er.

Isobel ging auf Zehenspitzen auf ihn zu und schaute ihm flehentlich ins Gesicht.

»Wo sind meine Schuhe?«

Langsam näherte sich sein Gesicht dem ihren, kam ganz nah. Sie fühlte seinen Atem auf den Lippen. Sein Gesicht kam noch näher. Isobel schloß die Augen, machte sich auf seine Berührung gefaßt, atmete seinen Duft ein. Er blieb nur einen Hauch von einem Kuß entfernt, seine Lippen berührten beinahe die ihren.

»Die habe ich genommen«, flüsterte er.

Dann machte er die Haustür zu und ließ sie allein im Flur stehen.

Isobel ging ins Arbeitszimmer zurück und hockte vor dem leeren Bildschirm. Sie starrte auf das Grau, unfähig zu irgendeinem Gedanken. Der Wortwechsel mit Murray war so bizarr, so unerwartet gewesen, daß es nichts zu analysieren gab. Es war, als habe sie alles geträumt oder als sei das alles einer anderen Person passiert. Isobel fand keinen Ansatz für eine Deutung.

Auf jeden Fall hatte Murray nun eine Meinung von ihr und eine Beziehung zu ihr, die sich ihrer Kontrolle entzog. Er hatte schon Zweifel an ihrem Hotelaufenthalt in London geäußert, er wußte, daß sie Philip hinterging, wenn ihm auch nicht bekannt war, was sie tat. Er hatte sich zum Komplizen dieses Betrugs gemacht. Seit jenem Augenblick hatte Isobel das unangenehme Gefühl gehabt, ein Geheimnis mit ihm zu teilen. Der heutige Vorfall, ihr langer, traumloser Schlaf im intimen Wohlbehagen seines Bettes, bei dem er sie ertappt hatte, der Diebstahl ihrer Schuhe – beim Gedanken an ihre Schuhe stöhnte Isobel leise auf und barg das Gesicht in den Händen.

Das Telefon klingelte. Isobel zögerte. Es klingelte noch einmal. Auf dem Display wurde ihre eigene Telefonnummer angezeigt. Sie nahm den Hörer ab.

»Hallo, Schatz«, sagte Philip fröhlich. »Tut mir leid, wenn ich dich störe. Ich wollte nur Bescheid sagen, daß die Arbeiter für heute Schluß gemacht haben. Du kannst wieder nach Hause kommen. Es ist ganz ruhig hier.«

»Ich komme sofort«, antwortete Isobel.

»Machst du Fortschritte?«

»Gar keine«, erwiderte sie.

»Oh, so ein Pech. Willst du morgen wieder da arbeiten?«

Isobel zögerte. »Hat Murray irgend etwas gesagt, daß ich wieder hierher kann?«

»Ich dachte, das wäre abgemacht. Augenblick, ich frage ihn schnell mal.«

»Ist er da?« fragte Isobel in plötzlicher Panik. »Nein, ist nicht nö ...«

Aber Philip hatte den Hörer bereits beiseite gelegt.

»Nicht!« schrie Isobel ins Telefon.

Er hörte sie nicht einmal. Irgendwo, ziemlich weit vom Telefon entfernt, redete er mit Murray: »Ich habe gerade Isobel am Apparat. Kann sie morgen wieder zu dir?«

Isobel vernahm Murrays selbstbewußte Antwort: »Klar. Sag ihr, sie soll sich nehmen, was sie braucht.«

Isobel fuhr zusammen.

Philip kam ans Telefon zurück. »Er sagt, das geht.«

»Danke«, erwiderte Isobel benommen. »Sag ihm vielen Dank. Ich komme jetzt nach Hause.«

Sie schaltete den Computer ab, schob den Stuhl an den Schreibtisch und verließ das Büro. Sie warf noch einen Blick auf die Treppe, schaute nach, ob ihre Schuhe vielleicht doch wieder aufgetaucht waren. Sie standen nicht da. Sie blickte sich rasch im Flur und im kleinen Garderobenzimmer um, falls Murray sie übereifrig weggeräumt hatte. Keine Spur. Sie brachte nicht den Mut auf, noch einmal nach oben zu gehen und dort nachzusehen. Aber Murray konnte die Schuhe unmöglich nach oben gebracht haben. Nachdem er Isobel in seinem Bett gefunden hatte, war er in die Küche und ins Büro gegangen und hatte dann das Haus verlassen. Vielleicht waren sie im Auto, mit dem er und Philip nach Fleet fahren würden. Entsetzt hielt sich Isobel die Hand vor den Mund. Warum sollte Murray mit ihren Schuhen durch die Gegend fahren?

Isobel machte die Tür auf und stand auf Strümpfen da. Murrays Einfahrt war mit spitzen Steinchen bestreut. Sie überlegte kurz, ob sie noch einmal ins Haus gehen und sich ein Paar Gummistiefel leihen sollte. Sie seufzte. Wenn sie in Murrays Stiefeln zu Hause ankam, würde das noch merkwürdiger aussehen, als wenn sie barfuß dort eintraf. Und sie wollte auch nicht, daß Murray sah, daß sie sich weitere Freiheiten mit seinem Eigentum erlaubt hatte.

Sie schloß die Tür hinter sich und ging vorsichtig über den Kies, der ihr in die Fußsohlen piekte und unter ihren Füßen knirschte. Isobel stieg ins Auto und wischte die feuchten Füße am Teppich ab. Sie ließ den Motor an. Es war ein seltsames Gefühl, ohne Schuhe zu fahren, sie schien den Wagen kaum unter Kontrolle zu haben. Im Schneckentempo fuhr sie nach Hause, weil sie sich sicher war, daß sie im Notfall nicht fest auf die Bremse treten konnte.

Aber selbst in dieser unangenehmen Situation, in dieser peinlichen Verwirrung stieg kein Unmut gegen Murray in ihr auf. Es war, als hätte er sie durch den Raub der Schuhe irgendwie verzaubert, als sei eine magische Strafe über sie verhängt worden, die er ihr sicherlich nicht erlassen würde. Bilder huschten ihr durch den Kopf: barfüßige Frauen aus der Mythologie; Aschenputtel, die ihren Schuh auf der Treppe zurückließ, mit dessen Hilfe der Prinz sie finden konnte. Oder schlimmer: die roten Schuhe, in denen sich das eitle Mädchen zu Tode tanzen mußte. Schuhe waren offensichtlich ein uraltes, mythisches Symbol. Isobel stöhnte leise. All das half gar nichts. Selbst nach einer Analyse von Murrays symbolischer Handlung verstand sie ihn noch genausowenig wie seine Motive.

Isobel parkte den Wagen vor dem Haus und setzte ihre schuhlosen Füße zögernd auf den nassen, schlammigen Boden. Vorsichtig ging sie zum Haus und fühlte die eiskalte Türschwelle unter den Sohlen. Sie öffnete die Haustür. Die stachelige Fußmatte kitzelte ihre Füße, dann spürte sie die kühle Glätte des Parkettbodens. Isobel wähnte sich bereits in Sicherheit und wollte schnell zur Treppe huschen, als Murray und Philip aus der Küche auftauchten, beide in Regenjacken.

»Schon zurück? Wir fahren gerade zu den Leuten nach Fleet«, sagte Philip. »Wo sind denn deine Schuhe?«

Isobel errötete tief und wand sich vor Verlegenheit. Sie konnte Murray nicht ansehen, auch Philips überraschtem Blick nicht standhalten.

»Absatz abgebrochen«, stammelte sie. »Ich hab sie weggeworfen.«

»Und bist auf Strümpfen nach Hause gekommen?«

»Ja.«

»Aber die waren doch neu? Du hättest sie ins Geschäft zurückbringen sollen.«

»Daran habe ich nicht gedacht.«

Philip sah aus, als hätte er noch einiges mehr zu Isobels völlig irrationalem Verhalten zu sagen. Er warf Murray einen Blick zu. Der schaute unverwandt auf Isobels gesenkten Kopf und betrachtete ihre hochroten Ohren.

»Wirklich seltsam, dein Verhalten«, sagte Philip sanft.

»Ich habe über meinen Text nachgedacht«, erwiderte Isobel lahm.

Philip stürzte sich erleichtert auf diese Erklärung. »Unser kleines Genie, was?« meinte er und schaute Murray erwartungsvoll an. Murray stimmte ihm nicht zu, wandte seinen feierlichen, fragenden Blick nicht von Isobels peinlicher Verlegenheit.

»Na, dann wollen wir mal gehen«, meinte Philip fröhlich. »In ein paar Stunden bin ich wieder da. Und du solltest dir ein Paar trockene Strümpfe anziehen.«

»Mach ich«, antwortete Isobel leise.

Philip ging voran, und Murray riß sich vom Anblick von Isobels schamroten Ohren los und folgte ihm. Die Haustür fiel zu. Isobel stand wie versteinert da, einen kalten Fuß auf der untersten Stufe, eine Hand am Treppengeländer, bis sie den Wagen losfahren hörte und sicher war, daß die beiden weg waren. Erst dann sackte sie auf der untersten Treppenstufe zusammen und streifte sich in Panik die Strumpfhose mit den durchnäßten Füßen vom Leib, als müsse sie die schrecklichen Indizien sofort vernichten.

Am nächsten Morgen frühstückten Isobel und Philip gerade, als Troy anrief. »Du hast ja ewig nichts von dir hören lassen«, meinte er. »Ich habe dich in Ruhe gelassen, weil ich mir gedacht habe, du schreibst vielleicht.«

»Stimmt«, log Isobel. »Aber wir haben Bauarbeiter im Haus, und ich mußte mit meinem Arbeitszimmer umziehen, war also ein bißchen abgelenkt.«

Troy merkte sofort, daß sie sehr vorsichtig formulierte. »Du bist nicht allein, stimmt's?«

»Ja.«

»Kannst du reden?«

»Eigentlich nicht«, antwortete Isobel leichthin.

»Soll ich später noch einmal anrufen?«

»Einen Augenblick, ich schau mal nach«, schwindelte Isobel. Sie stellte das Gespräch in ihr Arbeitszimmer durch und schnitt eine Grimasse in Richtung Philip. »Ich muß was nachsehen. Dauert nur einen Moment.«

Sie ging rasch ins Arbeitszimmer und nahm den Hörer ab. »Jetzt kann ich reden, aber nicht lange.«

»Möchtest du mich später zurückrufen?«

»Ja, das wäre besser.«

»Ich muß mit dir über den neuen Zelda-Vere-Roman reden.« Troy machte eine Pause. Isobel wartete. »Und über uns.«

Isobel überkam ein merkwürdiges Gefühl, nicht etwa Verlangen, eher Angst. »Ich rufe später zurück«, sagte sie rasch. Sie wollte dieses Telefongespräch aufschieben, bis sie besser vorbereitet war. Aus irgendeinem Grund war ihr dringender Wunsch, sich mit Troy zu treffen, mit ihm zusammenzusein, völlig verebbt. Sie wußte nicht, wie sie diese Veränderung in Worte fassen sollte. Sie verstand sie ja nicht einmal selber.

»Noch am Vormittag?« fragte er.

»Ja!« antwortete sie gereizt. »Hab ich doch gesagt.« Sie legte auf und ging in die Küche zurück.

Noch vor ein paar Wochen hätte Philip wissen wollen, wer am Telefon war und was er gewollt hatte. Er hätte bissige Kommentare über Anrufe zu so früher Stunde abgegeben oder bemäkelt, daß überhaupt jemand bei Isobel anrief. Wenn Journalisten sie um ein Interview gebeten oder Verlage sie auf ein Literaturfestival oder eine Lesung eingeladen hätten, hätte er sich bitter beklagt, daß man ihr keine Ruhe zum Schreiben ließ. Wenn ein Freund oder Kollege von einem solchen Ereignis berichtet hätte, so hätte er sich beschwert, daß man Isobel wohl gar nicht mehr zu derlei Veranstaltungen einlud. Jetzt schaute er nicht einmal auf, als sie in die Küche zurückkam, trank nur seine Teetasse leer und meinte: »Ich muß dich jetzt leider verlassen, Schatz. Murray möchte, daß ich heute morgen bei neuen Kunden vorbeigehe, Lord und Lady Delby, Hochwohlgeboren. Sie überlegen, ob sie ihren alten Pool im Garten renovieren sollen. Murray hofft, daß er sie dazu überreden kann, den Pool zu überdachen.«

»Brauchst du das Auto?«

»Ja. Ich nehme dich zu Murray mit.«

Isobel zögerte. »Wenn du ganz sicher bist, daß er nichts dagegen hat.«

»Natürlich nicht«, antwortete er schlicht. Er stand auf und band sich problemlos die Schnürsenkel. »Er hat doch den Vorschlag gemacht, oder nicht?«

»Hat er gestern irgendwas gesagt?«

»Nein. Wieso?«

»Ich habe überhaupt nichts geschafft gestern«, gestand Isobel. »Als er nach Hause kam, um die Unterlagen zu holen, hat er wohl gesehen, daß der Bildschirm völlig leer war. Ich habe den ganzen Morgen kein Wort geschrieben.«

»Na, er ist doch nicht dein Chef«, meinte Philip. »Ich denke nicht, daß er es überhaupt gemerkt hat.«

Isobel zögerte. Endlich begriff Philip, daß sich in ihr irgend etwas gegen Murrays Haus sträubte. Er schaute sie an und lachte. »Sei doch nicht albern«, sagte er forsch. »Murray ist ganz unkompliziert, er hat keine Ahnung, wie Schriftsteller arbeiten. Er hat dir sein Büro angeboten. Dem ist doch egal, ob du einen großartigen Roman verfaßt oder den ganzen Tag Moorhühner jagst. Was geht ihn das an?«

Isobel ging langsam ihren Mantel holen. Heute trug sie für ihre Arbeit in Murrays Haus einen langen, dunkelblauen Rock, einen eleganten farblich passenden Pullover, marineblaue Stumpfhosen und marineblaue Pumps mit ziemlich hohen Absätzen.

»Schick siehst du aus«, kommentierte Philip, als sie die Treppe herunterkam. »Hast dich fein gemacht.«

»Ach, weißt du ...«, antwortete Isobel.

Sie gingen zum Wagen, und Isobel steuerte automatisch auf die Fahrerseite zu.

»Ich kann fahren«, sagte Philip.

Isobel machte kehrt. »Es geht dir wirklich viel besser. Das habe ich schon gemerkt, als du dir so problemlos die Schuhe zugebunden hast.«

Er hielt ihr mit einer höflichen Geste die Wagentür auf. »Ich weiß«, meinte er. »Wunderbar, nicht?«

Kapitel 28

Wieder saß Isobel auf Murrays Bürostuhl und warf verstohlene Blicke auf die Papiere auf dem Schreibtisch, auf die verdorrte Zimmerpflanze mit den rosa Blättern auf der Fensterbank, auf die Kugelschreiber neben dem Telefon.

Sie zwang sich zur Konzentration, schaltete den Computer ein und tippte entschlossen den neuen Titel des zweiten Zelda-Vere-Romans oben auf die Seite: *Der Geist der Liebe*. Sie mußte mindestens zehn Seiten schreiben, um ein Kapitel von annehmbarer Länge zu bekommen, und sie hatte drei Kapitel abzuliefern. Sie beschloß, einfach ganz von vorne anzufangen.

Das Licht sickerte durch die schlichten Musselinvorhänge – nein – Das glühendheiße Licht des Sommers sickerte durch die schlichten Musselinvorhänge, und die Helligkeit weckte das Kind, das dort in seinem Bettchen – nein, in seinem geschnitzten Bettchen schlummerte. Francine Chavier schlug die Augen – die kornblumenblauen Augen auf. Ein wunderbarer neuer Tag erwartete sie in ihrem Zuhause, einem Bauernhof in der Provence. Schon konnte sie das Murmeln von Stimmen und das Summen des Kessels in der Lavendeldestillerie hören. Der vertraute herrliche Duft des Lavendelöls wehte durch das Fenster herein. Francine atmete den Wohlgeruch ein, ohne ihm viel Aufmerksamkeit zu schenken, schlug ihre Bettdecke – nein, ihre blütenreinen, frischen Laken – zurück und trat mit nackten Füßen auf die Holzdielen.

Isobel nickte zufrieden. Freundlich klapperten die Tasten unter ihren Fingern. Sie mochte das Klick-Klack der Tastatur, das den Fortschritt der Arbeit verkündete. Sie mochte die schnellen, unbeobachteten Bewegungen ihrer Finger. Auf beharrliches Drängen ihres Vaters hatte sie gelernt, blind Schreibmaschine zu schreiben. Er hatte Zweifel gehegt, daß sie sich ihren Lebensunterhalt als Akademikerin verdienen könnte, und sie hatte während der meisten Semesterferien aushilfsweise als Sekretärin gearbeitet. Die sicheren Bewegungen ihrer Finger auf der Tastatur schenkten ihr das sinnliche Vergnügen, das eine Malerin beim Auftragen der Farben verspürt.

Sie schrieb weiter, folgte dem Weg des Kindes Francine durch die Lavendelfelder hinunter ins Dorf, wo sie zur Schule ging. Am Eingang zum Schulhof traf sie Freunde, darunter Jean-Pierre, den Jungen, dessen Eltern die Lavendelfelder auf der anderen Seite des Dorfes besaßen. Der kleine Junge liebte sie, seit sie zum erstenmal Seite an Seite in die Schule getrottet waren.

Isobel nickte. Es bestand keine Notwendigkeit, sich länger mit der Kindheit der beiden aufzuhalten, außerdem mußte sie erst auf einer Landkarte und in einem Reiseführer der Gegend nachsehen, ehe sie viel mehr schreiben konnte. Sie machte mit der Jugendzeit der beiden im Dorf weiter. Die jungen Leute lehnten an einem Gartentor und schauten verträumt in den aufgehenden Mond. Jetzt war die Zeit gekommen, da Francine ihre ehrgeizigen Pläne formulierte und Jean-Pierre erwiderte, er wolle nur, daß sie ihn liebte.

Isobel schob den Stuhl ein wenig vom Schreibtisch zurück und lockerte ihre Schultern. Rücken und Hals waren von der gebeugten Haltung angespannt. Ihr wurde klar, daß einfache Liebeserklärungen sie nicht mehr interessierten. Weitaus mehr faszinierte sie nun das Geheimnisvolle, das Uneindeutige.

Sie ging in die Küche, um sich eine Tasse Kaffee zu machen. Murrays Frühstücksgeschirr stand noch auf dem Küchentisch. Er hatte Porridge gegessen, sich Kaffee gekocht. Er war also immer noch verrückt nach Monsooned Malabar. Es war noch Kaffee in der Kanne. Isobel nahm eine Tasse vom Regal und bediente sich. Die Milch war ihm ausgegangen, und Isobel trank den Kaffee schwarz.

Sie lehnte an Murrays Arbeitsplatte und erwägte ganz gelassen die Möglichkeit, die in der Literatur der Gattung Zelda Vere so beliebt war – daß man jemanden aus tiefster Seele begehrte, ohne es zu wissen. Im wirklichen Leben konnte doch niemand auf diese Art geliebt werden oder unbewußt solche Begierde verspüren und nichts davon wissen? Sie zuckte die Achseln. Das war sicher nur ein Trick dieses Genres. Sie brauchte sich damit nicht auseinanderzusetzen, sie mußte es nur benutzen. Sie trug den Kaffee ins Arbeitszimmer und rief Troy an.

»Hallo«, sagte er in neutralem Ton.

»Tut mir leid«, meinte Isobel schnell. »Wegen heute morgen. Ich wollte nicht so kurz angebunden sein. Es war alles ein bißchen schwierig.«

»Was ist denn los?« fragte Troy. »Ist es wegen Philip?«

»Nein. Philip geht es gut. So gut wie nie. Außerordentlich gut sogar.«

»Macht euch der Swimmingpool-Mensch Probleme?«

»O Gott. Ich meine, nein. Er ist ...« Isobel legte eine Pause ein. Es fiel ihr kein Wort ein, mit dem sie Murray hätte beschreiben können. »Die Bauarbeiten haben angefangen«, erklärte sie. »Es ist furchtbar laut. Ich habe mir im Dorf ein Zimmer geliehen, damit ich nicht zu Hause arbeiten muß.«

»Bei wem?« wollte Troy wissen.

»Bei einer Freundin«, log Isobel. »Die Kinder sind alle aus dem Haus, und sie hat ein Gästezimmer. Das kann ich benutzen. Sie ist den ganzen Tag weg, ich störe also nicht.« Isobel hörte erschreckt, wie glatt ihr die Lügen von den Lippen gingen. Sie war entsetzt, daß sie Troy belügen konnte. Irgendwie schien ihr das schlimmer, als Philip zu belügen. Aber sie war auch entsetzt, daß sie ihn belügen mußte. Sie konnte sich nicht erklären, warum sie ihm nicht erzählen wollte, daß sie sich in Murrays Haus aufhielt. Sie war entschlossen, nicht darüber nachzudenken.

»Und? Wie geht es dir? Was macht die Arbeit?«

»Ich war ein bißchen ins Stocken gekommen, aber jetzt lege ich richtig los. Ich schreibe heute ein Kapitel und morgen und übermorgen die beiden anderen. Mitte nächster Woche hast du sie.«

»Gut. Ich habe mich mit David Quarles getroffen. Er ist ganz scharf auf ein neues Buch. Ich habe ihm in groben Zügen erklärt, was du schreiben wirst, und er meinte, genau das hätte er sich erhofft.«

»Habt ihr über Geld geredet?«

»Wir haben drumherum geredet«, sagte Troy. »Ich glaube, er wird so etwa 250 000 Pfund bieten.«

»Oh«, meinte Isobel. Es war absurd, aber sie war enttäuscht. Vor wenigen Monaten wäre diese Summe ein Vermögen gewesen, das ihre kühnsten Hoffnungen übertraf. Aber jetzt sah sie nur, daß es 100 000 Pfund weniger als für ihren ersten Roman waren.

»Ich hatte nicht erwartet, daß sie so viel zahlen würden wie für den ersten Roman. Vergiß nicht, das war eine Auktion, die anderen haben den Preis in die Höhe getrieben. Mit dem ersten Buch kommen sie erst in die Gewinnzone, wenn sie es nächstes Jahr als Taschenbuch rausbringen. Und dann verdienen sie vielleicht auch erst in fünf, sechs Jahren etwas daran.«

»Sollen wir das zweite Buch dann nicht lieber auf nächstes Jahr verschieben?«

»Das mußt du entscheiden«, meinte Troy. »Ich denke, du bist jetzt am Ball, und das sollten wir ausnutzen.«

»Ja«, antwortete Isobel. »Und 250 000 Pfund sind ein Haufen Geld.«

»Stimmt«, sagte Troy.

Sie schwiegen. »Ich schicke dir die Kapitel, wenn sie fertig sind«, sagte Isobel verlegen.

»Du könntest sie bringen«, erwiderte Troy, und seine Stimme war so neutral wie ihre. »Und über Nacht bleiben.«

Isobel rutschte auf Murrays gepolstertem Bürostuhl unruhig hin und her. Aus irgendeinem Grund fühlte sie sich gar nicht wohl dabei, an Murrays Telefon, in Murrays Büro mit Troy zu sprechen.

»Das kann ich jetzt noch nicht sagen«, antwortete sie unentschlossen.

Er schwieg. »Isobel, sag mir, was los ist«, beharrte Troy. »Ich habe das Gefühl, es stimmt etwas nicht, und du tust mir keinen Gefallen, wenn du es mir verheimlichst.«

»Es ist nichts«, erwiderte Isobel rasch.

»Du bist mir keine Erklärung schuldig«, sagte er mit gepreßter Stimme. »Sag einfach, daß du keine Lust hast, herzukommen und hier zu übernachten. Sag einfach, daß du nie wieder Zelda sein willst. Sag es mir einfach, wenn du ihren Roman nicht schreiben magst. Das ist mir piepegal. Ich habe andere Autoren. Ich verhungere nicht.«

»Darum geht es nicht«, sagte sie. »Ich möchte Zelda sein, und ich möchte das Buch schreiben. Ich möchte dich wiedersehen. Aber alles hier ist im Augenblick so seltsam.«

»In welcher Beziehung?« wollte er wissen.

»Es geht Philip viel besser, und Murray und er sind richtig gute Freunde ...«

»Du fühlst dich ausgeschlossen?«

»Nein! Das ist es nicht. Philip will wieder arbeiten, freiberuflich.«

»Das ist doch gut, oder nicht?«

»Ja.«

Sie schwiegen wieder.

»Ich begreife nicht, was das Problem ist«, sagte Troy geduldig, »wenn es Philip bessergeht und alles wunderbar läuft.«

»Da gibt's kein Problem«, erwiderte Isobel. »Es ist nur alles anders.«

»Weil Philip kein bemitleidenswerter Kranker mehr ist?«

»Ja«, antwortete sie und klammerte sich an diese Erklärung. »Weil er wieder ist wie früher.«

Troy überlegte in seinem Londoner Büro blitzschnell, was das bedeuten könnte. »Du willst sagen, ihr hattet wieder Sex?«

Isobel wurde plötzlich klar, daß das Wiederaufleben ihres Liebeslebens mit Philip verglichen mit Murrays Diebstahl ihrer Schuhe zu Nichts verblaßte. Diese Erkenntnis ließ sie entsetzt zusammenfahren.

»Du willst wahrscheinlich wieder mit ihm zusammensein«, meinte Troy mit tonloser Stimme.

»Ja«, antwortete Isobel zögerlich und überlegte, wie unmöglich es ihr war, sich auf irgend etwas anderes als das Geheimnis der verschwundenen Schuhe zu konzentrieren. »Ich glaube schon.«

Troy schluckte einen Augenblick. »Das ist in Ordnung«, sagte er großzügig. »Ich habe dir doch gesagt, keine Verpflichtungen. Es darf dir nicht unangenehm sein oder so was. Wir hatten eine tolle, unerwartet tolle Zeit miteinander, und vielleicht kommt so was ja mal wieder, vielleicht auch nicht. Aber wir sind erwachsene Menschen, Isobel. Wir haben uns nichts versprochen. Es hat nie einen Vertrag gegeben.«

»Ja«, meinte Isobel leise. »Wenn ich bei dir den Eindruck erweckt habe ...«

»Wir haben beide den Eindruck von zwei Leuten erweckt, die sich ziemlich außergewöhnlich benehmen«, sagte Troy sanft. »Du hast keine Versprechungen gemacht, Isobel. Und ich beklage mich nicht.«

Troy holte tief Luft und wechselte das Thema, um die Situation wieder in den Griff zu bekommen. »Also. Eins nach dem anderen. Du schreibst die Kapitel zu Ende, machst die Arbeit, das ist das wichtigste. Geschäftliches geht vor. Dann schickst du mir die Kapitel entweder oder du bringst sie persönlich, das ist mir gleich, was immer am praktischsten ist. Ich gehe damit zu David und handle für dich den bestmöglichen Vertrag aus. Und dann schauen wir mal, wie es damit läuft. Das dauert ungefähr einen Monat, okay? Ende März wissen wir mehr.«

»Es geht nicht eigentlich um Philip«, gestand Isobel.

»Was?«

Isobel überlegte, ob sie Troy von ihren verschwundenen Schuhen erzählen sollte, von Murrays sanftem Atem auf ihrem Gesicht, von seinem Mund, der ihrem so nah gewesen war, daß sie dachte, er würde sie küssen.

»Worum denn?« fragte Troy.

»Ach, nichts. Ende März, hast du gesagt?«

»Ja.«

»Dann ist der Pool so gut wie fertig«, sagte Isobel ohne jeden Zusammenhang. »Ich bin wieder in meinem eigenen Arbeitszimmer. Die Bauarbeiter sind weg.«

Troy zögerte. »Ich richte es ein, daß du dann das restliche Geld für den Pool bekommst«, versprach er, weil er meinte, daß es ihr darum ging.

»Ja«, antwortete sie. »Danke.«

Isobel schrieb das erste Kapitel des neuen Zelda-Vere-Romans fertig. Und tippte schon die ersten drei Absätze von Kapitel zwei. Dann stand sie vom Schreibtisch auf und ging in Murrays Küche. Sie saß an seinem Frühstückstisch, die Porridgeschüssel vor sich, die leere Kaffeetasse zu ihrer Rechten. Das Buch, das sie ihm geliehen hatte, lag aufgeschlagen auf dem Tisch: Trevelyans *Sozialgeschichte Englands*. Er war bis Seite zehn gekommen. Als Lesezeichen hatte er einen Brief mit dem Briefkopf »Sunshine Pools USA« verwendet, der ihm mitteilte, daß ein Großhändler für Swimmingpool-Zubehör in Los Angeles sein Unternehmen verkaufen wollte, entweder als Ganzes veräußern oder Ausstellungsraum, Büros und Waren getrennt. »Eine einmalige Chance für Leute mit Initiative«, stand da.

Das Telefon klingelte. Isobel schrak zusammen, als hätte man sie bei etwas Ungehörigem ertappt. Sie ging rasch ins

Arbeitszimmer und meldete sich unsicher, las auf dem Display eine Nummer, die sie nicht kannte. Es war kein Anruf für Murray, sondern Murray selbst.

»Tut mir leid, daß ich Sie störe, Isobel, aber Philip hat mich gebeten, bei Ihnen anzurufen und Sie zu fragen, ob ich Sie zum Mittagessen abholen soll? Er bleibt bei den Delbys, aber ich komme in etwa zwei Minuten vorbei.«

»Danke«, sagte Isobel. »Ja, ich würde gerne nach Hause fahren. Für heute bin ich mit dem Schreiben fertig.«

»Ich dachte, ich warne Sie besser vor, daß ich gleich vorbeikomme«, meinte er.

»Danke«, erwiderte Isobel bemüht kühl.

»Gern geschehen. Bis in zehn Minuten dann«, antwortete er höflich und legte auf.

Isobel speicherte ihre Arbeit ab und kopierte die Kapitel auf Diskette, damit Murray nicht so hinter ihr her spionieren konnte wie sie hinter ihm. Einige Augenblicke saß sie noch auf Murrays Bürostuhl. Dann überlegte sie sich, daß sie besser vor der Tür auf ihn warten sollte, damit sie nicht zusammen im Haus allein waren, was nach dem gestrigen Vorfall ungeheuer peinlich gewesen wäre. Kurz darauf hielt sein Wagen vor dem Haus. Isobel ging mit ihren hochhackigen Schuhen über den Kies auf die Beifahrertür zu und stieg ein. Murray warf ihr ein freundliches, neutrales Lächeln zu.

»Wie geht es bei den Delbys?« erkundigte sich Isobel rasch, um jegliches vertrautere Gespräch zu vermeiden.

»Wunderbar«, meinte er und wendete. »Philip spricht mit ihnen gerade die Farben durch. Sie wollen eine Art Wintergarten über dem Pool haben, und der Pool wird völlig modernisiert. Kann man es fassen? Ein Riesenprojekt!«

»Gut gemacht«, lobte Isobel.

»Vieles haben wir Philip zu verdanken«, erklärte Murray. »Es ist ein ziemlich alter Pool. Sie wollten ihn neu auskleiden lassen und ein bißchen modernes Zubehör kaufen. Dann hat Philip seine ganze Arie ...«

»Seine ganze was?«

»Arie.« Murray sah ihr verständnisloses Gesicht. »Äh. Arie. Gespräch. Er hat sich total für das Projekt begeistert und ihnen gesagt, sie hätten da ein echtes Juwel, und es wäre Vandalismus, das einfach umzubauen, man müßte es liebevoll modernisieren und renovieren.«

»Wie alt ist denn der Pool?«

»Von 1930 und potthäßlich«, sagte er knapp. »Sie hatten sich zuerst die billigsten Angebote angesehen, die sie finden konnten. Wir waren die dritte Firma, die einen Kostenvoranschlag gemacht hat, und jetzt glauben sie, daß sie ein historisches Bauwerk erhalten. Philip hat ihnen eine doppelseitige Reportage in *Country Life* versprochen. Er hat ihnen gesagt, es sei ein wunderbares Beispiel für Art Deco.«

»Und stimmt das?« fragte Isobel amüsiert.

»Nö«, erwiderte Murray ruhig. Er zog ein Päckchen Zigaretten aus der Tasche, hob es zum Mund und angelte mit den Lippen eine Zigarette heraus. Er hielt den glühenden Zigarettenanzünder des Autos daran und fragte dann plötzlich: »Entschuldigung, es macht Ihnen doch nichts aus?«

»Nein, gar nicht«, log Isobel. »Ich hatte keine Ahnung, daß Philip etwas von Art Deco und Pools versteht.«

Murray grinste sie an. »Keine Spur«, meinte er. »Nun, jedenfalls bis jetzt nicht. Ich habe ihm auf dem Weg dorthin die notwendigen Dinge eingetrichtert.«

»Wenn Sie derjenige sind, der diese Dinge weiß, warum haben Sie dann nicht das Reden übernommen?«

Murray bremste ein wenig und bog in die enge Einfahrt zu Isobels Haus ein. »Ich habe es Ihnen doch schon gesagt«, erinnerte er sie. »Weil er Klasse hat. Wenn ich über Art-Deco-Pools und über behutsame Modernisierung rede, halten sie mich für einen Gauner. Philip wirkt wie ein Gentleman. Sie sind begeistert von ihm. Sie laden ihn wahrscheinlich zum Mittagessen ein.«

Isobel merkte, wie sie bei dem Gedanken, mit Murray allein

Mittag zu essen, in Panik geriet. »Sicher nicht! Die würden doch nicht den Swimmingpool-Mann zum Mittagessen einladen, oder?«

Murray warf ihr einen belustigten Blick zu. »Sie haben das doch auch getan«, betonte er.

»So habe ich das nicht gemeint ...« Isobel unterbrach sich verwirrt. »Ich meine, Leute wie die ... ich habe nicht gemeint, daß die Swimmingpool-Leute ...«

»Ich weiß genau, was Sie meinen«, sagte Murray fröhlich.

Sie fuhren vor Isobels Haus vor. Isobel stieg aus, stand aber noch zögernd an der geöffneten Wagentür, denn Murray ließ den Motor weiterlaufen.

»Kommen Sie nicht mit rein?« fragte sie und fürchtete, er würde ja sagen.

Er grinste sie an, als hätte er sie ertappt. »Sie laden den Pool-Mann zum Mittagessen ein?« Als Isobel nichts erwiderte, schüttelte er nur den Kopf. »Geht nicht. Ich muß weg und Papierkram erledigen. Wollen Sie das Büro morgen wieder benutzen?«

»Wenn ich darf«, antwortete Isobel.

»Prima«, erwiderte er. Er wartete, daß sie die Tür zuschlug. Sie zögerte einen Augenblick. Der Augenblick zog sich in die Länge. Murray schaute sie an – in ihrem marineblauen Rock und dem passenden Pullover, mit ihren marineblauen hochhackigen Schuhen. Isobel hielt seinem Blick stand. Dann schloß sie die Beifahrertür, während er ihr zuwinkte und losfuhr.

Kapitel 29

Isobel schrieb das dritte Probekapitel von *Der Geist der Liebe* zu Ende – inzwischen hatte sie das Buch in *Kuß des Todes* umbenannt –, und schickte es wie versprochen per E-Mail an Troy. Den größten Teil der Woche hatte sie in Murrays Büro diszipliniert jeden Morgen drei Stunden gearbeitet. Danach war sie für den Rest des Tages zu Hause. Nach oben ging sie in Murrays Haus nie wieder. Sie hatte die abergläubische Vorstellung, daß dort irgend etwas auf sie wartete, eine Art Geschenk, eine Einladung, eine Belohnung oder eine Falle. Irgend etwas wäre so eingerichtet, daß sie Spuren hinterlassen mußte, wenn sie auch nur einen Fuß auf die Treppe zu Murrays Schlafzimmer setzte. Und sie wollte sich von Murray nicht belohnen, einladen oder in die Falle locken lassen.

Von Troy hörte sie nichts, nur eine kurze Bestätigung, daß die E-Mail angekommen war. Mitten in der zweiten Woche, als sie mit Philip zu Abend aß, sagte der plötzlich: »Murray hat mir heute seine Rechnung für die erste Hälfte der Bauarbeiten gegeben. Kannst du ihm einen Scheck ausstellen?«

»Wieviel?« fragte sie.

»19 000 Pfund«, antwortete er.

»Da muß ich erst Geld vom Sparkonto überweisen«, sagte sie. »Es dauert ein paar Tage.«

»Wieviel Geld haben wir im Augenblick?«

Das war eine so ungewöhnliche Frage aus Philips Mund, daß Isobel keine Antwort parat hatte. »Ich weiß nicht, ich müßte auf den Kontoauszügen nachsehen.«

»Hast du die hier? Könnte ich sie mir ansehen?«

»Sie sind beim Steuerberater«, erwiderte sie rasch. »Ich habe sie erst neulich hingeschickt.«

»Und du weißt nicht, wieviel du auf dem Sparkonto hast?« fragte er kritisch.

Isobel brachte ein Lächeln zustande. »Ich bin mir nur sicher, daß es reicht. Weshalb willst du das denn wissen?«

»Wegen der Schätzung des Unternehmens. Ich habe jemanden engagiert, der die Bücher prüft, und Ende der Woche haben wir die Zahlen. Ich möchte mich so bald wie möglich einkaufen. Im Augenblick ändert sich die Lage beinahe täglich. Die Geschäfte laufen blendend. Wir sollten so schnell wie möglich einsteigen, ehe er ein Riesenprojekt an Land zieht und der Wert des Unternehmens weit über unsere Verhältnisse steigt.«

»Ja«, meinte Isobel zögerlich. »Hast du eine Vorstellung, wieviel es im Augenblick wert ist?«

»Die genauen Zahlen kriege ich erst am Ende der Woche. Aber ich schätze die Firma auf 500 000 bis 600 000 Pfund.«

Isobel hielt die Luft an. »Murray?«

Philip lachte ihr ins erstaunte Gesicht. »Der Vertrag mit den Delbys allein ist 200 000 Pfund wert«, sagte er. »Das Haus gehört der Firma, ist Teil des Betriebsvermögens. Von dem Pool in Fleet weiß ich, daß er 60 000 Pfund bringt, und dann ist da noch der in Valley Farm. Ein Paar andere sind im Gespräch, die habe ich noch nicht gesehen, und zwei weitere Aufträge sind schon ziemlich sicher im Kasten. Das läppert sich schnell zusammen.«

»Wieviel müssen wir aufbringen, um uns einzukaufen?« fragte Isobel.

»Ich würde gerne die Hälfte übernehmen«, sagte Philip. »Wenn wir uns dann einmal nicht einig sind, zum Beispiel wenn wir das Geschäft aufgeben wollen, wissen wir, daß er mich nicht überstimmen kann. Ich möchte nicht als Angestellter bei ihm arbeiten, so sehr ich den Mann mag. Ich möchte, daß mir die Firma mindestens zur Hälfte gehört.«

»Aber ihr seid euch doch einig gewesen, daß du nicht Vollzeit arbeiten solltest«, wandte Isobel ein.

»Wir zahlen uns einen Stundensatz«, erklärte Philip. »Wir teilen uns den Gewinn und entnehmen ihn je nach gemeinsamer Vereinbarung. Das scheint mir fair.«

Isobel nickte.

»Wieviel haben wir also an Ersparnissen und anderen Geldanlagen?« fragte Philip noch einmal. »Das sollten wir flüssigmachen.«

»Da müßte ich nachsehen«, sagte Isobel.

»Nun, das Haus ist ungefähr 500 000 Pfund wert, und dann müßten wir noch Aktien und Anleihen und Ersparnisse von noch einmal um die 100 000 Pfund haben, stimmt's?«

»Ja. So ungefähr«, antwortete Isobel so leichthin wie möglich. »Aber wir wollten doch keine Hypothek auf das Haus aufnehmen, oder?«

Philip zuckte die Achseln. »Damit tauschen wir nur einen Vermögenswert gegen einen anderen ein. Ich hätte überhaupt keine Bedenken, eine Hypothek auf das Haus aufzunehmen, um mich in Murrays Firma einzukaufen, die einen Umsatz, wohlgemerkt, einen *Umsatz* von ungefähr 300 000 Pfund im Jahr macht.«

Isobel nickte. »Wann wissen wir genau, wieviel wir zahlen müssen?«

»Ende der Woche«, antwortete Philip. »Kannst du den Steuerberater fragen, wieviel wir in Aktien und Anleihen haben? Und er soll sich auch gleich anschauen, welche wir verkaufen sollten, um so an die 300 000 Pfund locker zu machen.«

»Ich frage ihn«, erwiderte Isobel. »Er will bestimmt wissen, ob wir da ganz sicher sind.«

Philip grinste. »Du hast doch selbst gesehen, was Murray ranschafft. Ich will auch ein Stück von diesem Kuchen, Isobel. Wir werden ein Vermögen verdienen.«

Isobel gab vor, mit ihrem Steuerberater zu telefonieren. Sie wußte, daß sie kaum mehr als 3 000 Pfund auf dem Sparkonto hatten, und Aktien und Anleihen hatten sie überhaupt nicht mehr. Sie hatte ihre kleine Lebensversicherung, aber Philip war bei keiner Versicherung mehr untergekommen, nachdem man festgestellt hatte, daß er krank war. Statt dessen rief sie Troy an.

»Hallo, ich bin's.«

»Hi«, antwortete er. »Ich habe die Kapitel ausgedruckt und heute morgen per Fahrradkurier an David Quarles geschickt. Die sind wirklich sehr gut, Isobel.«

»Danke«, erwiderte sie.

»Ist irgendwas nicht in Ordnung?«

»Ich wollte dich bitten, mir eine größere Summe zu überweisen«, sagte sie mit ausgesuchter Höflichkeit.

»Swimmingpool-Geld?« fragte er.

»Ja. Die Bauarbeiten sind zur Hälfte abgeschlossen. Du kannst aber ruhig gleich die ganze Summe schicken. Sie werden früher fertig.«

»Das ist ja eine Zahlung wert, möchte ich meinen«, sagte Troy höflich.

»Sie haben tadellos gearbeitet.«

Isobel hörte seinen Kugelschreiber klicken. »Wieviel möchtest du diesmal?«

»Ich denke, 40 000 oder 50 000 Pfund.«

»Das mache ich gleich heute. Es dauert aber fünf Tage, das weißt du ja.«

»Geht in Ordnung«, erwiderte sie.

»Und wie geht es dir?« erkundigte er sich freundlich.

»Sehr gut.«

»Und Philip?«

»Gut.« Troy legte eine Pause ein. »Möchtest du zum Mittagessen in die Stadt kommen, wenn ich ein Angebot vom Verleger habe, das wir diskutieren könnten?«

»Ja«, antwortete Isobel. »Das wäre wunderbar.«

»Ich rufe dich an, sobald ich etwas höre. Irgendwann nächste Woche, denke ich.«

»Danke«, sagte Isobel. »Da wäre noch etwas.«

»Und das wäre?«

»Philip möchte investieren.«

»Investieren?« erkundigte sich Troy vorsichtig.

»Ja. Er will sich in eine Partnerschaft einkaufen, in eine Firma. Er fühlt sich so gut, daß er wieder arbeiten möchte.«

»Ja, du hast schon erwähnt, daß es ihm bessergeht.«

»Ich muß das Kapital aufbringen, mit dem er sich einkaufen will«, sagte Isobel. »In die Pool-Firma.«

»In die Pool-Firma?« wiederholte Troy, der einen Augenblick lang glaubte, sich verhört zu haben.

»In die Swimmingpool-Firma.«

»Schade, daß ihm das nicht früher eingefallen ist, da hättet ihr euren zum Selbstkostenpreis bekommen«, scherzte Troy.

»Zumindest wißt ihr ja nun, daß die Gewinnspannen ungeheuer sind.«

»Ja, das wissen wir nun«, meinte Isobel ein wenig steif. »Wir lassen die Bücher prüfen, und Philip möchte sich als gleichberechtigter Partner einkaufen. Er möchte eine Beteiligung von fünfzig Prozent.«

Troy schwieg, während er diese Nachricht verdaute.

»Hallo?« sagte Isobel.

»Ihr kauft dem Pool-Mann die halbe Firma ab?«

»Ja. Warum nicht?«

»Ich frage mich nur, ob das so eine tolle Idee ist.«

»Ich denke schon«, antwortete Isobel. »Philip kommt wirklich blendend mit Murray aus, das Unternehmen geht offensichtlich hervorragend. Philip ist ein sehr talentierter Verkäufer, war er schon immer. Und wenn er ein bißchen Geld verdient, hätte ich nicht mehr soviel Druck.«

»Du hast keinen Druck mehr«, erinnerte Troy sie bissig. »Mit deinem zweiten Zelda-Vere-Roman verdienst du um die 250 000 Pfund, und der erste hat dir 350 000 gebracht, da stehst du wirklich nicht mehr unter Druck. Es ist alles gut angelegt, bringt dir ein ordentliches Einkommen. Du bist aus dem Gröbsten raus. Kann Philip nicht einfach so für den Mann arbeiten, wenn ihm das solchen Spaß macht?«

»Er möchte Partner sein, nicht Angestellter«, erwiderte Isobel würdevoll.

»Ich auch«, sagte Troy ungeduldig. »Aber leider, leider muß ich meinen Lebensunterhalt verdienen. Kannst du Philip nicht sagen, er soll sich mit seiner Arbeit einkaufen? Ganz unten anfangen und sich hocharbeiten?«

»Er ist einundsechzig«, brauste Isobel auf. »Er hat seit zehn Jahren nicht gearbeitet. Er wird nicht gleich morgen einen neuen Job finden. Er kann nicht ganz unten anfangen und sich hocharbeiten. Er bekommt Rente, ehe er irgendwas erreicht hat. Dies hier ist eine Gelegenheit, sich in ein Unternehmen einzukaufen, in dem er seine Talente einsetzen kann, in dem ihm die Arbeit Spaß macht und ordentlich Geld bringt. Ich werde nicht nein sagen, wo er sich gerade wieder wohlfühlt.«

»Natürlich nicht«, meinte Troy und wich vor Isobels Wut zurück. »Und es ist allein deine Entscheidung. Aber ich würde meine Pflicht als dein Agent verletzen, wenn ich dir nicht den Rat geben würde, dir eine zweite Meinung einzuholen.«

»Ach, laß das!« sagte Isobel ungeduldig. »Werd bloß nicht so würdevoll. Wir lassen uns anständig beraten. Ich habe dir doch gesagt, wir lassen den Unternehmenswert ermitteln. Wir machen das schon ordentlich. Wenn Philip es sich wünscht, dann ist es nur fair, ihm vom Zelda-Vere-Geld den Firmenanteil zu kaufen.«

»Von welchen Größenordnungen reden wir denn hier?« erkundigte sich Troy vorsichtig.

»Um die 300 000 Pfund«, erwiderte Isobel rasch.
Schweigen.

»Isobel, das sind die *ganzen* Einnahmen vom zweiten Buch«, erklärte er fassungslos.

»Ich weiß«, sagte sie gepreßt.

»Das ist dein Verdienst von Buch zwei und mehr.«

»Es ist der angemessene Preis für die Firma.«

»Und wenn es schiefgeht? Wenn die Leute auf einmal keine Swimmingpools mehr kaufen?«

»Ich habe die Aufträge gesehen«, antwortete Isobel. »Das Geschäft geht ausgezeichnet.«

»Und wenn der Pool-Mensch tot umfällt? Wenn Philip krank wird? Was dann?«

»Dann sind wir schlechter dran als vor Zelda«, sagte sie. »Aber diesmal weiß Philip, wo das Geld geblieben ist. Er wird es verstehen, und ich muß ihn nicht immerfort anlügen und so tun, als wäre alles in Ordnung.«

»Diesmal ist es aber dein Geld«, betonte Troy. »Und du mußt es erst noch verdienen, vergiß das nicht. Du mußt einen ganzen neuen Roman schreiben, um dieses Geld zu verdienen, und du mußt es heimlich tun und gleichzeitig an deinen anderen Texten weiterarbeiten. Dann mußt du Werbung für den Roman machen, wieder in aller Heimlichkeit. Es geht hier nicht um Philips Rente oder seine Lebensversicherung, die im Laufe der Jahre angespart wurde. Es ist sauer verdientes Geld, das *du* reinbringen mußt, und zwar schnell. Du kannst das doch nicht alles aufs Spiel setzen, weil du glaubst, Philip sei gesund genug, um in ein hartes Geschäft mit einer mörderischen Konkurrenz einzusteigen?«

»Doch, das kann ich«, sagte Isobel störrisch.

Troy bemerkte in seinem Londoner Büro, wie sehr ihm ihre Prinzipienreiterei mißfiel. Eine Sekunde später wußte er aber, daß er gerade diese Sturheit bewunderte, daß dieser Charakterzug sie auszeichnete wie keinen anderen Menschen, den er kannte. Sie wirkte vielleicht wie eine brave Hausfrau mittleren Alters, aber er hatte sie nackt gesehen, mit leidenschaftlich zurückgeworfenem Kopf in völliger Hingabe. Sie hatte ihm Dinge ins Ohr geflüstert, die ihm keine andere Frau je gesagt hatte. Sie hatte ihn zu Dingen verleitet, die er ohne sie nie gewagt hätte.

»Ich will mich nicht mit dir streiten«, sagte er sanft. »Du mußt tun, was du willst. Ich möchte nur nicht, daß du etwas aufgibst, das dich so viel Zeit und Mühe gekostet hat und kosten wird. Du verdienst dieses Geld ganz allein, Isobel. Warum solltest du alles Philip und dem Pool-Mann geben, damit die damit spielen können?«

»Weil Philip mich unterstützt hat, als ich mit dem Schreiben angefangen habe«, sagte sie leidenschaftlich. »Weil er so voller Hoffnung ist und sich so freut, daß sein Leben neu anfängt. Weil ich ihm gesagt habe, das Geld wäre da, als wir keines hatten. Und weil ich ihm jetzt nicht die Wahrheit sagen kann, jetzt nicht, wo er es wirklich braucht. Weil ich es ihm *gerne* gebe.«

»Du bekommst die Zahlung aber erst, wenn du den Vertrag für das zweite Buch unterschrieben hast«, erinnerte sie Troy. »Und selbst dann mußt du erst das vollständige Manuskript abliefern, um 125 000 zu erhalten.«

»Ich weiß«, sagte sie. »Ich habe mir gedacht, ich nehme eine Hypothek auf das Haus auf und zahle sie ab, wenn das Geld für den neuen Vere-Roman kommt.«

»Eine Hypothek auf dein Haus?« Er konnte es nicht fassen. »Warum nicht?«

»Ich dachte, das wolltest du niemals tun. Du hast doch immer gesagt, das wäre eure einzige Sicherheit.«

»Ich kann ja immer noch ein Buch schreiben«, sagte Isobel leichthin. »Ich kann jederzeit mehr verdienen.«

Troy überlegte einen Augenblick, daß sie gerade eher nach Zelda Vere als nach Isobel Latimer geklungen hatte. »Das kannst du. Aber dann hechelst du immer hinter der Arbeit her, anstatt darüberzustehen. Und das ist eine gefährliche Sache.«

»Ich hole schon auf«, sagte sie, und diesmal war er sicher, daß er Zeldas Stimme gehört hatte. »Natürlich hole ich auf.«

Kapitel 30

Die Arbeiten am Swimmingpool gingen rasch voran, obwohl es tagelang stark regnete. Die Bauarbeiter wateten durch den Matsch und witzelten, sie wären heilfroh, daß dies ein überdachter Pool sei. Von der Scheune war inzwischen außer den tragenden Balken und dem Dach beinahe nichts mehr übrig. An einer Seite war eine Wand herausgebrochen; hier sollte ein großes Fenster einen Ausblick über das ganze Tal bieten. Die Rückwand hatten sie herausgenommen, damit der Bagger hereinfahren konnte. Das wunderschöne alte Scheunentor hatte man entfernt, um den überdachten Glasgang vom Haus anzuschließen.

Die Bauleute arbeiteten im Schutz des alten Daches, und der Baggerfahrer manövrierte geschickt mit Schaufeln voller Erde und mit großen Steinbrocken, fuhr aus dem Gerippe des Gebäudes heraus und wieder herein. Dann stiegen die Männer in den gähnenden Abgrund, der einmal der Swimmingpool werden sollte, und hoben die genaue Form aus. Anschließend begannen sie den Boden zu gießen und die Wände des Pools auszukleiden.

Jeden Abend, wenn die Männer fort waren und die Baustelle ruhig dalag, gingen Isobel und Philip hinaus, um die Verwandlung ihrer Scheune in etwas Neues und sehr Seltsames zu betrachten. Isobel betrauerte den Verlust der schattenspendenden Wände, des eingezogenen Kornbodens, der schönen hölzernen Schütte, die über Jahrhunderte von den vielen Säcken glatt poliert worden war, die hier nach unten rutschten. Aber Philip stellte sich vor, wie alles fertig aussehen würde. Wo Isobel nur ein großes Loch sah, das man in den Boden der Scheune gebuddelt hatte, stellte er sich einen lichtdurchfluteten, warmen Raum vor, in dem die Reflexe des Wassers an der weißen Decke spielten, in dem der Brunnen am Jacuzzi leise plätscherte.

»Ich begreife schon, warum die Sache dich und Murray so fasziniert«, meinte Isobel. »Es hat was Mystisches, einen See zu erschaffen.«

»Stimmt«, erwiderte Philip. »Aber ich mag auch die technische Seite. Die Klempnerarbeiten und Heizungsinstallation. Das sind interessante Probleme. Wie macht man das, wo bringt man die notwendigen Anlagen unter?«

»Und Murray? Was gefällt dem?«

Philip lachte. »Der verdient gern Geld. Er ist ein gerissener Geschäftsmann. Aber er weiß auch eine Menge über Pools. Er lernt ständig dazu. Wenn er einen Pool renovieren soll, dann verbringt er den halben Tag in der Stadtbücherei und liest alles über die Geschichte des Hauses nach, damit er weiß, was er sich anschaut. Wenn er einen neuen Pool baut, dann hat er ein halbes Dutzend Pläne im Kopf, ehe er auch nur die Auftraggeber kennengelernt hat. Er ist ein ungeheuer begeisterungsfähiger Typ.«

»Aber warum ausgerechnet Swimmingpools?« fragte Isobel. »Warum verkauft er nicht Computer oder Autos oder sonstwas?«

Philip zuckte die Achseln. »Das habe ich ihn nie gefragt.«

»Echte Männer reden wohl nicht über Motive?« neckte ihn Isobel.

Philip lachte. »Wir reden nur über Abflußrohre.«

Der Pool machte jeden Tag Fortschritte. Nachdem der Bagger fertig war, nahm der Lärm ab, und Isobel konnte in ihr eigenes Arbeitszimmer zurückkehren. Durchs Fenster beobachtete sie die Veränderungen. Der niedrige Ziegelsockel für den Glasgang zwischen Haus und Scheune wurde gemauert. Es fehlten nur noch die Fenster. Die sahen zunächst unmöglich groß und häßlich aus, wurden dann aber irgendwie zu einem sehr ansehnlichen Gang zwischen Haus und Scheune zusammengesetzt, den sich Isobel mit Teppich ausgelegt und mit Grünpflanzen geschmückt vorstellen konnte.

Philip kam mit einer Rechnung. »Das müssen wir leider gleich bei der Anlieferung zahlen«, meinte er.

»Wieviel ist es?« fragte sie und zog die Schublade auf, in der sie ihr Scheckbuch verwahrte.

»4000 Pfund, du hast schon was angezahlt.«

Sie schrieb den Scheck aus und betrachtete nachdenklich die Nullen hinter der vier.

»Vergiß nicht, daß wir Murray die Zahlung nach Fertigstellung der Hälfte der Arbeiten noch schulden.«

»Ich habe das Geld«, erwiderte sie. Die Überweisung von Troy war wie versprochen eingetroffen.

Philip grinste sie an wie ein verwöhnter kleiner Junge. »Im Augenblick scheint das alles furchtbar teuer. Aber der Wert des Hauses erhöht sich erheblich. Und der Pool wird uns unheimlich gut gefallen.«

»Das weiß ich«, antwortete Isobel und lächelte ihn an. Sie wartete, bis er mit dem Scheck das Zimmer verlassen hatte, wandte sich dann wieder zum Bildschirm und öffnete den Zelda-Roman. Sie hatte mit Kapitel vier angefangen und arbeitete so schnell sie nur konnte. Jetzt, wo das Geld so rasch von ihrem Schweizer Bankkonto verschwand, hielt sie es für wichtig, daß sie den neuen Roman liefern konnte, sobald der Vertrag unterzeichnet war.

Troy rief an und teilte ihr mit, der Vertrag würde innerhalb der nächsten Woche unterschriftsreif sein. Es war ein sonniger Märztag. Draußen nickten die Osterglocken unter den Silberbirken. Aus dem Fenster ihres Arbeitszimmers konnte Isobel den offenen Eingang zur Scheune sehen. Drinnen erblickte man nur die Köpfe der Männer, die den Swimmingpool fliesten. Eine der Außenwände war wieder an Ort und Stelle, und das Holzskelett, aus dem einmal die Sauna entstehen würde, lehnte schon dagegen. Die Rückwand mit dem Brunnen war fertig und verputzt, darunter befand sich das runde Becken des Jacuzzis. Die dritte Wand war noch offen. Es hatte eine Verzögerung mit den Fenstern gegeben. Die Arbeiter ließen die große Öffnung frei, bis alles andere fertig war. So hatten sie einen bequemen Zugang für ihre Maschinen und Geräte.

»Es gibt gute Nachrichten«, sagte Troy fröhlich. »Der Verlag hat sich bereit erklärt, in zwei Teilbeträgen zu zahlen. Du bekommst etwa zwei Drittel, sobald wir unterschreiben, denn sie wissen, daß du schon an dem Roman arbeitest. Und das dritte Drittel wird überwiesen, wenn nächstes Jahr das Hardcover herauskommt. Das ist ungewöhnlich, aber ich habe sie überzeugt, daß Zelda sich ein Haus in Cap d'Antibes kaufen muß, damit sie ungestört schreiben kann.«

»Ach, wirklich?« erkundigte sich Isobel und war sofort abgelenkt. »Wie schön für sie.«

»Ich war vor ein paar Wochen ein Wochenende dort unten«, sagte Troy. »Es ist ein herrliches Fleckchen Erde. Das Haus steht auf einem Felsen direkt über dem Meer. Es ist wunderschön. Man kommt mit seiner Yacht unten angesegelt, macht das Boot fest und geht dann die Treppe hinauf ins Wohnzimmer. Die ideale Einsiedelei für Schriftsteller. Im Geiste habe ich es für Zelda gekauft.«

»Oh, das würde ihr sicher gefallen«, meinte Isobel. Sie legte eine kleine Pause ein. »Mit wem warst du da?« fragte sie mit absichtlich uninteressierter Stimme.

»Mit ein paar Kumpels«, erwiderte Troy leichthin.

»Oh?«

»Das Haus gehört einem Freund von einem von ihnen. Einem Maler. Er will es verkaufen. Wenn du nicht dein ganzes Geld für Swimmingpools ausgeben würdest ...«

»Ja«, versuchte Isobel, ihn zum Schweigen zu bringen.

»Dann könntest du es kaufen«, fuhr Troy unbeirrt fort. »Du könntest ein völlig anderes Leben führen.«

Isobel schwieg. Sie schaute aus dem Fenster ihres Arbeitszimmers und dachte an Häuser, die auf Felsen über dem Meer gebaut waren, an Sonnenuntergänge über dem Mittelmeer, an Stunden mit Troy.

»Ich bin völlig rastlos«, rief Troy plötzlich aus. »Seit Zelda und all dem finde ich einfach keine Ruhe mehr. Es ist, als wäre etwas ...«

»Was?«

»Ans Licht gekommen. Herausgelassen. Und ich kann nicht so tun, als wäre es nicht da.«

»Mir geht es ähnlich«, antwortete Isobel. »Ich habe eine Seite an mir entdeckt, von der ich gar nicht wußte, daß sie existierte. Schrill und gierig – früher hätte ich das wohl vulgär genannt.«

»Und jetzt, wo du weißt, daß du diese Seite hast?« fragte Troy. »Was ist jetzt?«

»Oh, jetzt, wo ich es weiß, ist mir klar, was zu tun ist«, sagte Isobel bestimmt. »Ich muß mich vor dieser Seite in mir in acht nehmen. Jetzt weiß ich, daß ich zu ungeheurer Begierde und gewaltigem Erfahrungshunger fähig bin, die mir einfach verboten sind, wenn ich hier weiterleben möchte, wenn ich mein Leben als Ehefrau, als respektierte Schriftstellerin, als Mitglied der ländlichen Gesellschaft weiterführen möchte. Ein paar kurze Wochen lang hatte ich beides. Aber man hat mich erwischt.«

Ihr fiel Murrays verschlagener Blick ein und sein undurchdringliches Schweigen. Einen kurzen, unangenehmen Augenblick lang dachte sie an ihre verschwundenen Schuhe. »Man hat mich tatsächlich erwischt«, sagte sie. »Aber ich glaube, es spielt keine Rolle.«

»Du hast dir diesen Aspekt deiner Persönlichkeit angesehen und läßt ihn wieder in der Versenkung verschwinden?« wollte Troy wissen.

»Ja.«

»Nun, ich kann das nicht«, sagte er mit Leidenschaft. »Ich

kann mich nicht in handliche Portionen aufteilen und mir sagen, daß ich nur einen Teil auslebe, nur diesen einen Teil anerkenne. Ich muß alles ausprobieren. Das weiß ich jetzt. Ich kann Zelda nicht einfach wieder verschwinden lassen und sagen: Das war's. Ich sehe sie nie wieder. Ich werde nie wieder Zelda sein.«

»Aber ohne mich kannst du sie nicht haben«, meinte Isobel schlicht.

»Und warum nicht? Du willst diesen Teil deines Lebens nicht, das hast du gerade selbst gesagt. Wenn du ihn nicht willst, warum kann ich ihn dann nicht haben?«

»Wie denn?« fragte Isobel. »Willst du ohne mich Zelda sein?«

»Ich könnte es«, erwiderte er. »So gut wie du.«

»Nein, das kannst du nicht!« protestierte Isobel.

»Und du kannst sie nicht einfach in der Versenkung verschwinden lassen und beschließen, daß sie erledigt ist«, argumentierte Troy. »Sie ist keine Gestalt aus einem deiner Bücher. Du kannst nicht einfach festlegen, daß sie sterben muß. Ihre Kleider sind hier in meiner Wohnung, ihre Schuhe, ihr Haar. Sie wartet hier. Ich kann sie ganz allein zum Leben erwecken, wenn mir danach ist.«

»Aber sie ist doch ein Teil unseres *gemeinsamen* Lebens«, widersprach ihm Isobel. »Sie gehört uns beiden. Du wolltest doch auch nicht, daß ich alles von ihr mit nach Hause nehme. Du hast gesagt, sie muß verborgen bleiben.«

Troy zögerte. »Stimmt«, gab er widerwillig zu. »Aber ich habe nie gesagt, daß sie ewig in der Versenkung bleiben soll. Ich kann den Gedanken nicht ertragen, daß sie für immer verschwunden sein soll.«

Isobel schrak zusammen, als sie die Verzweiflung in seiner Stimme hörte. »Vielleicht müssen wir einfach loslassen«, sagte sie, als sprächen sie über den Tod einer geliebten Freundin.

»Ich kann es nicht ertragen«, erwiderte Troy. »Ich kann mir ein Leben ohne sie nicht vorstellen.«

An diesem Abend blieb Murray zum Essen da. Später wollten er und Philip zum Dartspielen in den Pub gehen. Isobel saß mit am Tisch und überlegte, was Troy in London wohl gerade machte, wie sie ihn überzeugen konnte, daß Zeldas Verlust ein Schmerz war, den man einfach hinnehmen und ertragen mußte. Die beiden luden Isobel ein, mitzukommen und ihnen beim Spielen zuzuschauen. Sie schüttelte den Kopf. »Ich gehe heute früh zu Bett. Ich habe viel gearbeitet.«

»Jedesmal, wenn ich zum Fenster hereinschaue und Sie tippen sehe, frage ich mich, wie Sie sich so konzentrieren können«, meinte Murray. »Soviel Arbeit! Haben Sie das Buch schon fertig?«

»O nein«, erwiderte Isobel. »Das dauert länger als nur ein paar Wochen. Das dauert Jahre.«

Philip legte seine Hand auf ihre. »Und dann schreibt sie alles noch vier- oder fünfmal um«, sagte er. »Du glaubst, du arbeitest hart, Murray. Du solltest mal Isobel sehen! Sie hat sich den ganzen Tag den Kopf darüber zerbrochen, wo das haargenau richtige Wort im richtigen Satz stehen soll.«

Die beiden Männer blickten sie bewundernd an. Isobel lächelte Philip an und wich Murrays Blick aus.

»Ich brauche allein schon eine Ewigkeit, um nur ein einziges Buch zu lesen«, sagte Murray. Er zog Trevelyans *Sozialgeschichte Englands* aus der Aktentasche und legte das Buch auf den Tisch. »Könnten Sie mir noch eins leihen? Das hat mir wirklich gefallen.«

Isobel nahm das Buch. »Ich suche Ihnen eins raus«, sagte sie vage, war in Gedanken immer noch bei Troy. »Wieder englische Geschichte oder was anderes?«

»Amerikanische Geschichte?« schlug er vor. »Ich weiß rein gar nichts über Amerika, und ich wüßte gern was. Besonders über die Westküste.«

Sie nickte. »Da finde ich was.« Sie faßte einen plötzlichen Entschluß, wandte sich Philip zu und sagte betont leichthin: »Penshurst Press hat heute morgen angerufen wegen des

Schutzumschlags für einen Roman. Sie machen eine Neuauflage und wollen, daß ich mir die neue Fassung anschaue.«

»O ja?« fragte er. »Sie zahlen hoffentlich ein Sonderhonorar?«

»Ein kleines«, erwiderte sie. »Du weißt doch, man verdient nicht viel dabei. Ich dachte, ich fahre morgen in die Stadt und schaue es mir mal an. Vielleicht bleibe ich über Nacht.« Sie vermied es sorgfältig, zu Murray hinzuschauen.

»Warum nicht?« meinte Philip. »Und Mrs. M. muß meinetwegen wirklich nicht hier übernachten. Mir geht es blendend.«

»Ich passe schon auf ihn auf«, versprach ihr Murray. »Ich rufe Sie an, wenn irgendwas ist. Wo kann ich Sie erreichen?«

»Im ›Frobisher Hotel‹, wie immer«, sagte Isobel aalglatt. Sie schaute in Murrays Augen. Sie sah darin Belustigung aufblitzen, das Verständnis eines Schwindlers für den anderen. So würde vielleicht ein professioneller Pokerspieler auf einen anderen reagieren, anerkennen, daß da noch jemand war, der ein Stück vom Kuchen erobern konnte. Isobel blickte weg, brach die unausgesprochene Verschwörung. »Ich rufe um sechs Uhr an, um zu sehen, ob alles in Ordnung ist.«

»Ja, mach das«, sagte Philip. »Ich kann dich aber auch anrufen.«

»Laß sie doch anrufen«, riet Murray Philip in vertraulichem Ton. »Dann ist sie beruhigt, daß es dir am Abend gutgeht, und sie kann sich mit den Mädels ins Nachtleben stürzen.«

»Wohl kaum.« Isobel lächelte gequält.

»In Ordnung«, meinte Philip. »Wie du willst.«

Eigentlich hatte Philip sie am nächsten Morgen zum Bahnhof bringen wollen. Aber da riefen Lord und Lady Delby an, die unter der Tapete ihres Pool-Raumes eine Art Fresko gefunden hatten. Philip wollte es sich ansehen.

»Ich fahre Sie schnell zum Bahnhof«, bot Murray an.

»Danke«, erwiderte Isobel kühl.

Sie gingen zusammen zu seinem Auto, und er hielt ihr die Beifahrertür auf. Isobel stieg ein, und sie fuhren wortlos zum Bahnhof.

»Viel Spaß!« sagte Murray provokant, als sie ausstieg.

Isobel zögerte und schaute ihn an. Murrays Gesicht lag im Schatten, er schien zu lächeln.

»So ein Riesenspaß ist das nicht, beim Verlag einen Buchumschlag auszusuchen«, bemerkte sie.

Er lehnte sich vor, und sein Lächeln war nun sehr deutlich. »Ich hatte ganz vergessen, daß sie das vorhaben«, sagte er. »Natürlich. Der Verlag.«

Isobel hielt seinem Blick stand und nickte.

Er zwinkerte ihr zu. »Ich komme Sie morgen vom Zug abholen, wenn Sie Philip heute abend am Telefon Ihre Ankunftszeit sagen.«

Isobel richtete sich auf. »Danke, aber ich glaube, Philip will mich lieber selbst abholen.«

»Klar«, antwortete er. »Wie Sie wollen, Isobel. Das wissen Sie ja.«

Kapitel 31

Isobel rief Troy vom Waterloo-Bahnhof aus an. Sie schrie beinahe, um die Bahnhofsansagen zu übertönen.

»Ich mußte einfach kommen«, sagte sie. »Es tut mir leid. Ich mußte dich einfach sehen.«

Sogar in der lauten Bahnhofshalle konnte sie hören, wie er die Luft anhielt. »Du mußtest mich sehen?«

Ihr war klar, wie bedeutungsschwer ihre Worte klangen. »Ja«, antwortete sie hilflos. »Ich mußte.«

»Na, dann komm«, sagte er und erholte sich von seinem Schock. »Komm gleich. Ich nehme mir den restlichen Tag frei.«

Isobel stellte sich in die Taxischlange, überlegte, daß sie noch vor wenigen Wochen bei dem Gedanken an einen Tag und eine Nacht mit Troy wie benommen vor Glück gewesen wäre. Nun verspürte sie nichts als Angst davor, was sie vielleicht zueinander sagen würden, wie er sein würde, fürchtete, er würde sie wieder zum erotischen Delirium der Werbetour verführen wollen, zu einem Dasein als Zelda.

Sie zahlte das Taxi und klingelte bei Troys Büro. Der Türsummer ging, und Isobel lächelte das wunderschöne Mädchen am Empfang zaghaft an. »Er hat gesagt, Sie sollen gleich reinkommen«, meinte die junge Dame unwirsch. Isobel ging in Troys Büro.

Er saß hinter dem Schreibtisch und telefonierte. Er warf ihr ein strahlendes Lächeln zu und deutete mit der Hand auf einen Stuhl, während er das Gespräch beendete. »Ja, genau. Ich dich auch«, sagte er fröhlich und legte auf. Isobel fragte sich, mit wem er wohl in so vertrautem Ton gesprochen hatte, als er auch schon von seinem Stuhl aufsprang, sie bei beiden Hände faßte und erst auf die eine und dann auf die andere Wange küßte. »Du siehst toll aus«, sagte er. »Purer Landadel, frisch und rein.«

Isobel schrak vor der strahlenden Unaufrichtigkeit seiner Berührung zurück. »Klingt, als wäre ich ein Waschmittel.«

»Frühlingsfrisch«, meinte er.

Isobel ließ sich wieder in den niedrigen Sessel zurücksinken.

»Kaffee?« fragte er.

»Könnten wir in deine Wohnung gehen?« schlug sie vor und warf durch die offene Tür einen Blick zur Rezeption.

»Gute Idee«, meinte er fröhlich und ging vor ihr her aus dem Büro und die Treppe hinauf in seine Wohnung.

Isobel hatte halb gehofft und halb gefürchtet, daß er sie in die Arme nehmen würde, sobald die Tür sich hinter ihnen geschlossen hatte. Aber er lief voraus in die Küche und löffelte Kaffee in den Filter.

»Ich habe einen neuen Kaffee entdeckt«, erklärte er. »Monsooned Malabar. Sie lassen wohl die Bohnen auf den Trockentischen liegen ...«

»Ich weiß«, unterbrach ihn Isobel unhöflich. »Ich weiß alles darüber.«

»Oh.« Schweigend nahm er die französischen Kaffeetassen aus dem Schrank.

»Kann ich mir Zeldas Sachen ansehen?« fragte Isobel.

Er blickte überrascht auf. »Natürlich.«

Isobel ging zum Gästezimmer. Sie machte die Tür auf. Gleich schlug ihr der typische Zelda-Geruch entgegen: teuer, diskret, eindringlich. Der Duft beschwor die Erinnerung an die wenigen Nächte herauf, die sie als Zelda oder mit Zelda verbracht hatte.

Die Vorhänge waren zugezogen, der Raum lag in geheimnisvollem Halbdunkel. Isobel öffnete die Schubladen der Kommode: ganz oben lagen Zeldas Kosmetika, alle kleinen Bürstchen und Pinsel ordentlich nebeneinander. In der nächsten

Schublade ihre Unterwäsche, die bestickte blaue Seidengarnitur, die auch Troy in seiner Größe hatte, eine Garnitur in blaßgelb und eine in cremeweiß. Troy hatte sie in leichtparfümiertes Seidenpapier eingeschlagen, sie warteten versteckt wie Weihnachtsgeschenke. Im nächsten Fach ungeöffnete Verpackungen mit teuren Strumpfhosen und Strümpfen.

Isobel schloß die Schubladen wieder und ging zum Kleiderschrank. Sie konnte die wunderschönen Kleider nicht sehen, weil sie unter Schutzhüllen verborgen und in Troys ordentlicher Handschrift deutlich markiert waren: gelbes Tageskostüm, rosa Tageskostüm, blaues Kleid klein, und dann sein Kleid: blaues Kleid groß. Unter der Kleiderstange standen Zeldas Schuhe, darin Schuhspanner aus rotem Samt, andere waren ordentlich mit Seidenpapier ausgestopft, damit sie ihre vollkommene Form wahrten. Troys großes Paar stand genauso hübsch da wie die anderen.

Isobel betrachtete Zeldas Schuhe, als seien sie irgendwie verzaubert. Wenn sie hineinschlüpfte, würde sie eine andere Person werden, ein anderes Leben führen, eine andere Zukunft haben. Sie dachte an die roten Tanzschuhe aus dem Märchen, in denen das Mädchen immer weitertanzen mußte, aus ihrem Leben heraus, weg von den Leuten, die sie liebten, weg aus dem Dorf, wo sie hingehörte – in den Tod durch zu viel Tanzen in schönen Schuhen.

Isobel schloß die Tür des Kleiderschranks und lehnte sich dagegen, als wolle sie jemanden zurückhalten, der von innen herausdrängte. Kurz schwebte ihr ein Bild vor Augen: sie selbst in einem von Zeldas wunderschönen Kostümen, vielleicht in dem gelben. Sie sah sich eine Treppe hinunterschreiten, und von unten schaute ein Mann bewundernd auf ihre langen Beine in den seidigen Strümpfen, auf ihre wiegenden Hüften. Die Treppe ihrer Vorstellung war ziemlich schmal für einen solchen Filmstarauftritt, und dann begriff sie, daß diese Phantasietreppe seltsamerweise die Treppe in Murrays Haus war, und der Mann, der zu ihr aufblickte, war ...

Troy stand in der Tür, Kaffeetassen in der Hand, beobachtete sie, wie sie die Schranktür zuhielt. »Willst du was anprobieren?« fragte er.

Isobel schüttelte den Kopf, trat einen Schritt vom Kleiderschrank weg. »Ich weiß nicht, was ich mit den Kleidern machen soll«, sagte sie. »Ich nehme an, für das zweite Buch muß ich wieder auf Werbetour?«

Er nickte. »Ja. Wenn du willst. Du mußt aber nicht. Ein zweites Buch braucht weniger Werbung. Es macht ihnen vielleicht nichts aus, wenn du nicht willst.«

»Ich überlege es mir noch. Das wäre nächstes Jahr, nicht?«

Er nickte. »Im Frühsommer. Damit das Buch rechtzeitig vor den Ferien da ist.«

Isobel nippte an ihrem Kaffee, widerstand bewußt der Versuchung, sich auf den kleinen Stuhl vor dem Frisiertisch zu setzen und die Schublade mit dem Make-up aufzuziehen. »Kommt drauf an«, sagte sie vage.

»Worauf?«

»Wie es Philip geht, wie das neue Geschäft läuft, wie ich mit dem Schreiben vorankomme. Das darf ich nicht vernachlässigen, und ich finde es ziemlich schwierig, zwei so verschiedene Bücher nebeneinander zu schreiben.«

»Du willst zu dem Leben zurück, das du vor Zelda geführt hast«, konstatierte er.

Sie warf ihm einen schnellen schuldbewußten Blick zu. »Ja, ich denke schon. Ja.«

Troy war darüber nicht im geringsten verstört. »Na ja, das war ja auch der Plan. Du warst Zelda, damit du dein Leben als Isobel Latimer weiterführen konntest, nur mit etwas mehr Luxus und etwas mehr finanzieller Sicherheit. Das hast du erreicht. Du bist da, wo du hinwolltest.«

»Aber die Erfahrungen auf dem Weg dahin...«

Er wartete.

»... waren eine große Überraschung«, beendete sie wenig originell ihren Satz.

Er lächelte. »Ja, für mich auch.«

Schweigen.

»Und du kommst überhaupt nicht in Versuchung?« fragte er. »Wenn du hier bist und ihre Sachen siehst?« Er öffnete die Tür des Kleiderschranks, nahm einen Bügel heraus und zog die Schutzhülle ab. Es war das wunderschöne dunkelblaue Cocktailkleid. Die Paspelierung glänzte im Dämmerlicht, das Futter der Rocks raschelte leise. Troy legte das Kleid auf das Doppelbett. Isobel betrachtete es ernst, als wäre es weit mehr als ein Kleid, als wäre es das Tor zu einem völlig anderen Leben.

»Natürlich komme ich in Versuchung«, gab sie langsam zu. »Aber ich weiß nicht, wohin mich das führen würde.«

»Genau das bedeutet für mich das Wort Versuchung«, konterte er. »Nicht zu wissen, wo es einen hinführt. Es ist nicht die Sache selbst, wenn die auch ziemlich angenehm ist. Es ist nicht, daß ich das Kleid anziehe oder dir zuschaue, wie du es anziehst. Was mich fasziniert, ist, wohin es uns als nächstes führt.«

Isobel trat unwillkürlich einen kleinen Schritt zurück und merkte, wie die Platte des Frisiertisches sich gegen ihre Oberschenkel drückte, ihr den Rückzug abschnitt. »Ich will aber nirgendwo als nächstes hin«, sagte sie. »Ich muß bleiben, wo ich bin.«

Troy lächelte ein wenig traurig. »Ah. Den Eindruck hatte ich in den letzten Wochen.«

Er nahm den Kleiderbügel und schüttelte das Kleid ein wenig aus, als wolle er den Staub der Ablehnung, der Enttäuschung wegwedeln. Er zog die Schutzhülle darüber und machte den Reißverschluß zu. Er hängte das Kleid in den Schrank und schloß die Türen mit einem leisen Klicken. Es war ein sehr endgültiges Geräusch.

In unausgesprochener Einigkeit gingen sie zusammen aus dem Zimmer und wieder in Troys Wohnzimmer zurück. Auf dem Tisch standen zwei leere Flaschen Roederer, daneben zwei Gläser, eines mit einer Spur scharlachrotem Lippenstift. »Tut mir leid, daß es so unordentlich ist«, entschuldigte sich Troy, sammelte die Gläser ein und warf die Flaschen in den Abfall.

»Was machst du jetzt?« erkundigte sich Isobel und drang damit gleich zum Zentrum ihrer Ängste vor.

»In welcher Beziehung?«

»Was machst du mit ihr?«

Troy zögerte. »Ich werde so weitermachen wie vor Zelda, nehme ich mal an«, antwortete er. »Sie wird mir fehlen. Mir wird auch fehlen, daß du als Zelda um mich bist. Ich werde die gemeinsame Zeit sehr vermissen, das war etwas ganz Besonderes.«

Isobel nickte.

»Aber ich bin ziemlich zufrieden«, fuhr er fort. »Ich werde wie du die Zeit in meiner Erinnerung bewahren und mit meinem alten Leben fortfahren. Ab und zu lege ich vielleicht eine kleine Pause ein und schaue zurück, erinnere mich an alles. Ich glaube nicht, daß ich eine andere Zelda finde, eine neue.«

»Nein«, sagte Isobel rasch. »So was läßt sich nicht wiederholen.«

Troy war ganz offensichtlich wenig begeistert von dem Gespräch. »Es war einzigartig.«

»Und du würdest es auch nicht versuchen?« wollte Isobel wissen. »Du würdest Zelda nicht ohne mich wieder aufleben lassen? Sie war etwas, das wir gemeinsam hatten, wir müssen beieinander sein, wenn sie da ist. Du würdest nicht allein Zelda sein wollen?«

Troy zögerte. »Wieso nicht, wenn ich es möchte?« sagte er vorsichtig. »Du hast kein Copyright auf sie, Isobel.«

»Ich erhebe ja keine Besitzansprüche!« rief sie aus. »Ich kann nur den Gedanken nicht ertragen, daß du Zelda bist, wenn ich nicht dabei bin. Ich finde die Vorstellung schrecklich, ich habe immer und immer wieder darüber nachgedacht, es ist mir widerwärtig!«

Unbewußt deutete sie auf die leeren Gläser. Troy wandte den Blick nicht von ihrem Gesicht.

»Warum?« fragte er gepreßt.

»Ich stelle mir vor, wie du in schreckliche Clubs gehst, mit furchtbaren Männern in Frauenkleidern, wie nennt man das doch gleich: Transvestiten. Es erscheint mir so entsetzlich ...«

»Entsetzlich was?«

»Entsetzlich vulgär«, flüsterte sie und schaute in sein versteinertes Gesicht.

Er lächelte, aber ohne Wärme. »Meinst du nicht, daß du da eine Spur zu streng urteilst?« fragte er. »Was dir vulgär erscheint, könnte doch für mich genau das richtige sein. Ich muß die Freiheit haben, mein eigenes Leben zu führen«, bemerkte Troy, und in seiner Stimme schwang eine Spur Härte mit. »Genau wie du. Du hast deine Entscheidung getroffen, und ich treffe meine. Du willst nicht bei mir sein und neue Erfahrungen machen – gut, dann ist das eben so. Aber dein Entschluß, nicht mehr mitzumachen, darf meine Möglichkeiten nicht einschränken. Du kannst dich entschließen, dich von all dem abzutrennen, dich aus dem Experiment herauszunehmen, deshalb muß ich es doch nicht automatisch auch tun.«

Isobel war einigermaßen bestürzt. »Warum reden wir so?« flüsterte sie. »Ich wünsche mir nur, daß du nicht mehr Zelda bist. Willst du mir das versprechen?«

»Zu meinem eigenen Schutz?« fragte Troy.

Sie nickte.

»Zu ihrem Schutz?«

Sie nickte wieder. »Ich möchte, daß die ganze Sache zu Ende ist«, stellte sie fest. »Wir haben zusammen angefangen, und wir haben es weiter getrieben, als wir vorhatten. Ich habe mitgemacht, das stimmt. Wenn ich jetzt zurückschaue, dann weiß ich, ich habe es getan, weil ich mit Philip so furchtbar unglücklich war ...« Sie brach ab, bemerkte die aufsteigende Wut in Troys Gesicht.

»Und jetzt geht es Philip so viel besser, daß du dieses Ventil nicht mehr brauchst«, entgegnete er scharf. »Und deswegen willst du aufhören. Das ist durchaus zu begreifen. Aber warum soll ich gleich mit aufhören?«

Schuldbewußt sah Isobel ihn an.

Plötzlich verschwand die Wut aus Troys Gesicht. »O Isobel«, sagte er zärtlich. »Du bist so entwaffnend, wenn du ehrlich bist. Aber ich kann doch mein Leben nicht danach ausrichten, ob du gerade mit deinem Mann auskommst oder nicht.«

Sie stellte ihre Tasse neben die Champagnergläser. Der kirschrote Lippenstift hatte die Form einer Mondsichel. »Das sehe ich ein«, sagte sie widerwillig. »Aber wir haben Zelda gemeinsam geschaffen. Ich möchte nur, daß wir uns darauf einigen, sie gemeinsam wieder verschwinden zu lassen. Du kannst ja gerne mit jemand anderem etwas Neues anfangen. Ich will dein Leben nicht kontrollieren. Aber ich habe das Gefühl, daß ich bei Zelda ein Mitspracherecht habe. Wenn ich allein in meinem Arbeitszimmer sitze und schreibe, dann bin ich Zelda. Ich schreibe als Zelda. Sie ist immer noch in meinem Kopf. Ich glaube nicht, daß ich dich einfach mit Zelda weglaufen lassen kann. Wenn ich schreibe, bin ich Zelda, und Zelda ist ich.«

»Sie ist unser gemeinsames Gespenst«, meinte Troy.

Isobel nickte. »Ich möchte, daß sie den Roman zu Ende schreibt und das Geld verdient und dann weggeht und nie wieder auftaucht.«

»Aber auch ein Teil von mir ist jetzt Zelda, genauso wie ein Teil von dir Zelda ist, während du schreibst. Du brauchst sie vielleicht nicht mehr, außer zum Schreiben. Aber ich brauche sie«, sagte Troy.

Isobel blickte ihn flehentlich an. »Kannst du nicht ohne sie auskommen?«

»Warum sollte ich?«

»Weil ich dich darum bitte. Weil wir sie zusammen geschaffen haben. Sie gehört schließlich zur Hälfte mir.«

Troy schüttelte den Kopf. »Du stellst schon wieder Besitzansprüche.«

»Und wenn schon!« erwiderte Isobel, die plötzlich jegliche Höflichkeit aus ihrer Sprache verdrängt hatte.

Troy blickte sie fest an. »Wenn du solche Ansprüche auf sie anmeldest, dann ist sie etwas, das sich besitzen läßt, dann sprichst du von ihr wie von einem Ding, von einem Kuchen, den man in Stücke schneiden und aufteilen kann: ein Stück für dich, ein Stück für den Verlag, ein Stück für mich. Du machst sie zu einem Gegenstand, und damit ist sie keine Person, kein Gespenst mehr. Meiner Meinung nach ist das *viel* vulgärer als alles, was je in einem Nachtclub geschehen könnte.«

Isobel blickte schuldbewußt. »Ja. Das verstehe ich.«

»Ist sie nun ein Ding, das wir gebastelt haben, oder ist sie eine Person, die wir geschaffen haben, so wertvoll wie Isobel Latimer oder Troy Cartwright?« forderte Troy sie heraus.

»Und wenn ich sage, sie ist eine Person?« wollte Isobel wissen.

»Dann muß sie ihr eigenes Leben führen.«

»Und wenn ich sage, sie ist ein Ding?«

»Dann bist du keinen Deut besser als alle anderen, die eine Frau wie dich nehmen und sie aufteilen: ihr schriftstellerisches Talent für den Verlag, zehn Prozent für mich, neunzig Prozent für Philip. Ihre menschliche Fürsorge: hundert Prozent an Philip. Ihre Sexualität und ihr Liebesleben? Das wollen wir überhaupt nicht: hundert Prozent in die Schachtel zurück. Niemand will die ganze Frau, es will sie nicht einmal jemand sehen. Und genau das war es doch, was dich so unglücklich gemacht hat, ehe uns Zelda einfiel: daß sie dich aufgeteilt haben, daß eine Hälfte von dir völlig unerwünscht war. Ich dachte, es wäre eigentlich nur darum gegangen, dir die Teile zurückzugeben, die du dir versagt hattest, damit du die gute Ehefrau für einen kranken Ehemann mimen konntest?«

»Und du?« schlug Isobel zurück. »Was hat sie dir gebracht?«

Troy wandte sich ab, damit sie sein Gesicht nicht sehen konnte. »Oh, was hat das jetzt noch für eine Bedeutung? Du hast ja beschlossen, daß sie verschwinden soll.«

Isobel verbrachte ein ungemütliches Mittagessen mit Troy in einem nahe gelegenen Bistro. Sie blieb nicht über Nacht. Als sie zum Kaffee in seine Wohnung zurückgingen, sagte sie, es sei zu Hause noch einiges zu tun, und er übersah höflich die Reisetasche, die im Flur neben der Haustür stand. Er rief im Büro an und bat die Assistentin, ein Taxi für Isobel zu bestellen. Dann trug er ihr die Tasche nach unten.

»Schick mir so schnell wie möglich alles, was du geschrieben hast«, sagte er. »Ruhig auch die erste Rohfassung. Ich möchte sehen, wo die Geschichte hinläuft, eine Vorstellung von ihrem Aufbau haben.«

»Ich habe noch nie halbfertige Sachen aus der Hand gegeben«, protestierte Isobel.

»Das hier ist etwas anderes«, sagte er knapp. »Ich habe gute Gründe für meine Bitte.«

»Na ja, ich bin schon beinahe fertig«, meinte Isobel. »Ich könnte dir in ein paar Wochen die erste Fassung schicken. Aber du darfst sie niemandem zeigen. Sie ist längst nicht druckreif. Ich muß das Ganze noch ein-, zweimal überarbeiten.«

»Ich will es nur sehen«, beharrte Troy. »In ein paar Wochen, das wäre toll.«

Er gab ihr einen höflichen Londoner Kuß – auf die eine und dann auf die andere Wange, ohne Wärme, ohne Zärtlichkeit. Isobel legte ihm die Hände auf die Unterarme und hielt ihn einen Augenblick fest. »Es tut mir leid, daß es am Ende so gekommen ist«, meinte sie. »Ich habe wirklich …«

Er lächelte, ließ sie nicht zu Ende reden. »Bis bald«, sagte er leichthin, hielt ihr die Tür auf, als sie hinten ins Taxi einstieg, und schloß sie sanft hinter ihr.

Kapitel 32

Sobald sie im Bahnhof Waterloo die Abfahrtszeit ihres Zuges auf der Anzeigetafel sah, rief Isobel bei Philip an. Mrs. M. war am Telefon. »Ich komme früher nach Hause«, sagte Isobel. »Ich bleibe nicht über Nacht in London. Ich bin zum Abendessen zurück.«

»Die Jungs wollten auswärts essen«, antwortete Mrs. M. »Es gibt wohl was zu feiern.«

Isobel unterdrückte ihren Ärger und verkniff sich die Frage, was es denn zu feiern gäbe. »Ist Philip da?«

»Er ist zu Murray nach Hause gefahren. Sie sind zusammen weg. Papierkram, haben sie gesagt.«

»Es müßte mich jemand vom Bahnhof abholen«, sagte Isobel. »Könnten Sie für mich bei Philip anrufen und ihn bitten, er möchte zum Zug kommen. Ich nehme den Drei-Uhr-Zug.«

»Natürlich«, meint Mrs. M. »Soll ich Ihnen einen Salat machen? Oder gehen Sie mit den Jungs aus?«

Isobel überlegte einen Augenblick, wie absurd es war, daß eine Frau von Anfang dreißig ihren einundsechzigjährigen Mann und seinen fünfundvierzigjährigen Freund als »die Jungs« bezeichnete. Im achtzehnten Jahrhundert wären sie ältere Herren gewesen, im Mittelalter beinahe ehrwürdige Greise. »Wissen Sie, wo ›die Jungs‹ zum Abendessen hingehen?« fragte sie.

»›Maison Rouge‹«, antwortete Mrs. M. »Sie haben mich gebeten, für acht Uhr einen Tisch zu reservieren.«

Das »Maison Rouge« war ein teures Restaurant in der nahe gelegenen Stadt Fielding. Isobel zog verwundert die Augenbrauen in die Höhe. »Dann müssen sie wirklich was zu feiern haben«, bemerkte sie. »Ich entscheide mich später. Sie brauchen mir aber nichts hinzustellen, ich komme schon allein klar.«

»Gut«, meint Mrs. M. freundlich. »Ich sage ihm, er soll sie vom Drei-Uhr-Zug abholen.«

Isobel hatte beinahe mit Murrays Auto gerechnet, als sie aus dem Bahnhof in den grauen Märznachmittag trat. Aber es stand nur ihr eigenes Auto am gegenüberliegenden Ausgang, und am Steuer saß Philip.

»Doch nicht über Nacht geblieben?« fragte er.

»Hat nicht lange gedauert mit dem Umschlagentwurf«, sagte sie leichthin. »Und dann bin ich schnell noch mit Edward Mittagessen gegangen. Abschließend war es noch so früh, daß ich nach Hause wollte.«

»Du hättest doch einkaufen gehen können«, meinte er, »oder in die Bibliothek oder mit jemanden zum Tee.«

»Ich wollte nach Hause«, sagte sie und wurde damit belohnt, daß er ihr die Hand, die im Schoß lag, streichelte.

»Das ist nett«, meinte er. »Dann kannst du heute abend mit uns ins Restaurant kommen. Wir haben den Partnerschaftsvertrag aufgesetzt. Es kann losgehen, sobald du den Scheck unterschreibst.«

»Hat der Unternehmensberater einen Preis festgelegt?«

»Ja. Der ist nicht ganz fair, weil Murray erst heute eine Anfrage von einer Schule hatte. Die wollen einen Kostenvoranschlag für ein großes Olympiabecken für Wettbewerbe und Schwimmfeste. Das ist Hunderttausende von Pfund wert. Aber Murray wollte es nicht mit in die Abmachung aufnehmen, denn irgendwo müssen wir einmal einen Schlußstrich ziehen.«

»Wieviel?« wollte Isobel wissen.

»Tief durchatmen«, meinte Philip. »350 000 Pfund.«

Isobel war sprachlos. »Aber das sind 100 000 Pfund mehr, als wir dachten!« rief sie.

»Ich weiß«, erwiderte er. »Gegen Zahlen kann man nicht an,

Isobel. Die sprechen für sich. Murray hat Aufträge und Vermögenswerte im Wert von 700 000 Pfund. Wenn ich die Hälfte des Unternehmens haben will, muß ich es ihm zum halben Preis abkaufen. Das ist nur fair.«

Isobel überlegte blitzschnell. Auf dem Schweizer Bankkonto war nicht genug Geld, und es würde auch dieses Jahr nichts mehr dazukommen, ehe nicht das ganze Manuskript des zweiten Romans abgegeben war.

»Das sind alle unsere Ersparnisse«, sagte sie. »Und mehr. Das ist wirklich sehr viel Geld.«

»Ich weiß«, stimmte Philip zu. »Aber du hast doch gesehen, wie er arbeitet. Wir wollen uns an dieser Firma beteiligen, Isobel. Und weniger als einen gleichen Anteil bei gleichen Rechten möchte ich nicht.«

»Dann müssen wir eine Hypothek auf das Haus aufnehmen«, sagte sie. »Mit unseren Ersparnissen allein können wir das nicht finanzieren. Wir müßten eine große Hypothek aufnehmen.«

Er nickte. »Damit bin ich einverstanden. Wir machen ja Gewinne, große Gewinne, schon innerhalb des ersten Jahres.«

Isobel mußte unwillkürlich über Philips Begeisterung und Entschlossenheit lächeln. »So habe ich dich schon seit Jahren nicht mehr gesehen«, meinte sie.

Er strahlte sie an. »So habe ich mich auch schon seit Jahren nicht mehr gefühlt!«

»Ich rufe bei der Bank an, wenn wir zu Hause sind«, sagte Isobel. »Wie bald brauchst du das Geld?«

»Sofort!« rief er. »Ich würde sagen, gleich, wenn der Unternehmensberater seinen Bericht vorgelegt hat. Ich habe dich gewarnt. Ich will nicht lange hin und her überlegen. Es ist nicht fair, Murray lange hängenzulassen.«

»Meiner Meinung nach kommt Murray bei dieser Sache ziemlich gut weg«, sagte Isobel scharf. »Nicht viele Leute, die über deine Fähigkeiten und deine Finanzkraft verfügen, würden sich in sein Geschäft einkaufen wollen.«

»Trotzdem«, beharrte Philip stur.
»Ich schreibe den Scheck, sobald ich kann«, meinte Isobel.
»Bis Ende nächster Woche.«

Zögerlich wählte sie Troys Nummer.
»Hallo«, sagte er freundlich. »Gut nach Hause gekommen?«
»Ja«, antwortete sie. »Es tut mir leid, aber ich brauche das Geld von dem Schweizer Konto für Philips Firma. Und ich brauche den Vorschuß für das zweite Buch sobald wie möglich.«
»Den kann ich erst bekommen, wenn du das Manuskript abgegeben hast«, erwiderte Troy. »Du hast doch gesagt, daß du schon ziemlich bald eine Rohfassung liefern könntest?«
»Ja.«
»Wenn ich ihnen die zeige, kriege ich das Geld. Ich kann ihnen sagen, daß du es sofort für dein Haus in Cap d'Antibes brauchst.«
»Schön wär's«, meinte Isobel wehmütig. »Dabei werde ich im Augenblick die Swimmingpool-Königin von Kent.«
»Bist du sicher, daß ihr ein gutes Geschäft macht?«
»Absolut.«
»Sagen wir in vierzehn Tagen oder in einem Monat kommt das Geld, damit hast du genug Zeit, das Buch zu liefern, und sie, dich zu bezahlen.«
»In Ordnung«, stimmte Isobel widerwillig zu. Sie verabschiedete sich und legte auf. Dann rief sie bei der Bank an. Sie hatte es gerade noch vor Geschäftsschluß geschafft. Es war ihr ein wenig mulmig zumute, als man sie zum Kreditberater durchstellte.

Sie erklärte, daß sie ihr Haus für zwei Drittel des Marktwerts mit einer Hypothek belasten wolle und daß sie die Anleihe innerhalb weniger Monate zurückzahlen würde. Der Kreditberater, der in dieser wohlhabenden Gegend den Umgang mit großen Summen gewöhnt war, erschrak nicht, als sie ihm den Betrag von 350000 Pfund nannte. Er versprach, sofort zurückzurufen.

Isobel legte auf und bedeckte ihr Gesicht mit den Händen. Noch nie hatten sie eine Hypothek auf dem Haus gehabt. Es war ihr immer ein großer Trost gewesen, daß Philips Versicherungsgeld gereicht hatte, um das Haus vollständig zu bezahlen. So waren sie sich stets sicher gewesen, daß das Haus ihnen gehören würde, ganz gleich welche finanziellen Schwierigkeiten sie bei sinkenden Honoraren und gleichbleibenden Ausgaben bekommen würden.

Es ist ja nur für ein paar Monate, beruhigte sie sich. Und dann kommt das Zelda-Vere-Geld.

Entschlossen stellte sie den Computer an. Sie war inzwischen bei Kapitel fünfundzwanzig. Sie würde mindestens fünfzig Kapitel brauchen, um das dicke Buch zu liefern, das Verlag und Leser verlangten. Ihre Heldin hatte gerade um ein Haar einen Verkehrsunfall überlebt und lag im Krankenhaus. Im Nebel der Narkose war ihr der Guru erschienen. Mit einem leisen Lächeln machte sich Isobel an die angenehme Aufgabe, eine erotische Liebesszene mit einem Untoten zu entwerfen.

Sie war tief in die Arbeit versunken, als das Telefon klingelte, und mußte aus der Geisterwelt auftauchen, um mit dem Kreditberater zu sprechen. Der bestätigte ihr, die Bank wäre bereit, eine Hypothek über eine Summe von 350 000 Pfund auf das Haus und das Grundstück zu gewähren. Isobel bemerkte den ängstlichen Ton in ihrer Stimme, als sie ihn bat, die Formulare sofort in die Post zu geben.

»Es ist ja nur für zwei Monate«, versuchte sie sich zu beruhigen.

Murray hatte nicht erwartet, daß Isobel auch beim Abendessen dabeisein würde. Er erwartete Philip in der Bar und hatte nicht bemerkt, daß der Tisch im Restaurant für drei Personen gedeckt war. Er schaute überrascht, als er sie sah, blickte sie höchst aufmerksam an.

Isobel dachte, es läge vielleicht an der Frisur. Sie hatte das Haar hochgesteckt, anstatt den Knoten im Nacken zu schlingen, und hatte dadurch eindeutig ein wenig Zelda-Glamour bekommen. Sie hatte Lidstrich und Wimperntusche benutzt und wußte, daß sie gut aussah in ihrem Cocktailkleid, das nach Zeldas Maßstäben bescheiden war – hellgrau mit kleinem Stehkragen und kurzen Ärmeln –, für Isobel aber außerordentlich elegant.

»Isobel, wie schön, Sie zu sehen!« rief Murray und stand auf. »Sie sind also nicht in London geblieben?«

»Nein«, erwiderte sie knapp.

»Ich dachte, sie wollten erst morgen wiederkommen«, sagte er.

»Ich habe es mir anders überlegt.«

»Alles gut gelaufen?«

Isobel wandte sich dem Kellner zu, der ihre Getränkebestellung aufnehmen wollte. »Einen trockenen Sherry, bitte«, sagte sie.

»Ist in London alles gut gelaufen?« fragte Murray erneut, während Philip bestellte.

Isobel blickte ihn an, war sich nicht sicher, ob sie sich die leicht bösartige Note in seinem besorgten Ton nur einbildete.

»Alles in bester Ordnung, danke«, erwiderte sie kühl. »Ich bin nur früher als erwartet fertig geworden und hatte keinen Grund, in der Stadt zu bleiben.«

»Oh, keinen Grund«, wiederholte er, als erklärte das alles. »Ich freue mich jedenfalls sehr, daß sie es geschafft haben, mit uns zum Abendessen zu kommen. So wird es eine richtige Party.«

Isobel lächelte und wandte ihre Aufmerksamkeit der Speisekarte zu.

Zu ihrer großen Überraschung verlief der Abend sehr angenehm, und es herrschte echte Feierstimmung. Isobel verbot den beiden, am Tisch den Geschäftsplan aus der Tasche zu ziehen, aber sie hatten ohnehin die meisten Zahlen im Kopf und rechneten und schätzten ihre Gewinne.

»Tatsache ist doch schlicht und einfach, daß wir alle nächsten Dienstag Millionäre sind«, sagte Isobel übermütig.

»Mindestens!« erwiderte Philip. »Auf uns!« Er hob sein Glas und trank auf die Firma.

»Wir unterschreiben morgen?« fragte Murray nach.

»Nächsten Montag«, korrigierte ihn Isobel. »Sobald ich den Scheck von der Bank habe.«

»Am Montag dann«, meinte Murray. »Verdammt, da machen die Geschäfte früher zu. Und ich wollte mir doch einen neuen Ferrari kaufen.«

Isobel und Philip gingen zusammen zur Bank, um den Scheck zu holen. Jahre der Passivität und Krankheit hatten bei Philip Spuren hinterlassen. Er wollte gar nicht wissen, wie das Geld zusammengekommen war, er war es zufrieden, daß Isobel alles allein regelte. Sie erzählte ihm, daß sie alle Ersparnisse und Investitionen flüssiggemacht hatte und zusätzlich noch einen Kredit aufnehmen mußte, für den das Haus die Sicherheit war. Philips einzige Antwort war, diese Investition würde ihnen eine bessere Rendite bringen als alles andere, er würde vom ersten Tag an ein Gehalt bekommen und sie wollten sich jedes Vierteljahr einen Gewinnanteil auszahlen.

Zusammen gingen sie mit dem Scheck zu Murray. Philip fuhr, und Isobel saß mit der Handtasche auf dem Schoß da, darin den Scheck, der auf Murrays Geschäftskonto ausgestellt war. Er begrüßte sie an der Tür. »Ich habe gerade Kaffee gekocht«, sagte er. »Ich hätte wohl besser Champagner kalt stellen sollen.«

»Nicht um halb elf morgens«, meinte Isobel. Sie gab Philip den Scheck, der ihn Murray reichte.

»Bitte. Und nicht alles auf einmal ausgeben!«

»Das geht sofort aufs Geschäftskonto«, versprach ihm Murray. »Und du bekommst einen Teil schon am Quartalsende als Gewinn zurück.«

»Das weiß ich«, sagte Philip. »Hast du was von der Schule gehört? Gefallen denen die Zahlen?«

»Sie wollen sich heute nachmittag mit uns treffen«, erklärte Murray und ging in die Küche voraus.

Isobel schaute auf den Fuß der Treppe, wo sie ihre Schuhe hatte stehenlassen. Die mit Teppich ausgelegte erste Stufe war noch immer leer.

»Ich war so frei, zu sagen, daß wir beide zu dieser Besprechung kommen«, meinte Murray. »Ich habe gehofft, du würdest mich begleiten?«

»Natürlich«, antwortete Philip. »Wir müssen unsere Terminkalender abstimmen und die restliche Woche planen. Aber natürlich komme ich heute nachmittag mit.«

»Du darfst es nicht übertreiben«, warnte ihn Murray. »Wir haben so viel zu tun, daß wir beide locker einen 48-Stundentag arbeiten könnten.«

»Nein, übertreiben darf er es wirklich nicht«, unterstützte ihn Isobel.

»Mir ist es nie bessergegangen«, sagte Philip. »Sei nicht so eine Glucke.«

Murray warf Isobel ein Lächeln zu. »Kaffee für alle? Und dann setze ich mich besser wieder an die Arbeit. Ich möchte ein paar Pläne fertigmachen, damit ich heute nachmittag in der Schule was vorzeigen kann.«

»Kann ich was helfen?« erkundigte sich Philip eifrig.

»Könntest du die Kosten berechnen, während ich die Zeichnungen durch den Computer jage?«

»Klar«, erwiderte Philip. »Geben wir ihnen ein paar Möglichkeiten zur Auswahl?«

»Ich dachte, wir machen drei Pläne und gehen davon aus, daß sie sich für den mittleren entscheiden. Das tun die Leute beinahe immer.«

»Wißt ihr was«, unterbrach Isobel. »Wenn ich das Auto haben kann, dann fahre ich jetzt nach Hause und lasse euch arbeiten.«

»Ja, klar«, antwortete Philip. Er gab ihr die Autoschlüssel und küßte sie zerstreut auf die Wange. »Murray kann mich zu Hause absetzen, wenn wir in der Schule fertig sind.«

»So um vier herum«, sagte Murray zu Isobel.

Die nickte und verließ die Küche. An der Haustür hörte sie noch, wie Philip eifrig meinte: »Wir sollten ihnen die einzelnen Posten getrennt auflisten, damit sie sich auch für einen einfacheren Pool mit ein paar Extras entscheiden können.«

Kapitel 33

In den folgenden Wochen hatte Isobel das Haus für sich allein wie vor vielen Jahren, wie vor Philips Krankheit. Meistens frühstückten sie zusammen, dann fuhr Philip ins Dorf zu Murray und arbeitete. Manchmal besuchte er auch Kunden oder blieb im Büro und erledigte Schreibarbeiten, während Murray unterwegs war. Jedenfalls war er von neun Uhr morgens bis fünf oder sechs Uhr abends nicht zu Hause.

Isobel hatte gedacht, er würde ihr vielleicht fehlen, aber sie merkte, daß sie die Stille im leeren Haus liebte. Sie kam besser voran, wenn sie allein war und nicht das Gefühl hatte, daß Philip im Haus umherstrich, wenn nicht irgendwo der Fernseher plärrte oder Philip ständig bei ihr hereinschaute und hilfsbereit fragte, ob sie eine Tasse Tee brauchte oder früher zu Mittag essen wollte. Während seiner Krankheit war Philip kein wirklicher Partner gewesen, wenn Isobel sich auch in ihrer Liebe eingeredet hatte, daß sie ihn gern den ganzen Tag um sich hatte. Jetzt ohne ihn merkte sie erst, daß die unter seinen Schritten knarrenden Dielen, das Klappern der Haustür, wenn er nach dem Briefträger Ausschau hielt, sie entsetzlich abgelenkt hatten. Philips Einsamkeit und Langeweile waren unter der Tür ihres Arbeitszimmer hindurchgesickert wie ein lästiger säuerlicher Geruch.

Jetzt hatte Philip viel zu tun, war glücklich und abgelenkt und in Gesellschaft eines Freundes, und nun mußte Isobel feststellen, daß sie im Haus herumtigerte. Aber sie hatte dabei das köstliche Gefühl, in ihrer eigenen Umgebung volle Freiheit zu genießen. Wenn sie im Arbeitszimmer war, freute sie sich über die Einsamkeit und Abgeschiedenheit.

Isobel kürzte Mrs. M. die Stunden, teils weil sie sie nicht brauchte, insgeheim aber auch, weil sie das Haus ganz für sich haben wollte. Sogar Mrs. M. störte sie. Daß sie morgens immer die Tür zuschlug, ständig ihr Eheleben überwachte, Murrays freundliche Natur ausnutzte – so schien es Isobel –, all das hatte Mrs. M. eher zu einer Rivalin im eigenen Heim als zu einer guten Haushaltshilfe gemacht.

»Wenn ich hier keine Ganztagsstelle mehr habe, muß ich mich nach etwas anderem umsehen«, warnte Mrs. M. »Ich möchte ja gerne flexibel sein, Mrs. Latimer, aber ich brauche eine Ganztagsstelle.«

»Das verstehe ich gut«, sagte Isobel. »Aber seit Mr. Latimer gesund ist und außer Haus arbeitet, brauche ich wirklich nicht den ganzen Tag über jemanden.«

»Aber es muß doch immer noch jemand saubermachen, einkaufen und sich um die Wäsche kümmern«, meinte Mrs. M.

»Ja«, antwortete Isobel und überlegte, daß es zumindest mit dem Einkaufen sehr viel besser werden würde, wenn sie es wieder in die Hand nähme. Das Haushaltsgeld im Topf auf dem Küchenbüffett schwand immer noch bedenklich schnell. Mrs. M. beteuerte, daß sie so wenig ausgab wie immer, und Philip behauptete, nie mehr als ein paar Pfund herauszunehmen, um sich mittags ein Sandwich zu kaufen. Das System war eindeutig schon vor einigen Monaten zusammengebrochen. Aber erst jetzt fühlte sich Isobel stark genug, der schmollenden Mrs. M. die Stirn zu bieten.

»Sie brauchen jemand, der die Hausarbeit für Sie macht«, erklärte ihr Mrs. M. Dahinter schwang unausgesprochen mit, daß Isobel zu faul war, ihren eigenen Haushalt zu führen, daß sie es vielleicht ein paar Tage lang schaffen, dann aber jämmerlich versagen würde.

»Ganz sicher«, stimmte Isobel ihr zu. »Ich habe im Augenblick sehr viel zu tun. Ich schreibe gerade einen Roman zu Ende. Aber ich brauche niemanden für sieben oder acht Stunden am Tag. Ich denke, vier Stunden zweimal die Woche müßten reichen. Aber vielleicht möchten Sie das nicht? Für sechs Pfund die Stunde?«

Isobel verspürte ein kleines, boshaftes Vergnügen über das lange Schweigen, während Mrs. M. im Kopf vier mal zwei mal sechs rechnete und dann schließlich entrüstet sagte: »Aber das sind ja nur achtundvierzig Pfund in der Woche!«

»Mehr brauche ich nicht.«

»Ich bezweifle, daß sie jemanden finden werden, der für das Geld den ganzen Weg hierher auf sich nimmt«, sagte Mrs. M. »Das lohnt sich ja kaum.«

»Dann muß ich mich eben umsehen, nicht?« erwiderte Isobel. »Eine Anzeige aufgeben. Wenn Sie es wirklich nicht machen möchten?«

»Ich mache es«, meinte Mrs. M. verärgert. »Aber ich muß mich nach etwas anderem umschauen, Mrs. Latimer. Mit zweiundsiebzig Pfund in der Woche komme ich nicht zurecht.«

»Ganz sicher nicht«, erwiderte Isobel spitz und dachte daran, wie verschwenderisch Mrs. M. wirtschaftete. »Sobald Sie etwas gefunden haben, das Ihnen besser gefällt, sagen Sie mir Bescheid, und ich lasse Sie natürlich gehen.«

»Ich hoffe nur, daß Philip sich nicht überanstrengt, wieder krank wird und dann zu Hause betreut werden muß«, erwiderte Mrs. M. lammfromm.

»Das hoffe ich ebenfalls«, stimmte ihr Isobel zu. »Wenn sich die Lage ändert, teile ich Ihnen das natürlich sofort mit.«

»Das würde nichts nützen, wenn ich eine andere Stelle hätte«, meinte Mrs. M. »Es wäre furchtbar, wenn ich einen anderen Job hätte, und Sie bräuchten mich wieder. Mr. Latimer ist sehr eigen, wenn er krank ist. Er hat gern Leute um sich, die seine kleinen Gewohnheiten kennen. Er würde mich vermissen.«

»Ja, kann sein«, stimmte Isobel zu. »Aber jetzt geht es ihm gut.«

»Im Augenblick«, unkte Mrs. M.

»Also kommen Sie fürs erste Montag, Mittwoch und Freitag vier Stunden«, brach Isobel die Diskussion ab. »Und ich kaufe ein.«

»Freitag kann ich nicht«, sagte Mrs. M., um das letzte Wort zu haben. »Es müßte schon Montag, Mittwoch und Donnerstag sein.«

»*Haargenau* was ich brauche«, erklärte Isobel, um sie zu ärgern. »Montag, Mittwoch und Donnerstag von neun bis eins.«

Nun wurde das Haus noch friedlicher. Isobel hatte das Gefühl, ihr Zuhause zurückzuerobern. Eigentlich entbehrte das nicht einer gewissen Ironie, denn zum erstenmal gehörte es nicht ihr, sondern der Bank. Sie ging von einem Zimmer ins andere, zog Kissen gerade und schob Tische an die richtige Stelle. Sie kaufte Blumen und ordnete sie, hatte immer einen Strauß auf dem Tisch im Flur stehen. Die Tulpen blühten, und Isobel kaufte sich weiße, goldgelbe und rote für den Schreibtisch.

Was ihr fehlte, war seltsamerweise nicht etwa Philip, sondern Murray.

Die Arbeiten am Swimmingpool gingen ihrem Ende entgegen. Der Putz und der Fugenkitt trockneten. Endlich war der überdachte Gang ans Haus angeschlossen, der Heizkessel war bereit, die Maler tünchten die Wände weiß, bald würden die Teppiche verlegt, und dann wäre der Anbau fertig. Murray kam immer noch beinahe jeden Morgen vorbei, um zu kontrollieren, ob die Arbeiten vorangingen, aber er betrat das Haus nicht mehr. Manchmal saß Isobel am Schreibtisch und sah ihn durchs Fenster. Dann winkte er ihr zu, aber er kam nie an die Tür oder klopfte, um sich mit ihr zu unterhalten.

Eines Tages winkte sie ihm zu, weil sie dachte, sie sei vielleicht unhöflich gewesen und sollte ihn eigentlich auf einen Kaffee ins Haus einladen, aber er tippte nur kurz an seine Baseballmütze und redete weiter mit den Arbeitern. Am nächsten Morgen machte Isobel das Fenster auf und rief ihn.

Er kam herübergeschlendert, lehnte sich an die Hauswand und lächelte sie an.

»Alles in Ordnung?« fragte sie.

Murray warf ihr einen schnellen prüfenden Blick zu. Nie zuvor hatte sie sich nach dem Fortschritt der Arbeiten erkundigt. Er schaute sie an, als vermutete er, daß sie ein ganz eigenes Spielchen anfangen wollte, als wüßte er nur zu gern, was sie insgeheim dachte.

»Prima«, sagte er kurz angebunden. »Daran hatten Sie doch sicher keinen Zweifel?«

»O nein«, erwiderte Isobel. »Ich habe Sie gesehen und mir gedacht, ich frage mal nach.«

»Prima«, wiederholte er.

Nach einem kurzen Schweigen erkundigte sie sich: »Möchten Sie eine Tasse Kaffee?«

Wieder musterte er ihr Gesicht, als müsse er darin lesen. »Ich möchte Sie nicht stören, wenn Sie arbeiten«, sagte er höflich.

»Ist schon gut«, antwortete sie, aber sie wiederholte die Einladung nicht. Er bewegte sich nicht von seinem Beobachtungsposten fort, lehnte weiter an ihrem Fenster und schaute sie an.

»Kommt Philip zum Mittagessen nach Hause?« fragte sie ins Blaue hinein.

»Ich glaube nicht«, erwiderte er. »Sie können ja mal bei ihm anrufen. Er ist heute im Büro.«

»Ja, ich weiß.«

Sie schwiegen. Isobel fiel nichts mehr ein, aber sie fand auch kein Ende für dieses Gespräch, das sie angefangen hatte. Murray lehnte an der Wand und wartete geduldig darauf, daß sie ihm sagte, warum sie ihn gerufen hatte.

»Sie sind also heute ganz allein zu Hause«, bemerkte er. »Jeden Tag.«

»Ja«, antwortete Isobel knapp.

Er nickte, als hoffte er, sie würde vielleicht noch etwas hinzufügen.

»Auf Wiedersehen dann«, sagte Isobel abrupt.

Murray schenkte ihr ein langes, verschmitztes Lächeln. »Auf Wiedersehen«, sagte er und spazierte davon. Isobel beobachtete ihn, sah seine herabhängenden Schultern, als er die Hände in die Taschen seiner ausgebeulten Jeans steckte, sah, wie er mit seinen großen Stiefeln ausschritt, sah seinen leicht wiegenden Gang. Dann schlug sie das Fenster zu, als wollte sie eine plötzliche, irritierende Frühlingsbrise aussperren.

Ohne Philip arbeitete Isobel in der friedlichen Stille ihres Hauses lange und intensiv. Sie wußte, daß der neue Zelda-Vere-Roman kein wichtiges Buch für sie war, es würde nicht einmal ein mittelmäßiges werden. Vielmehr hatte sie sich die Aufgabe gestellt, ein ziemlich schlechtes Buch zu schreiben: klischeehafte Personen, nachlässige Dialoge, abgedroschene Bilder, aber das alles in einer spannenden und gut aufgebauten Geschichte. Isobel stellte fest, daß sie ungeheuer schnell vorankam, wenn sie nur die Forderungen der Geschichte erfüllte und sich nicht um gute Wortwahl scherte, nicht um Realismus, Glaubhaftigkeit oder Moralfragen. Um einen Zelda-Vere-Roman zu schreiben, mußte sie sich nur eine spannende Geschichte ausdenken und alle Entwicklungen und Veränderungen, die ihr während des Schreibens einfielen, einfach auf das Papier bannen.

Sie wurde zum versprochenen Zeitpunkt fertig, druckte die siebenhundert Seiten aus und schickte sie mit einem kleinen Begleitschreiben an Troy.

Hier ist das Manuskript. Ich habe dich gewarnt, es ist nur eine erste Rohfassung. Ich werde beim Überarbeiten viel verändern, aber du wolltest es ja unbedingt gleich sehen.

Wir mußten das Geld für das Pool-Unternehmen aufbringen, ehe das Geld vom Verlag da war. Ich würde mich also sehr freuen, wenn du erreichen könntest, daß sie möglichst schnell zahlen. Ich finde es furchtbar, wenn das Haus mit einer Hypothek belastet ist. Könntest Du mir, sobald sie zahlen, einen

Scheck über 350 000 Pfund abheben? Und bitte auf mein Konto überweisen. Philip glaubt, daß wir seine alten Aktien und Anleihen zu Geld gemacht haben.

Ich hoffe, Dir geht es gut. Ich denke an Dich ...

Isobel wickelte das Manuskript in braunes Packpapier, befestigte die Seiten mit Klebestreifen und band noch eine Schnur darum. Sie zog sich bequeme Halbschuhe an und ging zur Post im Dorf.

Die Frau nahm das Päckchen ohne Kommentar entgegen. Isobel zahlte und blieb dann bei den Süßigkeiten stehen. Sie erinnerte sich an ihre Freude an dem Tag, als sie den ersten Zelda-Vere-Roman zur Post gebracht hatte, dachte an den bittersüßen Geschmack der dunklen Schokolade damals.

»Darf es sonst noch was sein?« fragte die Frau.

»Nein«, antwortete Isobel und fühlte sich seltsam enttäuscht. Sie aß ja beinahe nie Schokolade, versuchte sie sich einzureden. Eine große Schachtel Paranüsse in Schokolade war wirklich etwas ziemlich Seltenes für sie. Außerdem war ihr heute nicht nach Feiern zumute. Sie hatte lediglich das Gefühl, eine Lohnarbeit abgeschlossen zu haben. Einen nicht besonders guten Roman zu schreiben, das hatte nichts Luxuriöses. Es war eine ziemliche Plackerei gewesen. Jetzt mußte sie wieder ganz von vorn anfangen, sich an die zweite Fassung machen. Zweifellos, sie wurde bestens dafür bezahlt, aber genauso zweifellos machte ihr diese Arbeit auch nicht die Freude, die sie empfunden hatte, als sie sich noch redlich bemühte, ihre Kunst ständig zu verbessern, und stolz auf ihre Arbeit gewesen war.

Zu ihrer großen Überraschung hörte Isobel weder am nächsten noch am übernächsten Tag etwas von Troy. Sonst rief er an, sobald er einen neuen Roman von ihr gelesen hatte, um ihr seine ersten Eindrücke mitzuteilen. Das ganze Wochenende wartete sie auf seinen Anruf. Am Montagmorgen, als

Mrs. M. oben mit viel Getöse staubsaugte, schloß Isobel die Tür des Arbeitszimmers und rief bei Troy an.

»Er ist heute nicht da. Kann ich Ihnen vielleicht helfen?« fragte die Assistentin fröhlich.

»Nicht da?«

»Nein.«

»Hier spricht Isobel Latimer. Ich würde gern mit ihm reden. Könnten Sie mir sagen, wann er ins Büro zurückkommt?«

»Er ist im Urlaub«, erklärte das Mädchen mit neutraler Stimme. »Ist es dringend?«

»Im Urlaub?«

»Ja.«

Troy hatte, seit Isobel ihn kannte, noch nie Urlaub gemacht. Manchmal fuhr er für ein langes Wochenende weg, aber eigentlich war er immer im Büro und in der Wohnung, genauso wie Isobel immer zu Hause gewesen war.

»Wie lange ist er weg?« fragte sie.

»Einen Monat«, antwortete das Mädchen.

»Er hat mir gegenüber nichts davon erwähnt«, protestierte Isobel. Wenig freundliches Schweigen.

»Ich habe ihm ein Päckchen geschickt, ein Manuskript«, erklärte Isobel. »Können Sie mir sagen, ob er es bekommen hat?«

»Das weiß ich nicht«, erwiderte das Mädchen.

Isobel überlegte blitzschnell. Wenn Troy das Päckchen nicht erhalten hatte und es jemand anders aufmachte, dann würde schnell herauskommen, daß Isobel Latimer die Autorin der Zelda-Vere-Romane war. Das sorgfältig konstruierte Lügengebilde würde zusammenbrechen.

»Es ist wichtig«, beharrte sie. »Ich habe es per Einschreiben geschickt. Jemand muß unterschrieben haben.«

»Ein großes, schweres braunes Paket?« fragte das Mädchen. »Altmodisch verpackt, mit Schnur und so? Dafür habe ich unterschrieben, und ich habe es ihm gegeben. Aber er hat es mit nach oben genommen. Er hat es auf jeden Fall bekommen, ehe er weggefahren ist. Es ist nicht mehr im Büro.«

Isobel war ungeheuer erleichtert. Was auch immer geschehen war, Troy hatte nicht vergessen, daß sie in Sachen Zelda absolute Diskretion vereinbart hatten.

»Haben Sie eine Telefonnummer, wo ich ihn erreichen kann?« fragte sie.

»Nein«, antwortete das Mädchen. »Nur die Nummer seines Mobiltelefons. Haben Sie die?«

»Natürlich. Danke. Auf Wiedersehen.«

Als sie den Hörer auflegte, merkte sie, daß sie zitterte. Sie saß einen Moment schweigend da, die Hände im Schoß. Dann schaute sie in ihrem Adreßbuch Troys Handy-Nummer nach. Zumindest konnte sie mit ihm reden, so daß der Kontakt nicht ganz abreißen würde, wo immer er auch in diesen vier Wochen steckte.

Sie wählte die Nummer. Die Verbindung kam schon nach dem ersten Klingeln zustande, aber da sprach eine schreckliche körperlose Stimme im Roboterton: »Der gewählte Teilnehmer ist nicht erreichbar. Sie können nach dem Ton eine Nachricht hinterlassen. Wenn Sie Ihre Nachricht korrigieren möchten, drücken Sie Stern 1.« Es folgte ein schriller Pfeifton.

»Troy«, flüsterte Isobel ängstlich. »Ich bin sehr bestürzt, daß du einfach ohne Vorwarnung verreist bist. Ich fühle mich so ...« Sie unterbrach sich. Es war unmöglich, einem Anrufbeantworter das wirbelnde Durcheinander ihrer Gefühle mitzuteilen. »Bitte ruf mich an«, sagte sie. »Ruf bitte sofort zurück.«

Er rief nicht an. Isobel rannte den ganzen Tag beim ersten Klingeln zum Telefon. Als Philip abends nach Hause kam, stellte sie fest, daß sie während des ganzen Abendessens angestrengt auf das Telefon lauschte, während er begeistert von seiner Arbeit erzählte.

Am nächsten Tag sollte das Wasser in den Pool eingelassen werden. »Zwei Tage später können wir zum erstenmal schwimmen«, meinte Philip. »Wie wär's, sollen wir Murray zum Abendessen ausführen und das feiern? Möchtest du irgend jemanden aus London einladen? Wie wäre es mit diesem Troy?«

»Der ist nicht da«, erwiderte Isobel und versuchte, sich ihre Verzweiflung nicht anmerken zu lassen. »Ich habe keine Ahnung, wo er steckt.«

Am nächsten Morgen rannte sie, sobald Philip aus dem Haus war, wieder ins Arbeitszimmer und versuchte noch einmal Troy anzurufen.

»Der gewählte Teilnehmer ist nicht erreichbar. Sie können nach dem Ton eine Nachricht hinterlassen. Wenn Sie Ihre Nachricht korrigieren möchten, drücken Sie Stern 1.«

»Troy«, sagte Isobel. »Ich bin's, Isobel. Ich mache mir große Sorgen, daß du so ohne Vorwarnung weggefahren bist. Bitte rufe mich auf jeden Fall noch heute an.«

Sie legte auf und schaltete den Computer ein. Sie hatte vorgehabt, mit der Bearbeitung des neuen Zelda-Romans zu beginnen. Sie öffnete das erste Kapitel und entdeckte sofort einen himmelschreienden Fehler in der Beschreibung des Hauses, doch sie korrigierte ihn nicht.

Das Telefon klingelte. Isobel sprang auf und riß den Hörer hoch.

»Hallo«, sagte sie mit dringlicher Stimme.

»Ich bin's, Schatz«, antwortete Philip. »Rate mal, von wo ich dich anrufe.«

Isobel hätte vor Enttäuschung heulen mögen. »Keine Ahnung.«

»Von einem Handy. Murray hat mir gerade eins gekauft. Jetzt weißt du, daß ich ein richtiger Geschäftsmann bin.«

»Oh, toll«, erwiderte Isobel.

»Ich gebe dir die Nummer, dann kannst du mich anrufen, wenn ich nicht im Büro bin.«

»Kannst du mir die nicht sagen, wenn du nach Hause kommst? Ich erwarte einen wichtigen Anruf.«

»Es dauert doch nicht lange«, sagte Philip ein wenig verärgert. »Wenn du einen Stift zur Hand hast.«

»Ja, habe ich.«

Langsam diktierte er ihr die Nummer und ließ sie sich dann noch einmal von ihr vorlesen.

»Was ist denn so wichtig?« fragte er.

»Was meinst du?«

»Daß du auf einen Anruf wartest?«

»Ach, nichts«, improvisierte Isobel. »Ich meine, Troys Büro hat einen amerikanischen Verlag für mein neuestes Buch interessieren können. Die wollten mich anrufen.«

»Aber doch nicht jetzt«, meinte Philip. »Da ist es jetzt fünf Uhr morgens. Er muß zehn Uhr heute abend gemeint haben.«

»Ich weiß nicht«, sagte Isobel. »Vielleicht.«

»Bestimmt«, insistierte Philip. »Die machen doch morgens um fünf keine Geschäfte.«

Isobel biß die Zähne zusammen. »Ich rufe gleich zurück und frage noch einmal nach«, versprach sie. »Vielleicht habe ich da was mißverstanden.«

Philip lachte freundlich. »Zeitzonen sind nicht gerade deine Stärke, was?« neckte er sie liebevoll.

»Ich rufe noch mal im Büro an«, sagte sie. »Jetzt gleich.«

»In Ordnung«, erklärte Philip. »Ich mache mal weiter. Wir haben viel zu tun. Wir gehen heute noch einmal in die Schule. Murray hatte recht, die haben sich für die mittlere Variante entschieden.«

»Es klingelt an der Tür«, log Isobel verzweifelt. »Ich muß jetzt wirklich aufhören.« Sie legte auf, während Philip noch meinte, es sei ein wenig früh für den Briefträger. Isobel versenkte das Gesicht in den Händen. »O Troy!« flüsterte sie. »Wo bist du?«

Kapitel 34

Isobel konnte nicht arbeiten, konnte nicht stillsitzen. Am Nachmittag brach sie zu einem Spaziergang auf, ging den steilen Pfad hinauf, der hinter dem Haus auf die Anhöhe des Weald führte. Der kalte Wind schnitt ihr ins Gesicht und rötete ihre Wangen. Sie schritt rasch aus und versuchte, vor ihren Gedanken und den Schrecken davonzulaufen, die sich auftürmten, sobald sie im Arbeitszimmer saß und auf das stumme Telefon starrte.

»Na, schlimmstenfalls ist er einen Monat weg«, redete sie laut vor sich hin, »dann müßte ich den Kredit einen Monat länger laufen lassen. Er hat den Roman möglicherweise nicht rechtzeitig zum Verlag gebracht, und das Geld kommt vielleicht etwas später. Ich verliere ein bißchen was, weil ich den Kredit später zurückzahle, aber es handelt sich ja nur um einen Monat, maximal zwei.«

Es ging ihr schon ein bißchen besser. In der Ferne konnte sie das Meer liegen sehen, grau glänzend wie eine Scheibe Zinn. Sie blickte auf das dunkelgrüne Land und die grau und weiß hingetupften Häuser, ab und zu einen hohen Schornstein. Am Fuß des Höhenzuges konnte sie einen Flickenteppich aus Feldern erkennen, kleine Bauernhöfe, so winzig wie Spielzeug, einen roten Traktor, der ein Feld pflügte, einen Streifen brauner Erde darüberlegte, und einen Schwarm Möwen, der dem Pflug folgte.

»Es war meine Entscheidung, unsere Affäre zu beenden«, sagte Isobel laut. »Da darf ich jetzt nicht sein Leben kontrollieren wollen.«

Sie dachte über den Lippenstift an dem Champagnerglas

auf Troys Wohnzimmertisch nach. Es war Zeldas Farbe. Sie hatte das bis jetzt nicht wahrhaben wollen. Es war der schrille Lippenstift, den sie damals bei Harrods ausgesucht hatten, um Zelda »maximale Wirkung« zu verleihen. Entweder traf sich Troy mit einer Frau, die Roederer trank und Zeldas liebsten Lippenstift benutzte, oder er war mit jemand anderem Zelda Vere gewesen, ohne daß Isobel dabei war, ohne ihre Hilfe beim Anziehen und ohne ihre Zustimmung.

»Na und?« fragte Isobel. »Ich kann nicht sein Leben überwachen. Er ist ein freier Mensch. Ich kann ihn nicht dran hindern.«

Sie wanderte den ganzen Nachmittag und kam erst in der Abenddämmerung müde nach Hause. Sie hatte einen Entschluß gefaßt: Sie wollte nicht mehr als einmal pro Tag bei Troy anrufen. Isobel mißtraute der Technik, sie war sich nicht sicher, ob der Anrufbeantworter wirklich ihre Nachrichten aufzeichnete. Also beschloß sie, Troy jeden Tag auf dem Handy anzurufen und außerdem jeden zweiten Tag im Büro nachzufragen, ob er für sie eine Nachricht hinterlassen hätte. Sie würde versuchen, die zweite Fassung des Zelda-Vere-Romans zu schreiben. Je schneller die fertig war, desto schneller konnte sie an ihrem eigenen Roman weiterarbeiten. Von nun an würde sie nur noch gut durchdachte, lohnende Isobel-Latimer-Romane verfassen. Und nur Isobel Latimers eingeengtes, sicheres Leben führen.

Welche Spielchen Troy in der Intimität seiner Wohnung trieb, es würde keinerlei Auswirkungen auf Isobel Latimer haben, die ruhig und friedlich auf dem Land lebte und keine sichtbare Verbindung zu Zelda Vere hatte.

Sie machte sich gerade eine Tasse Tee, als sie Philips und kurz darauf auch Murrays Auto hörte. Die beiden gingen erst zum Pool, kamen dann zusammen durch die Hintertür in die Küche.

»Hallo«, begrüßte Isobel sie. »Möchtet ihr Tee? Ich koche gerade welchen.«

»Liebend gern«, antwortete Philip. »Und du?«

»Ja, bitte«, sagte Murray.

»Heute lassen wir das Wasser ein«, verkündete Philip. »Wir haben uns gerade noch einmal alles angesehen. Die Farbe an den Wänden ist trocken, es kann losgehen. Erweist du uns die Ehre und drehst feierlich den Wasserhahn auf?«

»O ja«, erwiderte sie und versuchte begeistert auszusehen.

Philip war viel zu angetan von seinem Pool, als daß er die Anspannung in ihrer Stimme bemerkt hätte. Murray warf ihr einen schnellen, forschenden Blick zu. Isobel schritt durch den neuen Glasgang zur Scheune. Alles roch noch nach Farbe, der Raum war kalt und hatte ein unangenehmes Echo. Die Atmosphäre war kühl und modern, ein krasser Gegensatz zu den alten Balken von früher.

»Wenn erst Wasser im Pool ist, sieht es viel besser aus«, meinte Murray, der ihre Enttäuschung spürte. »Das bringt Leben. Und der Pool heizt das ganze Gebäude.«

Philip rollte den Schlauch auseinander. »Fertig?« fragte er.

Isobel ging zum Wasserhahn. »Ich erkläre diesen Pool für füllbereit«, sagte sie und drehte auf.

Wasser sprudelte in den Pool. Die beiden Männer standen am Rand und starrten auf das tiefe Beckenende zwei Meter unter ihnen.

»Wird 'ne Weile dauern«, meinte Philip.

»Knapp zwei Tage«, erwiderte Murray. »Du kannst ja von dem Wasserhahn auf dem Hof noch einen Schlauch legen, wenn du ungeduldig wirst. Aber das bringt auch nicht viel.«

»Ich kann es kaum erwarten«, sagte Philip.

Isobel kehrte ins Haus zurück. Der Gang war vorläufig weiß gestrichen. Auf dem Boden lagen graue Teppichfliesen. Sie hatten noch keine Vorhänge gekauft, und das harte Licht fiel auf das Grau und Weiß. Isobel fand, der Gang wirkte wie ein Korridor in irgendeinem trostlosen Heim. Sie hatte das ungute Gefühl, eine Komplizin bei der Zerstörung der Gemütlichkeit ihres eigenen Zuhauses gewesen zu sein.

Ernüchtert kochte sie eine Kanne Tee und stellte für die Männer Kekse auf den Tisch.

»Und war zehn Uhr abends richtig?« fragte Philip, als er in die Küche trat.

»Zehn?«

»Der Anruf?«

Einen Augenblick begriff Isobel gar nichts. Sie war sich bewußt, daß Murray sie aufmerksam beobachtete, während sie krampfhaft versuchte, sich an ihre Lügengeschichte zu erinnern. »Oh, der Anruf aus New York. Ja.«

»Heute morgen wollte sie, daß ich unbedingt sofort auflegte, weil sie auf einen Anruf aus New York wartete«, erzählte Philip Murray. »Ich mußte ihr erklären, daß da wohl niemand mitten in der Nacht aufsteht, um sie anzurufen. Natürlich haben die zehn Uhr heute abend gemeint.«

Murray nickte und trank seinen Tee. »Erscheinen Ihre Bücher auch in Amerika?« fragte er höflich.

»Früher ja«, antwortete Isobel. »Aber das letzte Buch wollten sie dort nicht. Ich hoffe, daß ich einen neuen amerikanischen Verleger finde.«

»Sie ist zu englisch, zu literarisch«, sagte Philip loyal. »Zu gescheit.«

Isobel lächelte. »Es ist nur eine Modeerscheinung«, erklärte sie traurig. »Eine Zeitlang war ich sehr in, und jetzt bin ich eben sehr out. In ein paar Jahren bin ich vielleicht wieder in.«

Murray schaute sie mit neugierigem Mitgefühl an. »Aber das muß doch ungeheuer schwierig sein«, meinte er. »Man fragt sich sicher, was man falsch macht. Hat Lust, einmal eine ganz andere Sorte Buch zu schreiben, um mit dem veränderten Markt Schritt zu halten.«

Isobel warf ihm einen besorgten Blick zu und schwieg.

»Oh, das würde sie niemals tun«, unterbrach ihn Philip. »Sie schreibt nicht für den Markt. Sie ist Künstlerin, keine Lohnschreiberin. Sie schreibt Literatur, keinen Bestsellermist.«

Murray sagte kein Wort, schaute Isobel aber unverwandt an.

»Ich schreibe einfach die Sorte Buch, die mir einfällt«, sagte sie ungeschickt.

»Hast du heute nachmittag viel geschafft?« erkundigte sich Philip.

»Ich bin nicht recht vorangekommen, da bin ich lieber spazierengegangen«, bekannte Isobel.

»Muß toll sein, sein Leben so in Muße zu verbringen!« rief Philip aus. »Wir hatten in der Schule eine schrecklich langweilige Besprechung. Ich glaube, die kommen nicht zu einer Entscheidung, ohne uns mindestens drei Monate lang jeden Tag zu sich zu zitieren und alles immer und immer wieder durchzukauen.«

»Steuergelder«, kommentierte Murray. »Unsere Rechnungen und Abrechnungen müssen von oben bis unten supergenau und korrekt sein, wenn sie jetzt schon soviel Theater machen.«

»Klar«, sagte Philip. Er trank seinen Tee aus und stellte die Tasse hin. »Darauf kannst du dich verlassen. Ich denke, ich schau noch mal zum Pool rüber.«

Er ging aus dem Zimmer, und Isobel spülte die Teekanne aus. Sie war sich bewußt, daß Murray noch an seinem Stammplatz in der Ecke saß.

»Komisch, so ohne Mellie«, meinte er.

»Mir gefällt es besser«, erwiderte sie.

Er nickte. »Fehlt Ihnen Philip tagsüber?«

»Nicht, wenn ich arbeite.«

»Und wenn Sie nicht weiterkommen, gehen Sie spazieren«, sagte er. »Oder Sie ruhen sich aus und schlafen ein bißchen.«

Isobel wurde puterrot, als er das Mittagsschläfchen erwähnte. Sie nahm ein Trockentuch und polierte Gläser.

»Ich muß jetzt gehen«, meinte Murray. Er wartete noch einen Augenblick, ob Isobel ihn zum Abendessen einlud.

»Hoffentlich kommt Ihr Anruf.«

»Mein Anruf?«

»Ihr Anruf aus New York um zehn«, erinnerte er sie. »Sie warten angeblich auf einen Anruf aus New York um zehn

Uhr. Sie haben jetzt schon zweimal vergessen, daß es ein wichtiger Anruf ist und daß Sie auf ihn warten.«

»Wahrscheinlich handelt es sich nur um eine unverbindliche Anfrage«, sagte Isobel ruhig. »Ich verspreche mir nicht viel davon, deswegen habe ich ihn vergessen.«

Er nickte. »Aber Sie wollten unbedingt die Leitung frei haben, da dachte ich, es wäre etwas ganz Besonderes. Ich finde allein raus«, fügte er hinzu und ging.

Isobel nickte. Sie verabschiedete sich nicht von ihm.

In dieser Nacht träumte sie von Zelda. Sie tanzte in einem wunderschönen Ballsaal, trug ein weißes Ballkleid und sah aus wie eine Braut. Der Leuchter über ihr funkelte, ein Orchester spielte, und in großen Vasen standen weiße Lilien. Zelda tanzte in dem Saal voller Menschen ganz allein, wirbelte im Kreis. Isobel schaute ihr zu, sie befand sich in einem Glasgang, der dem trostlosen Korridor zwischen ihrem Haus und der Scheune ähnelte. Sie rief Zelda etwas zu, aber die hörte sie nicht. Niemand konnte sie hören. Sie war in diesen Gang eingesperrt, war weder hier noch da, und niemand vernahm, wie sie der wunderschönen tanzenden Frau Warnungen zurief, dieser Frau, die Troy war, die sie selbst war.

Sie wachte auf. Es war fünf Uhr morgens und noch dunkel. Sie kroch aus dem Bett und ging leise nach unten. Der Herd hielt die Küche warm, obwohl es im Haus sonst recht kühl war. Isobel machte sich eine Tasse Tee und trank sie, an die tröstliche Wärme des Herds gelehnt. Sie nahm das Telefon und wählte die Nummer von Troys Handy, die sie inzwischen auswendig wußte. Wieder bat sie den Anrufbeantworter, eine Nachricht für Troy zu hinterlassen. Sie legte auf und kauerte sich auf den Küchenboden, den Rücken am warmen Herd. Es war alles nur eine Frage der Geduld.

Philip war nicht überrascht, als er aufwachte und das Bett neben sich leer fand. Isobel stand oft früh auf und begann schon zu arbeiten, wenn sie mit einem Buch gut vorankam. Aber er war überrascht, daß er sie Frühstück bereitend in der Küche antraf und nicht am Computer.

»Ich dachte, du arbeitest«, sagte er. »Ich wollte dir gerade Tee kochen.«

»Ich habe schon was getan, und dann bin ich müde geworden«, antwortete sie.

»Du siehst blaß aus«, meinte er. Er schaute genauer hin. »Du wirst mir doch nicht krank werden?«

»Ich glaube, ich bin nicht ganz auf dem Damm«, sagte sie. Es war die einfachste Erklärung.

»Dann leg dich lieber wieder ins Bett. Solltest du vielleicht zum Arzt gehen?«

»Ich bin nur müde. Ich ruhe mich später ein bißchen aus.«

»Ruf mich an, wenn ich nach Hause kommen soll. Das neue Handy ist immer an.«

Plötzlich schossen Isobel Tränen in die Augen, und sie klammerte sich an ihren Mann. »Ich bin so froh, daß ich dich habe«, sagte sie schwach. »Zumindest habe ich dich.«

»Wieso denn?« Philip hielt sie sanft im Arm. »Natürlich hast du mich. Immer. Was soll das denn heißen?«

»Nichts.« Sie wischte sich die Tränen mit dem Ärmel ihres Morgenrocks ab. »Ich bin in einer komischen Stimmung. Wahrscheinlich die Hormone.«

»Doch nicht die Wechseljahre?« fragte Philip.

Isobel zuckte zusammen, als sie diese Worte hörte, die ihr aus dem Mund des geliebten Mannes wie eine Beleidigung, wie eine tiefe Beleidigung ihrer Weiblichkeit erschienen.

»O ja«, sagte sie wütend und haßte ihn geradezu, weil er nichts begriff, weil er sofort ein Klischee zur Hand hatte, das ihren Körper für alles verantwortlich machte, anstatt sich um Verständnis zu bemühen. Anstatt zu fragen, warum sie um fünf Uhr morgens schon wach lag und um acht weinte, behandelte er sie einfach wie eine Kranke.

»O ja. Die Wechseljahre. Das wird es sein. Das Ende meines

fruchtbaren Frauenlebens. ›Der Tod meines Reproduktionszyklus.‹ Das hat mir gerade noch gefehlt.«

Isobel telefonierte mit Troys Büro. Die Assistentin war fröhlich. Ja, Troy hatte angerufen und ihre Nachrichten bekommen. Er machte eine Rundreise, wollte keine Telefonnummer hinterlassen. Man könne ihm auch keine Pakete nachsenden. Ab und zu sah er seine E-Mail ein. Wenn es dringend war, sollte Isobel ihm eine E-Mail schicken.

Isobel schrieb einen Brief:

Liebster Troy,
bitte ruf mich an, ich muß Deine Stimme hören. Ich mache mir große Sorgen, wo Du steckst und warum Du so lange nicht im Büro bist. Ich hatte eigentlich gedacht, Du würdest das neue ZV-Buch weiterleiten. Ich brauche das Geld, wie Du weißt. Bitte laß mich wissen, was los ist. Ich fühle mich völlig verloren ohne Dich.
                                                                        Isobel

Sie klickte »Senden« an. Dann folgte das beruhigende Geräusch des Telefons, das Piepsen und Wählen und das atmosphärische Rauschen, und bald blinkte auf ihrem Bildschirm das kleine Symbol, ein Telegraphenmast. Isobel starrte auf all diese Geschäftigkeit, als könnte das noch helfen, als könnte sie so Troy irgendwie von irgendwo, wo immer er auch war, hervorzerren, zu sich zurück. Sie schaute zu, bis der kleine Telegraphenmast nicht mehr blinkte und die Mitteilung auf dem Bildschirm erschien, der Brief sei abgeschickt und ihre Verbindung werde nun getrennt.

Isobel nickte. Abgetrennt fühlte sie sich wirklich. Ihr wurde klar, daß nicht Troy allein und ohne Verbindung zur Außenwelt war. Im Gegenteil, Troy reiste umher, Troy checkte in Hotels ein, Troy wurde mit Nachrichten zugeschüttet, mit Telefonmemos und E-Mails. Wer hier einsam saß, war Isobel: sie war so einsam wie nie zuvor, ihr Mann war zusammen mit einem Freund bei der Arbeit, der einzige Geliebte, den sie je gehabt hatte, war nun schon den dritten Tag verschwunden und rief nicht zurück. Ihre Zelda-Vere-Persönlichkeit hatte man ihr genommen, und ihr zweites Zelda-Vere-Buch war irgendwo zwischen Autorin und Verlag in der leeren Wohnung ihres Agenten gestrandet. Ihr neues Isobel-Latimer-Buch war bisher ungeschrieben und würde es im Augenblick wohl auch bleiben.

Isobel ging auf den Flur und zog feste Schuhe an. Sie machte sich auf den Weg zur Anhöhe des Weald. Sie wußte sonst nicht, was sie tun sollte.

Der Wasserpegel im Pool stieg unmerklich. Obwohl sie für nichts als Troy Interesse verspürte, stellte Isobel fest, daß es sie zum Pool zog. Sie starrte lange auf das Wasser, das aus den Schläuchen ins Becken lief, war unfähig, eine Veränderung der Wasserhöhe wahrzunehmen. Aber immer, wenn sie wegging und eine Stunde später wiederkam, war das Wasser ganz eindeutig gestiegen.

Philip wollte eine Party feiern, eine richtige Pool-Party mit Champagner und einem Partyservice und hübschen Mädchen in Badeanzügen. »Du mußt doch Hunderte von Leuten kennen«, drängte er Isobel. »Lade sie alle ein.«

»Das wäre tolle Werbung«, ergänzte Murray. »Wir könnten Broschüren drucken lassen.«

»Oder Papierservietten«, meinte Philip.

»Superidee!« lobte Murray. »Schlicht genial. Da lassen wir uns gleich einen Kostenvoranschlag machen.«

»Aber ich kenne nicht Hunderte von Leuten, die zu einer Pool-Party kommen würden«, sagte Isobel kühl. »Ich kenne nur Akademiker oder Schriftsteller mittleren Alters. Die sind weder eitel noch sportlich genug, um sich auszuziehen und sich ins Wasser zu stürzen. Und außerdem können wir uns eine große Party nicht leisten.«

Murray und Philip warfen sich einen kurzen Blick zu, wie Männer überall auf der Welt, die sich über weibliche Launen einig sind. Isobel huschte der schreckliche Gedanke durch den Kopf, daß Philip vielleicht Murray erzählt hatte, daß sie wegen der Wechseljahre so launisch war. Sie warf ihm einen vernichtenden Blick zu. »Wir haben uns finanziell sehr aus dem Fenster lehnen müssen, um uns in die Firma einzukaufen«, sagte sie knapp. »Wir können uns nicht auch noch eine Riesenparty leisten.«

»Schon in Ordnung, vielleicht dann irgendwann im Sommer«, beruhigte sie Philip. »Wenn die Heizung erst einmal ein, zwei Tage an war, feiern wir unsere eigene kleine Party. Schwimmst du gern, Murray?«

»Klar.«

»Du kannst jeden Morgen schwimmen kommen«, meinte Philip. »Ich werde immer schon vor dem Frühstück im Wasser sein. Und du, Isobel?«

Sie brachte ein gequältes Lächeln zustande. »Vielleicht später am Tag.«

Am Abend schalteten sie die Wasserheizung an, und am nächsten Morgen wachte Isobel allein auf. Sie ging im Morgenmantel nach unten und schaute durch die Glastür den Korridor entlang zum Pool. Philips Schlafanzug und Murrays Kleider lagen auf dem Gang verstreut und ließen vermuten, daß die beiden sich im Laufen ausgezogen hatten und nun splitternackt schwammen. Sogar durch die doppelt verglaste Tür am anderen Ende konnte sie die beiden schreien und juchzen hören, dann zeigte ein Kreischen und Gurgeln an, daß jemand untergetaucht wurde.

Isobel wandte sich ab und stieg müde wieder die Treppe zum Schlafzimmer hinauf.

Jeden Morgen schrieb sie eine E-Mail an Troy. Jeden Nachmittag rief sie ungefähr um zwei Uhr seine Handy-Nummer an und hinterließ eine Nachricht. Jeden dritten Tag telefonierte sie mit der Assistentin, die ihr berichtete, ob er angerufen hatte oder nicht. Im allgemeinen nicht. Ihre Botschaften wurden immer mehr zu einem Ritual, zu Opfergaben an einen wenig kommunikativen Gott, und allmählich gab Isobel die Hoffnung auf, daß er je antworten würde. Gegen Ende des Monats schrieb sie kaum mehr als eine Zeile, sprach nur noch zwei verzweifelte Sätze auf den Anrufbeantworter.

»Hier ist noch mal Isobel. Bitte ruf an.«

Sie wußte, daß nichts in ihrer Stimme ihn dazu anregen oder gar verlocken würde, bei ihr anzurufen. Sie hatte die strahlende Arroganz der Zelda verloren. Sie hatte die Fähigkeit verloren, ihn an den äußersten Abgrund seiner heimlichsten Wünsche zu führen. Jetzt konnte sie ihn nur noch anflehen, sich an sie zu erinnern, wo immer er war, was immer er machte, mit wem immer er zusammen war, wer auch immer er war.

»Hier ist noch mal Isobel. Bitte ruf an.«

Der Monat verging ungeheuer langsam. Philip schwamm jeden Morgen. Meistens waren er und Murray zusammen im Wasser, tobten herum wie zwei ausgelassene kleine Jungen und fielen danach in die Küche ein, um sich Schinkenbrote zu machen und Kaffee zu trinken. Isobel blieb länger im Bett, um Murray aus dem Weg zu gehen, der strahlend vor Gesundheit und Lebensfreude am Frühstückstisch saß.

Philip überwies zweitausend Pfund Gehalt von der Pool-Firma auf ihr Bankkonto. Das reichte knapp für die Lebenshaltungskosten und die Hypothekenzahlung. Die letzte Rate für den Pool war jetzt auch fällig, und Isobel hatte keine Ahnung, wie sie das Geld auftreiben sollte. Sie überlegte, ob sie nicht bei ein paar Zeitungsredakteuren anrufen konnte, um Buchkritiken für ein paar hundert Pfund zu schreiben, ob sie ein paar Kurzgeschichten verfassen sollte, damit das kleine Honorar sie über Wasser hielt. Aber sie stellte fest, daß sie unfähig war, irgend etwas zu schreiben. Sie konnte nur eins tippen, jeden Morgen:

»Hier ist noch mal Isobel. Bitte ruf an.«

Sie wußte, daß nichts sie aus dieser Sackgasse der Phantasie, der Begierde, der Schulden befreien konnte, nichts außer Troys Rückkehr, Zeldas Rückkehr. Allein konnte Isobel ihr Leben nicht mehr ertragen. Sie hatte gedacht, sie würde zu Philip zurückkehren. Sie hatte gedacht, Philip würde sie wieder zu Wohlstand und Geborgenheit führen. Sie hatte gedacht, Philips Krankheit sei an allem schuld gewesen, und nach seiner wundersamen Heilung würde es in ihrer Zukunft nur noch Freude geben.

Jetzt wußte sie es besser. Sie wollte Troy. Troy und Zelda. Und Troy – vielleicht auch Zelda – waren nun schon einen endlos langen Monat verschwunden.

Am letzten Apriltag telefonierte Isobel noch einmal mit der Assistentin. Inzwischen war die sehr kurz angebunden. Sie war offensichtlich überzeugt, daß Isobel von Troy völlig besessen war, daß der vielleicht sogar weggefahren war, um Isobel zu entgehen. Unhöflich war sie nicht, aber in ihrer Stimme schwang Verachtung mit, die große Verachtung der Jungen und Schönen für die Ältere und nicht so Schöne.

»Kommt er morgen zurück?« wollte Isobel wissen.

»Er hat nichts gesagt«, antwortete die junge Frau. »Es stehen keine Termine im Kalender.«

»Hat er angerufen?«

»Nein, Mrs. Latimer.«

»Wenn er anruft, könnten Sie ihm bitte sagen, daß ich mit ihm reden möchte. Daß es wirklich außerordentlich dringend ist.«

»Ich sage es ihm, falls er anruft.«

»Und er hat gesagt, er bleibt einen Monat weg?«

»Das habe ich Ihnen doch schon erzählt.«

»Dann müßte er doch morgen wieder da sein?«

»Vielleicht«, antwortete die junge Frau. »Er hat sich mir gegenüber nicht festgelegt. Ich arbeite hier nur, wissen Sie. Und es gehört nicht zu meinen Aufgaben ...«

»Was?« fragte Isobel heftig.

»Mich mit ... Autorinnen zu befassen.«

»Ich muß mit ihm über einen Roman sprechen«, sagte Isobel und versuchte, ihre Würde zu wahren.

»Das weiß er«, erwiderte das Mädchen. »Ich habe es ihm gesagt, und ich habe ihm eine Nachricht auf den Anrufbeantworter gesprochen und ihm eine E-Mail geschickt. Er weiß, daß Sie mit ihm sprechen wollen, daß es um einen Roman geht und daß es außerordentlich dringend ist.«

Isobel biß sich auf die Lippe, sie fürchtete, weinen zu müssen, als sie die helle, gleichgültige Stimme hörte. »Ich rufe morgen wieder an, um herauszufinden, ob er wieder da ist«, sagte sie.

»Das ist nicht nötig«, antwortete die junge Frau. »Ich rufe Sie an, sobald er ins Büro kommt.«

»In Ordnung«, sagte Isobel, die wußte, daß sie nicht die Geduld aufbringen würde, darauf zu waren. »Rufen Sie mich gleich an.«

»Das habe ich gerade gesagt.«

»Ja. Danke.« Benommen legte Isobel den Hörer auf. Sie ging in die Küche. Die Frühstücksteller standen noch auf dem Tisch, die Teller vom gestrigen Abendessen noch in der Spülmaschine. Mrs. M.s Prophezeiung, daß Isobel mit der Hausarbeit nicht zurechtkommen würde, erfüllte sich. Im Kühlschrank war nichts fürs Abendbrot, und sie hatten sich diese Woche schon zweimal Essen aus dem Restaurant geholt. Das war teurer als Mrs. M.s extravagante Einkaufstouren.

Das Telefon klingelte. Isobel raste ins Arbeitszimmer und riß den Hörer von der Gabel. »Troy?«

»Ist Mr. Latimer zu sprechen?«

»Nein«, antwortete Isobel. Sie hörte, daß ihre Stimme bebte.

»Kann ich unter dieser Nummer Murray Blake erreichen?«

»Nein«, erwiderte sie. »Aber ich kann Ihnen seine Nummer geben.«

»Ich bin doch mit Atlantis Pools verbunden?«

»Das ist unsere Privatnummer«, sagte Isobel ärgerlich. »Wir nehmen unter dieser Nummer keine geschäftlichen Anfragen entgegen.«

»Es handelt sich nicht um eine geschäftliche Anfrage«, erwiderte der Mann mit fester Stimme. »Wir müssen dringend mit Mr. Latimer und Mr. Blake sprechen. Könnten Sie mir eine Telefonnummer geben, wo ich die beiden erreichen kann?«

Isobel diktierte Murrays Telefonnummer. »Ja, das ist die Nummer, unter der wir es versucht haben. Mr. Blake ruft aber nicht zurück.«

»Davon weiß ich nichts«, antwortete Isobel.

»Haben Sie seine Adresse?«

»Hören Sie mal, wer sind Sie überhaupt?« fragte Isobel verärgert.

»Es ist eine Privatangelegenheit«, erwiderte der Mann aalglatt. »Haben Sie Mr. Blakes Adresse? Dann störe ich Sie nicht weiter.«

Isobel diktierte ihm Murrays Adresse.

»Danke«, sagte der Mann und legte auf.

Isobel saß den ganzen Morgen neben dem Telefon und wartete.

Es klingelte nicht mehr.

Kapitel 35

Philip kam an diesem Abend grimmig schweigend nach Hause. Isobel, die gerade zwei Steaks briet, die sie hinten im Gefrierschrank gefunden hatte, begriff, daß er die Krankheit, die ihn jahrelang geschwächt hatte, noch immer im Körper trug und daß er jederzeit einen Rückfall bekommen könnte.

»Geht es dir gut?« fragte sie.

Er schaute sie vom Küchentisch her an. Isobel bemerkte, daß er den Tisch nicht deckte, sich nicht einmal sein Besteck holte. Nachdem Mrs. M. aus ihrem Leben verschwunden war, hatte Isobel fraglos all ihre Aufgaben übernommen. Philip, der sich nun für den Verdiener und Arbeiter in der Familie hielt, wollte nicht nach einem Arbeitstag nach Hause kommen und noch Hausarbeit erledigen.

»Was meinst du, geht es mir gut?«
»Du bist so still.«
»Ich denke nach.«

Isobel fragte nicht, worüber er nachdachte. Sie wußte, es würde etwas mit dem Geschäft, mit Swimmingpools zu tun haben. Sie nahm nicht etwa Rücksicht darauf, daß er vielleicht lieber nicht reden wollte, sie interessierte sich einfach nicht für die Antwort. Vor Philips Krankheit hatte sie stets echten Anteil an seiner Arbeit genommen, hatte sich gern die Anekdoten angehört, die er nach einem Arbeitstag erzählte: von den Leuten, die er kennengelernt hatte, was sie gesagt hatten. Nachdem er bei Murray angefangen hatte, hatte Isobel zunächst gedacht, daß Pool-Kunden einfach schlechteres Material für Anekdoten waren. Dann aber merkte sie, daß sie sich verändert hatte. Sie interessierte sich einfach nicht mehr für Philips Alltag. Sie hatte es sich angewöhnt, nur noch auf seine Gesundheit zu achten. Zehn Jahre lang hatte sie ihn nie gefragt, worüber er nachdachte, sondern nur, wie es ihm ging. Jetzt, da er sich wieder wohlfühlte, hatten sie kein Gesprächsthema mehr. Philip war immer noch stolz auf ihre Arbeit und verkündete seine Meinung dazu. Er hätte sicher gern ihre Texte mit ihr durchgesprochen, aber Isobel hatte nichts mehr dazu zu sagen, und sie hatte schon seit Tagen nichts mehr geschrieben. Seit Troy weg war, gab es kaum noch etwas über Fortschritte zu berichten. Und von ihrem tiefen Schmerz konnte sie nicht reden. Sie war absolut außerstande zu schreiben. Sie wich Philips freundlichen Nachfragen aus, indem sie antwortete, das Buch sei noch im Anfangsstadium.

Außer ihrer Arbeit fanden sie keinen Gesprächsstoff. Philip redete manchmal von der Pool-Firma, und dann nickte Isobel und machte halbherzige Bemerkungen. Sie gab sich nicht einmal mehr Mühe, Interesse zu heucheln. Für sie zählte nur noch Troys Rückkehr.

»Heute ist was Merkwürdiges passiert«, erzählte Philip. »Ein paar Typen sind bei Murray aufgetaucht, wollten ihn sprechen. Sie kannten auch meinen Namen.«

Isobel wendete die Steaks und drehte die Hitze unter den Tiefkühlerbsen höher.

»Murray ist ganz schnell mit ihnen nach draußen gegangen. Ich hatte den Eindruck, er wollte nicht, daß ich mit ihnen rede.«

Isobel holte die Ofenkartoffeln aus dem Herd, schnitt sie auf und fügte Butter dazu.

»Ich glaube, die waren von irgendeiner Inkasso-Firma.«
»Oh?« antwortete sie ohne großes Interesse.

Die Erbsen kochten. Isobel nahm die Steaks aus der Pfanne, legte sie auf die Teller, goß die Erbsen ab und kippte sie dazu. Auf dem Weg zum Tisch holte sie noch Besteck aus der Schublade und stellte alles in einem uneleganten Durcheinander auf den Tisch.

»Von einer Inkasso-Firma«, wiederholte Philip. »Ich meine, ganz was Offizielles. Eine Art Gerichtsvollzieher.«

»Ist Murray verschuldet?« fragte sie plötzlich ganz aufmerksam.

»Nicht die Firma, das weiß ich«, antwortete Philip. »Wenn da was nicht in Ordnung wäre, hätte es der Unternehmensberater gefunden. Unsere Investition ist nicht in Gefahr. Aber es schickt doch keiner zwei Typen in einem nagelneuen Riesenschlitten los, um jemand wegen Falschparken abzukassieren.«

»Wie meinst du das, abkassieren?« wollte sie wissen. »Haben sie ihn mitgenommen?«

»Nein, ich sage nur, sie haben ihn vors Haus geholt und da ihre Geschäfte, oder was auch immer, mit ihm abgewickelt. Das ist schon mal merkwürdig. Normalerweise machen wir alles zusammen. Und dann, als ich ihn gefragt habe, was die von ihm wollten, meinte er nur, sie hätten die falschen Unterlagen, es sei irgendwas durcheinandergekommen. Aber sie hatten seinen und meinen Namen.«

»Ich glaube, die haben vorher hier angerufen«, meinte Isobel. »Jemand war am Telefon, wollte die Pool-Firma sprechen. Er hatte deinen und Murrays Namen, aber Murrays Adresse nicht.«

»Und du hast sie ihnen einfach gesagt?« fragte er, als hätte sie einen Fehler gemacht.

»Warum denn nicht?« erwiderte sie gereizt. »Warum um alles in der Welt nicht? Woher sollte ich denn wissen, daß die keinen Pool in Auftrag geben wollten? Und wieso hatten die unsere Telefonnummer und nicht Murrays? Das finde ich viel wichtiger!«

»Nein, das ist nicht wichtiger«, sagte Philip, säbelte an dem zähen Steak herum und kaute es klaglos. »Was mich viel mehr interessiert: Was wollen die und wieviel? Ich will nicht, daß er Geld aus dem Unternehmen nimmt, um seine alten Schulden zu bezahlen.« Er nickte ihr zu. »Jetzt weißt du, warum ich eine gleichberechtigte Partnerschaft wollte. Jetzt kann ich ein Machtwort sprechen. Was ich sage, gilt.«

Ein paar Minuten vor neun Uhr rief Isobel in Troys Büro an, obwohl sie wußte, daß die Assistentin erst um zehn Uhr anfing. Um zehn nach zehn ging sie endlich an den Apparat.

»Wir haben ihn noch nicht gesehen, Mrs. Latimer«, sagte sie. »Er hat mir ein paar Anweisungen per E-Mail geschickt.«

»Haben Sie ihm gesagt, daß ich mit ihm sprechen will?«

»Das weiß er.«

»Hat er irgendwelche Anweisungen gegeben, die mich betreffen?«

»Nein.«

Isobel saß ein paar Augenblicke schweigend da, ehe das Gefühl der Hoffnungslosigkeit und des Elends sie überwältigte. »Was soll ich denn jetzt machen?« rief sie.

Die junge Frau hörte die Verzweiflung in ihrer Stimme und reagierte mit betretenem Schweigen. »Da können Sie nicht viel machen«, meinte sie ruhig. »Ich habe ja gesagt, daß ich Sie sofort anrufe, wenn er kommt.«

»Tun Sie das bitte?« bat Isobel.

»Das habe ich doch gesagt.«

Die junge Frau legte auf. Isobel wurde klar, daß sie sich bis auf die Knochen blamiert hatte. Bald würde man im kleinen Zirkel der Londoner Literaten wissen, daß sich Isobel Latimer hoffnungslos in ihren homosexuellen Agenten verliebt hatte, eine Beziehung, die von Anfang an zum Scheitern verurteilt war. Leute, die sich immer schon über den hohen moralischen Ton ihrer Bücher und über ihren Erfolg in der vergangenen Jahren geärgert hatten, würden sich darüber die Mäuler zerreißen. Es würde Spekulationen über das Scheitern ihrer Ehe geben, man würde ihr Privatleben durchhecheln und so tun, als sei das Anteilnahme. Rivalen und Bekannte würden alle möglichen fadenscheinigen Gründe für Anrufe erfinden und ihr scheinheilig ihr Mitleid bekunden. Isobel würde sich gegen eine Welle des Mitfühlens stählen müssen.

Mittags ging Isobel durch den trostlosen Korridor zum Pool. Das Wasser aus Philips griechischem Brunnen rieselte in das Jacuzzi-Becken, das ein wenig dampfte. Das Wasser war tiefblau und kristallklar. Isobel hatte ihren Rock noch an, zog ihre Pumps aus, streifte die Strumpfhose ab und ließ die Füße am tiefen Ende ins Wasser baumeln. Es war angenehm kühl auf der nackten Haut, und von hier aus sah das Schwimmbecken einladend und lang aus. Sie überlegte, wie leicht es wäre, einfach ins Wasser zu gleiten, voll bekleidet, und sich sinken zu lassen. Sie war eine schlechte Schwimmerin, der schwere Rock und der Pullover würden sich schnell mit Wasser vollsaugen und sie nach unten ziehen. Wer sie fand, würde annehmen, daß sie ins Wasser gefallen war. Die Finanzierung des Hauses würde platzen, und Philip würde sein Zuhause und seinen neuen Pool verlieren. Er würde niemals begreifen, was mit den Aktien und Anleihen geschehen war, die er einmal besessen hatte. Aber seine Pool-Firma hätte er noch, auch seine Freundschaft mit Murray. Die Zahlung ihrer Lebensversicherung würde ihn über Wasser halten. Und er würde nie etwas von Zelda Vere und dem ungeheuren Betrug erfahren, von dem unverzeihlichen Ehebruch, von dem schrecklichen Schmerz, den sie jetzt empfand.

»Nicht springen«, sagte eine laute Stimme fröhlich.

Isobel fuhr herum, verlor beinahe das Gleichgewicht und mußte sich an der Aluminiumleiter festhalten.

Es war Murray, der so strahlend und selbstbewußt lächelte wie immer. »Sie sehen aus, als wollten Sie sich hineinstürzen und ertränken.«

»Ich habe die Stille genossen«, erwiderte sie spitz. Sie fragte sich, ob er bemerken würde, wie bleich und müde ihr Gesicht war.

»Eher haben Sie die Nase voll von der Stille«, meinte er. »Sie kommen nicht viel aus dem Haus, oder? Was ist denn mit den Fahrten nach London? Ich dachte, das ist eine regelmäßige Sache.«

Isobel versuchte, ihren Schmerz nicht zu zeigen. »Ich hatte dort eine Vorlesungsreihe, als Vertretung«, erklärte sie. »Die Dozentin, die ich vertreten habe, ist früher zurückgekommen.«

»Ich dachte, sie war auf Mutterschaftsurlaub? Wie kann sie da früher zurückkommen?«

Isobel schaute in Murrays unschuldiges, fragendes Gesicht. Sie hatte keine Lust, sich eine weitere Lüge auszudenken, die ihn überzeugen würde. Sie blickte ihn an, als wolle sie ihn anflehen, ihr mitleidig diesen verbalen Schlagabtausch zu erlassen. »Warum interessiert Sie das?« fragte sie schlicht. »Was hat das jetzt noch zu sagen?«

»Ich erinnere mich einfach daran«, erklärte Murray. »Ich habe ein Supergedächtnis für Einzelheiten.«

Isobel nickte und wollte aufstehen. Murray beugte sich zu ihren Schuhen herab, als wolle er sie ihr reichen. Mit einer plötzlichen instinktiven Bewegung griff sie nach den Schuhen. Einen Augenblick hielt er die Kappen und sie die Absätze, und sie starrten einander an. Er hatte die Schuhe fest im Griff, Isobel zerrte vergeblich, er ließ nicht los. So rangen sie schweigend eine Weile, ehe sie keuchte: »Wer waren die Männer, die zu Ihnen gekommen sind?«

»Von einer Inkasso-Firma«, sagte er im gleichen gepreßten, sehr bestimmten Ton wie sie. »Von einer Firma, die ich früher hatte. Ist pleite gegangen. Ich habe da noch Schulden.«

»Das haben wir nicht gewußt«, klagte sie ihn an. »Oder?«

»Nein, ich glaube nicht.«

»Wieviel müssen Sie noch zurückzahlen?«

»Die lassen sich auf einen Handel ein«, erwiderte er mit lässiger Selbstsicherheit, hielt aber ihre Schuhe weiter in festem Griff. »Irgendwie kann man sich immer einigen.«

»Und woher nehmen Sie das Geld?« bohrte sie weiter. »Von der Firma?«

»Ich kann ohne Philips Einverständnis kein Geld aus der Firma nehmen, das wissen Sie. Ich bekomme es schon irgendwoher. Wo bekommen andere Leute ihr Geld her? Wo bekommen Sie Ihres her?«

Diese Gegenattacke war für Isobel so unerwartet, daß sie ihren Griff lockerte. Er riß ihr die Schuhe weg und hielt sie am ausgestreckten Arm. Sie würde ganz nah zu ihm herantreten müssen, um sie sich zu holen. Sie zögerte. »Wo bekommen Sie Ihr Geld her?« höhnte er.

»Ich habe meine Honorare«, sagte sie. »Und wir hatten Philips Pension und einige Ersparnisse.«

Er lächelte, als wüßte er so gut wie sie, daß ihnen das Geld ausgegangen war.

»Wahnsinnshonorare für literarische Romane«, meinte er.

»Ich wußte gar nicht, daß Sie was vom Verlagswesen verstehen«, erwiderte Isobel scharf.

Murray warf ihr ein kleines, schlaues Lächeln zu. »Ich kann rechnen.«

Er stellte die Schuhe sorgfältig auf den Boden und streckte ihr die Hand hin. Wie zu einem seltsamen förmlichen Tanz legte Isobel ihre nasse, kalte Hand in seine und ließ ihn ihre Hand halten, während sie in die Schuhe schlüpfte. Als sie so einen Zentimeter größer geworden war, merkte sie, daß ihre Augen auf der Höhe seines Mundes waren. Er lächelte, wandte sich ab und ging wortlos weg. Isobel schaute ihm nach und merkte, daß sie vor Wut zitterte.

Erst eine Stunde später hatte sie sich wieder beruhigt. Dann stellte sie fest, daß sie eine ganze Stunde nicht an Troy gedacht hatte. Sie war dem Schmerz eine ganze Stunde entronnen. Sie war Murray beinahe dankbar dafür und wünschte sich, er würde wiederkommen und sie weiterärgern.

Drei Tage vergingen, und Troy war noch immer nicht wieder im Büro aufgetaucht.

»Das wird langsam lächerlich«, sagte Isobel zu der jungen Assistentin. »Ich werde mich nach einem neuen Agenten umschauen müssen. Ich muß ihn unbedingt sehen.«

»Vielleicht sollten Sie ihm eine E-Mail schreiben«, riet ihr die junge Frau. »Er wickelt all seine Geschäft per E-Mail ab. Ich bin sicher, er vertritt Sie nach wie vor gut.«

»Ich muß ihn aber sehen!« rief Isobel aus.

»Sie sind die einzige Autorin, der es etwas auszumachen scheint, daß er nicht im Büro ist«, bemerkte die Assistentin ziemlich spitz. »Alle anderen kommen damit klar.«

Isobel zuckte ein wenig zusammen. »Ich erwarte eine Honorarzahlung«, sagte sie.

»Das glaube ich nicht, Mrs. Latimer«, erwiderte die junge Frau vorsichtig. Sie hatte Angst, wieder einen hysterischen Anfall auszulösen. »Wir haben alle Vorschüsse im Computer, und ich überprüfe sie regelmäßig und zahle sie aus. Das mache ich, seit er weggegangen ist. Ich habe darauf geachtet, daß Ihre Zahlungen auf dem neuesten Stand sind. Für Sie ist erst beim nächsten Buch wieder ein Betrag fällig.«

Isobel sagte nichts. Sie konnte ja schlecht Zelda Veres Honorare verlangen. »Hat er gesagt, wann er wiederkommt?« fragte sie.

»Nein«, war die Antwort. »Er klang sehr zufrieden. Ich glaube, er amüsiert sich blendend.«

»Hat er gesagt, wo er ist?«

»Nein.«

»Können Sie das nicht zurückverfolgen über die E-Mail-Adresse?«

Die junge Frau war empört. »Erstens geht das über eine E-Mail-Adresse nicht. Und zweitens würde ich es nicht tun. Er kann Urlaub machen, wo er will, denke ich. Und wenn er ein bißchen später zurückkommen will, dann kann er das auch tun, meine ich.«

Isobel hielt sich den Hörer vom Ohr, so daß die selbstgerechte kleine Stimme zum Zwitschern eines unwichtigen Vogels verkümmerte. Sie legte auf, während die junge Frau noch redete.

In der Nacht wachte Isobel auf und schrieb eine E-Mail an Troy, die schließlich an die zwanzig Seiten umfaßte. Sie schickte sie nicht ab. Am nächsten Morgen las sie sie noch einmal mit wachsendem Entsetzen durch. Es waren die Tiraden einer zutiefst verstörten Frau. Wenn ihr das jemand anders gezeigt hätte, hätte sie gesagt, es müsse sich um die Schimpferei einer Verrückten handeln. Der Brief war voller Anschuldigungen wegen Identitätsdiebstahl, wegen aller möglichen Verwandlungen, wegen der Heraufbeschwörung von Geistern und Spuk, wegen sexueller Hörigkeit und Obsessionen.

»Das ist Wahnsinn«, sagte Isobel und schaute auf den Bildschirm. »Wenn ich so weitermache, werde ich noch verrückt.«

Mrs. M. hatte wie angedroht eine andere Vollzeitstelle gefunden und kam nicht einmal mehr zwölf Stunden in der Woche. Isobel ging in die Küche und stellte fest, daß die Teller vom Abendessen noch auf dem Tisch standen. Murray hatte offensichtlich nach dem Schwimmen wieder mit Philip gefrühstückt, denn zum Chaos auf dem Tisch waren nun auch noch zwei Kaffeetassen und zwei Müslischalen hinzugekommen. Die Überreste von Murrays Porridge erstarrten gerade in einem Topf in der Spüle.

Isobel stellte den Wasserkocher an, um Tee zu machen, und fing an die Küche aufzuräumen. Sie schaltete den Fernseher ein, um all die Vorwürfe gegen Troy zu überdröhnen, die ihr immer noch durch den Kopf gingen. Sie wußte, daß sie sonst nur ihre eigene Stimme hören würde: bettelnd, flehend, drohend, den lieben langen Tag.

Plötzlich schrak sie hoch und starrte auf den Bildschirm. Ein vertrauter Name war in ihr Bewußtsein gedrungen, sie langte nach der Fernbedienung und stellte den Ton lauter.

Eine blonde Frau saß am Meer, hinter ihr leuchtete rot die untergehende Sonne, neben ihr stand ein kleiner Tisch mit ein paar kunstvoll arrangierten Büchern und einer Vase mit einer einzelnen Orchidee. Sie trug ein wunderschön geschnittenes Kostüm, und ihr Haar war wie ein großer goldblonder Helm. Ihr Gesicht war sorgfältig geschminkt, die Augen strahlend blau, der Mund in vertrautem Kirschrot. Unten auf dem Bildschirm tauchte der Name Zelda Vere auf, gerade als Isobel fassungslos flüsterte: »Zelda.«

Es war ein Interview mit Zelda Vere, die ihren zweiten Roman veröffentlichte, der ihr erneut Rekordsummen eingebracht hatte. Der Interviewer ritt auf dem »Midas-Talent« der Autorin herum. Zelda sagte, was sie immer schon gesagt hatte: Sie sei stolz darauf, eine Autorin zu sein, die den Leuten die Geschichten erzählte, die sie wirklich lesen wollten. Wichtig sei, den Menschen ihre Träume zu schenken.

»Und Sie selbst führen ja auch ein traumhaftes Leben«, meinte der Interviewer. »Ihr erstes Buch handelte von einem bettelarmen Mädchen, das sehr reich wurde. Und all das haben Sie wirklich erlebt, nicht wahr?«

Isobel stellte fest, daß sie beim Zuschauen unbewußt Zeldas Gesten nachahmte. Das langsame Kopfsenken, das ihre Verletzlichkeit, was die schmerzliche Vergangenheit betraf, signalisieren sollte, das Heben des Kinns und das leichte Rucken des Kopfes, das ihren Mut und ihre Entschlossenheit andeuten sollte, all das hinter sich zu lassen.

»O ja«, hauchte Zelda mit ihrer herrlich kehligen Stimme. »Ich weiß, wie es ist, wenn man arm ist und zu kämpfen hat. Ich weiß auch, wie es ist, wenn man seines eigenen Glückes Schmied ist, und ich weiß, wie es ist, wenn man von Reue erfüllt ist.«

»Und auch das neue Buch basiert auf Ihren Erfahrungen?«

Zeldas Augen waren geheimnisvoll überschattet. »Ich hatte einen sehr schweren Unfall«, sagte sie. »Einen Autounfall. Ich mußte mich einem größeren chirurgischen Eingriff unterziehen. Ich habe mich immer noch nicht ganz davon erholt.«

Isobel schnappte nach Luft, als sie langsam begriff, was diese Worte bedeuteten.

»Kosmetische Chirurgie?« fragte der Interviewer.

»Ich war völlig zerfetzt«, flüsterte Zelda. »Aber während der Nächte mit den schrecklichen Schmerzen hatte ich ein außergewöhnliches Erlebnis. Ich bin meinem Guru begegnet, einem Mann, der zu mir kam und mich durch all diesen Schmerz begleitete, durch die Furcht und durch das Entsetzen bis zur anderen Seite – bis zur Seligkeit.«

»Und das hat Ihr Guru für Sie gemacht?« wollte der Interviewer bestätigt haben.

»Er war wie ein Engel«, sagte Zelda bestimmt. »Ich habe mir geschworen, wenn ich das alles überleben würde, werde ich meinen nächsten Roman auf der Weisheit aufbauen, die er mir vermittelt hat, und auf dem ungeheuren, tiefen Genuß, zu dem er mich geführt hat. Damit auch andere Menschen etwas davon haben. Ich habe meinen neuen Roman *Der Kuß des Engels* genannt. Dazu gibt es ein Buch mit Anweisungen, wie man geistigen Frieden finden und zugleich tiefes sexuelles Vergnügen empfinden kann, wenn man seinen eigenen Engel entdeckt, den Engel, den man in sich trägt.«

Der Interviewer wandte sich wieder zur Kamera. »Vielen Dank, das war Zelda Vere aus ihrem Zufluchtsort in Südfrankreich. Und nun zurück ins Studio.«

Isobel spürte, wie ihr die Knie weich wurden. Sie taumelte zur Arbeitsfläche und klammerte sich daran fest, während sie Übelkeit überkam. »Mein Gott, mein Gott«, flüsterte sie immer wieder.

Sie konnte es einfach nicht fassen. Troys Umwandlung, die Tatsache, daß er jetzt nur noch Zelda war, das meisterhafte Interview. Offenbar hatte er das Buch bereits überarbeitet. Die brillante Idee, es im Doppelpack mit einem spirituellen Leitfaden anzubieten, war genial und würde ihm ein Vermögen einbringen, würde sein Honorar verdoppeln, seinen Erfolg verdreifachen.

Aber es war nicht der Diebstahl des Romans, nicht einmal der Diebstahl Zeldas, der Isobel ins Abwaschwasser speien ließ. Es war die schreckliche Gewißheit, daß Troy den letzten Monat damit verbracht hatte, sich für immer in Zelda zu verwandeln. Isobel hatte die Anspielung auf den größeren chirurgischen Eingriff sofort verstanden, sie hatte damit die schreckliche Gewißheit, daß Troy aus seinem eigenen Körper Zelda geschaffen hatte.

Isobel schlang sich die Arme um den Leib, hielt sich die Brüste und stöhnte, während sie sich vorstellte, daß er seinen begehrenswerten Körper verstümmelt hatte, um eine Frau zu sein. Sie wimmerte bei dem Gedanken, daß Zeldas Brüste unter dem engsitzenden Kostüm nicht mehr ein ausgestopfter BH auf Troys hartem Brustkasten waren, sondern daß er sich mit Hormonen vergiftet hatte, um seinen schlanken, hageren Körper dazu zu zwingen, seltsame, unnatürliche Schwellungen hervorzubringen. Er hatte einem Chirurgen gestattet, Einschnitte in seinen herrlichen Penis zu machen, ihn umzustülpen und in den Körper zurückzustopfen als eine furchtbare Scheinscheide, die er für sexuelles Scheinvergnügen benutzen konnte. Er hatte seine Männlichkeit gemordet, um Zelda zu werden. Er hatte Isobels wunderbaren Geliebten getötet, um die falsche Frau zu werden, die sie zusammen erschaffen hatten.

Isobel merkte, wie ihr erneut übel wurde. Sie beugte sich über die Spüle und würgte und spie, bis ihr Körper nur noch zuckte und es nichts mehr zu erbrechen gab. »Gott, o mein Gott«, flüsterte sie immer wieder.

Sie taumelte zum Küchentisch und sank auf einen Stuhl. Sie legte ihr Gesicht auf die massive Holzplatte und sog den wohltuend vertrauten Duft von Murrays Porridge ein, als könne nur dieses schlichte Aroma häuslicher Normalität sie bei Verstand halten.

So saß sie wortlos stundenlang. Als sie schließlich den Kopf hob, war es halb zwei am Nachmittag. Sie stand auf und ging mit unsicheren Schritten ins Arbeitszimmer. Die Bearbeitung des Zelda-Vere-Romans war in einer Datei gespeichert, die auf dem hellen Bildschirm angezeigt war. Isobel klickte die Datei an und löschte sie, ohne noch einmal ein Wort davon zu lesen. Man hatte ihren Roman, Zeldas Roman, gestohlen und verkauft, er war weg. Sie brauchte sich keine Gedanken um eine Überarbeitung mehr zu machen. Troy war auch weg, dachte sie. Er konnte seine Autoren weiterhin aus der Ferne betreuen oder einfach verkünden, daß er sich aus dem Geschäft zurückziehen wollte. Bei ihr würde er sich kaum noch einmal melden. Er mußte gewußt haben, daß sie dieses Interview sehen würde, und wenn nicht dieses, dann ein anderes. Er würde sicher eine ganze Reihe von Interviews geben. Im nächsten Jahr würde sie den neuen Zelda-Vere-Roman in den Buchhandlungen vorfinden, mit einem Titel, den sie nicht ausgesucht hatte, mit einem Text, den sie nicht geschrieben hatte.

Isobel wußte, daß Troy als Zelda auf der sicheren Seite war. Sie hatte ihm mit der Rohfassung genug Material in die Hand gegeben. Ein Zelda-Vere-Roman bestand nur aus der Geschichte, sonst nichts. Es war eine einfache Sache, noch ein paar Dialoge hinzuzufügen und die Figuren ein bißchen aufzupeppen, wenn einmal das Handlungsgerüst stand. Und Troy hatte es bestimmt gut gemacht.

Sollte es je ein drittes Zelda-Vere-Buch geben, bekäme er vielleicht ein paar Probleme, aber er konnte sich ja leicht auch einen Ghostwriter anheuern. Wenn der Name Zelda Vere erst einmal eine Fan-Gemeinde hatte, dann würden sich weitere Bücher auch gut verkaufen. Sogar wenn die Verkaufszahlen zurückgingen, würde Troy doch immer noch genug Geld verdienen, um so zu leben, wie er wollte.

Das Geld. Isobel preßte die kalten Hände in den verkrampften Nacken und begriff, daß sie ihre Alternative verloren hatte: ein Leben als wunderschöne und glamouröse Frau mit einem jungen, attraktiven Liebhaber, ihr ungeheuer erfolgreiches Pseudonym, ihr Geld. Troy war der einzige Zeichnungsberechtigte für ihr Schweizer Bankkonto, Isobel kannte nicht einmal die Kontonummer. Sie konnte Beweise vorlegen, daß Zelda Vere einmal eine riesige Summe an Isobel Latimer gezahlt hatte, aber sie hatte keine Beweise, daß das restliche Geld auch ihr gehörte. Wenn sie alle zerstören wollte, konnte sie den ganzen Betrug aufdecken, zeigen, daß Troy, der Agent, und Zelda Vere die gleiche bizarre Person waren. Aber dann wüßten auch alle, daß sie ebenfalls Zelda gewesen war, daß sie und Troy miteinander auf Werbetour gegangen waren. Und sie würden zu dem berechtigten Schluß kommen, daß sie eine wilde, perverse, köstliche Liebesaffäre gehabt hatten, daß Troy aber als einziger den Mut gefunden hatte, die Sache weiterzuführen, während Isobel gekniffen hatte.

Kapitel 36

Isobel sank mit dem Kopf auf den Schreibtisch. Sie hörte auf zu denken, sie konnte die Ungeheuerlichkeit des Geschehenen einfach nicht fassen. Wenn sie die Augen schloß, sah sie nur die goldene Mähne, die blauen Augen und die üppige Figur von Zelda Vere vor dem Mittelmeerpanorama vor sich. Wenn sie die Augen wieder aufschlug, erblickte sie ihren stumm wartenden Computer. Isobel lag mit dem Kopf auf dem Schreibtisch, öffnete und schloß die Augen und dachte an nichts.

Als die Haustür zufiel und ihr anzeigte, daß Philip zu Hause war, setzte sie sich rasch auf und zwinkerte, als blendete sie das Tageslicht. Sie erhob sich und stolperte in die Küche. Er starrte sie an.

»Bist du krank?« fragte er, als er den Morgenmantel sah und feststellte, daß die Küche noch genauso aussah, wie er sie nach dem Frühstück verlassen hatte.

»Wie spät ist es?«

»Fünf.«

»Ja, ich habe, äh, mich nicht wohl gefühlt. Ich glaube, ich habe irgendwas mit dem Magen.«

Philip blickte sich ratlos in der Küche um. »Können wir nicht Mrs. M. bitten zu kommen?« fragte er. »Das gerät hier langsam außer Kontrolle.«

Isobel schaute ihn mit leerem Blick an. Sie überlegte, ob sie ihm sagen sollte, daß es jetzt aufs Geschirrspülen kaum noch ankam, da man ihnen das Haus wegnehmen würde.

»Ruf du sie an«, sagte sie tonlos. »Zu mir kommt sie nicht.«

Er horchte auf. »Warum sollte sie …?« Dann sah er ihr Gesicht. »Ich rufe sie an«, versprach er. »Okay, Isobel. Ich rufe sie an, wir regeln das. Du geh ins Bett. Soll ich dir eine Tasse Tee bringen?«

Isobel schüttelte den Kopf. »Ich will gar nichts«, sagte sie. »Ich möchte nur schlafen und ...«

Sie sprach den Satz nicht zu Ende. Sie wollte schlafen und nie mehr aufwachen. Sie ging langsam und schleppend die Treppe hinauf und stieg mit ihrem alten Schlafanzug ins Bett. Kurz dachte sie an Zeldas seidenen Pyjama und ihre seidenen Negligés, an die Nächte, als sie und Troy nackt zusammen geschlafen hatten. Sie hörte ihr leises schmerzliches Stöhnen, sank in die Kissen zurück und starrte zur Decke. Wenn sie die Augen schloß, sah sie Zeldas vollkommenes Profil vor dem Abendhimmel am Mittelmeer. Wenn sie sie wieder aufschlug, erkannte sie die Spinnweben an der Decke. So öffnete und schloß sie die Augen, während es im Zimmer finster wurde und endlich die Nacht anbrach.

Am Morgen stand Philip auf und ging schwimmen wie immer. Murray war diesmal nicht dabei. Mrs. M. erschien um neun Uhr, sie hatte ihren eigenen Schlüssel für das Haus. Isobel, die wach war, sich aber nicht regte, hörte Philip lachen, weil Mrs. M. ihre Badesachen mitgebracht hatte. Er meinte, er würde nun endlich das Vergnügen haben, sie mal im Bikini zu sehen. Er teilte ihr mit, daß Isobel krank sei, daß sie ihr ein Frühstück bringen sollte. Isobel merkte, wie er leiser sprach, ihr wohl etwas über Frauenprobleme zuflüsterte. Dann rief er die Treppe hinauf: »Ich gehe jetzt! Bis heute abend!«

Die Haustür fiel zu. Er war weg.

Mrs. M. kam die Treppe herauf und klopfte an die Schlafzimmertür. Sie schob sie auf und stand auf der Schwelle, blickte sich mit kaum verhohlener Befriedigung in dem unordentlichen Zimmer um. »Kann ich Ihnen irgend etwas bringen, Mrs. Latimer?« fragte sie. »Philip hat mir gesagt, daß Sie krank sind. Kleines Unwohlsein? Hitzewallungen? Wechseljahre?«

»Ich brauche nichts«, antwortete Isobel. Sie wußte, daß das Schwindelgefühl in ihrem Kopf teilweise vom Hunger kam, aber sie wollte nichts essen. Sie wollte überhaupt nichts, nur das Bild loswerden, das Bild von dem wunderschönen Gesicht und dem gutgeschnittenen Kostüm, und das Wissen, daß sie für immer ruiniert war.

Sie lag da und hörte, wie Mrs. M. unten herumwirtschaftete, die vertrauten Geräusche, als sie den Staubsauger in Aktion setzte. Isobel glitt in den Schlaf, dann hörte sie Autoreifen auf dem Kies knirschen. Sie lag still da, teilnahmslos. Die Haustür wurde geöffnet, und Philip lief die Treppe hinauf. Sogar durch den Nebel ihres Elends merkte sie, daß etwas anders war als sonst. Sie setzte sich mühsam im Bett auf, als er zur Schlafzimmertür hereinkam.

Sein Gesicht war leichenblaß, die Schultern hingen kraftlos herab, er wirkte total erschöpft.

»Was ist?« fragte sie und kannte die Antwort eigentlich schon.

»Murray ist weg«, sagte er mit schwacher Stimme, wie ein enttäuschtes Kind, das nicht glauben mag, daß alles schiefgegangen ist. »Abgehauen. Verschwunden.«

Isobel raffte die Bettdecke zum Kinn hoch, als würde sie das vor dem niedergeschlagenen Gesicht ihres Mannes schützen. »Weg?«

»Gestern abend. Sein Haus ist die reinste Müllhalde. Er hat alles mitgenommen, was sich versilbern läßt. Er hat das Geld mitgenommen, alles Geld, das auf der Bank war.«

»Unser Geld?«

»Ja.«

Es herrschte ein langes Schweigen. Philip ließ sich schwer auf einen Stuhl fallen. Er knarrte unter seinem Gewicht. »Stütz dich bitte nicht so auf die Lehnen«, sagte Isobel verärgert.

Sie schwiegen beide.

»Warum ist er gegangen? Wegen dieser beiden Männer?«

»Das war nur die Spitze des Eisbergs«, antwortete Philip. »Wegen der Mehrwertsteuer. Er hat nie Mehrwertsteuer gezahlt, er hat immer falsche Steuererklärungen abgegeben. Er schuldet dem Finanzamt Hunderttausende von Pfund. Als die einmal begriffen hatten, was er da trieb, kamen sie, um ihn zu verhaften. Es war Betrug. Er hat nicht nur ein paar Pfund nachzuzahlen, er hat im großen Stil Steuern hinterzogen.«

»Er kann doch unmöglich angenommen haben, daß das auf die Dauer keiner merkt?«

»Ich glaube, er hat sich nur was zusammengespart, um dann damit abzuhauen«, meinte Philip. »Wahrscheinlich hat er das von Anfang an so geplant. Wir waren nur das Sahnehäubchen auf dem Kuchen.«

Isobel hörte ihn höhnisch lachen. Sie ließ die Bettdecke los und warf sich in die Kissen, lachte hysterisch, konnte einfach nicht mehr aufhören. Philip wandte ihr sein ernstes Gesicht zu, wartete darauf, daß sie endlich verstummte, aber sie lachte und lachte, bis ihr Gelächter in jämmerliches Schluchzen überging, als ihr auffiel, daß Troy recht gehabt hatte, daß er versucht hatte, sie zu warnen, daß sie aber nicht auf ihn gehört hatte. Sie hatte geglaubt, Troy hätte keine Ahnung vom Geschäft. Jetzt hatte Murray ihr ganzes Geld, und Troy hatte ihr Leben.

»Was können wir da machen?« fragte sie schließlich ernüchtert.

Philip schüttelte den Kopf. »Nichts«, sagte er. »Das Geld sehen wir nie wieder, es sei denn, sie verhaften ihn, ehe er alles ausgegeben hat. Vielleicht kriegen wir was zurück, wenn sie Interpol auf ihn ansetzen. Aber niemand weiß, wo er ist. In Spanien, schätze ich. Doch sicher ist es nicht. Sie suchen an allen Flughäfen. Falls er jedoch mit dem Schiff oder mit dem Zug weg ist, dann dauert es eine Ewigkeit, bis sie ihn finden.« Er schüttelte den Kopf. »Es ist eine gute Firma«, sagte er störrisch. »Das ist ja das Blöde. Wir haben volle Auftragsbücher. Ich könnte einfach weitermachen. Es gibt keinen Grund, warum ich es nicht in kleinerem Stil schaffen könnte.«

»Du hast doch keine Ahnung von Swimmingpools«, sagte Isobel grausam und merkte, daß ihre Gesichtshaut, auf der die Tränen eintrockneten, zu spannen begann. »Es war seine Firma. Du hast nie etwas davon verstanden. Du warst nur der Strohmann.«

»Ich habe einiges gelernt«, verteidigte er sich. »Wir könnten von hier aus weitermachen. Zusammen.«

Isobel wollte gerade protestieren, als sie begriff, daß jeder Protest überflüssig war. Es bestand gar keine Gefahr, daß Philip sie zwingen könnte, von ihrem Haus aus eine kleine Swimmingpool-Firma zu führen. Es würde kein Haus geben.

»Nicht von hier«, sagte sie traurig. »Wir können das Haus nicht halten. Ich mußte eine Hypothek darauf aufnehmen, um das Geld für die Pool-Firma aufzubringen.«

»Aber was ist mit meinen Aktien?« wollte er wissen. »Und mit meiner Pension?«

Sie schaute ihn an, als wäre er ein großes Kind, das sie nicht mehr länger von der Welt der Erwachsenen abschirmen wollte. »Die sind schon lange weg«, erklärte sie. »Ich bin seit Jahren in finanziellen Schwierigkeiten. Die Vorschüsse für meine Bücher waren nicht besonders hoch, und sie sind mit jedem Buch kleiner geworden. Ich habe es dir nie erzählt, weil ich nicht wollte, daß du dir Sorgen machst. Als du das Geld für die Pool-Firma brauchtest und gesagt hast, du wärst bereit, eine Hypothek auf das Haus aufzunehmen und als du so sicher warst ...« Sie unterbrach sich. »Da habe ich das Haus für zwei Drittel seines Wertes belastet«, sagte sie schlicht. »Wenn wir die Raten nicht weiter bezahlen können, verlieren wir es.«

Philip schrak nicht einmal zusammen. »Dann kaufen wir Murrays Haus«, sagte er rasch. »Die Hälfte gehört uns ohnehin, als unsere Hälfte der Firma. Wir könnten da wohnen.«

Sie dachte an die kleine Wohnsiedlung, an das kalte Wohnzimmer, das wie ein Schaufenster eingerichtet war, an das Büro, in dem sie dafür zuständig sein würde, die Schreibarbeiten für die Pool-Firma abzuwickeln, telefonische Auskünfte zu geben und Broschüren zu verschicken. Sie dachte an die Nachbarn, die sie haben würde, an die Gänge zu den Geschäften, an die Arbeiten in dem winzigen Garten hinterm Haus, daran, wie Philip abends nach Hause kommen und von dem Swimmingpool reden würde, den er vielleicht bauen würde, wenn er nur den Auftrag bekäme.

»Es geht mir nicht besonders gut«, sagte sie. »Ich möchte mich jetzt ausruhen.«

Sofort war er sehr besorgt. Isobel begriff, daß sie eine weitere Möglichkeit hatte, wenn sie in Zukunft dem Leben nicht mehr ins Auge blicken wollte. Sie konnte einfach krank sein, so wie Philip krank gewesen war. Sie konnte sich ein geheimnisvolles, schwer zu diagnostizierendes Leiden zulegen, das sie so sehr schwäche, daß sie nichts mehr tun mußte, was sie nicht wollte. Sie konnte eine Allergie gegen Spülmittel entwickeln oder gegen Weichspüler, dann müßte Philip spülen und die Wäsche waschen. Sie konnte plötzlich eine Allergie gegen Hausmilben haben, dann müßte Philip staubsaugen. Sie konnte auch einfach in die Wechseljahre kommen, sie konnte die nächsten zehn Jahre bei Hormonspezialisten und Gynäkologen verbringen und alle möglichen Varianten der Hormonersatztherapie austesten. Sie lehnte sich in die Kissen zurück, und ihr wurde beim Gedanken an die Zukunft speiübel. Sie hatte die Wahl zwischen Verzweiflung und Krankheit.

»Kann ich dir irgendwas bringen?« fragte Philip.

»Ich hätte gerne eine Tasse Tee, ein gekochtes Ei und einen Toast«, antwortete sie. »Ich habe seit gestern nichts gegessen. Mir ist so elend, Philip. Das Ei weichgekocht, drei Minuten.«

Isobel blieb eine Woche im Bett und wurde von Mrs. M. mit sadistischem Vergnügen gepflegt. Morgens brachte sie ihr kalten Tee und schlabberiges Brot, und jeden Tag sagte sie: »Sieht ganz so aus, als würde alles auf einmal schiefgehen, nicht?« Und manchmal: »Ein Unglück kommt selten allein.« Und dann, beinahe eine Offenbarung: »Wissen Sie, ich habe Sie früher manchmal richtig beneidet. Kommt mir komisch vor, wenn ich Sie heute so sehe.«

Isobel fühlte sich von diesem allmählichen Deutlichwerden ihrer Gemeinheit nicht getroffen, freute sich beinahe darüber. Sie hatte das Gefühl, als habe sie ihr Leben nur aufrechterhalten können, weil sie es in Romanform gießen konnte. Sie hatte vorgegeben, so gut und so edel zu sein, daß sie ihren Mann sogar noch lieben konnte, als er faul und krank und schlecht gelaunt war. Sie hatte so getan, als wäre sie ein Frau, die ihre Sexualität, ihre Macht, ihr Leben aufgeben konnte. Während dieser Woche im Bett dachte Isobel, das könnte möglicherweise die letzte Rolle sein, die sie in einem ihrer eigenen Romane spielte. Sie könnte am Ende eine Frau werden, die fähig war, alles aufzugeben, sogar ihre Gesundheit, anstatt sich auf ihre Energie und ihre Kraft zu besinnen und der Welt entgegenzutreten.

Sie dachte mehr über Murray nach als über Troy. Sie überlegte, daß Murray ein Mann war, der sich nie so wie sie jetzt einfach ins Bett legen würde, der sich nie hinter einer Krankheit verschanzen würde, wie es Philip getan hatte, der sich nie selbst verstümmeln würde, um etwas anderes zu werden, wie es Troy getan hatte. Murray würde eher den Rest der Welt krank machen, verwirren oder in kleine Stücke rupfen, ehe er sich von anderen zerstören ließ. Isobel verspürte leise Bewunderung für diesen Mann, der die scheinheilige Fassade ihres Lebens zerstört hatte. Zumindest war sich Murray seiner Rolle in diesem Spiel bewußt gewesen. Manchmal dachte sie, er hätte durchaus versucht, ihr das zu verdeutlichen. Sie fragte sich, was wohl geschehen wäre, wenn sie je auf seine Herausforderungen reagiert hätte. Was wäre passiert, wenn sie sich nicht kühl und abweisend verhalten hätte, sondern seinem gescheiten, fragenden Blick standgehalten und ihm alles über Zelda, über Troy, über ihre Geheimnisse erzählt hätte. Hätte er ihr dann auch seine gebeichtet?

Während der Woche, die Isobel im Bett verbrachte, stellte Philip fest, wie hoch Murrays Schulden waren. Er setzte sich leidenschaftlich und in vielen Fällen erfolgreich dafür ein, daß die Gewinne der Swimmingpool-Firma, deren Teileigner er war, von den Gläubigern von Murrays vergangenen, bankrotten Firmen nicht beansprucht werden durften. Philip und Isobel würden tatsächlich ihr gewohntes Zuhause verlieren. Nie wieder würde sie bei der Arbeit die schöne Aussicht aus dem Fenster genießen können. Aber sie würden Murrays Haus erwerben können. Philip stellte sich freudig dieser Herausforderung. Er beschriftete alle Möbelstücke im alten Heim, die in Murrays viel kleineres Haus passen würden, er machte Pläne für ihr Leben dort. Er beauftragte einen Makler, und draußen auf der Straße vor dem Gartentor tauchte ein Schild mit der Aufschrift »Zu verkaufen« auf.

Isobel schleppte sich vom Bett ins Bad und zurück und ließ sich einen Termin bei einem Heiler geben, der sich auf das »multiallergische Syndrom« spezialisiert hatte. Nie mehr rief sie in Troys Büro an, telefonierte nicht mehr mit seinem Handy. Sie schrieb ihm keine E-Mail mehr. Sie wußte, dieser Abschnitt ihres Lebens war vorbei, so endgültig, als hätte sie sich damals wirklich im Swimmingpool ertränkt. Sie wünschte, sie hätte es getan, und was sie Murray am meisten vorwarf, war, daß er sie mit seinem fröhlichen »Nicht springen« davon abgehalten hatte.

Die meiste Zeit ging und redete sie allerdings, als wäre sie tatsächlich ertrunken. Sie hatte das Gefühl, als sähe sie Philip durch zwei Meter Chlorwasser, als drängen seine Worte nur gedämpft an ihr Ohr, als triebe sie mitten im Pool.

Philip hatte keine Zeit, sie zu dem Heiler zu fahren. Er

hatte einen Termin bei einer Unternehmensberatung, mit der er über die Liquidation des Pool-Unternehmens reden wollte. Statt dessen brachte Mr. M. sie zu dem großen viktorianischen Haus in Tunbridge Wells und wartete draußen, während Isobel müde die Treppen hinaufstieg.

Im Wartezimmer herrschte die ehrfurchtsvolle Stille eines erstklassigen Schönheitssalons. Es gab Hochglanzzeitschriften und ein Aquarium mit tropischen Fischen. Isobel betrachtete den Lichtschimmer auf dem Wasser und erinnerte sich, wie Murray ihnen Deckenfluter und Spots und eine abgehängte Decke verkauft hatte, damit sie die schönen Reflexe des Wassers genießen konnten.

Die Assistentin am Empfang flüsterte ihren Namen, und Isobel schlurfte mit schweren Füßen über den Korridor in das große Zimmer mit dem Erkerfenster, wo Mr. Proctor sie bereits an der Tür erwartete und zu einem Stuhl geleitete. Mit leiser, sanfter Stimme stellte er Fragen zu ihrer Krankengeschichte, und Isobel flüsterte ihre Antworten, als wäre sie zu erschöpft zum Sprechen. Ja, tatsächlich hatte sie sich ihr ganzes Leben lang stets bester Gesundheit erfreut. Sie hatte nie einen größeren Unfall oder eine schwere Krankheit gehabt. Sie war gesund.

Mr. Proctor machte seiner Sprechstundenhilfe ein Zeichen, und sie half Isobel hinter einem Sichtschirm auf eine Liege. Sie hüllte sie in eine weiche Kaschmirdecke ein, die so leicht und weich wie Schwanendaunen war. Sie setzte ihr Kopfhörer auf, über die klassische Musik zu ihr drang. Mr. Proctor tastete ihr den Bauch ab, berührte ihre Füße, starrte ihr in die Iris. Er holte einen mit Samt ausgeschlagenen Kasten, in dem winzige Reagenzgläser klirrten. Er gab ihr eines nach dem anderen in die Hand und ergriff mit sanftem Druck ihre andere Hand, um eine allergische Reaktion festzustellen. Isobel ließ alles mit sich geschehen, als wäre sie tot.

Als er mit allen Röhrchen aus dem Kasten fertig war, zog er einen Stuhl heran und bat sie, die Augen zu schließen. Isobel, die von der Musik eingelullt und von der Wärme und den sanften Berührungen getröstet war, merkte, wie sie langsam einschlief, während er nacheinander eine bedruckte Karte nach der anderen in der Nähe ihres Herzens auf die Wolldecke drückte.

»Ich glaube, sie leiden an einer tiefen Traurigkeit«, flüsterte er ihr ins Ohr.

Isobel spürte, wie ihr Tränen in die Augen stiegen. »Ja«, sagte sie schlicht und dachte an Troy, an das Geld und an ihr Leben, das so völlig verpfuscht schien.

»Ich spüre, daß sie einen tragischen Verlust erlitten haben«, meinte er.

»Ja.«

»Es könnte ein neuer oder ein alter Verlust sein«, deutete er an.

Isobel schüttelte den Kopf und merkte, wie ihr die Tränen über die Wangen kullerten. »Ein neuer«, sagte sie.

Er nickte. »Eine Liebesgeschichte?« fragte er. »Ich behandle das alles streng vertraulich, Mrs. Latimer. War es eine Affäre?«

»Nein«, sagte sie voller Verzweiflung. »Eigentlich nicht. Es war alles vorbei, ehe es überhaupt angefangen hat.«

Mr. Proctor berechnete ihr für diese Konsultation 134 Pfund und dann noch einmal 100 Pfund für ein Elixier, das sie viermal täglich mit Wasser einnehmen sollte. Endlich lernte auch Isobel das Vergnügen kennen, das Philip wohl verspürt hatte, wenn er große Summen für Hoffnung ausgab.

»Wird es mir bald bessergehen?« fragte sie den Arzt.

Er nickte. »Zweifellos. Sie reagieren nur geringfügig allergisch. Bleiben Sie im Bett, ruhen Sie sich aus, rufen Sie mich an, wenn Sie sich nicht wohlfühlen. Kommen Sie nächste Woche um die gleiche Zeit wieder.«

Isobel gefiel der Gedanke, daß sie ihn anrufen konnte, daß sie eine feste Verabredung in der Woche hatte, daß sie wußte, daß sie wieder hierherkommen könnte, daß man sie in eine

Decke wickeln würde und daß sie ihren tiefen, furchtbaren Verlust beweinen dürfte.

Langsam ging sie zum Auto zurück und ließ sich mit einem Seufzer auf die Rückbank fallen.

»Besser?« fragte Mr. M.

Isobel schüttelte den Kopf. »Ich glaube, das wird noch eine Weile dauern«, antwortete sie. »Ich glaube, wir müssen uns an den Gedanken gewöhnen, daß es lange dauern wird. Vielleicht erhole ich mich gar nicht mehr richtig.«

Philip wollte alle ihre Bücher in Kisten verpacken und verkaufen. Im neuen Haus würde nicht genug Platz sein, aber Isobel durfte sich hundert Lieblingsbücher aussuchen, die man in Murrays Büro unterbringen konnte.

»Ich fühle mich wirklich nicht gut genug, um das zu machen«, sagte Isobel. »Mr. Proctor meint, ich muß mich schonen.«

»Könnte Mrs. M. es nicht für dich erledigen?« fragte Philip.

»Wie denn?«, erwiderte Isobel. »Ich bezweifle, daß sie je mehr als Zeitschriften liest.«

»Sollen wir dann einfach nur die Klassiker behalten?« wollte Philip wissen. »Dickens und Austen. Aber welche Geschichtsbücher möchtest du mitnehmen?«

»Oh, darum kümmere ich mich schon«, sagte Isobel ärgerlich. Sie stand auf und schlüpfte in ihre Hausschuhe. Philip war bereits weg. Sie hörte, wie er die Treppe hinunterrannte, vernahm dann seine raschen Schritte im Flur. Die Haustür schlug zu, der Motor des Autos heulte auf. Isobel wickelte sich in den Morgenmantel, stieg langsam die Treppe hinunter, setzte sich in den vertrauten Sessel und schaute träge auf die vollen Bücherregale. Sie seufzte. Die Aufgabe, jene Bücher, die sie behalten wollte, von denen zu trennen, die verkauft werden konnten, überforderte sie. Das Buch, das sich Murray ausgeliehen hatte, *Sozialgeschichte Englands*, lag noch dort auf dem Schreibtisch, wo er es hingelegt hatte. Gedankenverloren nahm sie es in die Hand. Sein Lesezeichen, die Broschüre, die den Verkauf der Pool-Firma in Los Angeles anzeigte, flatterte zu Boden. »Eine einmalige Chance ...«, stand dort fett gedruckt.

Isobel bückte sich und hob die Broschüre auf. Sie hielt das bunte Papier in den Händen und starrte aus dem Fenster, dorthin, wo Murray sich einmal an die Wand gelehnt hatte und darauf gewartet hatte, daß sie reden würde, blickte zum Pool, wo er ihre Hand gehalten hatte, als sie in die Schuhe schlüpfte, wo er sie gefragt hatte, woher sie ihr Geld bekam.

Kapitel 37

Isobel, das Haar zu einem jungenhaften Pagenkopf kurz geschnitten, in engen Jeans und einem weißen Pullover, schob ihren kleinen Koffer auf das Gepäckband und bat das Mädchen am Check-in um einen Fensterplatz.

»Soll ich Sie auch gleich für den Rückflug einchecken?«

»Ich komme nicht zurück«, antwortete Isobel.

In der strahlenden kalifornischen Sonne saß Murray in seinem Garten am Pool, aß Pfirsiche und sah die Korrekturabzüge für die Werbebroschüren seiner neuen Pool-Firma durch. Da hörte er, wie die Haustür zufiel und die Dielen knarrten, weil jemand sein neues Haus betreten hatte. Kurz überlegte er, wie unvorsichtig es war, die Tür nicht ordentlich abzuschließen. Er durfte nicht vergessen, daß er nicht mehr in England lebte, nie wieder in England leben würde. Ohne Furcht stand er von seinem Sessel auf, um dem Eindringling entgegenzutreten, wer immer auch von der hellen Straße in sein Heim gekommen war. Er war nur halb überrascht, als er Isobel vor sich sah, die mit dem Koffer in der Hand im Schatten seiner Verandatür stand und ihn anschaute. Mit einem Blick erfaßte er, daß sie kurzes Haar hatte und leichte Kleidung trug, daß sie wütend und sehr sexy aussah.

Es überlief ihn ein unerwarteter und unerklärlicher Schauder der Begierde, versetzte ihm einen Schlag in die Magengrube, als er bemerkte, daß sie barfuß dastand.

»Ich komme meine Schuhe holen«, sagte sie.

Murray nickte. »Endlich.«

Literarische Spaziergänge mit Büchern und Autoren

Das Kundenmagazin der Aufbau Verlagsgruppe
Kostenlos in Ihrer Buchhandlung

Aufbau-Verlag   Rütten & Loening   Aufbau Taschenbuch Verlag   Gustav Kiepenheuer   Der >Audio< Verlag

Oder direkt: Aufbau-Verlag, Postfach 193, 10105 Berlin
e-Mail: marketing@aufbau-verlag.de
www.aufbau-verlag.de

Für *glückliche* Ohren

ÜBER 6 MONATE PLATZ 1 DER HÖRBUCH-BESTSELLER-LISTE

Ob groß oder klein: Der Audio Verlag macht alle Ohren froh. Mit Stimmen, Themen und Autoren, die begeistern; mit Lesungen und Hörspielen, Features und Tondokumenten zum Genießen und Entdecken.

DER > AUDIO < VERLAG

Mehr hören. Mehr erleben.

Infos, Hörproben und Katalog: www.der-audio-verlag.de
Kostenloser Kundenprospekt: PF 193, 10105 Berlin

Philippa Gregory
Die Schwiegertochter
Roman

*Aus dem Englischen
von Ulrike Seeberger*

400 Seiten
Band 1649
ISBN 3-7466-1649-2

Elizabeth ist die perfekte Schwiegermutter. Nur leider hat ihr Sohn Patrick mit Ruth nicht die perfekte Schwiegertochter geheiratet. Was bleibt Elizabeth da weiter, als sich selbst um Patricks Wohlergehen zu kümmern, vor allem aber um das ihres kleinen Enkels Thomas. Für Ruth wird ihre tatkräftige, mehr als gutgemeinte Fürsorge bald zum Alptraum und schließlich zur offenen Bedrohung. Sie muß alle Kräfte aufbieten, um wieder zu sich selbst und zu ihrem Mann und Sohn zu finden.

»Ein Gänsehaut machendes Psychodrama.«
Journal für die Frau

A*t*V
Aufbau Taschenbuch Verlag

Philippa Gregory
Die Farben der Liebe
Historischer Roman

*Aus dem Englischen
von Justine Hubert*

544 Seiten
Band 1699
ISBN 3-7466-1699-9

Frances, mittellose Lady und ungeliebte Ehefrau eines Bristoler Kaufmanns, soll für ihren Gatten Sklaven von der Westküste Afrikas zu Hausmädchen und Butlern ausbilden, die er später verkaufen will. Unter Frances' ersten Schülern ist ein Schwarzer vornehmer Herkunft, viel gebildeter und sensibler als ihr rauhbeiniger Ehemann. In seinen Armen findet sie Zärtlichkeit und Leidenschaft.

»In dieses unwiderstehliche Buch ist das große Strömen und Tosen der Geschichte eingewoben.«
The Times

A^tV
Aufbau Taschenbuch Verlag

Lisa Appignanesi
Die andere Frau
Roman

*Aus dem Englischen
von Wolfgang Thon*

*444 Seiten
Band 1664
ISBN 3-7466-1664-6*

Maria d'Este ist eine klassische Femme fatale. Die Männer umschwärmen sie, sobald sie nur einen Raum betritt – und den anderen Frauen erscheint sie unweigerlich als Rivalin. Als Maria aus New York nach Paris zurückkehrt, beschließt sie, daß die Zeit ihrer Affären vorbei ist. Sie will endlich eine »gute« Frau werden. In Paris beginnt sie für eine Kanzlei zu arbeiten und recherchiert Mordfälle, an denen Frauen beteiligt waren. Morden Frauen anders? Maria trifft auch ihre Schulfreundin Beatrice wieder, die Kinder hat und eine scheinbar brave Hausfrau geworden ist. Und dann begegnet sie dem Mann, bei dem sie all ihre guten Vorsätze vergißt. Zum ersten Mal lernt Maria die wahren Abgründe der Liebe kennen.

Lisa Appignanesi, die mit ihrem Roman »In der Stille des Winters« für Aufsehen sorgte, hat ein besonderes Buch über die Liebe und die Macht der Frauen geschrieben.

A^{t}V
Aufbau Taschenbuch Verlag

Marc Levy
Solange du da bist

Roman

*Aus dem Französischen
von Amelie Thoma*

277 Seiten
Band 1836
ISBN 3-7466-1836-3

Was tut man, wenn man in seinem Badezimmerschrank eine junge hübsche Frau findet, die behauptet, der Geist einer Koma-Patientin zu sein? Arthur hält die Geschichte für einen Scherz seines Kompagnons, er ist erst schrecklich genervt, dann erschüttert und schließlich hoffnungslos verliebt. Und als er eines Tages begreift, daß Lauren nur ihn hat, um vielleicht ins Leben zurückzukehren, faßt er einen tollkühnen Entschluß.

Marc Levys wundervolle Lovestory, für die sich Steven Spielberg die Filmrechte sicherte, wurde in 28 Sprachen übersetzt und verkaufte sich allein in Deutschland 100 000 mal.

»Eine körperlos leichte Liebesgeschichte.«

Cosmopolitan

»Zwei Stunden Lektüre sind wie zwei Stunden Kino: Man kommt raus und fühlt sich einfach gut, beschwingt und glücklich und ein bißchen nachdenklich.«

Focus

A*t*V

Aufbau Taschenbuch Verlag

Lisa Huang

Jade

Roman

*Aus dem Amerikanischen
von Wolfgang Neuhaus
unter Mitwirkung
von Michael Kubiak*

Mit einer Karte
569 Seiten
Band 1759
ISBN 3-7466-1759-6

Das exotische China zu Beginn des 20. Jahrhunderts: Das Mädchen Jade führt als Tochter eines hohen kaiserlichen Beamten ein behütetes Leben. Der Tod ihres Vaters jedoch markiert das jähe Ende ihrer Kindheit. Während das Kaiserreich durch heftige Unruhen erschüttert wird, verliert ihre Familie beinahe all ihren Besitz. Jade muß heiraten, um sich in den Schutz einer neuen Familie zu begeben, doch stellt sich ihr angeblich wohlhabender Mann als opiumsüchtig und bettelarm heraus. Jade ist wieder auf sich allein gestellt. Inmitten der revolutionären Wirren versucht sie, am Leben zu bleiben – bis sie endlich einen Mann kennenlernt, der sie wahrhaft liebt. Ausgerechnet er aber scheint auf der Seite der Revolutionäre zu stehen.

Spannend und mit schillernder Anmut erzählt – das Schicksal einer starken Frau in einer bewegenden Epoche.

»Besser kann man Geschichte nicht erzählen.«

Nürnberger Nachrichten

A*t*V

Aufbau Taschenbuch Verlag

Gill Paul
Französische Verführung
Roman

*Aus dem Englischen
von Elfi Schneidenbach*

*412 Seiten
Band 1796
ISBN 3-7466-1796-0*

Jenny, Chefin eines angesehenen Londoner Verlagshauses, verbringt mit ihrem neuen Geliebten ein Wochenende in der Bretagne. Es scheint sich eine Beziehung anzubahnen, die über Jennys gewöhnliche sexuellen Abenteuer hinausgeht. Nach einem nicht ungefährlichen Segelturn verschwindet ihr Geliebter spurlos. Jenny kann nicht glauben, daß er sie einfach sitzengelassen hat. Zurück in London bittet sie einen New Yorker Privatdetektiv, dessen spektakulärste Fälle sie in einem Buch veröffentlicht hat, um Hilfe. Er arrangiert ein »zufälliges« Zusammentreffen mit Marc. Doch vor Jenny steht ein fremder Mann. Wer also war Jennys Geliebter?

Diese Geschichte einer Obsession verbindet gekonnt Kriminalistisches, Erotisches und politisch Brisantes zu einem hochspannenden Roman.

A*t*V
Aufbau Taschenbuch Verlag